F. Petruccelli della Gattinna

MEMORIILE LUI IUDA ISCARIOTUL

Reproducere după ediția în limba română
apărută în anul 1875

Descrierea CIP a Bibliotecii Naționale a României
DELLA GATTINNA, PETRUCCELLI
Memoriile lui Iuda Iscariotul / Petruccelli della Gattinna; trad: Virgiliu G. Poienaru. – Bucureşti: Paul Editions, 2020
ISBN: 978-606-8963-80-8

I. Poienaru, Virgiliu G. (trad.)

2

Redactare: *Mihaela Enache*
Nicoleta Petcu
Tehnoredactare: *Paul Editions*
Coperta: *Lucian Enache*

Paul Editions

Șos. Ștefan cel Mare nr. 15, Sector 2, București
www.pauleditions.ro
e-mail: pauleditions@gmail.com, office@pauleditions.ro, vanzari@pauleditions.ro, nicoleta.petcu@pauleditions.ro, mihaela.enache@pauleditions.ro
tel: 0730.660.427; 0731.884.583

Petruccelli della Gattinna

MEMORIILE LUI IUDA ISCARIOTUL

TRADUCERE DE VIRGILIU G. POIENARU

Paul Editions

Fabrițiu, care aduna codicele apocrife ale Noului Testament, nu îl cunoștea pe acesta, care a fost găsit printre papirii Herculanului la sfârșitul secolului XVIII.

Dacă forma acestui codice are câteodată aerul modern, greșala este a mea, care am vrut a face să se înțeleagă de contemporanii mei lucruri atât de veche.

PDG

I

Era în 15 ale lunii Tișrei, în seara sărbătorii Tabernacolelor, în al șaptelea an al guvernării lui Ponțiu Pilat la Ierusalim.

Orașul era ca un furnicar datorită străinilor veniți din toate părțile Iudeei, Galileei, Pereei, Idumeei, din orașele grecești și romane, cum și din marginile deșertului și ale mării. Pretutindeni mișcarea se mărea, veselia fierbea pe uliți, în piețe, pe colinele care înconjoară promontorium orașului și ilumina toate figurile.

Recolta strugurilor fusese abundentă. Oamenii se ghemuiau pe puntea Xistus spre a se duce de la Sion la Templu pe Moriah ca să prezinte ofranda lor lui Iehova.

Este atât de simplu a mulțumi lui Dumnezeu, în veselie când nu-L uită lumea! Se grăbeau, căci soarele arăta ora a cincea și peste puțin cornul de berbec avera să sune pe terasele Templului și să anunțe că sabathul începe.

O circumstanță extraordinară mărise în acel an mulțimea străinilor. Femeia procuratorului sosea de la Roma. Guvernatorul Siriei, Pomponiu Flacu, părăsise Antiochia și se dusese la Iopa pentru a o primi pe nepoata lui Tiberiu. Pilat ordonase sărbători de circ, în onoarea Claudiei, femeia sa, și a guvernatorului. Orașul Ierusalim trimisese la Iopa o deputăție ca să o acompanieze pe nobila romană. Cu toate acestea Pilat, care trebuia să meargă cu membrii aristocrației și ai sacerdoțiului evreu, în ultimul moment se îmbolnăvise și-i lăsase să plece singuri. Aceasta dădea motive de diverse bârfe poporului, și motive de diverse reflecții saganului[1] și mie. Prin urmare, singurul punct al Ierusalimului înfundat în tăcere și în liniște era culmea Sionului, unde se răsfățau cele trei turnuri și palatul lui Irod situat la picioarele lor.

Și cu toate acestea călătorii soseau a doua zi.

Într-o cameră de la al doilea etaj al palatului lui Hanah, chiar la această oră, patru persoane erau reunite: Hanah și eu, saduceni, Moab, essenianul, Menahem, cel din urmă fiu al lui Iuda din

[1] Titlul ce se dădea celor însărcinați cu funcțiile spirituale și reglemetarea riturilor atașate la sarcina marelui preot.

Gamala. Noi îi așteptam pe Isus Bar-Abbas, herodianul, și pe Justus, fratele femeii lui Gamaliel, fariseul, fiu al lui Simeon, rector al marelui colegiu, și el însuși fiu al faimosului Hillel.

Nici unul dintre noi nu vorbea.

Hanah, făcându-se că meditează, dormita.

Moab, făcându-se că se roagă, ghemuit într-un colț, mistuia vreun fel de scârboasă mâncare de lăcuste pe care o înghițise câteva ore mai înainte și care reflecta și preumbla pe figura sa toate culorile curcubeului.

Menahem își ascundea nerăbdarea de a merge să vadă femeile Sionului la fântâna lui Ezekiel, făcând pași grei pe lespezile de granit lustruite a sălii saganului, ca și cum ar fi mers pe drumurile de cămile din Galilea, și-l făcea să tresară pe fostul mare preot.

Eu stăteam în picioare, lângă o fereastră care se deschidea în fața Templului, privind soarele care coborându-se după Moriah îl presăra cu scântei de aur; și cugetam la Maria.

Cu toate acestea, ne adunasem pentru un motiv teribil. Căci omul nu este niciodată mai nepăsător decât în momentele când soarta sa stă deasupra abisului. Vina mea era oare? Cerul era așa de albastru! Golgota, muntele Măslinilor, Garebul, Besetha se înfășurau în mantia lor violetă de seară! Muntele de marmură și de aur al Moriahului strălucea cu atâta cochetărie. Poporul din stradă râdea așa de tare, porumbul sălbatic gemea așa de plângător; vântul toamnei, așa de cald încă mângâia cu atâta dulceață palmierul, sicomorul, portocalul, aloiul, măslinul, vălurile femeilor, albii nori — care nu puteau fi decât aripele heruvimilor lui Dumnezeu — încât mi se părea imposibil a-mi întorce privirea de la această sărbătoare de seninătate și de lumină pentru a o cufunda în sânge!

Manahem se apropie de mine și, scoțând capul său bronzat pe fereastră, zise:

— Dar ei nu mai vin? Nu au să vină?

— Nevoiașul de Bar-Abbas are bătături la picioare, respunsei eu liniștit.

— Peste o oră porțile orașului vor fi închise, replică Menahem.

— Ești invitat să cinezi la Pilat?

— Nu, dar să rămâi afară, expus la vântul nopții și la roua dimineții...

— Să capeți guturai în astă-noapte, când trebuie să fii crucificat mâine seară...

— Mâine este sabat, respunde Menahem fără a se tulbura.

— Atunci poimâine.

— Crezi că o să se sfârșescă astă-seară?

— Știu eu! Totul depinde de voi.

Hanah mă chemă.

Menahem rămase cugetând, cu spatele rezemat de fereastră, cu capul în sus, cu privirea pierdută spre cer. I l-am arătat lui Hanah care ridică din umeri. Acestă stâncă de piatră nu se mișca de nimic.

Pe atunci Menahem avea aceeași vârstă ca mine: 23 de ani neîmpliniți. Era mai înalt decât talia obișnuită a bărbaților din Siria; solid ca turnul Hippianei. Soarele apunând, luminându-i jumătate din figură dădea pielii sale pârlite reflexe aurite. Nasul său puțin recurbat, buzele sale roze și cărnose, dinții săi albi ca ai carnasierelor deșertului, fruntea sa cufundată în mijlocul unei păduri de păr negru asemenea cu cel al Iudithei, cu cărare în mijlocul capului după moda galileenilor, gâtul său lung, rotund, neted ca o coloană de porfir, totul indica în el curajul, forța, voința, amorul. Admiram această figură jumătate în umbră jumătate cufundându-se în lumină, această privire care străbatea insondabilul. Menahem purta o tunică de culorea vinului, încinsă în talie cu o eșarfă albă, din care ieșea o spadă cu mânerul de aur, mai scurtă decât cea a romanilor. O manta neagră îi acoperea corpul până la genunchi.

Bă! zisei eu în fine, întorcându-îmi ochii de la ei; o să fie un ospeț regal pentru câinii de la prăpastia cu cadavre.

În acest moment, o voce țipătoare, pași zgomotoși se auziră mai întâi la poarta din uliță și, curând după aceea, pe scări, în anticameră. Apoi ușa se deschise și Bar-Abbas, urmat de Justus, intră triumfător.

— Nu-i vina mea sagane!, urlă el, nu-i vina mea, dracu să mă facă mare-preot dacă am întârziat. Am ceva ciudat să vă spun.

Unde sosea Bar-Abbas, intra zgomotul. În tot locul unde se prezenta el era împresurat, mângâiat. El începea a provoca râsul și sfârșea primind lovituri. Cearta urma pașii săi. Dacă într-o zi el n-ar fi primit lovituri, seara îi venea să se spânzure. Pentru a se consola, el se îmbăta.

Persoana sa era pe dos. Partea stângă a corpului său împingea înainte și în sus partea dreaptă: astfel că ochii alergau după vârful tâmplei, gura către ureche: nasul, barba totul se ridica de la răsărit la apus. O lovitură de sabie a unui gladiator, căpătată în o ceartă, cauzase această deviație pe chipul său. Despre dinți, nu mai era vorba. O barbă căruntă, părul cărunt, serveau de încadrare nasului său roșu colorat cu albastru, plin de pori negri și păroși. El era scurt și gras și cu picioarele cam strâmbe.

Bar-Abbas servise în legiunile romane timp de 20 ani, călare și pedestru, apoi se întorsese la Ierusalim, lângă femeia sa care crezându-l de zece ori mort se consolase de 20 de ori. Nimeni nu ar fi putut spune în ce zeu credea, dacă acest teribil păgân nu s-ar fi silit a arăta, de la ora 6 dimineța până la 6 seara, că-l adoră pe Bachus și pe zeița *Stercuția*. Nimeni nu-l văzuse niciodată cu o tunică sau manta care să nu fie în zdrențe.

Un astfel de om, născut în Perea, nu putea să se înroleze decât între erodiani și să devină unul din șefii lor.

Intrând, Bar-Abbas, calcă pe picioarele goale ale lui Moab, îl îmbrânci pe Menahem, întinse mâna ca să-îmi tragă punga din cingătoare, împinse pe sagan pentru a-și face loc lângă el și, ridicându-se cu furie, lovi cu capul în stomacul lui Justus. Mâinile sale deja se preumblaseră prin toate părțile, în părul lui Moab, pe mantia lui Menahem, în buzunarul saganului, pe masă pentru a lua o hârtie, pe o mobilă pentru a întoarce cheia în broscă. În fine, păru că își recapătă echilibrul în mijlocul sălii și după ce căscă ca un om căreia îi e foame, după ce pocni din limbă ca un om căruia îi era sete — el avea mare foame și sete — strigă cu o voce ascuțită:

— Zău, da, o să vă spun: asta vine la socoteală ca un pat la niște tineri însurați.

— Fii scurt, mai cu deosebire, zise saganul.

— Ca totdeauna, sagane. Da, l-am întâlnit pe Justus sub colonada lui Irod, și mă dusesem cu el la Templu pentru a prezenta ca și ceilalți ofranda mea lui Dumnezeu. Voiam să fiu galant, era să-i ofer un june taur. Mă apropii în obor de un negușător și îl întreb prețul. 20 schekeli (100 fr.), îmi răspunse:

— L-ai furat, zisei eu, pentru a vinde un așa de nobil animal pe un preț așa de mic? 20 schekeli? Asta-i de pomană.

— Mă iartă, zise negușătorul, 20 schekeli? Am spus 25!

— Așa da! răspunsei eu și bag mâna în buzunarul tunicii mele, la drepta. Scotocesc, scotocesc, n-aveam 25 schekeli. Bun, îmi zise Justus, oferindu-mi atunci un berbec.

— Adevărat, zisei eu, un berbec, chiar un rege poate da așa ofrandă. Și mă adresez unui păstor din munții lui Moab care vindea unul superb.

— Cât ceri pe această vită?

— 20 dinari, căpitane, răspunse munteanul.

— Fugi d-acolo, un berbec care are niște coarne care ar face să crape de necaz pe Moise, care are lâna așa de dulce ca mustața rectorului Simeon? Ce! Animalele abundă în țara ta. Și bag mâna în buzunarul stâng. N-aveam 20 dinari.

— Aide! Îmi zise Justus, oferă atunci un ied. Asta este, zisei eu, un ied este destul. Îmi place iedul, pentru ce Dumnezeu ar avea un gust mai dificil decât mine bătrânul legionar al lui Augustus și al lui Tiberius. Ochesc într-un colț un om din Samaria care avea un ied superb alb cu pete brune, un bot roșu ca o vergură de la Templu, ochi languroși și voalați de o lacrimă. L-ar fi înghițit cineva sărutându-l fript în frigare, și scăldat într-o rouă de apă și de undelemn, cu o ramură de rozmarin. Nu ceru decât 3 dinari (2 fr. 50). Scot punga de la cingătoare: cei trei dinari nu figurau!

— Ascultă-mă!, îmi zise Justus, un porumbel, asta-i tot ce-ți trebuie; cumpără unul și sfârșește odată!

— Dar nu mă gândeam decât la asta de azi-dimineață, replicai eu. Un porumbel alb ca aripile unui heruvim... Oare heruvimii au aripile albe, sagane? Tu trebuie să știi asta! Astfel mă decid pentru porumbel. Nu costă decât o jumătate de dinar. Caut, scotocesc în toate buzunarele mele, apoi întind mâna către amicul meu Justus și îi zic: împrumută-mi o jumătate de dinar. Ah!, de ați fi văzut cum s-a strâmbat acest băiat! Ar fi zis cineva că-i cer un dinte.

— Asta-i pentru că, zise Justus, ți-am împrumutat atâția schekeli, dinari și jumătate dinari...

— Bun, îmi zisei: uite că mi cere înapoi acum!

În fine, scoțând un suspin care ar fi răsturnat turnul Mariamnei, Justus îmi dă moneda cerută. Stiți una? Nu mâncasem din ajun, și dreapt băutură nu înghițisem decât câteva gâlgâituri de apă din fântâna lui Solomon. Dumnezeu primise atâtea animale de toate speciile, încât abia ar fi acceptat nobilul cap al marelui preot

Caiafa. Mă decisei deci a bea porumbelul meu și pun moneda în buzunar, când niște mari strigăte se aud în partea porții de bronz. O gălăgie fără de mine în orașul Ierusalim!, îmi zisei: asta nu se poate. Și alerg. Erau niște derbedei care găsind o tânără femeie în foburgul Bezetha, în flagrant act de adulter cu un soldat legionar roman, o duceau înaintea sanhedrinului pentru a o condamna a fi lapidată.

Moab ridică capul ce-l ținuse până atunci rezemat pe genunchi.

— Femeia era tânără și frumoasă încă, continuă Bar-Abbas, cu toate urmele mizerii ce se constată pe trăsăturile și pe hainele sale. O cunoșteam deja. Era de la Ericho și se numește Lia. Bărbatul său, trecând în secta esenienilor o abandonase de doi ani cu copilul său. Ea trăia dărăcind lână. Desigur, lucrul scăzuse. Scribii și fariseii care erau în curtea gentililor și gărzii Templului se adunară împrejurul grupului care o târa pe femeia despletită, pierdută în lacrimi și strigând: Oh! sărmanul meu copil! sărmanul meu copil! — Uite, zise atunci un levit: dacă am merge să vedem ce zice despre acesta rabinul din Galilea care predică acolo, lângă puțul lui Solomon? Da, da răspunseră în cor toți paraziții Templului, să o ducem la rabinul Galileei. — De dimineață acest rabin umblase din curte în curte și din portic în portic adunând lume în jurul lui și vorbind poporului. —El îi supărase, îi exasperase pe farisei luând în râs faptele și vorbele lor. El vorbise contra sabatului, contra spălării mâinilor, contra practicilor exterioare ale cultului, despre toate, în fine. Poporul zicea: Dar să vedem, ori acest rabin nu este cumva puțin profet, vreo bucățică de mesie?

El nu răspunse nici da, nici nu, dar îi scăpase din gură când o parabolă, când unu astfel de *galimatias* de cuvinte încât Satan ar fi sugrumat pe cel ce ar fi înțeles de-i câine sau lup. Fariseii credeau că l-au prins de astă-dată. Legea lui Moise este clară ca fântâna de la Siloam. Împinseră deci femeia în partea rabinului și toată lumea se înghesui pentru a vedea și a auzi. Cazul era grav; răspunsul trebuia să fie precis. Pilat râde de adulter care, pentru el, nu este nici crimă nici păcat. Ce era să răspundă rabinul? Să o condamne pe femeie? Se certa cu Pilat. Să o absolve? Se certa cu Moise. Rabine, îi strigară din toate părțile, iată o femeie pe care am prins-o asupra faptului chiar a adulterului. Este măritată, toată lumea o știe, ea singură mărturisește. Hm! făcu rabinul, fără a ridica capul și făcându-se că continuă a trage arabescuri pe nisipul din curte. — Dascăle, strigă, plină de disperare sărmana femeie, îmi era foame, copilului meu îi era foame; nu mâncasem de 2 zile; n-avem nici o fărămitură de pâine, nici un dinar, vatra e rece. Rabinul ridică ochii asupra femeii și o privi câteva momente. — Da, murmură el și continuă a trage semnele sale pe țărână. — Legea lui Moise este precisă, zise Gamaliel care urmase mulțimea. — Ce ne ordonă această lege? întrebă rabinul liniștit. — A o ucide cu lovituri de pietre, se strigă din toate părțile.

Moab, care ascultase povestirea lui Bar-Abbas, în acest moment se ridică drept în sus ca și cum ar fi călcat pe o viperă. Era de o palore înspăimântătoare, dar nu pronunță nici un cuvânt. Noi îl privirăm mirați. Bar-Abbas continuă:

— Sărmana femeie nu înceta de a striga: iertare, iertare îmi era foame, copilului meu îi era foame, nu găseam de lucru, n-aveam bani, nu mi se dădea de pomană. — Cum spune legea?, repetă rabinul adresându-se lui Gamaliel. — Tu, care înveți atâtea lucruri trebuie să o știi, replică președintele colegiului. — Părerea ta este așadar ca ea să fie lapidată, insistă rabinul. — Așa zice legea, replică Gamaliel. — Bine, atunci, zise galileanul, ridicându-se și dominând cu privirea sa această adunătură curioasă, plină de anxietate. Bine, urmă el, acela dintre voi care se crede fără păcat să arunce cea dintâi piatră. Acestă vorbă fu ca un cuvânt magic. Toată mulțimea rămase un moment mirată, neînțelegând, nepricepând nimic, apoi fiecare, cu capul în jos, cu ochii holbați, se depărtă în tăcere. Rabinul se apropie atunci de femeie, care căzuse mai leșinată în țărână, îi puse pe ascuns o monedă în mână, singura poate ce o fi avut, și îi zise cu un dulce surâs: – Du-te, sărmană femeie, du-te și nu mai păcătui. Văzâdu-l ridicându-se zisei: Uite!, dar acest rabin este nepotul meu! El nu mă auzise poate. Atunci mă apropiai de el. Înțelegeți, dacă aș putea atrage pe un om de asemenea valoare în proiectul nostru!..., îmi ziceam eu. — Nepoate îi zisei, nu-l mai recunoști pe bărbatul surorii soției lui Iosif, tatăl tău? Rabinul ridică încet capul, opri privirea asupra mea. Acestă privire se lumină, se dilată, se aprinse, el făcu un pas îndărăt și îmi zise: Du-te unchiule!

— Nu, nu, întrerupse Justus, el ți-a zis: îndărăt, infame, îndărăt! Și vocea sa așa de dulce un moment mai înainte, părea că zguduie Templul.

— Da, da, poate o fi zis și aceasta, continuă Bar-Abbas. Îl cunosc;

acest băiat a fost totdeauna mizantrop și puțin respectuos pentru rudele sale. Așa, nu am dat atenție și obstinat în proiectul meu de a-l face să împărtășească planurile noastre, îi șoptii o vorbă, cerându-i de a se uni cu noi pentru a elibera pe Israel de pângărirea gentililor. A da!, el continua mereu a striga: Mergi...

— Îndărăt, infame, îndărăt, repetă Justus.

— Pentru că ții atâta, fie, adăugă Bar-Abbas. Atunci am părăsit Templul prin Poarta Daurita și iată-ne, puțin cam târziu, mi se pare.

Hanah ascultase această povestire cu răbdare exclamând numai: Iar acest om! când Bar-Abbas îl numea pe rabinul Galileei. Eu îl urmărisem cu interes, Menahem cu indiferință, Moab părea zdrobit. În fine Hanah ridicându-se zise:

— N-avem timp de pierdut. Să revenim la afacerea noastră. Nimic nu este de schimbat în planul hotărât. Iată acum instrucțiunile defininitive, pe care le veți duce la consiliul de 35, am adăugat eu, prezentând o hârtie lui Menahem. Mâine este sabat, explozia revoltei este decisă pentru poimâine. Dacă va trebui a schimba ceva, mâine seară, o veți afla aici la a 4-a oră.

— Astfel, să ne explicăm bine, zise Menahem. Poimâine vom intra în oraș prin 3 porți, în 3 coloane, fără steaguri și fără arme, pentru a nu da bănuieli, și strigând: Jos apeductele! nu vrem apeducte! Respectarea ofrandei care este moneda lui Dumnezeu iar nu a poporului său a lui Cezar.

— Da, replică Hanah.

— Ne vom prezenta înaintea Pretoriului și vom cere să îl vedem pe Pilat.

— Da, replică încă Hanah.

— Atunci, când Pilat va ieși și va cere ca o comisie să mergă a-i vorbi, Moab și cu mine vom ieși afară din rândurile poporului și vom merge către el.

— Da, adăugă Hanah.

— Vom prezenta o hârtie lui Pilat. El o va lua, naturalmente o va deschide și va începe a o citi; atunci Moab de o parte, eu de alta, ne vom arunca asupra lui și îl vom ucide?

— Eu nu-l voi ucide, zise Moab liniștit ridicându-se; nu-l voi ucide pe acest om.

— Ce! zise Hanah, pironind ochii săi verzi-galben deschiși asupra lui Moab.

— Nu, reluă Moab cu fermitate, nu-l voi ucide pe acest om.

Hanah își înfipse dinții galbeni în buzele sale vinete și neputând deveni palid, fiind brun, deveni livid.

— Să ne explicăm, zise el în fine cu o voce tremurătoare de mânie. Cele cinci părți principale ale regatului lui Irod cel Mare nu au numit 40 de delegați pentru a se înțelege asupra mijlocului de a goni împreună pe străinii de pe pământul părinților și al Dumnezeului lor?

— Da, zise Moab.

— Cei 40 de delegați nu au ales un consiliu de 5 dintre capii lor, și pe mine ca președinte al acestui consiliu?

— Da, replică Moab, este adevărat.

— Esenienii nu te-au delegat ca reprezentant al lor pe tine, Moab bar Samuel de la Bethabara? Și tu n-ai asistat la conferințele noastre, n-ai discutat și aprobat planurile noastre?

— Așa este!, exclamă Moab.

— Consiliul a decis să începem prin a scăpa de Pilat, pentru a arunca tulburarea și spaima în mijlocul romanilor pentru a-i distrage mai lesne la strigătul lui Dumnezeu și al patriei.

— Nu neg nimic din toate acestea, zise Moab. Numele noastre 5 singure au fost puse într-o urnă — căci nu trebuia ca un astfel de secret să fie comunicat la 40 de persoane — și numele meu a ieșit cel dintâi, apoi cel al lui Menahem. Da, este adevărat. Cu toate acestea, nu-l voi ucide pe Pilat. Ea nu o voiește.

— Ea! exclamă saganul, cine ea?

— Ea, răspunse Moab.

— Dar în fine, e mama ta?

— Nu.

— Sora ta?

— Nu.

— Femeia ta?

— Nu.

— Concubina, regina, logodnica ta, cine dar?

— Nu, nu, nu, este ea. Asta-i tot, mai mult decât aceasta, mai mult decât orice; este ea.

— Acest om este nebun sau laș!, strigă saganul.

— Nu, zise Moab liniștit, ordonați-mi a-l ucide pe marele preot, pe tetrarh, pe rector, pe guvernatorul Siriei, pe Cezar chiar și plec la Roma în acest moment și-l ucid. Dar nu-l voi ucide pe Pilat. Ea nu o voiește.

— Să vedem, zise Menahem interpunându-se, acesta e un mister care nu mi se pare aproape a se descurca, și *shofa* templului o să sune, porțile se vor închide și frații noștri așteaptă în valea Iosafatului ultimele instrucțiuni. Dacă Moab se retrage, eu sunt totdeauna gata și cred că voi fi de-ajuns singur. Dumnezeu mi-a dat un braț de care inamicii săi, precum și tiranii țării noastre și animalele sălbatice ale deșertului, s-au obișnuit a se teme.

— Iau eu locul lui Moab, zisei atunci.

— Nu, nu, întrerupse saganul; nu este vorba de asta.

Nu ne interesează un braț mai mult sau mai puțin, un om sau un altul pentru a împlini această operă sfântă. Este vorba de jurământ. Ei bine, ieri ați jurat toți pe Ephodiu, ca cei ieșiți la sorți să împlinescă sacrificiul tiranului Iudeei. Astăzi, unul dintre cei pe care soarta îl alesese, ne zice: nu mai vreau pentru că este o Ea care nu o voiește. Ce târg facem deci cu Dumnezeu, cu jurământul, cu vorba, cu onoarea noastră? Ce siguranță avem așadar pentru secretul împărtășit unui om care pune o Ea mai presus de datoria sa?

— Destulă, zise Moab, înaintând către masa saganului. Îndată ce o bănuială se ridică, chestiunea este retezată. Ursita mea luptă contra datoriei mele. Interveniți în numele lui Dumnezeu; n-am nimic a spune. Îl voi ucide pe Pilat și mă voi ucide peste corpul său. Adio! Voi înfrânge preceptele sectei mele[2] care detestă sângele; dar vreau să ispășesc greșeala mea ucigând mai întâi inima mea, care era a ei, apoi corpul meu care era al vostru. Merg să mă întâlnesc cu frații noștri.

Și zicând aceasta, Moab, discipolul Botezătorului, ridică capul său ars de soarele deșertului, mândru ca vârfurile Libanului, preumblă peste noi privirea sa albastră ca cerul, își potrivi în jurul corpului tunica de postav din păr de cămilă, strânse centura de piele, își scutură părul negru și creț ca cel al lui Samson și ieși.

Un moment de tăcere lugubră, dureroasă, urmă această plecare. Saganul o întrerupse:

---

[2] «Essenienii erau împotriva războiului. Dar îndată ce țara era amenințată, ei arătau un curaj nedomolit. În războiul contra romanilor, ei alergară în apărarea Ierusalimului și dădură un mare număr de martiri puși pe cruce, aruncați în circuri și torturați de învingători.» Salvatorul, I, pag. 166. Iosef. Războaiele evreilor, cart. II, cap. II. Antichități, cart. XVIII, cap. II.

— Atunci, totul e înțeles, zise el. Nu trebuie nimic să schimbăm, nimic să adăugăm la planul stabilit. Dacă vreun eveniment se va produce mâine, vom anunța mâine seară.

— Bine, zise Menahem, mă duc acum la casa lui Iosaphat.

El plecă. În acel moment cornul de berbec din vârful colinei templului dădu semnul că sabatul începea.

Bar-Abbas îl urmase pe Menahem, oprindu-se în sălile inferioare, și-l auzeam țipând contra servilor saganului care nu îi dădeau să mănânce după gustul său. Justus îmi zise:

— Iuda, te duci astă-seară la Maria?

— Nu știu, răspunsei, am nevoie a fi singur cu mine.

— Atunci nu voi merge să te aștept acolo.

— Nu.

— Pe mâine.

Soarele deja apusese după Moriah, după Modin, în marea Iopei și a Tyrului. Tăcerea se coborâse peste oraș. Hanah cu marile sale sprâncene încruntate, cu ochii ațintiți pe lespezile de marmură ale camerei, cu mâinile încleștate pe caftanul său alb, tăcea, medita, poate nu se gândea la nimic, sau poate calcula ceea ce-i convenea mai bine: de a fi cu conspirația sau de a-i da pe conspiratori lui Pillat. Eu, de asemenea tăceam, profund impresionat de istoria sărmanei adultere — care mi se păru desigur că era femeia lui Moab — a creaturii misterioase care exercita o așa de puternică influență asupra acestui om de bazalt cu ochii de acvilă. Hanah îmi zise în sfârșit:

— Știi tu la ce mă gândesc, Iuda?

— Știu eu! La cele 400 de concubine ale lui Solomon.

— Mâine sosește femeia lui Pillat și guvernatorul Siriei.

— Trebuie să îi asasinăm și pe ei?

— Pillat primește prin urmare noi cohorte.

— Atât mai bine: cu cât vom ucide mai mulți astăzi cu atât vom avea mai puțin de combătut mâine.

— Vom fi zdrobiți.

— Ce contează? Alții vor încerca după noi și poate vor reuși.

— Hm!, făcu saganul, prea puțin îmi pasă dacă alții vor reuși sau nu: noi sigur vom fi masacrați.

— Nu cumva îți e frică, principe?

— Nu, dar nu m-am asociat cu planurile tale pentru a avea onoarea de a fi agățat de o spânzurătoare pe Golgota.

— Vorbești minunat, sagane, răspunsei eu, dar acum este prea târziu pentru a te retrage. Pe lângă acestea, tu trebuie să arzi de zel pentru templu, ai cărui bani îi jefuiesc un păgân sub pretext de a construi apeducte și a da apă canaliei care moare de sete. Apoi, o ocazie ca aceasta nu se prezintă în toate zilele. Sunt 50.000 de persoane îngrămădite pe colinele și în interiorul Ierusalimului, venite din toate părțile Siriei care vor să ne ajute.

— Cu toate acestea, zise saganul, dacă acești oameni se vor înmuia?

— Ei vor fi tăiați mai întâi: astfel se alimentează mânia popoarelor oprimate contra străinilor opresori. Tu vei lua loc în istoria noastră, sagane, alături cu marele meu strămoș Matatias Macabeul.

— Mai mult, cred că voi fi considerat ca un sărman plagiar al străbunului meu Esau.

O jumătate de ceas mai înainte, orașul fierbea de viață. De când shofa sunase din înălțimea pereților Templului, chiar inima orașului încetase de a bate.

Sabatul îl pietrifica pe evreu.

Nici un zgomot pe uliți, nici o lumină la ferestre, nicidecum fum pe terasele caselor, nici o scânteie de foc în vetre. Tăcerea înfășura creația. Nu mai era permis de a ieși, de a merge să caute apă, de a coace pâine, de a aprinde focul dacă ți-era frig, de a ridica copilul dacă cădea, de a-ți săruta juna femeie, sau de a o întoarce pe patul său de durere. Dacă mama sa era gata să moară, fiul nu putea să o ajute. Dacă asinul său cădea într-un șanț, trebuia să-l lase a fi devorat de leoparzi și de șacali. Fiecare trebuia să stea acolo unde se găsea, în aceeași poziție, fără să bea, fără să mănânce. Dacă inamicul te ataca, trebuia să te lași a fi ucis și de multe ori până la Iuda Macabeul, părinții noștri fuseseră masacrați astfel. În zilele de sabat evreii pierduseră mai toate bătăliile contra străinilor, care atacându-i când ei nu se puteau apăra îi masacrau. Cineva nu putea să părăsească câmpul, să continue călătoria sau să se apere de un soare ucigător, de uragan sau de fulger în această zi nefastă. Sunetul cornului fatal al Templului schimba pe om în statuie ca pe femeia lui Loth. Afară decât în acest Templu, care continua singur traficul său de toate zilele, primea ofrandele — îndoit însă ca în celelalte zile — sacrifica victime, uda cu sânge flăcările albastre ale altarelor sale, afară decât în acest Templu, pentru că nu este serbare pentru lucrurile sacre, în toate celelalte părți, toate simptomele vieții încetau. Noi, saducenii, râdeam de asta, având drept maximă că sabatul este făcut pentru om nu omul pentru sabat. Hillel și Gamaliel bine ziseseră că era permis de a face binele în timpul zilei sabatului, fariseii însă erau neînduplecați. Astfel că Ierusalimul semăna, în această oră, cu un oraș de morminte, în care aerul chiar devenise mut.

O sută de mii de persoane respirau încet.

Deodată, auzirăm în partea porții Judiciare și a porții Genath un zgomot surd ca un roi de albine deșteptat de un trântor. Ridicarăm capul și ascultarăm. Zgomotul se mărește, se apropie, devine mai distinct. Auzim voci, zgomot de arme. Vedem, cu toate acestea, ferestrele populându-se de capete curioase. Apoi o lumină roșie ca a torțelor aprinse, lumină cerul pe care mari nori începeau a-l întuneca; și îndată, de pe ferestrele noastre, vedem un grup de soldați ducând în mijlocul lor niște prizonieri. Inima noastră se strânge. Cortegiul înaintează din ce în ce spre for, apoi se îndreaptă către înălțimea tronului, în partea turnului Phasaelus. Atunci ne retragem speriați: îi recunoaștem pe complicii noștri și în fruntea lor, legați cu funii și plini de sânge, pe Menahem și pe Moab.

II

În timpul lungii mele șederi la Roma, auzisem adesea vorbindu-se de femeia procuratorului Iudeei, dar nu o văzusem niciodată. Claudia locuia la Caprea.

Ea era cea mai mică dintre fiicele Iuliei, fiica lui Augustus, pe care acesta, după ce o măritase cu Tiberiu, o exilase din cauza desfrânărilor sale. Iulia făcuse această fiică în exilul ei, cu un cavaler roman. Dar ajunsă în etate de 13 ani o trimisese la fostul ei bărbat, Tiberiu, care mobila insula Caprea cu tinere perechi pentru a își excita bătrânețea. Se știe istoria acestor copii mai în forță, dar încă de țâță, pe care obișnuia să îi așeze între picioarele sale, când era în baie, și pe care îi numea peștișorii săi. Se spunea că un cetățean roman îi legase un tablou a lui Parhasius unde Atalante era reprezentată cu Meleagru în aceeași postură ca și micii copii cu Tiberiu. Acest tablou valora un milion de sesterți.[3]

---

[3] Sueton – Tiberiu XLIV.

Claudia pentru el juca rolul Atalantei.

Claudia era una dintre stelele și una dintre crimele curții lui Cezar.

Doi sau trei ani după aceea, Ponțiu Pilat, un spaniol, sosea la Caprea. El îi plăcu lui Tiberiu, nu se știe în ce mod: Tiberiu avea toate fanteziile viciului.

— Ce aș putea face mai bun pentru tine? îl întrebă într-o zi bătrânul împărat.

Pilat o văzuse pe Claudia. El știa ce funcție exercita ea la curtea imperială. Cu toate acestea, o ceru în căsătorie. Tiberiu consimți. Atunci se aflau la Bahia. Tiberiu ordonă să fie conduși la templul Dianei, în propria sa litieră, și asistă în persoană la cununie, ca unul dintre cei zece martori ceruți de lege, și puse el însuși mâna Claudiei în a lui Pilat. Împlinidu-se căsătoria, ieșind din Templu, Claudia intră în litiera imperială, dar în momentul când Pilat se gătea a o urma pe femeia sa, Tiberiu îl reținu și ordonă celor opt sclavi liburni să plece. Pilat tremura ca varga. Tiberiu scoase atunci un papirus din sân, i-l dădu și se îndepărtă. Era ordinul de a merge la Ierusalim ca procurator al Iudeei. Sejan îl aștepta să îl conducă singur la mare, unde o biremă de război se legăna în port, gata a-și desfășura velele.

Iată ce se zicea:

Dumnezeu poate vedea altceva.

Șase ani trecură.

Iulia, mama Claudiei, murise.

Tiberiu poate se săturase de Atalanta sa.

Pilat trimitea depeșă după depeșă, în care zugrăvea acest colț al Siriei unde domnea, ca o țară sfâșiată de secte rebele, totdeauna gata de răscoală.[4]

Claudia era urmărită de amorul lui Sejan.

Ea îi ceru lui Cezar voie să meargă la bărbatul ei și o obținu. Tiberiu făcu mai mult încă. El o culmină, el așa de avar, de daruri: cai, sclavi, giuvaeruri, bani și scrise lui Pomponiu Flaccu — acela pe care îl numise guvernatorul Siriei fiindcă petrecuseră împreună două zile și două nopți bând — de a o considera pe Claudia ca pe o rudă a sa, de a i se supune și de a o onora.

[4] În fiecare zi se petreceau în Iudeea tulburări ale poporului, se cita provocări la libertate, făcători de miracole, șefi care promiteau de a împlini profețiile. Ei atrăgeau masele în deșert, se proclamau acolo în calitate de Ilie , de Mesia, de Christ... și erau supliciați. – Salvator I, pag. 197..

Birema imperială merse să o aștepte la Brundusiu, unde se îmbarcă, acompaniată de garda pretoriană și de o curte, ca și cum ar fi fost *imperatrice*.

Călătoria fu fericită.

Claudia se opri numai câteva zile la Rodos, pentru a se odihni, apoi debarcă la Iopa.

Pomponiu Flaccu o aștepta. Trimișii orașului Ierusalim sosiseră acolo de două zile.

Ionathan, al doilea fiu al lui Hanah, era șeful acestei deputații evreiești.

Soarele se ridica după înălțimile Ephraimului și colora cu purpură lanțul de munți ce se întinde de la Ramah la Carmel, când supraveghetorii, din vârful piscului pe care este așezat Iopa, dădură semnalul, indicând că birema imperială se apropie.

Într-adevăr, o galeră cu două rânduri de rame, cu carena aurită și cu velele de purpură, înainta către țărm, împinsă de un vânt dulce și curat.

O mare mișcare se făcu atunci pe galeră și în oraș. Garnizoana, soldații care acompaniau pe Pomponiu Flaccu, acesta chiar în persoană cu o mulțime de oameni ai casei sale, coborâră pe malul mării, precedați de comisiunea Ierusalimului, urmați de toată populația. Pe biremă, toți matelotii sicilieni se grăbeau a șterge roua nopții, a întinde covoare de Cartagina și sclavii Claudiei se înșirau pentru a o primi pe stăpâna lor care se sculase și urca pe punte.

Claudia părea încântată de vederea Iopei, căreia Hiramu îi trimisese lemnăria de cedru, de acest port unde Ionas se îmbarcase pentru acest teribil voiaj pe care avea să-l sfârșească într-un mod așa de insolit și așa de fantastic, de această întindere de nisip presărat cu palmieri, cu smochini și grădini, parte ieșită afară a acestei câmpii a Sharonului pe care cărțile noastre sacre le parfumase cu trandafiri, de acest lanț de coline, pline de roze și de ambră care se întindeau înaintea ochilor săi, și care formau țara muntoasă a Iudeei, a lui Beniamin și a lui Ephraim. Claudia contemplă toate acestea până în momentul când birema abordă și fu trasă pe țărm, când matelotii rezemară de prora o scară din lemn de lămâi încrustată cu argint și aramă. Pomponiu Flaccu se grăbi atunci a se urca în biremă, urmat de comisia din Ierusalim pe care o prezentă Claudiei.

Ionathan, un frumos tânăr, îi adresă un compliment din partea nobleței, a oamenilor Templului și a poporului orașului nostru.

Coborând pe țărm, un strigăt imens, ieșit din poporul ce se înghesuia, o salută pe Claudia.

Femeia lui Pilat nu se urcă pe conul pe care este implantat orașul, asemenea unei vițe de struguri. Ea n-avea trebuință de odihnă și prin urmare, plecarea la Ramah fu imediat ordonată.

Pe lângă asta, totul era gata.

Douăzeci și patru de sclavi liburni înconjurau o litieră de mătase și de purpură: câte opt de schimb. O cămilă înșăuată, doi cai, unul din Selinunt și unul din Siria, băteau cu picioarele în nisip, ținuți cu frâu scurt de sclavi nubieni. Claudia putea să schimbe modul de călătorie după gustul său. O mulțime de cavaleri numiți serveau drept escortă și o jumătate de legiune de gărzi.

O câmpie acoperită cu un strat ușurel de nisip roșu suprapusă pe o albie de marnă neagră se deschidea înaintea lor presărată de sate, de ruinele vechilor orașe, și a mormintelor, sfărămături ale bătrânei noastre istorii și a nenorocirilor noastre, cum și de sute de generații de oameni, philisteni, evrei, macedoneni, romani. În față, Ramah; mai departe, abia se vedea Modinul care răsuna de numele Machabeilor; și pe margini, Gaza, Ascalonul unde s-a născut Irod cel Mare — această regiune care văzu pe David răsturnând pe Gigante și pe Samson prinzând vulpi.

Claudia se urcă pe cămilă, și în spatele ei se urcă o sclavă egipteană care ținea deasupra capului ei un umbrar pentru a o apăra de razele soarelui încă puternic.

Traversară grădini de portocali și de lămâi, unde vița-de-vie, smochinii se dezvoltau, amestecându-se cu măslinii, cu migdalii, cu sicomorii, cu palmierii. Strugurii erau copți, pătlăgelele roșii se întindeau în șir, merele de Siria încântau ochii cu culoarea lor galbenă sau purpurie, mirtul și răsura îmbălsămau aerul. Cineva își odihnea privirea pe aceste grădini până la Beth-Dagon — unde se află încă ruinele unui Templu dedicat acestor divinități marine a philistenilor, pe care jura Goliath, în templul căruia Samson, orb și degradat, fu sfărâmat, și pe care arca Domnului îl resturnă, când philistenii o așezară în templul lor după ce îi învinseseră pe Ofini și pe Phineas, fii lui Elia. Dincolo de Beth-Dagon, țara se deschide și mari turme de capre, de oi, de bivoli și cămile cutreieră câmpia.

Claudiei părea că-i place călătoria și Ionathan, care călărea la stânga sa, îi povestea toate tradițiile și istoria patriei noastre rechemate de locurile ce le traversau.

Ea era surprinsă de bravurile părinților noștri, așa de diferite de acelea ale strămoșilor ei.

Se opriră pentru a prânzi la Ramah, patria lui Samuel. Totul fusese prevăzut și preparat de ofițerii pe care Pilat îi trimisese înainte în lungul drumului. Se odihniră câteva cesuri, căci voiajul pe cămilă pe care Claudia îl încerca pentru prima oară, o ostenise tot atât ca și legănătura mării. La ora 9 soarele coborând în partea Ascalonului, ea se urcă pe cal și spre înnoptate mica escortă a acestei frumoase patriciene romane, se opri la piciorul colinei Modin — colină în raport cu munții Iudeei care se ridică la spatele său, era munte în raport cu valea pe care o închide.

— Noi călcăm cu picioarele noastre locul cel mai sacru și cel mai fatal din istoria nostră politică, zise Ionathan Claudiei.

— Care? întrebă aceasta.

— Acela care fu consacrat prin vitejiile lui Matathia și al celor 5 fii ai săi, Machabeii.

— Cunosc istoria aceasta, replică Claudia.

Înntr-adevăr, ea auzise mult vorbindu-se de evrei la Curtea lui Tiberiu, atunci când acesta îi goni pe toți din Roma și-i închisese în niște locuri nesănătoase, sub pedeapsă de sclavie dacă reveneau. Ea auzise vorbindu-se în urmă prin scrisorile lui Pilat, care descria în culori întunecoase acest popor care nu știa să fie independent, nu se resemna a servi, avea obiceiuri stranii: sabatul, circumcizia, oroarea de străini și de o mulțime de obiecte pe care le considera ca o maculatură, de acest popor, în fine, care adora un singur Dumnezeu, cu rituri tot așa de atroce ca și ale infidelilor. Claudia se preocupa de aceste tulburări continue, de aceste secte, de acești mesii ce se așteptau, și întreba când pe astrologul lui Tiberiu Trasilus, când pe grămăticul Seleucu, pe care Tiberiu îl exilase de la Curtea sa și apoi îl ucisese pentru că se informa de la sclavii săi de cartea pe care Cezarul o citise peste zi.

Claudia avea poate un interes imens în a cunoaște fondul caracterului și vigoarea poporului evreu.

A doua zi, cu toate acestea, fiindcă Modin nu se află decât la 3 ore de Ierusalim, pe când escorta pe jos și imensa suită de bagaje și de vite, care o acompaniau pe Claudia pleca, ea, acompaniată de Flaccu, de Ionathan și de trupa numiziană ajungând la colină, încalecă ca să meargă să viziteze mormântul lui Matathias. Ionathan, de pe colina aceea de unde se îmbrățișa magnifica vedere a marii câmpii, a mândrei văi a Ascalonului, a mării depărtate fără navigatori, indică Claudiei, tocmai în fața ei, muntele pleșuv, trist, abrupt, unde fugi Matathias cu copii săi, după ce-i ucisese pe idolatri și-l răsturnase pe Jupiter din templul de la Modin, deasupra, la stânga, încoronată de nori, înalta creastă Beth-horon, unde Iuda Machabeu îl zdrobise pe Seron, alt general al lui Antioch — unul contra douăzeci — după cum zdrobise și ucisese deja pe Apoloniu, după cum trebuia să distrugă și pe Lysia, la Emau, în câmpia care se întinde înaintea lor și pe Nicanor la Adasa, care se vede la 4 mile mai departe.

— Bătălii între giganți, strigă Ionathan, pământ udat de sânge eroic, care ilustrează națiunea, o răzbună de ultrajele trecute, îi creașe o nouă viață și o ucise la final.

— Cum a ucis-o? întrebă Claudia.

— Da, răspunse Ionathan cu tristețe. Când Macabeii răsturnară altarul păgân la Modin, Israel nu mai exista decât în cărțile noastre sacre. Credința israelită pierise prin indiferența poporului, prin legile cuceritorilor străini. Templul era profanat, lectura vechilor noastre legi oprită, circumcizia încetase, observarea sabatului era interzisă sub pedeapsă de moarte; succesiunea marilor preoți era întreruptă. Onias, adevăratul pontific, fugise în mijlocul evreilor care de aici înainte locuiau în Memphis și pe țărmurile Nilului. Printre aceștia, niciun evreu la o mie care să fi știut a citi în ebraică. Limba chaldeică, siriană, greacă o înlocuise pe cea în care Moise comandase în numele Domnului, în care David cântase, și Solomon instruise. Macabeii însă erau oameni de lume, politici, soldați, oratori, administratori, orice afară de preoți. Ei se coborau din exilații Babilonului, nu din acea bătrână tulpină a aristocrației evreiești care rămăsese fidelă moravurilor, legilor, tradițiilor, organizației sociale a părinților noștri. Cu ei veni la putere partidul naționalității politice și a reformei. Ei cumulară dubla putere civilă și religioasă. Substituiră tradiția orală legii scrise a lui Moise, teoria personală și schimbătoare, legea marelui colegiu, pactului marelui legislator. Provocară și favorizară poate schisma și au fost cauza pentru care poporul evreu s-a împărțit în saducei, esenieni, farisei, acolo unde Moise stabilise o singură credință, un rit, o arcă, un tabernacol, un templu, o convenție pentru tot poporul lui Israel. Unității sacerdoțiului lui Moise i se opuse schisma care triumfa în guvernământul civil și se impuse credinței religioase. Moise, David, Solomon, judecătorii care scoseseră pe poporul evreu din Egipt, ar fi fost străini, în timpul Machabeilor, în marele colegiu, în sinagogă, în sanhedrin, pentru școala lui Hillel și a lui Shammai, pentru acești mari sacerdoți principi, pentru samariteni, pentru evrei. De aici înainte, Moise devenise o amintire, o veche glorie națională și nimic mai mult. Această masă de bronz brut, dar compact și solid pe care Moise o făurise spre a întâmpina ciocnirea tuturor popoarelor care înconjurau Israelul, fu fărâmată de Machabei, ca să o netezească și să o adapteze mai bine la cursul zilei. Și de aici condamnarea capitală a poporului evreu fu pronunțată. Noi, nu mai suntem noi înșine, suntem toată lumea, pentru toată lumea. Vrând să creeze o națiune, Machabeii creară un stat. Caracterul politic astfel scos în lume, se dezvoltase; sufletul națiunii fusese sfărâmat. La Modin începuse reacția contra străinului, dar în beneficiul unei singure părți a națiunii, care exageră pericolul și nu înțelese esența caracterului poporului evreu. Rabinul luă locul lui Dumnezeu.

Zicând acestea, mergând, adresându-se când către Claudia, când către Flaccu, Ionathan intră cel dintâi pe potecile și strâmtorile munților unde începe coborârea către Ierusalim.

Drum nu era. Măslinul, laurul, mirtul, migdalul, grosama cu floarea de aur, porumbul, crescuseră în mijlocul acestei scări de stânci; dar cu cât se urca mai sus, păducelul, tufa, stejarul pitic, buruienile, mărăcinii și piscurile stâncilor noastre, bolovănișul vinețiu sau roșu, devenea mai abundent. Mergea pe albia torentelor. Nu întâlneai pe altcineva decât păzitori de capre, sau țărani săraci pe jos, sau un rabin pe asinul său. Pretutindeni o mare tăcere. Spre răsărit, întorcându-te, se vedea încă marea; în față, munți peste munți, alături povârnișuri alunecoase. Nu se opriră deloc la Kirjath, Jearim, unde daniții lui Zorah și ai lui Eshtaol așezaseră corturile lor, mai înainte de a se urca la casa lui Micah pe muntele Ephraim, și a fura ephodiul, teraphinul și imaginile de metal. Tot acolo arca Domnului stătu 20 ani la Eleazar, după ce fusese pierdută de israeliți, luată de filisteni și așezată în Templul lui Dagon la Ashdod, apoi vândută.

La ora unsprezece ei vedeau frumosul orășel Eman — la două

mile de Ierusalim — în mijlocul grădinilor verzi, strălucitoare, parfumate, unde vița purpurie și strugurii auriți aspiră la umbra măslinului, se agață în jurul smochinilor. Această vegetație, în acest loc, este o sărutare a naturii, care devine din ce în ce mai aspră, goală, râpoasă, cu cât cineva urcă mai mult pe platoul muntelui Măslinilor și a Sionului.

Aici, Claudia și Flaccu, cu suita lor, ajunseră partea din escortă ce-i precedase și trecură înainte, mergând pe un drum în zig-zag, făcut din roci albe zdrobite, scânteietoare, arzătoare, atât de iute cât puteau, căci soarele de amiază îi copleșeau.

În sfârșit, zăriră lunga întindere de pereți care înconjoară Ierusalimul, turnurile sale, templul său, palatele sale, buchetul de palmieri care umbrește poarta Peștilor și muntele Măslinilor, la drepta.

În acest moment, straja care era la poarta Genath, care se deschide înspre grădinile palatului lui Irod, intră pentru a anunța lui Pilat că se vedeau călătorii care se îndreptau către poarta Peștilor.

Pilat îi aștepta pe acești călători, sau mai bine spus pe această călătoare, de 7 ani.

El își fixase locuința în turnul Mariamnei, dar a doua zi de la sosirea sa la Ierusalim, apartamentele zise ale lui Cezar și ale Mariamnei, în palatul lui Irod erau gata a primi pe acești oaspeți așa de întârziați. Nici o zi nu trecuse în tot timpul acesta fără ca Pilat să nu fi venit a se plimba mult și singur în această locuință splendidă, dar tăcută și rece. În fine, această lungă dorință avea să fie satisfăcută, această sete nestinsă avea să fie potolită.

Când libertul său spaniol veni să îi anunțe că femeia sa era aproape de zidurile Ierusalimului, Pilat era foarte ocupat. El ascultase raportul făcut de centurionul Cneiu Priscus – fratele lui Cesoniu Priscu care era intendentul voluptăților lui Tiberiu – asupra prinderii conspiratorilor din noaptea precedentă și începuse a-i întreba. Pilat întrerupse îndată interogatoriul, sări pe un cal, pe care îl ținea pregătit în curte și plecă în galop, urmat de cei opt sclavi nubieni ai săi, a căror figură, arme , cai erau de culorea nopții și a căror frunte era încinsă cu o eșarfă roșie, culoarea aurorei. Ei formau garda sa unică și unicii săi companioni muți.

Pilat întâlni cortegiul la poarta Peștilor.

Chipul său brun părea de foc.

El sări jos pentru a o strânge în brațe pe femeia sa.

Claudia, care vorbea în acest moment cu Pomponiu Flaccu, își continuă conversația; apoi se întoarse și fără chiar a ridica *ricca* cu care își acoperise obrazul în lungul drumului, de teamă de a nu i se arde fața, prezentă fruntea bărbatului ei. Pilat deveni palid ca o noapte cu lună plină, se urcă pe cal după ce-l salută pe guvernatorul Siriei și plecară.

Ierusalimul părea un mormânt. Nici un om pe uliți, nici o figură la ferestre, nici o suflare umană în aer în afară de zgomotul oamenilor cortegiului, al căror mers speria șopârlele, șoarecii și șerpii care umblau la soare. S-ar fi auzit bâzâitul insectelor, gongonirea porumbeilor templului.

— Ierusalimul vostru e un oraș, ori un cimitir, este capitala Iudeei ori Marea Moartă? îl întrebă Claudia pe Ionathan.

— Nu, Claudia, este sabatul, răspunse Pilat care voia să atragă atenția asupra lui. Este sabatul care se încheagă asupra acestui popor ca o mare de bitum.

— Nu cumva este vita care rumegă? întrebă Pomponiu.

— Poate este tigrul care pândește și se târăște, răspunse Pilat.

— Aș! zise guvernatorul Siriei.

— O veți vedea mâine, ripostă procuratorul Iudeei.

Și avea dreptate.

Se va vedea mâine, și apoi încă, și apoi încă până în ziua fatală când «vulturul se va lăsa asupra șarpelui» după prevestirea profeților noștri.

Pomponiu Flaccu se instală în partea palatului, zis a Agripei; Claudia în partea zisă a lui Cezar. Pilat se întoarse seara în retragerea sa solitară din turnul Mariamnei.

III

Acum să ne întoarcem

Un trădător se furișase în mijlocul nostru.

Bănuielile noastre se opriră câtva timp asupra lui Isus Bar-Abbas. Dar purtarea ulterioară a acestui parazit nerușinat ne convinse că, deși el avea toate viciile, poseda însă virtutea tăcerii. Faptul este că Pilat cunoștea, cu o zi mai înainte, dacă nu scopul, cel puțin locul reuniunii confraților noștri în casa din valea lui

Iosaphat. El știa poate chiar mai mult decât acesta, căci se abținu a merge înaintea femeii sale, trimițându-i o scrisoare în care se scuza și-o anunța că ține în mâna sa firele unei mari conspirații care punea în pericol guvernământul roman și că, prin urmare, nu se putea îndepărta.

Casa din valea lui Iosaphat era un mare cub, cu două etaje, împărțite în două camere, precedate de o mică gradină înaintea ușii. Două ferestre în față, două în spate, casă plină de umezeală iarna, infectată de scorpii, șopârle, șerpi și șoareci vara, nelocuită de mai mult de un sfert de secol poate, proprietarul său locuind în Cipru.

Cu o zi înainte, vreo treizeci de soldați dintre cei mai încercați, sub comanda acestui demon de centurion numit Cneiu Priscu, ieșiseră noaptea pe poarta grădinii palatului lui Irod, pentru a nu trece pe la porțile orașului și înconjurând zidurile, merseră să se instaleze în casă. Ei își petrecuseră acolo ziua într-o semiobscuritate. Afară de câțiva păstori care-și aduseseră caprele să lingă câteva picături din apa clocită, ce curge prin valea Hinnom, nici o suflare nu se apropiase de împrejurime. Dar, îndată ce soarele începu a se coborî către Monah, acești soldați remarcaseră către muntele Măslinilor și Scopa, venind din partea Garebului, a Bezethei, Mizpehului, Acrei, mici grupuri de oameni, unii descinzând pe coborâșul colinei, alții ieșind pe porțile care uneau pereții, și înaintând cu pași înceți și misterioși către casă. La o oră distanță grupele se separară; unii se opreau pe când alții înaintau, făcând astfel ca niciodată mai mult de unul să nu treacă prin gardul rupt al grădinii și să nu intre în casă. Ușa n-avea încuietoare și stătea întredeschisă.

Soldații lui Priscu închiseseră ferestrele și stăteau de ambele părți ale ușii. Astfel încât, îndată ce unul din conjurați intra și împingea ușa după el, soldații îi aruncau o manta pe cap, strângându-l în brațele îl duceau în odaia dinăntru, îi puneau căluș în gură, îl legau și îl dădeau în paza companionilor lor. Ascunzătoarea prinse astfel vreo douăzeci de conspiratori, dintre cei mai grăbiți.

Dar îndată ce cornul templului sună, și tenebrele se îndeseau, conspiratorii înaintară cu mai puțină precauție, grăbindu-se spre a nu întârzia.

Când Menahem sări peste gardul grădinii, o altă duzină

dintre amicii săi îl urmară îndeaproape. Treaba înăuntru nu se mai făcea cu precauție și tăcere: vânatul îl gonea pe vânător. Moab se lupta încă atunci când Menahem se simți apucat de mâini. El înțelese îndată. Strigă. Și, fiindcă era puternic, începu a se smucii. Acest zgomot îi deșteptă pe cei din urmă care intrau în grădină. Ei ascultară și înțeleseră la rândul lor că complicii lor căzuseră într-o cursă, nezărind lumină în casă, auzind gemete înăbușite, un zgomot de arme și de luptă. Se depărtară. Priscu îi văzu plecând. Dar nu avea destui oameni pentru a-i urmări și a veghea totodată prada pe care o avea în mână.

Tortura va face restul, zise el: aceștia vor vorbi și-i vor da în vileag pe complicii lor.

Înțelegând că de aici înainte era inutil de a mai aștepta, și temându-se poate ca cei care scăpaseră să nu revină cu alții, în număr îndestulător pentru a-i elibera pe complicii lor, Cneiu Priscu luă hotărârea de a ieși din casă și a se întoarce la Ierusalim cu victimele sale.

Pentru mai multă siguranță, el îi condusese în turnul Phasaelus. Închisoarea orașului putea fi infidelă sau prea slabă pentru a-i păzii.

Astfel era raportul pe care Priscu îl dăduse în aceiași seară lui Pilat și pe care îl repetase dimineața în prezența prizonierilor. După care procuratorul începuse interogatoriul prevenițiilor.

Instrucțiunile scrise, pe care le găsise la Menahem, simplificau mult procedura. Pilat îi întrebă unul după altul în parte: niciunul dintr ei nu răspunse un cuvânt. La întrebarea „pentru ce mergeai în această locuință solitară și retrasă?" toți răspunseseră: „pentru rugăciune!" Moab răspunse prin această variantă: „Pentru a ruga pe Dumnezeu ca să-mi ridice scrupulele de a te ucide, Pilat!"

Și Menahem zise: „Vă urăsc pe toți, vulturi romani; noi vă urâm toți, și va veni ziua când frații noștri vă vor strivi ca pe niște vipere."

Pilat ar fi trebuit să-i pună sub tortură pentru a-i face să vorbească, pentru a le smulge numele complicilor lor și planul conspirației. Dar, fie că a crezut că erau destule douăzeci și două de victime, fie că îi disprețuia pe ceilalți, fie că cunoștea proiectele noastre, fie din pietate sau sațietate , el nu ordonă tortura. Era la ultimul prizonier când libertul său îl anunță că sosea Claudia.

Restul zilei sabatului el nu se mai ocupă de acești oameni.

Datoriile ospitalității către șeful său, anxietatea de a fi cu femeia sa, îi serviră drept distracție.

Conversația pe care o avu cu femeia sa nu fu lungă. El ieși din camera Claudiei abătut și deconcertat. Convorbirea cu Pomponiu Flaccu fu mai lungă și mai satisfăcătoare.

Cu toate acestea, a doua zi, în zori, el coborî în pretoriu, și după ce dădu oarecare ordine în secret capilor de trupe, reîncepu interogatoriul prizonierilor și discuția sentinței cu consilierii săi. Era în acest punct, când veniră emisarii săi să-i vorbească în secret.

Secretul era inutil. Ceea ce ei veneau să anunțe se denunța de sine.

Ziua sabatului fusese lugubră. Arestarea celor douăzeci și doi dintre capii cei mai considerabili și cei mai cutezători ai tuturor partidelor, răsunase în sufletul întregii națiuni. Cei care scăpaseră și noi, comisarii superiori, nu putuserăm să luăm nici o rezoluție, fie pentru că ziua Domnului ne paraliza, fie pentru că ne temeam de a nu fi supravegheați. Ne așteptam chiar să fim arestați în fiecare moment. Seara porțile fuseseră închise, contrar obiceiului din timpul marilor sărbători ale lui Purim, Paschah și a Tabernaclelor și soldații romani luaseră locul indigenilor. Garnizoana citadelei Antonia stătuse gata toată noaptea. Totul arăta că Pilat urmărea planurile noastre și veghea.

Mă hotărâsem cu toate acestea să merg să-i văd pe câțiva dintre capii noștri care locuiau în oraș. Nu am găsit pe niciunul. Cu saganul și cu Bar-Abbas n-aveam ce face. Justus veni să mă întâlnescă la Maria, după deprinderea sa; dar el tremura și nu știa nimic. Așteptam ziua cu o neliniște foarte mare pentru a merge să-i văd pe cei din Galilea, Perea și Idumea care se aflau pe colinele care încoronează Ierusalimul sub corturi sau sub colibe de frunze.

Din revărsatul zorilor eram în picioare. Ieșii din casa mea din cartierul Ophel și mă apropiai de poarta Turnurilor-Femeilor care duce la suburbia Bezetha-Gareb, așteptam ca gardianul să deschidă.

Considerasem toată noaptea situația complotului după descoperirea sa și arestarea celor douăzeci și doi de capi, și hotărâsem că trebuie să împing lucrul până la capăt, întâmplându-se orice! Știam, de la început, că acesta nu va avansa nici cu un deget ceea ce se numea mântuirea națională, și nu mă interesam deloc de asta. Scopul meu era de a compromite pe oamenii Templului, de a le da satisfacție, pentru a-i lega de mine și a-i încurca din ce în ce mai mult cu Pilat. Saganul, care nu înțelegea nimic, care nu se gândea la nimic, se lăsa a fi condus, numai să se creadă că el era sufletul mișcării, că el concepea, ordona, că el era stăpânul, inima și mintea poporului evreu. Câteodată el lua acest rol chiar de față cu mine. Odată ruptura împlinită între palatul lui Irod și Templu totul ar fi mers. Ce mă interesa, de aici, insuccesul, victimele, întârzierea de o zi, de câteva luni, sângele unora, triumful altora? Îmi propuneam așadar de a merge să-i ațâț pe oamenii din Samaria și din Galilea, cei mai întreprinzători, și pândeam deschiderea porților. Auzeam de cealaltă parte un zgomot mai accentuat decât de obicei. Vedeam pe coasta colinelor o mișcare mai grăbită. Un zgomot depărtat, continu, venind din diferitele puncte ale orașului și din împrejurime, izbea în auzul meu. Bar-Abbas mă văzu și se apropie de mine.

El era deja într-un grad confortabil de beție.

— Iuda, îmi zise el, tu știi?

— Totul.

— Și acum, când ceilalți sunt prinși, ce trebuie să facem?

— Să mergem mereu înainte. Te oprești tu pe un câmp de bătaie pentru că un camarad cade alături de tine?

— Tocmai asta îmi ziceam și eu. Atunci am făcut bine.

— Ce ai făcut?

— De! I-am sfătuit pe ceilalți să lucreze ca și cum nu s-ar fi întâmplat nimic.

— De minune. Acum trebuie să-i silești pe leneși și să-i descoperi pe cei care se îndoiesc.

— Mă duc în partea pieței, și-i voi face să meargă ca pe niște bătrâni legionari. Adio!; voi veni să mănânc cu tine, căci ieri, pentru a onora pe Domnul, n-am pus nimic în traista mea.

Porțile se deschideau. O mulțime de popor se precipită în oraș. În același timp din această stupină de case care se reazemă pe Moriah și pe Sion, din valea Brânzarilor până la culme, un furnicar de oameni se deșteptau și se animau. Văzui trecând pe aceste necurate străzi sute de tineri și bătrâni care se îndreptau către piața pretoriului. Această piață devenea necesară centrului acțiunii. Am mers și eu acolo. Trecui pe la saganul mai întâi. El mă aștepta. Caiafa era cu el, mai tulburat, mai confuz, mai fricos, mai indecis decât chiar Hanah. Fixai atenția lor și i-am spus prin considerație că nemaiputând să se mai retragă, să lase să lucreze evenimentele care se născuseră unele din altele.

Caiafa ieși pentru ca să-și pornescă oamenii în campanie.

Hanah îmi recomandă să execut exact instrucțiunile sale. Mergând, îl întâlnii pe Justus mai mult târât de o mulțime imensă care îl împingea înainte ca pe șeful său. Cuvântul de ordine rămânea același: să nu mai fie apeducte, respect pentru ofrandă!

Romanii au o predilecție marcată pentru apă și fântâni în orașe; acestea fac un obiect de podoabă și un mijloc de igienă publică. Pilat voia să ilustreze guvernământul său la Ierusalim lăsându-i fântâni, de care orașul avea mare trebuință. El începuse un apeduct de douăzeci și cinci mile pentru a aduce apă de departe; un monument de artă și de utilitate publică care ar fi rivalizat și poate ar fi întrecut Aqua-Julia.

Nevoind să încarce poporul cu taxe pentru această operă, el reclamase și obținuse, cu voie fără voie, prin Caiafa, acest impozit de jumătate schekel pe care tot evreul este dator să-l platească Templului în toți anii, și dublu, dacă plătește în ziua sabatului. Acest tribut sacru se numea ofrandă.

Mă apropiai de Justus și-i zisei încet:

— Mereu înainte: nimic nu s-a schimbat.

Așteptând, de la Poarta Daurită, care prin puntea de pe Cedron, conduce la drumurile Iordanului, și de la Marea Moartă prin poarta Judiciară, care se deschide pe drumul Gazei și al Egiptului, prin poarta Ephraim care conduce în Samaria și prin poarta Yeniamin, unde se termină drumul de la Anathot și de la Betleem, valuri de provinciali intrau în oraș, conduși de capii care scăpaseră din cursa lui Pilat din casa lui Iosaphat. Toți se îndreptară către forul Ierusalimului, către piața Pretoriului care se desfășura înaintea palatului lui Irod. Mă îndreptai către această parte, trecând piața târgului. Acolo văzui pe Bar-Abbas, în mijlocul unei mulțimi imense, care striga:

— Damnare pe sufletul meu! Apă? Ce trebuință avem noi de apă? La ce servește apa? Abia e bună pentru a se îneca cineva și pentru oamenii murdari care au trebuință a se spăla și pentru zeloșii care n-ar atinge buzele femeilor lor fără a se crede impuri!

— Da, da, nu vrem apeducte! striga poporul.

— Dacă ne-ar fi făcut fântâni de vin cel puțin, i-am înțelege.

— Vin! Vă place vinul, copiii mei?

— Trăiască vinul! strigau ștrengarii, gloria vinului și acelora care au!

— Mai cu deosebire, copiii mei, continua Bar-Abbas, vinul? Asta prețuiește osteneala de a construi apeducte de douăzeci și cinci de mile spre a adăpa cu vin poporul lui Dumnezeu care se amuză a face deluviul, pe poporul care a băut apă patruzeci de ani în deșert cu Moise. Și Moise iubea apa. Iată pentru ce-l ura femeia sa. Așadar, lucru decis: nu vrem apa! Ploile ne inundă deja destul, mulțumită Domnului, când casele ne sunt găurite.

— Nu vrem apă! răspundea mulțimea.

— Și respectul ofrandei, copiii mei. Moneda sacră! Pe coarnele lui Moise! Și ce vor face săracii noștri preoți? Vor să-i lase să slăbească ca pe niște lăcuste? Ei se plâng deja că impozitul lui Dumnezeu este mic. Gândiți-vă puțin dacă li-l vor ridica. Ne vor taxa câte un schekel de cap.

— Respectul ofrandei! striga plebea.

— Eu îi iubesc pe preoții grași, continua Bar-Abbas. Ei sunt satisfăcuți, și prin urmare veseli și umani. Samuel era slab și el tulbura Israelul. Eremia era slab, fiindcă nu digera, și făcu din Ierusalim o vale de plângeri. Lumea mergea la nuntă bocindu-se, mâncau la mese bune plângând, săruta pe femeia sa scâncind: uitaseră a râde. Să ia ofranda? Dar vor a-i reduce pe amabilii noștri preoți a se nutri cu bălegar ca, ia... spuneți-mi numele acestui profet...

— Să trăiască preotul gras, respect obolului lui Dumnezeu! striga mereu plebea.

— Și apoi, copiii mei, nu cumva romanii ne vor da să bem? Nu e de ajuns că ne iau ceea ce avem de mâncare, fără a vrea să ne condamne la regimul apei și să ne facă a avea guturai! Dacă ei iubesc apa, să meargă a bea la Roma. Noi suntem copiii celor care mâncau în țara promisă ciorchini de struguri, mari ca turnul Phasaelus. Nu le este de-ajuns romanilor că ne-au luat totul, vor să facă locul neted, locul curat? Noi vrem să fim murdari, noi! Profeții noștri erau murdari și cu toate astea ei tot vorbeau cu Dumnezeu.

— Nu vrem apeducte, nu vrem apeducte! repeta plebea.

— Da, oile mele, și o să mergem să ne înțelegem cum se cade cu procuratorul. Să-i lase în pace pe preoții noștri! Când preoții sunt satisfăcuți, totul prosperă: începând cu femeile voastre. Dumnezeul nostru este deja destul de sărac, toți îl fură care de care mai tare. Nu cumva vor să se facă slugă romanilor pentru a vedea fața aurului? El face minuni: dacă o vrea apă, ca în timpul lui Moise, n-are, trebuință s-o cumpere.

— Nu, nu, să nu se atingă nimeni de impozitul lui Iehova!

— Ei bine, tocmai asta vrem să spunem binișor procuratorului. Urmați-mă, și tăcere! Eu voi lua cuvântul pentru voi; mai dați-mi încă pe câțiva din Galilea și Samaria. Eu știu cum se vorbește capilor. Am vorbit cu Tiberiu, când mă luptam sub ordinele sale! Ce mai cap cu creieri! Bătrânii înainte, apoi tinerii, și femeile și copiii acasă sau la Templu.

Și într-o clipire de ochi, această mulțime imensă se așeză în ordine, și Justus și alți patru comisari se uneau cu Bar-Abbas care se constituia oratorul plângerii poporului. Atunci îndreptându-se către Moriah, lăsând palatul Machabeilor la stânga, Hipodromul la dreapta, cutreierând Templul de la poarta vestică până la palatul Arhivelor, ei traversară piața cea mare și se opriră la piciorul celor optsprezece trepte care formau scara Pretoriului.

Pomponiu Flaccu, care fusese prevenit, cu o zi mai înainte, de ceea ce trebuia să se întâmple dimineața, nu fusese mișcat de strigătele poporului. Pe lângă acestea, el digera încă prânzul și vinul ce-l băuse noaptea. Căci, Pilat deși bea apă, cu toate acestea avea o bună pivniță. Claudia Procula, fiind în ignoranță de orice lucru, se deșteptă, sau mai bine-zis fu deșteptată de sclavele sale, toate alarmate de revoltă.

Pilat încunoștiință pe femeia sa să nu se teamă de nimic, dar Claudia, înfășurată încă cu bandeletele toaletei de noapte, de care se foloseau tinerele femei romane pentru a își păstra mai fragedă pielea, se acoperi cu un fel de *palium* roșu care o acoperea din cap până la picioare și se duse pe o terasă care înconjura palatul.

Ea domina orașul.

Pilat, la apropierea mulțimii, trimisese prizonierii în turnul Phasaelus, temându-se ca să nu îi ia. El tocmai terminase redactarea sentinței condamnării, când șeful gărzii care veghea la porțile palatului intră pentru a-i anunța că o deputăție din popor voia să-i vorbească. Pilat ezită un moment dacă trebuia s-o primească sau să o gonească cu lovituri. În fine, se decise a o lăsa să intre.

Isus Bar-Abbas înaintă, în capul celorlalţi cinci parlamentari, mergând în sală cu pasul unui rege. Zdrenţele sale făceau să se vadă şi mai bine demnitatea portului său. El îşi propusese numai a fi sublim. O mână pe piept, cu alta în şold, cu capul în sus şi puţin pe spate, fixându-l pe Pilat cu privirea, părea că admiră sculpturile din lemn de cedru de pe plafon. Mirosea a usturoi ca Iberia întreagă. Şi fiindcă Justus îl urma prea de aproape, el arunca din când în când piciorul în spate spre a-l îndepărta şi a-l ţine în suită şi nu alături cu el: astfel încât părea că şchioapătă.

Sprâncenele lui Pilat se zbârleau, respiraţia i se accentua.

— Seniore Procurator, sunt eu, zise Bar-Abbas, mergând dinaintea scaunului lui Pilat.

— Oare aceşti păduchioşi n-aveau pe altul ceva mai puţin murdar a-mi trimite ca mesager? întrebă Pilat adresându-se către ceilalţi delegaţi.

— Păduchioşii ştiu că eu sunt orator, replică Bar-Abbas, întrerupându-l pe Justus care voia să formuleze o scuză: iată pentru ce, Pilate, am călcat pragul palatului părinţilor noştri?

— Părinţilor tăi? Da, zise Pilat rânjind, vorbeşte atunci.

— Poporul lui Israel... începu Bar-Abbas.

— Canalia! întrerupse Pilat, ca un spaniol îngânfat.

— Fiindcă vorbesc rău limba latină pe care am vorbit-o 20 de ani în legiunile lui Cezar, voi vorbi greceşte. Ştiu carte Pilat, vezi tu? Am învăţat pe gal dansul pe care David îl juca dinaintea arcei, şi pe compatrioţii tăi, mâncarea de linte pentru care Esau şi-a vândut dreptul său de progenitură!

Pilat se zvârcolea pe scaunul său. Bar-Abbas continuă.

— N-am avut timp, Pilat, de a compune oraţiunea mea; evenimentele m-au surprins în piaţa Bâlciului şi iubirea poporului meu mi-a zis: mergi! Am mers în fruntea sa şi vin în numele său să-ţi spun: *Quousque tandem abuteris, Pilate, patientia nostra?*

— Nu este nici unul între voi care să aibă puţin simţ comun pentru a lua cuvântul? strigă Pilat lovind în masă cu pumnul.

— Cum, simţ comun? Eu vin în numele poporului evreu pentru a vorbi de apă şi nu de simţul comun, eu care odinioară am avut onoarea de a vorbi divinului Tiberiu, slăpânul tău, şi a spune: Bună ziua Cezare!

— Aruncaţi-l pe uşă afară pe acest tâlhar cu lovituri de picior, ordonă Pilat unui decurion care era de gardă în sală.

Decurionul se grăbi a se supune pe dată; și în timp ce împlinea ordinul, Bar-Abbas sărea țipând și frecându-și părțile lovite.

— De, Lentule, poartă-te ca vechi coleg; mai încet, nu cu vârful, alături... Ah!, bun, tunica mea e sfâșiată și iată fașa mea de dedesubt expusă privirilor Seniorului Pilat și a stelelor Siriei.

Justus înaintă atunci și, cerând iertare pentru bufonăriile lui Bar-Abbas, expuse lui Pilat plângerile poporului evreu.

— Bine, răspunse procuratorul: nu iau sfaturi de la poporul evreu, și nu dau socoteală decât lui Cezar. Eu știu ceea ce am făcut, și ceea ce am făcut este bine. Orașul are trebuință de fântâni, și îi voi face. Dacă poporul evreu crede că fac rău uzând de ofrandă decât să-l încarc cu un alt impozit, face ca măgarul care, căzând sub sarcină, dă cu piciorul în stăpânul său care se grăbește a-l descărca. Iată răspunsul meu: Mergeți!

— Astfel, zise Justus, apeductul va fi terminat, ofranda va continua a fi atribuită acestei construcții.

— Da. Mergeți!

Deputăția salută și ieși.

Mulțimea murmura deja, la nararea fantastică pe care Bar-Abbas i-o făcea despre primirea pe care o avusese. Când ceilalți comisari veniră să-i anunțe că voința lui Pilat era neschimbată, că lucrările apeductului nu vor fi suspendate, că taxa Templului nu va fi respectată, un strigăt imens, plecând din piața Pretoriului, circulă din stradă în stradă, din șir în șir, de la Sion la Moriah, de la Acra la muntele Măslinilor, răsună în aer, cuprinse orașul. Claudia se sperie. Flaccus se deșteptă. Pilat surâse. Pilat cunoștea poporul evreu. Deja el îl pedepsise, când acest popor nu voi ca să fie plimbate prin oraș semnele cu imagina lui Cezar, legea ebraică opunându-se ca imagina lui Dumnezeu să fie reprodusă de pictură sau sculptură: aceasta era idolatrie. Fără a fi mișcat dar, chemă pe Deciu Crispu, comandantul tuturor forțelor romane care ocupau Ierusalimul și îi zise:

— Ia cele două cohorte care sunt în curtea din centru și cu arma în teacă, cu biciul în mână, risipește acest gunoi. Nicidecum sânge: dar loviți bine.

Deciu Crispu, pe care Pilat îl alegea pentru că-l știa uman și blând, îl salută, și cinci minute după aceea ieși din palat.

Mulțimea nu se mișcase din loc, strigând mereu: nu vrem apeducte! Să nu se atingă de ofrandă! Crispu îi adresă câteva cuvinte, binevoitoare, sfătuind-o a înceta zgomotul și a se retrage. Îl insultară. Atunci el ordonă oamenilor săi să o respingă.

La primele lovituri de bici, țipetele se îndoiră. Dar cei care își simțeau obrazul lovit se retrăgeau și îi împingeau pe ceilalți. Retragerea începu. Câteva lovituri de pumn și de bâtă primite de soldați îndoiră mânia și forța brațului lor. Dar se întâmplă, din nenorocire, că unul dintre soldați cu o lovitură de bici sângeră obrazul lui Isus Bar-Abbas. Durerea îi smulse un țipăt teribil. În același timp scoase de sub mantaua sa un cuțit și îl înfipse în pântecele soldatului. Romanul căzu strigând: ne omoară!

Aceasta fu de ajuns.

Soldații care până atunci nu folosiseră decât vergi, scoaseră spadele și începură a lovi. Evreii erau dezarmați: carnagiul nu întâlnea obstacole. Soldații lui Pilat făcură o spărtură printre această mulțime de bătrâni și de tineri care veniseră acolo mai mult pentru a se ruga decât a se revolta. Ei îi răsturnau în dreapta și în stânga ca spicele sub mâna secerătorilor. Cei care fugeau răsturnau pe cei mai slabi și îi striveau. Vai de cei ce cădeau: ei nu se mai ridicau. Prăvăliile, ușile caselor se deschiseră pentru a oferi un adăpost acestor nenorociți: dar sângele, cel mai rău dintre băuturile îmbătătoare, îi amețea pe soldați. Templul chiar nu mai servi de azil: curtea preoților ca și cea a păgânilor, lischesthul-ha-Gazith ca și piața sacră, mănăstirile și camerele sacre, totul fu mânjit de sânge, umplut de cadavre. Trei mii de victime pieiră, dintre care numai doi soldați romani! A doua zi, văile Hinnom, Iosafat și Cedron, erau pline de cadavre, în mare parte de galileeni, supuși ai tetrarhului Irod Antipa.

Claudia, în tot timpul primului moment al acestui protest, stătuse pe terasă privind splendida panoramă care o înconjura. Ea contempla Templul, al cărui fronton, acoperit cu plăci de aur lovite de soare, o orbea; valea care, tot coborând, se termină la Bethleem, la Erichon, la Iordan, în deșert, la Marea Moartă, vastă întindere de aur, care termina o margine a orizontului după cum un safir termină floronul unei coroane.

Ea admiră grădinele Silohei, grupele argintate de arbori după muntele Măslinilor, splendidele grădini ale palatului său, lanțul de munți al Iudeii și al Veniaminului, care, printr-un platou, se unește cu cele două colțuri ale Sionului și Acrei; și mai departe, dincolo de Iordan și de deșert, munții Moab, care semănau cu un nor violet presărat cu aur. La teribilul țipăt al masacrului, Claudia își duse ochii din cer la pământ, și urmări trasările spadei romane prin carnea fiilor lui David, fără a se retrage, fără a păli. Apoi, când soarele începu a o incomoda, temându-se pentru strălucirea pielii sale, ea intră în casă încet murmurând Ciprei, sclava sa gală pe care o avea pentru a-i împodobi capul:

— Am ajunsela timp!

Flaccus află în baie istorisirea măcelului, pe când sclavii săi îi frecau pielea cu o piatră-ponce de Lesbos, moale ca buzele unei tinere fete.

— Ba! murmură el, acești zrențăroși nu vor mai cuteza să-și mai ascută din nou mâine spadele!

Și ordonă să se pună o altă pastilă de mirt în casetele de aur care parfumau cabinetul său.

Pilat, din contră, își smulse părul de disperare la vederea acestei teribile catastrofe. Încălecă dintr-o săritură pe primul cal ce-l găsi în curte, și începu să alerge după ucigători strigând: Opriți! Opriți!

Dar, vai!, el înainta încet.

Cadavrele, răniții, toți cei căzuți se opreau înaintării sale. Strigătele de nenorocire care îi întunecau drumul îl sugrumau.

El reuși cu toate acestea, în fine, a domoli furia soldaților, ordonă retragerea lor și el însuși se întoarse la palat, cu inima sângerândă, cu sufletul sfâșiat de durere și de remușcări. Intră în sala de judecată. Sarcina sa de peste zi nu era încă terminată. I se prezentă sentința contra celor duăzeci și doi de prizonieri pe care îi condamnase dimineață. O reciti, stătu mult să se gândească, întrebă pe consilierii săi dacă era justă și conform legii. I se răspunse afirmativ.

— Atunci, zise el, să se aducă prizonierii.

Înaintea porților palatului – evreii separatiști se credeau mânjiți trecând pragul locuinței lui Pilat – se întindea o curte deschisă, în mijlocul căreia de când palatul lui Irod devenise Pretoriul roman, este încrustat un pătrat de mozaic care arăta locul scaunului sentinței. Noi numim acest loc Gabbatha. În mijlocul Gabbathei se ridica o piatră marcată cu marmură de diferite culori, pe care se punea scaunul pretorului, când trebuia să anunțe sentințele criminalilor. Se putea, după uzul nostru, să se pronunțe sentința în sala de audiență, dar trebuia să o expună afară în fața publicului, care voia să o audă.

Când Pilat veni să se așeze pe scaunul său, prizonierii, legați cu două lanțuri, de unsprezece fiecare, îl așteptau așezați în două rânduri, la dreapta și la stânga. Garda pretoriului se întindea în cerc în jurul lor; dar poporul era absent. Curtea era goală. Cu toate acestea, Pilat se făcu că nu bagă de seamă. El îi întrebă pe condamnați:

— Aveți să spuneți ceva pentru apărarea voastră?

Nimeni nu răspunse. Câțiva surâseră într-un mod disprețuitor și ironic.

— Citește sentința, zise Pilat scribului său.

Acest personaj citi sentința în latinește. Un interpret o traduse în limba noastră. În substanță, ea decreta următoarele: Cei douăzeci și doi de prizonieri vor fi expuși a doua zi la vederea poporului, care nu-i văzuse astăzi, înlănțuiți, în amfiteatru, înaintea începerii spectacolului unde vor fi bătuți cu câte zece nuiele fiecare, zece dintre acești criminali, al căror nume îl arăta sentința, vor fi crucificați în aceeași seară; șase, al căror nume era de asemenea scris vor fi dați animalelor sălbatice în a doua zi a spectacolului. Ceilalți șase, în fine, cei mai puternici și mai tineri vor fi admiși a lupta cu animalele, a treia zi, înarmați numai cu o spadă scurtă. Când sentința fu citită, Pilat întrebă încă, adresându-se poporului care lipsea:

— Este cineva care are observații de făcut?

Naturalmente, nimeni nu răspunse. Atunci se adresă condamnaților și adăugă:

— Și voi, aveți vreo obiecție? Aveți ceva a cere, care să nu vatăme sentința?

Condamnații tăcură. Numai, după un minut de tăcere, în care s-ar fi auzit bătăile tuturor inimilor, Menahem zise:

— Dumnezeu care dă lumina zilelor în cer va pregăti ziua de răzbunare.

Pilat ridică încet din cap și răspunse liniștit:

— Dacă această zi este în vreun an, timpul nu a marcat-o încă în cartea sa.

Un minut după aceea, privighetoarea ciripea în grădinile palatului, întinse la picioarele Ophelului, udate de apele binefăcătoare ale Enrogelului, turturelele gemeau, vântul de sud se juca în florile din valea Siloamului, fluturii zburau desfășurându-și aripile scânteietoare în mijlocul arborilor curții.

Prânzul lui Pilat și al oaspetelui său îi aștepta.

IV

Amfiteatrul din Ierusalim fusese construit de către regele Irod. Regele știa foarte bine că legea ebraică oprește spectacolele de felul celor care se dădeau în el. Dar el încercă prin acest mod de seducție, după cum încercase cu o mulțime de alte metode nobile, utile, politice, umane, ca să sfărâme cercul de aramă care oprea comuniunea evreilor cu celelalte popoare din Orient și din Occident. El nu izbutii nici cu acesta, după cum nu izbutise nici cu celelalte concepții prea mari pentru un popor așa de incult.

Amfiteatrul, în timpul lui Irod, fusese populat, ca și în timpul lui Pilat, de spectatori veniți chiar din Grecia și din Egipt – de la Damasc până la Memphis, de la Gaza până la Tir – din orașele grecești și romane care se ridicau pe solul fiilor lui Iacob, Cesarea, Gadara, Sephoris, Pela, Scythopolis, Hippos, Phasaelus, Tiberiada. Apoi orașele Samariei se goliseră, venind toți la sărbătorile lui Pilat, care coincideau cu cele ale Tabernaclelor, ale evreilor. Așa că, vastul circ era plin de popor încă de dimineață.

La circ erau și evrei, dar numai din cele două părți de extreme: aristocrația saduceană, și plebea infimă care nu se triază, dar se îngrămădește. Vestalele fiind inexistente la noi, podiumul era destinat damelor de rang mai înalt, cărora li se dădea un dar de intrare special. Rândurile superiore erau ocupate de femei, mai toate voalate; rândurile din față, de bărbați de o condiție mai înaltă, magistrați, principi, capi de poliție, preoți, vechi oficianți de sinagogi. Un grilaj, nu tocmai înalt, îi proteja contra gusturilor animalelor, care ar fi căutat altă parte și nu în arenă un loc unde să-și joace rolul.

La o extremitate a amfiteatrului, la nouă său zece picioare deasupra arenei era loja lui Pilat – în fața podiului – separată de ceilalți spectatori numai printr-o funie de mătase și de aur întinsă de ambele părți de grila treptelor superiore. În fața acestui loc, pe două scaune de fildeș incrustate cu aur și acoperite cu purpură, stătea Claudia Procula, având la picioarele sale perne de mătase albastră cusute cu argint, și Pomponiu Flaccu, având la picioarele sale un covor de Persia. În spatele lor stătea suita cu ofițerii ei. Pilat era așezat pe un scaun special, puțin depărtat, ca domn al spectacolului; căci la Ierusalim nu erau ca la Roma nici edili, nici directori speciali pentru aceast scop. Un velarium țesut cu lână albă din Bethania, cu dungi roșii din lână de Sidon, acoperea foarte bine vastul edificiu.

Varietatea de costume a spectatorilor desfăta privirea. Dar cei care au asistat, câte o dată în viața lor, la circurile romane și la hipodromurile grecești, unde poporul este așa vesel, atât de zgomotos, ar fi crezut că vede în această mulțime așa de liniștită și așa de serioasă, o adunare care asistă la un proces capital într-o Curte de justiție. În afară de acestea, luptele cu cestul, retiarii, dimacherii, acești andabați, ce puteau să nutrească mișcător pentru oamenii care, cu o zi mai înainte, fuseseră târâți în această vânătoare stranie pe care soldații romani o dăduseră poporului evreu, găurind piepturi, spate, coaste, tăind capete și membre și alergând înainte, înainte peste cadavre, peste răniți, peste muribunzi? Nu era nici o familie evreiască care să nu fie în doliu: de unde putea să vină veselia? Nimeni nu-i cunoștea pe acești luptători, nimeni nu paria pentru unul sau pentru altul: de unde putea naște interesul? Poporul evreu are sensibilitate pentru frumusețe, ca toate rasele orientale, dar nu simțământul frumosului, ca grecii și romanii. Poporal evreu se teme de forță și adesea nu o admiră, nu o cultivă nici chiar nu o apreciază, ca grecii și romanii. Cum s-ar fi lăsat el încântat de frumoasele forme ale acestor gladiatori greci; pentru admirabilul spectacol al acestor dimacheri italieni, care, luptându-se cu spada și cu pumnalul, fără arme defensive, se ucideau unul pe altul, sau pentru agilitatea acestui retiar și acestui mirmilon, unul ucis, altul rănit de moarte? Abia dacă cineva râde de stângăcia andabaților gali dintre care unul – luptând cu un coif care nu avea alte găuri decât la gură și la urechi – după o mulțime de stângăcii, avu un braț tăiat, și dintre care celălalt s-a ales cu pântecele spintecat. Toate acestea se petreceau cu răceală.

Dar o scenă, de un alt fel, veni îndată să descopere o dureroasă emoție.

Chiar când era să se termine o pantomimă de dans și de cântec a unei sărbători al lui Sylen, fu întreruptă prin apariția în mijlocul ei a unui taur, ațâțat de prezența unor câini, care îl goneau, și lăsă timp corurilor și cymbalinelor de a fugi prin *sana vivaria* și prin celelalte ieșiri ale arenei. Dar, înainte de această comedie, Pilat a vrut să prezinte tragedia sa.

Trâmbițele sunară, tăcerea deșertului se instală în mijlocul acestei serbări. Atunci, un herald se ridică din spatele lui Pilat și înaintând strigă:

— Iată sentința în privința conspiratorilor împotriva lui Cesar!

După ce heraldul citi sentința pronunțată în ajun de către procurator, acesta făcu un semn. Atunci, vomitoriumul care se afla dedesubtul podiumului, se deschise și condamnații apărură. Ei erau împărțiți în trei grupuri legați cu frânghii, mână de mână. Cei care trebuiau se fie crucificați seara, îi precedau pe ceilalți. Aceștia erau cei mai bătrâni, cei mai slabi, soldații indigeni îi urmau. A doua grupă se compunea din condamnații la animalele sălbatice, îmbrăcați numai cu o tunică, având un singur pumnal drept armă defensivă. Moab era în frunte: soldații romani mergeau după ei. În final, veneau asemenea cei șase condamnați la bestii, dar înarmați pe deplin, în afară de zale și paveze. Menahem era printre aceștia din urmă și legionarii gali îl escortau.

Când ei apărură în circ, un strigăt imens răsună în mijlocul mulțimii: „Glorie fiilor lui Israil; Curaj, curaj!" Apoi se făcu o tăcere înfricoșătoare. Condamnații nu rostiră nici un cuvânt.

Ei aveau toți pasul sigur, aerul liniștit, portul demn ca și cum ar fi mers să împlinească un sacrificiu religios.

Menahem mergea cu capul în sus, cu ochii pierduți în cer, ca și cum ar fi voit să străbată velariumul și să întâlnească în firmament privirea, suspinul, sărutarea pe care o poate căuta acolo. Moab preumbla ochii săi îngrijiți pe rangurile unde erau femeile, neliniștit în mod vizibil, concentrându-și toată puterea vieții sale în privirea scrutătoare. Ei parcurseră astfel arena de la drepta la stânga, cu spatele întors către podium cât a ținut jumătate din traiectoria lor.

Eram în fața acestei părți a amfiteatrului. Când condamnații ajunseră sub loja Claudiei, prin urmare în fața femeilor așezate pe podium am băgat de seamă o bruscă zguduire la una dintre femeile voalate, așezate la primul rang, la nivel cu femeia lui Pilat. Cu cât condamnații înaintau către această parte a arenei, agitația acestei femei se mărea. Ea se ridică, își plecă corpul înainte, atât de înainte, încât o altă femeie , așezată lângă ea, o apucă de talie. În cele din urmă ea scoase un țipăt. Toate privirile se întoarseră ca un fulger către acest loc. Moab auzi, de asemenea, acest țipăt, și o grozavă tremurătură, pătrunzându-i tot corpul, îl cuprinse.

Abia mai putea merge, dar, ajuns sub acest loc, el strigă: „Adio, Miriam!"

— Moab! răspunse necunoscuta, și căzu pe perna sa, cu capul pe umerii vecinei sale.

La această mișcare, vălul se desfăcu. Se iscă o amețeală în toată sala. S-ar fi zis că velariumul se sfâșia, și că soarele inunda arena. Niciodată nu se văzuse o astfel de frumusețe în mijlocul fiilor lui Israel, de la Esthera, de la Eva, poate, fiica lui Dumnezeu. O exclamație de surprindere răsună în mijlocul întregii adunări. Pilat păli ca un cadavru. Moab căzuse abătut, și îl târâseră leșinat. Claudia spuse câteva cuvinte vecinului său Flaccu, acesta lui Pilat, care nu răspunse. Ochii săi erau fixați pe locul pe care îl ocupa Miriam. Aceasta se sculase cu grabă și dispăru sub *vomitatorium*, care, din galeria interioară, conducea la podium. Am alergat afară pentru a o vedea din nou pe această femeie care îmi era necunoscută mie, care cunoscusem toate femeile din Ierusalim. Ea zburase ca o adiere a aerului, fără a lăsa urme.

Acest incident aruncă răceală pe restul spectacolului.

Ieșind din circ, poporul se întâlni cu condamnații care mergeau la supliciu.

Poporul Ierusalimului, care nu asistase la luptele gladiatorilor, mergea să asiste la mortea compatrioților săi. Era imposibil a te apropia de locurile din jurul Golgotei, dar s-ar fi zis că aceste mii de femei și de bărbați erau pietrificați. Nici un țipăt, nici un gest, fiecare respira încet, și fiecare suspin conținea un blestem.

Pe când străinii se amuzau cu gladiatorii și cu inamicii lui Pilat, călăii acestuia ridicau crucile. Operațiunea era scurtă, erau cu toții obișnuiți. O oră mai apoi, îi ridicaseră pe condamnați pe cruce, legându-le mâinile și picioarele, apoi, când toți au fost spânzurați, călăii le-au fărâmat fluierele și mâinile, șoldurile și antebrațele cu o bară de fier. La țipetele sfâșietoare ale condamnaților răspunse un țipăt imens al poporului; țipăt nearticulat care nu exprima nimic și spunea totul. Acesta a fost singurul țipăt. Poporul se strecură după marginile Golgotei, ca apa care se scurge dintr-un vas găurit.

Seara era răcoroasă și frumoasă. Am cinat cu Maria. Bar-Abbas venise să adune firimiturile. Justus venise puțin cam târziu, căci acest ștrengar și-ar fi petrecut viața la picioarele metresei mele. Terminându-ne cina i-am invitat să mă însoțească. Maria a vrut de asemenea să vină.

Ieșind pe poarta Judiciară, care se deschide pe drumul de la Silo și Gabaon, am lăsat la stânga monumentul lui Anania și am început să urcăm la drepta pe micul munte al Golgotei. Luna lumina peste tot. O adiere de vânt plângătoare și rece gonea înaintea sa un puf alb, în formă de fulgi, care zburau capricios, și lăsă măturat un cer limpede ca spelunca insulei Capri. Luna mergea spre apusul ei.

Un rând de forme albe, ce se desena în albastrul cerului se arătă ochilor noștri. Cu cât ne apropiam, aceste forme luau o figură, și distingeam corpurile goale ale chinuiților.

Locul era părăsit. Gărzile, după ce îi răniseră de moarte pe condamnați, se interesaseră prea puțin de a asculta ultimul blestem sau cea din urmă rugăciune a condamnaților. Pietatea era prea sus, ura prea jos pentru a-i ajunge și pe acești servitori ai străinului. Câinii vagabonzi, care își făcuseră cina în groapa cadavrelor, lătrau ca să petreacă. Cucuveaua răspundea. Un geamăt surd, gâtuit, tulbura tăcerea nopții.

— Acești nenorociți nu aveau, deci, surori, mame, soții... murmură Maria strângându-se lângă mine fără a-și termina fraza: ei mor singuri!

— Poate da, i-am răspuns, dar frica... Pe lângă acestea, este mai trist a muri fără a-ți osteni ochii cu privirea chipului uman?

Ajunserăm la picioarele crucilor. Condamnații aveau ochii închiși sau întorși către cer. Nici unul nu era încă mort. Pieptul lor sălta cu o silă care făcea să le plesnească coastele. Oasele extremităților fiind fărâmate, corpurile contractate și strânse se proiectau înainte. Agonia era oribilă. Auzind pași sub ei, un singur strigăt ieși din toate aceste gâtleje arse și sufocate: „Sete! Sete!"

N-aveam nici apă, nici scară. Bar-Abbas se grăbi în vale pentru a căuta ceva. Acest bufon însuși era trist. Mi-am pronunțat numele. Numele meu era cunoscut de toți patrioții fostului regat al lui lui Irod. Atunci un alt cuvânt ieși dintre aceste buze arzând ca gura unui cuptor: „Răzbunare!"

— Da, fraților, am răspuns, muriți în pace; veți fi răzbunați.

Două sau trei din aceste piepturi încetaseră a se dilata.

Maria plângea. Justus, cu capul plecat, părea dezolat și o privea. Mă zvârcoleam, neputând să aduc neciun ajutor, neputând nici să îndulcesc nici să le scurtez agonia. Am stat în tăcere, ascultând acest sughiț care-ți sfâșia sufletul.

Luna își continua mersul rapid în mijlocul norilor goniți de vânt; greierele plângea în crăpăturile stâncii ce devenea rece; greierele de casă își chema companionul, cucul arunca cântecul său monoton vântului care ne aducea suflări impestate din valea întinsă la picioarele noastre; șacalul, mai departe, urla de bucurie. Pe când ferestrele palatului lui Irod străluceau de festinul Claudiei și al guvernatorului Siriei, piepturile supliciaților se stingeau puțin câte puțin.

Și Bar-Abbas nu mai venea! Nu m-am mai putut abține.

— Adio! zisei, pornind repede spre valea colinei.

„În cer!" îmi răspunseră ultimele două voci care erau încă distincte.

Acești nenorociți credeau mai toți în reînviere.

Puțin după aceea, Justus o aducea pe Maria. Bar-Abbas venise prea târziu: sacrificiul era consumat.

Valurile aerului repetau încă strigătul: „Răzbunare!"

Oh! da, răzbunare!... Ah! cine era oare această femeie pe care o văzusem în circ? Cât era de frumoasă, Dumnezeul meu, cât era de frumoasă!

A doua zi, în revărsatul zorilor, aceiași evrei, care cu o zi mai înainte se abținuseră de a merge să vadă jocurile gladiatorilor străini, ocupau partea amfiteatrului care înconjura cele două aripi ale lojei lui Pilat, pentru a merge să vadă *morituri te salutant* al martirilor lor. Erau sumbri, tăcuți, cugetători, s-ar fi zis că sunt în doliu.

Spectacolul lui Pilat nu era, negreșit, ca acelea ale domnilor săi din Roma. El nu oferea, desigur, o luptă de douăzeci de elefanți contra unei mâini de geți înarmați cu lănci, ca Pompei la al doilea consulat al său, nici cele șaptezeci și trei de pantere ale lui Scipion Nasica și ale lui Lentul, nici cel cinci hipopotami opuși la douăzeci și trei de crocodili ai lui Segur, nici vânătoarea de o sută de lei cu coame organizată de Silla, nici cea de trei sute cincisprezece lei pe care o dăduse Pompei, sau cea de patru sute pe care o dădea Cesar. Nu erau nici cei trei mii cinci sute de lei, tigri și pantere ale lui P. Serviliu. Dar bietul spectacol al lui Pilat, așa cum era, era destul pentru gustul acestor asiatici care nu se săturaseră încă.

Pilat făcea să se ucidă în această a doua zi a serbării, zece tigri, doisprezece lei și o panteră, care se spunea că prețuia cât toți ceilalți; și pentru a gâdila pofta de mâncare, doisprezece condamnați pentru crimă de înaltă trădare către Cezar: patruzeci și cinci de capete.

Îmbătat de sângele zilei precedente, poporul se arăta astăzi mai întărit. Oare spectacolul nu promitea să fie atroce? Se auzeau femeile râzând, bărbații își pierdeau gravitatea și-și mânjeau obrazul cu must de struguri și acolo unde se afla Bar-Abbas, era un zgomot, un șir de bufonării, o gesticulație echivocă, o vorbire tare, o astfel de gălăgie încât cineva ar fi putut crede că se află într-o piață de legume. Am avut un moment impresia că acest calic vrea să înceapă o conversație cu mine, sau cu Pilat, din cealaltă margine a circului, sau să trimită sărutări Claudiei și coceni de porumb lui Pomponiu Flaccu. Bar-Abbas adusese sub mantia sa un purcel, pe care-l găsise nu știu pe unde anume fiindcă acest patruped era un lucru prea rar și prea antipatic la Ierusalim și în India.

Din când în când el îl arăta, îl mușca de ureche și-l facea să țipe ca un îndrăcit. În modul acesta își procurase un loc foarte larg gonind pe toți vecinii săi; astfel stătea la fel de bine ca și Pilat.

La o oră după-amiază, locuitorii palatului lui Irod veniră să își ocupe locurile, precum cu o zi mai înainte. Câteva minute după aceea, trâmbițele sunară ca să anunțe că spectacolul era gata să înceapă. Acesta a fost pentru bestiari semnalul de a ridica grilele animalelor feroce, pentru păzitorul circului de a îi aduce pe prizonieri, și pentru poporul evreu a se scula, toți ca unul, și de a ieși din amfiteatru. Așa încât deșertul cel mai absolut se făcu în jurul lui Pilat, a soției sale și a guvernatorului Siriei, de ambele părți.

Justus și cu mine am rămas singuri, chiar alături de Claudia. Speram că o voi vedea pe fermecătoarea din ziua precedentă. Claudia, Pilat și Flaccu își îndreptară ochii unul spre celălalt.

Efectul acestei protestații nu dură cu toate acestea mult timp. Alte lucruri creară o diversiune. Gardienii circului așezară la o margine a arenei pe cei șase condamnați.

Îi îmbrăcaseră cu câte o cămașă roșie pentru decorul spectacolului cred, căci hainele lor fuseseră foarte mult maltratate de vicisitudinele zilelor anterioare. Moab, de astă dată, era întors cu fața către Claudia. Cei șase se așezaseră la extremitatea incintei, spate în spate, foarte strânși, cu mâna stângă la piept, cu drepta înainte, înarmată cu un pumnal. Reprezentau forma unor statui;

și nici un mușchi al corpului sau al feței lor nu tremura. Ni se păreau însă foarte palizi. Cu capul și cu picioarele goale, această panoplie vie ce se oferea animalelor, părea încă redutabilă! Acești dinți strânși, aceste guri întredeschise pentru a respira o răsuflare puternică, aceste nări dilatate promiteau o luptă teribilă; carnea poate avea să muște gura ce voia să o devoreze.

Dar aceste guri erau de asemenea înspăimântătoare.

Îndată ce bestiarii redicaseră grilele, așezate nu la cele două extremități ale amfiteatrului, ci în coaste, de o parte, ieșiră ca o turmă zece tigri enormi, de cealaltă parte, se târî afară un val de zece crocodili.

Un fior de plăcere, mai mult decât de teroare, cuprinse toate rândurile. Tăcerea era absolută.

Tigrii intrară cei dintâi. Privirea lor fu izbită instantaneu de mulțimea așezată împrejur și de această grupă roșie și nemișcată mai apropiată. Nările lor scoaseră afară un miros foarte iute, pestilențial. Crocodilii, cu ochii lor mici și roșiatici, îi zăriră îndată pe tigri în fața lor, cu o privire chiorâșă, lângă ei, la zece pași sub loja Claudiei, pe condamnați.

Tigri și crocodili înțeleseră imediat, din instinct, că pericolul lor cel mai mare nu venea de la om. Astfel ambele trupe se opriră pentru a se observa reciproc. Tigrii se culcară cu pântecele pe pământ cu capul întins, cu privirea fixă și fascinată. Crocodilii se strânseră în linie, unul lângă altul, nedând semn de viață decât printr-o clipire îngrijorată din ochi. Unul singur dintre ei, cel mai bătrân poate, un animal enorm, se retrase până la peretele amfiteatrului și, cu pântecele lipit de zid, începu a merge foarte încet cu spatele.

— Ei! Tigri, domnilor principi, strigă Bar-Abbas, din locul său păziți-vă, păziți-vă! Iată saganul Hanah care amenință coastele voastre retrăgându-se.

Un mare hohot de râs primi această glumă, și numele de Hanah rămase crocodilului din spate.

Ezitarea celor două armate nu a fost lungă. Crocodilii se deciseră cei dintâi. Ei aveau încredere în pavezele lor, ca armă defensivă, și în fălcile lor, prăpăstii înțesate cu pumnale, ca armă ofensivă. La trebuință, coada lor ar fi servit drept măciucă.

Tigrii înțeleseră că trebuiau să se țină bine, și se ținură. Unul dintre crocodili, cel mai tânăr făcu un pas înaintea celui dintâi, ridicând capul și îndesându-și pântecele în nisip; căci numai la pântece și la gât sunt vulnerabili acești monștri.

Mișcarea provocatoare a acestuia dintâi îi atrase pe ceilalți; trupa, înțelegând forța solidarității lor, înaintă. Tigrii nu părăsiră poziția lor; numai, din culcați cum erau, se mai înțepeniră pe labe ca și cum s-ar pregăti de sărit. Această prudență probabil păru dezonorantă unuia dintre tigrii care scoțând un urlet sugrumat, făcu un salt într-o parte, izolându-se de colegii săi. După acest dintâi salt, acest tigru cutezător făcu un al doilea în altă parte, voind a opera o diversiune, și cu o a treia săritură, se aruncă pe crocodilul din extrema stângă. El calcula poate să îi cadă pe spate și să înceapă lupta pe acest teren stâncos. Se înșelă în previziunea sa. Crocodilul amenințat se dădu puțin la o parte și primi pe tigru în gură. Acesta a fost un lucru de o secundă. Se văzu tigrul tăiat în două, și crocodilul răsturnându-se pe spate, cu gâtul oribil de sfâșiat.

— Bravo! strigă Bar-Abbas, onoarea este neatinsă de ambele părți. Numai dacă s-ar fi îngrijit să-și parfumeze puțin răsuflarea.

Într-adevăr, aerul se infectă.

Pe când doi membri din cele două câmpuri începeau un duel fără minte, restul luptătorilor nu încetau de a se supraveghea. Rezultatul luptei cu toate acestea păru că nu îi afectează pe crocodili, care se credeau invulnerabili ca Achile. Ei făcură o ușoară mișcare de retragere. Din contră tigrii, la vederea acestui dintâi sânge începură a se convulsiona. Acum nici un tigru nu stătea liniștit și tăcut. Se auzea o horcăire care semăna cu huruitul depărtat al tunetului. Grupa se rupse. Pe când patru sau cinci tigri făceau sărituri fantastice ca baladinii, ceilalți își păstrau poziția.

Crocodilii nu înțelegeau nimic din acest joc al inamicilor lor și se destrângeau pentru a îi urma cu ochii, și a îi prinde, poate, în zbor. Dar, în mijlocul evoluției, ei simțiră că tigrii dănțuitori le cădeau pe spate ca niște blocuri de stâncă, pe când ceilalți făceau o mișcare în coaste pentru a ataca pe la spate. Amestecătura începea.

Tigrii care se așezaseră pe spatele inamicilor, după ce și-au încercat colții și ghiarele pe carapacea de deasupra, îi îmbrățișau și începeau a le sfâșia pielea mai moale a pântecelui. Sfâșiați astfel, crocodilii se întorceau, și cei care nu puteau atinge pe propriul adversar, imposibil de ajuns, îl devorau pe inimicul agățat pe spatele vecinului său. Într-un moment, arena se umplu de măruntaie și de bucăți de carne. Cinci crocodili și patru tigri căzuseră.

Mai rămăseseră încă șase tigri, patru crocodili și fricosul pe care Bar-Abbas îl numea Hanah, care își continua mersul de observație, încet, nepierzând din vedere câmpul de bătaie, nedezlipindu-și pântecele său de pereții circului. Orice prudență încetase. Luptătorii erau în furori. Cei patru crocodili îi urmăreau pe tigri, târându-se cu iuțeală, plini de sânge, prezentând totdeauna gurile lor deschise formidabil. Tigrii săreau cu o rapiditate nemaivîzută, în toate părțile, cât puteau de sus, astfel că crocodilii, obligați de a ține capul în sus, prezentau gâtul și coastele descoperite. Tigrii atacară pe la spate. Și atacul avu loc la picioarele condamnaților, astfel forțați să intre în luptă.

Aici se petrecu ceva îngrozitor, imposibil a nara, pentru că ochii nu au avut timp să urmeze acțiunea.

Văzurăm făcându-se două grămezi îngrozitoare, rostogolindu-se în arenă: prima, tigrii lipiți de crocodili, sfâșiindu-i și retrăgându-se ei înșiși sfâșiați; a doua, prizonierii, aruncându-se pe ceea ce mai rămânea din aceste bestii feroce, tigri și crocodili, ucigându-se, rostogolindu-se în nisip. Sângele țâșnea până la noi. Era ca o ploaie de fâșii de carne care zbura în aer. Crocodilii rămaseră jos, uciși. Dar turma tigrilor, agățați de oameni, oameni agățați de tigri, când unii deasupra, când alții, se rostogoli până la extremitatea circului, unde se opri ca o masă închegată de nisip, de sânge, de piele, carne și zdrențe.

Un moment se crezu că totul se terminase, și Bar-Abbas cerea deja onorurile triumfului pentru prudentul Hanah, care stătuse la o parte în timpul luptei.

Dar îndată, văzurăm masa noroioasă animându-se. Văzurăm un cap desfăcându-se din măruntaiele unui tigru, și ridicându-se cu o precauție foarte mare; apoi o mână depărtând sângele din ochi și privind mai întâi beciul de morți în care posesorul acestui cap și acestei mâini se găsea, apoi în jurul lui, ca cineva care se deștepta dintr-un somn de beție. Această inspecție nu a fost lungă. Imediat, o ființă care avea formele unui om ieși din această baltă infectă și sări în mijlocul arenei, având grijă de a pune mâna pe un pumnal. Nimeni nu a putut la început să-l recunoască pe acest om. El era gol, rănit, și ca ieșit dintr-o baie de sânge și de putreziciune. Luă de jos o bucată de clamidă și își șterse fața pentru a vedea. L-am recunoscut atunci pe Moab. El privea în jurul său într-un mod stupid. Dar un strigăt al lui Bar-Abbas îl deșteptă.

— Moab, păzește-te, Hanah intră în luptă.

Într-adevăr, bătrânul crocodil, văzând că rămânea încă un pericol pentru el în viețuitorul care se agita la cealaltă extremitate a circului, se întoarse repede și merse drept la el.

Nu mai era timp de gândit. Crocodilul dezvolta acum atâta activitate, mânie, decizie, câtă liniște arătase până atunci. Moab, rănit, nu putea să fugă în voie. Crocodilul se mișca și înainta. Nemaiavând iuțeala ca mijloc de apărare, nu-i rămânea omului decât șiretenia. Moab apucă o bucată de carne și de stofă din grămada însângerată care era lângă el, se puse în poziție și îl așteptă.

Crocodilul se aruncă asupra lui, abisul gurii sale fiind deschis și se ridică pentru a-l înghiți pe om. Omul băgă în acest abis, ghemul său: nu era decât o secundă de repaus. Pilula nu-l sufocă pe crocodil, el o înghiți. Dar, în acest fulger de repaus, Moab se culcă cu pântecele pe pământ, sări la gâtul monstrului, și cu pumnalul său, îl deschise de sus până jos, și se ținu lipit de gâtul său ca de un arbore. Crocodilul se zbătu câteva minute, apoi, în ultima măcinare a agoniei, îl aruncă, la zece pași de el, pe Moab leșinat de efortul său și sufocat de oribila putoare a bestiei.

Gardienii circului veniră atunci, pentru a mătura aceste schelete... și-l găsiră pe Moab încă în viață.

„Gracia! Gracia!" începu a striga mulțimea. Dar, înainte ca Pilat să fi avut timp să se decidă, Claudia ridicase mâna, cu degetul în sus ca vestalele romane. *Gracia* se dăduse. Îl ridicară pe Moab prin Sanavavaria și îl lăsară în mâinile doctorilor.

În câteva minute, sclavii curățiră arena, și deschiseră câteva *vomitatorii*, pentru a dezinfecta mai curând aerul; apoi cu lopeți, acoperiră cu nisip bălțile de sânge. A doua parte a spectacolului urma să înceapă.

Trâmbițele sunară.

Directorul jocurilor deschise o poartă în lateral și șase cavaleri intrară în arenă.

Ei erau supuși ai lui Aretas, regele din Petra. Tunicile lor galbene se armonizau cu figurile lor arse de suflarea deșertului și cu magnificii lor cai negri de Numidia. Aveau pe cap un superb turban azuriu, culoarea tribului din care făceau parte, și erau înarmați cu spade, lănci, pumnale și cu un drug de fier. Caii nu aveau nici frâu nici șea.

Prin partea opusă a circului, se introduseră cei șase condamnați îmbrăcați cu o ușoară tunică roșie, capul și picioarele goale și drept orice armă o spadă scurtă romană.

Cavalerii dădură ocol circului și se opriră în escadron sub podium. Cei șase condamnați merseră să se așeze înaintea lor, lângă capul cailor.

Atunci, grila de desubtul lojei Claudiei se ridică și doisprezece lei cu coame se înghesuiră în arenă.

Trecând din tenebrele locuinței lor la lumina zilei, ei păreau amețiți. Unii căscară, alții mugiră, câțiva se dedară la veselii, la sărituri, alți câțiva se rostogoliră în nisip cu un simțământ de vie voluptate. Ce era omul pentru acești regi ai spațiului liber, pentru a se îngrijii sau să bage de seamă prezența lui? Dar nici omul nu părea mult impresionat de acest formidabil pericol. Numai caii tremurau și se acopereau de o sudore înghețată. Ei își întindeau capul delicat pe umerii condamnaților, așezați înaintea lor ca pentru a le implora protecția. O nechezare imprudentă, scăpată celui mai fricos, îi denunță leilor.

Într-o clipă, aceștia se sculară, cu urechile întinse, cu botul în aer, cu ochii rătăciți ei zăriră acum în fața lor inamicul și prada ce îi aștepta. Leii cu toate acestea nu se grăbiră. Câțiva ridicând capul în aer și lovindu-și coastele cu coada, se puseră chiar jos, pe când alții făcură încet o mișcare înainte.

Unul dintre cai, mai speriat, vezând pericolul ce se apropia, sări și începu a fugi, nebun, prin circ, târând pe cavalerul său. Acesta fu semnalul vânătorii și al luptei.

Toți leii se puseră a alerga după fugar, trecând ca un vârtej înaintea grupei cavalerilor. Cavalerii aruncară sulițele în mijlocul acestei haite infernale pentru a o atrage asupra lor și a degaja astfel pe nenorocitul lor companion. Patru sau cinci lei, răniți se opriră într-adevăr și văzând de unde venea durerea și atacul, se întoarseră, scoțând un muget care îi făcu pe spectatori să tremure. Fugarul fu ajuns.

El doborî un leu care se aruncase la gâtul calului; băgă drugul său în gâtul unui al doilea, care își agățase ghearele de o coapsă. Dar alți doi lei se înțepeniseră pe spatele calului care căzu de frică sub cavalerul său. Cal, cavaler pieriră. Cu toate acestea teribilul sirian, murind, avu curajul de a băga încă pumnalul său în coastele unui al treilea leu.

În cealaltă parte, patru lei năvăleau asupra trupei de sub podium. Condamnații îi primiră în vârful spadei, cavalerii pe drug lor. A fost un moment când nu se distinse nimic. Deodată, patru cavaleri fură târâți de caii lor nechezând de spaimă. Trei oameni pe jos, un cal cu cavalerul său și patru lei nu se mai ridicară. Unul dintre cavaleri, rănit de moarte, cădea după calul său și oprea, ca mărul de aur al Atalantei, animalele sălbatice, care-l urmăreau.

Lăncile sfâșiau aerul circului. Menahem luă atunci un drug, și sări pe calul care zbura în arenă ca un vultur. Oamenii pe jos, toți răniți, alergară la rândul lor asupra celor doi lei care-l sfâșiau pe cavalerul căzut. Aici se încinse o luptă ca pe corpul lui Patrocle în *Iliada*. Cavalerii, neputând stăpâni cursierii a căror frică semăna cu delirul, scoteau afară din luptă pe ceilalți trei lei care-i urmăreau, cu ajutorul lăncilor și al drugilor de fier. Cei doi oameni fură sfâșiați și leii greu răniți. Menahem ucise încă unul, dar mai văzu doi cavaleri căzând. Dintre condamnați nu mai rămânea prin urmare decât Menahem, ușor rănit, și calul său, unul dintre cei doi cai care rămaseră și ei neatinși.

Cât îi privește pe sirienii regelui Aretas, cinci pieriseră. Opt lei fuseseră uciși și alți patru umblau răniți în circ. Doi oameni contra a patru lei; partida se echilibra.

Menahem atacă. Unul dintre lei sări pe el, pe când ucidea un altul, băgându-i în puternicul piept, spada, pe care o rezema de calul său așa încât să-l răstoarne. Ultimul dintre sirieni îl scăpă, ucigând pe la spate acest monstru, străpungându-l dintr-o parte până în cealaltă. Cu toate acestea, în efortul său, acest nenorocit sirian își pierdu echilibrul și căzu. El se afla în ghearele ultimilor doi lei care, răniți de moarte, avură încă destulă forță pentru a-l face fâșii. Când Menahem, ridicându-se alergă în ajutorul său, avu destul timp pentru a-i ucide pe cei doi lei, dar nu pentru a îl scăpa. Astfel că, din această luptă nu mai rămânea decât Menahem rănit și un cal care căzu la câțiva pași de el, sfârșit de oboseală și de frică mai mult decât de răni.

Cu toate acestea chemarea acestui nenorocit nu se terminase încă. El trebuia să se mai lupte cu acea teribilă panteră, care se credea mai de temut decât toți tigrii și leii deja uciși. La un semn a lui Pilat, un grilaj se ridică și îi dădură drumul, mai înainte ca Menahem să fi avut timp să se dezmeticească. El avea mâna stângă devorată, coasta sfâșiată, însă mâna dreaptă neatinsă, picioarele sănătoase, și tot felul de arme la dispoziția sa. Sclavii nu scoseseră afară din arenă scheletele și cadavrele măcelului precedent.

Ieșind din celula sa și găsindu-se în mijlocul acestui beci de morți, pantera păru afectată. Ea se retrase, se lipi de zid, se culcă, sau mai bine căzu sub o tremurătură vertiginoasă care îi cuprinse tot corpul. Instinctul său îi făcea cunoscută prezența unui inamic care cauzase acest omor de indivizi din teribila sa rasă. Merge pentru cal, merge pentru om, dar cine ucisese pe toți acești lei? Atâta roșu o orbea, sau mai bine-zis o fascina. Cu toate acestea întinse botul către o baltă de sânge, care era înaintea ei și linse. Această băutură începu a o îmbăta. O lance care o atinse la nări, o făcu să sară. Atunci înțelese pericolul și descoperi inamicul. Menahem înaintă. De astă dată omul începea vânătoarea.

Menahem cunoștea panterele, tigrii, leoparzii, șacalii, ca și câinii și pisicile de la casa părintelui său. Se cufunda în solitudinea deșertului zile întregi pentru a-i descoperi pe acești teribili devastatori ai turmelor paterne.

Durerea îndoi fiorii panterei. Ea sări asupra lui Menahem care se trase într-o parte și o împunse cu lancea. El se juca acum. Pantera începu a fugi prin circ: Menahem o urma, aruncându-i numai lănci. Voia să o ucidă sub loja Claudiei. Pantera sărea, zbierând oribil, se agăța de fiarele grilajelor animalelor și de gardul care îi apăra pe spectatorii primului rând. Săriturile sale erau spectaculoase. Dar în tot locul, se găsea față în față cu spectatorii care o înspăimântau. Menahem o gonea, urmau salturile sale, o împingea, o îngrămădea din ce în ce către locul unde vroia s-o omoare, închizându-i drumul și neîncetând a o hărțui cu lănci. Teroarea panterei ajunse la nebunie. Pământul i se părea peste tot mortal. Atunci ea ochi partea amfiteatrului pe care evreii o lăsaseră goală, plecând, pentru a arăta ororea lor lui Pilat. Menahem o aruncă către acest loc. Pantera, redusă la această extremitate, făcu o săritură fantastică trecând peste fiarele care îi protejau pe spectatori, iar apoi căzu la zece pași de mine și de Justus, alături de Claudia. Un țipăt de spaimă izbucni în mijlocul mulțimii și fuga generală începu. Claudia se sculă și scoase din păr pumnalul lung și ascuțit de care romanele le foloseau pentru a menține pe capul lor turnul de păr fals care forma coafura lor. Centurionii guvernatorului Siriei de lângă ea, pe de altă parte bărbatul său, toți au sărit să o acopere cu corpul lor.

M-am ridicat și eu scoțându-mi pumnalul din teacă.

— Este o romană!, exclamă Justus, trăgându-mă de manta.

— Este o femeie, i-am răspuns, așezându-mă astfel că umărul meu o atingea pe Claudia, despărțiți numai de frânghia de mătase care făcea separarea între loja romanilor. Claudia auzii cuvântul lui Justus și răspunsul meu.

În acest timp, pantera se sculă. Găsindu-se în fața unui nou pericol, când poate se credea scăpată, intră în panică, făcu o săritură spre a se arunca asupra mea sau asupra Claudiei. O păzeam și așteptam, cu mâna întinsă, cu piciorul stâng rezemat solid de pereții *vomitoriului*, cu piciorul drept înainte. Pantera căzu asupra mea. Am primit-o în pumnalul care intră în ea. Lovitura îmi îndoi piciorul și mă împinse așa de aproape de pieptul Claudiei, încât respirația arzătoare a panterei ne biciui obrazul. Pericolul era imens. Printr-un efort enorm am aruncat bestia în circ, și Menahem, care, la rândul său o aștepta jos, o primi în lance și o ucise.

— Numele tău, îmi zise Claudia nicidecum speriată de ceea ce se petrecuse așa de aproape de ea.

O privi, apoi salutând-o surâzând, i-am răspuns:

— Ești foarte frumoasă, romano.

Și mă îndepărtai.

— Urmează-l, am auzit-o spunându-i lui Cneiu Priscu care era la spatele ei.

— Îl cunosc, răspunse acest centurion.

Mă cunoștea! Mare minune! Cine eram eu?

V

Cine eram eu?

Istoria familiei mele ține de cea a țării mele. Două zile după măcelărirea bărbaților, femeilor, copiilor și bătrânilor, făcută de soldații lui Antioch în cavernele deșertului care se întinde în împrejurimile Betleemului până la Iordan, pentru că evreii, în ziua sabatului, nu se apărară, un adolescent de șaisprezece ani se prezentă lui Matathias, tatăl Machabeilor, și ceru a se bate împotriva inamicului lui Israel. Acest adolescent, numit Gad, venea din Kariot. Tatăl său îl trimitea, însă era prea sărac pentru a îi da și arme. Matathias făcu totuși să i se dea o sabie.

— Este prea urâtă, răspunse junele marelui preot, nu o vreau.

— Dar atunci copilul meu cu ce o să te bați?

— Cu acesta, răspunse Gad, scoțând de sub tunica sa un fel de cuțit, un lung pumnal, până ce voi căpăta arme care sunt pe gustul meu.

Ocazia nu întârzie.

Matathias muri. Iuda îi succedă, și prima sa întâlnire cu Apoloniu, generalul Samaritenilor, avu loc. Armata samariteană fu bătută. Apoloniu și câțiva dintre locotenenții săi încercară a-l opri pe inamic: dar Iuda Machabeu și Gad se aruncară asupra lor ca niște lei și îi uciseră. Iuda luă sabia lui Apoloniu, pe care o purtă de aici înainte[5].

Gad luă frumoasele arme ale unuia dintre capii armatei lui Apoloniu, care au fost după aceasta totdeauna armele strămoșilor mei și care sunt și ale mele.

Din acest moment, în toate câmpurile de bătaie, Gad era la dreapta lui Iuda. El era alături când Soron și opt sute dintre ai săi fură uciși la Beth-horon, când Gorgias fu bătut la Emau și urmărit până la Ashdod, la Ienina și în câmpiile Idumeei. A fost cu el, când Lisia a fost bătut la Bethsur și a avut cinci mii de oameni uciși. Gad îl acompania pe Iuda la Ierusalim, care fu restituit cultului lui Iehova și poporului evreu. Gad împărtăși apoi toate faptele și toată gloria fiilor lui Matathias. Cu Iuda el domoli posteritatea lui Esau, pe Idumei, la Acrabattena, apoi pe Amoniți, cărora le luă și le distruse Iazer, și aduse prizonieri pe femei și pe copii! Cu Simon Machabeul, Gad luă Tyrul și Ptolemais. Cu Iuda și cu fratele său Ionatan el distruse țara Gileadului și parcurse deșertul, prădând orașele Bosar, Malla, Casphora, ucigând totul, aducând oroarea deșertului de oameni în locul spaimei deșertului naturii[6].

Timoteu, comandantul amoniților și al arabilor, căzu ca și generalul regilor sirieni căci Naim și templul său au fost rase: toți au fost ucis. La Ephon, numai bărbați fură uciși, după care revenirä la Ierusalim cântând psalmi! Dacă Dumnezeu iubește masacrul, trebuia să fie satisfăcut.

---

5) Iosephu, *Antichități*, cart. XII. cap. VII.

6) Iosephu, *Antich.* cart. XII. cap. VIII.

Acum era vorba de a lua citadela Ierusalimului, total ocupată de partizanii lui Antioch, care muri la vârsta de o sută patruzeci și nouă de ani, lăsând coroana lui Antioch Eupator, tânărul său fiu. Împresurați cerură ajutor de la rege. Antioch plecă de la Antiochia cu o armată de o sută de mii pedestri, douăzeci de mii de cai și treizeci și doi de elefanți. Iuda merse înaintea sa și se opri la Bathzachaviah, unde se desfășura bătălia.

Gad era cu Eliazar, fratele lui Iuda, când văzând un magnific elefant care credea că-l poartă pe rege, se băgă sub el și îl ucise. Eliazar a fost turtit; Gad scăpă de moarte și îl urmă pe Iuda în retragerea sa către Ierusalim, căci numărul inamicilor îl înspăimânta. Antioch înconjură Ierusalimul. Iuda susținu împresurarea cu bravură și constanță. Foametea, toată țara fiind distrusă și incultă din cauza anului sabatului, îl obligă îndată după aceea pe Antioch a ridica împresurarea și a se retrage, cu atât mai mult că afacerile regatului său îl chemau în Antiochia. Antioch a fost învins și ucis de Demetriu, fiul lui Seleuc care puse mâna pe regat și îl trimise pe Bacchide pentru a ține la respect puterea Machabeilor.

Bacchides se reîntoarse în Antiochia fără să fi făcut ceva contra inamicului. Demetriu îl trimesese pe Nicanor. Acesta încercă a pune mâna pe Iuda prin trădare la o întâlnire. Gad descoperi cursa în urma unui semn făcut de Nicanor, astfel că împreună cu Iuda, cei doi reușiră a scăpa. Nicanor fu înfrânt și ucis la Adassa, și armata sa împrăștiată. În același timp Alcinius, primul mare-preot ales de rege care nu făcea parte din familia lui Aron, fu otrăvit de ceilalți preoți și muri, iar Iuda a fost numit mare-preot de popor, reunind astfel în persoana sa puterea politică și religioasă.

Gad acompanie solia pe care o trimise Iuda la Roma, cu scopul de a invoca amiciție și ajutor poporului roman. Dar Iuda nu avu timp de a-i gusta binefacerile. Demetriu îl repezi din nou pe Bacchides contra țării noastre ca să-l răzbune pe Nicanor, și Iuda fu în fine învins și ucis pe muntele Aza. Gad fusese grav rănit, dar ridicându-se după lunga sa convalescență, o luă de soție pe Oldah cea mai mare dintre fiicele lui Simon, al treilea frate al lui Iuda.

Iuda eliberase națiunea de servitutea macedonenilor. Dar opera sa nu era încă asigurată.

Ionathan, care îi succedase în dubla sa putere, îl răzbună, bătându-l pe Bacchides și obligându-l a ridica asediul Bethaglei, după lungi vicisitudini Bachides îi acordă în fine puterea, dar Ionathan a trebuit să se retragă la Michmash și să renunțe la Ierusalim.

Alianța lui Ionathan fu mai târziu cerută de cei doi regi rivali: Alesandru Bella și Demetriu făcându-i mari promisiuni. Gad, care exercita o mare influență asupra lui Simon, socrul său, îl convinse pe acesta, care atrase pe Ionathan într-o alianță cu Alesandru. Demetriu nu avu timp a se răzbuna: el fu ucis într-o bătălie, căzându-i calul într-un șanț. Alesandru îi permise lui Ionathan de a se îmbrăca cu purpură ca regii.

Apoloniu Daus, guvernatorul Celesyriei pus de Alesandru, nu se resemnă a-l vedea pe Ionathan așa de onorat și așa de liber. El îi căută ceartă. Ionathan nu se retrase dinaintea războiului, și după ce sfărâmă armata lui Apoloniu, luă și distruse Ashdod, Ascalon și alte orașe. Alesandru îi trimise ca dar nasturele de aur pentru că-l bătuse pe guvernatorul său, care declarase război evreilor, contra intențiilor sale.

Iudeea devenise un principat teocratic sub supremația regilor Siriei, cărora li se plătea un tribut de trei sute de talanți cuprinzând cele trei toparchii ale Samariei, Pererei și Galileei. Ionathan se purtă cu diplomație între cei doi concurenți la tronul sirian. După ce-l ajutase pe Alesandru Bella, el îl ajută pe Demetriu Nicanor, adversarul său, și când Trypho, generalul lui Antioch, fiul lui Bella, îl atacă pe Demetriu, Ionathan îl ajută.

Scopul guvernatorului Iudeei era de a scăpa de garnizoana străină citadela Ierusalimului, care comanda Templului și orașului inferior. Neobținând aceasta de la unul, o spera de la celălalt și încercă chiar alianța cu romanii: citadela, aceasta era independința sa. El nu trebuia să vadă asta. Trypho concepuse planul de a-l ucide pe Antioch domnul său și de a ocupa tronul. Vedea în Ionathan un obstacol, știindu-l legat de rege. Merse prin urmare către Ierusalim. Ionathan i-o luase înainte cu o armată de patruzeci de mii de oameni. Trypho disimulă și îl înșelă așa de bine pe marele-preot, încât acesta eliberă armata sa și îl acompanie pe Trypho la Ptolemais, numai cu o mie de oameni. Odată intrați în oraș, Trypho închise porțile și ucise mia de oameni a lui Ionathan și îl reținu ca prizonier atât pe el cât și pe Gad.

Poporul evreu îl numește pe Simon mare-preot și succesor al lui Ionathan. Trypho, chemat de garnizoana Ierusalimului înconjurată, alergă, dar multa zăpadă căzută îl obligă să se întoarcă la Antiochia. Ajuns la Gilead, îi ucise pe Ionathan și pe Gad. Simon ordonă ca corpul fratelui său să fie pus lângă cele ale părintelui său și al lui Iuda la Modin, unde le ridică mărețul mormânt pe care Claudia a vrut să-l viziteze. Simon eliberă în final cetatea Ierusalimului de prezența soldaților străini și scapă de tributul macedonenilor poporul evreu peste care se făcu *ethnarc* după o sută șaptezeci de ani de domnie a asirienilor [7], de la Seleuc Nicanor. Citadela fu dărâmată. Templul reedificat mai înalt și dominând orașul. Caracterul guvernământului Machabeilor se termină.

Guvernământul lui Simon, ultimul dintre cei cinci fii ai lui Matathia fu mai puțin tulburat decât al părintelui său, dar sfârșitul fu tot așa de tragic. Surprins într-o serbare de ginerile său Ptolomeu, Simon fu ucis, și soția cu doi dintre copiii săi fură luați prizonieri. Ptolomeu trimise doi asasini ca să-l ucidă pe Hircan, al treilea fiu al lui Simon, dar Hircan, înștiințat de Nahum, fiul lui Gad, a putut să scape și să fugă la Ierusalim care, recunoscându-l ca succesor al tatălui său refuză intrarea lui Ptolomeu.

Hircan, ca și străbunii săi, avu lungi contestații cu regii Siriei, profită de certurile lor pentru a preda Samaria și a întinde și consolida provinciile sale. El își făcu o gardă de soldați străini, luă bani din tezaurul mormântului regelui David pentru a o plăti, întări legătura cu romanii pentru a se asigura contra regilor sirieni. Hircan dezertă în final din partida fariseilor care îl ajutaseră până atunci, și iată pentru ce motiv.

Hircan fiind binedispus într- o serbare, zise fariseilor:

— Dacă veți băga de seamă că nu merg pe drumul legii, anunțați-mă și mă voi întoarce.

Un oarecare Eleazar care era de față, răspunse:

— Pentru că vrei să știi adevărul, iată-l: „Dacă vrei să fii un om drept, renunță la marele sacerdoțiu și mulțumește-te cu guvernământul civil.

— Și pentru ce ar trebui să renunț la marele sacerdoțiu, copilul meu? zise Hircan.

— Pentru că, răspunse Eleazar, am auzit prin bătrânii noștri că mama ta a fost captivă sub Antioch Epiphane.

Hircan, atins de această revelație, era trist, căci o iubea pe eroica

---

7) Iosephu, *Cart. XIII. cap. V și VI.*

sa mamă, care, din vârful turnurilor Dagonului unde Ptolomeu o flagela precum și pe ceilalți frați ai lui Hircan, îi făcea semn a nu ușura împresurarea, a lua fortăreața și a-l pedepsi pe Ptolomeu, chiar dacă i-ar fi sfâșiat pe toți. Nahum[8] îi zise.

— Ceea ce Eleazar a spus, a fost sfătuit de farisei.

— Este imposibil, răspunde Hircan.

— Ei bine, întreabă-i pe acești oameni ce pedeapsă a meritat Eleazar pentru insulta ce ți-a făcut.

Hircan întrebă. I se răspunse: nuielele. Hircan, supărat, trecu atunci în partida saduceenilor, și puțin după aceea, muri.

Aristobul, care succedă tatălui său Hircan, făcu prima încercare de a schimba guvernământul în regat, și luă coroana, patru sute optzeci și unu de ani după întoarcerea evreilor din captivitatea Babilonului. Acest om fu crud. El aruncă în închisoare pe frații săi, ucise prin înfometare pe mama sa, ucise pe fratele său Antigon din gelozie politică.

Dupe consiliul Alesandrei, soția lui Aristobul, Nahum îl otrăvi. Alesandra fusese amenințată de aceași soartă.

Alesandru Ineu, fratele lui Aritobul, îi succedă.

Acest rege nu avu nici o zi de repaus. Intrigile alianțelor legate dimineața, rupte seara; războaiele continue cu parții, arabii, sirienii, egiptenii; insurecțiile interioare, îl munciră mereu. El masacră mai bine de treizeci de mii dintre supușii săi, care timp de șase ani susținură revolta. Ei începuseră a îl insulta la Ierusalim, la sărbătoarea Tabernaculelor, lapidându-l cu lămâi[9]. Nahum a fost una dintre victimele lui Alesandru Ineu. Fariseii ațâțau poporul. Într-o singură execuție, el crucifica opt sute, și tăia gâtul femeilor și copiilor la picioarele crucilor lor, pe când în palat se cufunda în orgii cu concubinele sale. Opt mii dintre soldații săi abandonară drapelul și se retraseră în munți pentru a prăda. În final, după ce în mai multe orașe ale statelor vecine cu ale sale, mânat de o febră obstinată și prin excesul băuturii, muri, lăsând soției sale Alesandra drept sfat că dacă va voi să domnescă liniștită, să se apropie de partidul fariseilor.

Alesandra urmă sfatul și cu titlul de regentă, dar, în realitate lăsându-i pe farisei să guverneze, ea ținu guvernul nouă ani. Îl investise pe fiul ei cel mai mare, Hircan, cu demnitatea de mare-

8) *Iosephu atribuie acest consiliu unui oarecare Ionathan, cart. XIII, cap X.*

9) *Iosephu, cart., XIII. cap. XIII. și XIV.*

preot, păstrând coroana pentru al doilea fiu, Aristobul. Ea muri la timp, căci Aristobul, ajutat de strămoșul meu Amon, scăpase din palat noaptea și pusese mâna pe cea mai mare parte din fortărețele orașului. El ar fi răsturnat-o dacă nu s-ar fi grăbit să moară. Străbunul meu saducean, ca și părinții săi, o abandonaseră pe Alesandra, îndată ce ea se aruncase cu atâta orbire în brațele fariseilor.

Hircan, care fusese relegat în Templu de mama sa, nu se resemnă a lăsa tronul fratelui său Aristobul. Ei începură prin a-și declara război, apoi se împăcară. Dar Hircan puțin după aceea, fugi la Aretas, domnul Arabiei. Ridicară împreună o armată și veniră să impresoare Ierusalimul. Însă nu au ținut cont de romani, care domneau în Asia.

Un locotenent al lui Pompei, care-l bătea pe Tigrane în Armenia, a fost trimis în Iudeea. Scaur primi darul celor doi frați – patru sute talanți –, dar crezând că Aristobul, fiind mai bogat și mai generos era mai solvabil, desconsideră propunerile lui Hircan și îl obligă pe Aretas să ridice înconjurarea Templului, în care se retrăsese Aristobul. Nu era însă de ajuns a-i cumpăra pe acești pirați romani, a face pe urmă război și Aristobul a-l bate pe Hircan și pe Aretas. Cei doi frați prezentară cauza lor chiar lui Pompei. Pompei se pronunță într-un mod ambiguu. Aristobul merse cu armata sa asupra Iudeei. Pompei îl urmă. La Erico, el îl luă prizonier pe Aristobul și merse către Ierusalim. Amon, străbunul meu, și Absalom, unchiul și moșul lui Aristobul, închiseră porțile orașului. Ierusalimul și Templul fură luate cu asalt și Iudeea deveni tributară romanilor, provincie a Siriei, și izolată de toate orașele pe care strămoșii noștri le cuceriseră de la statele de prin împrejur.

Pompei se arătă moderat. El restaură toate orașele care fuseseră avariate de război. Aristobul și copii săi fură trimiși la Roma. Gabiniu, comandantul armatelor romane din Siria, distruse puțin câte puțin pe toți partizanii ambilor frați și împărți Iudeea în cinci provincii, administrate fiecare de un consiliu.

Hircan, rămăsese mare-preot. Aristobul scăpă din Roma, dar Gabiniu îl prinse îndată și îl retrimise în captivitate. Străbunul meu, Amon împărtăși soarta sa; pe când Ozias, tatăl tatălui meu, rămase să pregătească revolta pe care Alesandru, fratele lui Aristobul, o grăbi.

Alesandru se găsi îndată în capul unei armate de treizeci de mii de evrei. Dar Gabiniu îl ajunse lângă muntele Thabor, îl bătu și îi ucise zece mii de oameni.

Crassus, care succedă lui Gabiniu, devastă imensele bogății ale Templului, cu toate că Eleazar, pentru a le scăpa, îi descoperise și îi dăduse balsamul de aur, care prețuia cât toate.

Cezar, care triumfase asupra lui Pompei, îl eliberă pe Aristobul și-l trimise în Iudeea cu două legiuni. Dar partizanii lui Pompei îl otrăviră și îi tăiară și capul fiului său Alesandru, la Antiochia. Posteritatea Machabeilor era, dacă nu distrusă, cel puțin foarte înjosită; și Idumeu Antipater, care fusese amicul și consilierul lui Hircan și care fusese tatăl lui Irod, insinuându-se în inima lui Cezar, deveni arbitrul afacerilor Iudeei.

Antipater îl ajută pe Cezar prin ordinul lui Hircan în războiul contra Egiptului. Astfel, la sfârșitul războiului, Hircan fu confirmat de Cezar în demnitatea sa de mare-preot, și Antipater numit procurator al Iudeei cu toate reclamațiile lui Antigon, alt fiu al lui Aristobul. Antipater, profitând de imperiul său asupra slabului Hircan, se grăbi a-și ridica copiii; îl numi pe Phasaelus, cel mai mare, guvernator al Ierusalimului, și pe al doilea, Irod, în vârstă doar de cincisprezece ani guvernator al Galileei.

Acest adolescent debută prinzându-l pe Ezechia, un șef de tâlhari, și pe complicii săi și îi masacră. Sanhedrinul fu mișcat de această infracțiune la lege; căci, la noi, nimeni nu putea fi ucis mai înainte de a fi judecat de sanhedrin. Hircan, împins de acest corp, cită pe Irod să vină pentru a da socoteală de purtarea sa. Irod se prezentă înaintea judecătorilor înconjurat de o gardă numeroasă care îi făcu să tacă. Cu toate acestea, în fine, sanhedrinul ar fi pronunțat sentința de moarte pentru Irod, dacă Hircan nu l-ar fi scăpat, sfătuindu-l să părăsească Ierusalimul. Guvernatorul Siriei îl numi pe Irod general al armatei Celesiriei. El înainta către Ierusalim ca să se răzbune, când tatăl și fratele său îl îndemnară să se întoarcă.

Istoria Iudeei începe din acest moment a fi a acestui om, care a fost cel mai mare al națiunii noastre, alături de Solomon și Iuda Machabeul. Siria deveni câmpul disputelor, prădărilor partizanilor lui Cezar și ai lui Pompei. Irod, la început, nu se alie cu partizanii lui Cezar. Cassiu îl proteja, Marc Antoniu îl mări. Antipater fiind otrăvit, Irod îl răzbună ucigându-i pe asasini lui.

Moșul meu, Ozias rămase fidel posterității Machabeilor; tatăl meu, Simon, se lipi de Irod, sedus prin cutezanța sa. Irod fusese confirmat de Cassiu în comandamentul Celesiriei.

Irod se găsea în fața a trei pericole: răzbunarea lui Antoniu, care-l învinsese pe Cassiu, protectorul lui Irod; gelozia lui Hircan, pe care se silea să o ațâțe, și urzelile lui Antigon, fiul lui Aristobul.

Irod îl cumpără pe Antoniu pe care nu numai că îl iertă că a favorizat partidul lui Cassiu, binefăcătorul său, dar îl numi, împreună cu fratele său Phasaelus, tetrarchi, și le dădu afacerile Iudeei în mână. Irod luă de soție pe fiica lui Hircan, deși avea deja o altă femeie din Idumea, Davis, care i-l născu pe Antipater. El se pregătea a-i împăca pe partizanii lui Aristobul, luând de soție pe Mariamna fiica lui Alesandru, unul din fiii lui Aristobul. Toate acestea însă nu opriră vijelia. Antigon, ajutat de parți, luă Ierusalimul; îi prinse prin trădare pe Hircan și pe Phasaelus, și-l obligă pe Irod să fugă în mijlocul celor mai mari pericole, cu mama sa, femeile sale, sora sa, amicii săi, și a merge să-i închidă în fortăreața Masada, spre a-i sustrage de la răzbunarea lui Antigon, care-i tăiase urechile bătrânului mare-preot Hircan, și înveninase rănile pe care Phasaelus și le făcuse, lovindu-se cu capul de pereții închisorii sale pentru a se sinucide. Irod s-ar fi sinucis, de asemenea, din disperare, în timpul fugii sale, dacă tatăl meu nu l-ar fi făcut să roșească de această lașitate și nu i-ar fi ridicat curajul[10].

După ce și-a pus în siguranță familia și opt sute dintre amicii săi, în fortăreață, eliberând pe alți opt mii pe care nu-i putea proteja, Irod se gândi să-și întoarcă norocul. Tatăl meu îl însoți la Malchu, regele Arabiei, care fusese ridicat cu daruri de tatăl său. Malchu îi refuză ajutorul. Atunci, Irod fugi în Egipt, unde Cleopatra se înamoră de el. Tatăl meu îl smulse de la această sirenă care îi dusese la pierzanie pe atâția romani. Irod se îmbarcă la Alexandria pentru a merge la Roma, și veni la Pamphilica. Orașul era ruinat de războiul contra lui Cassiu. Irod îl ajută să se ridice. El își construi o *triremă* și debarcă la Brundusiu, de unde se duse la Roma. Irod, însoțit mereu de tatăl meu, stătu la Roma șapte zile: aceasta a fost de-ajuns. El cumpără de la Marc Antoniu regatul Iudeei, cum cumpărase demnitatea de *tetrarch*. Senatul publică decretul. Octaviu și Antoniu îi închinară multe serbări. Irod plecă imediat. Familia sa era împresurată, amicii

10) *Iosephu, cart. XIV. cap. XII, XIII și XIV.*

săi persecutați. Debarcă la Ptolemais, lângă Iopa, luă toate orașele Galileei, își eliberă familia din Massada, aproape de Erico, deprădă orașul și după trei ani de luptă, de aventuri, de victorii și învingeri, își conduse armata sub zidurile Ierusalimului.

Antigon fusese declarat inamic al romanilor și Antoniu, atunci în Siria, trimisese pe Sosiu cu mai multe legiuni ca să-l ajute pe Irod. Ierusalimul a fost înconjurat total din partea de nord pe unde Pompeiu îl cucerise. Rezistența încercuiților a fost obstinată, dar, în final, trupele lui Irod și trupele romane luară orașul cu asalt. Masacrul fusese așa de mare încât Irod interveni și îl întrebă pe Sosiu, dacă vrea să-l lase rege peste un deșert. El obținu de la romani ca Ierusalimul să fie cruțat, plătind contribuția pentru a nu se face prădare și omor. Antigon merse să se arunce la picioarele lui Sosiu, care îl numi Antigon, dar îl trată ca pe un om, ținându-l prizonier. El a fost prezentat lui Antoniu. Și astfel se termină, după o sută douăzeci de ani, regatul Asamoneenilor – familia de preoți, ilustrată prin atâtea fapte de curaj, lăsând regatul unui idumeu, un semi-evreu, de origine vulgară, dar cu inima mare.

Voi vorbi în altă parte despre Irod.

S-au afirmat Machabeii ca un tip de eroi. Ce au făcut ei pentru țară?

Ei îi eliberară pe evrei de macedoneni și îi dădură romanilor. Se scuturară de regii Siriei pentru a cădea sub protecția proconsulilor imperiali. Dar oare au eliberat și sufletult națiunii? Evreul rămâne evreu, adică afară din mișcarea lumii, un supus al preotului, când ar fi trebuit să se ridice la înălțimea de cetățean liber. Or, jugul doctrinei fariseilor abrutizase poporul mai mult decât dominația greacă. Pentru că se viola legea lui Moise, nu trebuia să o înlocuiască cu legea orală a sinagogilor și a marelui colegiu. Pactul lui Moise era greu: îl mai îngreunezi cu o mulțime de ordonanțe ridicole. Machabeii contopiseră funcția de mare-preot cu cea de rege și creaseră teocrația monarhică care este o tiranie suprapusă altei tiranii. Moise încercase să-l facă pe marele-preot supraveghetorul regelui; Machabeii îl făcură complice.

Cu Machabei triumfă clasa de mijloc. Aceasta revenise din captivitatea Babilonului, nu luminată de civilizația fastuoasă, splendidă, voluptoasă, activă a asirienilor, dar lovită, speriată de perspectiva că poporul, sedus de această momeală îi va scăpa, dar invidioasă pe clasele aristocratice ce voiau să dea poporului libertatea bunului trai și a conștiinței. Essilul, pentru această parte a evreilor – aristocrația saduceană – care se bucura și cugeta, nu era la Babilon, ci la Ierusalim. Fariseul era temnicerul sufletului acestui popor, din care Moise voise să facă nu sclavul lui Dumnezeu, ci preotul. Ce câștigase, acest popor după ce s-a eliberat de macedoneni? Intoleranța, mizeria, singurătatea. Lumea se închidea în jurul lui; această lume era păcatul, inamicul, impuritatea chiar, mai rău decât sub legile marelui legislator: rezerva impusă de acesta luase proporțiile unei crime sub farisei. Machabeii nu emanciparǎ națiunea evreiască, ci o făcură să-și schimbe jugul.

Iată din ce strămoși mă coboram eu; iată din ce sectă făceam parte. Familia mea, saduceană și de oameni războinici, avea în vene o picătură din sângele Asamoneanilor, dar tatăl meu după aceea îi infuză o picătură de sânge străin.

VI

Mă gândeam la toate acestea, sau mai bine, toate acestea se desfășurau în mintea mea după cum trece apa unui râu pe sub picioarele noastre în timp ce după punte contemplăm în depărtare un peisaj cufundat în umbră. Cele două cuvinte ale lui Cneiu Priscu: „Îl cunosc!", subliniate cu un ton grațios, care în gura acestui călău al evreilor căpăta o nuanță sinistră, scânteia înaintea spiritului meu și-l absorbea.

Natura mea nu era din acelea care se îndoaie de frică. Cream pericolul pentru a avea bucuria emoției. Lucram de doi ani ca să dau foc Iudeei spre a-l putea vâna pe inamicul meu. Nu mă păzisem, nici nu mă ascunsesem, fără laudă cu toate acestea și fără nechibzuire; astfel că toată lumea știa că inspiram și încurajam orice lua forma de ură contra romanilor.

Tinerimea din Ierusalim mă saluta ca pe căpetenia ei, fără ca eu să cer asta. Nașterea mea, partida saduceană căreia îi aparțineam, lunga mea ședere la Roma, călătoriile mele în Grecia, Egipt, Fenicia, Siria, în toată Asia, într-un cuvânt, gusturile, obiceiurile vieții mele, eleganța manierelor mele, relațiile, frivolitatea mea aparentă, aventurile mele, metresa mea Maria din Magdala pe care o consideram regină a Ierusalimului, toate acestea, împreună cu figura mea, mă arăta drept punctul cel mai luminos și cel mai bătător la ochi din oraș. Era oare de mirare ca Cneiu Priscu să mă fi cunoscut? Cu toate acestea, mi se păruse că în intonația sa dulce era un tunet, în surâsul său o condamnare.

Justus mă urmase, fără să-mi fi dorit eu. Mă aflam dinaintea casei albe a Mariei, ascunsă după o perdea verde de tamarini, fără să mă fi gândit. Traversând pragul micii curți neînchisă care precede casa, l-am văzut pe Justus.

— *Aproposito,* am spus eu, vino să mănânci cu noi astă-seară. Silește-te să-l găsești pe nevoiașul de Bar-Abbas; am poftă de petrecere. Și dacă Menahem este în stare de a veni aici, chiar în litieră, adu-l!

Spuneam aceste cuvinte, când Maria, care nu se întorsese încă de la circ, se arătă la poartă. Justus care pleca, se opri ca fascinat. Poate avea dreptate.

Această fată era admirabilă. S-ar fi zis că este o rază a aurorei sculptată în femeie. O mulțime de tineri o acompaniaseră până acasă, spunându-i o mulțime de secături, acoperind-o cu flori, neputând-o devora cu sărutări. O crezusem cea mai frumoasă creatură din Iudeea înaintea acestui fulger de femeie care îmi apăruse în circ chemându-l pe Moab, și care domina chiar misterioasa ceață în care Cneiu Priscu scufundase spiritul meu. Maria nu conservase nimic din costumul femeilor din Galilea. Ea își aranjase o croială de tunică și de peplu de curtezană greacă, croită dintr-o stofă babiloniană. Cineva ar fi crezut că o vede pe *Estera* ieșind din mâinele lui Lais. Când intră în curte, mi se păru că un nor presărat cu stele de argint cădea asupra mea. Îmi sări de gât. Fusese și ea martoră la mica mea scenă cu pantera, și, pe când tot Ierusalimul credea că mă sustrăsesem de la mulțumirile Claudiei din modestie sau din dispreț, Maria își spuese: „Pentru mine nu se uită el la mândra nepoată a Cezarului!"

— Prea bine, leul meu, strigă ea acoperindu-mă cu mângâieri. Oh! cât erai de frumos și cât te iubesc.

Justus se precipită afară din curte ca să-l caute pe Bar-Abbas. Intrarăm în casă și m-am lăsat să cad pe o grămadă de perne acoperite cu purpură. Maria băgă de seamă că eram palid și distrat.

— Ce ai dragul meu? spuse ea. S-ar zice că ai friguri.

I-am povestit Mariei preocupările mele. Ea începu a râde.

— Dar, nu cumva romanul tău locuiește în lună?

— Cred că nu totdeauna!

— Atunci, ce mare minune că te cunoaște! Ori sunt doi oameni la Ierusalim care să aibă acești ochi albaștri ca lacul Genezaretului; această piele fină și albă ca fiicele Greciei, acest păr blond ca al îngerului care a tentat-o pe Eva, acest puf ca o spumă de aur care flutură pe buzele și bărbia ta, această gură unde sărutarea se naște ca Venera grecilor din spuma mării, această frunte, în fine, acest tot care creează insomnie tuturor fetelor din Ierusalim și arde sângele tuturor femeilor măritate.

Notez în treacăt că tatăl meu, însoțindu-l pe regele Irod în ultima sa călătorie la Roma, întâlnise acolo un orator breton, de la Erboracum (Iorc), și o luase de soție pe fiica sa, pe care o numeau la Curtea lui Augustus steua Britaniei.

— Da, i-am răspuns Mariei, dar Cneiu Priscu nu este nici fată, nici femeie: este șacalul lui Pilat.

— Aida de! continuă Maria. Este oare un altul în Ierusalim care să facă din mantia sa un *palium* și să se îmbrace cu el ca tine, care să domolească un cal ca tine, care să seducă o femeie ca tine, care să se joace cu pericolul ca tine, care să povestească impresiile sale de călătorie ca tine, care să aibă epigrama și spada așa de iute, care să orbească, care să zăpăcească prin curiozitate, prin lux, prin neprevăzut, prin moliciune acasă la el, prin agilitate în circ, prin eleganță în public, prin strălucire și vervă în cercurile private... ca tine, ca tine, mult iubitul meu, pe care toată junimea imită sau invidiază, și de care se tem toți bărbații?

— Da, i-am răspuns, dar Cneiu Priscu nu este nici un june descreierat, nici un bărbat gelos, ci e copoiul lui Pilat.

— Oh, dibaci copoi!, exclamă Maria, pentru a descoperi un om pe care înțelepții țării îl consultă, căruia saganul i se supune, pe care fii Iudeei îl privesc ca suflarea lor, războinicii ca sabia lor, timizii ca vocea lor, prudenții ca cutezanța lor, și care resuscită inimile amorțite pentru speranța patriei.

— Da, entuziasta mea, i-am spus, dar Cneiu Priscu nu este nici o nebună ca tine, nici nimic din toate acestea. El este spânzurătoarea lui Pilat.

— Să se spânzure de spânzurătoarea lui, Pilat. Știi tu că femeia sa este foarte frumoasă?

— Adevărat? Nu am băgat de seamă.

În aceast moment Justus și Bar-Abbas intrară. Maria sări după genunchii mei. Femeile sale se arătară la ușa camerei, ca să o îmbrace pentru masă.

— Mi-e foame, Maria, i-am spus eu, grăbește-te.

— Se vorbește de foame, aici, zise Bar-Abbas. Acesta este singurul lucru care mi-a rămas fidel în această lume.

— Și Menahem?

— Dispărut. Galileenii l-au furat din circ.

— Și Moab?

— Dispărut. Esenienii l-au transportat în deșert.

— Şi nu s-a mai aflat nimic despre această femeie care părea aşa de înamorată de el?

— Ce păcat că n-am văzut-o, zise Bar-Abbas. Mă uitam în altă parte: la maestrul Pilat care devenise alb și verde ca o frunză de măslin. Sunt oameni care au culoarea în resort: eu n-am schimbat bronzul meu corintian, când am pierdut o prinsoare de cinci sute drahme. Această panteră infamă m-a furat. Credeam că o să-l sfâșie frumușel pe Menachem ca să placă frumoasei romane, și pentru onoarea animalelor țării noastre. Dar ah!, ea s-a purtat tot așa de laș ca și ceilalți. Ah!, până și panterele devin iepuri în patria noastră. Tigri adoptă obiceiurile romanilor.

— Așadar ești dezolat că Menahem a scăpat?

— Nu pentru banii pe care îi datorez pe cuvânt și pe care îi voi plăti cu vorbe, ci pentru onoarea locuitorilor deșertului Iudeei noastre. Va trebui să vânăm Essenieni, de aici înainte, pentru a avea emoție. Nu vom mai avea feroci, printre indigeni, decât pe marii-preoți.

— Și pe creditori, cred.

— Vorbă veche: aceste carnivore au uzat chiar și glumele care îi priveau. Dar ceea ce este mai rău astăzi, sunt cei ce nu mai vor să facă credit. Aceștia sunt fără suflet!

— Ce ai Justus, ești serios ca un bou care rumegă?

— El o adulmecă, prin crăpăturile ușii pe Maria ta care se îmbracă, zise Bar-Abbas râzând.

— N-ar fi un câine faimos, i-am răspuns, căci stăm în o atmosferă îmbălsămată.

— Eu prefer mirosul bucătăriei, spuse Bar-Abbas. Cea mai frumoasă femeie din lume nu prețuiește o ciosvârtă de căprioară cu arome multe pentru cel căruia îi e foame.

Maria apăru și în același timp un sclav egiptean deschise o ușă alături unde masa ne aștepta. În același timp, asemenea, răsuna, la poarta casei, un zgomot de pași cadențați, ca acela al legionarilor, care trecu. Zgomotul încetă, și puțin după aceea auzirăm poarta curții deschizându-se, pe cineva mergând, și vorbind sclavului la ușa casei. Arunc ochii pe fereastră. Noaptea se lăsase, luna plină se ridica maiestuoasă după platoul Sionulul și cufunda în razele sale suburbia Bezetha.

Cneiu Priscu se oprise în pragul camerei unde ne aflam. Părea cam dezorientat.

El se afla într-o sală viu luminată, unde un grup de oameni se pregăteau a ataca o cină pe care ar fi ghicit-o după mirosul său, dacă n-ar fi văzut la drepta, printr-o ușă deschisă, mesele întinse, și servitorii la lucru; prin altă parte, un roi de sclave tinere ieșind ducând cercei, evantaie, florile stăpânei lor; și, în picioare, în mijlocul sălii, frumoasă ca o zi de primăvară, această stăpână înconjurată de convivi. Ezitarea lui Cneiu Priscu nu dură cu toate acestea decât un moment, el înaintă având un surâs sardonic pe mușchii feței. Se simțea fericit de contrastul acestei veselii cu ceea ce avea să zică și să facă?

Dacă Cneiu Priscu știa cine eram, știa și unde trebuie să mă găsească. L-am prevenit. Aruncându-i o privire semnificativă, ca să îi indic această biată femeie a cărei inimă era poate să o zdrobească, în toate ceasurile să o lovească răul, și i-am spus:

— Oaspetele meu, fii bine venit. Este la masă un loc care te așteaptă.

Cneiu Priscu păru că înțelege cel puțin, deci nu se simți atins.

— Iuda, fiu al lui Simon, spuse el, eu vin dimpotrivă să te invit la cină din partea procuratorului, foarte recunoscător pentru nobilul devotament de care ai dat dovadă astăzi.

— Acest animal nu este complet o brută, am spus eu în limba veche evreiască lui Justus.

Apoi cu voce tare în limba greacă, limba obișnuită a celor care nu o știau pe cea latină și care era însă între evrei și romani, adaug:

— Avem convivi aici, dar ei mă vor ierta dacă-i părăsesc pentru a mă supune invitației generosului străin, care mi-o trimite prin acela care, mai adesea este geniul său de moarte.

Maria se părea că nu înțelege nimic. Justus o devora cu ochii neînțelegând nimic. Bar-Abbas răspunse:

— Îți urez ca această cină să nu îți dea o indigestie romană.

Am îmbrățișat-o pe Maria și am sărutat-o pe ochi și pe buze, fără a răspunde. L-am urmat pe Cneiu Priscu, care mă preceda fără a saluta pe nimeni.

La poarta din stradă, scena se schimbă. Soldații care așteptau, la un ordin sau mai bine la un semn al lui Cneiu mă împresurară, și mai înainte de a face o mișcare brațele și mâinile îmi erau legate.

— Unde mergem? am întrebat, fără a mă părăsi liniștea pe care mi-o impusesem, și pe care nu am pierdut-o niciodată, pe care nu o voi pierde în circumstanțe periculoase.

— La turnul Phasaelus, răspunde Cneiu Priscu cu un ușor surâs. Ești așteptat spre a cina.

— Acolo Pilat îți trimite firimiturile de la masa sclavilor săi? l-am întrebat cu un aer insolent.

Cneiu poate nu mă auzi: nu răspunse nimic.

Orașul furnica de lume, căci sărbătorile continuau încă. Sub corturile din epiețele cele mari, unii cântau, alții jucau, alții se preumblau sub razele lunii. Femeile preparau mâncarea, veneau să ia apă de la fântâni, cu urcioarele pe umăr vorbind despre spectacolul din acea zi și de lupta elefanților de a doua zi.

Întâlnii pe unul dintre fii lui Hanah care mă recunoscu și făcu o săritură înapoi. Am strigat în limba veche ebraică: „Liniște!"

Zece minute după aceea, eram în curtea turnului Phasaelus. Dându-mă în mâinile temnicerului, Cneiu Priscu observă:

— Drept vorbind, procuratorul nu te invită a cina, dar îți oferă o pauză fără neliniște. Cât despra cină, fiindcă aici nu avem decât firimiturile mesei sclavilor nu vom cuteza a te umili prezentânduți-le. Noapte bună, și Venus să-ți dea în vis ceea ce amanta ta dă amicului tău.

— Îți mulțumesc, companioane. A ta nu are nimic să-ți dea: ea a fost prădată. Ești mai fericit.

Mă duseră sub poarta unei pivnițe care era săpată în pântecele colinei. Mă simții împins, mă rostogolii nu știu câte trepte și mă trezii lungit pe un fel de corp fetid și moale, lovind cu picioarele, în întuneric, ceva care mi se păru un schelet, dând cu mâinile, peste nu știu ce rece și vâscos care era desigur o broască sau o șopârlă. La aceste senzații scârboase am sărit în sus și m-am urcat din nou până la treapta cea mai de sus a scării. Acolo m-am silit a sta în picioare cât am putut mai mult; apoi am simțit sângele-mi jucând, un foc de artificii arzând în venele mele, și că amețeala mă atrage și, cu toată liniștea cea mai absolută a spiritului meu, m-am așezat.

Șoarecii, broaștele, șopârlele, ce știu eu, dădeau sărbătoare său bătaie în toracele scheletului. Țipau și se devorau unele pe altele. Reptile mai timide se târau pe picioarele mele. Treptele scării erau alunecoase de la umezeală. Toate aceste scârbe însă nu mă făceau să uit că îmi era foame și mai cu seamă sete. Gâtul meu părea un foc, gura îmi era uscată ca frunzele deșertului. Sufletul se chinuia a domoli corpul, apoi renunță. Mă gândeam în liniște, pe când tot corpul meu ardea. Lucru straniu! În situațiile dificile, trecutul ne supără și viitorul ne surâde. N-aveam nimic însă care să mă fi putut îngrijora mult, nici o părere de rău, nici o remușcare. La douăzeci și trei de ani, cineva n-are de numărat decât plăcerile sale; cel mult câteva supărări de inimă. Eu nu avusesem de acest fel.

Părăsisem Roma, unde profesori greci terminaseră cu educația mea, la douăzeci de ani. Călătorisem, revenind la Ierusalim, prin Grecia, Egipt, în Arabia, Fenicia, în toată Asia. Având un corp de oțel cizelat, ușor efiminizat, am gustat aventurile cele mai plăcute, printre curtezane, spectacole, serbări, curți. La Tiberiada, ruda mea Irodiada făcuse o mulțime de nebunii spre a mă reține. Maria, pe care o întâlnisem la Magdala, mai că mă luase pe sus. Toate aceste amintiri erau vesele, roze, luminoase, și totuși mă turteau.

Plăcerea se prefăcuse în necaz. Tatăl meu murise. Mama mea, totdeauna bolnăvicioasă și supărată de soarele Siriei nu se ocupa decât de ea, puțin de surorile mele. Fugea de supărare ca de o amenințare cu moartea, se gândea la propria persoană, la sănătatea ei, la viața ei, la liniștea ei. Ar fi răsucit gâtul Sfântului Spirit pentru a-și prepara o ceașcă de bulion purgativ. Mama mea ar fi aflat cu o resemnare eroică că eram în închisoare... pentru cauza țării mele. Această sărmană femeie nu ura decât pe romani, nu înțelegea decât pe Bretania sa.

Maria nu avea decât să își aleagă consolarea: Oh!, sărmane Iuda! Toată tinerimea Ierusalimului îi oferea îndulcire la întristarea ei, înțelegându-se și bătrânii, cu saganul în frunte.

Pentru ce mă zvârcoleam așadar gândindu-mă la mama mea și la Maria? Întunericul, foamea, setea schimbă sufletul: stofa rămâne aceeași, culoarea se murdărește. De ce aveam să mă tem de viitor? De moartea pe cruce sau de una în circ? Această soartă era lugubră la douăzeci și trei de ani, când natura și societatea au făcut totul spre a îți presăra drumul cu fericire. Și cu toate acestea, numele înspăimânta. În locul crucii o vedeam pe romana căreia i-am salvat viața, care dicta în spatele scaunului bărbatului ei sentința. În circ, vedeam această fată misterioasă care se amesteca în toate visele mele și acoperea toate amintirile și speranțele mele. Oriunde sufletul meu se deschidea, se lovea de această fascinație. Prin această imagine a început fuga mea prin trecut și viitor. Cu această imagine am adormit.

Cât timp a durat acest somn? Era tot noapte sau se făcuse zi? Nu știam nimic. Mă trezii speriat de o durere acută. Un șoarece mușca din călcâiul meu după ce îmi devorase sandaua. M-am ridicat. Bătaia în schelet tot continua. Și niciun alt zgomot nu ajungea până la mine.

Astfel trecuseră mai multe ore. De astă dată sufletul se liniștea, corpul se elibera de toate spasmele. Spun toate spasmele, în realitate una singura le absorbea pe toate celelalte: setea! Simțeam sângele fierbând în ochi. În fine mi s-a părut că aud un zgomot în sălile temniței, apoi un pas greoi se apropie, o voce mormăind surd, o mulțime de chei agitându-se, o cheie intrând în broasca ușii pe care mă rezemam și am simțit această ușă deschizându-se, mugind în țâțânele sale, lovindu-mă pe umeri, împingându-mă cu forță și îmbrâncindu-mă jos pe scară.

Prin slaba lumină care intra prin această deschizătură, dintr-o privire am văzut tabloul fără nume al temniței mele. Toți fii putreziciunii săriră, fugiră, urcară, alunecară în toate părțile, și se scufundară într-un fel de abis negru și infect, care era căscat într-un ungher al închisorii. Era într-adevăr un schelet ceea ce zăcea pe acest pământ umed și negru ca locul unei bălți. Pereții verzui erau însemnați cu semne făcute de cuie: amintiri, poate, de blesteme. În partea de sus a scării, pe prag, în vidul ușii, sculptat în negru de lumina din spate, stătea în picioare temnicerul. Era un bătrân.

— Ai dormit bine, copilul meu? mă întrebă cu o voce lingușitoare care mă înfiora, voce care semăna cu dulcele răgnet al tigrului care se joacă cu copii săi.

L-am privit, urcând câteva trepte, și mă oprii deodată văzându-l că face o mișcare de retragere.

— Foarte bine, i-am răspuns, și dumneata tată?

— Foarte rău, un purice m-a supărat. Trebuie însă să-ți fie foame sărmanul meu copil, continuă el cu același ton de voce.

Luasem obiceiul, găsindu-mă în situații îndoielnice, în prezența unui lucru sau a unui om pe care nu-l înțelegeam, de a-mi lua un rol care se potrivea cu toate situațiile. Acest rol era al fatuității. Fatuitatea este un teren mediu și neutru, de unde se pot executa toate mișcările. Un pas îndărăt, și o nerozie, este Antoniu; un pas înainte, și e spirit, este Alcibiade sau Cesar; un pas într-o parte și este prostul, este Samson sau Goliath; un pas în cealaltă parte, și este finețea pretențioasă, este Solomon. Pe scurt, din acest punct central al fatuității cineva poate intra în toate celelalte roluri fără silă și poate avea timp să sondeze, să înțeleagă, să se decidă, fără a fi compromis pe nimeni fără minte. Astfel la întrebarea așa de singulară a temnicerului, i-am răspuns:

— Foame? Nicidecum. Acum am mâncat.

— Cum așa? strigă el cu o voce de mârțoagă de astă dată, și tremurătoare de mânie. Nu cumva cineva mi-a furat cheia de la brâu?

— Nicidecum, scumpul meu tată, răspunsei cu un accent liniștit.

— Dar atunci?

— Atunci, am turtit cu o lovitură de pumn un șoarece mare cât un iepure, care își petrecea timpul încercându-și dinții pe pantoful meu, și l-am mâncat. Era delicios, mult mai bun ca lăcustele essenienilor de la Iordan.

— Tunet de tunet! strigă bătrânul, și să nu mă fi gândit până acum a utiliza acest vânat pentru hrana locatarilor mei! Îți mulțumesc, copilul meu, îmi faci un venit. Îmi pare rău însă că ai mâncat așa de bine. Îmi propusesem să îți dau un frumos porumbel sălbatic, fript între două bucăți de pâine îmbibată cu untdelemn și oțet din frunze de laur...

— Excelent, tată, excelent: îți permit a da această pradă unui conducător de cămile sau de dromaderi căruia trebuie să-i placă foarte mult.

— Uite, uite! asta și regelui Irod i-ar plăcea.

— Regele Irod e nepotul unui conducător de cămile de la Ascalon.

— Și ce zici tu de o bucată de ficat de căprioară și de pui cu rozmarin și vin, gătit cu măsline și cu ciuperci, sau mai bine de o friptură de azimă cu lapte și miere, căptușită cu un urcior de vin vechi de Cipru?

— Da, i-am răspuns pe un ton de dispreț, am văzut câteodată dânduse această mâncare slugilor galileene de la staulele mele.

— Dar pentru tine, prințul meu, spuse bătrânul hoț, ce ar trebui ca să îți placă?

— Mâncarea mea obișnuită este simplă, i-am zis eu: un mușchi de tigru rumenit pe cărbuni cu sare și cu ardei, și lapți de crocodil fierți în mirt. Acestea nu costă mai nimic și sunt foarte delicioase.

— Ordinele tale vor fi îndeplinite, stăpâne, spuse omul rânjind și plecă.

Temnicerul roman este atroce, evreul este hidos. Am început a mă speria de intențiile sinistre pe care credeam că le întrevăd. Îl trimiteau pe acest mizerabil pentru a adăuga la supliciul real al foamei și al setei, pe acela al așteptării viziunei unei mâncări ce își propuse poate a mă lăsa mereu să o sper, fără a veni vreodată. Și mă încredințam în această temere prin circumstanța că ora odinioară a prânzului evreiesc trebuie să fi trecut demult căci, după culoarea luminii pe care o întrevăzusem, mi se păruse că trecuse deja jumătatea zilei. Convorbirea asupra prânzului mărise spasmele stomacului meu. Mă așezai din nou în vârful scării și ascultam spre a îmi trece timpul.

Banda infernală a reptilelor și a târâtoarelor temniței mele încetase. Acum numai arterele gâtului și ale tâmplelor mele băteau, al căror zgomot îl simțeam în vid. Niciodată n-aș fi crezut că e așa de îngrozitor pentru om a se afla față în față cu el însuși în tăcere, singurătate și întuneric. Silindu-mă să îmi fixez atenția pentru a percepe sunetele, ecourile vieții adormite, sau mai binezis amorțite din nou.

Cât timp trecu încă? Căzusem oare din amorțeală în leșin? Nu știu. M-am trezit la contactul unei mâini care se punea pe gâtul meu, prin ușa întredeschisă, pentru a mă opri de a mă rostogoli din nou în fundul puțului, și la lumina fumegândă care ieșea din felinarul temnicerului. Acesta părea contrariat.

— Vino, îmi spuse el cu brutalitate.

— Unde? am întrebat întinzându-mi mâinile și căscând ca un om care se trezește.

— Unde? ripostă el. Unde se merge ieșind de aici? Unde poate cineva merge?

— Acasă, negreșit, răspunsei, deși fiori trecură prin venele mele.

— Da, replică bătrânul, la Tatăl tău întotdeauna.

Îmi legă mâinile la spate și mă împinse în curte. Acolo Cneiu Priscu mă aștepta numai cu patru oameni. Făcu un semn. Unii dintre aceștia îmi puseră pe față o bucată de stofă veche și mă legă așa de strâns, încât am crezut că aveau să mă sugrume.

— Nu mai pot respira, am spus cu dificultate.

— Nu e trebuință, răspunse Cneiu, acesta este un lux de care jumătate din creație a găsit un mijloc de a se dezvăța.

Mă împinseră.

Am înțeles că trebuia să merg. Aerul răcoros al serii care fluturase pe fruntea mea mă reanimase puțin. Umbletul îmi făcea bine. Respirația mea afară din putoarea oribilă a temniței, deși jenată, îmi insufla viață. Toată lumea tăcea în afară de rândunica laborioasă ce lua primele luciri roșii ale lunii pline drept luminile soarelui ce apunea. În curte, aruncasem o privire repede peste o parte de cer presărată de stelele care mă încântaseră. Nu știam că cerul este încă așa de frumos de văzut! Ieșind din curtea castelului începuserăm a coborî; dar mă făcuseră să mă întorc și să mă duc prin atâtea coridoare și porți mai înainte de a începe această coborâre, încât nu mai puteam să mă orientez, nici să înțeleg unde mergem. Acest mister mă speria câteodată, apoi mă consola.

„De când Pilat s-a făcut oare așa de rușinos și așa de viclean în execuțiile sale?" îmi spuneam eu. „De când, adăugam eu, execută el înaintea sentinței? Acest roman este posomorât și sever, dar drept, sau mai bine-zis sclavul legalității. Omul care a masacrat ziua trecută un popor dezarmat, va avea rușine în această noapte și va cocheta cu: ce va zice, al Ierusalimului? Hum! Hum!"

O adiere de aer parfumată îmi mângâia nările cu toată pânza întinsă pe obrazul meu și mă anunța că mă aflam lângă o grădină. Aceasta a fost încă o revelație. Pentru a-mi schimba închisoarea sau a mă duce la pretoriul său la Sanhedrin nu aveam grădini de traversat. Am intrat pe o alee. Simțeam nisipul mărunt al râurilor trosnind sub picioarele mele. Mirosul care mă îmbăta nu putea să vină decât de la vreo seră, fiindcă toamna nu erau flori în climatul nostru. În fine, ne oprim. Aud pe cineva din escortă depărtându-se, neapărat pentru a merge să aducă ordine, și apoi întorcându-se puțin după aceea, și totul în tăcere. Cu toate acestea înțelegeam foarte bine că eram aproape de o casă, căci legătura mea nu oprea zgomotul vocilor și al mișcării de a ajunge până la auzul meu. Am așteptat poate un sfert de ceas. În sfârșit mi se păru că aud un pas ușor, fâșâitul unei rochii de femeie. Nu m-am înșelat. Am auzit îndată pașii escortei mele îndepărtându-se, apoi o mână de femeie apucându-mi mâna spunându-mi încet: „Vino!"

Nu am răspuns. Inima îmi bătea tare. Această mână era așa de moale și așa de caldă, această voce era așa de dulce, încât am crezut pentru un moment că ating o mână de curtezană de la Roma care îi da fiori chiar lui Caton, că aud vocea *heterelor*[11] Corintului, care tulbură mintea chiar și lui Socrate.

Am mers prin mulțimea de coridoare, trecând pe lângă câteva atrii, am urcat și am coborât câteva scări, când un zgomot delicios de apă, care cădea în vase de porfir îmi mângâia urechile, exasperându-mi setea. Ne oprim încă o dată. Persoana care mă acompania a suflat în urechea alteia câteva cuvinte pe care nu le-am putut înțelege, deși erau rostite în limba greacă. Cinci minute mai târziu aceeași persoană reveni, spuse câteva cuvinte în același mod și pornirăm iar, coborând câteva trepte și trecând un portic, căci aerul care atingea fruntea mea era răcoros. În sfârșit am intrat într-o cameră a cărei atmosferă deasă și caldă îți oprea respirația.

— Iată-ne ajunși, spuse ea, zeii să îți îndeplinească dorințele.

Fata a dispărut. Am așteptat un moment în tăcere. Apoi o mână se așeză pe legătura mea pe când o alta tăia funiile care mă țineau legat. Frânghiile s-au desfăcut, iar legătura a căzut. Am văzut-o. Am rămas uluit.

VII

În același timp, amicii mei, la saganul, mă credeau pierdut. Era ultima zi a sărbătorii Tabernaclelor, ultima, de asemenea, a spectacolelor de circ date de Pilat. Evreii, veniți din provincii la Ierusalim pentru solemnitatea națională, aveau să se întoarcă acasă în aceeași noapte și a doua zi. Evreii din Ierusalim, care avuseseră locuri pe treptele amfiteatrului, fuseseră mai puțini decât în zilele precedente. Nivelul de ură al marelui oraș creștea:

---

11) Nume ce se dă unor dansatoare grecești..

sângele vărsat lăsase urme neșterse. Capii partidelor din Galileea, Perea, din cele două tetrarchii vroiau să știe ultimul cuvânt spre a lucra în consecință. Nuvela arestării mele nu era cunoscută decât de capi; ea iritase mânia lor. Hanah tremura pentru sine și se afla prea încurcat. Înălțimea unde-l târâsem îi producea amețeală. Se știa că fusesem înghițit de profunditățile turnului Phasaelus. Spionii saganului cercetaseră palatul lui Irod: el tăcea. Această tăcere îl înspăimânta cu atât mai mult pe sagan. Maria credea că după banchetul lui Pilat mă dusesem la Erico pentru a o vedea pe mama mea.

Hanah ar fi voit să evite a-i primii pe comisarii noștri din provincii, știindu-se supravegheată de Pilat, știind, de asemenea, că era un spion printre noi. Dar nu putea fără a-și pierde prestigiul, fără a ridica bănuieli între amici, despre cum își înșelase inamicii.

Fostul mare-preot se sculase de la bogata sa masă, când conspiratorii scăpați din ascunzătoarea lui Cneiu Priscu din casa nelocuită a lui Iosafat începură a intra în superbul său palat. Mai întâi a fost Isus Bar-Abbas, care, după ce a mirosit în jurul reședinței procuratorului toată ziua pentru a afla vești, se întorcea acum de la turnul Phasaelus, unde, drept orice cunoștință, i se dădură lovituri de picioare. Desigur pentru ei, Moab dispăruse, eu fusesem răpit. Bar-Abbas intra scărpinându-și părțile prea mult supărate și înjurând.

O nu! nu se va mai spune că Bar-Abbas nu-și plătește datoriile: pe aceasta o voi plăti. Cred că este o leziune de oase în regiunile mele occidentale. Și apoi, cât pe aici era să fiu răpit și eu. Oare prânzul cotidian îmi va da o mină mai bună? O ticăloasă de femeie, chiar la poarta dumitale, sagane, s-a agățat de mantia mea, care nu mai ține, zicându-mi cu o gură roșie care mirosea minunat a ceapă, că gătise patul său cu chingi, cu un covor zugrăvit din Egipt, că parfumase camera cu mirt, aloe și scorțișoară, și că mă invită, ca și cum aș fi fost regele Solomon[12]. Și ea trăgea mantaua mea de o parte, pe când eu, grăbit de a veni aici, o trăgeam de alta, și iată că jumătate din acoperirea spinării mele se duce acolo unde aș fi dorit să mă duc eu însumi. Nu cumva ai o manta de schimb să-mi împrumuți, sagane?

— Te-ai face tu onest din întâmplare?

— Niciodată. Asta înjosește. Aspir să fiu mare-preot.

---

12) Proverbe, VII.

— Du-te de mănâncă, spuse saganul rânjind. Un loc la masă te prinde mai bine, cred, decât locul de mare-preot.

Menahem, rezemat pe câțiva din amicii săi, intră în acest moment iar puțin mai apoi sosiră și ceilalți.

Locul unde saganul îi primea pe conspiratori era o cameră de retragere, dintr-un colț cufundat al palatului său, dând într-o curte și într-o stradă printr-o ușă făcută în perete. Pereții erau încrustați cu marmură verde, tavanul din lemn de chiparos săpat în formă de trandafiri. Luminată numai de un candelabru, camera avea un aspect funebru; această adunare avea aerul unei reuniuni de bandiți. Căci figurile acestor tineri, în mare parte, erau mândre și posomorâte. Lumânarea inunda cu flacăra sa roșiatică capul galben cu barba căruntă ale saganului; și ochii săi negri, vii, îngrijorați, pătrunzători, luceau cu un îndoit foc, măriți printr-o lungă tunică albă și prin un caftan albastru înconjurat cu un cerc de aur. El avea aerul grav și tăcea, jucându-se cu lunga-i barbă. Hanah era un om de mai bine de cincizeci de ani. Așteptau de la el explicații asupra arestării și asupra situației mele, asupra masacrului ocazionat prin cererea ofrandei, asupra atitudii luate de locuitorii Ierusalimului, asupra conduitei pe care trebuia să o aibă. Văzând că Hanah se mulțumea mai mult a asculta decât a vorbi, Menahem zise.

— Sagane, noi plecăm în această noapte; ce vom spune fraților noștri spre a-i consola de pățania funebră care ne-a precedat deja și care a aruncat doliul în atâtea inimi?

— Că trebuie a spera, răspunse saganul. Acolo unde sămânța cade, spicul se ridică.

— Asta nu este de ajuns, reluă Menahem. Trebuie să știu, când acest spic va crește, cine îl va secera, cine îl va nutri. Noi n-avem toți aceleași credințe, același scop.

— Avem cel puțin aceiași ură, cred.

— Da, dar cine va profita de explozia acestei uri? Când Iuda a venit să viziteze orașele noastre și a pus mâna pe inimile noastre rănite; când el s-a cufundat în deșert pentru a deștepta acolo suflete care urăsc sângele și n-au ca patrie decât gena lui Dumnezeu, când el a legat la aceiași operă pe saduceanul disprețuitor și pe fariseul cupid, el a găsit un teren neutru, unde oamenii care se băteau ieri puteau să-și dea mâna a doua zi.

— El desenase terenul pe care i l-am indicat, observă saganul.

— Ei bine, tocmai de aceasta ne îndoim acum. Iuda ne promisese: să nu mai fie judecători, să nu mai fie regi, mari preoți, să nu mai fie rege prefect al străinului, tetrarch sau ethnarch. Judecătorii au ajuns la Samuel, care făcu puterea ereditară în familia sa, în fii săi prevaricatori, avari și cruzi, Joel și Abra. Regii au ajuns la Roboam, care realizaseră împărțirea monarhiei, și la Osea și Sedecia, care permiseră sclavagia poporului evreu la Babilon. Preoții regi au ajuns la tiranul Aristobul, la imbecilul Hircan și la intervenția romanilor. Regele, prefect al Romei, a adus împărțirea națiunii în provincii străine. Nu mai este poporul evreu. Ceea ce contează acum este ca acest popor să reînvie!

— Nu cumva acestea sunt ideile mele?

— Da, dar în profitul cui acest popor va reînvia? Iată unde chestiunea se complică și unde opiniile se divid. Dumneata, Hanah, ai vrea să faci a fi declarat rege și să investești pe fiulă tău cu demnitatea de mare-preot. Și deja te-ai pus pe drum, făcând să se ocupe acest loc de nepotul tău, Caipha.

— Care ne trădează cum se cade, exclamă Bar-Abbas intrând și prinzând în zbor acest nume suspect.

Hanah îl fulgeră cu o privire de dispreț și fără a se obosi să îi răspundă afirmă.

— N-am această idee.

— Dacă nu o ai astăzi, ea îți va veni mâine, continuă Menahem. Fariseii ar vrea să readucă timpurile reginei Alexandra, unde ei erau totul, dominând peste regină și peste popor: Saduceenii își spun: „Dacă nu guvernăm noi țara, mai bine este să îi avem pe romani, care ne dau pacea și securitatea." Essenienii ar vrea să facă o comunitate din tot, suprimând căsătoria și dând astfel în cincizeci de ani Siria pradă leoparzilor și lupilor. Noi, copiii lui Iuda Gaulonitul, vrem domnia poporului prin popor, pentru popor...

— Vedeți deci că acestea toate fiind absurde, întrerupse Hanah trebuie să ștergem partidele în o mare idee.

— Trebuie să le topim într-un interes comun, ne-a spus Iuda, continuă Menahem.

— Ascultați, copiii mei, întrerupse din nou Hanah, generalul Lysiu, care era să cadă peste mica armată a lui Iuda Machabeul, ducea cu sine negustori de sclavi romani pentru a le vinde prizonierii pe care aveau să îi ia. El a fost învins. Să nu îl imităm pe acest nebun. Să îi gonim mai întâi pe romani, apoi vom vedea.

— Aceasta apoi se va găsi poate înaintea unei rezoluții deja luate.

— Mântuirea poporului a fost întotdeauna o operă de credință. Dacă o discută cineva înainte, nu izbutește, dacă o discută apoi, o pierde. Oare poporul l-a întrebat pe Moise: „Unde ne conduci?"

— Iată pentru ce Moise a umblat așa de mult timp în deșert, hrănindu-se cu lăcuste, cu sosul de rouă, strigă Bar-Abbas. Îmi place mai bine ceapa, care, în paranteză, în Egipt este excelentă. Ni se spune: ucideți-vă, pentru a avea mai apoi onoarea de a avea un mormânt, sau de a arăta cicatricile voastre într-o patrie supusă unui stăpân nedemn! Îți mulțumesc, tată: tocmai pe stăpân eu nu îl doresc, numescă-se el Pilat sau Hanah. Deși la tine se mănâncă bine, sagane!

— Să vedem, copiii mei, nu pentru a discuta aceste chestiuni ați venit la mine, la această oră, câteva momente înainte de plecarea voastră. Să scurtăm. Ce aveți să îmi ziceți? Ce voiți să știți?

Hanah părea că îi e urât. Tot ceea ce i se spunea era pentru el nou. El figura ca șeful unei conspirații al cărei program îi venea ca o revelație. El nu se recunoștea în toate acestea. Nu îl inițiasem niciodată despre scopul final al acestei opere al cărui creator părea a fi el. El nu era altceva decât un nume: pentru ce aș fi făcut din el un corp, o idee, o ființă? A trebuit să mă explic fraților lui Iuda din Gamala, pentru că aceștia erau singurii oameni, în mijlocul acestor copiii care își dau aerul de oameni pentru că aveau barbă. Iată așadar saganul încurcat și ceilalți amețiți. Menahem, care era cel mai tânăr dintre frații lui Iuda din Gamala, și care juca de atunci un mare rol în încercarea de eliberare a țării noastre, răspunse:

— Avem să-ți spunem un lucru, sagane, și vrem să știm mai mult.

Iuda a căzut în mâinile inamicilor noștri: trebuie să-i oprim cu orice preț din a-l ucide. Dacă locuitorii Ierusalimului nu sunt destul de tari pentru a se opune la acest atentat, noi nu vom pleca și vom rezista.

— Dacă Iuda nu a căzut, dacă Pilat nu îl va sugruma în temnițele sale, Iuda va scăpa, afirmă saganul.

— O promiți?

— O jur, zise saganul.

— Da, replică Bar-Abbas, dar nu repeta, Hanah, jurământul pe care-l faci vicarului tău Caiafa. Acesta te-ar scăpa, prin Pilat, realizând întreaga palisadă de *dacă,* cu care ai înconjurat promisiunea ta. Acest mare preot nu îmi inspiră nicio încredere. Această figură ascuțită pe un corp sfărâmat, această figură galbenă ca o lămâie pe un corp împestrițat cu albastru, cu aur și cu pietre prețioase, mi se pare un șarpe băgat în pielea unei vulpi. El vinde oi evreiești la măcelarii romani, care la rândul lor, îi prepară cotlete pentru masă.

— Este infam, ceea ce se spune, urlă saganul. Mai este cineva care să cuteze a o repeta?

— Nimeni nu va cuteza, remarcă Bar-Abbas, căci infamia are un privilegiu de suveran: ea poate zice totul! Dar mulți gândesc ca mine.

— S-o sfârșim!, strigă saganul. Da. Iuda va fi salvat, dacă Pilat ordonă supliciul în public. Noi nu suntem destul de puternici pentru a dărâma castelele sale. Apoi?

— Iată acum ceea ce vrem să știm, sagane, reluă Menahem. Ce trebuie să spunem fraților noștri din provincii pentru a justifica conduita Ierusalimului în masacrul zilelor din urmă?

— Că nevoind să angajăm o luptă, ci numai să încercăm spiritul public, să ne numărăm, nu pregătisem și nu distribuisem arme; că Ierusalimul a fost surprins, atacat pe neștiute și învins, înainte de a fi avut cunoștință de atacul inamicului, că Ierusalimul a avut partea sa mare de victime, și că l-ați văzut în doliu protestând prin fuga sa, și prin absența sa de la spectacolul contra unui stăpân străin.

— Ce trebuie să spunem fraților noștri din provincii pentru a îi lumina asupra viitorului?

— Că viitorul este adesea în mâinile lui Dumnezeu, dar că omul cutezător i-l smulge totdeauna: că trebuie a voi, apoi a voi, a voi mereu. Cine vrea poate.

— Noi vrem toți, spuse Menahem, dar ce trebuie să facem pentru a putea?

— A avea arme, a ști să te servești de ele; a avea inimă, încredere, disciplină; a nu obosi niciodată; a nu dispera în înfrângeri, a nu se îmbăta în succes, a crede în forța și în dreptul său; a nu se retrage dinaintea nimănui, când este vorba de a îi doborî pe inimici, a rămâne uniți; a se feri de lingușelile străinului refuzând chiar binele, chiar justiția, chiar binefacerile, chiar amorul; niciodată îndurare; a deveni o idee turnată într-un om și a face din această idee o obstinație.

— O vom face, spuse Menahem.

— Atunci, victoria este sigură.

— Acestea sunt prea multe lucruri, murmură Bar-Abbas. Acum îi vedeți pe spanioli, pe bretoni, pe gali, pe germani voind toate acestea, și, cu toate acestea, căzând. Romanii nu știu decât un lucru.

— Care?

— Ora. Totul este aici. Acești oameni își petrec viața privind meridiana în piețele popoarelor. Varu, care era chior a fost tăiat în bucăți. Vreți să-i zdrobiți pe romani? Faceți-vă romani. De când sunt evreu, nu primesc decât lovituri de picior: când eram în legiune eu spintecam burți.

— Continuă!, îi puse saganul lui Menahem.

— Ce va face Ierusalimul?

— Va da semnalul.

— Hum! făcu Bar-Abbas. N-am văzut niciodată trompetele sunând afară, mai puțin decât înfrângeri unde fiecare scapă cum poate. Mi-ar plăcea mai bine ca Ierusalimul să-și facă datoria aici, pe când ceilalți o fac în altă parte, toți în același timp.

Saganul dezbătea, căci lăudărosul nu prea greșise.

— Apoi? întrebă Hanah.

— Când va suna ora acțiunii? În ce loc? La ce cuvânt de ordin trebuie să începem? întrebă Menahem.

— Orice oră este bună când cineva este gata: noi vom veghea. Nu trebuie loc desemnat mai dinainte; nu trebuie cuvânt de ordin care poate fi rău înțeles. Cu toate acestea, veniți la Paștele viitor ca și cum ați merge la bătaie: spuneți adio soțiilor voastre, copiilor, bătrânelor voastre rude și... priviți Templul. Dumnezeu este forța și adevărul.

— Ba! ba! ba! strigă Bar-Abbas. Toate acestea nu sunt decât niște *galimatias* ale celor care văd lucrurile de departe. Această forță și acest adevăr ne-a făcut să ne înșelăm de atâtea ori. Poporul evreu a privit totdeauna Templul și acesta n-a oprit ca egiptenii și asirienii, și aceștia și aceia, și oricine a vrut să ne fi luat captivi ca pe vite. Templul a fost luat, reluat, ars, refăcut, profanat de atâtea ori, și forța și adevărul nu s-au ostenit a arunca cel mai mic și mai ridicol fulger pe care un Jupiter de sat l-ar fi găsit în cuptorul său. Ascultați-mă, fraților pe mine care am trăit douăzeci de ani cu acești ticăloși. Ora și locul pentru a-i extirpa pe romani după solul vostru sunt când ei se vor aștepta mai puțin, și unde se așteaptă mai bine, dacă nu puteți să atacați în toate părțile. Cât pentru cuvântul de ordin, nu este decât unul: nu trebuie *gracia*! Distrugere, împrăștierea chiar a cenușei lucrului ce s-a distrus. Romanii sunt ca un păduche de lemn cruțat de toamnă, care se ridică ca o legiune primăvara.

Saganul îl privi pe Bar-Abbas cu o fulgerătore încruntare din sprâncene, atins, iritat de a se vedea contrazis de un astfel de om într-un astfel de mod. Bar-Abbas prefăcându-se a căsca, îi răspunse printr-o clipire de ochi semnificativă. Menahem întrebă:

— Trebuie tăcere?

— Lupta noastră este lupta dreptului contra forței, răspunse saganul; n-avem deci nevoie să vorbim pentru a ne justifica; noi avem nevoie să lucrăm pentru a reuși. Tăcerea este jumătate din succes.

— Ah!, iar vorbe de nimic, exclamă Bar-Abbas ridicând din umeri. Tăcerea indică frica. Pentru ce să se schimbe în conspirație ceea ce poate, ceea ce trebuie să fie război; pentru a-i răsturna pe romani, noi trebuie să fim numeroși; toată națiunea trebuie să bage mâna în blid, prin urmare, dacă vă ascundeți, dacă vorbiți încet, dacă nu chemați decât pe cei aleși și pe cei inițiați, veți fi în număr mic și veți fi zdrobiți ca niște șopârle. Dacă nimeni nu cuteză, mă însărcinez să merg a-i prezenta lui Ponțiu Pilat – omul cu figura palidă și cu inima de sânge concediul său de la Ierusalim pentru data de 15 al lui nisan, ziua Paștelui fiilor lui Iacob. Hoț bătrân! Ce fericit a fost el că a avut o femeie care i-a băgat în pat tinere metrese! Ah! nu, era tatăl său... în fine, nu face nimic.

— Atunci, ce atitudine va trebui să luăm în fața celor doi tetrarchi, mai cu deosebire în fața lui Antipas?

— Rezervare, spuse Hanah. Ai observat, ei nu sunt amicii poporului evreu, ci temnicerii Romei.

— De exemplu! strigă Bar-Abbas. Cum! Vreți să măriți numărul inamicilor noștri! Nu vă sunt de ajuns romanii! Trebuie să compromitem, din contră, pe acești tetrarchi; trebuie să-i seducem prin momeala reconstruirii regatului lui Irod, pe care ei deja o doresc. Cu cât veți avea mai mulți vânători la această vânătoare blestemată, cu atât veți fi mai siguri de a ucide bestia. Vom vedea pe urmă cine trebuie să capete pielea. Desigur, nu voi fi eu! Mă voi mulțumi a avea o bucată, ca un câine!

— Dar atunci cine va fi șeful care va conduce toată această operă? întrebă Menahem. Tetrarchii, saganul, marele-preot, sinagoga, sanhedrinul, marele colegiu, fii lui Iuda din Gamala, saduceenii... Toți cred că au dreptul de a comanda și a da ordine. Cui trebuie să ne supunem?

— Ordinele, spuse Hanah vizibil încurcat la această problemă, sunt ale consiliului compus din delegațiile partidelor. În timpul luptei, când ora luptei va fi indicată, fiecare partid își va alege conducătorul. După triumf, toți vor concura la alegerea șefului, sau, conducător și mâna sa dreaptă, vom fi toți reuniți în același supliciu.

— Iată un frumos haos! obiectă Bar-Abbas. Cu toate acestea astfel de lucruri nu se hotărăsc dinainte. Conducătorul va fi cel mai îndrăzneț, cel mai fericit, poate cel mai bogat, cel mai viclean, sau cel mai intrigant. Dar desigur el se va naște din evenimente, el nu li se va impune. Presupuneți că eu aș fi acela care aș avea fericirea de a-l goni pe Pilat din Ierusalim. Crezi că te-aș lăsa, puternice sagane, să faci ploaie și soare în oraș, cum faci acum? Adu-ți aminte de Irod. Dar să nu ne atingem de această problemă acum. Este vorba de a-i goni pe romani: ne vom gâtui pe urmă între noi pentru a rădica un stăpân care îi va gâtui pe cei ce vor rămâne. Ce vrea să facă un stăpân venit astfel, dacă nu va gâtui câte puțin? Nu veți vrea, desigur, ca stăpânul vostru să moară de urât. Este așa de dulce a-i masacra pe prietenii săi de ieri care devin prea pretențioși a doua zi! Se emancipează.

Un bătrân, îmbrăcat peste tot în alb, bronzat ca un conductor de cămile din deșert, care stătuse până atunci tăcut, inaintă în mijlocul sălii și, întrerupându-l și depărtându-l cu mâna pe Bar-Abbas, rosti:

— Vă spun, toate acestea sunt prostii: ne trebuie unu profet sau un Mesia[13].

Acest essenian lovise cu un cuvânt în inima situației. Această propunere rezuma totul, rezolva toate dificultățile, răspundea la circumstanțele și tradițiile poporului evreu. Un profet este Dumnezeu. Dumnezeu prima totul, avea dreptul de a pretinde tot,

13) «Un alt cuvânt explică incredulitatea Iudeei. Abandonul cu care această țară credea în minuni fusese supusă, din originea, unei reguli care

la uman și la supra-uman. Un șef putea să impună subordonaților săi eroismul, un profet cerea de la ei miracole.

Lunga tăcere care primi această propunere confirma că essenianul lovise just. Toate conștiințele îi răspundeau: „Da, trebuie un profet."

Hanah spuse în final:

— Ei bine, fie, veți avea un profet.

— Când? Când? întrebară toți cu o singură voce.

— Nu stiu, replică Hanah. Avem în Templu cu ce produce un Mesia, dar nu putem suprima timpul și spațiul. Însă Grecia, Egiptul, India, Persia sunt departe: Apoloniu din Tyana, Jarchas, Mythra, Orfeu, Hermes, nu sunt la Erico. Apoi trebuie a prepara un teatru și pe spectatorii acestui Mesia: femei posedate care-l scuipă pe diavol la timp, cataleptici care să fie văzuți la oră fixă, epileptici cu bagheta... ce mai știu eu? Stiința se cumpără, credința se construiește, dar trebuie timp. Cu toate acestea eu cred că atunci când veți reveni pentru Paște, vă voi prezenta un profet bine dresat, bine învățat, care, la cuvântul său, să ridice poporul după cum vântul ridică pulberea.

— Primim, răspunseră toți conspiratorii, la Paște!

— Până atunci, adăugă saganul, pregătiți poporul, și când veți veni, spuneți adio femeilor voastre, copiilor, bătrânilor voștri, și să aveți arme. Veți veni aici spre a muri, poate.

— Vom avea arme, răspunseră toți în cor, și vom veni pentru a învinge.

— Atunci, Dumnezeu să fie cu poporul său!, exclamă Hanah cu un ton care semnifica că totul era rostit și că adunarea era dizolvată.

Deputații ieșiră puțin câte puțin, unii în tăcere, alții spunând un cuvânt saganului. Bar-Abbas rămase în urmă.

— De, ticălosule, strigă saganul furios..., îmi vei explica în fine ce înseamnă atitudinea nerușinată pe care ai avut-o în seara asta.

— N-ai ghicit?

— Eu nu ghicesc, ci întreb, replică saganul cu un ton sever.

— Ei bine am vrut să arunc confuzie în aceste spirite care ar fi început să vadă clar. Cum mai mergeai, sagane, tu, să răspunzi, să precizezi, să detaliezi, să explici, bucățică cu bucățică, toate

autoriza a nu vedea în miracolele cele mai sacre decât o pură chestiune de necesitate și de moravuri.» Salvator, pag. 399. – Iosef, Anticih, XX, cap. II, VI, VII – Răsbelul, II, cap. XXIII-XIII.

secretele operațiunii noastre, să desfășori mersul întreprinderii noastre! Drace! Și nu te indoiești că acel onest om, care i-a trădat pe frații noștri din casa nelocuită a lui Iosafat, putea să se găsească în mijlocul nostru?

— Bine zici, spuse Hanah cugetând.

— Ți-am vorbit de Caiafa, ți-l denunț din nou. Trebuie să se târască cineva pentru a vedea în străfundurile întunecoase. Cred că l-am ghicit. Păzește-te bine! Ești cel dintâi amenințat de această ambiție limfatică, dar persistentă și prefăcută.

Hanah surâse și nu răspunse. Bar-Abbas continuă:

— După ceea ce am zis, acești oameni nu mai știu unde să-și dea de cap, ce facem, ce vom face, ce trebuie să facă. Amicul lui Pilat, dacă va vrea să ne denunțe, și-a pierdut capul. Oare acești oameni trebuie să știe și să se gândească? Oare trebuie ei să cunoască prin ce drum îi ducem la măcel? Uite din tot ce s-a zis astă-seară, nu este decât un cuvânt cumsecade.

— Profetul?

— Profetul. Da, trebuie să fabricăm un profet. El va fi pavăza ta, sagane. El te va acoperi în luptă, și tu te vei ridica deasupra lui după luptă. Noi cădem? Pilat îl sacrifică: triumfăm? Tu îl otrăvești și îi iei locul. N-ai nevoie să înveți cum se fac aceste lucruri. Un Mesia se găsește la colțul ulițelor și este foarte trebuincios. Provinciile noastre nu produc decât asta și plebea nu crede decât în ei, pentru că ei vorbesc în numele lui Dumnezeu. Plebea n-are orizont de mijloc. În mizeria sa, nu vede decât noroiul său, ridicând ochii, pe Dumnezeu în cer. Tu n-ai nici o semnificație pentru ei și prin urmare nici o tărie asupra lor, nici o putere.

— Este drept, zise saganul.

— Atunci, curând să facem profetul.

— Mă voi gândi, zise saganul reflectând.

— Atunci nu mai am nimic să-ți spun. Dă-mi o manta și-ți permit, fără a mă supăra, de a-mi da și o tunică. Fiul tău are aceeași talie cu mine.

— Da, zise Hanah, ai meritat-o, și încă mai mult.

Și rostind aceasta, saganul îi dădu lui Bar-Abbas o mână de monede de argint.

— Drace, drace, urlă Bar-Abbas punând banii în buzunar. Sper că voi mai găsi în colțul uliței pe cerșetoarea care mi-a furat jumătatea mantalei mele.

— Nu-l uita pe Iuda, strigă Hanah.

Bar-Abbas făcu un semn din cap. Justus nu asistase la reuniune.

VIII

Ei mă plângeau, mă credeau pierdut! Ah!, dacă ar fi știut!

Legătura căzând de pe ochii mei, mă văzui într-un cabinet oval al cărui parchet era de mozaic, pereții erau încrustați cu marmură galbenă de Egipt, și tavanul din lemn de cedru sculptat în frunze. Scaune de fildeș împodobite cu bronz de Corint erau așezate în jurul cabinetului viu iluminat printr-o lustră de aur. Acesta era *apodyterium* – sala palatului lui Irod, unde cineva se dezbrăcă mai înainte de a intra în baie – pe care îl cunoșteam. Mai departe, o ușă ascunsă pe jumătate printr-o tapițerie de Mesopotamia. Vedeam înaintea mea tepidariul, mare odaie pătrată, în mijlocul căruia se afla un bazin cu apă caldă, asemenea unui lac, care reflecta flacăra numeroaselor candelabre de argint care îl înconjurau ca un șir de coloane.

Două tinere sclave gale, date în serviciul meu, puseră mâinile pe hainele mele, care îmi căzură într-un moment la picioare. Vederea apei îmi deșteptase setea. Am cerut să beau. Mi se oferi imediat o cupă de aur cu două sticle de vin de culoarea chihlimbarului și o amforă plină cu apă. Am băut apă îngălbenită cu câteva picături de vin și am simțit forțele revenindu-mi. Văzându-mă gol între cele două sclave frumoase am simțit că roșesc. Una dintre ele mă luă de mână și mă conduse în tepidarium. În același moment, o muzică dulce se auzi, și un roi de june fete goale, încoronate cu narcise și cu *nimphea*, ieșiră dintr-o sală laterală, se repeziră în apă, și începură să înoate către mine, chemându-mă în mijlocul lor.

Aveam douăzeci și trei de ani. Vederea tuturor acestor frumuseți cu atât mai periculoase cu cât cristalul apei și reflexia luminii le mărea strălucirea, mă făcu să mă înfiorez.

Culorile se schimbau pe obrazul meu. Deodată zăresc într-un unghi al acestei camere, mai ghemuită sub tapițeria unei uși, o figură de femeie, mascată cu *ricca* sa și înfășurată cu o haină care i se cobora de la cap până la picioare. Un fulger îmi traversă spiritul. Mi-am spus: ce vrea această femeie care se ascunde și care mă aruncă în mijlocul unor tentații așa de seducătoare? Schimbarea care se operase în poziția mea mă făcea să reflectez. Printr-un efort al voinței, mă profăcui a fi indiferent, și coborându-mă în bazinul cu apă parfumată, începui a înota și a mă juca cu tinerele fete, tocmai ca și cum aș fi fost cu tinerii mei amici în Iordan sau în apele albastre ale Genezarethului. Nu-mi luară nici măcar o sărutare și Dumnezeu știe ce comoară de tinerețe și de frumusețe se deschidea înaintea ochilor mei! Iosef însuși ar fi căzut. Tot timpul cât am stat a sări, a râde, a cânta chiar, a mă juca cu aceste naiade smulse din Caucaz, Galia, Spania, Siria, femeia cu *ricca* nu se mișcă din locul său de observație. Când am ieșit din apă, doi sclavi egipteni mă luară și mă conduseră la *caldarium*.

Dacă n-aș fi fost la Roma, aș fi crezut că mă duceau într-o sală de tortură. Pereții erau acoperiți cu o rețea de tuburi înroșite printr-un cuptur exterior, care se încălzea încă prin aburii ce se degajau dintr-un rezervor de apă clocotită în mijlocul camerei circulare. Mă simții leșinând și mă lăsai să cad pe unul dintre scaunele care ocupau firidele așezate în jur. Îndată unul dintre sclavi trase un lanț, și o pavăză de aur care acoperea tavanul, deschizându-se, mă inundă cu o suflare de aer răcoros și de o fericire desfătătoare. Temperatura devenind incandescentă, operațiunea deschiderii supapei se reînoi, și o langoare suavă mă cuprinse. În această stare mă înfășurară într-o manta de lână roșie și mă transportară într-o altă cameră încălzită la un grad inferior, unde sclavii începură masajul. Membrele mele amorțite, încheieturile mele dezarticulate sclavii mi le frecară cu un ulei parfumat. Mă simțeam reînviind. Mă șterseră în sfârșit cu o muselină moale de Egipt, și mă lăsară să mă bucur de câteva momente de repaus.

Am fost trezit de două sclave italiene, care-mi prezentau o tunică albă ornată cu ciucuri albaștri, și care, după ce pieptănară și parfumară frumosul meu păr blond, îl înfășurară într-o coroană de trandafiri, ca victimele destinate supliciului.

Tot timpul cât durase spălarea și îmbrăcarea, nu adresasem nici un cuvânt nimănui: priveam ca un martor sau ca un stăpân. Când totul s-a terminat, unghiile tăiate, picioarele parfumate, o altă sclavă, îmbrăcată în alb și albastru cu o centură de purpură, veni să mă caute. Patru cântăreți cu harpa o precedau. Cunoșteam locul. Traversarăm două sau trei săli îmbălsămate de mirosul arborilor și al florilor din grădină, și în fine ajunserăm la *triclinium* pe care regele Irod îl construise pentru cinele sale voluptoase cu Mariamna, cea mai frumoasă și cea mai iubită dintre cele nouă femei și dintre numeroasele sale favorite.

Sala, de formă ovală, nu era prea vastă. Tavanul era mobil și se alterna după orele și fazele prânzului, arătând când *empyreul* plin de stele, când un imens buchet de flori, când tablouri de zeițe, de zei nuzi a căror voluptate exaltă simțurile spectatorilor; când se schimba într-un nor alb și roșu care-i stropea pe convivi cu o rouă de esențe parfumate.

De astă dată tavanul reprezenta firmamentul: cineva s-ar fi crezut că cinează sub razele stelelor. Niște coloane fine de malachit cu capetele săpate și cizelate ca un giuvaer al reginei Cleopatra susțineau această boltă. Aceste coloane măreau strălucirea pereților acoperiți cu stofă albă de mătase de Persia, cusută cu flori și cu aur, legată de cadre de aur ornate cu pietre scumpe. Zece mici tablouri de o voluptate aleasă, atârnau de-a lungul pereților prin mijlocul unor cordoane de purpură și de aur. Mozaicul de pe jos reprezenta masa lui Jupiter în mijlocul zeilor. Cele două ferestre laterale, deschise spre grădini, erau pe jumătate mascate de platani viguroși stropiți cu vin. În partea de jos a pereților erau mese din esențe diferite de lemn încrustate cu argint, cu bronz, cu aur, cu pietre; aici rubine, dincolo smaralde, său ametiste, sau agate, semănate cu medalioane vopsite. Pe aceste mese sclavii așezau vasele, mâncărurile bogate – *lancula* – bucatele.

Acolo nu era decât un singur pat, pentru două persoane. Acest pat era de sidef indian, care semăna cu chihlimbarul lichid, transparent ca sticla, cu mici firicele albastre. Vergi de aur și plăci de smarald și de safir îl încrustau. Acest pat era umplut cu puf de lebădă și acoperit cu o stofă de mătase și de aur de culoare purpurie. Un monopodiu oval de sidef, înconjurat cu un cerc de aur sculptat și ornat cu pietre, se lărgea dinaintea patului, al cărui spate era puțin recurbat, brațele căptușite cu perne de o stofă albă și gălbuie.

Pe lângă acestea, cineva poate să evalueze bogăția acestei mese a unui rege asiatic, dacă va considera că un simplu avocat din Roma, Cicerone, plătise pe a sa, mi se spuse la Roma, un milion de sesterți (două sute patru mii cinci sute fr.) și un alt cetățean, Caetegu, un milion și jumătate. Împrejurul sălii, statui goale de alabastru susțineau candelabre care luminau ca și cum soarele din miezul zilei ar fi inundat-o. Vase cu flori îmbălsămau aerul și mângâiau vederile.

Înainte de a trece pragul, două sclave nubiene, una cu un ibric de aur și alta cu o bucată de purpură îmi oferiră să-mi spăl mâinile. La ușa directorul banchetului mă primi și mă introduse lângă oaspetele meu.

Bănuielile mele nu mă înșelaseră. Aceasta era Claudia, și încă Claudia singură, care mă invita la masă.

În seara aventurii cu pantera, Claudia, distrasă de festinul pe care Pliat l-a dat lui Pomponiu Flaccu, capilor legiunilor și mai multor personaje din Ierusalim nu-și adusese aminte de mine. A doua zi, înainte de a merge la amfiteatru, ea îl chemase pe Cneiu Priscu și-l întrebă de mine. Priscu îi spuse că, prin ordinul lui Pilat, mă arestase în aceeași zi și mă aruncase în subteranele turnului Phasaelus.

Pliat, în interogatoriul prizonierilor nu adunase elemente îndestulătoare pentru a mă condamna la bestii sau la cruce, dar aflase destul despre conduita și sentimentele mele pentru a se îngrijora. Atunci trimisese pe Priscu pentru informații la Caiafa care îi răspunse: «Nu cunosc un altul mai periculos la Ierusalim. S-ar zice că e o femeie după figură, după eleganță, după moliciune, după frivolitate, nepăsarea sa, gusturile sale; vai de acela ce s-ar înșela de acesta. Frumusețea sa este ca frunzele care ascund abisul, eleganța sa este o capcană atractivă, moliciunea sa are flexibilitatea oțelului, frivolitatea sa ascunde opera unui Catilina, nepăsarea sa este repaosul unei activități fără margini, gusturile sale sunt expediente de succes. Fără principii, fără credință, fără inimă, simțuri la voință, vorba care pierde, surâsul care omoară, sângele, lacrimile, mângâierile, sunt mezii pentru el. Când i se urăște, sfâșie inima unei femei sau pune foc unei provincii.»

Acest portret făcut din ură, în parte exagerat, în parte ridicol îl impresionă pe Pilat, care ordonă să fiu supravegheat. Priscu, pentru a mă supraveghea mai bine, mă arestă. Același portret, repetat Claudiei, grăbi curiozitatea ei de a mă vedea. Din ordinul său, Priscu mă aduse la ea, lăsând pe seama ei de a-i da lui Pilat explicațiile convenabile.

Claudia a vrut apoi să mă încerce. Mascată, asistase la singulara mea baie, și retrăgându-se, schimbă dispozițiile cinei, care trebuia să fie simplă și intimă.

Am găsit-o deci deja culcată pe patul său, frumoasă ca Ebe a grecilor. Părul ei negru ca noptea se înfășura într-o coroană de boboci de trandafir, și se desfășura în bucle pe umerii săi și pe pieptul gol, ce s-ar fi zis că este Edenul voluptății. Era îmbrăcată cu o *gaza* roșie, tocmai cât trebuia pentru a face nemodestia mai ațâțătoare. Ar fi luat-o cineva drept o statuie grecă, pe care un zeu o anima pentru orele sale de beție nebună. Se vedea carnea palpitând sub toate emoțiile. Sânul ei oferea amețeală, mai mult încă decât ochii săi, dacă ar fi fost posibil. Strălucirea ochilor ei negri, profunzi, mari, catifelați, stingea toate luminele reflectate de atâta aur și pietre prețioase. Femeile nu-și scoteau sandalele la cină, ea și le scosese pe ale sale pentru a arăta un picior mic, alb, mlădios, arcuit, gambe fine, și restul sub valuri de *gaza* încât să dea fiori tuturor simțurilor. Gura sa era puțin mare, dar dinții îi străluceau între buzele roșii și cărnoase, care chemau sărutările. Claudia era una dintre acele femei care omorau, și pe care muribundul o saluta cu extaz: *Caesar, moriturite salutant.*

Văzând-o am avut un fel de amețeală și mă crezui deocamdată ca pierdut; căci trebuia să fie cineva Tiberiu pentru a domoli, pentru a reține, pentru a fixa aceste fiare sălbatice ale amorului. Un fulger străbătu spiritul meu: «Cine sunt oare, mi-am spus, pentru a provoca asemenea somptuozitate? Ce dorește ea?»

Da, mă făceam mândru, când îmi venea bine, dar nu eram până în atât încât să îmi fac iluzia că am domesticit cu o privire această leoaică care singură ar fi incendiat o orgie. Această femeie avea deci un scop? Conduita sa o denunța.

Chiar de aș fi făcut de o mie de ori mai mult decât ceea ce făcusem pentru ea, chiar de aș fi fost de o mie de ori mai frumos decât eram, ea ar fi putut să mă recompenseze printr-un surâs. Pentru ce aceste pregătiri de un festin frenetic.

Neînțelegând, m-am închis în rolul meu de mândru și așteptam. Vezându-mă intrând, Claudia îmi făcu semn cu mâna de a merge să mă așez lângă ea, și îmi zise cu cel mai grațios surâs.

— Fii bine venit, oaspetele meu!, deși te-a adus garda pretoriană.

— Dacă aș putea să am împăiată această gardă a pretoriului, i-aș înălța o colivie și aș adora-o, răspunsei. Orfeu a traversat infernul și la sfârșit nu o găsi decât pe femeia sa.

Claudia surâse. M-am așezat lângă ea, capul ei atingea pieptul meu.

— Am un sărman bucătar, zise Claudia. Și cu toate acestea Labdacus al meu este elev al faimosului Mosquion, zis Phidia bucătarilor care din rămășițele prânzurilor lui Aticus, în doi ani cumpără două sate.

— Am auzit vorbindu-se de acest sărman om care a avut nevoie de doi ani pentru a aduna acele biete trei milioane. Un om ca acela, care dă porcului gustul cegei, murenelor gustul mistreților și care dă ridichi mici drept sardele, care știa geometria, astronomia, medicina, care cunoștea pictura și sculptura... să întrebuințeze doi ani pentru a cumpăra câteva sute de oameni și câteva mile de pământ? Era foarte avar Aticus!

Sclavii care trebuiau să ne verse vinul, să ne prezinte cupe, să ne stropească cu frunze de roze și să ne facă vânt cu pene de struț, erau deja la postul lor. La un semn al eunucului supra-intendentul banchetului, un roi de sclave de toate culorile, goale pe jumătate ca stăpâna lor, năvăliră în sală, unele ducând vase sau farfurii, altele susținând o imensă tavă de argint încărcată cu primul fel.

— Am suprimat toate ostentațiile, jocurile, glumele, spuse Claudia, am suprimat chiar pe cei doi pitici pe care Tiberiu i-a crescut în tuburi pentru mine, și care sunt încă mai mici decât Conopa, piticul lui Augustus, care era de două picioare și jumătate. Îți dau să mănânci, nu te invit la un festin roman. Trebuie să-ți fie foame, după cum mi s-a spus.

— Foame! Vai! Foamea este o plăcere pe care Dumnezeu n-a rezervat-o decât plebei, care nici că-i mulțumește. Mie nu începe a îmi fi foame decât de la a șasea zi de la ultimul meu prânz.

— Păcat că n-am știut asta mai demult, răspunse Claudia, ți-aș fi oferit această plăcere făcându-te să te bucuri încă câteva zile de ospitalitatea din turnul Phasaelus.

Primul serviciu se compunea din ouă, măsline albe și negre din Atena, gutui din Liban gătite cu miere și cu mac, de cârnați fripți, puși pe un strat de prune de Siria, și de mici prăjituri de rodii, de lăptuci și de garum (icrele de morun din zilele noastre), din care fiecare livră costa un preț care ar fi ajuns să hrănească o legiune.

— Îți plac ouăle? mă întrebă Claudia, pe când o sclavă egipteană le scotea dintr-un mic paner de argint și ni le oferea pe un taler din același metal.

— Da, răspunsei, dar făcute în pui de găină.

— Păcat, replică Claudia, căci iată-le făcute în canar.

Într-adevăr, spărgând ouăle noastre de păun, o mică pasăre galbenă ieșea din ele, în același timp pe când o colivie se deschidea în altă parte și umplea sala de un nor de mici pasări în culorile cele mai vii. S-ar fi zis că e o ploaie de pietre prețioase. Ele zburară un moment și apoi ieșiră prin ferestrele care dădeau în grădină.

De două zile, n-aveam în stomacul meu decât două ouă, Claudia o știa. Cu toate acestea mă mărginii numai a atinge aceste bucate pe care le-aș fi devorat.

— Se pare că aseară Cneiu Priscu a avut nedibăcia de a veni la tine la ora cinci și că a întunecat de tristețe un foarte frumos obraz.

— Da, acest sărman Bar-Abbas, a cărei falcă dreaptă fuge cât poate în partea stângă.

— Și apoi încă?

— Ah! Acest ipocrit de Justus poate, care calcă totdeauna pe pașii mei, se vâră totdeauna sub mine, ajunge totdeauna înaintea mea, și se bucură de deliciile pe care mi le prepar.

— Chiar de frumoasa figură de alamă?

— De alamă? De aur purificat și înegrit la razele soarelui. O femeie albă? Ce mai lucru! Cea neagră este spuma mării glaciare a creației, cea albă, este diluția finală, sfârșită; femeia cu fața de bronz lucitor este metalul în fierbere purificat, viguros, bogat de toată puterea lui, de toată valoarea sa. Femeia albă este convalescența speciei.

— Uite!, nu mă știam așa de bolnavă, ripostă Claudia râzând, dar puțin mișcată. O femeie cu figura de tingire trebuie să placă băieților de la bucătărie.

Ne turnară vin făcut cu miere și cu scorțișoară, apoi la un semn al vătafului mesei, sclavii se aruncară pe primul serviciu și totul dispăru într-o clipire de ochi. O sclavă gaditană ne prezentă pâine pe o tamburină de argint. Un alt rând de sclave, mai puțin îmbrăcate încă decât cele precedente, intrară atunci în sală și în fruntea lor un om cu barba lungă neagră, îmbrăcat în magician, cu o vergea de eben în mână.

Ele duceau pe umerii lor o imensă tavă acoperită cu un clopot de argint poleit. Venea apoi bucătarul Labdacus în persoană, în alb, precedat de doi magi și urmat de o sclavă nubiană, care ținea în brațele sale o mică barcă de aur. Când toate fură puse pe bufeturi și când tavele au fost descoperite, văzurăm servindu-se pe masa noastră unul după altul, fazani, vânat, o căpățână de mistreț împresurată cu sturzi, cu prăjituri, cu scoici, cu un iepure înaripat ca armăsarul Pegas. În mica barcă, o cegă înota într-o mare de sos, în mijlocul micilor ochiane (un fel de pești) și a micilor dorade; și pe o mică concă cu patru bazine de aur, patru satiri stând jos al căror pântece strâns, vărsa o licoare picantă și aromată, cu miros diferit, care servea drept sos cegăi. Apoi stridii de Bretania îngrășate în lacul Lucrin, o rață cu curmale din Thebaida, o friptură afumată de urs tânăr, ficați de becață cu tamarini, limbi de căprioară cu chimen, o mreană cu muștar, melci pe un grătar de argint și tot felul de legume. Claudia nu bău decât câteva picături de vin vechi de Cipru, care părea a fi aur lichid și secase mustul de palmier. Abia mă atinsei de aceste vinuri așa de amețitoare, vechi de un secol, de care romanii erau atât de doritori cât și de vanitoși.

— Dacă dansul și muzica pot înveseli această cină, am sclavi care cântă și care joacă, și pe care Tiberiu i-ar plăti cu câte o provincie fiecare.

— Nu cunosc nimic mai vulgar decât plăcerea muzicii, am răspuns ridicând din umeri. Muzica este ca pâinea, toată lumea mușcă din ea. Dar apoi ce e cântecul?

— De? Cântecul.

— Ei!, este epilepsia suspinului, săritura țipătului, pe când sunetul este contorsiunea unui maț din care s-a făcut un Promoteu pe o bucată de lemn.

— Cu toate acestea Iudeea a avut un rege, cred, care cânta din harpă.

— Tocmai, fiindcă fusese păzitor de capre mai înainte de a fi rege. Cât pentru mine, nu înțeleg decât o muzică: sărutatul până ce să mă pot bucura de cântecele acelea pe care un rege al Siracuzei făcea să i se cânte de muzicanții închiși în pântecele unui taur de aramă, pe care îl înroșea la foc.

— Nu contest gustul tiranului Siracuzei, replică Claudia râzând, acesta putea să aibă și ceva bun, dar eu nu admit muzica sărutatului. O sărutare este un cuac.

— Aș fi tentat de a-ți dovedi contrariul!, am spus eu.

— Cum se poate! Și femeia cu figura de căldare?

— Nu de acolo îmi vine pericolul, am spus eu suspinând.

— Nu cumva este o ariergardă! întrebă Claudia.

— Cred că în curând ea va forma toată armata.

— Adevărat! Povestește-mi asta.

— Nu se povestesc visele: povestindu-le cineva le dezaurește și ele rămân de aramă.

— Dăi înainte: îți promit să-ți schimb această aramă cu aur.

— Ah!, dacă te-aș crede pe cuvânt! am răspuns lipindu-mi buzele pe o buclă din părul ei pe care o mișcare a sa o aruncase pe buzele mele.

Am simțit-o înfiorându-se: ea păli, dar se prefăcu că nu bagă de seamă nimic.

Nu comisesem decât o imprudență; aruncasem o sondă.

Vai!, aceasta trebuie să fie o catastrofă.

La un semn al eunucului care veghea la cină, al doilea fel a fost ridicat ca și cel dintâi. Apoi se auzi o muzică zgomotoasă de fluiere, de crotale, de castaniete, de cimbale, de tamburine, de chitare, executată de mici negri, care pecedau un al treilea rând de sclave grecești și italiene, mai goale, sau mai bine încă, voalate cu un nor de argint și de azur. Aceste sclave purtau al treilea serviciu și prăjiturile și cofeturile. Pe tăvi de argint și de faianță de India, trasparente precum cristalul, și pictate cu flori și animale, se îngrămădeau prăjituri făcute cu păsărele, becațe, stridii, granguri, struguri de Corint și de Sicilia, nuci zaharate, gutui pline cu bucăți de cuișoare, încât semănau cu niște viezuri, turte cu miere de Himeta, smochine, piersici, fragi, mii de fructe, în fine, și un Priap[14] într-o prăjitură de migdale, cu sânul încărcat de mici flori și de pietre de zahar parfumat ca o curtezană și perfect imitate. Sclavii ne turnară în același timp vinuri de Cadix și de Sicilia fluide ca uleiul, dulci ca mierea, și care duceau în vene frigurile și amețeala. Aceste frumuseți, așa de perfecte, care se întindeau înaintea ochilor mei, aceste comori de voluptate divină care atingeau buzele mele, se puneau pe sânul meu, îmi orbeau privirea, încât mă înfioram; această Claudia, a cărei respirație îmi ardea obrazul când se întorcea către mine, toate mă cufundau într-o astfel de beție, mă rostogoleau într-un astfel de vârtej de pasiuni, îmi dădea astfel de amețeli, astfel de spasme, încât mă simțeam pierdut. Culorile se succedau pe obraz ca fulgerele într-o

---

[14] Zeul grădinilor, al viilor și al fecundității.

noapte cu vijelie. Un moment m-am crezut cu adevărat pierdut. Deja comisesem greșeala mortală de a mângâia cu buzele mele o buclă din părul Claudiei.

Ni se puseseră toate aceste dulcețuri pe masă, pe când sclavele executau un dans nebun. Apoi ne stropiră cu parfumuri și cu petale de trandafir, a căror răcoare mă ușura. În urmă, probabil la un semn al Claudiei, pe care nu l-am văzut, toți dispărură, în afară de o sclavă neagră, pe care ar fi luat-o cineva drept o statuie de marmură egipteană, atât era de frumoasă, și care stătea țeapănă, imobilă la picioarele stăpânei sale.

Claudia, după ce-i atinsesem părul cu buzele nu-mi mai vorbise, nu se mai întorsese către mine. Vedeam că am supărat-o. Dar confuzia instrucțiunilor mele se încurca cu atât mai mult în spiritul meu.

«Pentru ce această orgie și atâta prefăcătorie? mi-am spus. Ce vrea ea?»

Am schimbat tonul.

— Această sclavă înțelege limba greacă, Claudia?

— Nu.

— Așadar suntem singuri?

— Da.

— Atunci îmi permiți a îți adresa o întrebare?

— Asta-i după cum o fi. Dar, în fine, vorbește.

— Ce sunt eu aici?

— Dar, oaspetele meu, mi se pare, răspunse Claudia cu mândrie.

— Și după cină?

— Un om care mi-a făcut un serviciu, și pe care trebuie să-l plătesc.

— Îți mulțumesc, am spus eu, împrumut totdeauna pierzând capitalul. Chiar bogățiile frumuseților tale, Claudia, dacă ar putea să fie un preț, le-aș lăsa sclavilor mei.

Claudia mă fulgeră cu o privire care îmi păru că mă scufundă în fundul pământului. ăcu un moment, apoi zise:

— Se spune că ești un om periculos, ești acuzat că conspiri contra lui Tiberiu și a poporului roman.

— Nu te înșeli. Da, conspir, da, sunt cel mai mortal inimic al poporului tău, Claudia, al bărbatului tău, și i-am jurat pieirea.

Claudia surâse și adăugă.

— Te-am scos din închisoarea turnului Phasaelus, trebuie atunci să te țin prizonier aici.

— Prefer turnul Phasaelus.

— Prefer pe a mea.

— Asta mă dozonorează ca pe un laș, mă face să par ca un trădător. Cealaltă mă ridică la mărimea lui Brutus al țării mele.

— Ai dreptate, spuse Claudia cu o voce mișcată, da, ai dreptate. Nu mă gândisem la asta. Noi femeile, suntem ușoare. Mergi așadar, ești liber. Cu toate acestea, crede-mă, părăsește chiar în noptea asta Ierusalimul. Poate nu voi putea să te scap de două ori.

— Nu voi părăsi Ierusalimul, am rostit eu, atins de schimbarea care-mi descoperea o altă față a caracterului acestei femei. Ea avea inimă. Dar nu o înțelegeam încă.

— Atunci, vei rămâne aici, replică Claudia cu fermitate. Dacă vrei să pleci pentru a înfrunta pericolele, fii liniștit, vei avea aici, și încă din cele mai mortale. Dacă este pentru a-i vizita pe amicii tăi, pe metresa ta...

— Ce-mi pasă de toate acestea? am spus cu un sentiment de cel mai mare dispreț. Toate acestea se cumpără, se plătesc, se folosesc și se disprețuiesc.

— Nu cumva este pentru această ființa misterioasă?

Am tăcut. Imaginile acestor două femei se ciocniră în spiritul meu ca fulgerul. Claudia, de asemenea, remarcase și fusese uimită de frumusețea femeii misteriose a lui Moab. Ea încruntă sprâncenele încărcate cu scântei.

— Rămân, am spus în fine, dar pot spera că într-o zi...

— Nimic, niciodată!, strigă Claudia sărind de pe patul ei. Tu conspiri contra lui Tiberiu, spui tu, Iuda, ești implacabil, spui tu... Ei bine, pasiunile adevărate sunt tirani: ele domnesc singure. Rămâi, rămâi.

— E oare posibil? am murmurat în mine, lovit de o idee.

— Rămâi, rămâi!, strigă ea. În această lume nu este nimic imposibil decât ceea ce cineva nu vrea, și... binele.

Ea făcu un semn. Negresa ieși și reveni după un moment cu o altă sclavă.

— Cypros, spuse Claudia, acest tânăr e prizonierul tău.

IX

Justus nu asistase la reuniunea de la sagan pentru că se dusese la Maria. El îi ducea știrea arestării mele în turnul Phasaelus. Această lovitură, care îl bucurase pe Justus, nu o mișcă pe Maria. Ea nu era o femeie care să plângă ca o muiere, ca să se descarce cerând ajutor de la Dumnezeu. Justus nu era un amic care să nu speculeze nenorocirea unui amic.

Întorcându-mă de la Roma, o întâlnisem pe această tânără fată pe marginile lacului Genezareth, în momentul când își pierduse ultima sa rudă și rămăsese singură pe lume. Nu îmi trebui luxul de seducții pentru a o convinge să mă urmeze la Ierusalim. Știindu-se frumoasă, ea nu dispera că într-o zi sau în alta, nu mă voi decide să o iau de soție. Știindu-se cu un caracter determinat, iute în rezolvări, dotată cu resurse, ea credea că va face să lumineze acea zi cât se va putea mai curând. Opt zile după ce se instală la mine, Maria înțelesese deja că planurile ei de la Magdala nu se vor realiza niciodată. Ea nu ezită mult în a se decide spre a trage din situația sa decizia cea mai bună. Ea nu-mi dădea pace, cu două sărutări cele mai dulci din luna de miere și de amor.

Asta era prea târziu și prea curând. Prea târziu, pentru că începusem să simt pentru ea dorințe violente; prea curând, pentru că nu eram încă îndestulat. În scurt, după dezbateri care durară o noapte întreagă și o parte din zi, semnarăm o învoială: Maria consimțea a continua să mă iubească, dar la ea acasă, stăpână pe domiciliul ei, pe inima sa, și pe acțiunile sale, renunțând la toate avantajele pe care legea evreiască i le acordase contra mea. La rândul meu, eu am așezat-o într-o frumoasă căsuță între două grădini, la porțile orașului, în suburbia Bezetha. Apoi, fiindcă trăiam mai mult cu ea, duceam acolo tot luxul, îndestularea, plăcerile, pe care remarcasem la femeile grecești și romane, și începui a le gusta.

Maria nu avea pielea sulemenită, ca curtezanele romane, dar în culoarea sa de rază de aur fuziona o frăgezime, o strălucire, o atracție, o vigoare, o tinerețe care o făcea de o mie de ori mai seducătore. Maria nu avea spiritul, cultura, gustul, grația, fascinația morală a curtezanei grecești, dar avea toată cochetăria, tot neprevăzutul, toate capriciile, toate voluptățile, toată frumusețea formelor sculpturale. Ea era Cleopatra: această sumbră regină care strânsese de două ori lumea în brațele sale de bronz și o înăbușise cu sărutările ei. Maria era idealul femeii siriene care posedă talia palmierului, culoarea aurorei, ochii șarpelui, agilitatea tigrului, gura care conține un eden de pasiuni, să muște sau să râdă. Această regină de Saba îndată ce se văzu liberă luă apucături fantastice. Maria disprețuia îmbrăcămintea femeilor evreice, așa de grațioase și așa de naive cu toate acestea, și ea își compuse un costum asirian, care îi dădea strălucirea pe care o dau stelele noaptea pe cerul albastru.

Nu trebuia mai mult pentru a arunca tulburare în mijlocul tinerimii bogate și elegante a Ierusalimului. Maria o avu în curând pe toată la picioarele sale, dar niciodată în brațe. Niciodată femeia nu a fost mai fidelă amantului său iubit, pe cât Maria îmi fusese mie pe care îl iubea așa de puțin. Oriunde apărea, trădată de parfumurile sale, de suită, de frumusețea ei uimitoare, de gătelile sale, de insolența sa, de râsul său ce s-ar fi zis că este o cascadă de mărgăritare pe o tavă de aur, o jucărie de raze, oriunde se arăta, mulțimea o urma. Celelalte femei păleau, bărbații se îngrămădeau în jurul ei. Surâsurile, ofertele, cuvintele frumoase, veselia, impertinența, certurile, ce mai știu eu? Totul scânteia în jurul ei și amețea ca delirul.

Justus nu rezistase la această seducție spontană cu atât mai mult cu cât o văzuse pe Maria mai de aproape, cu mine, în orele când era ea însăși și nu poza pentru celelalte; și atunci era de o sută de ori mai seducătoare! Această greacoaică de contrabandă era pe scurt o evreică delicioasă. Ea, ca și mine, remarcase amorul tăcut al lui Justus, dar nu făcu niciodată nimic pentru a provoca mărturisirea lui și niciodată Justus nu cuteză.

După arestarea mea, și se știa că arestările făcute din ordinul lui Pilat, care nu se temea de nimic erau mai totdeauna mortale, Justus spera; își făcea curaj. Din contră, Maria, care până atunci îmi dădu o parte așa de modestă din amorul ei, îl manifestă prin toate expansiunile sufletului.

— Ei bine, zise ea, dacă Iuda este arestat, trebuie să-l eliberăm.

— Dar... reluă Justus.

— Nu trebuie *dar:* trebuie, chiar dacă m-aș da temnicerului său, ca Iuditha, și să-i smulg cheile; chiar dacă ar trebui să pun foc la cele patru colțuri ale Ierusalimului. Tot ce am, până și cosițele părului meu, ia totul, și cumpără-i libertatea.

— Maria, răspunse Justus tremurând, ai băgat de seamă vreodată că te iubesc?

— Da.

— Atunci, poți înțelege că voi face totul pentru a fi pe placul tău.

— Du-te atunci și revino mâine, când vei avea vești mai precise asupra situației lui Iuda.

Nu erau decât trei oameni care puteau să dea vești despre mine: Pilat, Cneiu Priscu și bătrânul temnicer de la turnul Phasaelus. Nu erau prin urmare decât doi oameni care să le poată căuta. Hanah și Bar-Abbas. Justus se adresă la cel dintâi, care refuză, de frică să nu atragă atenția asupra lui. Bar-Abbas acceptă, fără rugăminți, căci el făcuse deja primele demarsuri, încoronate de loviturele de picior pe care bătrânul temnicer i le dăduse cu îndestulare.

— Eu nu sunt omul care să mă sperii de lovituri de picior, nici de pumni, nici de lovituri de pumnal, răspunse el la propunerea lui Justus, dar când cineva lucrează, trebuie să întrevadă o speranță de succes. Fără asta, acțiunea este o nebunie.

— Desigur.

— Ei bine, pentru a lucra cu eficacitate, am nevoie de bani.

— Așadar, totdeauna vinzi, Bar-Abbas?

— Imbecilule! zise ticălosul. Această monedă nu va fi pentru mine, nici compensarea silințelor mele: trebuie să corup. Îl cunosc pe bătrânul Ruben. De multe ori am fost locatarul său. El e desfrânat, bețiv, mâncăcios, leneș, îi plac femeile desfrânate, îi place să facă chef. El se cumpără și se plătește, idiotule. Dacă aș fi bogat, n-aș cere nimănui nimic. Și nu vreau să mă duc să-i cer Mariei, pentru că ea ar da tot.

Justus luă o mână de schekeli și o puse în mâinile lui Bar-Abbas spunând:

— Să nu te duci niciodată la Maria. Când vei cheltui acești bani îți voi da alții, și tot așa.

— Așa da tinere ipocrit. Vrei să monopolizezi serviciul pe lângă fetiță. Du-te, du-te mereu, dar bagă de seamă! Cineva nu cade decât atunci când se uită la cer. S-ar zice că cerul aduce nenorocire.

— O să te apuci de treabă numaidecât, nu e așa!

— Ai o grabă suspectă, fătul meu. Mai că aș fi tentat să îți cer partea mea.

— Din ce? Din grăbire?

— Din ceea ce o provoacă.

— Știi că Iuda e amicul meu.

— Și iată pentru ce mă mir de mărinimia ta. Cineva nu este devotat niciodată atâta pentru un amic decât dacă vrea să-l piardă.

În timp de trei zile, Bar-Abbas știa totul.

El se adresă bătrânului Ruben pentru a răscumpăra loviturile de picior din seara precedentă. Începuse operațiunea schimbului prin pumni, la cârciuma unde temnicierul mergea să-și ia cina de seară, după ce îi culcase pe pupilii săi. Partida fiind plătită, Bar-Abbas ca bătrânul soldat în fața unui bătrân soldat – Ruben se luptase contra lui Pompei la luarea Ierusalimului – îi oferise o reconciliere.

— Nu vreau să te omor, zise el, mi-ar plăcea mai bine să te îmbăt, bătrâne brutal.

Propunerea nu admitea o lungă gândire chiar prin anomalia de gust. Ruben primi fără rezervă să bea, dar nu să se îmbete. Promisiune de bețiv. Ruben bău, se îmbătă, vorbi. Bar-Abbas, pentru a-și lua revanșa, îl rostogoli, cu un pumn, sub masa cârciumii și ieși cugetând:

— Trăsnetul să-l fulgere pe sagan, și pe Caiafa cu el! Ce înseamnă asta! Scos din temniță noaptea, cu legătură pe ochi, și condus în palatul lui Irod prin poarta grădinii! Ce! Domnul Pilat se înveselește gâtuindu-și prizonierii pentru propriul uz, în particular, fără a-i judeca, noaptea, și pregătind victimelor sale surpriza de a-și vedea gâtul răsucit fără a ști unde? Asta se poate! Ideile fără gust și melancolice vin când cineva vede căzându-i pe cap o femeie pe care o lasă într-un alt colț alți lumii. Cu toate acestea este așa de dulce de a îi contempla pe inamicii săi strâmbându-se pe o cruce, din vârful muntelui Sion! Pilat este voluptos. Nu, el n-ar fi supus pe Iuda la delicioasele panorame ale serelor sale de toamnă, la lumina lunii. Este altceva. Să vedem. Afurisita de legătură mă încurcă. Pentru ce l-a coafat pe Iuda cu o bucată de postav? Acest mister nu indică o idee de bărbat, doar dacă animalul de Priscu n-a executat un ordin nefiresc. Ce ordin, Bar-Abbas? De exemplu, cel al unei persoane care ar avea interes de a-și vedea prizonierul fără a fi cunoscut, într-un loc necunoscut, și a-l duce apoi din nou în închisoarea sa. Hum! Bar-Abbas, amicul meu, tu vorbești aiurea. Vinul de Erico îți amețește creierul. Zău!, cel mai scurt lucru este să caut informații.

Cu această înțeleaptă concluzie, Bar-Abbas se duse la palatul lui Irod. Iuda nu apăruse în pretoriu.

Pilat, așadar, era exclus din cauză. Acest om de război, pe de altă parte, putuse adesea să fie aspru, nu fusese niciodată prefăcut. Pilat fiind dat la o parte, nu mai rămânea decât Pomponiu Flaccu și Claudia care ar fi avut dreptul de a scoate prizonierul din temniță. Guvernatorul Siriei, pierdut în desfrânările sale, petrecându-și zilele în pat și în baie, și nopțile la masă, sau în altă parte ar fi dat ordin de a răpi o tânără fată sau un Ganimede pentru a încorona festinele sale, dar nu s-ar amesteca în a sustrage victima de la călău. Pomponiu Flaccu avea un aer cu totul inocent. Așadar? Apartamentele lui Cezar, locuite de Claudia, dau asupra grădinilor. Iuda era un tânăr foarte frumos. Damele romane se înnebuneau de orgii misterioase și monstruoase. Claudia sosea precedată de un renume negru, întunecat de ura servilor împotriva stăpânilor. Ea îl remarcase pe Iuda în frumoasa scenă care mișcase tot circul... Oare trebuia mai mult? Bar-Abbas duse investigațiile sale în jurul junei romane. El atacă secretul din partea grădinii și a curții prin sclavii bărbați și femei. Nu a aflat nimic. Dar chiar asta întări suspiciunile sale. Ruben mă văzuse trecând prin grădină și intrând în palat; soldații care îl acompaniau pe Cneiu confirmau. Doar dacă nu m-ar fi scos de acolo, într-o noapte, viu sau cadavru, trebuia să fiu în această parte a palatului, viu sau mort.

Acestea fiind fixate în capul lui Bar-Abbas, el se întoarse la Justus și îi comunică observațiile sale. Justus le aprobă căci avea interes, chiar dacă le-ar fi crezut neadevărate, având scopul de a le exploata.

Merse să o vadă pe Maria.

— Am descoperit ascunzătoarea lui Iuda, zise el.

— Ascunzătoarea? Așadar nu se mai află în temnițele turnului Phasaelus? întrebă Maria.

— Ar fi fost mai bine pentru tine dacă ar fi rămas acolo.

— Pentru ce?

— Pentru ce? Îl iubești pe Iuda, Maria?

— Dar răspunde la întrebarea mea.

— Ei bine, pentru că Iuda a fost transferat la palatul lui Irod, noaptea, cu ochii legați, prin grădini, în apartamentele lui Cezar ocupate de Claudia.

Maria păli.

— Atunci! strigă ea.

— Așadar, nu înțelegi?

— Mă tem să înțeleg.

— Cu toate acestea este clar. Nici o urmă de Iuda. Pilat nu știe nimic din toate astea. Femeia orgiilor din Capri primise un serviciu de la Iuda. Tu știi cât este Iuda de frumos, seducător fără margini. Așadar dacă nu l-a ucis, el este în brațele romanei care-i recompensează devotamentul.

— Este infam, ca această onestă femeie să fure astfel pe amantul unei favorite, prin ordin de justiție.

— Nu mai ai să adaugi nimic?

— Este infam, este infam, și o voi proclama în toate piețele Ierusalimului.

— Asta nu ți-l va reda pe Iuda. În plus, Claudia este așa de frumoasă! Maria, în tot Ierusalimul, în toată Iudeea, în toată Siria, nu mai este alta în afară de tine mai frumoasă ca ea – cel puțin în ochii mei.

Maria stătu pe gânduri câteva minute, schimbându-și fața la fiecare moment, cu ochii scânteietori, fixi, luminoși ca lama unui pumnal, cu mâinile încleștate. Apoi ridicându-se cu hotărâre:

— Justus, zise ea, ieri mi-ai spus că mă iubești.

— Mor de această pasiune, Maria.

— Nu-ți cer atât. Vrei tu, poți tu, să-l scapi pe Iuda?

— Maria, dar te iubesc. Nu înțelegi că te iubesc și că dacă Iuda revine...

— Trebuie să-l smulg de la această femeie, cu orice preț, trebuie. Înțelegi tu că trebuie?

— Dacă el era în colivia unui leu, în ghearele de oțel ale unui tigru, n-aș ezita nici o secundă. N-aș vedea nici un pericol.

— Pe Dumnezeu, ți se va plăti pericolul.

— Maria, te iubesc, mă voi omorî apoi, dacă dorești.

— Ce-ți trebuie atunci? Vorbește, lașule, spune dorințele tale. Vrei să-ți scuip amorul meu în obraz?

— O zi, Maria, o oră, și risc totul, voi mișca cerul, voi arde palatul lui Irod pentru a ajunge până la el, și a-l smulge din brațele, înțelegi tu, din brațele Claudiei.

— Tot, tot. Îți dau totul, numai să izbutești a-l elibera pe Iuda. Ai auzit? Totul.

Justus căzuse la picioarele Mariei și le săruta strigând:

— Te iubesc atât de mult, Maria! Aș traversa deșertul în genunchi pentru a ajunge până la tine, Maria. Un an, Dumnezeul meu, un an întreg am suferit supliciul de a te vedea în brațele altuia, de a auzi zgomotul sărutărilor tale, de a atinge adierea mângâierilor tale. M-am târât sub ferestrele tale noaptea, ca o ființă care se târăște, pentru a respira un parfum care ieșea din camera ta, și am auzit. Doamne! și nu sunt încă nebun!

— Dar ce-ți mai trebuie încă, ce-ți mai trebuie? Nu am zis tot? Promisiunea nu-ți e de ajuns? Vrei un angajament? Vrei un jurământ? Vrei tu să te sărut pentru a pleca, să mă zvârcolesc la picioarele tale ca să te grăbești? Ce-ți mai trebuie încă? Spune, dar spune! Și stai încă să-mi lingi sandalele.

Justus se ridică și zise:

— Maria, tu vei ști ce o să fac și vei judeca. Nu vreau jurământ, vei avea milă de mine, nu e așa Maria? vei ușura acast amor care mă omoară.

Seara, Justus se întorse la Maria. Bar-Abbas avusese alte încunoștiințări. Bar-Abbas formase proiecte de eliberare pe care Justus și le atribui, în ochii junei femei. El aprindea gelozia Mariei, și smulgea geloziei ceea ce iubirea refuzase.

Care era acest plan al lui Bar-Abbas?

Bar-Abbas era un hoț de naopte. Negreșit că avea o văgăună pe care o numea casa sa, dar, de obicei, își petrecea viața la alții sau la toată lumea: în piețele publice, în colțul piețelor de la uliți, în casa uneia dintre acele sărmane creaturi care noaptea îi solicitau pe trecători în ulicioarele întunecoase, sau în odăile de arest, luat și băut de patrule, sau certându-se la porțile cârciumelor. I se întâmpla adesea de a întârzia afară din oraș și a umbla pe lângă cetate, cu riscul de a fi devorat de șacali și de lupi, bătându-se cu câinii pe care îi păcălise.

În aceste peregrinări de noapte, i se întâmplase de două ori să fie martor la o scenă care-l surprinsese: el descoperise, la un colț de uliță, la cinci sute de pași de grădinile palatului lui Irod, din partea Ophelului, cinci sau șase indivizi înfășurați în mantalele lor, ghemuiți într-o curte a casei lângă caii lor, gata de plecare. Apoi mai departe, văzuse un individ ieșind printr-o ușă secretă a grădinilor regale, deschizând-o pe dinăuntru, închizând această ușă și depărtându-se. Această descoperire îi sugerase o idee, o ciudățenie. I-o comunicase lui Justus, care o aprobase fără discuție căci avea nevoie să îi spună Mariei despre un plan oarecare. Se poate încă să nu fi calculat întinderea planului. Justus era dintre acei oameni care au curaj într-o amestecătură, dar sunt fricoși în fața unui pericol izolat. Bar-Abbas cu toate acestea nu îi arătase decât planul proiectului său. El voia, în noaptea următoare, să verifice poziția și să se asigure dacă ieșirea omului pe care îl văzuse se va repeta. Într-adevăr, în noaptea următoare, pe când Justus activa gelozia Mariei și urmărea propriul interes, pe când eu, cu Claudia, urmam o altă pasiune decât amorul, Bar-Abbas îl păzea pe nocturnul vizitator al grădinilor palatului. El a stat la postul său de la ora a treia până la a opta (două ore după miezul nopții).

Cei opt oameni așezați în curtea casei din ulița vecină erau la postul lor. Actorul principal lipsea. Bar-Abbas nu era omul care să se descurajeze de o înfrângere, mai cu seamă când stomacul îi era bine garnisit cu o bună cină și cu un mare urcuior de vin de Emaus. În a doua noapte, fu mai fericit. Îl văzu pe om intrând la a patra oră și ieșind la a șasea.

A doua zi, proiectul a fost decis cu Justus, pe care o sărutare furată de la Maria îl făcea cutezător. Justus raportă tinerei femei că în noaptea următoare va încerca scăparea mea. O a doua sărutare îl făcu probabil pe Justus și mai temerar. În fine, despre ce era vorba? O!, asta era tot așa de simplu ca și o căsătorie neîmplinită din cauza lipsei de dotă. Dar și în această noapte steaua cea bună a lui Justus, care favoriza furtișagul lui de sărutări pe domeniile mele, îi oferea o victorie. Acțiunile rele au mai totdeauna încurajările lor din partea provedinței. Cineva trebuie să fie eroic în toate modurile pentru a face bine. Noaptea următoare, cu toate acestea, cei doi amici ai mei fură despăgubiți de suferința și devotamentul lor la nenorocirea mea. Când mă gândesc la asta, încep a visa: acest mizerabil Bar-Abbas era admirabil! El își risca viața, pentru ce? Desigur, nu pentru sărutări, nici chiar pentru a petrece.

La cinci ore din noapte, un om înfășurat într-o manta neagră se strecură în lungul zidurilor grădinii, fără a se uita în jur, fără a se îngriji să fie văzut sau nu, cu capul în jos, cu pași înceți. Ajuns la mica poartă, scoase din buzunar o cheie, deschise, intră, și împinse poarta care se închise cu zgomot. S-ar fi zis că e stăpân.

Justus și Bar-Abbas, care stăteau mai departe într-o gaură a zidului, văzură toate acestea fără a spune un cuvânt. Apoi, când ușa fu închisă, Bar-Abbas apucă mâna lui Justus, care îi păru înghețată, și îi spuse: Haide!

Ei se puseră fiecare de câte o parte a porții pe unde celălalt intrase și așteptară.

Noaptea era răcoroasă. Un mic vânt prevestitor de nenorocire plângea prin frunzișul arborilor, prin terasele caselor, într-un mod gemător, strident, fricos ca și cum demonul l-ar fi amenințat, și gonea înaintea lui imenși nori negri, cu forme maiestoase, care navigau cu greutate ca navele lovite de furtună. Acești nori veneau de la sud, din fundul Mării Moarte și a Iordanului, și prin urmare plini de vijelie. Din partea de nord, venind din munții Samariei, se reîntorcea în grabă un roi de nori albi, speriați. Câte o stea îndrăzneață de a se arăta se ascundea iute. Sute de câini se plângeau în depărtare, negăsind nici măcar o mortăciune în valea Hinnom. Cedronul gongonea, căci apa și pietricelele sale se întâlneau cu zgomot, după șase luni de vară seacă ca deșertul. Totul făcea să se prevadă o noapte zgomotoasă. Se auzeau deja câteva mișcări surde în aer, ca un tânăr tunet care încearcă prima sa bubuitură.

— Ferice de cel ce are o casă și un pat, murmură Justus.

— Și o concubină încă; adăugă Bar-Abbas.

— Crezi tu că acest om de nimic ne va face să tremurăm de frig mult timp?

— De! dacă acest om de nimic găsește înăuntru ceea ce noi doream adineauri, un pat și o concubină, mă tem că da.

— Mi-ar plăcea să terminăm mai iute.

— Asta-i eroic! Dacă vreodată vom avea o republică evreiască, te propun ca general al armatei noastre.

— Am multă tragere de inimă pentru apă, mi-ar plăcea mai bine să fiu amiral.

Câteva ore trecură. Întunericul era compact. Niciun zgomot uman nu anunța că vreo creatură ar fi trează, în afară de câini și alte carnivore, care cereau de la gunoaiele orașului aventuroasa lor cină. Fiindcă ora ieșirii omului dinăuntru se apropia, Justus și Bar-Abbas tăceau, cu urechea ciulită, cu nasul în vânt. În fine, auziră în grădină un zgomot ca al unei porți care se închide cu grijă, apoi scârțâitul nisipului sub pași, apoi același pas lent, visător, cu măsură neregulată, în zig-zag, aș zice mai îngrijit, atâta era de greu, intermitent. Omul se opri la poartă.

Stătu un moment, apoi se întoarse, privind probabil palatul pe care-l părăsise. Se auzi un greu suspin precipitându-se afară din pieptul său ca și cum s-ar fi temut a îl astupa. Această pauză nu dură două minute. Se părea indecis dacă trebuia să se întoarcă sau să plece. Această ultimă soluție învinse. Se întoarse, căută în buzunare, luă cheia, deschise și ieși. Închidea poarta când o mână puternică îl apucă de mână, pe când două brațe viguroase îl strângeau. Înfășurat pe jumătate în manta, vizitatorul nocturn n-ar fi putut opune decât o slabă rezistență. Dar nu se opuse deloc. Se întoarse ca un om surprins, însă nicidecum speriat, ca un om mirat de cutezanță, decât temându-se de un atentat și exclamă:

— Ce?

Tonul cu care spuse asta îl făcu pe Justus să se înfioare. Bar-Abbas nu se lăsă păcălit de această cumpătare care i se părea bine jucată.

— Nimic de tot sau un mic lucru, răspunse Bar-Abbas cu același ton degajat. Îți cerem simplu această cheie.

— Ce să faci, te rog?

— Dar, o cheie, cred, este făcută pentru a deschide sau pentru a închide, a te lăsa să intri său să ieși.

— Pentru a te închide totodată.

— Asta-i dreapt: dar credeam în ignoranța mea de finețele vorbirii, că a închide era de ajuns.

— Atunci!

— N-ai înțeles?

— Minunat, deși ai face mai bine să vorbești în limba ta, dacă ai vreuna, decât să rupi grecește.

— Ah!, de exemplu, eu care am dat lecții de pronunție Bretonilor!

— Astfel, zici?

— Dă-mi cheia, sau o iau.

— Ne-am învoit. Dar nu mi-ai explicat încă pentru ce vrei să te strecori în această grădină.

— Pentru ce ai intrat tu?

— Eu? Asta este altceva. Eu sunt medicul, și stăpânul casei are un câine care are reumatism la labele dinainte, și n-ar putea să-și iscălească testamentul.

— Sper că l-ai tămăduit.

— Îndată. Cred, că ți-a legat ceva în testamentul său. Pe lângă asta, între frați!

— Ce? Ce? Un câine! Suntem din aceeași familie. Da, asta-i singura rudă care ar putea să-mi lase ceva după moarte.

— El îți lasă frânghia, pe care mâine voi face să ți se lege de gât.

— Mâine, bravul meu medic, este departe încă. Și suntem la miezul nopții.

— Și jumătate. Bine, îți dau cheia. Dar o să îmi spui ce o să faci în acest loc? Cred că pentru, pentru... n-aș vrea cu toate acestea să-ți spun decât o vorbă politicoasă... Ah! Iat-o: a fura.

— Tunet al Sinaiului! Drept cine ne iei, cerșetorule?

— Drept niște spirite delicate care merg noaptea să îi ușureze pe bogați de prisosul lor.

— Ei bine, bădărane, te înșeli.

— Îți cer iertare în această casă, virtuos cetățean. Nu cumva ai pe aici vreo intrigă amoroasă?

— Ah!, și dacă ar fi așa?

— Atunci, ți-aș oferi serviciile mele.

— Ai aerul unui mare porc de câine. În fine, să vedem. Ești tu dintre cei ai casei?

— Puțin.

— Vrei să câștigi?... Ai bani, Justus?

— Da, vreo douăzeci de schekeli.

— Auzi tu! Vrei să câștigi douăzeci schekeli, lăsându-mi, bineînțeles, zece la sută?

— Și pentru ce nu, dacă serviciul pe care mi-l cereți nu e greu?

— Este ușor ca prânzul meu obișnuit. Nu este vorba decât de a ne călăuzi.

— Unde, dacă întrebarea nu e indiscretă?

— Înăuntru.

— Așadar sunteți curioși să vizitați palatul după miezul nopții?

— Suntem curioși de a găsi un amic care s-a rătăcit în aceste apartamente.

— Asta-i filantropic! Să vedem, povestește-mi. Cine e acest amic? Cum s-a rătăcit? Ce caută el acolo?

— Ți-o voi spune mergând.

— Nu-mi place să vorbesc mergând: explică-te, mai întâi.

— Ar fi trebuit să încep prin a te ucide și să-ți iau cheia, spuse Bar-Abbas. Asta este o idee care îmi vine în acest moment, prea târziu cu un sfert de oră, dobitocule. Nu contează. Să știi sau nu afacerile noastre, trebuie să intru în această infamă casă, unde se smulg prizonierii din temnițí pentru a aprinde orgiile sale.

— Ai orgia virtuții, drace! Frumosul meu profet. Haide. Explică-te puțin mai clar și te asigur, pe cuvântul meu, de ajutor, protecție și nepedepsire.

— Hum! Ești prea generos pentru a te crede că ai fonduri de solvabilitate, în fine, ți-am spus, unul dintre amicii noștri a fost ridicat din turnul Phasaelus, de vreo zece zile, într-o noapte, cu ochii legați. A fost adus aici, băgat pe ușa de alături, și este acolo, în apartamentele femeii procuratorului, probabil, împreună cu ea

— Ascultă!, spuse omul cu cheia, mă vei urma în această casă; și dacă ai mințit, sau dacă te-ai înșelat nu există o cruce destul de lungă, nu sunt torturi destul de atroce pentru a te face să mori.

— Să fiu damnat! strigă Bar-Abbas, așadar tu, tu ești Pilat? Și ce vii să faci aici noaptea, tu?

Pilat nu răspunse. Cu o mână, deschise poarta, și cu cealaltă, împinse înăuntru pe cei doi aventurieri.

Da, era Pilat însuși, omul care în această oră ieșea din apartamentele femeii sale, fără a o vedea, fără a-i vorbi. El nu se îngriji a închide poarta. Luând pe cei doi acuzatori ai Claudiei de mână ca într-un clește, el îi târî până la marginea grădinii, împinse cu piciorul ușa serei, intră în ea, și scoțând din buzunar o altă cheie, deschise ușa care dădea în casă. Câteva lumini slabe luminau porticele, coridoarele, scările și camerele pe care le parcurseră cu impetuozitatea uraganului, având mereu mâinile lui Justus și a lui Bar-Abbas strânse în ghearele sale de fier, fără însă să fi avut nevoie de ei. Ajuns în fine la o ușă, în capătul galeriei, bătu. Ușa se deschise și lumina lumină în același timp o tânără femeie, pe Pilat și pe acoliții săi.

— Cypros, strigă Pilat, m-ai mințit.

Justus tremura, Bar-Abbas, cu toată nerușinarea lui, simțea un fior umblând prin coloana sa vertebrală, la vocea sobră și damnată a lui Pilat.

— Sunt pierdut! strigă Cypros. Oh! sărmana mea mamă, vei muri sclavă.

X

Zece zile trecuseră de la sosirea mea la palatul lui Irod. Nu înțelesesem pentru ce Claudia mă adusese acolo, înțelegeam însă mai puțin pentru ce mă reținea. Toate ideile pe care mi le formasem asupra acestei femei mă încurcaseră și mai tare. Găseam conduita mea stupidă, și cu cât aprofundam mai mult caracterul Claudiei, cu atât ea devenea mai misterioasă pentru mine.

În toată viața mea, nu întâlnisem o femeie mai prefăcută ca această impură, care etala desfrânarea ca o rouă a Sharonului. Niciodată n-am cunoscut o femeie mai rece decât aceea care era închisă în această constituție furtunoasă. Această cochetă era o matroană. Ea trăia separat de bărbatul ei, dar mă întrebam de mii de ori: Îl iubește ea oare pe acest bărbat care fuge de ea? După obrăznicia primei zile, succedase o familiaritate, care punea cu toate acestea între mine și ea o lume întreagă.

Curtezana de gală era fată de Cezar în intimitate. Se spusese că este frivolă și spiritul său era ornat cu toate pietrele scumpe și cu toate parfumurile pe care le posedau grecii și romanii. La Capr, ea figurase în haita lui Cesoniu Priscu, intendentul voluptăților lui Tiberiu, și învățase acolo politica lumii manipulând-o cu Sejan care-i inspira oroare. Claudia avea, desigur, un scop, mă pierdeam într-un labirint de supoziții și nu descoperii, definitiv, adevărul în nici una. Nu mă mai grăbeam a o părăsi; și astăzi chiar, după atâția ani și atâtea evenimente, caut în inima mea pentru ce nu o iubeam pe Claudia? Eram, desigur, în această stare de spirit, la această oră a vieții, când ar fi trebuit să devin nebun pentru această femeie. Maria trecea în stare de crepuscul a serii amorului meu. Necunoscuta din circ înfășura ca un abur luminos visurile mele, dar amândouă nu-mi umpleau golul pe care viața la douăzeci și trei de ani mi-l săpase în suflet. Claudia avea tot ceea ce un om bine crescut putea să-și dorească: ea îmbăta simțurile prin frumusețea sa, dădea friguri imaginației prin conduita sa, prin distincta eleganță a spiritului său. Sunt fenomene psihologice pe care cineva le explică, dar pe care nu le poate înțelege.

Petrecusem o parte din seară pe terasa de la sud, înaintea căreia se desfășura lanțul de munți ai Scopei și Măslinilor și de unde printr-o depresiune a acestui lanț se întrevede Marea Moartă, ca o lamă de aur ziua, ca un nor violet seara și dimineața. Mergând încet, unul lângă altul, smulgând ici o floare, colo o frunză, din vasele de faianță albastră, din arbuștii mirositori, aranjați pe parapet, îi fredonam acest lucru splendid și sălbatic: cântarea cântărilor lui Solomon. Ea ascultase cu un aer distras, apoi spuse:

— Da, e frumos ca armoniile deșertului, dar prefer Odiseea.

Ea îmi murmurase apoi câteva elegii, pe care Ovidiu le scrisese mamei sale, Iulia, de la capătul exilului unde amorul său naufragiase. O melancolie gravă ne înconjura. Cerul era întunecos și vijelia se forma în el.

— Am să-ți vorbesc, Iuda, îmi zise în sfârșit Claudia. Așteaptă aici: o să îmi alung sclavele și o să te chem.

Noaptea căzuse peste tot. O înțepenire graduală cuprinsese orașul. Umblam prin întuneric ca o umbră care-și caută locuința. O oră după aceea, Cypros a venit să mă anunțe că Claudia mă aștepta. Ea deschise, într-adevăr o ușă care dădea spre terasă, mă conduse în camera de culcare a stăpânei sale și se retrase. Claudia îi rosti:

— Te voi chema, poate... Veghează!

Aceasta era camera pe care Irod o constrise pentru Miriamna. Așadar poate nimic nu era mai bogat și mai somptuos în lume decât aceasta. Plafonul era de cedru din Africa care costa mai scump decât aurul, sculpat ca un perete de flori și de frunze, cu ciorchini în relief. Pe pereți se întindea o stofă ce s-ar fi zis că sunt mărgăritare cusute și țesute, parfumată cu violete, cu boboci de iris, și umplută cu o mulțime de mici păsări indiene, adevărată comoară de pietre revărsate. Coloane zvelte aurite despărțeau pereții în mai multe părți și susțineau plafonul. Un covor gros de Bactriana acoperea parchetul din care făcea un model de flori. Patul era jos, larg, din solzi de broască de la gurile Gangelui de culoarea aurului. El avea forma unei scoici marine pusă pe un piedestal de fildeș de Troglodita și de aur care simula valurile. Puf de păsări din Africa, băgat într-o splendidă stofă de mătase de Persia, umplea scoica. Un pavilion de stofă brodată cu mărgăritare din Golful Persic și de la Taprobana cu diamante și cu tot felul de pietre prețioase, acoperea acest pat ca o ademenire. O acoperitoare de purpură, valorând un milion de sesterți se întindea pe postavurile de pânză de Egipt și pe căpătâile de pânză de India. În lungul pereților era un strat de perne de mătase albă cusută cu flori, câteva scaune din fildeș, o imensă oglindă înconjurată cu un cadru de aur cizelat, cu doi sclavi din bronz de Corint îngenuchiați drept picioare, se ridica înaintea ferestrei, și în mijlocul camerei, un mic pat de eben acoperit cu perne albe și roșii, pe care Claudia se odihnea pe când sclavele sale îi terminau găteala de dimineață și de seară. Lângă oglindă, pe un soclu de lăzulită se ridicau două vase de Caramina, care nu aveau preț, primite în dar de la Tiberiu, pline de flori exotice născute și înflorite în serele palatului.

Camera era luminată de câteva candelabre de aur așezate în cele patru colțuri. Un parfum îmbătător umplea aerul. Ușa cu sticle colorate care dădea pe terasă fu închisă; dar când un fulger aprindea cerul, se vedea această ușă schimbându-se într-o floare de mii de culori.

Claudia era singură, culcată cu moliciune pe patul de odihnă, în veșminte de noapte. O largă tunică de lână albă, fină ca vaporii serilor de vară, îi înfășura tot corpul, în afară de brațe. O cingătoare de mătase azurie îi strângea talia. O resiliă roșie îi strângea părul negru cu nuanță albastră, traversată de un pumnal subțire ca un ac cu capul de aur. Nu era nimic mai voluptuos și mai cast: această bogăție era modestă. Cineva ar fi crezut că intră într-o seră de flori. Pe un gheridon aproape de mâna sa, strălucea o carafă de piatră cristalizată și două cupe de aur. Claudia umplu aceste cupe cu o băutură rece delicioasă, compusă din suc de rodii și de portocale, cu lapte și miere, și îmi oferi una.

— Iuda, îmi spuse ea atunci, am distrus Capua, trebuie să pleci.

— Sunt gata, am răspuns suspinând, după un moment de tăcere. Dar, îmi vei spune tu, cel puțin, pentru ce m-ai chemat, pentru ce mai adus în acest Eden fără șarpe.

— Șarpele alunecă în el, Iuda; așadar e timpul ca tu să te duci și să reiei drumul pe care ți l-a trasat destinul.

— Nu mi l-a trasat destinul meu, Claudia, ci eu, sau mai bine-zis spiritul meu. Cunoști sarcina ce mi s-a impus.

— Cred că am înțeles-o.

— Ai întrevăzut-o, poate.

— Am înțeles-o. Tu vrei să smulgi Romei Iudeea, să-i masacrezi pe romanii care o ocupă, să faci din țara ta o republică aristocratică, sub oligarhia saduceenilor, sfărâmând puterea periculoasă și schimbătoare a Templului, și ignoranța venală a plebei.

— Da, iată scopul meu, tu l-ai ghicit.

— Poți tu să-mi spui care sunt metodele tale?

— Prea simple poate, poate imposibile: a face să conveargă, într-un moment de liniște, eforturile tuturor partidelor care divid națiunea evreiască, în împlinirea acestei resurecții naționale, egalându-i pe toți constituindu-i separat; a da acestei mișcări un conducător care să urmeze impulsul meu, căruia toți să i se supună și pe care, după ce vom izbuti, îl voi suprima, reintrând eu însumi în orbita acestei oligarhii dirigente, din care fac parte.

— Acest plan este nebun sau grandios, răspunse Claudia după câteva minute de reflectare. Succesul va decide care din două. Și succesul nu este în mâinile voastre.

— Asta n-o știu încă, dar vreau s-o știu.

— Atunci, încearcă.

— Tu, femeia lui Pilat, nepoată a Cezarilor, cetățeană a Romei, îmi spui: încearcă!

— Eu.

— Dar atunci nu m-ai înțeles.

— Am făcut mai mult decât să te înțeleg, sunt convinsă, și-ți aduc aprobarea mea.

— Ce spui?

— Îți ofer ajutorul meu.

Am surâs, apoi am exclamat:

— Ce nenorocire că nu pot să te transform în Mesia Claudia; toată rasa lui Iuda ar cădea la picioarele tale ca înaintea lui Dumnezeu.

— Este oare necesar a fi Mesia, pentru a concura la această eliberare, Iuda?

— Nu tocmai. Dar în Asia, unde s-au văzut romani distrugând romani ca să pună mâna pe putere la Roma și pe imperiul lumii, nu s-a văzut încă spectacolul ca romanii să-i distrugă pe romani pentru a elibera o națiune.

— În Asia nu s-a văzut asta, dar în Europa s-a văzut un conducător de legiuni fericit, un cuceritor, mergând asupra Romei și proclamându-se dictator. Pentru ce nu s-ar face la fel în Siria, dacă s-a putut face în Galia?

Mi-am fixat ochii pe Claudia și m-am ridicat. Ea nu se mișcă.

— Iuda, zise ea, pentru că ondulația conversației ne-a aruncat pe acest teren, trebuie să ne oferim explicații.

— Pentru că ne jucăm cu paradoxurile, am observat eu, permite-mi Claudia, de a adăuga. Pentru ce să se ostenescă cineva să mergă la Roma, să tulbure petrecerile bărbatului mamei tale, dacă avem înaintea noastră de resuscitat toată Asia: imperiul lui Cyrus, a lui Alexandru, a lui Darius, al lui Solomon chiar? Să stăm de această parte a Mediteranei, unde climatul este așa de frumos, natura așa de bogată, omul așa de laș, femeia atotputernică, unde sclavul se supune, stăpânul se bucură, aurul naște, unde creația avu aurora sa și-și desfășoară opulența sa amețitoare?

— Iuda, răspunse Claudia pălind, mi-ai adus aminte de mama mea și de Tiberiu. Ai locuit la Roma. Tu știi doar o parte din istoria mea, partea infamă, cea care curge din Capri și se răspândește în unde fetide peste orașul cu șapte coline. Tu ai auzit poate povestindu-se monstruozitățile pe care plebea lașă trebuie să le creadă pentru a nu-și mărturisi singuri că se mândresc în noroi. Eu însămi am auzit această narațiune, mânjindu-mi urechile, când mă duceam la Roma și vedeam poporul care conducea lumea prosternându-se înaintea litierei mele ca înaintea altarului Venerei impudice. Nu-mi băteam capul a releva exagerarea acestei narări. Ceea ce era adevărat era deja prea mult pentru infamia unei întregi generații de oameni. În fine toate acestea au sângerat în inima mea.

— Claudia, bagă de seamă, amintirile te fac a vorbi despre lucruri pe care mâine vei vrea să nu le fi mărturisit niciodată urechilor unui muritor.

— Puțin contează ceea ce voi vrea mâine. Crezi tu că te-am smuls din turnul Phasaelus, că te-am încercat prin tentații la care un tânăr de douăzeci de ani ar fi trebuit să cadă de o mie de ori, că te-am ținut zece zile aici pentru a te cunoaște, pentru a te înțelege, că ți-am spus un cuvânt, adineauri, care a trezit neîncrederea, crezi tu, zici, că am făcut toate acestea din capriciu, din lipsă de ocupație, pentru a te recompensa pentru lovitura de pumnal dată panterei?

— Nu tocmai.

— Ei bine, nu este nimic mai înșelător decât a cunoaște lucrurile pe jumătate.

— Este adevărat: neștiința completă prețuiește mai mult.

— Ai remarcat tu, Iuda, că nu port pe mine decât două scule: acest inel și acest ac de păr!

— Într-adevăr, am observat!

— Într-o zi, sunt de atunci șase luni, când Cypros sosi dintr-o insulă a marii Tireniene și îmi prezentă aceste două obiecte. Pe ametistul acestui inel este un profil al lui Tiberiu înconjurat cu iederă, cu deviza: *Si vivet, vivam*. Pe acest ac este gravat cuvântul grec *răzbunare*. O femeie pe moarte mai strâmtorată și în solitudine – ea, fiica lui Augustus, neavând decât pe această sclavă gală ca însoțitor la nenorocire, ea, tânără încă, ucisă de veninul bărbatului ei; ea, mamă, știind pe unica sa fiică, fiică a amorului de o sută de ori mai scumpă decât fiica unui bărbat impus de conveniență, condamnată la cele mai infame mizerii – această femeie îmi trimitea acest trist dar, ultima sa amintire prin ultima sa sclavă. Femeia era mama mea. Sclava era Cypros, care în numele stăpânei sale, prin ultima voință a stăpânei, trebuie să-mi repete în toate diminețile trezindu-mă, în toate serile culcându-mă, acest cuvânt: *răzbunare!*

— Încep să înțeleg.

— Așteaptă! Avaeam doisprezece ani... Iuda, îți fac destăinuiri, pe care nici bărbatul meu, el mai cu seamă, nu le cunoaște.

— Pentru ce?

— Ce-ți pasă! Aveam doisprezece sau treisprezece ani, eram singura ușurare ce consimțise a se lăsa mamei mele pe stânca sa de la Pantelaria. Viața noastră era sumbră, săracă, speriată; orice om care sosea din Roma putea fi un asasin sau să aducă o otravă din ordinul lui Cezar pentru a o bea. Somnul nostru una în brațele celeilalte rezuma toate terorile și toate fericirile noastre: eram unite, dar puteau să ne separe. Acestei sărmane mame nu-i rămâneau decât mângâierile mele. Vocea mea o făcea să uite tot. Într-o zi, cu toate acestea, ea luă o decizie disperată. Îmi zise: „Mâine vei pleca la Roma." Nu am mai văzut-o toată ziua. Ea scrisese. Scrise o lungă scrisoare lui Tiberiu, pe care trebuia să i-o dau eu. Iulia se confesa lui. Îi spunea numele tatălui meu mort deja, circumstanțele nașterii mele, și cerea grațiere pentru mine. Am plecat. L-am văzut pe Tiberiu, i-am dat scrisoarea mamei mele. Tiberiu o citi de la un capăt până la celălalt fără ca fața sa să arate cea mai mică emoție. Apoi, o aruncă cu seninătate într- un foc care îi încălzea camera. Mă privi intens, mult timp, în vreme ce își mângâia bărbia. „Ce ți-a spus mama ta?", mă întrebă el într-un final. „Cuvintele sale au fost acestea, am răspuns eu: Vei face totul, copilul meu, tot, înțelegi tu, pentru a obține *grațierea* mea." „Hum!, murmură Tiberiu: Tot!" „Tu îi vei cere această *grațiere* în toate zilele", am continuat eu, repetând vorbele mamei mele, „tu nu-l vei vedea niciodată pe Cezar fără a-i cere *grațierea*; vei sta atât până când o vei obține." „Bine, răspunse Tiberiu, stai și cere această *grațiere* în toate zilele."

Claudia se opri. Mi se părea că emoția o cuprindea. Dură un moment. Apoi reluă.

— Am făcut tot: am cerut *grațierea*. Nu am obținut-o. Nu am vândut infamia mea, mi-a luat-o pe nimic: acest Cezar m-a furat. El știa bine cu toate acestea că dacă mă resemnam acestei rușini, era pentru a obține iertarea exilatei. El îmi denatura rușinea. Ceea ce am suferit, nimeni nu o va ști niciodată. Trebuia să surâd în mijlocul torurilor din Capri, din care credeam că voi obține iertarea mamei mele. Ea a murit. Am rămas infamă pentru nimic.

— Este oribilă această istorisire, am spus îngenunchind înaintea Claudiei și sărutându-i poala tunicii.

— Câțiva ani mai târziu, Cypros sosi cu mesajul morții, continuă Claudia. Atunci m-am hotărât să plec. Tiberiu a fost de acord. De aici înainte nu mai putea să folosească voluptatea de a o ucide pe mamă prin dezonorarea fiicei: nu mai putea să se răzbune pe mama mea, cufundându-mă în noroi. Dar acesta nu era singurul meu chin. Mă măritasem. Cine știa sfântul cuvânt pe care îl duceam în peștera desfrânării? Cine știa că mă îngenuchiam la altarul lui Priap pentru a implora mizericordia pentru mama mea? Ei bine, mă mânji cu insultă, și rușinea căzu și pe fruntea omului ce-l asociase oprobriului meu.

— Sărmană femeie, am spus eu, așadar de aceea camera ta nupțială este văduvă!

Claudia nu răspunse la întreruperea mea și continuă:

— Tiberiu eliberă prada sa. Sejan s-a opus. Acest mizerabil mă iubea cu frenezie. Luptă cât a trebuit pentru asta, numai ura mea o știa și-și aduce aminte. Oricât îl fulgeram cu disprețul meu pe Sejan, el se agăța de mine ca sufletele de barca lui Caron. Trebuia să-i spun ceea ce-ți spun. Acest noroi a avut pietatea pe care mi-o refuza Tiberiu. El mă respecta. Mă lăsa să plec. Îmi oferea un sfat. Oh! nu sunt numai eu singura care-l urăște pe acest Cezar.

— Pot să te întreb ce sfat ți-a dat teribilul favorit al stăpânului lumii!

— Ți-am spus: să întorc imperiul pe dos și să-l răstorn pe Cezar. Roma râde de el. Italia îl urăște. Legiunile îl disprețuiesc. Provinciile păzesc pe cel dintâi ce ar cuteza... Ei bine, voi cuteza, eu, eu femeie insultată, eu care aud în toate momentele din zi și din noapte răsunând la urechile mele cuvântul mamei mele: răzbunare!, eu care port pe capul meu pumnalul și care văd în fiecare dimineață, când mă scol, în fiecare seară, înainte de a închide ochii, pe sclava devotată care primi ultimul său suspin. Înțelegi tu acum Iuda? Înțelegi pentru ce ești aici? Te-am încercat: Ești puternic, ai voință și perseverență, îi urăști pe romani, conspiri contra lui Cezar. Mă asociez cu tine. Înainte, deci! Dacă zeii sunt orbi, oamenii trebuie să deschidă ochii și să rectifice destinul.

— Claudia, această franchețe mă atinge, dar nu mă luminează îndestul. Vrei să-mi permiți câteva întrebări?

— Vorbește!

— Pilat cunoaște planurile tale?

— Nicidecum. Daca le-ar cunoaște, m-ar da pe mâna lui Tiberiu ca pe o criminală. El nu știe nimic, nu trebuie să știe nimic. Trebuie să fie târât de evenimente.

— Pomponiu Flaccu știe ceea ce tu gândești?

— Pomponiu Flaccu mă iubește. Un cuvânt al meu, și face totul, el l-ar trăda pe Cezar, pe femeia, pe tatăl său, conștiința sa: această oală murdară, pentru o noapte de desfrânare, ar da foc lumii. Pomponiu Flaccu este omul care mă supără cel mai puțin în tot imperiul.

— Atunci Pilat va rezista.

— Dar în planurile voastre n-ați inclus această rezistență?

— Da și cred că voi triumfa.

— Pe lângă asta, mă voi sili a micșora ciocnirea, împuținând forțele care ar putea să vi se opună.

— În fine, ce gândești să faci? Ce rol ne lași tu în această tragedie, care poate să nu reușească, dar care merită să fie încercată.

— În două cuvinte iată-l! Și gândește-te că Sejan a conceput acest plan. Iudeea se revoltă. Romanii o lasă sau rezistă puțin și o lasă să triumfe. Legiunile Iudeei și evrei fac alianță și obligă legiunile Siriei de a dezerta. Afară de asta, aceast refuz va fi cumpărat. Sunt încă în templul vostru, în mormântul lui David, comori imense deși prădate în parte. Noi contăm pe aceste resurse. Cu acești bani se cumpără legiunile din Galia, din Spania, și din

Bretania. Din toate colțurile aceste legiuni merg asupra Romei și-l răstoarnă pe Tiberiu, care se va ucide singur sau va fi ucis de pretorieni, înainte de a ajunge legiunile. Ca preț pentru ajutorul pe care ni-l dă, Iudeea se va dezlipi de imperiu, se va emancipa: ea va căpăta independența din timpul lui Solomon. Prețul pe care Iudeea îl va plăti ți se pare exorbitant?

— Nicidecum!

— La treabă, atunci! Evenimentele vor corecta greșelile acestui plan, dacă sunt greșeli.

— Claudia, am spus în sfârșit, am nevoie să te cred. Sunt în acest complot atâtea lucruri misterioase, culpabile, adevărate, teribile, grandioase, imposibile, suspecte, încât aș crede, chiar atunci când aș fi sigur că toate nu sunt false, că toate sunt o cursă. Ai ales bine instrumentul. Fantasticul este adevărul meu, absurdul este idealul meu. A dezminți rațiunea este cea mai supremă plăcere. Sunt al tău. Dar încredere pentru încredere. Dacă mi-ai indicat scopul, lasă-mă să aleg drumul, timpul, oamenii. Poporul nostru nu este ca celelalte popoare. Noi facem o revoluție pentru a-l schimba, dar nu îl vom schimba pentru a face o revoluție. De mâine intru în scenă din nou. Dar tu știi că bărbatul tău mă supraveghează și călăul său m-a arestat ca să nu se mai obosească supraveghindu-mă.

— Te voi cere lui Pilat, și vei fi mai în siguranță decât împăratul.

— Bine, am adăugat cu un ton mișcat, părăsesc acest paradis chiar în această noapte. Sunt fericit. Nu îmi va mai fi urât și, poate voi face bine, în toate cazurile, îți voi plăcea. Aș fi putut trăi cu Claudia de azi de dimineață mult poate fără a o iubi și dori; poate n-aș putea să trăiesc încă două zile cu Claudia din astă-seară fără a o iubi cu nebunie și fără a o adora ca pe un zeu. Am presentimentul, aș zice chiar certitudinea, că nu vom izbuti: ce contează? Ai fost nenorocită, Claudia, viața ta nu este plină de amintiri surâzătoare, îți vei aduce aminte de mine. Trebuie să fie așa de dulce a avea drept mormânt inima sau gândirea unei femei!

— Ești un nobil copil, Iuda, zise Claudia cu o lacrimă în ochii strălucind.

— Iartă-mă dacă te-am judecat rău!

— Toată lumea mă judecă astfel. Pentru ce aș fi inexorabilă cu tine dacă nu sunt supărată pe nimeni?

— Adio, atunci!, i-am spus, luându-i mâna și ducându-i-o la buzele mele.

Am stat un moment cu buzele lipite pe această mână. Ridicând capul, am văzut în vidul ușii pe Pilat în picioare, cu ochii fixi, teribil de palid, imobil. Lăsai să cadă mâna Claudiei care era întoarsă cu spatele către bărbatul ei. Atunci Pilat își făcu silă și înaintă.

Vijelia în cer anunța primele sale convulsii. Un tunet zgudui apartamentul, un fulger îl aprinse.

Pilat luă un aspect surâzător. El veni înaintea patului femeii sale, care-l privi fără a da cel mai mic semn de emoție.

— Tu ești, la această oră! zise ea întorcându-se pe cealaltă parte.

— Iartă-mă, amica mea!, răspunse Pilat. Am întâlnit două persoane care-l căutau pe acest june, și am întârziat puțin vorbind.

Am ridicat ochii, într-adevăr în cealaltă cameră, în fața ușii, erau Justus și Bar-Abbas.

Pilat, după cuvintele violente pe care le spusese lui Cypros, se stăpâni deodată și ceru explicații. Se pare că solitarul turnului Mariamnei întreținea cu tânăra sclavă o relație intimă. În toate serile, sau mai în toate zilele, el se ducea în camera sa, la această oră înaintată din noapte, și mergea să vorbească cu gala. De ce vorbea Pilat cu această fată? Ce avea el să-i spună cu aerul său așa de misterios, Dumnezeul meu! Pilat vorbea cu sclava despre femeia sa, numai despre femeia sa. El o întreba despre cele mai mici detalii ale zilei, de gândurile sale, de dorințele, capriciile, ce nu mai știu! de haina, floarea, de bucla de păr rău așezată, de supărările, de mâniile, de nimic și de tot și de alte lucruri încă. «Acest Argus o spionează pe femeia sa, gândea Cypros, așadar nu trebuie a-i spune nimic.»

Și Cypros nu-i spunea nimic.

Mai ales, Pilat era chinuit de tăcerea absolută pe care Claudia o păstra asupra sa. Cypros nu i-ar fi spus niciodată că femeia lui s-a ocupat de el, că s-a gândit la el, că l-a amintit. Cypros era acum surprinsă într-o greșeală, pe care ea însăși o credea capitală.

Cypros avea ochi frumoși și nu îi cruța. Temnicera mea n-ar fi dorit nimic mai mult decât să ușureze dezolarea mea. Putea ea oare să conceapă că eu și Claudia trăiam ca frate și soră? Ea tremura înaintea lui Pilat și îi mărturisi că eram în camera de culcare a stăpânei sale. Pilat avu o amețeală. Apoi își veni în fire și intră.

— Acești amici prea se grăbesc, zise Claudia fără a se întoarce. Iuda se pregătea să plece. Dar găsesc obraznic ca ei să vină a-l căuta aici la miezul nopții.

— Iartă-mă, amica mea, eu sunt cel care i-am adus aici pentru a le procura plăcerea de a-și vedea amicul câteva minute mai curând.

— Atunci dă-i afară pe acești oameni cu lovituri de bici.

— Îți cer *grație* pentru ei. Devotamentul este așa de rar!

— În adevăr, zise Claudia. Du-te atunci și adio, sau mai bine la revedere!

Pilat se retrase cu un pas pentru a mă lăsa să trec.

— Procuratore, i-am spus, tu ai mamă?

— Apoi?

— Am fost arestat într-o seară fără dreptate într-un fel de cursă, în ziua când o pedeapsă asemenea, chiar meritată, ar fi trebuit să-mi fie cruțată.

— Nu am ordonat-o!

— Cred. Mama mea cu toate acestea a fost informată de arestarea mea. Îi dădeam în toate zilele știri despre mine și primeam de la ea, căci sărmana bătrână este bolnavă, foarte bolnavă. Iată douăsprezece zile de când ea nu știe despre soarta mea.

— Ei bine?

— Ei bine, aș vrea să mă duc la Erico în această noapte, chiar acum.

— Cine se opune?

— Dumneata.

Pilat făcu o mișcare mândră de îngrijorare.

— Porțile orașului sunt închise: n-aș putea să ies decât mâine.

— Într-adevăr.

— Atunci, îți cer dacă e posibil, un cuvânt de ordin pentru a face să se deschidă poarta Bethleemului și să plec.

— Amica mea, rosti Pilat cugetând, ai tu ce trebuie pentru a scrie o depeșă!

— Nimic, răspunse Claudia.

— Fie, zise Pilat, iată cuvântul de ordin pentru a trece: Claudia.

Claudia se întoarse cu o mișcare violentă auzind pronunțându-se numele său. Ea nu s-ar fi așteptat niciodată poate ca numele acesta să fie dat de Pilat. Această impresie, cu toate acestea nu dură decât un moment. Claudia se întoarse încet pe cealaltă parte.

— Claudia! am remarcat eu. Bine. Îți mulțumesc pentru mama mea procuratore.

Am spus din nou adio frumoasei romane și am ieșit.

Claudia și Pilat se aflau singuri, unul în fața celuilalt.

Am aflat mai apoi detaliile acestei scene oribile. Putea oare să se îndoiască vreodată, Pilat că un tânăr de douăzeci și trei de ani și o femeie de douăzeci și patru de ani au stat zece zile împreună pentru a-și spune nimicuri în tot timpul acesta și a sfârși prin a conspira împreună?

XI

Pilat începu a umbla prin cameră, uitându-se la fiecare mobilă și la ondulațiile patului de dormit.

Vai!, totul era neprihănit în camera acestei femei impure!

Claudia înțelesese poate și nu spuse nimic; poate ea era absorbită de alte gânduri. Într-adevăr, deodată tresări, se ridică, alergă la oglind înaintea căreia era o mică lamă de aur suspendată între două mici coloane de agată și o lovi de mai multe ori cu o mână convulsivă, cu un mic ciocan de oțel. Apoi se întoarse la locul său.

La sunetul plăcii metalice, Cypros alergă. Părea pierdută de teamă, ghicind după acest zgomot vijelia ce mugea în sufletul stăpânei sale. Cypros se apropie tremurând, palidă ca o câmpie de zăpadă la lumina lunii.

— Îndreaptă-mi resilia, spuse Claudia cu o voce surdă, și cu ochii scânteietori.

Cypros căzu în genunchi înaintea ei strigând:

— Iertare, stăpână, sunt neștiutoare.

Claudia fixă în ochii tinerei fete ochii săi încărcați de mânie dominând-o, înțepenind-o la picioarele sale. Apoi, fără a mai adăuga o vorbă, ea duse încet mâna în păr, scoase acul otrăvitor, ridică brațul și îl lăsă în jos. Pilat văzu mișcarea și se grăbi asupra mâinii femeii sale, dar sosi prea târziu. Scula Iuliei o ucisese pe sclava gală. Nenorocita Cypros se îndoi și căzu întinsă pe covor murmurând:

— Sărmana mea mamă, vei muri sclavă.

O țâșnitură de sânge sări pe figura Claudiei și îi mânji rochia albă. Privi un moment acest cadavru, și ridicând apoi ochii asupra bărbatului său care stătea pietrificat, ordonă:

— Împinge cu piciorul această mortăciune pe terasă! Și se lăsă pe un scaun.

Pilat luă în brațe cadavrul sclavei. Înțelese acum pentru ce Cypros îi ascunsese prezența mea la soția lui. Își reaminti atunci orele de bucurie pe care Cypros i le procurase vorbindu-i de Claudia. Depuse o sărutare castă pe fruntea sărmanei victime și se duse să o pună pe terasă, unde ploaia șterse în curând sângele. Un lung suspin care ieși mai mult din inima decât din pieptul lui Pilat rezumă toate plângerile pe care lumea le reserva nobilei creaturi.

Pilat era încremenit.

Acest om care scăpase din atâtea lupte se simțea înăbușit de oroare și de spaimă la vederea acestui sânge scos din inima unei femei de o altă femeie, cu un ac de păr.

Pilat era de la Hispalis (Sevila), unul dintre cele patru orașe din Betica ai căror locuitori se bucurau de dreptul la cetățenia romană. Tatăl său se numea Marcus Pontius. În acest război de distrugere, pe care Agripa îl dădu Cantabrilor (Biscaya), Marcus atrăgea atenția prin forțarea mai-marilor săi compatrioți a se ucide reciproc, și stăruind a-i vinde pe ceilalți. El comanda această mână de renegați care întorseseră armele contra asturienilor, confrații lor de sclavagie. Spania, supusă în fine Romei – după două secole de rezistență – Marcus Pontius obținu ca semn de distincție *pilum,* lancea de la care familia își trase numele de Pilat[15].

Luciu Pontiu Pilat, fiul său, se atașă de Germanicus, cu care făcu războaiele Germaniei și se găsi la bătălia de la Idistavis (Hassenbeck). După ce se încheie pacea, Pontiu se întoarse în Spania. Dar peste puțin, ostenit de repaus, veni să caute la Roma plăcerea, pentru că Tiberiu interzicea gloria.

Germanicus pierise în Siria din ordinul lui Tiberiu. Ponțiu se prezentă la acesta cu o scrisoare de la tatăl său, care luptase împreună cu el, când fusese Tribun al soldaților în Cantabria și apoi în Germania. Tiberiu îl primi bine, prea bine poate; căci

---

15) Poate acest nume soldățesc venea de la *pilum,* din care se făcuse zeul Pilum-

Ponțiu era cunoscut la Capri prin porecla de sociu al lui Tiberiu[16]. Trebuie să spunem cu toate acestea că nimic în persoana lui Pilat nu justifica oficiul pe care l-ar fi îndeplinit lângă bătrânul imperator, și că poate Sejan a fost cel care a răspândit acest zvon pentru a-l desconsidera în fața Claudiei, ale cărei favoruri și le disputau amândoi.

Ponțiu avea trezeci și cinci până în treizeci și șase de ani, o talie mijlocie, aspectul sever, culoarea brună, corpul uscățiv. Frumoșii săi ochi negri, ca și barba și părul său, îi amplificau aerul posomorât, îi luminau fizionomia, a cărei gravitate atingea duritatea. Frumoasa sa gură cu dinții albi îndulcea acest tot care inspira mai mult respect decât atașament. Avea, deosebit de acestea, maniere aspre și violente, mișcări subite, mânia iute, lovitura fără pietate. Gusturile sale erau vulgare, inteligența lipsită de cultură. Niciodată în viața sa nu citise un poet, nici o istorie, nici un filosof, și cu toate acestea spiritul său era poetic, sufletul îi era melancolic și visător. Avea pasiuni neașteptate, trecând fără tranziție de la orgia furioasă la ascetismul unui essenian. Era încă o natură sălbatică, pe care corupția o atinsese contrariând-o, lăsându-i instinctul de brută fără a-i da poleitura epicurianului și a efemeiatului. Gelozia sa ajungea la nebunie. Grija pentru onoarea sa se ridica la idolatrie. Generos când pasiunea nu urla, crud în vijelia inimii și a cugetărilor sale. El iubea lupta contra lucrului dificil, lupta contra imposibilului pentru a-l seduce. Sentimentul justiției îl inspira totdeauna, dar vroia un criteriu de justiție mai mult după cunoștința sa decât după dreptate și lege. Îl brutaliza lesne pe bărbat, femeia îl găsea respectuos, galant, supus, blând chiar și cavaleresc. O privire de femeie îl transforma. Și cu toate acestea, tot timpul pe care îl petrecu la Ierusalim fără Claudia, nu se vorbise mult de rău asupra conduitei sale. Era rezervat, dacă nu cast. Nu i se recunoscu nici o relație de amor, trăind, din contră, foarte rigid, într-un turn mai mult decât în palatul lui Irod, în mijlocul soldaților mai mult decât între sclavii de două sexe care umpleau locuința sa, dându-se la gusturi moderate, evitând lumea ziua, și alergând pe câmp noaptea. Nu rar îl puteai întâlni după miezul-nopții, călare, urmat numai de cei opt sclavi nubieni, muți ca fundul unui puț. Era generos. Respecta poporul învins cât era

---

nus al camerelor de culcare, care, după Sfântul Augustin, personifica un Priap..

16) I se aplică versul lui Martial: *Tergo fœmina pube vir es.*

posibil, ori de câte ori Cezar și Roma nu erau în cauză.

Pilat acum avea ceva mai mult de patruzeci de ani, dar figura, încrețiturile precoce, fixaseră pe fruntea sa o vârstă imobilă; el nu era tânăr, nu mai îmbătrânea. Vorbea puțin și de obicei cu un ton sec și dur. Dar se deda lesne la ironie, când era mai puțin trist, sau la lirismul unei imaginații febroase, când o pasiune oarecare îl anima. Purta un doliu permanent, dar cu toate acestea, nimeni nu a știut vreodată pentru cine, sau pentru ce[17].

Iată-l acum în fața Claudiei, el judecător al unei femei care avea toată aparența de a fi culpabilă, și cu toate acestea foarte mișcat, mai tremurător. Cu brațele încrucișate pe piept, în picioare în ușa terasei, excesiv de palid, privirea sa profundă o imobiliza pe ea, așteptând un cuvânt pentru a ieși din cercul magic al tăcerii pe care atitudinea rece și disprețuitoare a Claudiei îl trăgea în jurul lui.

— Ei bine, strigă ea în final, închide ușa și du-te! Este târziu. Sunt obosită și îmi e somn.

— Îți cer iertare, fiică a Iuliei[18], că am tulburat bucuria nopții tale, zise Pilat cu un ton liniștit. Am fost împins de acești oameni.

— Nu fii modest Pilat, reluă Claudia cu un surâs. Ai căutat o femeie în noroiul insulei Capri prin ambiție, ai fost călău în țara care ți s-a dat ca să o devorezi: ai devenit spion. Ești perfect. Soț al lui Cezar, de acum ești demn de mici pești ai lui Tiberiu. Putem să consumăm căsătoria noastră acum.

Pilat sări, și apucându-o cu violență pe femeia sa de mână, strigă:

— Ce făcea aceast om aici?

Claudia îl privi pe bărbatul ei în față, fără a se tulbura, apoi, cu mâna stângă, smulse încet teribilul său ac din păr și înțepă brațul lui Pilat. Acesta își trase mâna, iar Claudia răspunse cu răceală:

— Este amantul meu.

Pilat privi cu un aer distras brațul său care sângera, și îl înfășură cu un colț al togei sale.

— Este amantul tău, spui tu? continuă el. Găsesc un june în camera de culcare a femeii mele, la miezul nopții, singuri, sărutându-

17) Philon îl numește pe Pilat (ambasada la Caius) *pervicaci duroque ingenio* caracter tenace și dur, și îi atribuie *venditas sententias, rapinas, clades, tormenta, crebras cædes indemnatorum, crudelitatem sævisimam*... Nu ar crede cineva că citește portretul lui Radetzki făcut de italieni?

18) Macrob spune că această fiică al lui Augustus nu se deda la desfrânare decât când era grea și spunea atunci: «că nu primea pasageri decât când nava era

ți mâinile: am doi martori care o atestă; ea chiar mărturisește că este amanta acestui om. Aș putea să o ucid, aș putea să divorțez, aș putea să o târăsc înaintea judecătorilor și să o defăimez... Să o defăimez!... Claudia te iert.

Claudia își scoase încet inelul din deget și dându-l bărbatului său îl întrebă:

— Cunoști acest inel?

Pilat îl examină, și aruncându-l în mijlocul camerei, zise cu dispreț:

— Inelul lui Tiberiu!

Claudia deci mințise spunându-mi că acest obiect era primit de la mama sa.

Ea răspunse:

— Aș putea să trimit ordin, pe o bucată de hârtie sigilată cu acest inel, pentru a te dezonora, a te exila, a te ucide, a abandona acest post de procurator, în ajunul unei explozii a acestui popor, și să te fac a fi condamnat ca laș și trădător... Te las să trăiești. Lucrezi pentru încoronarea infamiei tale.

Pilat nu o aurize poate, căci începu iar ca și când și-ar fi vorbit lui:

— La urmă, e tânăr, e frumos, afemeiat, a arătat curaj... Dacă ea îl iubește... asta se explică. Ea e tânără, frumoasă, sângele o atrage, se plictisește... După ceea ce am văzut, după ceea ce știam, după acest trecut... un amant singur, în secretul nopții... Oh!, da, este un progres în bine, Claudia, iartă-mă: sunt absurd și nebun!

— Nu e așa?

— Ce farmec era oare în mine pentru a te seduce? Eu, străin, tăcut, aspru, fără nici una dintre aceste eleganțe ale curții Cezarilor care orbesc pe femei, fără vicii bătătoare la ochi, sărac, pătruns de modestia poziției și gradului meu, prea mândru poate... oh! înțeleg asta: un bărbat de felul acesta are nevoie de o completare. El este postamentul, amantul este statuia.

— Spune mai bine: el e vasul, amantul este buchetul.

— Ceea ce se întâmplă, trebuia să se întâmple, continuă Pilat, umblând cu pași lenți în cameră, vorbindu-și lui, fără a se uita și fără a o asculta pe soția sa. O văzusem, ea era un mărăcine care avea spini. Pentru ce mă mir acum că acest mărăcine nu produce micșunele? Nebun! Tu ai vrut-o, mizerabile! Oh! de ce

---

încărcată, *navi plena ploua, tolle vectorem*»

nu am stat în țara mea. Hispalis era așa de frumoasă! Frumosul său fluviu limpede ca cerul; cerul său limpede ca gena femeilor sale, grădinile sale, unde palmierul se clatină, aloea înflorește, roza cântă, portocalul răspândește parfumurile sale în nopțile îmbălsămate... era așa de frumoasă Hispalis, cu aerul plin de sunete, cu zilele pline de vise, cu nopțile pline de amor, amor cast, pur, exclusiv, gelos, întreg, infinit... Ce am venit să fac la Roma? Ce am venit să caut, nenorocitul...

— Favoarea lui Cezar și o provincie de jefuit, întrerupse Claudia cu dispreț.

— Nu: moartea tinereții mele, a odihnei, a inimii, a fericirii mele, a tot. Acum nu sunt decât umbra unui om, înfășurat în lințoliul infamiei. Mama mea mi-o spunea cu toate acestea. Ea ar fi vrut ca niciodată să nu fi pus piciorul în acest mormânt al virtuții, al dreptului și al umbrei, ce se cheamă Roma. Ea îmi arăta cu degetul drept companioană o nobilă tânără fată, pură ca suflarea munților noștri, frumoasă ca serile de la Gades (Cadix). Nu am ascultat-o. N-am voit-o. De ce mă mai plâng acum? Ea are un amant! Un singur amant, după Capri? Ești o vestală, Claudia.

— Pentru ce n-ai ascultat sfaturile mamei tale, virtuos aventurier.

— Acesta e secretul și rușinea mea.

— O să ți spun eu, secretul tău, o să-ți arăt întinderea rușinii tale. Tu ai sosit la Roma cu inima îmbătată de ambiție. Te-ai prezentat la curtea pe care toată lumea o califica drept un culcuș de sânge și noroi. Mândria ta lăsă acolo o pată din prima zi: Sejan se miră, Tiberiu căscă, Cesoniu Priscu încruntă sprincenele, Thrasyl se miră, Caiu Caligula se înfioară. Nu cuteza nimeni în aceste locuri a se apropia de această necunoscută care se numește mândrie! Cu toate acestea stăpânul care cutează totul, o atinge cu suflarea nopților sale și leul se schimbă în porc.

— Și tu! urlă Pilat oprindu-se.

— Ca toată lumea. Poeții te-au cântat.

— Ei sunt infami.

— Poate. Așadar era în această locuință o tânără fată de șaptesprezece ani, a cărei frumusețe uimea, a cărei influență trecea ca atotputernică asupra inimii stăpânului, a cărei istorie era mișcătoare, și înalta naștere plină de mister. Asta te atinge, te exaltă. Fata avea în vinele sale sângele lui Augustus. Ce te interesa, pe tine, că acest împărat a fost tratat ca efeminat de Sextu Pompei, că Antoniu îi imputase că a cumpărat adopția lui Iulius Cezar cu prețul infamiei sale, că Lucius, fratele lui Antoniu, l-a acuzat că s-a prostituat lui Aulu Hirtiu, în Spania, pentru trei sute de mii de sestreți, că a fost adulter, desfrânat, că se mândrea în orgiile sale cu douăsprezece divinități goale... Era Cezar[19].

— Nu mă gândeam la asta.

— Vezi. Cu toate acestea fata avea ca mamă pe Iulia, asta zicea totul; puțin ca tată pe acest sclav Telephu care conspiră contra lui Augustus, și pe acești alți sclavi Andasiu și Epicade, care voiră să-l fure de la Pandelaria. Ce-ți păsa? Tânăra fată tot era din familia lui Cezar. Ea servea la Capri în rolurile cele mai rușinoase. Tu o știai, mai mult, tu încă o vedeai. Ce-ți păsa! Ai cerut să o ai de soție.

— Iată greșeala mea.

— Crezi! Dar Sejan o cerea asemenea; comediantul Acciu o cerea, bufonul Trullu, sclavul Partheniu, verigașul Nisia o cereau, Chiaru și gramaticul Seleucu, parazitul Pansa, umbra Ortalus erau aspiranți. Tiberiu te preferă, erou de la Hispalis. Acești oameni îi părură periculoși având ca soție o nepoată al lui Augustus. Tu îl reasigurai. Pentru tine un loc de procurator în cea mai urâcioasă din provinciile romane, era de ajuns. Acest străin care venea de așa de departe să bată la poarta fortunei, trebuia să se găsească satisfăcut că a întrevăzut mâna nepoatei lui Augustus și de a merge să guverneze o provincie a Siriei, sub bețivul Pomponiu Flaccu care poate, după voință, să îl gonescă ca pe un servitor. Ești mulțumit. N-ai rămas mulțumit?

— Acesta e secretul și rușinea mea, repetă din nou Pilat.

— Secretul tău, ți l-am spus. Veneai să cerșești un loc, pe care ți l-au dat printre darurile nunții mele. Rușinea ta începea din acea zi. Tiberiu nu era încă satisfăcut. Eu îi plăceam încă, îl amuzam, eram încă tânără, frumoasă, dresată, totdeauna dispusă, captivând grațiile sale. Făceam diversiune plăcerilor sale prin favoarea pe care o imploram, în genunchi, cu fața pe pământ, zvârcolindu-mă adesea de disperare din cauza refuzului, și sperând mereu! Mama mea trăia încă. Tiberiu se temea ca de un pericol de această fiică al lui August, de această exilată care fusese femeia sa și ale cărei nenorociri făcea să i se uite rușinile. Tiberiu mă păstră. Nu eram

[19] Sueton — Viața lui August, LXVIII.

numai o jucărie pentru mârșavul bătrân, eram un ostatic! Ți se oferi edictul de procurator, dar ți-au păstrat femeia. Tiberiu era gelos, el nu-ți permise nici chiar de a atinge buzele soției tale, de a-i spune adio, de a-i da o privire de amor. De amor! Oh! cât ar fi fost de bine pus amorul, zeu, între soclul și Atalanta lui Tiberiu! Ai reclamat? Nu: tu ai plecat.

— Și tu, ai reclamat tu?

— Eu te dispretuiam înainte chiar de a te cunoaște. Dar te-am urât, după aceea. Vorbești de rușine. Ai dreptate: ea se dezvolta. Mai înainte o batjocoriseră pe orfelină, pe fiica exilatei, ramura nerecunoscută a desfrânatei, acum era femeia lui Ponțiu Pilat, era femeia procuratorului Iudeei pe care o dezonorau. Voluptatea era piperată prin insultă. Insulta se ridica înaltă, fulgerând. Ea nu atingea numai pe o biată tânără fată: ea fulgera pe un reprezentant al lui Cezar în fața popoarelor Asiei. Mă mir că Tiberiu nu te-a ficut rege undeva pentru a gusta mai bine mângâierile mele! Trebuie ca el să te urască mult, mult. Într-adevăr el te-a dat mie ca un sclav: capul tău este în acest inel. Te-ar revoltat contra defăimărilor la care ai fost supus? Spune, reclamă tu cel puțin?

— Nu, și acesta este încă secretul și rușinea mea.

— Vrei încă rușine? Ei! bine, să știi că Sejan m-a iubit. Înțelegi? Servitorul reclama bucățelele rămase de la stăpân.

— Destul, Claudia, strigă în fine Pilat oprindu-se în picioare dinaintea soției sale.

— Eram frumoasă, cu toate acestea, continuă Claudia, s-ar fi putut să mă iubească cineva, să mă întrebe. Cine știe? Poate m-ar fi stimat cineva. Meritam ca omul care dorise mâna mea fără a roși să fi aspirat și la inima mea, care nu-și dăduse părerea în această târguială fetidă. Eram tânără, aș fi putut poate să mă ridic, să mă reabilitez, să mă justific înaintea marilor sfinți ai familiei, să uit acul otrăvit de la Capri pe capul pur, în ochii inocenți ai copiilor mei. Aș fi putut să plâng o greșeală care nu era a mea, să ispășesc o infamie care era poate o lumină din cer, o lacrimă de mamă... Spune, mizerabile, ce ai făcut, ce ai încercat tu? Tiberiu mă batjocorea, tu m-ai dezonorat. Te miri tu acum dacă te urăsc? Ce drept ai să mă întrebi dacă am un amant?

— Destul, destul, replică Pilat. Aș putea să spun un cuvânt care m-ar justifica poate: nu mă înjosesc. Ești liberă. Nu-ți reclam nimic, nu-ți voi mai imputa nimic. Ce mai vreau? Am încercat să luminez întunericul infernului meu. N-am reușit, am făcută rău că am încercat. Raza pe care o invocam nu a făcut să-mi apară infernul meu mai hidos și am ucis dreptul meu de imputare. Acum, urmează-ți drumul Claudia. Eu mă duc îndărăt. Am fost complice până acum; trebuie să mă fac demn de a fi judecător. Nu mă vei mai găsi în calea ta. Zilele mele vor fi posomorâte, nopțile mele pline de insomnie, singurătatea mea populată de o curte mai implacabilă: dar îmi pregătesc dreptul de a putea să-ți spun într-o zi: destul!

— Această zi nu va sosi niciodată.

— O cred, dar atunci, Claudia, adu-ți aminte, atunci vai!, vai! Nu inelul tău te scapă astăzi: ci conștiința mea.

Rostind acestea, Pilat ieși.

Claudia îl urmă cu privirea ridicându-se de pe scaunul său, apoi recăzu murmurând:

— Conștiința sa! Ce-i conștiința lui să aibă ochi ca să vadă abisul nostru? Se va revolta ea în sfârșit, va încerca să fie ea ciocnitura conștiinței mele? Oh! atât mai bine. Atunci va ști cât îl disprețuiesc și cât mă disprețuiesc pe mine. A iubi un astfel de om! Să-l iubesc pe omul care a făcut din rușinea mea scara măririi lui? Ce crimă am comis oare, așa de tânără, pentru a merita această pedeapsă implacabilă? Am fost oare aleasă pentru a fi Ifigenia tuturor sceleraților lui Cezar și a posterității sale? Sau mai bine conștiința sa îi impută... ce? Iub...

Claudia se sculă dintr-o săritură: era înspăimântător de palidă.

— Oh! atunci, într-adevăr, vai, vai! precum a spus-o el.

Vijelia urla afară. Pilat traversă grădina. Ieși prin ușa secretă, se îndreptă către postul unde nubienii săi îl așteptau, se acoperi cu o manta neagră pe care o țineau pregătită, se urcă pe cal, și făcându-le semn ordonă:

— Să mergem!

Erau trei ore după miezul-nopții. Orașul Ierusalim părea stins. Claudia, care ieșise pe terasă pentru a se răcori la rafalele furtunii, văzu trecând în galop nouă cavaleri și dispărând ca fantomele.

Retrăgându-se, se lovi de cadavrul Cyprei. Scoase un țipăt și fugi.

În același timp, eu treceam poarta Marelui-Preot și puntea de pe torentul Gilionului, mergeam prin jurul pereților orașului și lăsam la drepta drumul care conduce la Gaza, la Emaus și la Iopa.

XII

Găsisemă la mine acasă o scrisoare de la mama mea, foarte alarmată de arestarea mea. Aceasta i se spusese cu menajări. Am dat ordin cu toate acestea să mi se gătească calul imediat, și am plecat singur, la aceeași oră, cu toată furtuna care începuse. Mama mă anunța că în aceeași zi pleca la Bethleem, unde o chema sora mea, măritată în acest oraș, și care era însărcinată cu primul ei copil.

Urmam drumul de sud, care duce în Egipt, și al cărui prim loc de schimbare al cailor pe timp de noapte este orașul Dain. Mergeam pe lângă coastele muntelui Măslinilor, pe drumul ce este de-alungul văii Cedronului. Râulețul devenise un torent tumultuos, zgomotos, țipător, lovind ca un orb toate obstacolele și târând cu el tot ce întâlnea, arbori, punți, mortăciuni, stânci și călători. La lumina fulgerelor îl vedeam azvârlindu-se sub picioarele mele, alb de spumă și repede. Am început apoi a trece un lanț de coline și vâlcele care se succedau tot coborând și pe care le vedeam terminându-se înaintea muntelui lui Elie, care-mi mărginea orizontul. Calul meu speriat de tunete și de fulgere nu-mi permitea să înaintez iute, chiar și când întunericul nopții și starea proastă a drumurilor nu m-ar fi oprit. Romanii nu se îngrijiseră de drumul Egiptului ca de acela de la Damasc până la Tyr.

Umblasem aproape o jumătate de oră în afara orașului, când auzii un zgomot de cavaleri în urma mea, și-i văzui trecând pe lângă mine ca niște umbre negre. Cugetam, văzându-i galopând cu această viteză, că ei cunoșteau bine drumul și aveau obiceiul de a-l parcurge.

Cu toate acestea, vijelia se înteți. Nu mai cădea apă, ci grindină, bucăți de ghiață mari ca un pumn și dure ca o piatră. Cerul părea un imens incendiu albastru și roșu, luminând universul care se sfărâma. La această funestă lumină, am zărit, într-o înfundătură de colină, o casă într-o mică vale zisă a Berachah, sau valea binecuvântării. Am recunoscut imposibilitatea de a-mi continua drumul în mijlocul acestei oribile porniri a elementelor naturii și m-am decis a cere o oră de adăpost în această casă. O vedeam la câteva sute de pași mai departe de mine, sau mai bine vedeam un mare pătrat de pereți albi, înalți, cu un turnuleț deasupra în vârful căruia se întorcea o umbră albă. În regiunile retrase din țara noastră, străjerul de pe acest turnuleț ținea loc de *hostiarium* și de câine în mozaic al romanilor. Apropiindu-mă l-am distins perfect pe gardianul dinn vârful turnului. Când am ajuns la poartă am coborât de pe cal și am bătut. Omul din turn mă întrebă ce voiam.

Această voce nu mi se păru nouă, dar eu cunoșteam atâta lume încât îmi era imposibil de a preciza ceva. Am răspuns că doresc să mă pun la adăpost câteva momente.

Pe când supraveghetorul dădea ordinul de a mă lăsa să intru, întrevăzui sub un șopron, de cealaltă parte a pătratului zidului înaintea căruia mă găseam, mai mulți cavaleri și cai. Erau probabil aceiași care mă întrecuseră mai înainte, și care fără îndoială, ca și mine, căutaseră a se pune la adăpost de această nebunie a cerului. Poarta se deschise, și m-am găsit sub o mare boltă care dădea într-o curte.

Curtea era deschisă. O fântână de marmură albă, răsuna în mijloc, înconjurată de un parter de mirt și de flori, pe care abia le distingeam. Un larg portic se desfășura împrejurul pretelui din afară pe trei părți, apoi acest perete se întindea departe, gol de tot și acoperea fațada de la spate, închizând astfel o vastă grădină. O mică casă albă se răsfăța în mijloc, având în față o frumoasă terasă deasupra porticului care se lărgea înaintea porții. Ferestrele erau luminate. Dar servitorul care veni să îmi deschidă mă opri luându-mi calul de căpăstru. Deocamdată, furtuna devenea mai puternică. Servitorul îmi oferi de mănâncare și să beau. Am refuzat. L-am întrebat a cui este această casă, iar el îmi răspunse:

— A lui Caiu Crispu, comandant de cavalerie în a 12-a legiune.

— Este el aici?

— E în Antiochia.

— Casa este cu toate acestea locuită.

— Da, de femeia sa și iată de ce, la această oră, nu se permite nimănui a intra.

— Cum se numește stăpâna ta?

— Ida.

— E tânără?

Omul nu răspunse și aceasta a fost ultima întrebare pe care mi-am permis a-i adresa. Cine va veghea cu toate acestea în casă căci vedeam umbre desenându-se și mișcându-se printre ferestre. O lungă oră trecu. Vijelia se înmuia. Am văzut atunci trecând pe terasă o figură de femeie care veni neapărat să se asigure dacă ploaia înceta. Apoi intră în casă iute și după un sfert de oră am văzut ieșind din casă un om înfășurat într-o manta neagră, trecând la drepta în grădină, deschizând o ușă secretă și dispărând. Voiam să plec și eu tot atunci. Sclavul mă reținu. Cinci minute, după aceea, am auzit un zgomot de cai care treceau în galop pe dinaintea casei, îndreptându-se către Ierusalim. Un sfert de oră mai târziu, omul se decise a-mi deschide poarta și a mă lăsa să plec la rândul meu. Vijelia încetase.

Tot felul de fantezii jucau în capul meu. Cine era această femeie? Cine era acest om? Cine îmi vorbise din vârful turnulețului?

Aerul răcoros al dimineții începea să albească calm visarea mea. Am urcat muntele lui Elia. Tremuram de frig, eram ud până la piele. Ajunând în vârful muntelui, soarele răsărea. M-am oprit pentru a privi în jurul meu. O mulțime de amintiri mă cuprinseră, căci aveam sub ochii mei teatrul celor mai memorabile episoade din istoria noastră.

Îmi place a-mi reaminti; cu atât se apără cineva contra contemporanilor săi care spun totdeauna neadevăruri.

Apoi, asta este ceva involuntar: spiritul se expatriază fără a accepta niciun concediu. Pe lângă asta, eram în același loc, în aceași oră poate, unde o mulțime imensă de soldați, de popor, de nobili, de preoți, cu animalele lor, cu servitorii lor, cu sclavii lor, femei, copiii, bătrâni, pe jos pe aceste pietre arzătoare, pe catâri sau pe cămile, priveau pentru ultima oară muntele Măslinilor, în spatele căruia Nabuchadnezar lua Templul, ardea orașul, jefuia și dărâma palatele de pe muntele Sionului, gonind înaintea lui pe înțelepți și pe profeți, Ionathan și Eremia. Casa lui David încetase de a domni. Israelul era împrăștiat în Siria, în Media, dincolo de Tigru, împinsă în Babilon. Cei care mai remâneau, invalizii, neputincioșii, cei de care stăpânul străin n-avea de ce să se teamă, fixase locuința lor la Mizpeh, o colină, dincolo de Sion. Dar și aceia, după uciderea lui Gedaliah de către Ismael, văzură din acest loc, pentru ultima oară, cerul Ierusalimului, căci nici vocea lui Eremia, nici a lui Baruch, nu putu să îi înduplece să se întoarcă înapoi. Vocea regelui Babilonului tuna mai tare decât vocea profeților noștri, și profeți, căpitani, fii de rege, toți merseră să moară în Egipt.

Munții Gedor și Gibeah mă înconjurau. La picioarele mele era Eufratul de altă dată, Bethleemul de astăzi. Torentul Cedron cobora din treaptă în treaptă, din mică cascadă în mică cascadă și mergea să se cufunde în Marea Moartă, colo, în spate, în această câmpie albastră dincolo de care zăream munții violeți ai lui Moab și silueta albă a turnrilor de la Makaur. De o parte, câmpia Sharonului plină de trandafiri, către Lod și portul splendid de la Iopa și de la Ascalon. De o altă parte deșertul, Erico, Iordanul cu apele limpezi. În jos Bethleemul – această colină cochetă, verde încă de la primele razele dimineții, de la ultimii smochini, de papură violetă, de lămâi și de portocali, un buchet de grădini – din care un dedal de mici poteci albe face un mozaic parfumat, delicios.

La capătul acestei îngrămădiri de cuburi albe și de câteva palate înconjurate de un șir de munți, se ridica pe o proeminență ceva mai departe de celelalte case, afară de porți, o casă ca un castel cu pereți groși, reședința de altădată a lui Booz și a lui Ruth, apoi a lui David, apoi a lui Chimham. Iată mormântul încă alb al Rashelei. Iată grotele unde se ascunsese David, unde dormi Saul, unde câteodată se adăpostesc hienele, unde o mulțime de păstori și de vite se ascund de arșița soarelui. Iată colinele unde David păzea turma tatălui său, învăța a ucide giganți, a prinde lupi și leoparzi în fugă, a cânta cu harpa și a se îmbăta de roua imperiului pe care o distila apoi în psalmi și cântece.

Pare că se vede încă pe marna roșiatică a crăpăturilor și a brazdelor stâncilor, urma pașilor Rashelei care, venind de la casa tatălui ei, a fost surprinsă de durerile facerii și muri cu copilul său. Pare că se văd încă urmele lui Saul care mergea să întrebe viitorul la vrăjitoarea de la Engadi. Iată câmpul lui Booz care, urmându-i pe secerători, privind pulpele goale ale spicuitoarelor, o ochi pe nepoata sa Ruth, pe care soacra sa i-o băgă într-o noapte în patul său de snopi. «Du-te dar, spală-te, parfumează-te, gătește-te și coboară-te în câmp». Ruth, moabită, era ca și Maria mea din Magdala, galileană. Booz o lăsă să spicuiască, o lăsă să se apropie de umbra unde mânca în mijlocul oamenilor săi, o lăsă să bea din apa sa, îi permise de a întinge pâinea sa în oțetul lui... și se trezi într-o dimineață în brațele sale.

Nopțile Bethleemului au răsunat de căutarea lui David, de

gemetele frumoasei moabite, de strigătul lui Saul: tăcerile sale cloceau terorile lui Samuel și ale lui Eremia. La acest mormânt al Rashelei îngenuchiase Saul și se sculase rege. Prin această vale a Cedronului, David fugi dinaintea rebeliunii fiului său Absalom, fratele acestui Amon care o iubi pe sora sa Tamar.

Toate acestea se desfășurau în sufletul meu și sub ochii mei. Când am ajuns, la miezul-zilei, în casa surorii mele.

Mama mea, ocupată numai de copilul care se născuse, abia băgă de seamă prezența mea. Ea lăsă să-i scape un „Oh!" lung ca drumul Indiilor și continuă să prepare nu știu ce băutură nutritivă compusă din vin vechi de Chios, miere și lapte. Pe lângă aceasta mă grăbii a o reasigura, spunându-i de la început că mă arestaseră fără un motiv întemeiat. Toate rudele și amicii cumnatului meu veniră seara să ciupească câteva bucăți de povești din metropolă și să flecărească despre spectacolele circului, de Claudia, de Pilat, de Flaccu, de Hanah, de masacrul din ziua Tabenaclelor, de tot și de toți. A doua zi nemaiavând pe nimeni a asigura de scăparea mea, nici zgomote de propagat, m-am întors la Ierusalim.

Ziua era foarte frumoasă şi caldă, deşi eram deja la începutul *marchesvanului* (sfârșitul lui octombrie). Albinele lucrau încă. Fluturii arătau încă cerul aripilor lor. Cerul curățit de furtuna din ajun confunda azurul său profund cu pupila lui Dumnezeu. Cedronul făcea zgomot încă, cu șerpuitura sa argintie, căutând ceartă albelor pietricele rotunjite și pintenilor stâncilor din munții care-l strângeau.

Aspectul acestor coline așezate ca o scară, din câmpie până la înaltul platou al Sionului, era trist, uniform, gol, s-ar fi spus că sunt pleșuvi de o vegetație căzută. Din vârful uneia dintre aceste înălțimi, către sud, mi-am cufundat în fine privirea în mica vale a Binecuvântării, cochetă ca o fată mare. În mijlocul acestor roci calcaroase, vinete și roșiatice, această bucățică de verdeață și de flori, ce s-ar fi zis servită acolo ca pe o tavă de marmură, înveselea privirea mai bine ca o sărbătoare. Un perete înalt încadra și ascundea grădina și casa. Două turnulețe erau înaintea porții de intrare, dar, de astă dată, nici un gardian nu păzea între ele. Casa de pietre albe se deschidea pe un portic de marmură roșie, și ceea ce era portic dinaintea porții, era terasă deasupra. Marele portic cu coloane de granit vânăt și negru, care se rezema pe dinăuntru pe trei laturi în peretele exterior, îmi părea pavat cu marmură albă și roșie. Fântâna din mijlocul curții era de marmură albă, înconjurată de o mică limbă de pământ încărcat cu plante, cu flori albe și roșii. O statuie de femeie îngenucheată purta cupa de porfir din centru careia un fir de apă țâșnea sus și recădea după marginele cupei în bazin ca un voal de argint. Vase de faianță, cu arbori înfloriți încoronau micul parter. Grădina era un buchet de portocali și de lămâi.

Încercam toate tentațiile din lume care mă împingeau a mă furișa din nou în această locuință, așa de puțin conform moravurilor noastre și cu arhitectura ebraică. Visasem toată noptea, toată ziua, în tot lungul drumului la această casă, la această femeie care o locuia; îmi imaginasem mii de scuze pentru a intra înăuntru. Sosit lângă poartă, am găsit toate raționamentele mele stupide, asocierea mea de idei absurdă. Trecui înainte, dar cu proiectul decis, că, de aici înainte, oricare ar fi scopul călătoriilor mele, la răsărit sau la apus, la sud sau la nord, voi trece prin acest drum, pe dinaintea acestei case, pândind ocazii. Uitam de a adăuga că, din vârful observatorului meu, văzusem la umbra boscheților de portocali, preumblându-se o formă albă care avea aerul de a fi al unei femei. Apoi acești cavaleri din noaptea precedentă îmi păruseră că semănau cu cei opt nubieni ai lui Pilat.

Rumegam încă acestea, când mă găsii, fără să mă fi gândit, la Ierusalim, dinaintea porții Mariei. Îndată ce mă zăriră, porțile se deschiseră și toți oamenii amantei mele se precipitară în jurul meu. Aveau toți o figură consternată.

— Ce este? am întrebat eu mișcat la rândul meu.

— Este că doamna, zise Sara, a plecat de două zile și nu s-a mai întors.

— Nu s-a mai întors?

— Noi am așteptat-o zi și noapte.

— De două zile?

— Ea a lăsat o scrisoare pentru tine, stăpâne, pe gheridonul din camera sa de culcare.

Am intrat încet în casă, orbit de o bănuială care-mi traversă spiritul.

Ea îl iubea pe Justus, mi-am spus.

Sara mă acompanie povestindu-mi cum în ziua precedentă în zori, Justus venise să o anunțe pe Maria că eram liber, că ei vorbiseră câtva timp, că Justus o sărutase pe Maria pe obraz, și că-și spusese separându-se: „Pe astă-seară!" Apoi, că Maria se îmbrăcase cu ceea ce avea mai vechi și mai simplu, că luase câțiva schekeli, scrisese scrisoarea și ieșise fără a spune nimănui nimic, singură acoperită cu o ghimpă neagră care o ascundea peste tot, și nu mai revenise.

Am luat scrisoarea cu o mișcare foarte vie și am citit:

Adio, Iuda!

Tu nu mă mai iubești. Aș fi avut dreptul de a te părăsi și de a cădea în brațele care se deschid de mult timp pentru a mă primi și a mă strânge cu frenezie! Nu vreau să mânjesc amintirea ta, ceea ce poate aș fi făcut într-un moment de supărare și de gelozie dacă aș fi rămas. Tot ce este aici îți aparține. Te las! Nu vreau să iau de la tine decât visul arzător și pur al iubirii pe care ți-am dat-o, care aș fi continuat să ți-o dau și pe care tu nu puteai să mi-o întorci.

Adio!

Această scrisoare așa de rece și așa de arzătoare totodată, îmi căzu din mâini și mă lăsai să cad pe pat. Dacă această scrisoare mi-ar fi fost scrisă de o altă femeie, aș fi crezut-o poate o cursă. Dar cunoșteam caracterul franc, hotărât, net al tinerei galileene. Aceste câteva linii de adio îmi strânseră inima. Am stat mai multe ore absorbit, derulând în memoria mea istoria acestei iubiri sfărâmate într-un mod așa de abrupt. N-aveam nicio imputare să fac Mariei, pentru a mă consola de abandonul ei; aveam însă forța a-mi face mie. Pierdusem inima mea de repaus. Pierdusem un surâs totdeauna gata a mă înveseli, o vorbă totdeauna vie pentru a mă scoate din vreo îndoială.

Acest amor brav, dezinteresat, loial, mă legănase un an într-o fericire fără fală zadarnică, dar fără avariție. Gentilețea naivă, devotamentul pe care cochetăria le mărea după cum o culoare vie face să reiasă o culoare dulce, atașamentul așa de simplu ca cel al unei surori... toate acestea le pierdusem. Și pentru ce și pentru cine?

Întrevederea pe care o avui seara cu saganul mă conduse la alte idei. Nu-i spusesem nici un cuvânt din ceea ce se petrecuse între Claudia și mine, nici de înțelegerile luate între noi. Spusei că am scăpat dintr-o închisoare pe care femeia procuratorului o făcuse clementă pentru a recompensa devotamentul meu de la circ, si care făcuse în fine să fiu crutat de bărbatul ei. El îmi povesti discuția adunării care avusese loc la el, a doua zi de la arestarea mea, și hotărârile care se luaseră.

— Consiliul este bun, i-am spus. El vine de la Jeu esenianul. Îl cunosc, trebuie să-l ascultăm. Eu însumi mă gândisem a pregăti un om folositor și de a face din el un mesia bine dresat și bine domesticit la opera noastră.

— Iuda, copilul meu, zise Hanah, nu știi ceea ce propui. Un profet este animalul cel mai leneș după măgar, dacă trebuie să credem experiența pe care au avut-o părinții noștri. Nu este dificil de a forma unul convenabil dotat. Dar este aproape imposibil de a te scăpa de el când nu mai ai trebuință. Ei sfârșesc toți prin a lucra pentru propriul interes.

— Oh! nu te îngrijora de asta, i-am zis. Dacă, după ce ne va servi, profetul nostru nu va voi a se desface de bună voie, din propria inițiativă, mă însărcinez să-l fac să dispară. Dar ceea ce-mi pare mai problematic este de a găsi un mesia convenabil, care să joace cu fidelitate rolul său, și care să fie pentru noi ceea ce limba este pentru cugetare. Găsești dumneata stofa de un astfel de om la Ierusalim?

— Nu prea.

— Eu nu găsesc deloc. Și adaug că, chiar când un om de profet ar fi în orașul nostru, ar trebui să-l lăsăm. L-ar cunoaște deodată și l-ar ghici. N-ar avea nici o influență asupra poporului. I s-ar spune din toate părțile: dar te-am văzut preot, croitor, negușător, tâmplar, tabac, ce mai știu?[20] Trebuie ca un profet să cadă din nori, să vină de departe, să se dea ca fiu al unui înger sau al lui Dumnezeu, vorbind cu Dumnezeu într-un butoi sau pe un munte. Pe scurt, trebuie necunoscutul care se amuză de a se naște din imposibil.

— Sunt de acord, spuse saganul, dar iată zece zile de când rumeg această afacere, și nu pot să-i dau de căpătâi. Vrei să faci să se coboare unul din lună, sau să sosească unul din Indii, din Egipt sau de oriunde? Nu pot decât să-l plătesc.

— Cred că am găsit drumul pe care îl cauți. Am ceva în vedere. Profeții și mesiele nu lipsesc pe solul Iudeei; ei sunt o

---

20) Când se întoarse în țara sa și predică în Sinagogă, poporul mirat îi zicea: Dar de unde stiința și puterea ce i-au venit acestui om? Nu este el fiul lemnarului, a cărui mamă se numește Maria și frații, Iacob, Iosif, Simon și Iuda? Surorile sale nu sunt cu noi? De unde acest om a scos toate acestea? Matei cap. VIII, v. 54, 55. 56

producție indigenă și, cred, exclusivă. Dacă voi putea să-l conving pe cel pe care îl ochesc să devină un ecou și să înceteze de a fi o voce, afacerea va fi bună, nu va costa nimic, și nu vom merge așa departe să cumpărăm sămânța. Vrei să mă lași să pun la cale treba asta după voia mea?

— Nu vreau mai mult, copilul meu, decât să mă scapi de această nălucă de profet care, de câtva timp, îmi tulbură nopțile. Nu visez decât pe Samuel care-l ucide pe Abimelech, decât pe Ezechiel care cinează murdar, decât pe Balaam care vorbește cu asinii... Oh! cine mă va scăpa de această uricioasă companie.

— Eu. Bine, plec mâine, și am încredere în a reuși.

— Unde te duci?

— Nu prea știu încă. Poate voi merge până la Cairo, până la Rodos, până la Roma, până în Galia, în fine, nu mă voi roîntoarce fără să-ți aduc un profet de urechi.

— Ai nevoie de bani?

— Da și nu. Da, dacă voi trece marea.

— Ne-am înțeles, spuse atunci Hanah surâzând. Silește-te cel puțin, ca mesia ta să nu fie tocmai urât pentru a putea căpăta favoarea femeilor. Dacă femeilor le va plăcea, mesia ta va avea un succes nebun.

— De!, în orice caz, vom găsi unul de schimb.

Întorcându-mă acasă, am dat ordine de plecare pentru a doua zi îndată ce va răsări soarele. Dar soarele nu răsărise încă și Bar-Abbas sosea la mine gata de călătorie.

— Bun! îi zisei, unde te duci deci?

— Nu vezi, la vânătoare cu tine.

— Cu mine! Îți mulțumesc. Nu-mi plac câinii care latră.

— Voi tăcea.

— Nu-mi plac câinii care sfâșie vânatul.

— Privește, nu mai am dinți. Abia dacă pot să înghit cinele care mi se dau și pe cele care le iau cu asalt.

— Atunci, lasă-mă în pace, mă duc la pescuit.

— Nu puteai să găsești altceva mai bun. Îți voi pregăti cârligele.

— Știi tu să pescuiești balena cu undița?

— N-am făcut decât asta toată viața!

— Ai fi făcut mai bine să pescuiești șoareci și să crești broaște pentru Templu.

— Uite! asta-i o idee. Voi crea această industrie la întoarcere. Domnului trebuie să-i placă supa cu broaște mai ales când broaștele vor fi broscoi râioși.

— Călătorie bună atunci. Nu facem același drum.

— Ba tocmai același.

— Mă duc să sacrific iepuri la templul de la Girizim, în Samaria.

— Ador mâncarea de iepure, dar pe Jupiter nu-l iubesc. Este brutal, are aplecări foarte ciudate.

— În fine?

— L-am văzut aseară pe sagan. El mi-a spus convorbirea voastră. Sunt cu tine. Ce dracu vrei tu să faci la Ierusalim când este de exploatat, în altă parte, târgul profeților?

— Animalul acesta nu știe așadar să păstreze un secret?

— Cum așa? Nu cumva nu te încrezi în mine? Pe lângă asta, am susținut propunerea în seara când a fost făcută. Eu cunosc marfa. Am vizitat-o atâta în Galia; cred chiar că am mâncat într-o zi dintr-o profetesă friptă. Îți voi spune pe drum. Îți va fi urât de moarte singur în această expediție. N-ai nas de copoi.

— Tu o vrei?

— Chiar am promis o vizită fiilor lui Iuda din Gamala.

— Fie, dar cu o condiție.

— Fă-mi-o dulce, această condiție.

— Atunci când îmi voi desface cingătoarea, oriunde voi fi, cu oricine aș fi, fără a spune un cuvânt, fără a mă sili să-ți zic un cuvânt, mă vei lăsa singur.

— Chiar dacă o desfaci din cauza indigestiei?

— Nu admit replică. Duc cu mine un servitor, duc doi.

— Te prind cu cuvântul, Iuda. Spune atunci să mi se pregătească un catâr pentru a pleca peste o jumătate de oră.

— Hum!

— Să se pună, în plus, pe cămilă un cort și toate uneltele necesare ca să pregătesc cina și culcatul. Vom traversa poate deșertul. Mai cu seamă și un vin bun. Apoi arme. Hienele, noaptea, nu sunt ca domnișoarele din colț care se lasă a fi mângâiate. Apoi o piele moale ca să mă culc și plăpumi pentru răceala dimineții. Să mi se pregătească încă o manta mai groasă. Nu știu cât timp voi călători: luna *tevet* are zile ploioase și nopți reci.

— Ai sfârșit, dobitocule?

— De trei ori, dacă îți place, dar ascultă sfaturile unui om care a umblat prin lume 30 de ani.

— M-ai înțeles?

— Eu explic hieroglifele piramidelor: închipuie-ți.

O oră mai târziu, noi ieșeam prin Poarta Daurită, treceam puntea Cedronului, lăsam la dreapta drumul care duce la Engadi și la Marea Moartă, și o luam, la stânga, pe drumul spre Erico și Iordan. Începurăm o coborâre interminabilă, de umflături, așezate ca treptele unei scări, ce se termina în deșert. Vederea era tristă, țara pietroasă și sălbatică. Cineva întâlnește acolo mai multe pantere și hiene fricoase decât iarbă și arbori: câteva ferigi și câteva tufe de grosamă străbat pe ici pe colo stratul cel dur al stâncilor vinete. Orizontul era imens, soarele cochet, cerul îmbrăcat cu raze de aur.

Dezolare jos, splendoare sus.

— Aș vrea mult să știu, zicea Bar-Abbas pentru ce părinții noștri au dispretuit atât de mult Babilonul și Egiptul, pentru a se întorce în această lugubră și sterilă singurătate. Poți tu să-mi spui, Iuda?

— Probabil, am răspuns, pentru că în Egipt erau prea mulți egipteni de culoarea șofranului, și se săturaseră de a vedea asta.

— Nu găsesc că ar fi fost mai vesel a vedea un nas încârligat supraveghind o lungă barbă sub înalta dominație a unui caftan murdar, și o fâșie de piele băloasă speriată de două pleoape avide – ceea ce se numește un evreu. Părinții noștri au avut alte motive pentru a abandona mana din Egipt.

— Atunci, fiindcă femeile de acolo miroseau prea mult a ceapă.

— Trebuiau să mănânce usturoi și să le confunde.

— Nu cumva or fi avut frică de crocodili?

— Crocodilul este exagerarea șopârlei. Cineva vede un crocodil, nu se vede însă totdeauna o șopârlă. Și în țara noastră sunt atâtea, încât, atunci când mă culc acasă, dimineața, deșteptându-mă îmi găsesc barba plină, unde vin să-și depună puii lor noaptea.

— Nu cumva fiindcă părinții noștri erau supărați de a vedea pe Dumnezeu în costum de simplu câine?

— Mi-ar plăcea mai bine, mie, să am un câine Dumnezeu, decât să îl am așa de aproape de mine pe acest câine, încât, dacă îmi întorc ochii, îmi înhață mâncarea.

— În acest caz te las să ghicești, căci eu nu înțeleg preferința.

— Eu nu găsesc decât un motiv justificabil.

— Care?

— Că Zipporah, capricioasa femeie a lui Moise, i se urî de a contempla cele treizeci și nouă de secole care o pândeau din vârful piramidelor...

— Trebuie să fie hidos de bătrână această figură de treizeci și nouă de secole, cocoțată și ghemuită acolo sus, și care contemplează.

— Tocmai, și iată pentru ce femeia cochetă voi să-și facă plăcerea de a călători.

— Și fiindcă îi era frică de tigri în deșert, sfătui pe bărbatul său să ia drept companioni de călătorie pe compatrioții săi.

— Asta nu este scris în cărțile noastre sfinte, în orice caz, dar fiindcă Moise a fost cel care le-a scris, el nu s-a îngrijit a da pe față secretele menajului său.

Către a șasea oră, sosirăm la ospiciul samariteanului, pe vârful unei coline goale și triste. Acesta era locul de noapte pentru schimbat caii, la jumătatea drumului dintre Ierusalim și Erico. Din acest loc până la Erico trebuia o zi, căci nu era sigur, nici chiar pentru călătorii călare, de a continua drumul după apusul soarelui, din cauza haitelor de animale sălbatice care umblau prin țară. Aceste case de odihnă, unde este un sat, sunt de obicei anexa șefului acestui sat, care are datoria de a-i proteja pe oaspeți și pe străini. La Bethleem, de exemplu, este vechea casă a lui Booz, a lui David, a lui Chimham, afară din oraș, în locul unde drumurile de la Erico, de la Erodion, de la Engadi și de la Tecoa se încrucișează, unde călătorii găsesc un adăpost pentru noapte. În lipsă de sat, la șapte sau opt mile romane, pietatea oamenilor buni, prevederea triburilor, sau mărinimia principilor, au construit aceste ospetării, care nu se aseamănă cu acelea pe care cineva le întâlnește în drumurile mari ale romanilor.

O imensă cingătoare de pereți solizi, cu staule, sau șoproane de frunzării, pentru vite și pentru oameni, când este mulțime, în timpul sărbătorilor Ierusalimului, o mare curte, cu o țâșnitoare de apă în mijloc, care cade într-un jgheab, un șir de arcade deschise pe cele patru părți (cam ca curtea mănăstirilor din zilele noastre); câteodată un turn pentru a veghea la siguranța călătorilor, un om care veghează mereu la poartă, iată ospătăriile noastre evreiești. Acest azil este sacru ca o sinagogă. El este deschis pentru toți oamenii de toate sexele, din toate țările. Nu se plătește nimic, dar nici nu primește cineva nimic decât umbră, adăpost, siguranță contra leoparzilor și tigrilor și mai adesea contra borfașilor. Sub arcade, negutătorii se grăbesc a arăta marfa lor, chihlimbarul Mării Baltice, argintăriile Alexandriei, coloniile Arabiei și esențele prețioase din grădinile lui Moab. Colo, călători, își spală mâinile, iar alții care scot din sacii lor mâncăruri preparate sau unelte spre a le prepara. În altă parte, oameni osteniți care au întins pe pământ o piele de oaie, o rogojină, un tapet, o mână de frunze sau de paie, orice au, și, înfășurați în mantalele lor sau în plăpumile lor, se așează pentru repaus. Alții se grăbesc a încărca pe măgari și cămile pe femeile lor, pe copiii lor, mărfurile lor și pleacă. Cineva sosește și pleacă ca și cum ar fi în propria sa casă.

Noi găsirăm loc în acest azil înfrumusețat și restaurat de regele Irod, deși încă plin, din cauza rămășiței poporului care fusese la sărbătoarea Tabernaclelor la Ierusalim și care petrecuseră acolo mai mult timp. Întâlnirăm un mare număr de convalescenți dintre cei care fuseseră atinși în ziua nenorocitei întreprinderi pentru ofrandă. Pedeștri petrec noaptea aici. Prânzirăm, în mijlocul tumultului cauzat de vioiciunea, importanța, nerușinarea lui Bar-Abbas. Cineva l-ar fi luat drept un imperator ce călătorește incognito. După ce mâncarăm, am continuat a coborî și a urca colinele care se întind până la Iordan, cotirăm colinele pietroase, și ne odihnirăm pentru a bea la fântâna Elisha, lângă valea mărginită de drumul roman care conducea la Erico. Soarele apunea și aveam dinaintea ochilor suburbiile orașului – un roi de mici case albe în mijlocul sicomorilor – și superbul oraș împopoțonat cu plantele balsamice și odorizante.

Erico este orașul iubit de Cleopatra – de ea care avea Memphis și Alexandria, orașul scump al lui Irod – el care avea Ierusalimul, Cezarea și Ptolemais, unde trăi și muri. Turnurile, porțile, teatrele reaminteau unul din acele frumoase orașe ale Italiei, unde cineva n-are alt scop în viață decât de a petrece în circuri, de a cerși pâinea la stăpânii săi și de a merge să jefuiască lumea.

Grădini de portocali, de curmali, de rodii înconjurau întăriturile din toate părțile; trandafirii le îmbălsămau. Dincolo de pereți, amfiteatrul, înăuntru, portice, sinagogi, un templu al lui

Zeus, palate de regi. La Erico nu știe nimeni dacă se află pe Nil sau în Insulele Arhipelagului.

Mai departe, splendida reședință a lui Irod, pe care el o numi Erodion. Când se înnoptase, traversând străzile pline de popor, am coborât la mine acasă, sau mai bine-zis la mama mea. Sora mea cea mai mare, văduvă, mă primi în brațele sale.

A doua zi eram în picioare o dată cu soarele. M-am dus să-l trezesc pe Bar-Abbas și i-am spus:

— Să plecăm.

— De pe acum?

— Ce fel? Ai vrea să faci din Erico Capua ta?

— Nu, dar mă simțeam așa de bine aici. Sora ta gătește mâncarea de iepure cu măsline și cu rozmarin într-un mod așa de delicios!

— Vei avea ceva mai bun decât asta.

— Ce dar, ce?

— Friptură de lăcuste, lăcuste cu sare, lăcuste cu untdelemn și cu oțet, lăcuste cu miere.

— Unde mergem deci, Dumnezeul meu!

— În deșert să facem o vizită Botezătorului.

— Mă îndoiam de aceasta. Tu ai nas de lucruri curioase.

XIII

La câteva *Kibrat barat* (mile) în afara porților Ericoului, am intrat în câmpia care este o prelungire a deșertului Iudeei. Acest deșert, ce furăm obligați a-l traversa, începe de la porțile Ierusalimului chiar și ale Ebronului, se întinde dincolo și în josul acestor orașe la sud și la vest, și acoperă coborâșurile muntoase ale Iudeei, de la piscul înaltului platou al Măslinilor și al lui Ramah până la fântâna Elisha, și pe marginile Asphaltitului – Marea Moartă. Bethleemul și Erico sunt închise în această sălbatică regiune ca două luciri de surâs în tristețe, și Erodion strălucește prin coloanele și porticele sale, prin grădinele și apartamentele sale voluptoase, în vârful unei coline între aceste două orașe, ca o stea în mijlocul norilor. Noi mergeam la Bethabara, la vadul Iordanului sau puțin mai departe la Aenon, aproape de Selim. Lunca pe care o traversam este o mare de nisip alb și sulfuros, care zbura în pulbere sub pașii noștri și ne înfășura, ostenind ochii prin culoarea sa implacabilă, și respirația prin infiltrația sa în piept. Munți în față, munți în coaste. Ploile fericite ale toamnei răcoriseră aerul așa de greu în această vale care îneca respirația. Nici un semn de vegetație, nici un arbore, nici o buruiană, nici o tufă de iarbă nu înveselea privirea. Vulturi se învârteau cu solemnitate deasupra capetelor noastre. Șacalul fugea înspăimântat și gemând.

— Negreșit că mergem să-l vedem pe acest Ioan Botezătorul, pe care discipolii săi îl consideră ca o ființă resuscitată, exclamă Bar-Abbas.

— Negreșit.

— Și ce vrei să faci cu acest scăldător posac și irascibil?

— Nimic. Îmi place să privesc animalele curioase.

— Vezi, vezi, dar nu te lasă să te prinzi. Animalele curioase sunt totdeauna periculoase. Shilohul pe care îl vânăm nu este în pielea Botezătorului. Cugetă. Noi aștia din sectele militare, Gauloniții și Irodienii, nu-i înțelegem pe acești fabricatori de *galimatias*. Nouă ne trebuie un Iuda Machabeul, un Iuda de la Gamala, un Irod care să lovească tare și să nu-i placă a spune parabole. Vouă, saduceenilor, v-ar trebui un David sau un Solomon, cioplit la școala din Babilon, cizelat la Roma și la Atena, care să fi pus în cântece cărțile severe ale lui Moise. Fariseii visează un soldat, un judecător, un principe mai brav decât Gedeon, mai fericit decât Samson, înmuiat la școala lui Hillel și a lui Shammai. Toate acestea, toți aceștia, pot să se aranjeze, pot să se acorde. Dar ce dracu vrei să facem cu un cerșetor în cămașă de păr de cămilă care se numește: *vocea în deșert* și care vine să ne vorbească *de fiul lui Dumnezeu, de mielul lui Dumnezeu, de cuvântul vieții,* care mă împinge la pocăință, la căință și la botez? Pocăință de ce? Pentru ce acest botez? Nu cumva suntem păgâni?

Bar-Abbas avea mare dreptate. Cu toate acestea, fiindcă nu vroiam să-i recunosc importanța unui dătător de sfaturi, fiindcă nu puteam să-i spun că suntem în căutarea nu a unui *shiloh,* ci stofă de un profet pentru a face din el drapelul culorii noastre, un *shiloh* care să repete lecția noastră, un mesia care să vină să ia cuvântul de ordin al cuvântului lui Dumnezeu în cabinetele noastre, desfăcui cingătoarea. Bar-Abbas înțelese și se trase înapoi mârâind.

Sosirăm pe marginile Iordanului. Dar fiindcă albia sa cea largă este coborâtă cu mai multe picioare sub vechiul nivel, tocmai când ne apropiam văzurăm ciucurul înveselitor de verdeață, de trestie de baltă, de smochini, de tamarini, de salcâmi și de rugi care o mărginesc. Pământul este așternut cu sare. Iordanul se desfășura într-o crăpătură a câmpiei și reunește, ca o linie de unire, lacul Genezareth cu Marea Moartă – acest platou de smarald cu această Etnă scufundată și schimbată într-o cupă de safir. În locul unde eram, la Bethabara, lângă Gilgal, la picioarele unui munte, țărmul umbrit era semănat cu colibe de trestie de baltă și de rogos, acoperite cu ramuri de arbori, dar ele erau goale. În acest loc – vadul pe care Iosua, cu cele douăsprezece triburi și cu cei patruzeci de mii de războinici ai săi trecură din țara Moab în Canaan – curentul a format o barieră de pietre și de marnă, pe care apa murmură și alunecă într-un fel de bazin. Acolo Ioan boteza. Dar toamna era înaintată, el părăsise râul. M-am înșelat în așteptarea mea. Trebuia acum să traversez deșertul, să cotesc vârful oriental al Mării Moarte și să-l caut în caverna sa de la Cedron mai jos de Bethleem, și poate chiar la Jutta satul său natal.

Pe când vizitam colibele lăsate goale de discipolii Botezătorului, pe care Bar-Abbas îi numea scăldători, goniți de la Ierusalim, de la Bethleem, de la Erico, din toate părțile, Bar-Abbas prepara mâncarea, în una din aceste colibe goale din tabăra lui Ioan. Bar-Abbas nu avea dreptate de a fi mânios, și chiar de ar fi fost puțin, un mare și gras pui fript, strugurii de Bethleem, fagurii de miere de Liban, peștele fript, măslinele cu sare l-ar fi liniștit. Lungile îmbrățișări date unei mici ploști cu vin precipitară reaua umoare în stomac.

La miezul zilei, eram pe drum din nou.

Avem să trecem prin țara locuită de pârliții de soare ai lui Esau, unde essenienii locuiesc în grote, în mijlocul unui ținut sălbatic, pietros, abrupt, cu puțuri desecate și cu caverne de animale sălbatice. Mergeam pe o urmă bătută de cămile și catâri de-a lungul unui fel de terasă pusă deasupra altei terase, care suporta o a treia, formând astfel toate împreună ca treptele unui amfiteatru de giganți pe lacul albastru al Asphaltitului, care se cufunda la câteva mii de picioare dedesubtul țărmului Ioppei. Aceste terase sunt albii lăsate văduve de această mare care se scufundă din secol în secol, ca și cum un demon ar bea-o în abis. Pe țărmurile apei, unde Iordanul se aruncă în această mare, o mulțime de conuri cu coastele netede și rotunde, ca dinții coroanei lui David, ieșeau din pământ la același nivel, ca niște piramide de aproape cincizeci de picioare înălțime. Ce spirite cuprind ele, aceste morminte? Colo, munții lui Abraham, piscurile Gileadului, mai departe, orașele arse ale lui Loth. Nici un nor pe cer, nici o suflare în aer, nici o încrețitură pe apă, nici o voce de pasăre, sau zgomotul unei insecte: viața era condensată ca ghiața de pe vârfurile muntelui Carmel. Lumina orbea. Un tigru, de departe, culcat pe labele sale, ne contempla, nemișcat, ca și cum ar fi fost de marmură galbenă de Egipt.

Peste puțin, părăsirăm câmpia, care formase o margine de verdeață la această splendidă panoramă și lăsând în spate marea lui Loth, începurăm a urca acest lanț de coline care se suprapun una celeilalte până la Ierusalim. Vulpea, vulturul, hiena, leopardul, populau locul; dar omul care se obișnuise cu clima și viețuia acolo, dacă nu este o creatură pioasă, devine acolo mai salbatic decât aceste animale sălbatice. Puțurile sunt seci, arborii rari și pitici, vâlcelele sunt pline de pietre și alterate; caverne întunecoase, care astăzi sunt adăposturi de lei, erau altădată adăposturi de regi nebuni și fugari. Urmam când albia seacă a unui torent, când vârful unei coline pietroase, suindu-ne mereu și neîncetat.

Peisajul se schimba în tot momentul și era tot același. La un singur loc găsirăm o femeie mai goală, pârlită ca un sicomor care adăpa câteva capre slabe lângă un puț. Oh! aceasta nu era Rebeca care dădea să bea lui Eleazar la puțul lui Haron, și a fost aleasă drept soție a lui Isaac, nu era Rachela pe care Iacob o îmbrățișa lângă același puț după ce adăpase oile sale, nici Zippora și cele șase surori ale sale căreia Moise îi ajută să scoată apă pentru vitele sale din puțul de la Mediani.

— Iată servitoarea unui essenian, am spus, prea riguros pentru a-și lua o femeie, prea pasionat pentru a se lipsi de o femeie.

— Mă îndoiesc, a răspuns Bar-Abbas, ea este sora cea mai mare a caprelor sale cărora râia le-a făcut să le cadă lâna.

Noaptea scânteia deja cu milioanele sale de stele, când sosirăm la lugubra râpă care se precipita în valea Cedronului între Ierusalim și Marea Moartă, la trei ore de colinele Bethleemului.

Această ruptură sălbatică, deschisă în stâncă, cu buzele albe, cu fundul roșiatic, este găurită de caverne, precum colinele Bethleemului și Irodionului, unde animalele sălbatice și oamenii caută un adăpost de arșița soarelui. În timpul lui Irod, o mână de farisei și de esseni veneau acolo pentru a scăpa de vederea orașului cu palate, cu teatre, cu therme, cu grădini care ieșeau la ordinele acestui rege ca lumea sub *fiat* al lui Dumnezeu. Din înălțimile de prinprejur, ei puteau să vadă, cupolele Templului și frontonul său cu lame de aur. La piciorul unei stânci ieșea o țâșnitoare de apă dulce și pură, binecuvântarea acestor ținuturi unde apa este o privire fluidă a lui Dumnezeu. Botezătorul avea acolo reședința sa când părăsea țărmurile Iordanului. Un oarecare număr dintre discipolii săi locuiau cu el în grotele muntelui, îmbrăcându-se cu frunze sau cu piele de oaie, nemâncând decât iarbă și rădăcini din deșert, nebând vin, nici altă băutură fermentată, netăintu-și nici părul, nici barba, neatingându-se de nimic mort, chiar de ar fi fost cadavrul mamei lor; costumul lor era ca și cel pe care Elija îl purta înaintea regelui Achab și a reginei sale sidoniene. Acest mod de viață, același pe care mulți dintre profeți îl adoptaseră pentru a se face plăcuți lui Dumnezeu, curioși oamenilor, era urmat de Ioan, de esseni și de sabieni, așteptând al treizecilea an cerut și ordonat de Moise pentru a se da la învățătură.

Pe când Bar-Abbas înălța cortul nostru în josul acestei râpe în albia Cedronului, eu urcam cărarea și mergeam să îl caut pe Ioan. Banu, fiul lui Jeu, care mai târziu se dădu fariseilor, mă informa că Ioan fusese chemat la casa Daurită, la Tiberiada, de Antipas, că acolo el avusese o vie discuție din cauza femeii sale Irodiada, și că ea îl făcuse să fie trimis în fortăreața de la Makaur, unde Jeu se dusese de câteva zile, aflând că Ioan se afla în oarecare pericol.

— Iuda, furnizorul meu, ascultă-mă, zise Bar-Abbas. Să-i lăsăm pe acești profeți, care nu sunt buni nici măcar ca să fie găsiți la locul lor; ei merg la Curte, zău! Haide să-i vedem pe fii Gaulonitului. Treaba noastră este acolo.

— Daca ești ostenit, întoarce-te la Ierusalim.

— Nu pentru a mă întoarce la Ierusalim am venit în deșert. Dar sper, cel puțin, că n-o să așteptăm aici pe acest spălător de piei tăbăcite. Dacă el e la curte, aidem la curte. Acolo sunt la mine acasă. Antipas mă trage de urechi și Irodiada mă numește cerșetor. Suntem din familie. Ei știu că eu lucrez pentru ei, acești fii mici ai unui tată mare. Irodienii mă respectă. Ah! mă privești? Ei bine, da, mă respectă, ce? Tu îl respecți pe Hanah, tu. Numai dacă aș fi știut-o acolo, i-aș fi cerut lui Pilat să-mi împrumute o togă. Ce frumos aș fi fost, hei! într-o togă cu ciucuri roșii sau verzi pe poale?

— Tu-l cunoști destul pe Pilat, pentru asta?

— Oh! da. Am făcut târg împreună. Într-o zi i-am vândut o porumbiță. Trebuie să-și aducă aminte, hoțomanul.

— Hum!, bine. Mâine plecăm la Makaur.

XIV

A treia zi, sosind în fortăreața Makaur, i-am spus lui Bar-Abbas:

— Aici suntem în mijlocul amicilor tăi. Tu ai două lucruri să le spui: să fie gata la prima chemare; să vină la viitoarele sărbători ale Paștelui în mare număr, lăsând pe bătrâni, pe femei și pe copii în țară, toți înarmați. Evenimentele ne pot îndemna la acțiuni neprevăzute.

— Dar, pentru ce și pentru cine va trebui ca ei să fie pregătiți și sub arme? Ei mă vor întreba aceasta.

— Și tu vei răspunde că cineva dispune de pielea leului după ce îl ucide. În orice caz, numai fii lui Irod au dreptul la moștenirea părintelui lor. Prima alergare este totdeauna a celui care sosește mai întâi: irodienii să se grăbească.

— Antipas Irod să nu doarmă, răspunse Bar-Abbas.

Însă Antipas dormea, sau pe aproape, și nu ne convenea de a-l deștepta prea tare.

Antipas era fiul lui Irod cel mare și al Cleopatrei de la Ierusalim, una din cele nouă femei ale acestui rege. La moartea tatălui său, el avusese din împărțeală tetrarchia Galileei, pe care visa, între două căscături, să o întindă până la limitele regatului tatălui său, și dădea tot felul de atenții, măguliri și daruri stăpânilor de la Roma pentru a obține provinciile date fratelui său sau anexate la imperiu. El zidea așadar orașe și monumente cărora le dădea numele domnilor de la Roma, și era mereu pe drumul Italiei.

Regele Irod hărțuit continuu la frontiera sa de sud de regele Aretas și de arabii săi, adesea bătut, niciodată liniștit, se decise într-o zi după politica sa, de a sugruma ambiția între două sărutări. Îl însură deci pe Antipas, cel mai iubit dintre copiii săi, cu Sara, fiica lui Aretas, și-și asigură pacea, și un ajutor formidabil pentru a realiza odată marea sa intenție de a-i stârpi pe romanii din Asia și de a supune această parte de lume puterii sale, mai mare decât cea a lui Solomon, mai mare decât cea a lui Alexandru, mai mare decât cea a lui Augustus, mai mare decât cea a lui Cyrus. Cât trăi Irod, Antipas și Sara fură fericiți.

Sara era foarte frumoasă, prea prudentă, cu moravuri pure, plină de demnitate, de hotărâre, de curaj, antiteză a bărbatului ei moale, desfrânat, nesigur, leneș. După moartea lui Irod, Antipas scutură jugul moral al acostei nobile principese moabite.

În una dintre călătoriile sale la Roma, el o văzu pe Irodiada, fiica lui Aristobul și a Mariamnei Machabea, măritată cu fratele său Irod Philip, fiul celeilalte Mariamne, fiica lui Simon, fiul lui Boethus marele-preot din vița lui Onias din rasa lui Aron care rămăsese în Egipt.

Între cele două Mariamne niciodată nu fusese bună înțelegere. Ele erau două mândrii, lăstari a două rase, dintre care una, machabeaua o exclusese pe cealaltă, aroneană, de la succesiunea marei-preoții. Fiica marelui-preot conspira ca să asigure puterea lui Irod fiului său Irod Philip, în dauna copiilor nepoatei lui Hircan, descendent din Machabei. Irod, lovit de această intrigă de palat, își aduse aminte de ea făcându-și testamentul, și Irod Philip a fost dezmoștenit. Cu toate acestea, Irod încercase de a apropia aceste două ambiții dând în căsătorie fiului Mariamnei, pe boethusiana Irodiada, fiica lui Aristobul, fiul Mariamnei Machabea. Irodiada era tânără, focoasă, frumoasă, ambițioasă; Irod Philip mai în vârstă, cu un caracter indolent, a decis să nu fie violent cu ursita, disperat de a învinge antipatia părintelui său, resemnat la o nenorocire pe care nu o putea conjura.

Antipas o văzu pe nepoata sa, femeia fratelui său, și se lăsă uimit de sumbra și fatala sa frumusețe. Ei se deciseră a se casători contra moravurilor, legilor și convenienţelor.

Deja Irod spusese familiei sale că legile căsătoriei, pentru principi, nu sunt aceleași ca și pentru popor, luând de soție prin amorul său politic pe nepoatele sale, pe verișoarele sale, evreice, străine. Așezat într-un colț, la o parte, în mijlocul popoarelor pe care legea lui Moise le stigmatiza ca impure, Irod și familia sa nu avură mult a alege: ei se căsătoriră în familie. Până la măritiș, Antipas luă arvuna amorului. El o invită pe Irodiada chiar în palatul său de la Tiberiada, unde complotau fiecare, unul în ce mod ar putea scăpa de fiica lui Aretas, celălalt de fiul lui Irod.

Sara, care știuse deja despre acest amor și care se simțea ultragiată chiar în casa sa, se decise a părăsi casa bărbatului ei pentru a evita cel puțin veninul pe care Irodiada i l-ar fi dat negreșit spre a se scăpa de această supărare. Sara se prefăcu, în primăvară, că vrea să meargă ca să se bucure de aerul munților în reședința de la Makaur.

Makaur este un orășel fortificat pe o colină, în mijlocul câmpiilor aride ale Arabiei, un platou stâncos, pe care Irod cel mare zidise un imens edificiu, jumătate palat, jumătate castel, pentru a ține în respect triburile arabe. Căci Makaur este la frontierele țării lui Moab, de unde încep domeniile lui Aretas, și unde Perea, domeniul lui Irod, se termina. Orașul era agățat deasupra ca o păvază cu turnulețe a deșertului, solitară, având apă, ziduri solide, și câteva tufe de verdeață. Arabul venea să se zdrobească contra acestui obstacol. Așadar în frumosul palat care se înălța în mijlocul acestei fortărețe, Sara căuta un adăpost. Dar ea îl încunoștiințase deja pe tatăl său de ultrajul ce i se făcea și de proiectul ei de fugă. Un roi de arabi, puși la pândă în locul oportun, o răpiră pe fiica lui Aretas de la ofițerii și de la soldații lui Antipas care o conduceau și o redară tatălui său, la Petra, cuibul acestui vultur.

Vulturul se coborî din câmpie și începu războiul contra lui Antipas. Dar ce contează războiul? El era liber acum să o ia de soție pe Irodiada, care era ursita sa. Ea îl repudie pe bărbatul său. Această faptă enormă, necunoscută în istoria noastră, contrar legilor noastre, care cu toate acestea permitea bărbatului de a-și repudia soția, alarmă moravurile noastre. Bărbatul a vândut-o pe soția sa.

Războiul devenind înverșunat aproape de porți, perechea amoroasă părăsi Casa de aur de la Tiberiada și se duse la Makaur. Traversând Galileea și Perea, Antipas auzi vorbindu-se de Botezătorul și de influența pe care el o exercita asupra poporului. Un profet este unul dintre elementele vieții evreiești[21]. Noi ne folosim de el în orice circumstanță; amestecându-l în toate evenimentele, înșelându-l și lăsându-ne să fim înșelați de el cu aceeași indiferență, dar ascultându-l cu interes, cu pasiune, ca pe un actor din tragedia socială a națiunii.

[21] Era chiar prevăzut acesta ca crimă de legi. Sanhedrinul condamna: tribus, pseudo-prophetas, sacerdos magnus. Mischena, tom. IV, cap. I.

Irodiada, uitând rolul pe care Natan îl jucase cu David într-o situație analogă, și Elijah cu Achab, se flata că-l va seduce pe Nazirul de la Iordan, și că se va servi în final de el pentru a calma aversiunea și a șterge scandalul pricinuit prin căsătoria sa. Ioan a fost invitat sau mai bine-zis somat de a veni la Tiberiada. Ioan căruia îi plăcea să-l imite pe Elijah, cu care discipolii săi îl identificau în punctul de a spune că este Elijah înviat, prinse ocazia de a-l imita pe acest profet și în loc de a mângâia pasiunea celor doi domni, el tuna contra ei. Irodiada ar fi sugrumat poate imediat această voce obraznică. Antipas se decise a aștepta ca să-l îndulcească pe acest zelos predicator și pentru a nu-i revolta contra lui pe bigoți, la spatele său, avându-i pe arabi în față.

În această stare de lucruri sosii la Makaur.

Eram cunoscut acolo. Irodiada știa că aveam, ca și ea sânge de Machabei în vinele mele. Antipas știa că conspiram pentru a răsturna dominația romană din țara noastră. Așadar cine era posesorul legitim al acestei țări eliberate dacă nu succesorul cel mai bine împărtășit al marelui Irod? Irodiada, ale cărei alte speranțe le înșelasem, nu nutrea în favorea mea aceeași încredere.

Mai vicleană, mai prevăzătoare decât bărbatul ei, ea ghicea că oameni ca Hanah și ca mine nu ne-am fi expus la pericole infinite, capitale, pentru a pune coroana unui așa de mare principe pe un cap așa de puțin demn a o purta. Cu toate acestea, am fost primit foarte bine de tetrarch și de femeia sa. Antipas avea, pe lângă acesta, în acel moment, o nemulțumire mai mult contra lui Pilat. Acesta masacrase, expusese la circ și crucificase supuși de-ai tetrarchiei, asupra cărora nu putea să exercite nici un drept. Acest ultraj cerea o răzbunare sau o reparație.

Mă ferii de a-i spune toate planurile mele Irodiadei sau lui Antipas. Le-am spus tocmai atât cât trebuia spre a-i decide la concursul pe care-l ceream. Am atins problema de a mi-l da pe Ioan, dacă acest sălbatic rabin ar fi voit să se pună în serviciul nostru. Irodiada se revoltă.

— Acest insultător nu este omul situației, spuse ea. El nu va înțelege ceea ce i se cere. Acești oameni din deșert au aceeași patrie cu animalele sălbatice: spațiul. Acest Ioan ar putea să ridice câteva voci din plebe și să reverse blesteme; el nu va ridica niciodată un braț pentru a combate. Însă nouă ne trebuie oameni de arme, oameni care să simtă demnitatea patriei, și nu guralivi.

— O știu, am răspuns eu, de aceea nici nu primesc pe acest *shiloh* așa cum este; dar aș vrea să încerc, dacă pot, să-l fac a fi ceea ce vreau eu.

— Nu mă opun la încercarea ta, răspunse Irodiada, dar dacă reușești, trebuie să nu te încrezi cu atât mai mult într-un instrument care-și schimbă trampa pentru un interes oarecare, și care poate să se fărâme la prima ciocnitură.

Era aniversarea nașterii lui Antipas. Era deci serbare la palat, și mulți dintre capii militari, dintre guvernatorii orașelor, dintre oficialii tetrarchiei erau invitați. Momentul convorbirii cu Botezătorul nu-mi părea oportun. Căci, fiindcă i se lăsase o prea mare libertate, el văzuse un mare număr dintre discipolii săi și putea să nu simtă greutatea singurătății, sau cunoștea mai mult decât trebuia afacerile lumii. Aș fi vrut, în orice caz, să vorbesc cu el singur față în față, fără pregătire, fără punere în scenă care putea să-l facă a juca un rol, pe când aveam trebuință de a găsi un om. Irodiada, care nu se încredea în mine, care avea atâtea pasiuni ardente și subite, voi ca acest interogatoriu să aibă loc imediat, ea și bărbatul ei fiind prezenți. Se duse în cabinetul de unde trata afacerile și ordonă ca Botezătorul să fie adus acolo.

Irodiada era așezată dinaintea unei mese de malachit încărcată cu hărți, căci ea administra provinciile, primea rapoartele și dădea ordine; pe când bărbatul ei se bucura de voluptățile vieții inventată la Babilon, exagerate la Roma, înfrumusețate la Atena. Eu stăteam în picioare în spatele scaunului ei. Antipas, culcat pe o grămadă de perne, se juca cu niște globulețe de chihlimbar, pe care le întorcea, căscând, în mâinile sale și întărâta un leopard domesticit, ghemuit la picioarele sale.

Ioan intrând își umblă privirea pe scenă și pe personaje, această privire bănuitoare, dar înțelegătoare a locuitorilor deșertului, care miroase pământul, aerul, cerul, apa și bănuiește în toate un pericol sau un inamic. Ioan putea să aibă treizeci și patru sau treizeci și cinci de ani. O pădure de păr îi acoperea figura, nelăsând să se vadă decât o mică bandă a frunții, niște obraji pârliți și doi ochi profunzi și scânteietori. O veche zdreanță de păr de cămilă, strânsă la talie de o curea, i se cobora până la genunchi, lăsând goale gâtul, pieptul, brațele, pulpele, picioarele, care părea că sunt de granit roșu. Buzele sale vinete tremurau sub o emoție care, neputând să fie frică, nu trebuia să fie decât mânie sau anxietate.

— Ce mi se cere? zise el intrând, cu o voce aspră ca un răget și plin de mândrie.

Irodiada păli și tăcu. Nu mă credeam autorizat a lua cuvântul când acești domni puteau și aveau aerul de a dori să-l ucidă. Antipas răspunse cu o voce tărăgănată și lină.

— Amicii tăi de la Ierusalim îți trimit un mesaj și un mesager. O să îl asculți.

— Ah! spuse Ioan ridicându-și capul și fixându-mă cu privirea sa sălbatică. Ah! acest tânăr vine de la Ierusalim? Știu așadar ceea ce are să îmi zică. Jeu mi-a anunțat-o deja. El poate să se întoarcă de unde a venit. N-am nimic a-i răspunde.

Irodiada mă privi cu o umbră de surâs pe buze, ca și cum ar fi vrut să îmi zică: „Ce spui tu de această ființă ciudată...?”[22].

Tonul abrupt și decis al Botezătorului scurtă, dar nu sfârși convorbirea. Am întrebat-o astfel pe Irodiada dacă voia să-mi permită a continua convorbirea. Ea îmi făcu un semn afirmativ din cap, și eu am spus mâniosului rabin.

— Rabine, asprul mesaj ce tu îmi impui a raporta amicilor mei de la Ierusalim îmi dovedește că ai fost rău informat și că tu răspunzi fără a ști la ce.

— Amicii tăi, mai întâi nu pot fi ai mei. Eu sosesc din deșert, tu pari că sosești din Roma sau din Babilon, efemeiat în îmbrăcămintea ta, efemeiat în faptele tale, efemeiat în vorbele tale. Dar nu te teme de echivoc. Știu foarte bine la ce răspund. Tu vii să îmi ceri complicitatea pentru a restaura pe tronul lui David pe ereticii capului arab și eu refuz.

Dacă am fi fost singuri, aș fi fost dezamăgit de Ioan, în prezența Irodiadei și a lui Antipas, trebuia să-mi ascund gândirea, și răspunsei:

— Dar când asta ar fi, rabine, te întreb: poporul lui Israel a avut el un rege mai mare, după Solomon, decât acest fiu al arabului Antipater, Irod?

— Atunci tu nu-l cunoști, replică Ioan. Arab prin naștere, roman prin ambiție, grec în suflet și în gusturi, evreu prin necesitate, Irod a fost cea mai mare calamitate ce a căzut pe poporul lui Dumnezeu. Marilor-preoți care se succedau prin moștenire, el substitui pe marii-preoți ce-i scotea cineva de unde poate, ca pe un ofițer din armate, sau pe un adunător de taxe. Marilor-preoți,

[22] Iisus nu-l judeca pe Botezătorul cu bună-voință. El îl numea inconstant și ușor și îi făcea și alte imputări. Vezi Luc. VII. Matei XI.

care întindeau puterea lor asupra lui Israel, el le substitui niște paraziți care opresc autoritatea lor la pragul Templului. Marele-preot, care se ridica peste capul regelui, nu este acum decât un ofițer al Curții sale. El schimbă pe marii-preoți, ucigându-i, după fazele politicii sale. Răstoarnă, printr-o intrigă a seraiului său pe Ananelus pe care-l căutase la Babilon, ucise pe Aristobul, din rasa Machabeilor, trimise să-l caute în Egipt pe Simon. El începu a edifica templul Samaritenilor la Girizim și edifică templul lui Apolon la Rodos. El sacrifica lui Iehova, și proteja pe Asthoret la Sidon, pe Moleh pentru sirieni, pe Isis pentru egipteni, pe Dagon pentru philisteni, pe Manah pentru ismaeliți, pe Artemis pentru greci și pe Jupiter pentru romani. Servitor al unui Dumnezeu, campion al zeilor, zeul său adevărat fu Cezar, căruia îi ridică un templu la sorgintele Iordanului. Noi eram un popor grav cu legi severe, separat prin repulsia sufletului de străin, care ne înconjurau cu moravuri străine, care făcea presiune la granițele noastre pentru a aluneca în mijlocul nostru și a prepara drumul dominatorilor păgâni...

— Dar, rabine, noi, l-am întrerupt eu, trebuie să judecăm pe un principe pe care tot poporul l-a servit, l-a adorat timp de atâția ani, și pe care toți regii Asiei și Europei l-au aplaudat?

— Dacă tu nu ai dreptul să-l judeci, tinere babilonian, răspunse Botezătorul cu un ton mândru, eu am dreptul. Așadar, Irod smulse coroana principilor noștri machabei; ucise șaptezeci dintre membri sanhedrinului care-l acuzase de omor lângă Hircan; secera familiile princiare și sacerdotale ale Iudeei; acoperi toate statele sale cu palate, cu teatre, cu therme, cu gimnazii, cu circuri, cu colegii, cu reședințe voluptoase și cu grădini. El zidi orașe după modul grec și roman, cu o arhitectură păgână și stabilimente păgâne. Introduse la noi jocurile olimpice și sărbătorile obscene. Înălță fortărețe în toate părțile, chiar și la poarta Templului, dominând astfel orașul. Sionul deveni o suburbie a Romei. El zidi o capitală Samaritenilor, pe care părinții noștri îi blestemaseră ca nelegiuiți, el sacrifica zeilor păgâni. Legile noastre ne interziceau de a ne apropia de străini; Irod se însura cu femeile lor. El avea deja pe araba sa Doride, când se însură cu machabeia Mariamna ale cărei rude le masacrase; apoi pe egipteana Mariamna, fiica marelui-preot Simon; apoi pe samariteana Malthace de la Sebasta. El o luă de soție pe fiica fratelui său; apoi pe fiica surorii sale; apoi pe Cleopatra de la Ierusalim, pe Phedra de la Rodos, pe Elpis de la Antiochia[23]. Și cine numără pe favoritele sale, dintre care cea mai nerușinată a fost Cleopatra, această regină a Egiptului, caldă încă de sărutările lui Antoniu, care-l făcuse rege? Asirianul în amorurile sale, egipteanul însurându-se cu rudele sale, el a fost parth ucigând femei, rude și amici. El conspiră la moartea Cleopatrei; el o ucise pe Mariamna machabeia și pe cei doi copiii ai săi pe care îi crescuse la curtea lui Augustus; el ucise pe cumnatul lui Aristobul; el o ucise pe femeia marelui său preot Hircan; el ucise pe unchiul său Iosef și pe bărbatul surorii sale, Cortobanus; el ucise pe fiul său mai mare Antipater; el ucise pe moașa sa Alesandra care, pentru a-i plăcea, torturase pe fiica sa Mariamna smulgându-i șuviță cu șuviță părul său de aur; el ucise pe amicii și complicii lui Dosethe, Gadias, Lisimach. Statele sale fură înroșite de sângele omorurilor sale. El adunase în amfiteatru de la Erico «pe oamenii eminenți ai națiunii evreiești» pentru a face să fie uciși cu săgeți, înainte de moartea sa, după ce încercase a se sinucide el însuși, dar ordinele sale nu au fost executate. Așadar, erezia unui astfel de monstru, monstruos ca el, vreți să așezați pe tronul poporului lui Israel, și solicitați cooperarea mea?

— Rabine, i-am spus, nu te-am întrerupt, pentru că eram curios de a ști cum se învață istoria în deșert. Ei bine, rabine, ceea ce tu ai înșirat poate să fie o istorie foarte gustată de țapi și de hiene, de cămile și de măgărițe, dar desigur nu este aceea a acestui principe. Dacă un om care se crede inspirat de Dumnezeu ar putea să învețe ceva, ți-aș spune ceea ce a fost Irod, și te-aș uimi prin radierea acestei mari figuri a țării noastre. Dar, un ucenic profet n-are de-a face nimic cu adevărul istoric.

— Continuă, urlă Ioan, sunt curios la rândul meu a învăța cum se scălâmbăiază istoria înaintea principilor.

— Ei bine, am urmat eu, află doar că Irod a fost Augustul Iudeei. El ne aduse artele, stiința, toleranța, fraternitatea popoarelor, respectul credințelor celorlalți; el ne învață a disprețui amenințările fariseilor și ale essenienilor, el răsturnă această putere a preoților care tulbura statul la fiecare moment și sfărâmă privilegiile Templului. Irod ne insuflă un spirit viril, războinic, îndemânatic, activ; el ne descoperi pe poeții și pe filosofii Greciei, care prețuiesc mai bine decât țipetele de îndrăciți ale profeților

[23] Iosef, cart. Antiq. XVII.

noștri, pline de stupidități care trec ca frumuseți. El fortifică orașele noastre și le ridică la înălțimea orașelor celorlalte popoare prin stabilimentele publice. El înalță poporul în paguba principilor și a preoților; el voia a topi această adunătură de oameni care ocupă pământul nostru pentru a face o singură națiune, un singur popor, și îl topi în familia sa însurându-se prin amor sau prin politică, cu femei din toate partidele, din toate rasele. Splendoarea timpului lui Solomon era o noapte în comparație cu ceea ce Irod răspândi în Iudeea. El abătu partidele Machabeilor, a Boethusienilor, a Templului, a Sinagogii, a Sanhedrinului și făcu forța una, forța pentru toți, aceea a regelui: în Sebasta și în Sephoris, era tot așa de puternic ca și la Erico și la Ierusalim. Cezar îl trata ca pe un frate. De la Damasc până la Alexandria, brațul său era temut, Consiliul său ascultat. El avu o curte a cărei splendoare întuneca pe cea a lui Tiberiu, o armată a cărei ciocnire era temută. Se invoca încă ca un zeu. Dacă spiritele mărginite, și bigoții, și mumiile bătrânelor noastre usuri și zeloți, și fariseii cei mai stupizi nu-l înțeleg, îi făcu război, este oare greșeala acestui mare principe care voi să aducă pe poporul său la epoca sa și să șteargă acest anacronism al Asiei și al Europei? Irod era împăcarea; s-ar fi vrut ca el să fie restauratorul vechilor rituri și vechilor batjocuri ale popoarelor lui Israel. El se văzu contrariat în planul său de a face din țară o națiune cu splendorile civilizației grecești, și el se irită. Conspirația contra operei sale o introduseră chiar în familia sa și el fu obligat a o sfărâma.

— Și unde a ajuns atâta geniu, elocvență, forță, curtenire, atâta valoare, atâta gust, întrerupse Ioan, unde este regatul fondat de acest principe? Două sfărâmături au fost lăsate copiilor săi, pentru a ne aduce aminte totdeauna spre a-l blestema și a-l disprețui: restul este al Romei. Irod înjosi pe principe, pe preot, pe nobil; unde este poporul pe care l-a creat el? Îi lipsi un lucru marelui tău rege, tinere asirian: suflarea care vine de la Dumnezeu, credința; suflarea care vine de la popor, sentimentul acestei libertăți care le făcu așa de mari pe Roma și pe Grecia. Dar dacă acest mare rege a fost mic, ce sunt copiii săi care mânjesc pământul nostru cu toate infamiile tatălui lor, fără a avea nici una dintre virtuțile și măririle sale? Casa lui Irod este o școală de inceste și de adultere. Se poate zice oare poporului: Respectă pe regele tău, apără pe regele tău, când acest rege ar fi Antipas Irod și regină Irodiada pe care am rugat-o, cu lacrimi în ochi, de a ieși din crima sa, de a se spăla de impudicitate?

— Destul, Ioan, spuse Antipas cu moliciune, continuând a da bobârnace pe botul leopardului. Tu repeți, tu spui mereu aceleași lucruri. Îmi plac mult profeții. După ce a ascultat cineva o dimineață întreagă pe bufoni, pe pitici, pe paraziți, pe comedianți; după ce a mâncat un prânz delicios, a-și da o oră de profet poate încă să amuze, prin diversiune, și pentru a se pregăti cu încetul la acest repaus post-meridian, așa de bine inventat de spanioli. Dar dacă acest profet devine monoton și revarsă mereu aceleași impertinențe, cu mai puțin spirit decât bufonii, atunci acesta te face să caști. Tu vezi, Ioan, eu casc, și mă vor durea fălcile la cină. Asta este de neiertat. Voi mesteca rău, voi digera rău. Eu te iert să mă numești adulter și impudic, dar să îmi dai indigestie... Până aici, domnul meu.

— Nu am venit eu, tu m-ai chemat.

— Eu? Nu, zău. Te-am lăsat să vii. Acest june, care nu se îndoia de nimic, credea că profeții pot avea câteodată bun simț. Eram curios de a constata aceasta. Ce vrei? Se văd așa de puține lucruri curioase, noi și miraculoase în această lume! Cum să întârzii pe lângă asta ora cinei, care sosește totdeauna când nu mi-e foame. Ah! Ioan, ce bun lucru este a-ți fi foame! Aș petrece cu plăcere câteva zile cu tine în deșert, pentru a-mi da această voluptate, dacă ai avea un bun bucătar. Ei bine, te-am ascultat. Tu ai vorbit rău de tatăl meu, tocmai ca și când ți-ar fi făcut bine când trăia și te-ar fi lăsat erede după moartea sa. Ai crezut că mă vei supăra. Te-ai înșelat. Asta-i singurul lucru nou pe care l-am auzit despre marele Irod, de când sunt tetrarch. Tu știi că cineva nu crede în zeii pe care îi fabrică în prăvălia sa. Sărmana mea Irodiada este verde de tot. De!, tu ai numit-o impudică, nici mai mult nici mai puțin![24]. Ea a auzit asta așa de multe ori, încât ar fi căscat: dar ea își înghite căscăturile, ceea ce îi cauzează paloarea ce o vezi. Așadar, Ioan, ceea ce contrariază mai mult pe un principe este lucrul care-i aduce urâtul. Poate el să ucidă un om care l-a făcut să caște? Aducătorul de urât îi dovedește că nu poate să facă nimic. Este rea, Ioan, este rea purtarea ta. Pentru un ucenic de mesia, tu știi puțin ceea ce se datorează reprezentantului lui Dumnezeu pe pământ.

[24] «Ioan Botezătorul nu era chemat, ca Iisus, nu a câștigat inimile femeilor, ci naturile robuste ale națiunii sale.» Salvador, pag. 281

— Pot să plec atunci? zise Ioan cu bruschețe.

— Un ultim cuvânt, i-am spus. Rabine, tu vezi răsăritul soarelui la nord. Tu te uiți la familia lui Irod, și tu ar trebui să te uiți la Roma. Nu ceea ce se petrece în Casa Daurită sau în inima unei nobile femei, afectează destinele țării noastre, ci ceea ce se petrece la curtea lui Cezar și în inima lui Pilat. Nici tu, nici nimeni n-are dreptul a număra sărutările unei femei și de a sonda imensitatea acestui infinit ce se numește amor. Dar avem toți datoria de a protesta contra dominației străine și de a îi biciui rușinea și mizeriile.

— Eu nu sunt nici profet, nici mesia, răspunse Ioan, nici om de război, nici om de curte: Roma deci nu mă privește. Când un popor suferă aceste ultraje, este demn de ele, sau le ispășește. Eu sunt un om drept, care predică contra păcatului, care invită la pocăință și vestesc pedeapsa. Păcatul este aici: păcatul este această femeie, păcatul este acest om, așa de înalt pus, încât poporul îi vede și ar putea să îi imite. Trebuie să previn acest pericol; iată pentru ce eu zic: Irod, încetează scandalul, gonește-o pe femeia fratelui tău, stinge focurile lubricității tale. Irodiada este crima ta; ea va fi fatalitatea stirpei lui Irod. Iată ceea ce sunt, iată ceea ce vreau să reglementez.

— Dar nu, Ioan, dar nu, observă Antipas cu neliniște, tu nu trebuie să spui astfel. Trebuie să facă a ți se da câteva lecții de tragedianul meu Ajax, pe care l-am adus în ultima mea călătorie de la Roma. Tu vei vedea cum spune el aceste lucruri în *Oreste* de Sophocle. În deșert se învăță rău a blestema, a lătra ca vulpile. Apoi, Ioan, nu te apropia așa de mult de mine, băiatul meu. Miroși a ceapă prea tare. Nu știam că la mine mănâncă profeții așa de rău. Din cauza asta faci tu politica așa de rea. Eu am spus-o totdeauna: politica bună se elaborează în stomac și se formulează în camera de culcare. Dar, fii liniștit, Ioan, mă însărcinez de aici înainte cu hrănirea ta. Daca tu n-ai fi așa de curios îmbrăcat, te-aș invita să cinezi la masa mea, în mijlocul curții mele și a capilor statului meu. Dar bufonii mei te-ar supăra prea mult, și femeile ar găsi hainele tale prea naturale. Nu contează, îți voi trimite pe o frumoasă tavă tot felul de lucruri bune care rămân de la masa mea, și când vei mânca prăjitura ta, sunt sigur, că la fructe și la *belaria*, vei veni să bei în sănătatea mea.

Irodiada nu scosese un singur cuvânt în tot timpul acestei

convorbiri. Simula că răsfoiește rapoarte și scrisori. La ultimele vorbe ale lui Antipas, ridică ochii și un fulger îi brăzdă figura posomorâtă, făcând-o puternic radioasă. O idee teribilă traversase poate acest suflet.

— Tetrarch al Galileei și al Pereei, reluă Ioan, apropiindu-se până să-l apuce pe Antipas de braț, îți adresez, în numele lui Dumnezeu, o ultimă somație: gonește-o pe această femeie. Căiește-te, repudiază păcatul, șterge crima și scandalul! Nu mai osteni mila lui Dumnezeu: gonește pe această femeie, purifică-te!...

— Ioan, Ioan, du-te!, repetă Antipas, apucându-și leopardul de ceafă, nu te apropia, privește-le pe Cacus care se scoală. Pielea sa se înfioară. Ochii săi se afundară. Tu miroși prea mult a deșert. El înțelege limbajul tău... Du-te, sau nu mai răspund de nimic. Cacus ar putea să uite că este la mine acasă și să se creadă pe nisipurile Mării Moarte. Trebuie să vă cunoașteți cu toate acestea, el ar trebui să te stimeze. Cacus, jos laba, odorul meu! Tu nu-l vei roade pe profetul meu: asta te-ar învenina.

Ioan aruncă asupra noastră o imensă privire de dispreț și se depărtă încet, mormăind, cu ochii ridicați către cer:

— Domne, tu poți să cobori fulgerul tău acum, tu o poți. Cuvântul tău a fost anunțat acestor nelegiuiți și ei l-au disprețuit. Fulgerul tău, Doamne, fulgerul tău!

Antipas, care era gras și scund, cu puțină podagră, se sculă încet, ca și cum ar fi asistat la o comedie a lui Aristofan, și luându-mi brațul îmi zise:

— Vino, Iuda, hai să facem o mică plimbare pe terasele mele și să căutăm acolo puțin din această hoțomană poftă de mâncare care nu vine niciodată. Vreau să-ți arăt pe cei doi poeți ai mei pe care i-am pescuit rândul trecut nu știu în ce mocirle ale Romei. Îi păstrez în două colivii separate spre a-i opri de a se sfâșia și îi hrănesc cu ierburi amare spre a neutraliza firea lor. De!, ei scriu un poem asupra căsătoriei mele cu scumpa mea Irodiada. Ei mi-au luat ca Jupiter care cade în ploaie de aur peste Danae. „Stăpâne, îmi zise unul dintre ei, plouă dar puțin peste mine ca peste Danae." „Pe tine?, strigă celălalt, stăpâne, el nu e demn nici ca să te ușurezi pe el." O să-mi dai un sfat Iuda. Trebuie să stabilesc în statul meu un gimnaziu pentru a-i crește pe profeți. Vezi cât se instruiesc de rău în deșert! Profeții, mesiele, shilochii cresc spontan în statele mele. Ei sunt mai deși ca iepurii. Cineva îi întâlnește la toate răspântiile.[25] Când îi voi învăța mai bine, voi face din ei un obiect de export...

Și, spunând alene asta, Antipas o sărută pe frunte pe Irodiada, devenită cugetătore, și ieșirăm printr-o ușă în momentul când, printr-o alta intră o tânără fată de vreo cincisprezece ani care mergea să se arunce în brațele mamei ei, care le deschidea de tot spre a o primi. Ziua trecu cu veselie, așteptând cina și festinul oficial de seară. Mai mult de o sută de convivi înconjurau pe amfitrionul regal în splendida sală construită de regele Irod. Irodiada era culcată alături cu Antipas, eu așezat, ca și ceilalți, alături de ea. Tot ceea ce cineva își poate imagina mai prețios în vase și în purpură, tot ceea ce s-ar fi putut visa mai delicat în bucate și în vinuri acoperea masa acestui principe somptuos și voluptuos. Se golise deșertul, marea, râurile, staulele, grădinele, pivnițele, pentru a celebra această sărbătoare, care trebuia să seducă pe aceia care făceau războiul pentru stăpân, și pe aceia cărora nu le venea să favorizeze amorurile sale. Vorbele vesele, vorbele flatatoare, vorbele brave, se încrucișau în mijlocul unui zgomot scânteietor de la un capăt până la celălalt al sălii. Florile îmbălsămau, vinul îmbăta, vaporii amestecați ai bucatelor și ai parfumurilor puneau foc în sânge. Această splendoare de vase de aur, de lumini, de stofe în culori vii, cu care convivii se împestrițau, surâsul femeilor, cântecele histrionilor, cuvintele bizare ale bufonilor, strâmbăturile paraziților... toate acestea exaltaseră spiritele în gradul unei temperaturi infernale. Deodată, o muzică dulce și invizibilă se răspândi în mijlocul banchetului ca și cum ar fi vrut să calmeze fierbințeala, să pregătească siesta. Toți respirau această frăgezime a melodiei, toți se legănau la această ondulație de sunete parfumate de extaz. Dar iată că la un semn al Irodiadei, o ușă se deschide, cincizeci de sclave nubiene goale se așează în rând cu facle aurite în mâini, și o vedenie, ca o rază de soare, alunecă în sală.

Aceasta fu o tresărire generală. Antipas, pe jumătate gol, se ridică pe un cot ca uimit.

Era Salome, fiica Irodiadei și a lui Irod Philip primul său soț, care cotropi sala, frumoasă ca un colet de stele de dimineață; abia

[25] «Această dispoziție a aplica numele de fiu al lui David și de Christu trecuse în uz. Trupele poporului își propuseră mai târziu de a ridica asemenea și pe Iisus, spre a face din el un mare cap, un rege din antica rasă, spre a-l opune principilor de rase străine.» *Salvador,* pag. 286.

acoperită cu o *gază* lată care-i cobora până la genuchi, părul său de aur buclat fluturând în vânt, un cerc de aur pe frunte garnisit cu o stea de diamant deasupra care părea că este Vesper. La sunetul unei muzici line și patetice, ea începu a desfășura un șir de mișcări, în care junele său corp, alb ca vârful Carmelului în timp de iarnă, păru mai flexibil decât o panteră. Apoi, muzica animându-se, Salome începu a sălta, și voalul transparent care o acoperea, fluturând cu ea, îi dădea aerul unui fluture care se joacă într-o grădină primăvara. În fine, muzica deveni amețitoare. Atunci o țâșnire de flăcări înfășură banchetul. Salome ridicându-se pe un picior, înălțându-l pe celălalt la înălțimea brațului său se învârti și se învârti în jur, dezvelind tezaure de frumusețe și de tinerețe care pricinuia amețeală. Scos din minte ca noi toți, Antipas strigă:

— Să devin așa de sărac ca Iob, dacă nu voi acorda acestei fete orice mi-ar cere, chiar și jumătate din provinciile mele.

Salome se opri, gâfâind, neputând respira, cu ochii dulci și strălucitori, cu gura pe jumătate închisă, respirând nu aer ci sărutări. Ea aluneca pe vârful picioarelor și căzu pe pieptul lui Antipas, care cu buzele îi atinse părul.

— Spune Salome, spune, bucuria mea, ce vrei tu? Un palat?

— Nu.

— Bijuterii?

— Nu.

— Iubești pe cineva?

— Nu.

— Ce vrei? Statul meu pentru una din mângâierile tale.

Salome ia atunci de pe un dulap o mare tavă de argint pe care se serviseră cofeturile, se apropie de Antipas, și-i spune un cuvânt la ureche. Antipas păru surprins.

— Cere altceva, copilă, zise el.

— Nu, răspunse fata. Aștept!

— Vrei tu orașul Tiberiada?

— Nu.

— Vrei tu lacul Gennezareth cu cele o sută de sate?

— Nu. Vreau ceea ce ți-am spus, și aștept.

Antipas suspină. Un strigăt unanim se ridică de la masă.

— Acordă, acordă! Tot ceea ce ea vrea trebuie să-i acorzi, tu ai jurat, tetrarche.

Antipas se plecă la urechea unuia dintre ofițerii săi și-i spuse câteva cuvinte. Ofițerul, fără a arăta nici o ezitare, luă tava pe care Salome o ținea încă în mâinile sale și ieși.

Muzica cea dulce reîncepu. Tăcerea era profundă în mijlocul convivilor: toți așteptau, plini de nerăbdare și curioși de a vedea darul cerut de tânăra aurora. S-ar fi spus că această gură, unde amorul depusese bețiile sale, pronunțase ceva straniu și teribil.

Așteptarea nu fu lungă. Salome se așezase la ușă, aruncând o privire în sala banchetului, o alta în apartamentele unde ofițerul dispăruse. În fine, el sosi: Salome smulse tava și prezentând-o mamei sale, o descoperi. Ea conținea capul Botezătorului. Un fior străbătu printre toți convivii.

Se spune că o damă romană înțepă cu acul său de păr limba unui avocat care făcuse să se condamne bărbatul său. Irodiada, ea, cu figura iluminată de o bucurie care înghța sângele, apropie cupa sa de aur de buzele vinete ale acestui cap tăiat și-i vărsă în gură o parte din vinul său și spuse:

— Profetul bea în sănătatea tetrarchului Antipas și a femeii sale Irodiada, eu beau în sănătatea sa.

Un țipăt imens, care reanimă festinul, primi această ironie atroce a amantei lui Antipas. Curtezanii și soldații se sculară toți și băură în sănătatea Irodiadei. Antipas singur și cu mine rămăsesem uimiți și muți.

În final, Antipas își regăsi umorul și îmi spuse:

— Nu fi contrariat, Iuda, dacă ți s-a servit profetul tău pe o tavă. Vei veni cu noi la Tiberiada poimâine, și îți promit să-ți servesc un mesia într-o colivie. Voi ordona o vânătoare numai pentru tine.

Două zile după aceea noi am părăsit Makaur în urma tetrachului și a Irodiadei.

Bar-Abbas, pe care nu îl mai văzusem de la sosirea noastră, se apropie de mine și îmi spuse cu glas tare:

— Ce bună idee ai avut că m-ai adus cu tine! Am mâncat cât zece, am băut cât cincizeci și am vorbit cât o sută. Ei bine, toți soldații lui Antipas sunt ai noștri: irodienii nu așteptau decât un semn. Mii de tineri vor veni la următorul Paște la Ierusalim, înarmați cu săbii. Noi le vom găsi scuturi. La primul cuvânt, îi vor măcelări pe romani.

— Bar-Abbas, am strigat furios, dacă vei mai continua să

flecărești astfel, voi face să fii închis într-o temniță, până în momentul când îți vei mânca de foame jumătate de limbă.

— Aceasta va fi îmbucătura cea mai delicată pe care am înghiți-o în viața mea, răspunse Isus Bar-Abbas. Dar nu asculta această inspirație, Iuda, aș deveni prea dificil la mâncare după aceea.

XV

Părăsisem în zori Makaur, trecând pe sub minunatul său arbore de Stradă, mare ca un smochin, și abătându-ne un moment din drumul nostru, ca să mergem către nord, la Baaras, în vâlceaua care înconjura orașul, ca să căutăm acea teribilă rădăcină, roșie ca o flacără, strălucitoare seara ca un fulger, care se depărta de mâna ce voia să o culeagă, care nu se poate apuca decât udând-o fie cu urina unei femei fie cu sângele de la scurgerea unei domnișoare, care chiar atunci ucide pe cine o atinge, dar care are puterea de a goni demonul afară din îndrăcit.[26]

Trecusem pe lângă fântânile cu apă caldă și rece care operează cure așa de minunate. Mergeam pe un drum abrupt, înconjurând piscurile ridicate deasupra abiselor, ca unghiurile unui triunghi, și intram în acea profundă și periculoasă râpă care deschizându-se la temeliile fortăreței, se prăvălea cu groază și se năpustea în curs de șaizeci de stadii până la țărmurile lacului Asphaltit. Cotirăm marginea meridională a acestei mări, apoi râpa stângă a Iordanului în toată lungimea sa, când pe un strat de verdeață umbrită de trestii și de tamarini, când pe un strat de nisip alb care uimea vederea și supăra respirația ridicându-se în pulbere, când lungul colinelor și bătrânilor munți din Galaad, acum Perea.

În locul unde Iordanul iese din lacul Gennezareth, în josul acestei coline cu cocoașă de cămilă, pe care este zidit orașul Gamala, supraveghind lacul, găsirăm mica flotă a tetrarchului care ne aștepta într-un mic port. Irodiada, Atipas, eu, principalii oficiali ai curții acestui principe, ne urcarăm pe o biremă, albă ca lebăda, cu velele de purpură. Restul suitei cuprinse triremele și biremele de război. Vite și sclavi continuară drumul în lungul coastei. Soarele apunea în partea Iudeei. Lacul se părea o fâșie

26) Iosef, Răsbelul iudaic, VII, cap. VI. Iosef, care narează acestea, indică mijlocul de a stârpi planta de pe pământ fără pericol.

„Se găurește un șanț profund pentru a izola rădăcina până la cele mai slabe rădăcini, se leagă un câine de ultimele fire care o mențin în pământ, stăpânul

de cer înmuiată într-o cupă de aur. Cerul era o boltă de azur de o profunzime infinită. Lumina uimea cu surâsul său toată natura care trecea sub privirea noastră. Halin, Tabor, Munții Safed, râpele pline de ninsoare ale Hermonului străluceau în depărtare de o lumină violetă și de aur.

În primul plan al acestui amfiteatru de balast – în formă de smochină, a cărei bază este la vărsare și piciorul la ieșirea din Iordan – se desfășurau orașe și sate pe care ultimele raze ale soarelui le aurea ca pe niște portocali. Înaltele câmpii ondulate ale Gaulonitidei și ale Pereei, întinzându-se în terase până la Cezarea lui Philip la nord, înălțându-se din când în când în piscuri deșerte și inaccesibile, ce păreau acoperite de un tapet de catifea albastră cu nuanțe violete. Valul dulce și sonor săruta țărmurile, jucându-se în micul golf format de râulețul sărat Tabiga, cu frumoase scoici, furișându-se în insulițele de flori și de iarbă la Tarichea, la ieșirea din Iordan și la marginea câmpiei Gennezarethului. Mici promontorii îmbrăcați de dafini trandafirii, de tamarini și de caperi spinoși se desenau pe țărm. O vegetație uimitoare, de la nucul Caspiei până la smochinul Sirian, de la palmierul Nilului, până la lămâiul și portocalul Siciliei, până la stejarul și la chiparosul de Nord, acopereau grădinele de umbră și înfruntau razele toride al unui soare de India. Colibe, sate, vile se rezemau pe colinele care înconjurau lacul, mai puțin pe coasta aridă de la Sud ai cărei munți aspri și stâncoși căzură în moștenirea descendinței lui Menaseh, mai mult pe marginile occidentale, de nord și de vest. Colo, Gamala, alături Tarichea, Hippos, Pela, Gadara, orașe grecești, pe coasta Galileei, Magdala, Delmanutha, Capernaum, Chorazin și Tiberiada cu frontonul de aur; pe coasta Gaulonitidei Bethsaida, unită printr-o punte cu Iulia și cu Gergesa; la nord Cezarea lui Philip, și grota lui Panium, cu izvoarele salutare, înconjurată cu statuile lui Pan, ale nimfelor, ale Echo, și Templul pe care Irod îl ridicase lui Augustus. Pe fiecare punct al rocii vulcanice, pe fiecare crăpătură de stâncă, o colibă de pescar sau de luntraș, pe fiecare bucată de pământ, un buchet de grâu, de viță, de arbori, de flori, de verdeață. Apele izvoarelor și ale râulețelor rivalizând prin limpezime, prin dulceață, prin azur, cu apele lacului, liniștite ca geana unei tinere bretone. Nori de

câinelui pleacă, animalul vrea să-l urmeze, sfărâmă ultimele ramuri, ia rădăcina, și moare. Omul ar muri asemenea dacă ar încerca să o facă el. Se atinge apoi planta fără pericol după aceea și se folosește. "

păsări, albe și vinete, cu pene strălucitoare, urmau, învârtindu-se deasupra biremei noastre care zbura ca un pescăruș albastru către Tiberiada.

Soarele dispăruse, dar cerul ardea încă, roșu de ultimele sale raze, care se retrăgeau încet înaintea unei miriade de stele, când birema se opri în portul Tiberiadei.

Capitala lui Antipas se desfășura la picioarele unei coline râpoase, lângă un izvor de apă caldă, pe ruinele unui oraș și ale mormintelor unui popor a cărui amintire este pierdută. Tiberiada era un oraș roman, o Neapole, o Bachia, o Puteolis, o Siracusa a Asiei, cu toate edificiile publice ale orașelor romane, temple, colegii, gimnazii, stadium, palat, forum, teatre și circuri și therme. Un castel încorona orașul, și, sub protecția acestei fortărețe, deasupra orașului, ieșea Casa Daurită, reședința lui Antipas, acoperită cu plăci de aur, ca Tempul. Un înalt zid, coborând de la fortărețe la mare, înconjura orașul. Un port, cheiuri, porți deschizându-se pe apă, turnuri, terase, nimic nu lipsea. Sutimi de bărci, ca scăldatoare negre, cu băsmăluțe multicolore, se balansau pe apele limpezi. Voind să populeze iute frumoasele uliți și frumoasele case ale orașului său, Antipas făcuse din el un azil pentru răufăcători, un bâlci pentru comercianți, un loc de plăcere pentru bogați, un refugiu pentru impuri, un loc cu frumoase câștiguri pentru artiști și artizani, un tezaur pentru săracii care căutau muncă, un teren neutru pentru toate națiunile. Astfel, Tiberiada era populată de cetățenii tuturor națiunilor: italieni, greci, asiatici, din toate colțurile. Sclavii care-i atingeau pământul deveneau liberi. Bolnavul care venea la izvoarele sale se reîntorcea vindecat. Antipas cumpără sclavi și le dădu un colț de acoperământ în orașul său. Totul abunda în el: curtezane, petreceri, coloniale, lucru, zei, oameni de arme, forturi de încercări, stiință de câștigat, pacea sufletului, beția jocului. Antipas, deși locuia la Sinagogă, mergea la Templu, se unea cu *shema*, era un roman după viciu, un grec după gust, un egiptean după plăcere. El înțelegea tot, admitea tot. Îi dădea mâna lui Iehova, un surâs Venerei, o respecta pe Isis, și făcea casă bună cu toți zeii pe care cineva voia să îi importe în statele sale.

Intenția mea nu era de a mă bucura mult timp de viața arzătoare de la Casa Daurită, care îmi plăcuse atât de mult câteva luni mai înainte. Scopul excursiei mele era de a găsi un conducător popular pentru marea răscoală pe care o complotam contra dominației romane. Botezătorul fărâmândumi-se în mână, trebuia să caut un altul. Antipas îmi vorbise deja de unul dintre supușii săi pe care îl invită în aceeași zi chiar în palatul său. Dar mă oprii la planul de a mă înapoia și de a merge la Gamala ca să-i văd pe fiii lui Iuda Gaulonitul, dintre care cel mai tânăr, Monahem, figurase deja printre delegații partidelor în consiliul revoluționar de la Ierusalim.

La therme, unde mă dusesem, Bar-Abbas îmi povesti confuz oarecare miracol al unui rabin, care-i minuna pe pescarii de pe țermul Capernaumului. Eu însă, fiindcă văzusem atâția jucători de frânghie în piețele publice în călătoriile mele, nu mă îngrijam deloc de găsirea lui Bar-Abbas. Cu toate acestea, fiindcă a doua zi de la sosirea mea la Tiberiada era sabath, și timpul era frumos, iar țărmul apei răpitor, tot vorbind cu Bar-Abbas, mă plimbam pe coasta orientală a lacului. Voiam mai întâi să văd de aproape, în vârful rocii unde este zidit Capernaum, această splendidă sinagogă de marmură albă, care de departe se reflecta la soare în lac; apoi întorcându-mă să cercetez puțin în Magdala pentru a găsi câteva urme despre Maria care dispăruse fără a lăsa nici una.

Am ieșit din Casa Daurită în zori, urmai drumul roman care mergea de la Damasc la Tiberiada, trecând pe dinaintea Magdalei, traversând micul râuleț cu apă sărată care țâșnește din pământ prin mai multe largi izvoare la câțiva pași de lac și se aruncă în mijlocul unui des tufiș de verdeață, urcând cărarea tăiată în stâncă, către gura Iordanului, și tăind baza acestei coline pe care este Capernaum.

Sinagoga este o instituție populară, după cum sanhedrinul este o instituție aristocratică a poporului evreu. Ea există ceva mai înainte de Machabei. Sinagoga este o casă de reuniune pentru a se ruga, pentru a cânta psalmii lui David, pentru a citi Pentateucul, a asculta lecțiile morale, și a discuta doctrina: un templu, o școală, un ospel guvernamental la nevoie.

Când toată lumea înțelegea limba ebraică, templul, el însuși era inutil; fiecare casă era un altar. Moise ordonase de a se face lectură publică a cărților sacre la fiecare șapte ani. Dar după întoarcerea de la Babilon, limba ebraică devenise o limbă savantă pe care cineva o învăța. Poporul nu vorbea în mod normal decât arameanul, dialect siriac amestecat cu cel evreiesc. Lectura cărților lui Moise nu putea așadar să se facă decât de o clasă aleasă. Puțin încă, și aceste cărți aveau să fie uitate. Atunci, Ezra fondă o reuniune hebdomadară pentru a cânta psalmii și a-i citi pe profeți. Această instituție deveni populară: sinagoga se născu; zece persoane fiind de ajuns pentru a o constitui. Arhitectura casei era foarte simplă, se imita cortul ce fusese imitat chiar de Templu. Mai târziu, s-au făcut monumente din ele.

Sinagoga construită de cetățenul roman, în vârful colinei Capernaumului, era splendidă, de marmură albă, care contrasta cu bazaltul vânăt cu care orașul era zidit, frontonul ornat cu coloane cu capitele corinthiene, un portic dinaintea porții, o magnifică cornice de ordin compozit.

Erau opt ore de dimineață. Grupe de tabaci, de boiangii, de fabricanți de săpun, de negutători de ulei, de debitanți de brânză și fructe, de păstori, de mateloți, de pescari, de grădinari, stăteau înaintea micului portic al casei de reuniune, așteptând momentul de a intra, și făcând comerț așteptau de a-și face salutul lor.

Capernaumul este primul oraș, pe drumul de la Tiberiada la Damasc, având garnizoană de soldați romani.

Sinagoga era scăldată de o lumină caldă care făcea să se oglindească nuanțele rozalii ale pereților de marmură albă, sub unu cer albastru pe un lac de azur, înconjurat de verdeață și de stânci vulcanice. Am trecut și, înainte de a intra, mi-am băgat mâinile în vasul cu apă de lângă prag, mi-am șters picioarele pe lama de fier, de alături, am făcut o reverență și m-am oprit la ușa întoarsă spre apus. Puțin după aceea poporul începu a intra, imitând ceea ce făcusem. Cei zece dintre batlanimi (sau leneși) își luaseră deja locul lor pe înălțătura ridicată în mijlocul Sinagogei, cei bogați se puseră pe scaunele lor înalte aproape de arcă; săracii se îngrămădeau pe băncile de lemn acoperite cu rogojini; copiii pe jumătate goi și cu totul arși de soare, se ghemuiră pe pavelele de marmură goală, strâmbându-se și ciupindu-se pe ascuns, mai doritori de a merge să se joace în piață decât a sta înăuntru. Femeile ocupau deja locul lor în spatele unei întinse grile în galeria superioară, lângă acoperiș. Chazzanu, care este păzitorul sinagogei, menține în ea ordinea și împlinește oarecare funcții, se preumblă prin sală ca să vadă dacă totul merge cum trebuie. Bătrânii stau pe ridicătură, și căpetenia lor aștepta ca chazzanul să le spună că totul era în ordine pentru a da semnalul slujbei.

Semnalul fu dat. Șeful batlanimului aprinse tămâie care umplu cu fumul ei alb și cu parfumul tare toată sinagoga, și intonă un psalm al lui David pe care îl cânta adunarea întregă. După ce psalmul se sfârși, chazzanul merse la extremitatea orientală a sinagogei, dădu la o parte, făcând o reverență, vălul care ascunde arca, o deschise, scoase *torahulul* – rulou pe care sunt scrise cele cinci cărți – îl plimbă înaintea băncilor poporului, astfel că toată lumea putu să-l sărute sau să-l atingă cu dreapta sa, și urcându-se pe treptele înălțăturii, îl prezentă *sheliachului*.

Acest bătrân, luând ruloul în mâinile sale, se sculă și îl arătă congregației care, ridicându-se la rândul său, strigă:

«Iată legea pe care Moise a dictat-o poporului lui Israel, legea pe care Moise ne-o impune, moștenirea fiilor lui Iacob. Calea Domnului este perfectă; calea Domnului este încercată. El este scutul tuturor celor care cred în El».

Sheliachul deschise apoi ruloul pe pupitru, citi cu voce tare capitolul pentru *parascha*, sau sermonul zilei. El citea un verset, și meturgenul, care era alături de el, îl traducea din limba ebraică a lui Moise în limbajul curent. Poporul urmărea această lectură, cu ochii, cu inima, cu brațele ridicate. Fiecare silabă, fiecare pauză erau marcate. Când lectura de parascha s-a terminat și explicația făcută chazzanul reluă *torahul* și-l puse iar la locul său, trăgând vălul ce îl ascunde. Poporul strigă din nou:

«Numele Domnului fie lăudat; numele său fie slăvit, căci gloria sa zboară pe pământ și în cer!»

Apoi se cântă un alt psalm, apoi căpetenia bătrânilor începu *midrashul* său, un fel de comentariu asupra capitolului pe care scheliachul îl citise. Îndată ce bătrânul sfârși, un om care stătea lângă mine pe băncile poporului, se sculă și ceru din nou *torahul*.

Nu acordasem deloc atenție la ceea ce se petrecuse în sinagogă, distras mai întâi a privi pe ferestre pe acest popor care, negăsind loc înăuntru, apuca de afară ce putea din lectură și din comentariu, absorbit apoi de grila femeilor.

Când cântecul începuse, crezusem că disting o voce pe care o cunoșteam, fiindcă cântasem și comentasem adesea cu ea cântecul cântecelor. Această voce mă atinse. Apoi mi se păruse că disting o formă, o privire care se tulbura sub privirea mea, o persoană care se retrăgea.

Cu totul fixat la această grilă, nu remarcasem persoana așezată ca mine pe băncile săracilor, dar înconjurată de un oarecare număr de amici care îi vorbeau cu respect, îl ascultau cu supunere și pândeu toate mișcările sale. După ce ceru torahul, pe când chazzanul mergea să-l reia, el înaintă către înălțătură și se urcă la pupitrul lectorului. Rabinul părea foarte cunoscut, căci poporul l-a primit cu un murmur binevoitor, și o mișcare de atenție se vedea pe toate băncile. După ce reluă ruloul el îl deschise și citi din nou parascha zilei, asupra căreia începu a da explicații în felul său. Vorbea, tare toți îl ascultau, eu îl cercetam. Figura de la grilă, care se retrăsese, reapăru în față.

Noul lector era un om de vreo treizeci de ani, de talie medie, agil și uscățiv. Avea figura blândă și arsă de soare, barba, neagră, taiată ascuțit, părul de asemenea negru, împărțit pe frunte după moda galileenilor și aruncat spre spate în lungi bucle. Fruntea sa, puțin turtită în partea anterioară, se lărgea către tâmple. Nu se vedeau din figura sa decât pomeții obrajilor puțin accentuați și nasul puțin curbat. Mustața îi acoperea buzele subțiri și decolorate, gura mare ridicată la extremități și dinții de culoarea fildeșului. Toate acestea ar fi fost obișnuite, dacă marii ochi negri, cu sprâncenele dese și îmbinate deasupra nasului, cu privirea puternică, catifelată, voluptoasă, dulce sau încărcată de fulgere după voința sa, n-ar fi luminat fizionomia sa nobilă, schimbătoare după gândirea sau pasiunea interioară ce îl agita. Vocea îi era dulce, foarte melodioasă, mai cu seamă când mângâia. Manierele sale erau grave. O mare demnitate se degaja din toată figura sa, din portul său din vorbele sale, din manierele sale[27].

Întrevăzui aceasta cu o privire fugitivă, căci grupul femeilor mă atrăgea. Nu am auzit prin urmare ceea ce noul lector spusese, precum nici *parascha* bătrânului care îl precedase.

O voce, plecând din scaunele bogaților, mă readuse la predică. Orice individ având dreptul de a prezenta probleme, un bogat negutător de grâne întrebă[28]:

---

27) Iuda confirmă opinia lui Tertulian, a Sfântului Clement de la Alexandria, a lui Origene și a Sfântului Augustin, care-i atribuie lui Iisus o figură mai mult urâtă decât frumoasă și un exterior respingător. Îmi pare rău de Pijart, care în tratatul său: *De singulari Christi Jesus D. N. Salvatoris pulchritudine*, combate pe sfinții părinți sus-ziși; și de faimosul portret ce se atribuie lui Lentulus, care n-a fost niciodată predecesorul lui Pilat, predecesorul său fiind Valeriu Gratu, de la anul patrusprezece până la anul douăzeci și cinci.

28) Această scenă se apropia de cea narată de Sfântul Ioan, în cap. VI.

— Ei bine, de unde vii?

M-am întors atunci către un tânăr care stătea lângă mine arătându-se foarte mulțumit de ceea ce zicea rabinul, și foarte nemulțumit de întrerupere, l-am întrebat:

— Cum se numește rabinul care vorbește în acest moment?

— Din ce pivniță ești tu dacă nu-l cunoști pe rabinul nostru?

— Sosesc dintr-o pivniță numită Casa Daurită la Tiberiada, și dintr-un deșert numit Ierusalim; scuză-mi deci neștiința mea.

— Ei bine, este rabinul din Nazareth. Îl cunoști acum?

— Mai puțin decât mai înainte. Dar nu contează. Ce este rabinul tău?

— Acela care satură mulțimea cu câteva pâini.

— M-ar fi mirat dăcă i-ar fi săturat cu pietricele sau cu frunze de arbori ca pe vaci. Așadar este un fiu al lui Solomon, sau al lui Irod, rabinul tău din Nazareth?

— Mai bine decât asta, străine, răspunse tânărul cu dispreț: el e fiul lui Dumnezeu.

Gura îmi era încleștată. Entuziastul meu vecin, care era discipol al rabinului și care se numea Ioan, făcea aluzie la un fapt întâmplat cu câteva zile mai înainte, când rabinul, luând cu el un oarecare număr dintre discipolii săi într-o excursie prin munți, le făcuse plăcuta surpriză de a face să li se distribuie pâine preparată cu o zi mai înainte, dar la care ei nu se așteptau deloc în această localitate. Atenția îi atinsese în punctul de a compara această generozitate a învățătorului cu legenda lui Elijah, care înmulți uleiul și făina sărmanei văduve din Sarepta care îi dăduse să bea; și a lui Eliseu care-i hrănise pe locuitorii de la Guilgal în timpul unei foamete cu douăzeci de pâini de orz.

La întrebarea negutătorului de grâu: de unde vii tu? rabinul nu răspunse categoric, dar făcând aluzie la zgomotul pe care-l răspândeau discipolii săi, el zise:

— Da, da, întrebați asta, pentru că ați auzit vorbindu-se de o minune, și pentru că vi se pare frumos a vă sătura de pâinea ce nu costă nimic.[29] Ei bine nu vă munciți pentru un aliment ce se consumă, ci pentru acest aliment care durează totdeauna, și pe care fiul omului poate să vi-l dea. Dumnezeu Tatăl vă garantează pentru el.

— Asta-i foarte frumos, exclamă un pescar de pe băncile

[29] *Ioan. Cap. VI, vers. 26.*

poporului; dar ce trebuie să facem pentru a merita de la Dumnezeu acest prețios aliment?

— Puțin lucru, răspunse rabinul: pentru a plăcea lui Dumnezeu, trebuie a crede în cel pe care el l-a trimis.

— Dumnezeu a trimis profeți, zise atunci unul dintre bătrâni, și ei s-au manifestat prin cuvinte și prin fapte. Așadar, ce semn ne aduci tu, pe care să-l putem vedea ca să credem în tine? Care sunt faptele tale? Părinții noștri au mâncat mană în deșert, aceasta este scris, și ei crezură în Moise care le distribuia astfel pâinea cerului. Ce ai făcut tu? Unde este mana ta?

Silit să dea această explicație, somat de a-și spune titlurile sale de rudenie cu Dumnezeu, rabinul ripostă printr-o ironie.

— Sunteți nemernici și nimic altceva, dacă credeți în mana voastră coborâtă din cer în timp de patruzeci de ani, totdeauna la timp, *Moise nu a dat, părinților voștri pâine din cer*[30], ci tatăl meu, din contră, este cel care vă va da adevărata pâine cerească. Căci numai pâinea lui Dumnezeu plouă din cer și insuflă viață lumii[31].

— Minunat, observă cu aer de dispreț căpetenia celor bătrâni, foarte atinsă că rabinul nu a găsit bun sheliachul său, minunat învățătorule, dar dă-ne din această pâine minunată care nu costă nimic, hrănește așa de bine și vine așa de sus.[32]

La o întrebare așa de impertinentă, la o batjocură așa de fină, rabinul răspunse prin o batjocură de aceeași forță.

— Cum, bătrâne, pâine din aceea dorești tu? Ei bine nimic mai lesne și mai la îndemână pentru tine. Iată-mă! Eu sunt pâinea vieții. Cine mănâncă din mine nu-i e foame niciodată și cine mă crede nu-i e sete niciodată.

Această glumă stârni o explozie de râs.

— Ah!, zise un brutar de pe scaunele bogaților: minunat, astfel eu nu voi fi ruinat.

— L-aș mânca la două prânzuri, eu, pe uscățivul acesta, urlă un enorm hamal în spatele meu; dar apoi?

— Vorbești cum îți place ție, obiectă un altul, tu l-ai mânca la două prânzuri; dar noi ceilalți?

---

30) *Ioan. Cap. VI, vers. 32, 33.*

31) *Ioan. vers. 34.*

32) *Idem, vers 35.*

— Ei bine, voi veți mânca mușchi de berbec, la dracul! și tăceți voi ăștia, strigă Bar-Abbas, care, din stradă, își băgă capul înăntru pe fereastră.

Rabinul se tulbură un moment de aceste batjocori și figura sa se animă. El avea să răspundă cu vioiciune, dar dându-și seama imediat, afirmă liniștit:

— Nu voi mai adăuga decât atât: voi m-ați văzut și nu m-ați crezut. Dar să știți că tot ce Tatăl meu îmi dă va veni la mine și oricine va veni la mine, nu voi trimite niciodată înapoi, întâmple-se orice; căci am coborât din cer nu pentru a face voința mea, ci voința aceluia care m-a trimis. Așadar, este voința Tatălui meu care m-a trimis ca eu să nu pierd nimic din ceea ce el mi-a dat, dar pe care am să o dau înapoi la cea din urmă zi. Tot voința celui care m-a trimis este, că oricine vede pe Fiul și crede în el să poată să aibă o viață eternă. Și eu îl voi învia în ultima zi.

Bătrânii, batlanimul, chazzanul, priveau unul în fața altuia; pe banca săracilor, toți rămaseră mirați, neînțelegând nimic; pe scaunele bogaților se murmura; din grupul femeilor, se auziră lungi suspine. Bar-Abbas băgă din nou capul în sinagogă și zise:

— Nepoate, nepoate! Bați câmpii.

— Dar nu este el, Iisus fiul lui Iosef lemnarul și fiul Mariei? Dară nu-i cunoaștem noi oare pe tatăl și pe mama sa? Pentru ce vine deci el să ne cânte că s-a coborât din cer? Drept cine ne ia el?

Iisus făcu o mișcare îngrijorat și strigă:

— Nu murmurați între voi! Rezistați? Cu atât mai rău. Căci nici unul nu poate veni la mine, dacă Tatăl care m-a trimis nu-l împinge. Asta este scris în profețiile lui Isaia, a lui Eremia și a lui Micah; și Dumnezeu este cel care-i inspiră. Orice om prin urmare, care a auzit și a aflat voința Tatălui vine la mine. Nu că nici unul din acești oameni l-ar fi văzut pe Tatăl meu; numai cel care este al lui Dumnezeu a văzut pe acest Tată.

— L-ai văzut tu deci, rabine? îl întrebă un grădinar.

— Este el cărunt sau blond, tatăl tău, nepoate? întrebă Bar-Abbas. Tu te lepezi atunci de acest sărac lemnar de la Nazareth?

— El a murit, zise un altul.

— Nu-l deturnați, voi aceia, strigă junele meu vecin, nu-l întrerupe-ți! Da, rabine, tu ai văzut pe Tatăl, noi te credem.

— Și faceți bine, răspunse Iisus. Da, da, v-o repet și v-o afirm, cine crede în mine va avea o viață eternă.

— Dar, strigă un cerșetor, să vorbim de pâine și să lăsăm la o parte pe Tatăl și pe Fiu. Îmi bat joc de toate acestea. Ai tu pâine, rabine?

— Eu sunt pâinea vieții, continuă Iisus cu gravitate, și cu mai multă forță. Părinții voștri au mâncat mană în deșert și au murit. Aici este pâinea care e coborâtă din cer, pentru ca cel care mănâncă din ea să nu mai moară. Eu sunt pâinea vieții, dacă cineva mănâncă, din această pâine, el va trăi etern; și pâinea ce v-o da eu, este carnea mea pe care o voi da pentru viața lumii.

Scandalul fu în culme. Întreruperile se încrucișară, plecând din toate colțurile, de orice natură, inepte, batjocoritoare, grave, iritate.

— Dar spune cel puțin, nepoate, cu ce sos trebuie să te mâncăm? zise încet Bar-Abbas, băgând capul înăuntru. Este bine să cunoaștem tot. Cine știe? Într-o zi, din lipsă! Apoi, cum să te ucid fără a-ți face rău? Ar trebui să te îngrijești puțin de asta, mi se pare. Tu ești prea tare acum, la vârsta ta pentru a te mesteca cineva crud. Va trebui oare să te frăgezești câteva zile?

Toată lumea arăta că-i plac aceste bufonării. Dar o întrebare plana peste tot.

— Cum poate da el carnea sa să fie mâncată?

Iisus, încăpățânându-se în singularul său paradox, răspunse:

— Da, da, dacă nu mâncați din carnea fiului omului, și dacă nu beți din sângele său, n-aveți viață în voi. Acela care mănâncă carnea mea și bea sângele meu va avea viață eternă, și-l voi învia în ultima zi. Căci carnea mea este într-adevăr o hrană, și sângele meu este într-adevăr o băutură. Acela care mănâncă carnea mea și bea sângele meu rămâne în mine și eu în el. Și fiindcă eu trăiesc prin Tatăl care m-a trimis, acela care mă mănâncă trăiește prin mine. Aceasta e pâinea care s-a coborât din cer. Această pâine nu este ca mana pe care părinții voștri au mâncat-o și care nu i-a oprit a muri. Acela care va mânca din această pâine va trăi etern.[33]

— Tradu acum asta după bunul simț, adăugă Bar-Abbas.

Rabinul, ostenit de atâtea obiecții, că a vorbit atât de mult, el care avea cuvântarea scurtă, că făcuse o așa de îngrozitoare gălăgie de vorbe, el care, de obicei, era clar și practic, coborî după ridicătură și veni să se așeze în mijocul discipolilor săi. Unul

---

33) *Ioan, cap. VI, vers. 53, și urm.*

dintre ei, un pescar cu figura de stâncă, foarte accentuată, profund arsă de soare, murmură cu voce tare în sine:

— Asta-i prea mult! Cine poate să asculte cu liniște astfel de fleacuri!...[34]

Iisus îl auzi șușotind și răspunse:

— Asta te atinge, pe tine, inimă de bazalt? Ce ar fi dacă v-aș spune că fiul omului se va urca în cer unde se afla mai înainte?

Eu am surâs. Iisus o remarcă, și micul tânăr îmi zise:

— Tu ești un fariseu, tu, care râzi și nu crezi.

— Spiritul este cel care trăiește, adăugă Iisus privindu-mă: carnea este fără viață. Cuvintele ce le-am spus sunt spirit și ele sunt viață. Dar sunt oameni care nu cred.

— Tu ești Christ, fiul lui Dumnezeu, strigă asprul matelot.

Deocamdată, reuniunea se încheie și toți ieșeau iritați, cu fața roșie de mânie sau care exprima batjocură. Rabinul ieși îndată, urmat de discipolii săi, în mijlocul privirilor furioase, severe, batjocoritore. M-am apropiat de Bar-Abbas și i-am ordonat:

— Urmeză-l pe acest rabin, trebuie să-l văd mâine.

— Nu-ți va scăpa, fii sigur!

Apoi, așezându-mă la un colț al ușii, am asistat la trecerea femeilor. Cea din urmă îmi atrase privirea. Ea se pregătea să-l urmeze pe rabin de departe; eu am pornit după ea.

Iisus mergea încet, în tăcere profundă, contrariat, chiar supărat. În sudul orașului, el se întoarse spre stânga cu discipolii săi, tânăra femeie la drepta, mergând pe drumul roman care ducea la Magdala. Nu m-am apropiat de ea. Ea nu se uita înapoi. Cu toate acestea ea mă zărise, căci o văzusem lăsându-și în jos vălul care-i acoperea capul și tremurând din tot corpul.

Nu mă înșelasem. Era Maria.

La Magdala, ea intră în sat și pe o mică stradă urcă pe vârful coastei, la ultima casă care se deschidea către grădinile colinei.

Ce schimbare!

Această mică casă avea formă lunguiață, aspectul unui cort, pereții goi străbătuți de găuri pătrate, fără cornișe nici cămin, fereastra camerei, de la al doilea etaj, era ascunsă de niște zăbrele care opreau privirea curioasă. În vârf o terasă, înconjurată cu o rezemătoare compusă din scânduri apropiate, pe care, femeile

---

[34]) *Idem, cap. VI, vers. 60, 64. Ioan zice chiar: mai mulți dintre discipolii săi.*

evreice, cu vălul ridicat, cu încălțămintea lăsată jos, cu hainele sumese, întind și usucă meiul, hrănesc porumbei și porumbițe, iar seara se spală și torc. Pe o astfel de terasă Bethsabe își arăta sânul ei lui David care o pândea din vârful palatului său.

O servitoare, care ne precedase sau stătuse acasă, ne deschise mica poartă, făcută în peretele de piatră brută care îuconjura grădina în mijlocul căreia se afla casa. Partea din față a acestei grădini era mai peste tot acoperită de un smochin; partea din spate a locuinței urca pe coastă și dădea înspre lac. În amândouă părțile, se găseau legume. Trecând ușa casei, am mers printr-un coridor boltit, care conducea la o mică curte interioară deschisă (patio al spaniolilor). Două uși, dând în două camere, se deschideau de ambele părți ale micii curți. Iarna nu sosise încă, Maria trăia toată ziua în această sală fără acoperiș. Poate că aducea acolo, noaptea, așternutul și cuverura și dormea acolo sub privirea stelelor.

Familiile evreiești, se culcă în acest loc, toți împreună, mama, tata, frații, fete, băieți, femei, bărbați și copiii lor, fericiți când întunericul ascunde misterele nopții. Când frigul începe, toți fug într-una din camerele laterale închisă printr-o trapă lăsată în jos.

Pereții erau albiți cu var și goi, pavajul era de var și de nisip bătut. O bancă, care servea de scaun ziua și poate de pat noaptea ocupa un colț al peretelui; o lampă de pământ roșu, două sau trei scaune de lemn, o mică moară de grâu, un urcior de pământ ars pentru a aduce și a conserva apa; iată tot mobilierul acestei femei care, la Ierusalim, trăia ca o curtezană din Corint, în mătăsuri și puf, îuconjurată de lux și de delicatețe.

Nici un cuvânt nu am schimbat între noi pe drum. Sosind acasă la ea, Maria mă primi ca și cum aș fi fost fratele ei. Nici o aluzie la trecut. Îmi păru așa de profund schimbată, așa de liniștită, așa de fericită, încât nu am cutezat să trezesc nici una din amintirile care-mi erau cu toate acestea așa de scumpe. Era miezul zilei, era o zi de sabath. Maria îmi servi o mână de legume coapte cu o zi mai înainte, o bucată de carne rece, pâine, și apropie urciorul cu apă.

— Eu nu respectect scrupulos sabathul, îmi zise ea; dacă aș fi prevezut vizita ta, te-aș fi primit mai bine. Dar, dacă prânzești rău, sper că vei cina mai bine.

— Un bun prânz, o bună cină sunt două lucruri excelente, am răspuns eu, dar nu e numai atât. Sunt fericit că te văd.

— Ei bine, tu mă vei vedea dacă voi sta jos aici sau dacă voi umbla puțin prin toate părțile pentru a-ți găti ceva ca să pui sub dinți diseară. Unde locuiești?

— La Casa Daurită, la Tiberiada.

— Acolo trebuie să fie mai comod puțin decât aici, cred.

— Nu tot așa de bine, Maria.

— Atât mai bine. Dacă ai ști cât farmec are simplitatea!

— Tu crezi dar așa de simplu o dărâmătură pe care o umpli cu privirile și cu persoana ta?

Maria nu răspunse la nici unul din complimentele mele pentru a mă pune pe sfărămăturile trecutului. Cel mult dacă surâse. Am petrecut ziua, în curtea descoperită și în grădină, vorbind cu familiaritate. O urmam pretutindeni. O vedeam, culegând legume, spălând-le fierbându-le; o vedeam pregătind și frigând un pui; o vedeam frământând pâine, frământând cocă pentru a face din ea mici prăjituri coapte pline cu migdale, cu lapte închegat și cu miere, o vedeam culegând smochine și struguri, încă fragezi din grădina sa și preparând sticle cu vin. Apoi când soarele începu a se lăsa în asfințit, am văzut-o punând pe umărul ei un urcior și mergând să caute apă la fântâna din josul satului. Mă întrebam: Este oare aceeași femeie? Cine a putut să producă această schimbare?

Ea purta o tunică albă, încrucișată la subsori, și o altă tunică albastră deasupra, care-i cobora până deasupra genuchilor, strânsă în talie cu o cingătoare de lână neagră.

Ziua trecu ca o oră. Soarele apunea deja roșu, toate delicatesele preparate de Maria umpleau masa și dădeam să ne așezăm în curtea descoperită, când auzii un zgomot de pași în grădină.

— Uite, îmi zise Maria fără a părea nicidecum surprinsă deși mișcată, este poate rabinul de la Nazareth pe care l-ai văzut azi-dimineață la sinagogă.

— Aș fi încântat să-l întâlnesc, am spus eu, dar nu în acest moment. Sunt așa de fericit singur cu tine.

Cu toate acestea, el era, rabinul, și nu era singur. Ioan, fiul lui Zebedeu, tânărul care era așezat lângă mine la sinagogă, îl acompania și trei minute după aceea apăru și Bar-Abbas. Iisus mă jena, dar, în fine, aș fi exploatat întâmplarea care mi-l aducea așa de oportun. Ceilalți doi mă supărau. Ioan, văzând așa lucruri bune gătite pe masă, își umflă nările și mirosea prânzul ca un câine de vânătoare, băiatul își promitea un mic festin. Însă asta nu era intenția mea. Voiam să fiu singur, cu această femeie pe care o cunoșteam așa de mută, fidelă, prudentă și rabinul căruia voiam să-i vorbesc. Am făcut deci un semn din ochi lui Bar-Abbas, arătându-i-l pe micul Ioan, și-mi dezlegai cingătoarea. Bar-Abbas înțelese aducându-și aminte convorbirea noastră. Îl luă astfel pe Ioan de braț și îl duse afară din grădină:

— Vino, îi spuse el, o să te tratez la cârciumă. Ai bani, micule?

Vai! Ioan înțelesese semnul meu, el se văzuse ridicat de la această cină așa de gustoasă, el care era așa de mâncăcios și așa de susceptibil. Nu-mi iertă niciodată asta. Nimic, din relațiile noastre ulterioare nu au putut să îndulcească reciproca noastră antipatie.[35]

Cina a fost frățească și puțin veselă. Când am terminat, am luat brațul rabinului și l-am condus în această mică parte a grădinii care se afla în spatele casei.

XVI

Noaptea era frumoasă. Luna plină, oglindindu-se în lac, îi dădea reflexii schimbătoare și vii pe care aurora o dă acoperișului Templului învelit cu plăci de aur. Milioane de stele se roteau în albastrul tăcut al firmamentului. Neci o voce umană nu ajungea până la noi: chiar vocile nopții nu începuseră încă armoniile lor. Maria, care remarcase semnul pe care i-l făcusem lui Bar-Abbas de a ne scăpa de Ioan, ne lăsă singuri. Rabinul și cu mine ne plimbam sub o boltă de vie, încărcată încă cu frunze violete și cu struguri auriți, contemplând în tăcere grandiosul spectacol al lacului, munții vaporoși ai Galileei și ai Pereei, și micile vile și sate care se odihneau pe marginile apei, în mijlocul grădinilor parfumate.

Rabinul părea absorbit. Evident, nereușita de dimineață, scandalul, murmurul, râsetele, cuvintele glumețe stârnite în sinagogă îl atinseseră, chiar îl răniseră. El așa de grav, așa de pozitiv, fusese pus la indice după un cnvânt – care-i scăpase pentru a răspunde la o întrebare incomodă – a fost reținut acolo fără milă și readus la cuvântul său, dacă se depărta de el, cu o

---

35) Astfel s-a vrut un incident de felul acesta, ne explică inepta calomnie a trădării lui Iuda din Kariot, pe care acest apostol o inventă și o povesti, pe care ceilalți o repetară, și care s-a perpetuat în lume. Totdeauna micile cauze aduc marile furtuni și marile nenorociri!

crudă obstinație. Trebuise să desfășoare o mulțime de vorbe fără sens ca un cuvânt profetic, să ridice un *galimatias* în gradul unei promisiuni mesianice. Fusesem străpuns de persistența sa, de sângele său rece, de încăpățânarea sa, de prezența sa de spirit. El care de obicei vorbea puțin, disertase pe larg; nimic nu-l tulburase. Siguranța sa, chiar în paradox, mă captivase. Puterea voinței sale, pentru a nu se supăra, elasticitatea spiritului său pentru a găsi și a prezenta o nouă față a absurdității sale prismatice, mă sedusese. Mi-am spus: „Iată omul meu, dacă el vrea să fie un om! Cutezanță, liniște, tenacitate, aplomb, finețe, frază misterioasă, accentul seducător, privirea fascinantă, poezie... nimic nu-i lipsea pentru a da plebei un suflet și un braț."

Pe când rabinul, cufundat în cugetările sale, tăcea, i-am spus:

— Rabine, eram la sinagogă azi de dimineață. Te-au tratat fără milă.

— Trebuie să-i scuzi, ei nu m-au înțeles, răspunse Iisus cu dulceață.

— Ei nu te-au înțeles și nu era tocmai lesne de a te înțelege. Dar păcat: sunt neînțelegeri care pot fi fatale câteodată. Un om al meu a întors lucrul în glumă: bufoneriile sale au potolit și au deturnat mânia care se aprindea în ochii acestor bigoți mărginiți. Fără asta nu știu cum *parascha* ta s-ar fi terminat.

— Poporul începe totdeauna prin murmure, și termină totdeauna prin adorație. Dar cine ești tu care te interesezi astfel de mine?

— De azi de dimineață, sunt discipolul tău.

— Discipolul meu? Știi oare ce trebuie pentru a fi discipolului meu? Regula este dură: trebuie să îmi dedici toată ființa ta.

— Spune-mi probele pe care trebuie să le trec.

— Vei părăsi pe tatăl tău.

— Este mort.

— Vei părăsi pe mama ta.

— Vai!, sărmana femeie mă vede așa rar și mă dorește așa de puțin!

— Vei părăsi pe femeia ta.

— Nu am.

— Vei părăsi pe frații și surorile tale.

— Nu am frați, surorile mele se gândesc mai mult la copiii lor, la bărbații lor.

— Vei vinde toată averea ta și o vei da săracilor.

— Nu am nevoie de a vinde nimic, și voi face mai bine decât a da bunul meu săracilor. O pun în punga comună, rabine, și se va găsi totdeauna ceva, când ceilalți nu vor aduce nimic.[36]

— De unde vii tu?

— De unde vin? Sosesc de la Makaur, rabine, și am văzut capul Botezătorului servit pe o tavă la sărbătoarea aniversară a nașterii lui Antipas.

— Ei l-au ucis? strigă Iisus foarte impresionat.

— Pentru a-i face pe plac unei tinere fete, care a dansat un dans voluptos.

Iisus tăcu și stătu concentrat câteva momente, apoi exclamă:

— Pace lui în ceruri! Ioan era un drept.

— Azi-dimineață, rabine, am părăsit Casa Daurită de la Tiberiada. Tu vei fi invitat poate mâine acolo.

Iisus făcu câțiva pași către ieșirea grădinii cu o mișcare foarte bruscă. Apoi se opri, ca rușinat de instinctul său de fugă, și afirmă:

— Nu voi merge acolo.

— Sunt invitații, rabine, care seamănă cu somațiile. Dacă nu te vei duce, te vor obliga să te duci.

— Atunci, facă-se voința Tatălui meu.

Un moment de tăcere urmă. Eu reluai:

— Rabine, Maria m-a asigurat că ai ieșit puțin din raza acestui frumos loc; că ai mers, cel mult, până la Tyr și la Sidon; că nu ai pus niciodată piciorul într-un oraș grec sau roman. Nu am crezut-o. Dar sunt dispus a o crede văzând resemnarea ta.

— Și pentru ce?

— Tu nu cunoști lumea. Sau doar numai aici, rabine, vrei tu să restrângi și să înmormântezi misiunea ta? Teatrul tău este rău ales. Sunt puține luni de când erai cât pe aci să fii repezit la Nazareth, din înălțimea unei stânci, pentru că te-ai declarat *unsul Domnului;* astăzi, te-ar fi lapidat dacă nu ar fi râs lumea, pentru că te-ai numit *pâinea vieții.* Tu ești în mijlocul unui popor care așteaptă fapte, tu-i anunți adevăruri. Ei îți cer a-i face să vadă, tu le impui să creadă.

— A crede este a vedea prin suflet.

36) Se știe că Iuda era casierul apostolilor, care mai mult lua decât punea ceva în casă. Ei se preumblau în urma învățătorului și nu aveau timp să lucreze. Cu toate acestea mâucau și erau chiar poftitori de mâncări bune. Vezi Strauss, Renan și Salvador: *Viața lui Iisus.*

— Poporul nu are suflet. Sufletul se face și el n-are timp pentru asta; poporul dacă are inimă, o are cel mult prin acces.

— Iată misiunea mea: aduc un suflet acestui popor.

— Foarte bine, dar tu nu ți-ai desfăcut încă marfa, și cred că aici bâlciul nu este oportun pentru a o da. Galileea nu este forul tău, sinagoga ta, templul tău, orice vei voi. Galileea este grădina Siriei, o bucată din Italia sub cerul Asiei. La murmurul dulcilor sale ape, la umbra Hermonului său, a lanțurilor Carmelului său, a palmierilor, a platourilor sale acoperite cu mirt, cu viță, cu portocali; la farmecul acestei naturi care amintește de țărmurile Nilului și ale Damascului, iubește cineva, rabine, dar nu crede. Aici, romanii au tras drumurile lor din Campania. Grecii și egiptenii largile poteci de cămile de la Memphis. Acest colț de pământ cuprinde cele mai frumoase panorame ce estul și vestul desfășuară cu farmec. Când oamenii mării au răsturnat Tirul și Sidonul, valuri peste valuri de ciprioți, de egipteni, de macedoneni, de italieni, de arabi, din aceste țărmuri nedomolite, se răspândiră peste această provincie, vorbind limbi diverse, purtând costume speciale, adorând zei particulari, târându-i cu ei în orașele ce le scoseseră din pământ, bogățiile lor, credințele lor, artele lor, stiința lor. Casa avu o familie pe care evreul o consideră ca impură, templul avu un zeu pe care evreul îl consideră ca pe un demon.

— Da, se confundă, dar nu se amestecă.

— Asta nu face nimic, rabine. Cultivatorul cananean, vierul evreu, au putut ei dară se apere de a intra în contact cu orice preț cu artizanul, cu comerciantul care descindea poate din acești principi ai Tyrului și ai Sidonului pe care Alexandru și Pompei i-au aruncat din mare în mijlocul acestor munți, sau care veniră de la Antiochia, de la Alexandria sau de la Roma? În orașele de pe coaste, Ptolemais și Tyr, în orașele fortificate din interior, Sephoris și Gadara se acumulară artiștii, lucrătorii de marmură și de aur, retoricii, pretorii, oratorii, dansatoarele, poeții lubrici, profesori de toate artele, propagatori de toate viciile venite din Grecia, legionari, avocați, gladiatori, curtezanele, vizitii, procurorii, poliția, o lume întreagă distilată din canalele infecte ale Galiei, Spaniei și ale Italiei. Dar fiii lui Esau, care trăiesc sub corturile lor negre în deșert, și pe munții aspri și goi la sudul Iordanului, pot ei oare să nu se întâlnească, să nu se întrevadă, să nu se urască, dacă vrei? Rivalii acestui pământ nu se căsătoresc deloc împreună, nu trăiesc deloc în aceleași orașe, se evită atât cât pot, dar există un curent care merge de la unii la ceilalți, este un sentiment care nu cunoaște barieră, care iese din cortul arabului, care trece peste toate cetățile întărite ale grecului, care invadează orașele deschise ale evreului și peste coliba Sirianului – ura – și această legătură de comunitate este imposibil de dezlegat.

— Da, pentru că n-au auzit încă marele cuvânt ce le aduc eu: *fraternitatea*.

— Fraternitate între tigrii şi iepure? Rabine, ceea ce magia artei grece n-a făcut, ceea ce puterea Romei n-a obținut, acolo unde această mare individualitate a regelui Irod n-a izbutit, nimeni nu va reuşi. Nimeni. Nici un Samuel, nici un Elie, nici tu, nici Dumnezeu însuşi. Pământul din care omul este făcut este etern şi invariabil. Evreul şi acești străini sunt separați printr-un blestem irevocabil: impuritatea. Evreul este o anomalie în societatea umană. El nu poate avea nimic în comun cu străinul; el nu poate să atingă nimic din ceea ce străinul a atins; el nu poate bea cu aceeaşi cupă, să mănânce la aceeaşi masă, să doarmă în acelaşi oraş, să treacă pragul aceleiaşi case, ca grecul şi latinul. Întunecosul şi neasociabilul spirit al evreului nu se luminează la atracția radiațiilor popoarelor Europei. Legea ebraică este inexorabilă.

— Eu vin să schimb această lege, răspunse Iisus cu un ton inspirat. Eu vin să încep o altă istorie a poporului lui Dumnezeu. Noi nu vom mai imita niște strămoși de care trebuie să ne rușinăm. Nu-l vom mai recunoaște ca tată pe Avraam, care o obliga pe Sara, femeia sa, să-i bage concubine în pat și care o prostitua prin cupiditate regilor Abimelech și Pharaon, făcând-o să treacă drept sora sa. Vom renega pe acest iufam Loth care se culca cu fiicele sale, la lumina Sodomei care încă ardea; pe acest infam Isaac, care o vându pe femeia sa Rebeca și trăi cu banii acestei prostituții; pe acest desfrânat Iacob, care trece de la Rachela la Lia, și de la aceste două surori la sclavele lor, în aceeași zi, în aceeași noapte, mânjind religia căsătoriei. Tatăl lui Iuda care avu un comerț rușinos cu văduva celor dui fii ai săi, Tamar, care se deghiza sub costumul prostituatelor pe care le frecventa patriarchul, ne face oroare. Ne este rușine de David, care-l făcu pe ofițerul său Uria să fie ucis pentru a-i fura femeia, mai având încă un mare număr; de Solomon care se însura cu trei sute de femei, având deja șapte sute de concubine și fiice de regi fără număr; de acest dintâi dintre profeți, Osea, care făcu copii unei femei publice și o renegă; de acest trădător Eremia care profețea în favoarea lui Nebuchandnezar; de Isaia care merse gol în mijlocul Ierusalimului; de acest Ezechiel căruia Dumnezeu îi ordonă lucruri așa de spurcate și care-l făcu să vorbească într-un mod așa de nerușinat. Noi am răsturnat legile acestui Moise, care a comis un omor și care a furat în Egipt, care a avut mai multe femei și a comis acțiuni nedrepte. Eu aduc un nou cod, care n-are decât un precept: *oamenii sunt frați.*

— Nu este vorba de doctrina ta, rabine. Ce folos să ai grâu din Egipt, dacă-l semeni pe stâncile lui Moab? Pe un pământ unde douăsprezece generații au trecut coastă lângă coastă, fără a-și da mâna, fără a schimba cuvântul călătorului, fraternitatea este o derâdere, dacă cu toate acestea ar ajunge să te înțeleagă. Galileea este țara mesiilor, pentru că acest popor așteaptă un răzbunător. Messia este un general care vine din cer pentru a-i conduce cu mai puține eforturi la victorie; și victoria este gonirea străinului. Iată mesia pe care l-ar saluta Galileea cu entuziasm, și pe care l-ar urma cu credință. Dar, de altă parte, care este soarta pe care amenințații o pregătesc acestor purtători ai mâniei lui Dumnezeu?

— Vai!, teribilă.

— Da, mesiile nu ne-au lipsit, rabine? Cakya-Mouni, Hillel de la Babilon au avut doctrină. Irod, Iuda fiul lui Ezechia, sclavul Simon Athrongeul preotul și cei patru frați ai săi, Theudas, Iuda din Gamala și copiii săi Simon și Iacob au avut sabia. Dar ei au apărut și au trecut. Evreii nu-l înțeleseră pe Irod și misiunea sa de fuziune pe care tu o numești fraternitate. Colo, dincolo de deșert, aproape de Erico, Gratus sfărâmă și ucise pe Simon care arse palatele lui Irod, la Erico și prin împrejurimile sale, Theudas care arse palatele regelui la Amathus și la Betharemphta lângă Iordan, Athrongeus, care se încoronase[37]. Colo, în fața noastră se ridică acest nobil Iuda din Gamala: devotat legii orale, el predica libertatea națională; egalitatea oamenilor, să nu mai fie nici rege, nici stăpân al lumii, altul decât Dumnezeu. Îl crezură ca pe un profet, îl urmară ca pe frații Machabei. El predica disprețul de moarte, și sancționa cuvintele sale printr-un eroism sublim

---

37) Vezi Iosif. Antic. XVII, cap. X, și nota ediții engleze, asupra acestui Theu-

luptându-se. Iuda tună contra ridicării impozitelor ordonate de romani, el ordona poporului de a refuza taxa și de a rezista. Sărmanul popor îl înconjura. Un nobil fariseu, Sadolh, se uni cu el în misiunea sa. Din toate părțile poporul se ridica. Cireneii merseră contra lor, îi bătură, îi sfărâmară, puse pe cruce pe Iuda și pe Sadolh. Cirineii crezuse că triumfaseră: Pilat trebuia să știe dacă acest triumf era complet, căci Iacob și Simon, fiii martirului, nu renunțaseră la opera tatălui. Iuda lăsă în urma lui o sectă: pe Zeloți, un testament: mereu luptă romanilor! Poporul, rabine, așteaptă încă pe eliberatorul său.

— El a sosit.

— Dacă el a sosit, să înțeleg că sarcina sa este teribilă, și că locul său nu este în Galileea. Acest pământ este fatal. Ieri a pierit Botezătorul, mâine poate vei pieri tu, rabine. Inamicul este puternic aici și chiar când cineva ar ajunge să-l învingă, nimic încă nu este făcut atâtă cât rămâne Ierusalimul. Lovitura trebuie să vină de acolo, acolo trebuie să o dăm.

— Ierusalimul îi devoră pe profeți.

— Da, pe profeții care plâng mereu, dar nu pe cei care lucrează. Desigur, la Ierusalim succesul este mai dificil, pericolul este mai mare, căci acolo trebuie să socotești mai puțin cu soldații decât cu partidele. Apoi partidele sunt ascunse după palisade de bronz. Trebuie să te înțelegi cu ele; trebuie a căuta punctul unde se ating toate. Există punctul acesta oare? Machabeii sfărâmară vechea lume ebraică, dar ei găsiră spărtura deschisă. Spărtura fusese făcută la Babilon. Săracul, incultul, primitivul evreu fusese uimit într-un oraș unde arta, bogăția, luxul, activitatea, plăcerea luau alura minunii. Doctrina lor mozaică fu atinsă de aceea a lui Zoroastru. Două generații, care trăiră la Babilon, considerau de aici înainte sărmana Iudeea ca un pământ de condamnare – clasele bogate, nobile și instruite mai cu deosebire, căci ele puteau mai bine să înțeleagă aceste arte și această știință, să se bucure de aceste splendori. Se uitară vechile cărți, vechia limbă a lui Moise. Un partid se formă în bătrânul bloc: Saduceenii rămaseră fideli ebraismului, însă după cum voiau ei să-l înțeleagă; fariseii proclamaseră necesitatea reformei. Toți se reîntorseseră din exil cu Babilonul în inimă.

— Iată greșeala.

---

das, altul era, nu acela care mai târziu apare cu același nume.

— Iată progresul, cred. În orice caz, saduceenii, mai ameţiţi decât ceilalţi de civilizaţia luxoasă, se sileau de a face să li se ierte gusturile printr-o asemănare de legătură mai strânsă cu pactul lui Moise; fariseii, care vedeau spărtura practicată în vechile legi prin contactul chaldeilor, încercară de a o legaliza şi de a o retrage proclamând, tot ca sacră, tradiţia anticilor, numită legea orală.[38] Civilizaţia chaldeană, pe care o importau cei care veneau din Babilon, se întâlnea cu toate acestea cu civilizaţia pe care Grecia o sudase peste ţărmurile Tyrului, Sidonului, Gazei, Iopei, şi care venea din Cipru şi din Antiochia. Acesta triumf!

— Iată nenorocirea!

— Nu, iată încă progresul, rabine. Cu toate acestea când Machabeii sfărâmară puterea macedoneană, o reacţie se făcu. Ei fuseseră ajutaţi în război de separatişti care se numeau farisei; aceştia luară puterea şi dictară legea. Saduceenii, care primeau toate formele exterioare ale vieţii, toate transformările conştiinţei, dar lăsa intacte legea în tabernacol, se văzură înlăturaţi, consideraţi ca oameni rătăciţi în moravuri, rămaşi în urmă cu spiritul.

— Din care sectă faci tu parte?

— Din cea saduceană... şi nu din alta. Marele colegiu decise că legea orală era egală cu pactul lui Moise. De aici această lege deveni formidabilă. Dar pe când ea era obligatorie, pe când ea se cobora a reglementa cele mai mici acţiuni ale omului, până şi chiar modul cum trebuie a-şi ţine mâinile şi la ce temperatură putea el încălzii apa, învăţătura ei era oprită, lectura permisă la un foarte mic număr de privilegiaţi. Evreii, după acest nou cod, deveniră un popor de maşini: iniţiativa, libertatea, spiritul fură netrebuincioase, fură chiar o crimă: cele mai proaste prefăcătorii trecură ca datorii şi fură sacralizate. Legea lui Moise făcea din poporul evreu pe cel dintâi născut al popoarelor; legea orală făcu

---

38) Această lege nu este ca *Decretales* a lui Isidor, sau ca donaţia lui Constantin papilor, şi se găseşte aspră şi bărbătească, în Mishna. «Moses accepit legem (oralem se traditionalem) de Sinai et tradidit eam Ichoschuæ, Ichoschuæ vero senioribus; seniores prophetis. Prophetæ tradiderunt eam sinagogæ magnæ. Ista dixerunt tres sententias: Estote moram trahentes in judicio; constituite multos discipulos; et facite sepam pro lege.» Mischna, t. IV capita. patr. cap. I. Despre partide şi doctrinele lor. Vezi. Iosef : Antic. cart. VIII, cap. I. Resbelulu iudaic cart. II, cap. VIII.

din el un idiot obraznic și barbar, respingând orice lumină, orice știință, orice sociabilitate, fraternitatea oamenilor.

— Știu toate acestea; iată pentru ce-i condamn eu pe farisei și pe saduceeni.

— Și esenienii?

— Aceștia sunt niște fanatici, care exagerând-o, schimbă binele în rău, îi condamnă și pe ei.[39]

— Ei bine, rabine, n-ai cuvânt ca să-i condamni. Rolul tău este de a concilia. Separația ucide națiunea evreiască. Trebuie să găsești punctul de contact, terenul neutru unde toate partidele să-și poată da mâna, lăsând fiecăruia libera mișcare în propriul său cerc.

— Există oare asemenea teren?

— Există. Este ura tuturor și a fiecăruia contra străinului.

— Ura, tot ura! strigă Iisus cu un sentiment de durere. Și eu care visam a face din iubire codul lumii!

— Rabine, ai zis bine: tu visai. Iubirea ucide, rabine! Această stâncă a urii, această iubire în revoltă este cea care dă lumii varietate și energie. Dumnezeu l-a gonit pe Adam din Eden, pentru că el văzu creația sa în pericol de a se topi, ca un fulg de zăpadă la soare, în această interminabilă aromă a iubirii. Nu căuta a ne face să suferim din cauza impilatorilor noștri: toate neînțelegerile noastre se unesc în acest strigăt de dezgust. Ceea ce ne trebuie, rabine, este ca Dumnezeu însuși să intre în joc, și ca omul care își zice profetul său, mesia sa, sau fiul său, să scotă același strigăt în numele lui Dumnezeu.

— Să se pună și Dumnezeu de partea distrugerii! strigă Iisus cu o voce pătrunsă.

— Rabine, ascultă-mă bine, fiindcă întâmplarea m-a pus în urma pașilor tăi și fiindcă am atins un subiect așa de grav. Tu te-ai dat, la Nazareth, drept Mesia pe care fiecare evreu îl mângâie în inima sa, aici, azi-dimineață, ca fiul lui Dumnezeu. La Nazareth

[39] Iisus cu toate acestea nu făcu decât a încarna doctrinele acestei secte. Care era această doctrină? «Întreita bază a esenismului, a zis Philon, este dragostea de Dumnezeu, dragostea de virtute, de oameni. La ei, dragostea de Dumnezeu cuprindea castitatea, ura de măritiș, excluderea jurământului, certitudinea că Dumnezeu face totul pentru bine, nimic pentru rău. Dragostea de virtute produce îngăduință, curajul de a suferi, simplicitatea, frugalitatea, facilitatea în comerțul vieții, onoarea și respectul legilor. Dragostea de oameni se manifestă prin amiciție, prin egalitate — această binefacere superioară tuturor — și comunitatea bunurilor!» Philon: *Că tot omulu just e liber.*

tu ai ridicat mânia, aici ilaritatea. Acest colț de pământ pe care tu l-ai desemnat pentru faptele tale de divinitate a fost mai întâi rău ales și, la încercare, el a respins avansurile tale. Este imposibil de a-ți continua misiunea în Galileea. Nu vei izbuti, sau vei cădea pe nivelul acestor fermecători șerpi și acestor vânzători de plasatori care înveselesc străzile noastre. Galileea așteaptă un alt lucru, și străinii în Galileea, foarte numeroși și foarte puternici, nu glumesc cu mesiile. Soarta Botezătorului îți spune limpede ceea ce Casa Daurită îți pune la o parte și ceea ce ascunde această invitație pe care o să o primești. Trebuie, așadar, să părăsești Galileea, sau să te întorci cu modestie, să te apuci de făcut cutii și vase după ce ai pozat ca fiu al lui Dumnezeu și nu mai știu ce. Îți convine această retrogradare care ar atrage pe toți copiii de pe strazi pe urmele tale? După ce ai visat la ceva mai mare decât mare-preot, mai puternic decât regele Irod, după ce ai planat prin aspirație peste toate țările lui Israel, după ce ai atacat pe farisei, pe saduceeni, pe bogați, pe principi, pe preoți; după ce ai stabilit succesiunea ta la profeții poporului lui Dumnezeu; după ce ai văzut în extazul nopților tale de insomnie popoarele prosternate la picioarele tale, spune, rabine, spune, îți convine a te reîntorce la magazia ta, la scândurile tale, la rindeaua ta? Și minunile pe care le-ai făcut? Și discipolii care te-au urmat ca pe lumina spiritului lor? Și acești puternici ai lumii care s-au temut de tine ca de un reparator? Și cei mici care-și puseseră credința lor în tine, voce de iubire, de egalitate și de caritate? Toate acestea au fost oare o glumă de șarlatan? Rabine, asta este imposibil. Ucide-te, ucide-te, dar nu cădea. Ți-o ordon în numele demnității umane.

— Tu n-ai nevoie să mă somezi.

— Atât mai bine, învățătorule, atât mai bine; căci nimeni n-are mai mult ca tine elemente așa de alese, așa de complete, pentru un mare rol în lume. Lumea, învățătorule, aparține visătorilor perseverenți. Ei bine, părăsind Galileea, tu nu poți să te duci decât la Ierusalim. Dacă Ierusalimul te adoptă, cum l-a adoptat pe Iuda Machabeul, nu va mai fi glorie mai presus de a ta. Tu treci drept fiu al lui Dumnezeu care eliberează poporul său pentru a treia oară. La Ierusalim, inamicii tăi sunt partidele. Ele vor fi toate contra ta, dacă tu te proclami o partidă. Trebuie să te ridici deasupra lor a tuturor, să exploatezi pasiunea lor comună. Dacă iei acest loc, toți se vor înțelege de a te admite ca fiu al lui Dumnezeu, căci numai lui Dumnezeu aceste mândrii se resemnează a se supune. Saganul, marele-preot, marele colegiu, sau hedrinul, sinagogile, saduceenii, fariseii, essenienii, boethusienii, irodienii, zeloți, toți vor crede că nu abdică îndoindu-se de cuvântul, care în numele lui Dumnezeu, vine să le zică: patria voastră este a voastră! Atunci, minunile se vor face singure, sub mâna ta. Templul se va deschide înaintea ta ca înaintea arcei Domnului. Toate căile tale vor fi pavate cu trandafiri, zilele tale vor fi un imn; nopțile tale un dans de astre, care vor răsuna de numele tău ca de numele lui Dumnezeu. Spune, rabine, spune, vrei tu să vii la Ierusalim?

— Voi veni, răspunse Iisus cu un accent profund și mișcat, da, voi veni.

— Sunt fericit, rabine. Dar adu-ți aminte că în Ierusalim nu este alt loc pentru tine decât palatul lui David sau Calvarul...

— Voința lui Dumnezeu să se împlinească!

Am ieșit.

Orice altă vorbă ar fi fost inutilă, inoportună sau imprudentă. Traversând partea anterioară a grădinii, o întâlnii pe Maria. Ea nu ne împiedicase, dar înțelesese scopul lungii mele convorbiri. Ea știa care era scopul vieții mele. Maria mă opri, și aruncându-și brațele în jurul gâtului meu, strigă cu un accent plin de disperare.

— Oh! Iuda, nu mi-l lua! Îl iubesc!

Am fost atins de acest cuvânt care ieșea dintr-o inimă sfărâmată. I-am răspuns sărutând-o pe frunte:

— Scumpă Maria, ai multă dreptate. O inimă ca a ta este demnă de această dragoste.

A doua zi, acoperit de daruri pentru surorile mele, părăsii Tiberiada. Antipas, convins că lucram pentru el, îmi deschise cutiile tezaurului său, și promise că va veni la Paște. Irodiada îmi zise:

— Iuda, tot ceea ce o femeie are, tot ceea ce o prințesă poate... Dispune de tot și să ridicăm această mare casă a lui Irod pe care destinul o sfărâmă.

XVII

Părăsisem Tiberiada cu intenția de a merge la Sephoris, pentru a-i vedea pe cei trei fii ai lui Iuda din Gamala. Un incident mă făcu să-mi schimb planul. Mă lovii de acest nimic care decide întotdeauna marele evenimente și care a trebuit să aibă o așa de mare importanță în învierea poporului evreu pe care o urzeam.

Băgasem de seamă neinvincibila repulsie, oroarea pe care vocea, vederea lui Isus Bar-Abas o deștepta în Iisus din Nazareth. Mergând pe țărmurile lacului a doua zi, l-am întrebat:

— Rogu-te, ai putea să-mi spui de ce ai un așa de profund dezgust pentru rabinul din Nazareth?

— De exemplu, tu ești curios!

— Nu. Numai că, acum, am datoria de a cunoaște tot ceea ce pot despre acest om pentru a-i avea fizionomia completă, sub toate aspectele. A pătrunde direct aceste naturi mistice care vizează la consubstanțialitatea cu Dumnezeu, este tot așa de dificil ca și de a pătrunde secretele Etnei. Trebuie atunci să-i dezbraci în detaliu, fără voia lor.

— Desigur că ți-ai fixat privirile pe acest rabin!

— Desigur? Nu. Dar el are aptitudini, trăsături, care, bine îndreptate, ar putea să ne dea un purtător de drapel îndestul de convenabil.

— Cât pentru mine, eu am contra acestui om aceleași prevenții pe care le aveam contra Botezătorului, de care, din norocire ne-am scăpat.

— Care prevenții?

— Rabinul de la Nazareth va juca partia pentru el, servindu-se de zarurile noastre – dacă joacă în jocul nostru. Dar nu va intra în cursă. Este așa de dulce a fi adorat ca fiu al lui Dumnezeu, scărpinându-și... unghiile, spunând istorioare morale și în momentele de repaos, dând pilule femeilor isterice și făcându-le să-l scuipe pe dracu. Acești repetitori de fraze goale, pe care nimeni nu le înțelege, nici chiar cel care le spune, nu-și riscă pielea bine îngrășată hotărându-se a dărâma Cezari. A dărâma Cezari! Drace! Trebuie să aibă barbă pe inimă, mai mult decât pe buze și pe bărbie. Noi vrem un alt lucru, noi: un mesia cu scuză.

— Dar aceasta a fost zisă și, rezicând-o, tu înlături chestiunea pe care ți-am adresat-o...

— Nu mă dau în lături niciodată când sunt lovituri de primit și când e de suferit o rușine. Eu arăt rănile mele cu voluptate ca să le miroasă cei care le-au făcut.

— Drace! devii compătimitor... Nu cumva ești convertit la regatul Dumnezeului nepotului tău? Ți-o fi promis el vreun loc în acest regat?

— Aș fi preferat să-mi fi dat un loc la blidul său, dacă are un blid bine garnisit. Dar iată cauza certei noastre, cel puțin cred, căci nu prea sunt sigur pentru ce mă glorifică mereu cu numele de infam ori de câte ori mă găsesc pe pașii lui. Infam! Ce înseamnă asta? Cred că vine de la latinescul: *in fama* sau de la ceva care înseamnă a avea mereu foame. Ei bine, zău, mititelule, ai de două ori dreptate: mi-e mereu mie foame.

— Tu ești tot așa de savant ca și Gamaliel, fiul lui Simeon. Explicația ta de infam este admirabilă. Dar începe-ți istoria.

— Iat-o în două cuvinte. Făcusem un serviciu comandantului legiunii a patra în Germania; unul dintre acele servicii pe care cineva îl uită rar. Întorcându-mă din război cerșetor ca un lepros, devenind din zi în zi mai fără căpătâi la Ierusalim, auzisem spunându-se că acest Claudiu Pellas, comandantul de la a patra, certându-se cu Augustus, fusese exilat în Gaulonitide și obținuse dreptul de a trăi în Galileea. Era tot același care a dăruit matelotilor de la Capernaum frumoasa lor sinagogă. Mă decisei să mă duc să îl văd. Mă dusei, într-adever și îl găsi în frumosul sat Nazareth, înconjurat de grija unei excelente femei, măritată cu un lemnar numit Iosef. Romanul meu mă primi ca un Part. «Cine ești tu? Nu te cunosc. Du-te la dracu și lasă-mă în pace.» Îi lăsai pacea și pe a mea pe deasupra, căci mă însurai. Vizitându-l pe Pellas al meu, întâlnii o văduvă, soră a lemnarului, care avea o bucată de avere în partea Betleemului. Mă însurai cu bucata de avere și cu văduva, și cu răutatea sa pe deasupra.

— Văduvele n-au niciodată dreptate, asta nu se mai discută.

— Și cu toate acestea, a mea, posedată de cinci sau șase duzini de demoni, voia totdeauna să aibă dreptate. «Isuse, nu bea Isuse, nu mai juca; Isuse, nu te certa mereu cu lumea; Isuse, nu spune cuvinte frumoase femeilor din colțul ulițelor; Isuse, muncește.» Muncește mai cu deosebire! Asta era vorba sa! Muncește! Muncește! Ca și cum ar fi fost o sărbătoare a coase pantofi rupți de dimineață până seara și apoi a doua zi încă, și a treia zi, și mereu săptămâni și luni! Tunet de tunet! Să mânuiesc sula după ce am mânuit lancea și spada! A-mi acoperi pieptul cu un șorț de piele de țap după ce-l avusesem acoperit cu o za de oțel, să-mi tai degetele cu cuțitul de cizmar după ce am primit răni și lovituri de spadă în război! Ah!, bătrână mortăciune! Du-te, nu o să-mi mai zici muncește, muncește...

— Dar ce, a murit?

— Mulțumită Domnului, da. În fine, cum o vezi, femeia supărăcioasă și cu mine trăiam foarte rău împreună. Cu toate acestea am conceput cu ea un copil, la beție, în una din acele nopți reci de iarnă, în care, în cele din urmă, cineva își face din femeia sa o sobă. Copilul era frumos, nu-mi semăna deloc. La doi ani, el bea vin, mânca ardei, și o mușca pe mama sa. Femeia mea fusese mereu bolnăvicioasă. Dar iată că acum avea a se înbolnăvi de tot. Meseria sa era de a dărăci. Obligată de a se pune definitiv în pat, ea trimise să ceară de la fratele său pe una dintre fiicele sale pentru a o ajuta și a îngriji de copil. Într-o zi, într-adever, sau mai bine într-o seară, întorcându-mă acasă, găsesc o jună fată înaltă, cât să poarte un bărbat, și care îmi spunea «unchiule» la toate întrebările. Nu o băgai în seamă pe această fetiță. Aflai mai pe urmă că multora li se părea frumoasă.

— Dar ce fel, tu nu o vedeai?

— O vedeam, din contră, în curs de unul sau doi ani, dar nu o priveam. Acest obiect diafan, alb, delicat, fugea dinaintea ochilor mei care erau obișnuiți cu formele groase ale vânatului meu de noapte. În fine, femeia mea muri și-mi lăsă de gât un copil și acest apendice de fată, cu care nu știam ce să fac. O circumstanță mă scoase din încurcătură și-mi prezentă un mod de a o utiliza.

— Așadar tu ești așa de puțin inventiv încât să nu găsești modul de a utiliza o domnișoară?

— Nu râde, Iuda, îmi repugnă acest mod. Sunt prejudicii care se implântă în suflet ca niște cârlige de fier, orice ar face cineva nu le dezrădăcinează niciodată. Mica mea, care se numea ca mama sa, Miriam, se ducea, în toate serile, să ia apă de la fântâna zmeului într-un vas smălțuit ce îl purta pe umărul drept. Se vede că ea fu întâlnită de cineva care, găsind-o după gustul său, o urmări până la locuința mea, și adună informații asupra ei și asupra mea.

— Sunt sigur că i s-au dat pentru tine informații asigurătoare și măgulitoare.

— Așa de asigurătoare și așa de măgulitoare, îți spun, încât într-o zi... tu îl cunoști pe Cneiu Priscu, cred?

— Negreșit că îl cunosc!

— Ei bine, acest urs nepieptănat, veni înaintea mea într-o zi ca din întâmplare, și făcându-mi onoarea a mă considera ca un bătrân legionar roman, mă invită cu ocazia aniversării unei bătălii, pierdută de Tiberiu, pe care o serbau ca fiind câștigată, să merg la un banchet al centuriei sale.

— Nu se refuză a bea în onoarea lui Cesar, ce dracu!

— Tocmai asta îmi spusei și eu. Mă duc, vorbesc, se încălzește, se ceartă, și zic cuvinte mari ca turnul lui David; se dau lovituri de spadă, și aceia care se însănătoșesc devin apoi amici. Aceasta fu istoria banchetului meu. M-am rezumat.

— Nu te jena, spune în continuare.

— După întorsături foarte stângace, Cneiu Priscu îmi zise că comandantul nu știu cărei legiuni era îndrăgostit nebun de nepoata mea. Eram foarte înaintat într-o frumoasă beție de vin vechi de Chios; cu toate acestea ideea de a face o bună speculație din această bucată de carne fără sânge, lumină înaintea ochilor mei. Nepoata mea este de vânzare nu se dă gratis, răspunsei cu un ton sentențios ca bătrânul Hillel. Și cine ți-a spus nătărăule, că o vrea cineva gratis pe nepoata ta? Pe cât vinzi tu livra? Eu o evaluez cu de-amănuntul. Atunci? Cer pentru ea zece mii de sesterțe. Îți acord cincisprezece mii. Vrei tu să joci acum și să câștigi de trei sau de patru ori pe atâta, să-ți cumperi o baracă de scânduri pentru mânere de cuțite, și să-ți petreci bătrânele tale zile în mijlocul coarnelor de bou și de berbec? Îți joc și sufletul, dacă vrei să-l pui în joc, dacă mai întâi ai un suflet, și voi face din el tălpi pentru sandalele preoților. Înainte deci: pe zaruri. Iată-le: privește-le! Bine, dar bani? Nu-mi datorezi cincisprezece mii de sesterțe? Tu nu-mi datorezi pe nepoata ta? Dar ia-o, sau vrei să o învelesc în paie? Atunci bine. Voi merge să o caut. Numai, trebuie să ne învoim pentru oarecare precauții. Care? Voi veni mâine seară, la miezul nopții, și voi avea o litieră în care să o pui cum se cade. Ai orice ai voi. Țipa-va oare? Asta te privește. Eu îți deschid ușa, te duc în camera sa, tu îmi dai banii... și dracu să te ia. Noi jucăm. Câștig cinci mii de sesterțe. Îți datorez douăzeci de mii camarade, zise Cneiu Priscu, pe mâine-seară.

— Și a venit el?

— Auzi vorbă! Exact ca gnomul monumentului lui Hircan. La miezul nopții, o litieră dusă de patru sclavi negri se opri la poarta mea.

Cneiu îmi dădu o pungă cu bani: douăzeci de mii de sesterțe! Pe când le numeram, el intră în camera în care Miriam dormea, având în brațe copilul meu. Aruncară pe copilă la o parte, înfășurară capul tinerei fete în nu știu ce învelitoare, o luară pe sus ca pe o pană, și două minute după aceea ea dispăruse. Dacă copilul n-ar fi țipat, nimic n-ar fi întrerupt impozanta tăcere a nopții.

— Și știi tu ce s-a întâmplat cu nepoata ta de atunci?

— Iată aproape doi ani de când nu mai aud vorbindu-se de ea. S-a eclipsat, dacă o mai fi în această lume.

— Și comandantul unei legiuni romane ți-a plătit-o?

— Cât despre asta, este o altă afacere, mi se pare că i-am recunoscut pe sclavii negri.

— Negri seamănă toți unul cu altul.

— Iată tocmai ceea ce mi-am spus de atunci.

— Într-adevăr, Isuse, tu ai făcut un lucru foarte infam, dacă infamul te gâdilă.

— Vorbești ca un dobitoc. Să vedem. Un om care plătește cincisprezece mii de sesterțe și Cneiu mi-a furat cel puțin încă pe atât, un om care cumpără această prăjitură cu prețul cu care ar fi cumpărat un morun din Tireniana, nu a cumpărat-o pentru a o ucide. Ci pentru că o iubește cu stupiditate. Așadar, ce face cineva cu femeile pe care le iubește? Se pune în serviciul lor. Ei bine, prostule, ce putea să spere această mică cerșetoare, de nepoată a mea? Cel mult, să se mărite cu un vier din țara sa. Frumos lucru! Eu am făcut din ea o mică regină. Eu îmi iubesc familia, și lucrez pentru mărirea sa, pentru splendoarea sa.

— Cu toate acestea se pare că ceilalți nu iau lucrul cu atâta mărinimie ca tine.

— Dar da, acest mic țăran lemnar, nepotul meu, ar fi preferat poate el să o vadă pe sora sa servitoare la un camilar. Căci bănuiesc că mititica a trebuit să scrie sau să o încunoștiințeze pe mama sa de poziția ei, și că micul Isus știe apoi mai mult ca mine. Prima oară când mă văzu, el mă apucă de gât, strigând: «infame, ce ai făcut din sora mea!» Și de atunci, ori de câte ori mă întâlnesc cu el, mă izbește mereu cu această injurie: «Ce ai făcut cu sora mea!» Imbecilul, crede că eu știu.

Această povestire mă aruncă într-un ordin de idei neașteptat. Vederea lui Bar-Abbas îmi devenise nesuferită, l-am trimis singur la Sephoris și eu luai drumul de la Ericho și de la Bethleem.

„Crede că eu știu?" spusese Bar-Abbas.

Sunt pe urmele ei, îmi spusei eu însumi.

Trei zile după aceea, la miezul-zilei, mă prezentam la poarta solitară de la Berachah, valea Binecuvântării, decis, de astă dată, de a intra cu orice preț și de a o vedea pe văduva lui Caiu Crispu, care probabil trebuia să știe ceva de Miriam, concubina unui camarad al bărbatului ei, sora rabinului din Nazareth. *Dar cu orice preț* deveni inutil. L-am gasit pe Moab la poarta întredeschisă, prăjindu-și picioarele la soare. Vederea lui Moab îmi aminti de femeia din circ, și haosul își făcu pentru un moment loc în spiritul meu.

Moab era încă în convalescență din pricina rănilor sale. Cu toate acestea mi se păru mai puțin afectat de rănile sale decât de o tristețe profundă. Avea aerul abătut, descurajat și ochii înlăcrimați.

— Oh, cât sunt de fericit că te văd, Moab!, am strigat oprindu-mi calul și sărind jos pentru a-i exprima mai de aprope bucuria. Tu înviezi, copilul meu. Oh! cât ești de brav, brav, brav! O sută ca tine, și Pilat s-ar duce să vâslească pe o barcă pe Tibru. Ce mai faci? Unde ai fost până acum. Tu nu știi? Dascălul tău, Botezătorul, a fost servit pe masa lui Antipas la Makaur ca mielul de Paște.

— Este oare vorba despre el, este vorba... strigă Moab suspinând.

— Dar ce ai prietene? Pot eu să fac ceva pentru tine? Tu știi, nu te jena. *Aproposito* Moab, fiindcă sunt aici, trebuie să mulțumesc stăpânului acestei case care, într-o noapte, sunt vreo douăsprezece zile de atunci, mi-a oferit un adăpost pe o vijelie cumplită.

— Nu este stăpânul aici, zise Moab cu un ton arțăgos.

— În fine, este cineva aici?

— Este o stăpână, dar nu o poți vedea.

— De ce? Nu cumva mănâncă femei? Sau sunt un îngrozitor sperietor care le silește să nască dacă sunt grele, sau un hoț să le fure dacă sunt virgine?

— Nu, dar ea nu primește pe numeni în acest moment.

— Voi aștepta odihnindu-mă, căci sosesc de departe, bunul meu amic.

— Nu este vorba de oră. Stăpâna mea a fost lovită de o nenorocire și este foarte tristă din cauza aceasta...

— De!, cu atât mai mult pentru a mă prezenta. Puțină distracție o va ușura poate de durerea sa.

— Uite! Poate ai dreptate. Dar nu știu dacă această distragere nu o va supăra.

— E tânără, stăpâna ta? Mai întâi ce înțelegi tu prin stăpână, căci, știi tu...

— Eu sunt câinele ei, sărmanul ei câine, al acestei frumoase și nobile femei.

— Minunat! Ei bine, Moab, tu poți să mă lași să trec. O bătrână femeie te-ar certa poate; o jună femeie te-ar fi certat asemenea, dacă aș fi un bătrân înțelept, morocănos, dătător de sfaturi. Eu îți promit că voi râde.

— Oh! dacă ai putea să o înveselești, Iuda!

— Să încercăm, Moab, să încercăm.

Intrai. Și de frică ca Moab să nu se căiască, i-am lăsat frâul calului meu în mâna, și din două sărituri, mă aflam sub micul portic, înaintea porții casei. Nu era nimeni acolo. Înaintând, faci zgomot. În fine, zăresc o jună sclavă care vine înaintea mea foarte mirată de a mă vedea acolo.

— Du-mă la stapâna ta!

— Dar, cine ești tu, străine?

— Stăpâna ta mă știe. Condu-mă la ea.

Noah nu-mi mai răspunse un cuvânt, traversă o curte neacoperită înăuntru pe care romanii o numesc *cavaedium*, intră în *tablinum*, unde se primesc oaspeții, deschise o ușă cu geamuri în spatele acestei piese, sub un mic portic, care dădea în partea posterioară a grădinii, și mi-o arată pe stăpâna sa.

O urmasem pe Noah fără a zice un cuvânt.

— Stăpână, zise juna fată, un străin care spune că este cunoscut de tine, cere să te vadă.

— Nu am spus cunoscut, jună fată, eu am spus: stăpâna ta o știe, bănuind că această nobilă doamnă a fost încunoștiințată, prin sclavii ei, că într-o noapte, sunt aproape douăsprezece zile, un călător ceru un adăpost în timpul vijeliei și că ușa acestei case se deschise la rugămintea sa. Acest călător, nobilă doamnă, sunt eu, care acum vin să-ți prezint mulțumirile mele.

Aceste fraze, pe care le scriu aici repede, avură multă osteneală a se forma în creierul meu atunci și a ieși din gura mea. Eram interzis. Aveam înaintea mea pe femeia din circ, care, de o lună, domina gândurile mele, umplându-mi visele și biciuindu-mi mișcarea inimii. Mirarea mea se îndoi, când răspunzându-mi, ea mi s-a adresat în limba ebraică.

— Nu știu ce adăpost ai găsit tu aici. Ușa mea se deschide toatdeauna pentru cei care bat la ea. Mulțumirile sunt prea mult pentru o datorie îndeplinită.

— Tocmai fiindcă asta ar putea să semene cu o datorie îți mulțumesc. Datoria este cea mai grea dintre toate sarcinile.

— Nu am fost învățată asta.

— Dar permite-mi, nobilă doamnă, de a-mi exprima satisfacția de a găsi o compatrioată acolo unde credeam să găsesc o străină.

Ida nu răspunse. Ea luă o bandeletă pe care încetase a o coase când intrasem, și își continuă lucrul cu aerul unei persoane care dorește să termine convorbirea. Dar aceasta nu și era ideea mea.

— Vederea acestei case din vârful colinei, continuam eu, este răpitoare. Cineva crede că își cufundă privirea într-un coșuleț cu flori și verdeață. Este o surprindere în mijlocul acestor munți dezolanți.

Aceeași tăcere din partea Idei. Începeam a mă îngrijora.

— Am crezut că văd trandafiri în frumoasele tale vase de faianță de Italia. Este o minune în această perioadă a anului. Sosesc de la Tiberiada; ei bine, la Casa Daurită nu mai erau trandafiri.

Ida nu mă mai asculta. Pe lângă aceasta ea era absorbită, și-mi părea abătută și descurajată. Am insistat.

— Ai auzit tu vorbindu-se de frumoasa țară a Galileei, nobilă doamnă?

— Puțin.

— Oh! Este Edenul Indiilor sub cerul Siriei. Nimic nu-i lipsește. Chiar mesiile ies din pământ văzând cu ochii.

— Ai văzut tu mesii?

— Negreșit, am văzut! Chiar am cumpărat unul.

— Pentru ce treabă?

— De! Pentru orice. Ăsta-i comerțul meu.

— Atunci îi revinzi?

— Nu, îi închiriez.

— Dar la ce se poate întrebuința un mesia?

— La ce? La o sută de mici nimicuri și la mii de lucruri mari. Mai întâi, ei fac minuni.

— Pot ei să îndulcească moartea acelora care o doresc și le e frică a și-o oferi singuri?

— Fac mai bine decât asta: ei înviază ceea ce este mort.

— Chiar o inimă secată?

— Asta trece peste limita puterii lor.

— Nu mă îndoiam de aceasta, zise Ida suspinând.

— Și ai dreptate. Dar este un magician care îndeplinește ceea ce chiar Dumnezeu n-ar încerca.

— Cum îl numești tu pe acest mag?

— Amor.

Ida își plecă fruntea fără a răspunde, și un moment după aceea vezui o lacrimă căzând pe mâna ei.

— Vrei să-l vezi pe mesia pe care l-am angajat să vină ca să facă minuni la Ierusalim, nobilă doamnă?

— Așadar îl ai în bagajele tale?

— Îl aștept peste câteva săptămâni. Te asigur că el este foarte tare. L-am văzut, la sabathul trecut, în sinagoga de la Capernaum invitând poporul a îl mânca și a-l bea.

— Și l-au mâncat?

— Așa. S-au temut a-și fărâma dinții: femeile mai cu deosebire au fugit strângându-și voalul peste gură. Cunoști Capernaumul?

— Nu.

— Ei bine, aceste frumoase femei și această grămadă de pescari și de tabaci, de mateloți, au început a striga: Ce! cine ar fi crezut vreodată că fiul lemnarului din Nazareth ar voi să ne întindă o astfel de cursă?

— Cum se numește mesia tău?

— Iisus Nazareanul, fiul lemnarului Iosef.

Ida tresări și tăcu.

— Era să-l lapideze. Atunci eu, și unchiul acestui mesia, Isus Bar-Abbas, ne-am interpus; l-am scăpat și l-am înrolat în trupa noastră secretă pentru Paștele viitor.

Ida, deja foarte palidă, deveni ca o moartă. Nu mă mai îndoiam că Ida nu era Miriam sora Nazareanului, dar am vrut să am o convingere mai completă.

— Vrei deci, frumoasă damă, să ți-l aduc într-o zi pe mesia meu aici? Trec adesea pe la poarta ta: merg să o văd pe mama mea la Bethleem.

— Îți mulțumesc, zise ea, nu sunt curioasă.

— Nu ești curioasă de minuni, o cred. Este mai lesne a face minuni, decât nobile acțiuni. Dar rabinul de la Nazareth nu dă numai vedere orbilor și picioare ologilor, el vindecă și inimi bolnave.

— Mă îndoiesc de asta.

— Cu toate acestea, am fost martor al unei astfel de minuni. O cunoșteam pe tânăra fată de la Magdala care-l părăsise pe amantul ei la Ierusalim și fugise cu inima sângerândă de dragoste. Am găsit-o la Magdala, am cinat cu ea și cu rabinul meu, care o vindecase radical.

— Atunci ea nu era bolnavă, ripostă Ida suspinând.

— Ești prea tristă, tânără femeie, spusei eu. Iartă-mi indiscreția. Dar am văzut o lacrimă căzând pe mâna ta, și se mai zărește una în ochii tăi. Sunt un străin, dar sunt tânăr, inima mea nu este oțetită către nenorociți, am veselia în tot lungul drumului meu; iartă-mă dacă cutez să-ți spun: durerea unei femei este negarea lui Dumnezeu. Pot să fac ceva pentru a te ușura?

— Îți mulțumesc. Tu te înșeli, eu n-am nici o durere.

— Mi s-a părut cu toate acestea...

— Te-ai înșelat. Noah, adu acestui străin băuturi răcoritoare, dacă vrea.

Ida se sculă. Ea mă concedia.

— Nu credeam să te supăr nobilă doamnă, am răspuns eu. Ochii mei au fost indiscreți, inima mea este nătângă. Îmi voi reaminti această lecție, și poate alții vor suferi de ea. Dar tu ești femeia unui străin, după cum se zice. Tu ești evreică, tu singură ai un aer de doliu în mijlocul splendorilor ce te înconjoară. Eu am suferit pe pământ străin supărări pe care nimeni nu le-a consolat... Dacă te-am supărat spunându-ți: pot să îți fac vreun serviciu, după ce am primit unul de la tine, iartă-mă! Crezusem că nu împlinesc datoria de om acționând în alt fel.

Mă ridicasem și aveam în voce o astfel de emoție, un aer așa de mândru și așa de penetrant totodată, încât Ida se opri, și mă inundă cu privirea sa, plină ca soarele din miezul-zilei. Dumnezeul meu! cât era de frumoasă această femeie!

Ea purta o rochie lungă, de un violet foarte închis, strânsă în talie cu o cingătoare de mătase neagră și buclele părului său de aur, aruncate pe spate, cădeau pe umerii și pe sânul ei. Privindu-mă, figura sa așa de tristă se animă un moment; sângele îi veni pe buze, care ar fi făcut să plângă de invidie florile unui trandafir de la Pestum, micile sale nări se umflară.

— Ți-am spus, îți mulțumesc, răspunse ea, ți-o repet. Tu n-ai nici un serviciu să-mi faci. Dacă aș avea o durere, ar fi dintre acelea care durează mereu, chiar atunci când cineva le crede stinse, care sfâșie și nu ucid. Dar eu nu am întristare; mai ales că vei fi făcut vreo nedelicatețe pe care să ți-o iert.

— Îți mulțumesc, nobilă doamnă; nu mi-aș fi iertat niciodată stângăcia mea.

— Îți spun chiar mai mult, adăugă Ida: dacă altădată vijelia, osteneala, soarele, în fine, dacă o cauză oarecare te obligă a cere un adăpost, nu uita a bate la poarta mea, pe cât voi sta aici.

Asta era tot ceea ce voiam să știu, această concluzie era cea pe care o doream mai mult în viața mea. Am salutat-o și ieșii, beat de amor, nebun de dorințe, cu amețeala în ochi și în creier.

— Ei bine, a râs? mă întrebă Moab venind înaintea mea.

— Aproape. Nu cugeți că este tot așa de simplu a face să râdă o femeie, în această stare, ca și a edifica Templul când cineva posedă bogățiile lui Solomon. A râde! Drace! Aș fi voit ca ea să mă întrebe... Oh!, nebun ce sunt! Aveam la mine acest frumos colet pe care Irodiada mi l-a dat pentru a-l dărui amantei mele și l-am uitat. Asta-i din cauză că ea m-a atins, Moab, m-a atins la inimă. I-l voi oferi data viitoare. Am nevoie să-ți vorbesc, Moab. Sunt nebun după stăpâna ta: o iubesc.

— Cum! strigă Moab.

— Ei bine! da, o iubesc, o iubesc de moarte.

— Atunci poți să mori, răspunse cu răceală Moab. Tu nu vei mai trece peste acest prag, sau te ucid, sau mă ucizi.

— Ești nebun?

— Ascultă Iuda. Am părăsit-o pe femeia mea și pe copiii mei în ziua când am îmbrățișat doctrina essenienilor. Am adoptat-o pe această tânără și nobilă fată a cărei splendoare a obrazului o vezi și nu poți să-i vezi splendoarea sufletului. M-am devotat Idei, după cum mâna mea s-a devotat vieții mele. Dacă ea mi-ar cere să dărâm Templul cu dinții, aș începe să-l devorez de mâine. Așadar am datoria de a veghea la pacea sa, la onoarea sa, la sufletul ei. O iubești pe Ida, spui tu. Tu o iubești? Ei bine, cineva nu iubește o femeie ca ea fără a o lua de soție. Taie-mă în bucăți, te iert pentru mânia ta, dar nu te gândi să o mânjești pe această femeie cu iubirea ta, chiar în vis, căci îți smulg inima ca la o bestie feroce și te zdrobesc ca pe un animal murdar.

Spunând acestea, mă dădu afară și închise poarta.

XVIII

Eram confuz. Brutala apostrofare a lui Moab mă cufunda într-o dezordine a spiritului aproape stupidă. Un singur lucru nu mai admitea îndoială: că Ida era sora rabinului din Nazareth. Adaug încă. Era negreșit un Caiu Crispu comandant de cavalerie în a douăsprezecea legiune care locuia la Ierusalim când Pilat locuia la Antiochia, dar acest Crispu se însurase oare cu tânăra fată pe care o cumpărase și o furase? Murise el? Divorțase de femeia sa? O părăsise pe amanta sa? Cavalerul pe care îl văzusem la Ida. În noaptea vijeliei, era oare Pilat, sau cineva din ai casei? Ce se dusese el să facă, la acea oră, pe un astfel de timp, în această casă? Puteam să scormonesc toate acestea, să merg până la capătul acestei intrigi și-mi era frică să cunosc adevărul. Cuvântul «a lua de soție o astfel de femeie, un astfel de înger» îmi aducea pe chip surâsul unui nebun, și îmi punea delirul în inimă.

Fusesem lovit de figura Idei la circ. Îi mângâiasem imaginea cufundând-o din ce în ce mai mult în inima mea în timp de o lună și o găseam mai frumoasă încă, mai diabolic de atrăgătoare. Iubirea mea izbucnise ca un vas ce conține o licoare fermentată. Trebuia oare să rezist la nebunia mea? Trebuia oare să cedez, să o iau de soție, negreșit, după ce-mi voi îndestula pasiunea, să o repudiez, să o ucid! Să mă ucidă? Dar mai întâi va consimți ea la acest măritiș, dacă aș cuteza să i-l propun? Ce cursă mi se întindea? Mai era încă vreo cursă? Eram idiot, ridicol: înaintam încet pe drumul Ierusalimului meditând la toate acestea și la o mie de alte extravaganțe care încercau să mă distragă.

M-am dus seara la Hanah și -am povestit călătoria mea. El a fost încântat de dobândirea Nazareanului. Iisus făcuse deja primele sale încercări la Ierusalim, și nu fără succes. Hanah îl întrevăzuse, auzise vorbindu-se de el; și acum el era mai entuziasmat decât mine însumi. El o văzuse pe Claudia care îl fermecase.

Cu el Claudia avuse un dialog mai precis. Era vorba de a explica pentru ce Pilat care părea că doarme, și veghea cu toți ochii săi, adusese o legiune mai mult în Samaria, o alta în Galileea, o a treia la Bethleem și mărise cu mai multe cohorte garnizoana de la Ierusalim. Claudia fu explicită, netă, fără ascunzișuri. Ea zise saganului: „Pilat vrea să fie proconsul în Spania, țara sa. La Roma, se cumpără totul. Noi n-avem bani. Templul vostru, mormântul lui David al vostru sunt bogate. Voi vreți să scăpați de romani; noi vrem să scăpăm de voi. Voi câștigați independința și tot ce veți vrea. Ce vom câștiga noi? Ei bine, faceți-vă insurecția. Noi vă vom lăsa să lucrați, dar aflându-ne în stare de a putea să vă sfărâmăm după gustul nostru. Noi îi vom ține pe soldații noștri în cele trei turnuri, în palatul lui Irod, în fortăreața Antonia. Voi puteți să cumpărați o capitulare cu prețul bogățiilor pe care ți le-am enumerat. Cu acești bani, noi vom cumpăra soldații care, putând să învingă, s-ar putea să nu le placă a se preda, pe ofițerii care ar putea să reziste, pe legatul Siriei care ar putea să execute, el, ceea ce noi nu am face, nepedepsirea răzmeliței, și guvernământul Spaniei. Trebuie pentru asta milioane. Sunteți dispuși să vă cumpărați mântuirea?

Claudia rezolvase toate dificultățile ridicate de sagan, împrăștiase toate îndoielile sale. Hanah era sedusă, convinsă, grăbită. Numai trebuia ca ridicarea poporului să fie astfel impozantă, încât Pilat să se poată părea că a cedat, nevoind să fie întrebată ca Varus: Ce ai făcut cu legiunile noastre? Așadar, pentru a ridica astfel poporuul, pentru a reuni într-un singur elan toate partidele și *toate* clasele era necesar ca vreun profet sau mesia bine autorizat, să fi făcut apel la arme în numele lui Dumnezeu și al patriei. Oricare altul, orice alt nume, oricare ar fi fost poziția sa socială, nu ar fi izbutit. Saganul păru deci beat de bucurie auzind portretul ce-l descriam rabinului din Nazareth; și ne învoirăm a grăbi pregătirile și a dispune sufletele, pentru a da marea lovitură la viitorul Paște.

Părăsindu-l pe sagan m-am dus la Claudia. Ea mă primi cu brațele deschise, ca pe un bătrân amic. I-am dat detalii mai complete, și am evaluat șansele întreprinderii cu mai multă liniște. Întrebările mele o încurcau poate puțin mai mult decât ale saganului. Dar, în realitate, am acordat foarte puțină atenție răspunsurilor sale. Un lucru cu toate acestea mă izbi din pricina căruia chiar ea era foarte pătrunsă. Ea îmi spuse, după ce-mi nară scena care urmase, după plecarea mea, între ea și bărbatul el, că din acea seară, devenise invizibil și părea foarte trist. El venea la pretoriu la ora justiției, apoi se băga în turnul său solitar și nu se mai mișca de acolo. Claudia nu-l văzuse de aproape o lună, decât de două ori, pentru a-i da două scrisori de la Tiberiu. Claudia începea a bănui că bărbatul ei o iubea.

M-am temut de a pune această lupă pe urmele Idei și de a aprofunda această coincidență de melancolie. Cu toate acestea i-am spus:

— Claudia, îl cunoști pe Caiu Crispu?

— L-am văzut la Iopa la sosirea mea în Siria.

— Acum a murit?

— Sunt opt zile, el trăia cred, fiindcă am auzit vorbindu- se de el. Nu știu să fi murit de atunci.

— O cunoști pe soția lui?

— Mi-a arătat-o la Roma de mai multe ori. Este una dintre cele mai la modă femei, cea mai cunoscută în therme, avându-i ca amanți pe gladiatorul Lidiu și pe libertul Cerinthus.

— La Roma! Soția sa nu este deci în Asia?

— Cel puțin eu nu știu.

— Dar nu cumva a repudiat-o pe femeia sa de la Roma și s-a însurat din nou în Siria?

— Mă îndoiesc. Terentila este bogată. Ea este fiica unui senator, iar Caiu Crispu este un calic, un legionar care a avut noroc. Cât pentru femeia ce s-ar putea să o aibă în Siria, n-ar fi nimic extraordinar. Toți legionarii noștri se înșiră în provinciile în care sunt garnizoane; apoi, când pleacă în altă parte, scriu, văduvelor lor dezolate: «Scumpa mea amică, am murit la douazeci și cinci ale acestei luni, nu mă prea uita, consolează-te cum vei putea, nu te face urâtă în văduvia ta și adio!» Legionarii noștri, soldați și ofițeri, repetă aceste căsătorii pentru o stagiune sau două, în tot locul unde se duc, în Germania, în Spania, în Galia, în India, sub toate climatele.

Aflasem de ajuns. Soarta acestei sărmane fete galileene mi se explicase. Meditai la asta toată noaptea: convingerea mea fu completă. Ida era o victimă și iubea pe gâdele ei, nebănuind nimic despre soarta sa.

În zori, a doua zi, mă urcai pe cal și mă dusei în galop la Berachah. Moab veghea din vârful turnulețului. Poarta era închisă.

— Ah! Iuda! îmi strigă el din locul său fără a se deranja. Tu ești? Nu cumva te-ai gândit la sfatul meu?

— Nu e vorba de sfatul tău, Moab. Vreau să destăinui stăpânei tale cea mai oribilă cursă ce s-a putut întinde unei femei și care i s-a întins chiar ei.

— Adevărat! exclamă Moab mirat, vorbește deci.

— Dar nu trebuie să ți-o spun ție, nu te pot lua pe tine ca confident într-o afacere așa de delicată.

— Bine. Atunci du-te și spune istoria ta Monumentului marelui-preot.

— Moab, să sfârșim această glumă care începe să mă supăre.

— Atâta pagubă. Dar dacă tu începi a te supăra de ceea ce tu numești gluma mea, eu sunt supărat de tot de ceea ce eu numesc nerușinarea ta. Cu ce drept vii tu să te furișezi aici pentru a atenta la onoarea unei nobile dame care caută pacea și singurătatea?

— Dar vin din contră a o lumina.

— Despre ce?

— Dar, animal ce ești, bărbatul ei Caiu Crispu nu e mort.

— Ei și ce ne interesează că Crispu al tău esau nu mort?

— Stăpâna ta nu este văduvă.

— Ea vrea să fie.

— Ea plânge o iubire care s-a stins, însă care în realitate n-a fost decât un târg infam.

— Toate târgurile sunt infame; înțelegându-se și acela pe care tu îl faci în acest moment.

— Moab, Moab! Răbdarea mea a ajuns la sfârșit.

— Apoi?

— Dar te rog, Moab, lasă-mă să o văd pe stăpâna ta! Îi aduc bucurie. Astfel o iubesc! Dar tu?

— Nu te îngrijora cum o iubesc eu. Nu te îngriji de ceea ce ne privește, nu te îngriji de trecutul stăpânei mele și de a-i intra în grații. Concluzia mea este aceasta: eu cunosc pudoarea, puritatea, parfumul acestei viorele pe care o păstrez de aprope doi ani, și oricare ar fi aparențele și umbrele ce au voalat, ce au întunecat poate candoarea sa, nu există nici o fiică a Sionului care să se poată compara cu ea. O văd nenorocită și singură. Singură, căci eu sunt totul pentru ea, eu străinul, eu sunt pentru ea tată, frate, protector, păzitor. Eu am adoptat-o, eu, a cărui credință mă oprește a o iubi pe femeia pe care o alesesem, pe copilul pe care ea mi-l dăduse. Eu nu înțeleg credința mea, nu o discut. O găsesc crudă, nebună, imorală; dar fiindcă nu am inventat-o eu, fiindcă am acceptat-o, o respect sfâșiindu-mi inima noaptea, oprindu-mi lacrimile ziua. Ei bine, această sărmană creatură asupra căreia veghez, lovită de unu șir de nenorociri a căror asprime Dumnezeu singur poate să o înțeleagă și să o justifice, această sărmană victimă are nevoie de un protector care să o apere, de o inimă care să o iubească cu noblețe și cu puritate. Flacăra ta, Iuda, mi se pare ca o lucire dintre cele ce se văd noaptea în cimitire, o scânteiere de putrefacție.

— Te înșeli, Moab.

— Lasă-mă să mă înșel; nu este niciun rău. Dintre toți oamenii pe care i-am cunoscut, Iuda, tu ești acela pe care îl iubesc mai mult după Botezătorul; pe care îl stimez mai mult, cu toată impietatea ta, cu toate viciile tale. Tu ești omul căruia eu i-aș încredința cu mai puțină temere destinul și viitorul Idei, căci sunt convins, că ea te-ar iubi într-o zi, și că înclinarea ta către plăceri senzuale de astăzi s-ar schimba într-o nobilă iubire mâine. Dacă tu continui să o vezi pe Ida, flacăra ta s-ar răspândi din ce în ce mai mult, și nu știu apoi ce s-ar putea întâmpla. Cu toate acestea nu aș vrea să te omor. Te opresc de a o vedea. Tu o vei vedea când vei cere să o iei de soție.

— Dar, Moab, amicul meu, cum vrei tu să iau de soție pe o femeie care nu mă iubește, pe care nu o cunosc decât imperfectă.

— Iată de ce te îndemn să-ți continui drumul și să ne lași liniștiți.

— Dar ea va consimți oare la această căsătorie, dacă m-aș decide a o face?

— Acum nu. Dar îndată ce vei părea hotărât, eu știu modul de a o determina la toate.

— Dar mă va iubi ea oare?

— Iubirea nu se culege ca un trandafir înflorit de primăvară. Ea se prepară, se cultivă, se îngrijește, se cheamă; și fii sigur că într-o zi, când ea te va cunoaște, iubirea va veni.

— Dar lasă-mă să încerc încă o vizită, lasă-mă să-i vorbesc încă o dată, chiar dacă ar fi numai pentru a mă decide complet.

— Ce vrei să-i spui?

— Știu și eu? Moab, tu n-ai iubit niciodată?

— Nu știu. Mi se pare cu toate acestea că atunci când mă

gândesc la această nefericită pe care voiau să o lapideze învinuind-o de adulter, și pe care rabinul de la Nazareth a salvat-o...

Moab se opri. El părea sugrumat de plâns.

— Moab, te rog în numele amintirii femeii tale și a copilului tău, pe care-ți promit că de aici înainte nu-i voi mai lăsa să fie lipsiți de nimic, Moab, te conjur, lasă-mă să o văd pe Ida încă o dată: mor de iubire pentru ea.

— Fie, zise Moab. Dar va fi pentru ultima oară. Apoi m-am explicat destul.

Eram să încerc lovitura mea supremă și n-avem nici o idee în spirit, nici un cuvânt în gură. Nu știam nici pentru ce mă găseam acolo. Inima mă înăbușea.

Ida se sculase. Era într-o mică cameră alături de tabliniul ei (salonul din zilele noastre), un fel de cabinet (buduar) unde ea visa, întinsă pe perne de mătase. Era înfășurată într-o stofă de lână albă cu multe crețuri, care o acoperea din cap, nelăsând să se vadă decât niște mici picioare, încălțate cu brodechini roșii, niște picioare așa de mititele încât păreau închipuite. Noah terminase de a o aranja și-i întindea o cupă de lapte cald, pentru primul prânz pe care romanii îl numesc *jentaculum*. Ea se arătă foarte surprinsă, și neplăcut surprinsă, văzându-mă. Moab mă urma.

În realitate, aveam aerul unui inoportun. Asta îmi dublă încurcătura. Când cineva iubește, devine stupid. Iubeam pentru prima dată în viața mea . Am întâpinat-o deci pe Ida printr-o stângăcie necuviincioasă.

— Ieri, i-am spus eu, am uitat, nobilă doamnă, obiectul principal care mă aduse în prezența ta. Aveam să-ți dau acest pachet, pe care Irodiada femeia tetrarchului Galileei, mi l-a dat, zicându-mi: Tu-l vei dărui femeii pe care tu o iubești mai mult. Ida, binevoiește a-l primi.

— Te înșeli de adresă, tinere. Nu este pentru mine cadoul tău; Pune-l la loc în scrinul tău.

Și ea nici nu-l privi.

— Îți cer iertare, Ida, zisei eu după un moment de ezitare, nu am cui să-l ofer, după destinația pe care i-a dat-o Irodiada. Eu nu am nici femeie, nici amică, nici amantă, mama mea este bătrână, surorile mele sunt bogate și măritate. Eu sunt singur.

— Păstrează-l atunci pentru timpul când nu vei mai putea

să repeți ceea ce spui astăzi. Nu este nici un motiv pentru a primi darul tău.

— Cu toate acestea mi-ar fi făcut atâta plăcere! În jurul unui alt gât această bijuterie ar pierde din valoare.

— Încetează, și dacă tu nu ai să-mi spui altceva, adio!

Am aruncat giuvaierul la Noah, spunându-i:

— Răscumpără-ți liberbatea, când nu vei mai avea o astfel de stăpână.

Noah roși, tremură și fugi cu comoara sa.

— Ei bine, Ida, pentru că tu mă condamni a nu te mai vedea, înainte de a te părăsi, lasă-mă să-ți vorbesc.

Ida se rezemă într-un cot cu un aer sever și supărat, și nu respira.

— Nu încrunta sprânceana, Ida: nu-ți voi vorbi de mine. Nu am căutat a te cunoaște. Câteva bucăți din istoria ta au venit la mine singure, neașteptate. Nu știu poate mai mult ca tine, căci tu nu te îndoiești, desigur, că ai fost vândută pentru cincisprezece mii de sesterțe. Îl cunosc pe fratele tău, și pe vânzătorul tău. Bănuiesc cine a fost omul care te-a cumpărat.

— Delirezi! Pleacă de aici! strigă Ida.

— Nu sunt în delir, dar continui. Bărbatul tău nu este mort. El are o altă femeie la Roma.

Credeam că o voi lovi năprasnic pe Ida: ea se reașeză pe pernele sale. Așadar ea știa toate acestea. Am mers mai departe:

— Tu ai fost victima unei infame mistificații, îți aduc răzbunare.

— Îți mulțumesc, răspunse Ida cu răceală, du-o îndărăt cu tine.

Mă încurcasem din nou. Încercai o altă coardă.

— Ida, tu ești singură și bogată, continuai eu.

— Te înșeli, întrerupse Ida cu un surâs de dispreț: sunt săracă. Poți să pleci acum, mi se pare, după această explicație.

— Atât mai bine, am răspuns eu. Este o bogăție care mânjește. Dar unde este tatăl tău? Unde e mama ta? Unde este bărbatul tău? Ei sunt toți morți pentru tine, sau mă înșel în ceea ce privește caracterul lor. La cine dar să mă adresez pentru a-i spune cuvintele pe care tu refuzi a le asculta?

— Dar, în fine, strigă Ida cu mânie, cine ești tu? Ce vrei?

— Cine sunt, Moab ți-o poate spune: tot Ierusalimul ți-o va repeta. Ceea ce vreau, nu cutez să îți spun.

— Și faci bine, căci nu vreau să știu nimic și să aud nimic.
— Ești liberă, Ida?
— Ce te interesează?
— Trebuie așadar să înăbuș în inima mea strigătul care zice: Această fată așa de aspru încercată de nenorocire este destinul tău.

Ida ridică din umeri cu dispreț. Am continuat:
— Te-am văzut, Ida, pentru primă oară la circ.
— Cincizeci de mii de persoane m-au văzut ca și tine.
— Niciuna cu ochii mei. Căci, din acel moment tu umpli sufletul meu după cum sufletul umple viața.
— Ei! zise Ida cu dezgust. Aceste pasiuni subite și flecare se cumpără de la poeți și de la histrioni. Cât te costă ea, tinere?
— Ai iubit vreodată, Ida?
— Ce te interesează?
— Oh! dacă ai iubit vreodată iertă-mă!
— Dar, desigur, tu ești în delir, tinere. Cu ce drept vi tu la mine, sub un pretext ridicol, pentru a-mi oferi o iubire de care n-am nevoie, pe care nu o vreau, pe care o resping cu dispreț? La cine crezi că te găsești? Ce obrăznicie ignobilă ți-a consiliat această acțiune care mă supără? Ah! strigă ea în urmă începând a plânge, ah! dacă n-aș fi fost singură!

Mă sculai. După asta era imposibil a continua.
— Adio, Ida, i-am spus. Tu ai judecat rău cuvintele mele, dar ai dreptate. M-am condus rău. Ce vrei? Cineva nu este totdeauna stăpân pe instinctele sale. Venisem numai pentru a te preveni de un pericol, pentru a te lumina. Ai primit rău ofertele mele, mă retrag. Dar, Ida, adu-ți aminte de asta: te iubesc. Dacă într-o zi durerea care te rătăcește în acest moment se va liniști, dacă negura care te înfășoară se va împrăștia și dacă tu vei avea nevoie de un amic care să te consoleze, spune-i lui Moab să mă cheme: voi fi totdeauna gata, fără supărare, fără răceală. Trebuia să încerc și eu această îngrozitoare durere care se numește prima iubire.

Ida nu auzi poate nici un cuvânt din ceea ce i-am spus, căci cu capul cufundat în pernele sale plângea. Mă simțeam ca și cum aș fi murit. Sângele îmi invada creierul. Îmi venea să mă arunc la picioarele ei, să o ucid, să o acoper cu sărutări și cu lacrimi. Am cutezat să-i iau mâna – frumoasă și înghețată ca cea a unei statui a Venerei. La acest contact Ida sări și se ridică în picioare înaintea mea. Ochii îi secară într-o clipire.

— Ce vrei, strigă ea. Noah! Noah!

Târăra sclavă intră.

— Arată acestui străin drumul spe ieșire, reluă Ida liniștindu-se și întorcându-mi spatele.

— Ida, strigai eu la rândul meu, așadar tu ai fost foarte încercată de soartă pentru a deveni așa de crudă? Am fost indiscret poate, dar nu meritam să fiu tratat ca un om de nimic.

Ida păru mișcată.

— Tinere, zise ea, tu nu știi oare că nu trebuie niciodată să ceri milă bogatului care nu înțelege ce este mizeria? Tu-mi ceri iubirea cred: tu o ceri de la o femeie care nu mai poate respira sub greutatea ei. Ei bine, n-am nimic să-ți dau. Bogăția mea este poate amenințață în acest moment; ce contează? Ceea ce este sigur, este că nu am să-ți dau nimic nici ție, nici nimănui. Când ruina va fi sigură, oh! atunci ceea ce se va face din sfărâmăturile inimii mele îmi va fi indiferent. Dacă moartea le respinge, să le ia cine va dori; nu mai fac parte din partidă. Un schelet fără suflet este al primei hiene care se abate peste el.

— Ida, îmi promiți tu de a-ți aduce aminte de mine atunci?

— Cineva își aduce aminte de morți, tinere, ei nu-și mai aduc aminte.

Ida părăsi camera. Trecend prin curte, i-am spus lui Moab.

— Ai fi făcut mai bine să mă ucizi la poarta ta.

— Te prevenisem, răspunse el cu un ton întristat.

Cele cincisprezece zile care urmară după această scenă nu s-au însemat în existența mea.

Fugii la Ericho. Sora mea care mă iubea atât de mult, care mă jucase pe genuchii ei când eram copil, care fusese ca și mama mea, sărmana mea soră fu spăimântată de starea mea. Ea mă credea câteodată nebun, câteodată stupid. Apoi, am avut febră și momente de delir. Cine n-a avut această criză în viața sa? Atât mai rău pentru cei care nu au avut.

În fine, sora mea intră în camera mea, într-o dimineață, speriată cu totul și îmi zise cu o voce sacadată:

— Iuda, un curier de la Ierusalim.

— Ce vrea?

— Aduce o scrisore.

— Să o dea.

— A venit călare și a fost trimis de la palatul lui Irod.

— De la palatul lui Irod sau din infern, îmi este tot una. Unde este scrisoarea?

— Iat-o.

Am deschis-o alene. Era de la Claudia și conținea următoarele:

«Iuda, sunt mușcată la inimă de o bănuială. Adu-mi-l numaidecât pe mesia al tău chiar de ar trebui să-l transporți cu soldați. Am nevoie să mă consult cu el, cu orice preț; iute, iute, iute.

Claudia.»

XIX

Rabinul din Nazareth părăsi Galileea chiar în noaptea aceea, după convorbirea noastră la Maria.

În mai puțin de douăsprezece ore el traversase criza fatală a vieții sale. Atitudinea poporului în sinagogă dimineața îi zdruncinase perspectiva orizontului imens ce desfășurasem înaintea ochilor săi; seara îl decisese. Sufletul său fusese atins. În mijlocul unei asemenea decepții, o viziune fulgerătoare îl consolase și îl exaltase. Dar se temea de vijelia pe care o produsese, poate prematură și mai precipitată decât ar fi dorit. Nu mai putea să stea de aici înainte sub frumosul cer al țării sale, unde el țesuse atâtea idile în prima fază a misiunii sale. După ce aruncase îngrozitorul său cuvântă, care-l punea ca fiu a lui Dumnezeu, el nu mai putea să se lase la aceste dulci amoruri de copilărie, de flori, de femeie, de parfum, la o morală glumeață, la o fină batjocură contra practicilor bizare a fariseilor. Trebuia acum să se înalțe în regiunile trăsnetului. Dar nimeni nu-l mai înțelegea. Discipolii săi chiar îl găseau straniu, câteodată îl credeau nebun, și deveneau distanți sau se depărtau. El simțea că trebuia să dea o lovitură decisivă; și eu îi ofeream un mare rol, un mare teatru. Cu toate acestea necrezându-mă pe cuvânt, el voi să se asigure de starea spiritelor, pipăindu-le el însuși.

Rabinul era un evreu rău. El accepta legile noastre, tradițiile noastre, patriarhii noștri, profeții noștri, doctrinele noastre sub beneficiul unui strict inventar, și lăsa în picioare puțin din ele.

Un abis separa sufletul său de sufletul național.

Evreul este material, formalist, aspru, arțăgos, mândru, crud, superstițios, numai cu pasiuni vii și palpabile. Rabinul era dulce, simplu, tolerant, popular; el ridica spiritul și idealul peste tot și lăsa materiei o mare libertare de dezvoltare. El atinsese doctrinele lui Cakia-Mouni, a lui Iisus fiul lui Sirach, a lui Gamaliel, a lui Hillel, a lui Antigon de la Soco, luându-le principiile de egalitate socială, de caritate, de simplicitate în cult și în ideea de Dumnezeu, de fraternitate umană! Dar făcea puțin caz de celelalte principii, scoase fie din cărțile lui Moise și ale profeților, fie din măsurile sau tradițiile care formau corpul legii orale. El respingea, râzându de ea, masa doctrinelor fariseilor, ca și de cea a saduceilor și a essenienilor. El se scula singur contra tuturor, era oare mai sus decât toți? Regatului poporului evreu, el îi opunea regatul lui Dumnezeu; așteptării unui mesia mai mare decât Irod sau Iuda din Gamala, el oferea un mesia paradoxal, îmbrăcat cu hiperbole neinteligibile, dând afară promisiuni care, dacă nu erau absurde, cel puțin se apropiau de nebunie. Solomon, Iona, nu-i ajungeau nici la călcâi, spunea el.[40] Cu toate acestea opera sa se rezuma într-o țesătură de fraze obscure, și de câteva vindecări de bolnavi, pe care șarlatanii le îndeplineau tot așa de bine în piețele publice, și pe care magii din Egipt le întreceau. Nu îl înțelegeau, spunea el, iritându-se din ce în ce mai mult. Asta era poate adevărat, dar este cert, că supărând profund, pe locuitorii satelor de la lac, alarmându-i pe farisei, aruncând neîncrederea în Casa Daurită, el nu mai putea să stea în Galileea. L-ar fi urmărit și l-ar fi prins în vreo cursă.

Îmboldit deci de frică, consiliat prin prudența de a controla vorbele mele, el plecă în aceeași noapte, urmat numai de doi dintre discipolii săi, ambițiosul și turbulentul Simon, nemernicul de Ioan, tot așa de ambițios, dar mai fricos decât bătrânul matelot. Aceștia așteptau asemenea, de la învățător în regatul său, locuri de generali, de intendenți, de mari-preoți, o mare situație, în fine, o bogată suită, femei, sclavi, provincii de guvernat, palate, grădini, purpură, bucăți de aur, și-l împingeau pe rabin la loviturile decisive.

Ei traversară regiunea de coline a Galileei și pătrunseră în câmpia Tyrului. Parcurseră țara de la câmpia Sidonului până la munții Gileadului, pe jos, oprindu-se puțin, adulmecând opinia

---

40) Matei, cap. XII. Luca, cap. XI.

publică, nepredicând, neînvățând, căci spionii fariseilor, credeau ei, îi urmăreau. Lucrul care supăra mai mult pe farisei era această schimbare de idei a lui Iisus în privința păgânilor. El, care până atunci respectase legea separației de străin, ca fiind impură, vorbea acum cu o samariteană la puțul lui Iacob, dormea sub coperișul omului de la Sychar; intra în orașele grecești, romane, feniciene; se amesteca cu credincioșii lui Baal și a lui Astaroth. Pentru el, evreul nu mai era poporul ales de Dumnezeu pentru bucuria căruia Dumnezeu crease acest pământ îmbrăcat cu flori și cu fructe, acest cer plin de astre. El credea în om, acest mesia al poporului lui Dumnezeu. Călătoria se împlinea în grabă; căci de la cei dintâi pași pe pământul unde activitatea umană se desfășura cu iuțeală, Iisus înțelese situația sufletelor. Aceste popoare care cutreierau lumea, care exploatau mările, care exportau și importau bogățiile diferitelor climate, care se bucurau de aceste bogății în orgii ce se prelungeau între două răsărituri de soare, care se îmbătau de femei, de vin, de arte, de ornamente, care locuiau în palate căptușite cu mătase și strălucitoare de marmură și de aur, aceste popoare care devorau voluptățile vieții și ale vieții chiar cu două sfârșituri, nu puteau să urască pe romani care le lăsau o libertate completă de dezvoltare, îi încurajau, îi favorizau. Aceste popoare nu puteau în nici un mod să prefere o dominație meschină, avară, barbară, dură, mărginită în spirit și în activitatea individuală, care vedea în orice om necircumscris un impur de lapidat sau de fugărit.

Iisus simțea sfărâmat, în acestă țară, simțul idealului său. Aerul voluptos ce-l respira în aceste orașe îl amețea. El se găsea mic, dezorientat. El care venea să predice supremația lui Dumnezeu asupra omului, înlăturarea omului dinaintea spiritului, afla că aici omul era Dumnezeu și crea ca și el. Cei doi discipoli ai săi care nu înțelegeau nimic la revoluția ce se împlinea în spiritul rabinului, care aveau, ca el, o aspră energie morală pentru a-i susține, cădeau sub osteneala acestei curse pline de vijelie care-l târa pe Iisus.

Rabinul vedea lumea cum cade peste el pentru a-l înăbuși. Galileea îi ascundea lumea ideală; aici, lumea materială îl absorbea în exuberanța sa.

Neputând să se fixeze în această luncă a Tyrului și a Sidonului, în aceste două orașe scânteietoare de palate, unde poporul lucra pentru a se bucura, neputând fără pericol, credea el, de a se întorce în Galileea, Iisus și cei doi discipoli ai săi căutară un adăpost în Decapolis, această grupă de orașe grecești aliate care se desfășurau la marginea meridională a lacului Genezareth, și pe cele două râpe din vale ale Iordanului. În mijlocul grecilor și străinilor din toate țările, care populau Hippo, Gadara, Polla, Scytopolis, rabinul de la Nazaret se crezu în siguranță.

Dar, acolo chiar, sufletul său nu deșteptă ecou, nu mai găsea nici această ură contra dominației străine de care, îi vorbisem eu, și această dorință de dominație evreiască pe care o atribuiam eu acestor țări. Aici, în același mod, luxul, arta, mișcarea pentru a înfrumuseța viața de îndestulare și de plăcere, știință, poezie, existență facilă, relațiile înveselitoare se desfășurau cu viciune, ei erau umani și flexibili și nu niște tirani supărăcioși ca Dumnezeul evreilor. Omer, Platon, Thucidide, Herodot, Anacreon, nu făceau deloc să se dorească Pentateucul, cărțile lui Solomon și ale profeților, ale lui Iob și ale lui Daniel. Aici, acest ideal al poporului evreiesc părea o fantomă sumbră și rău tăiată care respingea în toate părțile, și rănea privirea. Chiar idealul lui Iisus, așa de naiv, așa de delicat se sfărâma în acest aer febril, plin de emanațiile umane, de eretismul simțurilor. Tatăl pe care el îl predica în țara evreiască era aici o creație fantastică deja arătată de Platon în regiunile visurilor. Minunile se găseau clasate în aforismele lui Hypocrat. Acești veseli cumetri din Olimp făcuseră ceva mai bine de atât.

Iisus nu putea să stea nici în acest colț de pământ, de unde descoperea cu toate acestea culmele Carmelului de la picioarele căruia ieșea Nazarethul, patria sa, stâncile arse în vârful cărora stătea Capernaum unde locuia mama sa, țărmul înflorit pe care Magdala își spăla picioarele și pe care Maria le parcurgea, cu ochi nerăbdători de a-l revedea pe rabinul ei.

În acest loc îl găsi mesajul pe care i-l trimisesem de la Ericho, după scrisoarea Claudiei, pentru a grăbi călătoria sa la Ierusalim.

Dacă Iisus pentru un moment mușcase din viitorul splendid pe care-l făcusem să-l întrevadă, el se vindeca din zi în zi cu speranțele sale. Pe țărmul Iordanului, ca și în câmpia și pe țărmurile Tyrului și ale Sidonului, el înțelegea teribilele dificultăți ale misiunii propuse de mine, dezgustul pe care-le producea un mesia politic. Magdala, pe lângă asta, îl atrăgea. El era ca Tantalul acestei mici case curate în care Maria îl înconjura cu grijă, cu mângâieri, cu credință. Tentația îl învinsese. El luă luntrea și veni acolo.

Zgomotul sosirii sale se răspândi imediat. Bucuria nebună și comunicativă a Mariei îl trădă. Puțin câte puțin, în două zile, cele cinci orașe de pe coasta orientală a Genezarethului fură în mișcare. Cei care credeau în rabin așteptau de la el o manifestare care să le dea încredere și să-i facă în stare a înlătura injuriile cu care inamicii lor îi acopereau. Acești inamici se puseră de acord a-i întinde noi curse pentru a-l face să debordeze în predicarea sa și să-l piardă. Căci acești inamici nu îl uitaseră, nici nu îl pirduseră poate din vedere, în peregrinările sale.

Lupta începea să fie implacabilă, și terenul sub picioarele rabinului circumscris. El ar fi vrut să stea ascuns câtva timp în această retragere pentru a medita, pentru a preciza mai net situația, și apoi să se decidă sub presiunea evenimentelor. Nu a putut. El nu merse la sinagogă, poporul veni la el. Poziția sa era critică: a se ascunde și a se arăta, era tot așa de periculos. Pe lângă asta, nu i se lăsa alegerea.

Iisus coborâse pe țărm, către a opta oră, pentru a se duce la Capernaum, la femeia lui Zebedeu care era bolnavă. Câțiva farisei și câțiva irodieni care se găseau acolo îl înconjurară, și cercul începea a se îngroșa. Agenții provocatori nu arătară nici o dispoziție ostilă. Ei serbară mai întâi întoarcerea rabinului, căci zgomotul se răspândise că părăsise țara: apoi, începură a-l întreba, ca oamenii care doresc să se lumineze. Iisus înțelese.

— Tu ne-ai spus că ești Mesia, îi ziseră ei, noi suntem fericiți să te credem. Dar arată-ne, cel puțin, printr-un semn, că tu ești acest trimis al lui Dumnezeu pe care îl așteptăm noi.

Iisus suspină profund. El înțelese perfidia acestei întrebări. Ce era el să răspundă? Că el era Mesia, dovedind-o prin opere minunate chemând poporul la insurecție? La câțiva pași de acolo, soldații lui Antipas îl pândeau; să refuze de a da semnul cerut? L-ar fi batjocorit, rușinat ca impostor, pus în ștreang, fericit, dacă s-ar fi mărginit să-l înece în lac. Iisus, al cărui dar principal era prezența de spirit și sângele rece răspunse:

— Când seara vedeți că cerul este roșu, vă spuneți: mâine, va fi frumos. Când vedeți cerul roșu dimineața, exclamați: astăzi va fi timp rău. Ei bine, ipocriților, dacă puteți să ghiciți semnele după fața cerului, pentru ce nu ghiciți și semnele timpului? O generație mizerabilă și adulteră cere semne din cer? Eu nu am nici un semn să-i dau în afară de cel al profetului Iona.

— A insulta, rabine, nu este a răspunde, strigară din toate părțile. Dacă îți cerem sigiliul misiunii tale mesianice o facem pentru că tu pozezi în mesia și te arăți ca fiu al lui Dumnezeu. Dacă tu nu te arăți astfel, tu ești un impostor, și te vom trata ca pe blasfemitori.

Discipolii rabinului, care erau prezenți, intervenіră. Iisus protejat de ei, se trase îndărăt doi pași și se aruncă în barca lui Simon, care se legăna lângă țărm. Discipolii săi îl urmară și începură a da iute din lopeți. Era și timpul: deja îl lapidau după țărmurile lacului.

Această scenă neprevăzută schimba planul excursiei lui Iisus. În loc de a merge către Capernaum, la câteva minute de acolo, unde scena era să se reînnoiască fără nici o îndoială, Iisus debarcă pe țărmul grec, unde putea să găsească, un adăpost.

El părea, descurajat, profund abătut. Vedea că trebuia să renunțe pentru totdeauna la acest ținut care îi vorbea de tinerețea sa, de prima epocă a misiunii sale, îmbălsămat cu amintirea de atâta credință care îl primise, de atâtea frumoase opere pe care le practicase, și de frumoasele cuvinte pe care le rostise. Un destin îl împingea și îl punea în imposibilitate de a rezista, de a se avânta cu violență.

Când el îi zise lui Simon de a îndrepta barca către Bethsaida-Iulias, Simon îl făcu să observe că ora era înaintată, că noaptea se apropia, și că părăsind Magdala în grabă, ei nu luaseră pâine.

— Ce contează pâinea? răspunse Iisus.

— Bun, observă Ioan cu supărare, o să fim obligați de a plămădi și de a mânca pâine nedospită.

Iisus îl auzii și-i răspunse pe un ton sec.

— Ce! mereu aveți în capul vostru grija fariseilor și a saducenilor, dospeala în pâine?

— Dar taci, răspunse Simon încet, dând cu cotul în Ioan, nu vezi că el este supărat fiindcă nu am luat pâine?

— Omeni de puțină credință! întrerupse rabinul așezat la pupă, ce mormăiți între voi că nu ați cumpărat pâine? De când pâinea v-a lipsit? Când vă vorbeam de dospeala pâinii fariseilor, înțelegeam a vorbi de doctrinele lor.

Rabinul nu se opri mult timp la Bethsaida-Iulias la izvorul

Iordanului. El era, chiar acolo, prea aprope: ecourile de la Capernaum îl urmăreau. El se simțea tulburat, prin o forță neînvinsă care îl împingea înainte, a trece ca Cezar, Rubiconul. Urcă pe colină și merse la Paneas, devenită de puțin timp Caesarea Philipi.

Dominat de preocuparea sa, crezându-se atacat încă în această retragere în statele tetrarchului Gaulonitidei, Philip, un alt fiu al lui Irod, cugeta a se ascunde acolo câtva timp. El ar fi vrut a se sustrage de la fatalitatea care îl împingea către Ierusalim unde îl atrăgeam eu. Îi întrebă astfel pe discipolii săi.

— Oare omenii de aici spun și ei că eu sunt fiul omului?

— Unii spun, răspunse Ioan, că tu ești Ioan Botezetorul; alții că tu ești Eremia, și câțiva că ești Elija, sau un altul dintre profeți.

— Și voi, cine spune-ți că sunt?

— Tu ești Hristos, fiul lui Dumnezeu cel viu, răspunse brusc Simon.

Iisus, căruia îi plăcea mult acest titlu, care răspundea mai bine, prin limpezimea sa, la aspirațiile sale încă indecise și poate complexe. Îl lăudă pe Simon de lingușirea sa și îl încurajă prin promisiuni. Crezându-se cu toate acestea urmărit și la Caesarea Philipi de inamicii săi, el trimise o parte din discipoli, și cu doi sau trei dintre ei numai, înaintă în văile muntelui Hermon pentru a mai cugeta câteva zile. A cugeta numai, căci de aici înainte luase o hotărâre.

Rabinul din Nazareth renunța definitiv la rolul de mesia politic, pe care îl mângâiase câtva timp, după tabloul pe care i-l desenasem despre situația spiritelor în vechiul regat al lui Irod. Cu toate acestea nu exagerasem nimic, după cum evenimentele o dovediră mai târziu. Dar Iisus, atingând în peregrinările sale numai țările feniciene, grecești și romane, crezuse că țara evreiască împărtășea cu ei toleranța jugului roman. Abdicând la titlul de fiu al lui David, pe care îl folosise câteva luni mai înainte, el se fixase la rolul de fiu al lui Dumnezeu care venea să anunțe regatul tatălui său. Această schimbare la față, care nu însemna nimic, putea să ia toate formele pe care circumstanțele le-ar fi indicat. Tipul Rectorului universal conceput de Iisus era acela al unui mare preot rege, care, în numele lui Dumnezeu, să guverneze și să conducă în sens absolut corpurile și sufletele – monarhia teocratică care nu cunoaște alt stăpân decât pe Dumnezeu cu care se identifică, și altă margine decât propriile sale aspirații – (Papalitatea din zilele noastre astfel cum ea este înțeleasă la Vatican).

Acest tip nu era realizabil în țările mixte, sub dominația ereziilor lui Irod. Amestecul de rase, de popoare, de credințe care se încrucișau în provincii sub dominația indirectă a romanilor, se opunea la această sălbatică autocrație, chiar când acești susceptibili fii ai lui Irod ar fi fost îndestul de slabi pentru a o lăsa să se implânte. Așadar, trebuia să emigreze, și cât mai iute, căci pericolele se îndesau, se acumulau peste rabin.

Unde să meargă?

Eu îi deschideam porțile Ierusalimului, pregătindu-i o primire călduroasă. Îi explicasem destul cu ce condiții. Iisus voia să înlăture condițiile mele și să exploateze favoarea pe care i-o menajam. Primele lovituri ale contradicției îl schimbaseră. El devenise irascibil, absolut, superăcios, cerând mai mult decât oricând, netolerând nici o întârziere, nici un sfat, nici o dezbatere, nici o rezistență: nici discuție, nici îndoială. El devenise captivant într-un mod înspăimântător. Simțea tot ceea ce poziția sa avea teribil. Nu vedea nici un mod de a se sustrage de la ea fără a cădea: a intra în umbră, a se distruge și a muri de inimă în ridicol. El înțelegea că în astfel de situații, îndrăzneala numai poate salva. Cezar se salvase astfel; Pompei și Antoniu căzuseră din lipsă de promptitudine necesară pentru a înlătura lovitura destinului. El nu mai avea nimic de așteptat de la timp, decât folosindu-l. Ocazia pe care eu i-o ofeream nu se oferea de două ori în viața unui om care provoacă soarta. Acum, trebuia a lucra, numai a lucra, a surprinde, a lua cu asalt aceste decizii la capătul cărora se înălța altarul sau spânzurătoarea. Inamicii săi îl înțeleseseră. Ei îl marcaseră, puseseră ghearele pe el, și păreau deciși a nu-l mai lăsa, decât ori căzând ei ori sfărâmându-l pe el.

Vechile partide și el nu mai puteau trăi împreună, el le provocase; ei ar fi crezut că abdică dacă nu ar fi ridicat desfiderea și n-ar fi sfărâmat pe cutezătorul ce-i batjocorise. Iisus stricase cinci mii de ani de iudaism: trebuia să-și încrucișeze brațele? Pe lângă asta tonul pe care-l luase nu putea să se mai susțină mai mult timp. Doctrina, astfel cum o prezentase el, se întuneca și se micșora explicând-o mai mult; la asta îl împingea în toate zilele. Fiul lui Dumnezeu se ținea în echilibru pe un fir între sublim și bufonerie, între mesia și șarlatan. O suflare, și idolul se urca în ceruri sau cădea în noroi. Deja discipolii săi îl credeau nebun, și inamicii săi posedat[41]. El se vedea obligat a grăbi progresul entuziasmului său pentru a nu se coborî din înălțimile unde urcase.

Iisus spusese primul său cuvânt: iubire! Acum el striga cu frenezie: eu sunt sabia, dezordinea, focul! El renega patria, familia, amiciția, personalitatea, sângele, chiar al său, îl îmbăta. El declară război societății și naturii. Un om îi zise: Te urmez, Doamne, dar lasă-mă mai întâi să îngrop pe tatăl meu. «Lasă pe morți să își îngroape morții, îi răspunse rabinul, mergi!» Un pas încă, și această credință, această siguranță, această încredere în el însuși, acest idealism, această viziune, această fixitate năștea nebunia. El însuși mi-a spus-o mai târziu, arătându-mi starea spiritului său în coliba din această vale a muntelui Hermon. El grăbi reflecțiile sale, tăia scurt în așteptare, în noile proiecte, în dezvoltarea consecutivă a doctrinei și a planurilor sale și anunță discipolilor săi că pleacă la Ierusalim, unde va merge să-i aștepte pentru Paște.

— Mai așteaptă, Doamne, îi zise Simon, nu te expune așa de curând.

— Îndărăt, Satano! strigă Iisus cu mânie. Tu mă atingi, căci tu nu guști lucrurile lui Dumnezeu și te îmbeți cu acelea ale oamenilor.

Iisus, într-adevăr, pleca din Galileea, o lună înaintea caravanei. El merse să o vadă pe mama sa la Capernaum; el se rupse de frații săi care-l împingeau a se sfărâma în lovituri mesianice aventuroase. El merse să o vadă pe Maria la Magdala și îi ordonă a se uni cu caravana și a se duce la Ierusalim prin valea Iordanului. Apucă pe urmă, singur și pe jos, drumul Samariei, traversând Sihechemul, Shilohul și Bethelul, cele trei orașe sacre care precedă Sionul.

În seara de treisprezece *adar*, ziua de post a Estherei, cu o zi mai înainte de curioasa sărbătoare *purim*, *saturnalele* evreilor (carnavalul din zilele noastre), rabinul din Nazareth intra în Ierusalim prin suburbia și poarta lui Veniamin, văzând la stânga Bezetha, cu casele sale, cu sinagogile sale și noul palat al lui Antipas, la drepta Garebul cu grădinile sale, cu vilele sale, cu piața sa de execuții publice și cu grotele și mormintele sale. Traversând marea stradă din valea Brânzarilor, și întorcându-se

---

41) Marcu, cap. III. Ioan cap. VII, VIII, X.

la stânga la jumătate de drum, în strada care conduce la poarta Vitelor, el trecu albia seacă a Cedronului. Apoi coti povârnișul de vest al muntelui Măslinilor și printr-o plantație de smochini și de măslini, sosi la Bethany, orașul la două mile de Ierusalim, la casa amicului său Lazăr. Această casă era joasă și goală; avea un acoperiș găurit, un pavaj de calcar și de nisip, o mică curte, ce domina valea Cedronului, Marea Asphaltită, munții Moab și poteca de pietre alunecoase și netede, pe care nici calul nici cămila, nu se țin bine, care conduce de la Ierusalim la Ericho. Așezat între cele două surori ale lui Lazăr, Marta și Maria, găsii în fine pe rabinul de la Nazareth, după ce mă dusesem de zece ori pentru a-l căuta.

Era timpul, căci iată ceea ce se întâmplase.

XX

Nu înțelesesem niciodată, în istoria noastră, violența pasiunii lui Amnon pentru sora sa Tamar și nedemna sa conduită. Acum o înțelegeam.

Iubirea este oricând o boală. În oarecare moment ea este o distrugere. În timp de cincisprezece zile sufletul meu se luptase teribil cu inima mea. El îi prezentase una câte una toate imposibilitățile, toate inconveniențele, ultrajele amorului meu pentru Ida. Inima răspunsese mereu: Este adevărat, dar eu o iubesc! Sufletul rămăsese cu argumentele sale victorioase, dar inima triumfase. Plecai așadar de la Ericho, decis a lua o pe Ida, orice s-ar întâmpla. Viitorul era înarmat contra mea, dacă mă căiam. Puteam să gonesc, să o fac să se ucidă, să o ucid pe Ida, dacă delirul pasiunii mele se liniștea. Cu toate acestea, deși absolut determinat la calea disperată de a o lua de soție pe favorita abandonată a unui oficial roman, vrui, pentru a mă îndrepta în proprii mei ochi, să cer un sfat.

Sosind la Ierusalim, mă dusei să-l văd pe Hannah.

Saganul era omul care-mi putea da acest sfat.

După moartea lui Irod, a doua zi chiar, două partide se ridicaseră înarmate unul contra celuilalt partidul nobililor, deprimat de Machabei; partidul separatiștilor, sfărâmat de Irod; bătrânii legitimiști[42] care pe baza legii organice a lui Moise

[42] «Torii» cum îi numește domnul W. H. Dixon în excelenta sa carte intitulată

ambiționau o mare libertate oligarhică; partidul democratic, care voia a monopoliza și a exploata puterea, tot oligarhică, dar de jos. Cele două partide cu toate acestea erau contrarii dinastiei, instituțiilor, împărțirii ce o făcuse Irod din statele sale. Partidul nobil avea ca scop să răstoarne pe *ethnarchul* Archelau, fiul lui Irod, și pe marele-preot Ioazar, din casa Boethusiana, și de a stăpâni guvernul civil și religios. Partida populară avea ca scop a răsturna cu orice preț pe Archelau, fiul unei regine samaritene, și, cu toate acestea, impur și de a trata cu Ioazar, mai puțin urât din cauza manierelor sale demne și facile. Capul partidului nobil era acest Hannah, fiu al lui Seth, un om de o ilustră naștere, cu o mare bogăție, dotat cu curaj, cu ambiție, cu persistență fără limite, deși cu o inteligență mărginită, cu moravuri stricate.

Cele două partide triumfaseră contra familiei lui Irod. Archelau fusese chemat la Roma pentru a da socoteală de conduita sa. Acuzat de toate partidele și de proprii frați, Augustus îl exilase la Viena. În urmă, ethnarchia fusese dată Siriei, ca provincie romană, pe când cele două tetrarchii rămâneau celorlalți doi fii ai lui Irod, care se ambiționau de a anexa Iudeea și Samaria la statele lor. Acuzația capitală adusă contra lui Archelau fusese aceasta: că o gonise pe soția sa Mariamna și o luase de soție pe Glaphira, fiica regelui Capadociei, care fusese mai înainte femeia fratelui său Alexandru. Când Archelau fu exilat, frumoasa și tânăra regină muri de întristare. Cyreniu, guvernatorul Siriei, fu însărcinat de a organiza cele două noi provincii sub un guvernator special, numit procurator. Caesarea, pe coastă, fu desemnată capitală și reședință a acestui funcționar.

Cyreniu veni la Ierusalim. După ce pipăi partidele, el îl destitui pe Iozar, marele-preot popular și-l ridică la marea preoție pe Hannah. Pe când primul procurator, Coponiu, locuia la Caesarea, Hannah domnea la Ierusalim. Timp de cincisprezece ani, deși evreii erau apăsați de impozite, zdrobiți de durere, pentru pierderea naționalității și a guvernământului lor național, nimic nu tulbură imperiul lui Hannah și a partidului nobil, care guverna Ierusalimul în numele Romei. Dar Valeriu Gratu, guvernatorul Siriei trimis de Tiberiu, voi să dea o altă putere dominației romane, poate, pentru că el văzu nemulțumirea mărindu-se și că spera să înlăture pericolul rezemându-se pe partidul popular.

The Holy Land, pe care am consultat-o adesea, cu un foarte mare profit.

Pentru asta Hannah fu destitut și Ishmael ridicat în locul său.

Gratu înțelese curând mărimea greșelii pe care o comisese, prin nemulțumirea, încă mai mare, care urma destituirea lui Hannah, produsă de partidul nobil. Nevoind să se retragă, și voind cu toate acestea să liniștească spiritele, el îl destitui pe Ishmael, și numi mare-preot pe Eliazar, fiul lui Hannah, lăsându-i acestuia, cu titlul de sagan-deputat, funcțiile spirituale și reglementarea riturilor ce erau lipite de sarcina marelui-preot.

Gratu nu putea totuși să se consoleze că s-a văzut forțat de Hannah și de nobili. Astfel, îndată ce putu, fără grijă, îl înlătură pe Eleazar și alese în locul său pe Simon. Nouă greșeală din partea lui Gratu; căci, în mai puțin de un an, el fu obligat, de a răsturna pe noul său mare-preot și de a-l numi pe Caiafa, ginerele saganului. De aici, triumful partidului nobil fu definitiv, cel puțin pentru câtva timp.

Pilat se sprijinea pe el. Dar nu reuși nici a neutraliza, nici a slăbi, prin acest partid, partidul popular. Acesta îmbrățișa toate principiile uneia dintre aceste facțiuni – galileana lui Iuda din Gamala – ura contra romanilor, și așteptarea unui mesia, care trebuia să-i răzbune sfărâmând jugul lor. Hannah văzu acest partid urcându-se, crescând, cutezând chiar. Simțindu-se pus între două pericole, el îl lingușea pe Pilat și conspira cu mine.

Astfel era saganul – un frumos om de vreo cincizeci de ani, oțelit în toate viciile și cu toate vicleniile – pe care aveam să-l fac judecător al conduitei mele.

I-am spus totul, procedările mele pe lângă Ida, primirea ce o avusesem, lupta mea interioară, rezoluția la care mă oprisem.

Hannah mă ascultă serios, liniștit, apoi mă întrebă:

— Ai tu forța de a smulge această pasiune din inima ta?

— Nu. Am încercat, nu am reușit.

— Văd. Chipul tău poartă urmele luptei tale. Atunci ce vii să-mi ceri? Orice tranzacție pentru a masca rușinea căsătoriei tale ar fi o rușine nouă. Pasiunea n-are logică și nu poate să aibă codice. Lucrez cu franchețe, pe față, sus. Ia pe această femeie și încredințează timpului grija remediului.

— Ea nu are nici o rudă la care să mă pot adresa. Nu cutez să mă prezit ei din nou, de frică de a nu sfărâma totul. Vrei să mergi a-i cere mâna pentru mine?

— Sunt gata.

— Nu te rușinezi de asta? Nu te retragi înaintea imputării că ai intrat într-o casă impură?

— Nicidecum. Numai, vom plăsmui o poveste care să îndepărteze cât va fi posibil astfel de imputări.

— Îți las o întreagă libertate de acțiune.

— Când trebuie să o văd pe această femeie?

— Așteaptă. Trebuie să vorbesc mai întâi cu Moab pentru a o pregăti de vizita ta. Mă tem că nu voi izbuti.

— Atunci mă vei înștiința, când voi putea să mă prezint.

— În ce mod, crezi tu, să micșorezi înaintea lumii nebunia mea și să arăți pe femeia mea amicilor noștri?

— Foarte simplu. Nu putem să o prezentăm ca văduva lui Caiu Crispu, pe care tot Ierusalimul îl cunoaște, care trăiește, la Sebasta în acest moment, dar care poate să vină aici mâine, în fruntea cavaleriei sale. Trebuie deci ca Ida să treacă drept femeia acestui ofițer, repudiată de el după ce a recunoscut-o invincibil legată de credințele părinților săi. Cu asta, totul e scăpat. Frumusețea Idei justifică pasiunea romanului care a luat-o de soție sperând să o convertească apoi. Această perseverență în cultul legilor lui Moise depărtă de la ea orice imputare că a luat de soție un păgân, și noi putem, fără a ne spurca, să intrăm în casa ei. Orice onest om poate să ia o femeie divorțată fără imputare. Dar trebuie un lucru: ca Ida să aibă o scrisoare de la bărbatul ei constatând acest divorț. Ea nu o are probabil. Trebuie cu orice preț să aibă una, chiar de ar trebui să o fabrice ea. Mă însărcinez eu, dacă trebuie, de a face să se ceară prin Pilat această atestare de separare, dacă Caiu Crispu o refuză. În condiția excepțională a acestei fete, noi putem să schimbăm ritualul obișnuit al măritișului, să scurtăm detaliile, să simplificăm formalitățile. Pe scurt, suntem stăpâni de a lucra după placul nostru, și să pregătim astfel motivele de nulitate a căsătoriei, în cazul în care tu te-ai căi și ți-ar trece nebunia.

— Îți mulțumesc, Hannah, tu mă scapi. Alerg la Berachah.

Am alergat acolo, într-adevăr, imediat și l-am văzut pe Moab. I-am declarat că voiam să o iau de soție pe stăpâna sa și îi explicai totul.

Moab înțelese. El promise a face tot ceea ce era necesar, de a obține actul de divorț, și de a veni la mine, peste câteva zile să îmi anunțe rezultatul procedurilor sale. Mă întorsei mai ușurat și, trebuie să o spun, scuzându-mă chiar de lașitatea mea.

Moab nu spuse Idei nici un cuvânt din aceste învoieli. Fără voia ei, el merse, chiar în aceeași zi, să-l vadă pe Pilat în turnul Mariamnei.

Aflai mai târziu prin Noah și prin Moab faptele ce o să le narez, dar le narez aici pentru a face să se înțeleagă mai bine scenele dureroase care vor avea loc.

Omul pe care îl văzusem ieșind de la Ida, în noaptea când căutam un adăpost în casa sa, era tocmai Pilat. Caiu Crispu nu o văzuse niciodată pe Ida. Acela care o cumpărase și făcuse să fie furată era chiar Pilat. Amantul ei era Pilat. Nimeni nu cunoștea acest amor. El mergea să o vadă noaptea, și mai în toate nopțile. Amorul Idei era răcoreala acestei vieți arse de atâtea dorințe și de atâtea pasiuni. După teribila scenă pe care o avusese cu femeia sa, cu toate acestea, el tremurase; poate avea remușcări, în orice caz, el voia să își menajeze dreptul de a fi de aici înainte sever cu Claudia.

Ida îl aștepta ca totdeauna. Când auzea zgomotul cailor, zgomotul pașilor în atrium, alerga, cu surâsul pe chip, cu sărutarea pe buze, cu brațele deschise. Douăzeci și două de ore din ziua sa era o dorință și o pregătire pentru aceste două ore de fericire pe care le petrecea cu posomorâtul și tristul roman. Ea începea a pierde speranța de a-l vedea în această noapte: vijelia fără frâu răsturna cerul, ora obișnuită trecuse, venirea lui Pilat se păru deci o îndoită sărbătoare. Dar, îndată ce el pătrunse în razele acestei camere de culcare viu iluminată, Ida se trase îndărât mirată de aspectul lui. Era foarte palid, avea ochii rătăciți, hainele acoperite de sânge, brațul rănit. Ida scoase un țipăt. Pilat, în această noapte, nu-i oferi nici o mângâiere; nu o liniști deloc. Se așeză, sau mai bine se lăsă să cadă sfărâmat pe o grămadă de perne, și își puse fruntea în mână pe genunchii lui. Ida alergă la el.

— Dumnezeul meu, Dumnezeul meu, ce ai tu? strigă ea.

Pilat se sculă speriat și, sărutând-o pe frunte, îi zise:

— Liniștește-te! Astă-noapte ai nevoie de toată liniștea. Vin să-ți anunț o nenorocire.

— Că tu nu mă mai iubești? exclamă Ida tremurând.

— Mai rea încă, Ida.

— Imposibil. Dar vorbește, vorbește, Dumnezeul meu.

— Ida, nu am decât câteva momente ca să-ți dau, și aș da viața mea pentru a le micșora amărăciunea. Dar nu mai pot să-ți ascund adevărul.

Ida își aruncă brațele pe gâtul amantului său și cu o voce sugrumată murmură:

— Vorbește!

— Ida, te parăsesc.

— Ce!, tu mă... părăsești?

— Ida, o iubesc pe soția mea.

Brațele Idei se desfășurară puțin câte puțin, un geamăt sugrumat ieși din pieptul său, și ea căzu fulgerată pe parchet. Pilat o luă în brațele sale, o puse încet pe pat și se puse în genunchi la căpătâiul ei, pândind cu ochii înecați în lacrimi, întoarcerea la viață. Trecu mult timp. În fine, puțin câte puțin, obrajii palizi, buzele decolorate ale Idei se animară, o suflare arzătoare îi traversă gura, nările sale diafane palpitară, pleoapele se întredeschiseră încet, ochiul albastru străluci ca steaua păstorului, lungile gene tremurară; și, apoi, ridicându-se cu o săritură pe pat, aruncând brațele pe gâtul amantului său și izbucnind într-un râs convulsiv, ea strigă:

— Oh! amicul meu, ce vis infam am avut!

Pilat scoase un greu suspin și tăcu.

— Ghicește dar, continuă Ida, am visat că tu mă părăseai, zicându-mi cu o voce scurtă și mortală: O iubesc pe soția mea.

— Ida, nu ai visat.

— Nu am visat, spui tu? Așadar este adevărat, este adevărat că tu mă părăsești și că tu o iubești pe această frumoasă, femeie pe care am văzut-o în circ.

— Este adevărat.

— Și o iubeai tu, când m-ai luat? O iubeai tu în timpul acestor lungi și fericite nopți în care mi-ai repetat de o mie de ori că eram lumina vieții tale? O iubeai tu, când mă luai pe genunchi, și cu capul plecat pe umerii mei, mă ardeai cu suflarea ta, mă pătrundeai cu un foc care ne făcea să tremurăm amândoi ca două frunze sub lovitura vijeliei? O iubeai tu atunci când, în acest loc, unde stai, unde stau eu, tu mă inundai cu privirile tale ca o baie de flăcări, și când sufletul tău exalta într-o cascadă de sărutări? Spune, spune, la ea te gândeai, când tu erai așa de acoperit de tristețe, când erai așa de posomorât, când suspinai așa de tare, așa de profund încât suspinul părea că iese din mormântul sufletului tău?

— Ida, soția mea încă nu știe că o iubesc, că o iubesc de șase ani! Ea nu a primit până acum nici o singură sărutare de la mine.

Ida sări de pe patul ei și luând capul lui Pilat pe piept îl acoperi cu sărutări.

— E adevărat ceea ce spui? Este adevărat, dragostea mea?

— Adevărat, Ida. Aceasta este teribila mea istorie. Dar nu este mai puțin adevărat, copila mea, că trebuie să te părăsesc pentru totdeauna și că am iubit-o pe această femeie fatală din cea dintâi zi în care am văzut-o.

— Așadar, tu nu m-ai iubit niciodată?

— Am făcut mai mult decât asta, Ida, te-am considerat ca odihna sufletului meu. Zilele fericirii mele în această lume sunt numărate prin acelea pe care le-am petrecut cu tine.

— Mă gândesc, cu toate acestea, acum, tu nu mi-ai spus niciodată că mă iubeai. Da, tu n-ai mințit cel puțin. Ah! dacă ai ști, Ponțiu, cum te iubesc! Dar caută-mi o comparație pentru a-ți exprima cât te iubesc, căci eu sunt ignorantă, eu sărmană fată din popor! Dar te provoc a găsi o comparație care să nu fie palidă și mincinoasă. Dar pentru ce nu mă iubești tu? Sunt cumva urâtă? Nu cumva sunt rea? Oare nu știu să mă îmbrac bine, și să spun mii de cuvinte dulci? Cu toate acestea îmi trec atâtea prin suflet, îți spun atâtea când nu ești aici! Apoi, nu știu cum se întâmplă, îndată ce ești aici, nu mai știu decât să te privesc, să te îmbrățișez, și apoi, atât. Ei bine, inventează ceva care să prețuiască cât o sărutare plină de tot ceea ce existența are mai ardent. Spune-mi defectele mele, Ponțiu, mă voi îndrepta. Capul meu, corpul meu sunt ale tale; fă din ele ce vei voi, prin fier și prin foc.

— Tu ești creatura cea mai frumoasă, cea mai suavă ce am văzut-o în viața mea, Ida. Dar o iubesc pe femeia mea care mă urăște.

— Dar te iubesc, eu, Ponțiu. Eu nu sunt așa de fulgerător de frumoasă ca femeia ta; cu toate acestea te iubesc, nu te iubesc decât pe tine, n-am iubit pe nimeni în afară de tine. Astă-seară sunt nătângă, vezi tu am primit o aspră lovitură din vorbele tale. Dar tu vei vedea, mâine-seară, cum îți voi spune lucruri gentile, cât mă voi face de frumoasă. Voi pune cele mai frumoase bijuterii pe care mi le-ai dat. Bătrânul Thorix îmi va culege flori pe care le voi pune în păr, vei vedea cât de bine mă va pieptăna Noah. Sărmana fată ar fura frumusețea unei regine pentru a mă găti și a-ți face plăcere. Vom cina împreună mâine -seară. Voi cânta acea frumoasă arie a țării tale pe care m-ai învățat tu... Vezi, Ponțiu, vom vorbi limba hiberiană, ah!

— Ida, copila mea, nu mai este mâine-seară pentru noi. Îți spun adio pentru toatdeauna.

— Oh! imposibil, imposibil, imposibil, îți zic, Ponțiu. Nu se vine la o săracă fată care te iubește, care nu ți-a făcut nici un rău, și nu i se spune cu acest accent feroce pe care tu îl ai în voce astă-seară: Adio! Adio, fie: dar în cer. Ucide-mă, și hai să ne întâlnim în sânul Dumnezeului lui Abraham. Cine este cel care te-a sfătuit să vii să mă torturezi astfel astă-seară, cu această oribilă glumă? Soția ta poate. Dar de ce ar fi ea geloasă dacă este așa de frumoasă, mai frumoasă decât mine?

Pilat se sculă. Acest fel de divagare a tinerei fete îl sfâșia.

— Ida, spuse el, de câteva ore, o nouă viață a început pentru noi. Femeia mea are un amant pe care nu am dreptul a-l, ucide, pentru că ea te-ar ucide pe tine dacă ar ști că te am eu. Și cu toate acestea, Dumnezeu știe câte remușcări m-au costat aceste picături de consolare cu care ai udat viața mea lugubră și dezonorată! Ea mă aruncă într-un viitor de întuneric pe care nu cutez să-l privesc în față, pe care nu cutez chiar să îl întrevăd. Nu știu ceea ce o să devin. Știu că nu pot de aici înainte să continui a te vedea fără a te ultragia, fără a mă ultragia, fără a o ultragia pe femeia care poartă numele meu. Tu te vei consola într-o zi. Tu ești pură, tu ai rămas pură chiar sub tristele sărutări ce ai smuls din durerea mea. Tu ești tânără, viitorul este unul promițător, plin de uimire, ai încredere în el. Dacă o urzică te-a înțepat culegând viorele, florile ce vor înflori sub pașii tăi nu vor fi mai puțin frumoase îndată ce arsura se va calma. Ah! dacă aș putea să zic tot așa și despre mine! Dumnezeu mi-a pus în inimă un amor pentru a face din el călăul meu...

— Încetează, Ponțiu, zise Ida; văd că ești nenorocit și că ești hotărât. Oricum aș voi să o văd pe femeia ta și să-i spun cât ești de bun, și să o rog în genunchi ca să te iubescă.

— Ida, Ida, exelamă Pilat îmbrățișând-o pe fată într-un acces de delir, pentru ce nu pot să spun: Te iubesc! Ești cea mai nobilă din toate creaturile?

Apoi, desfăcându-se deodată din această strângere, el se grăbi afară din cameră strigând:

— Adio, fericirea mea nimicită! Adio, consolarea mea cerească! Fii fericită pentru totdeauna!

— Pilat! Pilat!, strigă Ida, ca deșteptându-se tresărind, încă un cuvânt, o ultimă sărutare. Pilat, ascultă Pilat...

Pilat era deja în curte și ieșea afară din incintă. Ida alergă până în *atrium* și căzu leșinată în brațele bătrânului Thorix grădinarul ei gal.

Din acea noapte, Pilat mai nu mai ieși din turnul său, consumat de o melancolie implacabilă.

Ida se dezola în lacrimi, după două zile de delir și opt de friguri. Noah, bătrâna Phebe, femeia grădinarului, vegheau asupra ei zi și noapte. În fine, ea se ridică ca din mormânt, unde își lăsase bucuria, speranța, tinerețea. În ziua în care putu să dea ordine, ea oferi libertate tuturor sclavilor cu care Pilat o înconjurase ca pe o mică regină. Thorix, care de treizeci de ani locuia în această casă trecând din stăpână în stăpână, legat de această moșie din care făcuse un mic paradis, de aceste plante, de aceste flori, de toată această creație pe care el o impusese stâncilor goale, nu voi libertatea pentru a nu părăsi această lume care născuse sub mâna sa. Phebe nu-l părăsi pe bărbatul ei. Noah refuză a se despărți de stăpâna sa.

Cu toate acestea Ida – continuă a o numi cu acest nume – pierzând amantul, nu voia să-i păstreze darurile. În această casă, totul îi reamintea o fericire care fugise, un amor care naufragiase în prima sa călătorie. Dar unde să meargă? Ce să devină? Atunci, amintirea mamei sale, casa tatălui său îi străluci înaintea ochilor ca un curcubeu. Trebuia să-i facă cunoscută poziția sa. Pe cine să-i trimită? Ea nu avea pe nimeni în care să se încreadă. Moab era încă foarte bolnav, cu toate îngrijirile și remediile secrete ale Phebei care îl veghea. Thorix nu înțelegea această mulțime de lucruri pe care le știe o femeie, pe care le ghicește, și pe care Ida voia să le facă cunoscute mamei sale pentru a o mișca. Luă o hotărâre și într-o dimineață o urcă pe Noah pe o cămilă, pe Thorix pe un asin pentru a o acompania și-i trimise la Nazareth.

Iisus cunoștea, de mult timp, toată istoria surorii sale, de la vânzarea sa până la destinul final. El nu spuse nimic mamei sale, nici fraților săi, nici surorii sale. Noah găsi familia mutată la Capernaum. Ida fusese deja încunoștiințată de moartea tatălui său. Iisus lipsea.

Este imposibil de a descrie doliul care căzu pe inima sărmanei mame a rabinului la relatarea plină de lacrimi ce i-o făcu Noah.

Ea o spuse copiilor săi. Un strigăt unanim de reprobație se ridică în familie.

Frații, cealaltă soră a rabinului, erau oameni mărginiți, aspri, fără inimă, plini de ariditate, de ambiție, de invidie, de gelozie. Mama ar fi vrut a întârzia răspunsul până la sosirea lui Iisus, care era acum capul familiei, fiind cel mai în vârstă. Dar ceilalți copii ai văduvei lemnarului se pronunțară într-un mod clar și energic: «Miriam este o străină la noi, dacă ea pune piciorul în această casă, noi o părasim toți, noi te părăsim toți, mamă, sau o înecăm în lac.» Acesta a fost răspunsul pe care sărmana Noah îl auzi tremurând, și ea nu putu să aducă un altul stăpânei sale.

Ida primise această veste de două zile când am bătut la poarta ei.

În această situație, se înțelege propunerea pe care mi-o făcuse Moab. Îi trebuia acestei sărmane fete un colț de acoperământ unde să își pună la adăpost capul, pentru că ea era decisă a părăsi casa de marmură și refugiul minunat pe care i-l dăduse Pilat.

Ida cu toate acestea spera încă la întorcerea amantului său. Ea nu putea să își dea seama de ceea ce se petrecuse, și cum se poate ca să se sfărâme în câteva minute o legătură țesută cu aur și cu raze timp de doi ani. Pentru a o determina, trebuia o lovitură decisivă.

Moab avea să i-o dea.

El se duse la Pilat.

Îl găsi într-un mic apartament din turnul Mariamnei, foarte puțin și foarte simplu mobilat. În toate părțile erau soldați romani, astfel că cineva ar fi spus că locuiește într-un câmp în timp de război. Îndată, cu toate acestea, ce Moab își spuse numele și că vine de la Berachah, fu primit.

O oarecare emoție se arătă pe chipul lui Pilat. Aspectul acestui om îl făcea să-și amintească de atâtea lucruri și de atâtea zile fericite, ce trecuseră irevocabil. Căci Pilat era, într-adevăr, posomorât, trist, palid mai mult ca de obicei și ca mânat de o febră care nu-i dădea liniște. L-ar fi luat cineva drept convalescent. Avea încă brațul înfășurat cu o bucată de stofă.

— Nu cumva s-a întâmplat vreo nenorocire? îl întrebă Pilat cu teamă.

— Nenorocirea s-a instalat la noi, răspunse Moab: prin urmare nu mai poate veni.

— Atunci, vorbește. Ida te trimite?

— Nu. Ea nu știe nimic de ceea ce fac: lucrez din propria mea inspirație.

Pilat luă un aer rece și adăugă:

— Ce vrei deci cu mine?

— Iată în două cuvinte: îmi trebuie o scrisoare de la tine către Ida, care să-i declare în modul cel mai decisiv și cel mai definitiv că nu mai trebuie să viseze nimic de la tine, căci tu ești fericit cu femeia ta...

— Adevărat! exclamă Pilat.

— Ca ea să se mărite, dacă găsește un soț și să uite trecutul.

— Asta-i tot?

— Nu încă. Apoi îmi vei face o scrisoare, în numele lui Caiu Crispu prin care să zică că el ar fi repudiat-o, și că Ida este liberă de a se mărita din nou.

— Ce de mai măritișuri sunt în discursulu tău! Sunt ele oare numai în discursul tău?

— Nu.

— Nu! Cum, Ida s-ar mărita oare?

— Nu se mărită ea, ci eu o mărit.

— Tu? Vorbește clar și iute, trăsnet al lui Jupiter!

— Procedez după ordin: Nu vreau să încep de la sfârșit.

— Apoi?

— Ei bine! Tu știi că Ida nu vrea nimic de la tine, că i-a eliberat deja pe sclavii tăi și că se pregătește a părăsi casa pe care tu i-ai dat-o. Ea a trimis-o pe Noah la mama sa la Capernaum. Noah a adus drept răspuns că nu o cunosc și că dacă va cuteza să pună piciorul în casă, frații săi o vor îneca în lacul Genezareth.

— Bestiile!

— Ce vrei? Sunt astfel de bestii care consideră că onoarea înseamnă încă ceva în această lume. Nu ești de aceași părere și tu, bărbatul Claudiei Paulilla?

Pilat îl fulgeră cu o privire pe insultător și nu răspunse. Moab continuă:

— Tu știi, mai bine, că Ida este săracă, că ea e tânără și frumoasă, că, cu tot contactul tău, ea este cea mai pură dintre fiicele lui Israel. Ce o să devină ea când va ieși din această casă, unde totul îi amintește o bucurie stinsă, un amor ultragiat, onoarea pierdută? Viața sa este în lacrimi, dacă ea nu părăsește această locuință va muri acolo.

— Ce pot face eu?

— Ceea ce ți-am cerut.

— Dar cu ce scop?

— O să ți-l spun. Îți aduci aminte de acest tânăr, Iuda bar Simon din Kariot, care în circ a salvat viața soției tale, pe care tu l-ai arestat și pe care nobila ta femeie l-a eliberat?

— Îmi aduc aminte.

— Ei bine, acest tânăr a văzut-o pe Ida în circ, și fu lovit de moarte. El o căută, el mă caută, dar nu putu să ne găsească atunci. Printr-o întâmplare stranie, într-o noapte de vijelie, în noaptea când ieșea chiar din palatul lui Irod, și se ducea la Bethleem pentru a o vedea pe mama sa, el se adăposti un moment la Berachah.

— L-am întâlnit pe drum.

— Vreo cincisprezece zile după aceea, veni să mulțumească Idei, o văzu, o recunoscu, și nebunia sa izbucni. L-am dat afară, declarându-i că văduva lui Caiu Crispu nu-l va mai primi de aici înanite decât pe cel care va veni să-i ceară mâna.

— Și el a revenit?

— Mi-a cerut, cincisprezece zile după aceea, să o ia de soție pe Ida. El nu o revăzuse. El nu ceruse nimic Idei. El vrea să-l trimită pe saganul să-i ducă acest mesaj.

— Ida deci nu știe nimic?

— Absolut nimic.

— Tu nu vii în numele ei?

— Ți-am spus.

— Ei bine, nu-ți primesc cererea.

— Pentru ce nu o primești?

— Mai întâi, fiindcă asta-mi place, apoi fiindcă mi-o spui tu, în fine, pentru că nu cred în povestea ta, și că se ascunde aici un târg rușinos.

— Pilat. Noi nu avem obiceiul a cumpăra nepoatele unchilor infami și de a le fura. Ți-am spus adevărul. Tu poți să te asigur în orice mod vei vrea.

— N-am nevoie să mă asigur de nimic, numele voastre îmi spun de ajuns.

— Nu știu ce împotrivire ai contra numelor noastre, și nu vin să te luminez în această privință. Chestiunea este alta.

— Care?

— Care? zise Moab începând a-și răsuci mâinile și a sufla,

tare. Care? Tu ai dezonorat o sărmană fată care nu făcuse nimic pentru a provoca această nenorocire. Această fată te-a iubit; ea este încă destul de onestă pentru a refuza prețul acestui amor pe care ea ți l-a dat și nu ți l-a vândut. Acum, această sărmană fată, care te iubește încă, are pe cineva care se interesează de ea, și pe cineva care o iubește, o iubește în punctul de a uita că este mânjită.

— Așadar ar fi foarte fericit, acest tânăr, obținând-o pe Ida?

— Ceea ce fac îți spune restul.

— El nu o va lua fără aceste scrisori pe care mi le ceri?

— Una dintre aceste scrisori servesc în a o convinge pe Ida; cealaltă să facă demnă nenorocirea sa.

— Și ar fi foarte nenorocit, acest Iuda, dacă ar trebui să renunțe la Ida?

— Așa cred. Înțeleg puțin în lucruri de amor, dar el îmi pare lovit de nebunie.

— Ei bine, refuz complet a coopera la această căsătorie.

— Dar, cugetă, Pilat, că nu e vorba de Iuda, ci de Ida, continuă Moab cu o mare liniște în voce, pe când culorile se schimbau pe fața sa. Uită-l pe Iuda și nemulțumirile ce le poți avea impotriva lui, dacă, cu toate acestea, ai vreuna. Dar, ai putea tu să te odihnești în nopțile tale liniștite, când o vei arunca pe această sărmană fată pe stradă, poate în mijlocul acestor nenorocite care au, la colțul străzilor, capul acoperit și corpul gol? Dacă aș avea eu o locuință, n-aș fi aici, nu ți-aș vorbi cu o voce rugătoare. Dar locuința mea este cea din care gonesc tigrul și leopardul în deșert. Pot să o duc pe această sărmană creatură în acest infern? Eu n-am o bucată de pâine, trăiesc cu câteva rădăcini, cu câteva lăcuste, cu câteva picături de miere sălbatică pe care o disput cu viespile. Pot să o hrănesc pe această delicată creatură cu aceste orori? Nu știu să muncesc. Meseria mea este de a mă ruga, de a face bine, de a fulgera viciu, de a iubi țara mea, de a urî străinul și de a mă lupta contra lui. Ar fi mai bine poate să cultive pământul. Nu știu: acum e prea târziu pentru a reveni la asta. Dar nu e vorba acum de asta. Cugetă la ce o să devină Ida când va ieși din Berachah.

Pilat nu-l mai asculta pe Moab, nici nu-l mai vedea poate. El se plimba cu pași sacadați și își vorbea sieși.

— Iată iubirile eterne! Eternitatea celei mai iubitore femei, este deci de cincisprezece zile? Ce! figura sa încă roșea de respirația mea! Sărutările mele flutură încă pe buzele sale, pupila sa reflectă încă obrazul meu, și deja, deja ea deschide brațele unui alt om! Puah! Ei bine, nu; nu voi coopera la această infamie. Prostituarea acestei fete ar începe din ziua căsătoriei.

— Pilat, nu zice asta; este rău ceea ce gândești și vrei să faci. Tu n-ai iubit-o niciodată pe Ida, de unde îți vine această gelozie acum?

— Nu este gelozie, este scârbă. Răzbun morala.

— Bărbat al Claudiei, te opresc de a pronunța acest cuvânt vorbind de Ida.

— Ce?

— Ai fost infam, nu fii și laș.

— Ieși, ieși de aici, mizerabil cerșetor.

— Da, ies, răspunse Moab, dar după ce voi răzbuna această morală, onoarea, țara mea și pe Ida.

Și rostind asta, Moab scose un pumnal și se aruncă asupra lui Pilat.

Pilat scoase un țipăt, cinci sau șase soldați se grăbiră în cameră.

XXI

L-am așteptat pe Moab trei zile. Nu știam că fusese arestat, după ce-l rănise pe Pilat la umăr. Nu cutezam să merg la Berachah. O neliniște incordată nu mă lăsa să mă decid la nicio rezolvare. Parcurgeam străzile Ierusalimului de dimineața până seara și de seara până dimineața. Justus, care mă evitase până atunci crezându-mă înștiințat de mișeliile sale, liniștit acum, mă urmărea în toate părțile.

Îl vizitasem pe Lazăr de patru sau de cinci ori, de la întorcerea mea, pentru a afla știri despre rabinul de la Nazareth. Voiam să îl trimit la sora sa să intervină pentru mine; căci, desigur, rabinul nu putea să spere o mai bună ieșire din poziția fatală în care se găsea Ida. În fine, în plimbarea ce o făcui dimineața la Bethania, Marta, sora lui Lazăr, îmi anunță că Nazareanul avea să sosească pentru sărbătoarea *purim*. Atunci îmi amintii de scrisoarea așa de grabnică a Claudiei, și mă dusei la palatul lui Irod, ca să-i spun știrea.

Trebuie să reamintesc aici că nu știam atunci absolut nimic din ceea ce am narat despre Pilat și Ida, și că credeam foarte sigur că ea fusese amanta lui Crispu.

Claudia mă aștepta cu nerăbdare de câteva zile. Sute de nebunii fierbeau în capul ei.

— Și mesia al tău, îmi strigă ea, mai înainte de a trece pragul ușii sale, unde l-ai lăsat? De ce nu intră?

— El este pe drum, Claudia, sosește peste câteva zile, către cincisprezece ale acestei luni.

— Nu cumva el iubește mascaradele, din întâmplare?

— Nu cred că iese vreodată din ele, răspunsei eu râzând. Așadar tu ești foarte grăbită a îl întreba?

— Este el cel puțin de forța lui Simon din Samaria?

— Nu pot să-i compar: el nu exploatează același gen. Dar rabinul meu, Claudia, îmi pare un strengar deloc comun. El este serios, sever, este tot așa de greu de mânuit ca și un tânăr asin; el nu are pasiuni prin care să-l prinzi; este obstinat, este neinteresat, este visător ca zece profeți.

— Dar tu ai dezgropat o perfecțiune din această provincie! observă Claudia. Îmi sporești dorința de a-l vedea.

— Nu pot eu oare să-l înlocuiesc pentru un moment?

— Ești curios? Ei bine, nu îți voi spune nimic. Când o femeie are o rană, cel mult dacă o arată doctorului.

— Îmi place mai bine să văd frumoșii tăi umeri, Claudia, și ochii tăi tumultuoși decât rănile tale. Sunt sătul deja de ale mele.

— Spune-mi mai întâi, unde ne aflăm cu afacerile noastre mai serioase?

— Nu puteam merge mai cu multă prosperitate. Galileea și Samaria n-așteaptă decât un cuvânt pentru a se revolta. În aceste țări, irodienii și zeloții, care-i urmează pe fiii lui Iuda din Gamala, sunt animați de un spirit irezistibil. Antipas sosește pentru sărbătoarea Paștilor cu o suită numeroasă care va lua armele în momentul revoltei. O mie de tineri din statele sale îl precedă cu ocazia sărbătorii, și pivnițele palatului lui Antipas se umplu deja de arme pentru a-i înarma. Poporul din Ierusalim este foarte agitat. Farisei și saducei care se urăsc foarte tare, se învoiesc în această acțiune: că e mai bine, după ce-i vor goni pe romani, ca unul dintre cele două partide să fie stăpân, după distrugerea celuilalt, decât a lăsa să domine străinul care le turtește pe toate, chiar favorizându-i pe saducei. Essenienii, care profețiră principii contrare celorlalte două partide, se unesc cu ei în asta: că trebuie a purifica pământul lui Israel de prezența infidelilor.

Noi, saduceenii, vrem un guvernământ oligarhic care să subjuge partida templului, o republică cu efori ca în Grecia. Fariseii vor o monarhie populară, dar sacerdotală: preotul și regele confundați într-o singură persoană. Essenienii, vor o monarhie sau mai bine-zis o republică teocratică, dar toată din popor, toată pentru popor și prin popor. Zeloții sunt comuniști ca essenienii. Dar toți aceștia urăsc Roma și vor absorbția poporului și a națiunii într-un om, care emană direct de la Dumnezeu, având putere absolută asupra sufletelor și asupra indivizilor, confundând tronul și altarul, confundând națiunile în aceeași abdicare în favoarea acestui ales al lui Dumnezeu, locotenent al lui Dumnezeu, atotputernic ca Dumnezeu, arbitrar ca Dumnezeu, fiu al lui Dumnezeu și din aceeași esență ca și el.

— Ce îngrozitoare amestecătură!

— Această amestecătură, cu toate acestea, formează o masă contra Romei. Ei au arme, inimă, disperare, constanță: ei sunt necugetători și atroce.

— Rabinul tău intră și el în politică?

— Prin ușa din spate, dar el se așează bine în casă.

— Citește el în cuget?

— Nu l-am văzut citind decât ebraica în Torah și foarte corect.

— Ghiceșce el viitorul?

— Asta nu este dificil, este dificil a discifra trecutul.

— Compune el *philtre*, veninuri, farmece?

— Ce nu s-ar face pentru tine, Claudia? Cere-mi să-ți servesc o stea udată într-o cupă cu apă, și eu ți-o pregătesc.

— Și dacă ți-aș cere să omori un om?

— Ce nevoie ai tu de mine, când trebuie numai să-l privești? Ochii tăi sunt ca acești peștișori din mările Indiei, care, cu o lovitură de aripi, răstoarnă o navă.

Începeam a uita posomorâta mea preocupare în flecărire; dar convorbirea noastră fu întreruptă de sosirea lui Pilat. El intră încet în cameră, și ochii săi se animară de o strălucire subită văzându-mă și recunoscându-mă.

El tot credea că eram amantul femeii sale. Claudia nu îi acordă nici o atenție tratându-l ca pe unul dintre sclavii ei. Pilat îi întinse o scrisoare zicându-i:

— Este de la Cezar.

Claudia o luă, o privi, o recunoscu, și o aruncă alături spunându-mi:

— Așadar este curioasă sărbătoarea voastră *purin*?

— *Bacchanaliele* prețuiesc mai mult, răspunsei eu sculându-mă, și salutându-l pe Pilat ca pentru a ieși.

— *Apropposito*, Claudia, zise Pilat, trebuie să faci un dar de nuntă logodnicei acestui tânăr. El se însoară.

— Este adevărat? mă întrebă Claudia cu un ton glumeț.

— Deocamdată, răspunsei eu cu același ton, asta nu este adevărat decât pe jumătate. Iau de soție o femeie care nici că știe încă.

Claudia se ridică, intră într-o cameră de alături și reveni imediat cu o mână de bijuterii spunându-mi:

— Ține, Iuda, acestea sunt pentru logodnica ta.

Pilat părea mirat. El nu înțelegea nimic din această indiferință a Claudiei la o știre pe care i-o dădea pentru a o zdrobi. El crezu poate că jucam rolul de liniște.

— Îți mulțumesc, răspunsei eu. Voi primi acest dar când căsătoria va fi decisă.

— Mi-o vei aduce pe femeia ta, Iuda, reluă Claudia, dacă ea nu se teme a se pângări intrând într-o casă de păgâni. Nu mă îndoiesc că însoțitoarea ta o să fie o nobilă, frumoasă, pură, tânără fată pe care aș fi fericită să o văd.

— Femeia sa este tot ceea ce zici tu, Claudia, răspunse Pilat. Eu o cunosc.

— Tu o cunoști! exclamă Claudia sculându-se de pe scaun și privindu-l pe bărbatul ei în ochi.

— Da, am avut de mai multe ori ocazia a-i duce mesaje de la bărbatul său, amicul meu Caiu Crispu.

— Ce flecărești tu?

— Da, acest tânăr se înșiră cu femeia de care Caiu Crispu a divorțat.

— Înțeleg, zise Claudia, cu un ton trist. Apoi, după un moment de tăcere, adăugă: Mi-ar fi plăcut mai mult ca el să fi luat de soție o fată din țara sa, pe care să o fi cunoscut, pe care privirea mamei sale nu ar fi părăsit-o niciodată, care ar fi stat mereu sub protecția tatălui ei.

— Ai dreptate, Claudia, răspunsei eu suspinând, dar dintre toți tiranii inima este cel mai inexorabil.

— Vai! da, zise Pilat.

— Așadar este foarte frumoasă, această tânără femeie? întrebă Claudia.

— Nu atât de frumoasă ca tine, Minervă romană.

— Este uimitor de frumoasă, răspunse Pilat. Era aproape să mă îndrăgostesc de ea, adăugă el surâzând.

Claudia și cu mine ne uitarăm la el cu o privire indiferentă, dar cu același grad de ferocitate.

— Îmi permiți tu, tinere, zise Pilat cu un aer de dispreț batjocoritor, de a da un dar de nuntă fetei pe care am avut plăcerea de a o vedea, nu de mult timp?

— Îți mulțumesc, răspunsei eu cu răceală: nu știu nimic mai scump ca darurile, și sunt prea sărac pentru a le plăti, prea mândru pentru a le primi.

— Mândru, zise Pilat surâzând într-adevăr. Cred că Ida este foarte bogată, este adevărat?

— Minciuni. Femeia pe care o iau are drept orice găteală părul său, drept orice bogăție frumusețea sa. Ea nu va purta o alta în casa mea.

Pilat surâse și nu răspunse.

— Caiu Crispu este deci așa de avar și așa de nenobil, zise Claudia, încât să ia femeii pe care a gonit-o, ceea ce i-a dat?

— *Aproposito,* zise Pilat acum trei sau patru zile, Ida îmi trimise un om spre a mă ruga ca să obțin de la Caiu Crispu actul de divorț. Am primit azi-dimineață acest act și mă pregăteam să i-l duc. Dar fiindcă logodnicul ei este aici...

Făcui o mișcare de bucurie și mă înroșii.

— Vrei să te însărcinezi cu această mică misiune, tinere? zise Pilat zâmbind ironic.

— Vreau.

— Vei spune Idei că această întârziere n-a provenit din greșala mea. Trebuie să se grăbească mult, această tânără femeie, ca după o separare de două luni de Crispu, să treacă în alte brațe, mai tinere și mai mângâietoare.

Era în toate cuvintele lui Pilat o batjocură și o amărăciune care-mi dădea un fior de mânie și de bănuială. Am răspuns:

— Noi ăștia aspri, evreii, nu suntem experți în a repeta complimente reci așa de alese; las, așadar, să cadă aici cuvintele tale, și trec peste ele.

— Cum îți place. Acest compliment, dat la adresa sa și bâlbâit de tine sau de sclavi, are tot aceeași valoare pentru mine. Eu vorbesc în numele lui Caiu Crispu.

— Caiu Crispu este la Antiochia, cred.

— În Samaria.

— Am citit într-o carte egipteană, că câteodată munții se întâlnesc. Crezi tu asta, Pilat?

— Mai ușor decât omenii, când unul este așa de sus și altul așa de jos.

— Mă iartă! Este o linie de unire din oțel care apropie distanțele.

— Poate să le suprime, micul meu, dar nu să le apropie. Pe lângă asta, Caiu Crispu este perfect în ceea ce privește aceste cunoștințe despre munții care se întâlnesc și poate să-ți dea mai bune explicații decât mine.

— Eu nu înțeleg nimic din această vorbărie, zise Claudia. Știu numai că Crispu a fost foarte nedemn, repudiâd-o pe această fată evreică care este obscură, săracă și modestă după câte ziceți, și păstrând-o pe soția sa de la Roma care este bogată, infamă și în gura tuturor tinerilor afemeiați și a tuturor bătrânilor impuri după calea sacră.

— Vai! zise Pilat, omenii n-au totdeauna curajul a se ucide, când sunt atinși de lepra oarecăror amoruri, care devin ca tunica lui Nessus. Eu am învățat a ierta.

— Asta-i din cauză că ei au în suflet o lepră mai sordidă decât aceea a inimii care-i face lași, răspunse Claudia, aruncând asupra bărbatului ei o privire de dispreț astfel încât ar fi cufundat la o sută de palme în pământ statuia lui Jupiter Capitolinul.

Pilat văzu că discuția lua un drum îndoit de periculos, dar voi să-mi arunce o nouă săgeată înainte de a pleca. Nu înțelesesem veninul acestei scene decât mai târziu, când am aflat că Ida fusese amanta sa. Pilat mă ura ca amant al femeii sale, ca pe acela ce-i furasem ultimele amintiri a acestei amante, și se înveselea în același timp de această fatalitate reparatoare care-mi arunca în brațe ca femeie pe aceea pe care o posedase ca favorită.

— Tinere, zise el, te grăbești a intra în acest paradis unde cărțile sacre din țara ta așează șarpele. Dacă tu îl găsești încă acolo, dacă te mușcă, adu-ți aminte că Ida, care cunoaște așa de bine valoarea timpului, știe de asemenea că ea conservă, chiar după divorț, acest drept de cetățeană romană pe care i-l oferise bărbatul ei și că este un procurator al Romei la Ierusalim pentru a-i da justiție.

El nu așteptă răspunsul meu și plecă. Ardeam de a trimite Idei documentele și mesajul care trebuiau să decidă de soarta mea. Saganul se duse la Berachah în aceeași zi.

O mare consternare domnea în casă din cauza dispariției lui Moab. Se făceau tot felul de conjuncturi egal depărtate de adevăr.

Tot ceea ce Moab făcuse, era prin o inducție și o determinare personală. Ida nu știa nimic.

Saganul nu putea să-i spună decât puțin.

Sosirea acestui personaj, cel mai considerabil după Pilat și guvernatorul Siriei, îndoi mișcarea. Noah îl introduse imediat în *tablinum,* și se duse să îl anunțe stăpânei sale.

Ida ieși numaidecât pentru a-l primi pe Hannah. Acesta fu ca lovit în inimă, ca Pilat, ca Moab, ca mine, de frumusețea fatală a tinerei fete. El abia găsi câteva cuvinte să spună, și îi prezentă pachetul cu scrisori al lui Pilat. Ea tremura din tot corpul la acest nume și îl deschise precipitată.

Pachetul conținea un act de divorț al lui Caiu Crispu, pe care Pilat îl redactase, și o scrisoare ce o scria el Idei. Fata văzu mai întâi actul de divorț, pe care îl citi, arătându-se foarte mirată, și neînțelegând nimic din el. Apoi citi scrisoarea. Aflai asta pe urmă! Iată ce-i spunea Pilat.

«Ponțiu Pilat Idei, salutare.

Ido, întârzierea acestei scrisori este involuntară. Ea a fost ocazionată de o rană ce am primit-o la umăr de la mesagerul tău, și prin întârzierea aceluia pe care l-am trimis la amicul meu Caiu Crispu, sosit abia azi de dimineață.

Iată răspunsul lui Crispu.

Astfel, tu poți să te măriți acum. Îți spun adio pentru totdeauna. Ți-o repet încă o dată: o iubesc pe soția mea. Te-am regretat în ziua în care te-am părăsit. Mi se păruse că doliul tău avea aspectul disperării. Mi se părea că mă iubești încă.

Nu te mai regret acum.

Durerea ta n-a ținut decât o zi.

Iubirea ta, care se stinsese în lacrimi, s-a deșteptat câteva ore după aceea în brațele unui bărbat. Ai făcut bine. Îți mulțumesc. Mă vindeci de remușcări. Tu ușurezi amintirile mele din trecut prin grijile de viitor. Pe lângă asta decepția este o mare binefacere, ea arde rănile vechi pentru a le vindeca. Eu nu aveam niciun drept la o afecțiune al cărui capital l-ai format tu singură. N-am deci nicio imputare să-ți fac, și nu ți-aș face, chiar când aș avea dreptul. Fii fericită, dacă poți, dacă se poate să fie fericire în aceste afecțiuni apoplectice care izbucnesc iute și mor îndată. Cu toate acestea, dacă într-o zi nenorocirea te-ar vizita, aduți aminte de mine, care nu voi uita niciodată cu ce balsam tu ai parfumat multe ore din îngrozitoarea mea întristare. Adio.»

Ida citi această scrisoare cu ochii orbiți de lacrimi, cu sughițuri în gât și în piept. La cuvântul adio, ea căzu jos leșinată. Saganul, care nu știa nimic, nici din istoria lui Pilat, nici din conținutul acestei scrisori, alergă să cheme pe Noah, care o luă pe stăpâna sa în brațe și o transportă în camera de culcare.

Hannah așteptă mai mult de o oră, singur, în tablin, mai înainte de a avea știri de la bolnavă. O mulțime de cugetări îl cuprinseră. El era în punctul de a pleca pentru a reveni în altă zi, dar curiozitatea, interesul ce-l avea pentru această frumoasă creatură, îl reținură. Așteptă. În sfârșit, Noah reveni să-i spună că stăpâna sa putea să îl primească.

El intră într-adevăr, într-un mic cabinet alături cu *tablinul,* unde o regăsi pe Ida, întinsă pe un pat de perne, puțin calmată, dar foarte palidă.

— Iartă-mă, principe, zise ea. M-am simțit murind, cu toate eforturile ce le-am făcut pentru a nu fi lipsită de respect.

— Ești tu în stare a mă asculta? Am un grav mesaj a-ți face. Dacă ești încă slabă, voi reveni mâine.

— Oh! nu; vorbește; pot să aud totul acum. Am suferit marea probă.

— Atunci, voi fi scurt și precis.

— Trebuie să-o îndepărtez pe Noah? Ea cunoaște toată viața mea, tot sufletul meu.

— Să remână atunci, zise saganul. Iată despre ce este vorba. Tu ai văzut de două ori aici pe un tânăr dintre amicii mei, Iuda din Kariot.

— Cred că da.

— El te iubește.

— Nenorocitul.

— Vin în numele său să te cer în căsătorie.

Ida rămase mirată.

— În căsătorie?

— Vin să te rog în numele său a nu îl refuza.

— Această glumă este crudă, murmură Ida, începând a plânge.

— Nu este o glumă, Ida; eu nu sunt omul care să ajute astfel de acte.

— Dar el nu mă cunoaște.

— El te iubește. Și te cunoaște îndestul pentru a te duce ca femeie sub acoperământul unde tatăl său a murit, unde doarme mama sa și unde trăiește sora sa.

Ida izbucni din nou în lacrimi.

— Dumnezeul meu! Pentru ce sunt nedemnă de fericirea care este rezervată celorlalte fete de vârsta mea!

— Liniștește-te, Ida, tu nu ești prima femeie repudiată care trece din patul dezolat al unui bărbat care o respinge în acela al unui bărbat care o așteaptă ca o binecuvântare.

— Eu nu sunt o femeie repudiată, eu.

— Ce contează, dacă lumea o crede, dacă omul care te cheamă la el uită ceea ce ești?

— Dar îl iubesc, îl iubesc încă, nu pot să uit. Am sufletul, inima, gura, ochii, toată existența mea, ziua ca și noaptea, trează și în vis, pline, umplute cu acest om care mi-a luat prima sărutare, care a suflat în norul alb al copilăriei mele.

— Iuda te va iubi pentru doi.

— Oh!, nu, este imposibil. Să nu mai adăugăm remușcarea la durere. Să nu mai adăugăm la amintirile unei inimi ofilite repulsia mângâierilor care sunt sfinte înaintea lui Dumnezeu și care m-ar umple de rușine. Nu pot să primesc oferta pe care o aduci. M-ai disprețui, dacă aș face-o.

— Dacă, din partea mea, ar trebui să te disprețuiesc, nu ți-aș fi adus cuvântul rugător al amicului meu. Tu poți să primești fără temere.

— Dar eu nu îl iubesc. Poate cineva să se dea fără a iubi?

— Crezi tu că este mai dificil de a se da unui om ce nu se iubește, decât a lua o femeie care iubește un altul?

Ida stătu un moment în tăcere.

— Este imposibil, obiectă ea în final. Nu pot să îmi fac

această idee, lasă-mă să respir. Dacă ați știi pe ce ruine mergeți! Un moment, cugetam să mor. Bănuiesc; mi se zice: Mărită-te! se îndoiește de trecut; mă disprețuiește poate... Mărită-te! Dar el crede toate acestea, el este sigur că nu l-am iubit niciodată, că nu îl mai iubesc; aș fi infamă în ochii lui! Nu, nu. Ce contează că el o iubește pe femeia sa și că mă pălmuiește cu această iubire? Ce sunt eu pentru a fi mândră? Înțelegi tu, principe? El ar zice: ea se mărită, iată-o! Ea zicea ieri încă: Revino! Ieri încă ea spera, ea își pierdea vremea cu dezolarea sa, astăzi, la primul tânăr care-i surâde ea surâde și îl urmează. Ea mințea. Ce contează că acest om se numește bărbat sau amant? Ea îl urmează. Inima nu cunoaște căsătorii. Ei bine, principe, vrei tu să fiu dezonorată în ochii unuia, și o păcătoasă în ochii celuilalt, nedemnă de amândoi? Dar nu simți tu că acest aer palpită încă de ultimile sărutări ale unui altuia?

— Liniștește-te! Vei intra într-o altă lume.

— Nu mai este decât una posibilă pentru mine: acea a mormântului. În orice altă parte este imputarea și rușinea.

— Ascultă-mă, fata mea, zise saganul, luând mâinile ei înghețate într-ale sale, înainte de a te vedea și de a te auzi, îl condamnam pe amicul meu în inima mea. Îmi spuneam: pentru ce să silești o femeie tânără care iubește pe un altul? Pentru ce să se izbească de o pasiune care a ars focuri așa de sumbre. Acum îl înțeleg pe amicul meu. Nu-l blamez, îl scuz. L-aș plânge din contră dacă mesajul meu nu ar izbuti. Cântăresc toate argumentele tale, le apreciez și te stimez. Dar, pe de altă parte, cugetă copila mea, la viitorul tău. Îți zic mai mult, cugetă la situația ta actuală. Cine ești tu? Ce ești tu aici? Tot ce te înconjoară este o creație a rușinii tale. Fiecare suflare de aer pe care o respiri e plină de dispreț. Tu găsești un om al cărui amor puternic te atrage într-o atmosferă mai pură. Tu nu vrei să-l urmezi, pentru că iubești în altă parte, pentru că nu-l iubești. Nu cumva cel ce te respinge te iubește încă? Înțelege el sacrificiul tău? Ce te sfătuiește el?

— El râde de mine, mă disprețuiește, mă crede deja infidelă. El mă grăbește a mă mărita. El mă biciuiește mereu și mereu cu mărturisirea sa: o iubesc pe soția mea.

— Tu vezi deci, tu nu mai ești o femeie pentru acest om. Tu ești un bun a binefacerilor sale, și el te acuză deja de ingratitudine. Celălalt pe lângă acesta...

— Dar tocmai fiindcă îl stimez pe amicul tău, și că am pietate de el, principe, mă dau înapoi. Voi fugi îndată ce Moab va sosi. Nu știu ce voi deveni, dar nu voi mai rămâne aici, unde nu pot respira în mijlocul atâtor martori ai fericirii mele stinse.

— Încetează atunci de a rezista. Iubirea care uită greșeala va ști încă să îndulcească remușcarea, să consoleze întristarea, și să ierte indiferența.

Ida lupta încă, repetând ceea ce spusese, găsind noi argumente. Hannah triumfa peste toate. În fine ea exclamă:

— Tu o vrei, principe? El o vrea? Fie. Mă dau astfel cum sunt; luați-mă cum a-ți aduna un cadavru care cere un mormânt și un adăpost contra vulturilor și hienelor. Nu-mi mai aparțin: nu pot da nimic în schimbul acestei mari generozități. Nu am decât recunoștință.

— Este de ajuns, răspunse saganul, scurt și ușurat de îndoiala dacă ar fi învins sau nu rezistența acestei nobile creaturi.

A doua zi m-am dus să o văd pe Ida. Plânse zărindu-mă. Am evitat a face cea mai mică aluzie la trecutul ei, întorcând mereu discuția de la acest subiect, dacă ea o începea. Îmi repetă că iubea un altul și că nu mă iubea. Răspunsei că voi ști să mă fac a fi iubit într-o zi. O lăsai nu mai calmă, dar mai resemnată.

XXII

Fusese convenit între Hannah și Ida, după vizita mea, ca să depunem jurământul căsătoriei, și eu să prezint *moharul* (darul de nuntă) în seara sărbătoarii de *purim*. Fusese convenit de asemenea că anul neprihănirii, care trebuia să treacă între depunerea jurământului și seara fericită când voi sfâșia vălul, când o voi săruta pe gură, și când o voi duce acasă la mine, că acest an de așteptare, spun, va fi scurtat – starea Idei de femeie divorțată o permitea – și că ultima ceremonie va avea loc în seara sărbătoarii de Paște. Vai! cum omul care este făcut se zice, după imaginea lui Dumnezeu, este jucăria evenimentelor aduse de întâmplare!

Sărbătoarea *purim* este la noi o orgie, spre cea mai mare glorie a lui Dumnezeu.

Această sărbătoare fusese instituită la Babilon pentru a perpetua comemorarea morții lui Haman și glorificarea Estherei. Optzeci și cinci de bătrâni se opuseră la adoptarea acestei serbări persane, când Mordecai o propuse pentru prima oară, dar adoptarea sa a fost cu toate acestea decisă. Poporul evreu o celebră în toate părțile. La Ierusalim ea devenea un delir, după ce fusese visul întregului an. Aveam acum spiritul plin de bucurie, am urmat exemplul celorlalți.

În zori, Bar-Abbas bătu la poarta mea. El se întorcea pentru sărbătoare. Mai târziu sosi Justus, și ne duserăm la sinagogă.

Sinagoga era plină, o mulțime imensă intrase în ea, bărbați, femei, copii, bătrâni, orbi și șchiopi, fără excepție, chiar și surzi. Acela care nu găsea loc înăuntru, își băga capul prin fereastră, se ghemuia la ușă. Un evreu s-ar fi crezut dezonorat dacă n-ar fi aruncat în această zi, postumul său blestem lui Haman, și binecuvântarea sa bețivă lui Mordecai.

Parascha zilei era istoria care dăduse naștere acestei serbări. Sheliachul își luă locul și începu să povestească următoarele:

«Când Artaxerxe Longimanus, zise sheliachul, succedase la tronul tatălui său Xerxes, el dădu o mare serbare poporului său, sub corturi de purpură susținute de coloane de argint și de aur. În mijlocul banchetului, înfierbântat puțin de vin, regele jură că nu era în tot imperiul său o femeie mai frumoasă ca regina Vastiti. Un principe tributar al regatului său arătă oarecare incredulitate. Regele se supără, se încăpățână în ideea sa, și, voind să arate poporului că spusese adevărul, își imagină a face să apară înaintea convivilor regina în pielea goală. Vastiti a fost chemată. Aflând cauza chemării, ea refuză a se supune. Artaxerxe o chemă din nou, apoi din nou încă de șapte ori. Regina refuză mereu. Regele se crezu ofensat de această nesupunere. Unuia dintre notabilii curții sale, Memunean, declară regelui că trebuia un exemplu de pedeapsă, fără de care, încurajate de nepedepsirea reginei, toate femeile din Persia nu s-ar mai fi supus soților lor. Regele înțelese această rațiune de stat. Vastiti a fost condamnată la exil și înlocuită printr-o altă regină. Dar Artaxerxe o iubea. El deveni trist. Amicii săi îl sfătuiră de a acoperi această dragoste printr-una nouă, și a ridica pe patul său pe cea mai frumoasă virgină de pe pământul locuit. Regele se resemnă auzind remediul, găsindu-l dulce.

— Sărmanul, om!, exclamă Bar-Abbas.

— O vânătoare de virgine a început, continuă sheliachul. Diferiții ofițeri care percurseseră Asia pentru acest obiect adunară patru sute.

— Numai atât! zise Bar-Abbas.

— Vai! da, urmă sheliachul. Virginele erau rare, și cele frumoase mai cu deosebire, foarte rare. Printre acestea, se găsi Esthera, nepoata unică a unui evreu din Babilon. Ea era cea mai frumoasă între toate. Când eunucii le-au pregătit pe aceste fete timp de șase luni, cu abluțiuni, cu ungeri și cu parfumuri, regele lua una în toate zilele în patul său, pentru a alege prin încercare și nu după raportul unui eunuc. Când rândul Estherei veni, regele o iubi și o luă de soție. Ea nu spusese din ce națiune făcea parte. Atunci Mordecai părăsi Babilonul și merse la Shushan. O conspirație de eunuci fusese urzită contra regelui, Mordecai o descoperi Estherei, și ea îl salvă pe rege. Mordecai fu autorizat a locui la curte, însă regele avea un amic, un Amalecit numit Haman...

— Afurisitul Haman! striga toată lumea în toate părțile.

— Regele ordonase să fie adorat ca el însuși. Perșii, Medii se supuseră... Mordecai, nu.

— Bravo, Mordecai! strigă încă poporul, o să bem în sănătatea ta!

— Să bem și să mâncăm, mă rog zise Bar-Abbas, și altceva încă. Nu se face niciodată prea mult pentru un mare om.

— Legea noastră ordona lui Mordecai a nu adora decât pe Dumnezeu, continuă shliachul. Haman se crezu ofensat, cu atât mai mult că cutezătorul refractar era un evreu, un captiv, mai curând un sclav. El se plânse regelui. Descrise națiunea noastră ca perversă, neasociabilă, inamică tutor celorlalte popoare și a tuturor celorlalte culturi; el sfătui pe rege a o goni pentru marea fericire a supușilor săi.

— Dar ei plătesc un tribut, obiectă regele.

— Ei bine, răspunse Haman, voi plăti divinității voastre patruzeci de mii de talenți.

— Regele refuză banii și îi dădu la oameni. Haman decretă în numele lui Artaxerxe, suveran a 127 provincii din India până în Etiopia, ca la a 14-a zi din a 12-a lună a acelui an, toți evreii din statele sale, bărbați, femei copii să fie distruși.

— Oh! infamul de rege! urlă poporul.

— Poporul evreu întreg își sfâșie hainele, se înveșmântă cu saci și se acoperi cu cenușă, urmă sheliachul. Mordecai fugi de la Curte și se conformă cu durerea compatrioților lui. Esthera fu înștiințată de aceasta. Ea ordonă tuturor evreilor trei zile de rugăciune. Evreii se supuseră (ea însăși dând exemplul), și îi trimiseră o jalbă pentru rege. Artaxexe făcuse o lege, că oricine s-ar prezenta la el fără a fi chemat va fi ucis. Esthera întâmpină pericolul. Ea se îmbrăcă splendid, cu purpură și pietre scumpe: o sclavă ținea trena lungii sale rochii în vârful degetelor, o alta o susținea de braț. Uimitoare prin veștminte și prin frumuseți, înroșită de emoție, Esthera se duse astfel la rege fără a fi chemată. Artaxerxe, așezat pe tronul său, cu coroana pe cap, cu sceptrul de aur în mâini, acoperit de bijuterii, de pânză de aur și de purpură, o privi cu mânie. Esthera tremură și căzu leșinată la picioarele tronului. Regele, văzând-o așa de frumoasă, plin de dragoste, coborî din scaunul său, o luă în brațele sale și o rechemă la viață prin sărutări. Apoi, o întrebă ce voia, garantându-i că o va asculta. Esthera îl invită la ea acasă, precum și pe amicul său Haman, la o cină preparată cu propriile mâini. Regele și Haman primiră banchetul, le plăcură mult serbarea și băură enorm. Regele întrebă ce *gracia* solicita ea.

— Ți-o voi spune mâine, căci vă invit din nou la cină, răspunse Esthera.

— Oh! ce mai fată bună! strigă Bar-Abbas. De ce nu se găsesc în toate zilele astfel de bijuterii pe stradă, cum se găsesc câini și leviți!

— Haman se întoarse vesel acasă. Femeia lui îl sfătui de a face să se înalțe în curtea sa un eșafod de cincizeci de picioare pentru a-l spânzura de el pe Mordecai.

— Totdeauna femeile dau sfaturi bune, reflectă Bar-Abbas.

Regele exaliatând de frumusețea reginei sale, nu dormi peste noapte, dar puse să i se citească cronicile regatului său. I se citi până în zori. Ajungând la istoria conspirației descoperită de Mordecai, marele domn întrebă:

— Ce recompensă i s-a dat?

— Aceasta, este o groasă minciună, observă Bar-Abbas: regii nu își amintesc niciodată serviciile primite, și mai puțin încă de recompensele ce trebuie să le dea.

— Nu i s-a dat nimic, răspunse scribul regelui.

— Bine, zise Artaxerxe. Iată ziua. Dacă în anticamerile mele sunt niscaiva dintre amicii mei, introdu-i.

Haman era deja acolo. El se sculase de dimineață, pentru a obține de la rege permisiunea de a-l spânzura pe Mordecai.

— Să îl spânzure? Drace! asta nu întârzie niciodată, exclamă Bar-Abbas.

— Sosești la timp, răspunse regele. Consiliază-mă deci cum aș putea să onorez într-un mod demn de mine pe cineva pe care îl iubesc mult.

— Autorizându-i, Dumnezeul meu, de a merge călare cu aceleași ornamente ca și Divinitatea ta, cu un lanț de aur la gât, dând ordin poporului tău de a îl onora, precum îl onorezi tu.

— Bine, zise regele, caută-l atunci pe Mordecai și fă tu singur ceea ce m-ai consiliat.

— Foarte bine, foarte bine, trăiască regele, strigă poporul.

Haman, care aștepta această onoare pentru sine însuși, păru confuz, stupefiat. Cu toate acestea, se supuse. Mordecai reveni la Curte. Haman se întoarse acasă ca să se plângă cu femeia sa. El fu chemat la cină, după ordinul reginei. La banchet, regele o întrebă din nou pe Esthera de *gracia* pe care o cerea. Esthera începu atunci a expune plângând mizeriile poporului său, și îl rugă a revoca ordinul distrugerii lui.

— Cine a cauzat această durere reginei mele! zise regele.

— Haman, răspunse Esthera.

Artaxerxe se sculă de la banchet și ieși în grădinile sale foarte tulburat. Haman începu atunci a cere *gracia* sa de la regină și căzu pe patul său. Regele între timp intră, și văzându-l în această poziție, strigă:

— Miserabilă creatură, cea mai infectă de pe pământ, tu cutezi încă să faci violență reginei mele?

Un eunuc nară atunci regelui afacerea spânzurătoarei destinate de Haman lui Mordecai. Regele ordonă ca Haman să fie spânzurat de spânzurătoarea pe care o ridicase.[43]

— Trăiască regele, trăiască regele, damnare lui Haman!, urla poporul.

— Odorul de Esthera, odorul de Esthera! exclamă Bar-Abbas mai tare decât ceilalți; te numesc regina mea pentru toată viața, după amforă însă?

— Și iată cum Dumnezeu eliberă pe poporul său, și cum Mordecai scrise tuturor evreilor de a celebra printr-o sărbătoare perpetuă această zi de eliberare. Mergeți deci, copiii mei și glorificați pe Domnul!

---

43) Ioseph Antich. XI, Cap. VI.

— Ah! de ce acest popor n-a fost eliberat în toate zilele anului? zise Bar-Abbas.

Poporul ieși grăbit din sinagogă.

Bachanaliele începură în oraș.

Ierusalimul era o amestecătură de individe de toate națiile unde evreul se găsea poate în minoritate. Poporul lui Dumnezeu fusese totdeauna focarul viciilor rușinoase și bestiale. Străinii, care îl cuceriseră pe rând, i le inoculaseră pe cele infame și netrebnice. Altoirea se operase cu entuziasm. La desfrânările pe care le învățasem din Egipt, din Asiria, din Persia, din Fenicia, Alexandru le adăugase pe cele din Grecia, Pompei pe cele din Roma, Irod pe cele din lumea întreagă. Ziua *purim* era ziua regalității tuturor acestora.

În această zi cineva ar fi crezut că se plimbă la Roma, pe Calea Sacră, către a noua oră. Nimic nu lipsea. Nimic nu se deghiza, în afară de virtute, pentru a apuca rămășițele dulceții viciului. Bărbații se îmbrăcau feminin, femeile bărbătește, tinerele fete precum curtezanele, curtezanele ca matroanele. Cine avea ceva de arătat o făcea, cine n-avea nimic de pus, se dezbrăca. Ierusalimul se golea în strazile sale, nici chiar onestele mame și curatele fete nu stăteau acasă. Pudoarea devenea o impertinență, o ofensă lui Dumnezeu. Templul serba, căci preoții și leviții, membrii marelui colegiu și ai sanhedrinului, Simeon, Gamaliel, Caiafa, și chiar Hannah însuși, puteau să se deghizeze, fără infamie în bufoni, în histrioni, în magi, în pontifi idolatri, în țapi sau în boi, după voință.

Băile publice, cele private, cârciumile, ospetăriile, prăvăliile brutarilor, ale măcelarilor, ale cârnățarilor, ale parfumătorilor, reședința obișnuită a prostituției după a 9-a oră, făcură insigne cu oribilii Priapi, puseră lanterne în formă de monstruoși faluși. Fetele publice nu erau obligate în această zi a se arăta cu perucă blondă, cu *cuculle*, sau cu o bucată de stofă de aur pe sâni după edictul edililor romani adus la noi de procuratori. Ele puteau să ia, dacă voiau, stola, bandeletele albe și sandalele roșii ale matronei romane. Cu toate acestea ele se fereau de a le pune.

Străzile erau pline de fete venite din toate colțurile Siriei, ale Asiriei, ale Greciei, ale Romei, ale Galiei chiar. Acestea gătite cu tunicile lor galbene sau verzi, cu sandale galbene legate de pulpa piciorului cu curele aurite, arătau niște picioare goale, albe și provocatoare, aveau capul înfășurat într-o mică manta de stofă de culoare vie, cu părul colorat în galben cu șofran, sau în roșu cu suc de sfeclă, sau în albastru cu pastel, sau numai presărat cu praf de aur, de lapis de brobință[44], sau frecate cu cenușă parfumată. Acestea în veste babiloniene, sau în rochii de mătase, târau *dalmatice* încheiate din *ante*, făcute din stofe zugrăvite, împestrițate cu flori și cu broderii, și având pe cap o mitră colorată, sau o tiară roșie, sau un cerc de aur. *Prețioasele, minunatele, faimoasele,* care sosesc, din mijlocul Romei, în urma legiunilor, erau îmbrăcate cu această stofă de mătase zisă tiriană, pe care un poet latin (Petroniu) o numește *vânt țesut*, de această comoară indiană care era transparentă ca un nor de vară și facea nuditatea mai atrăgătoare. Hetairele grecești cu încântătoarele lor rochii de in fără mâneci, deschise la mâini și coborându până la talie, cu *cothurni* auriți, se plimbau în litiere neacoperite purtate de abisinieni. Câteva culcate pe perne de purpură, având în mână o oglindă de argint poleit, globulețe de cristal sau de chihlimbar, un evantai sau umbrelă, arătau un obraz puțin sulemenit, presărat cu mici murse pentru a-i mări strălucirea, pe când o frumoasă sclavă le făcea vânt cu pana de păun, precedate și urmate de eunuci, de copii, de cântători din fluier, și de pitici bufoni. Altele în togă verde, conduceau ele singure un car ușor. Apoi una pe cal, alta pe un catâr de Spania pe care îl ducea un sclav de căpăstru.

După acest cortegiu, alerga apendicele indispensabil: libertinul, prostituatul, îmbrăcat cu o hlamidă roșie, albastră sau verde; cântăreți cu harpe, cu fluiere și cu tobe veniți din Siria; auletrida ioniană – această cântăreață ce se închiria pentru festine; *felatricele* de la Lesbos, afemeiații, delicatei Frigii – juni sclavi cu păr lung și fâlfâind, cu mari cercei la urechi, cu tunicile cu mâneci largi, cu brodechini verzi. Apoi, frumoșii tineri din Sibaris și din Tarent, cu pielea parfumată, cu membrele fără păr, cu corpul acoperit ca nimfele cu stofe transparente. Apoi *tribadele* Spartei, care *pytismate lubricant orbem* (Juvenal) și excelau pentru luptele femenine. Apoi, încă Marsiliezii cu degetul catifelat, și emigrații din Capua și de la Opicus care se devotau plăcerilor monstruoase. În jurul și în mijlocul acestui nor parfumat, strălucind de aur, de pietre scumpe, de mătase, de culori vii, flutura tinerimea lui Alcinou, al cărui cap eram eu, absent în această zi, gătit, frizat

---

44) Plantă din care se scoate o vopsea galbenă. Nota trad.

parfumat, în *chiridată* – tunică siriană cu măneci lungi și largi, de culoarea cireșei.

În mijlocul acestei lumi care absorbea, încânta, uimea lumea onestă din toate zilele, se distingea ipocritul meu amic Justus, deghizat în *saga*, care vindea instrumente infame, întinse pe coșulețe purtate de sclavi. El prezenta, ștrengarul, unui grav membru al colegiului, un falus pentru uzul familiei, unei mame de familie un *subliaculum,* sau corset de maternitate pentru a nu încărca familia cu prea mulți copii, unei tinere măritate o verigă de castitate, unei june fete o *fibulă;* bătrânelor femei un enorm *fascinnum* (falus făcut din piele, pânză sau de mătase).

Bar-Abbas, călare pe un asin, era acoperit cu un gigantic priapu de carton care se așeza pe el ca un toc. Purta dinaintea lui un paner plin cu acele prăjituri de grâu cu forme impudice pe care romanii le numeau *coliphia* sau *cunni siliginei*, și oferea din ele femeilor care primeau fără a părea supărate. Apoi, împărțea dresuri de excrement de crocodil, de cerusă sau de cretă, sticluțe pline nu știți cu ce, pe care el le indica bărbaților sub numele acestor teribile filtre pe care parfumătoarele le vindeau ca venind de la Roma, zise cupe de plăcere, apă de amant, *satiricon*, *bulbus* său *hippoman*.

Vai! noi trimiseserăm la Roma, sunt aproape două secole (o sută optzeci și șapte Î.Hr.), prin Luciu Montiu învingătorul lui Antioch cel Mare, toată această lume de dansatoare, de cântărețe din flaut, de curtezane, de eunuci, de afemeiați, de gitoni, și cu ei lepra, teribila elephantiasis, boala Venerei a femeilor noastre și *morbus indecens* sub toate hidoasele sale forme. Roma ridicase toate acestea la înălțimea sa, adăugând încă infamiile culese din restul lumii, și ni le retrimise triumfătoare, mândre, stralucitore.

Evreii noștri se mulțumeau de a bea: săracii, bunele nostre vinuri de Siria; bogații, vinurile Greciei sau ale Romei, cu sau fără arome, și bând până în punctul, tot blestemând, de a nu mai ști dacă blestemau pe Haman sau pe Mordecai.

Câțiva ani mai înainte, doi pioși bătrâni, Rabba și Zira băuseră împreună și se certaseră, căzând sub masă, astfel că Rabba îl ucisese pe Zira. A doua zi, vinul terminat, Rabba disperat că l-a ucis pe amicul său, rugase pe Dumnezeu a îl readuce la viață, și Dumnezeu îl ascultase cu complezență. Anul următor, Rabba propuse lui Zira de a bea din nou împreună; dar Zira refuză, sub ridicolul pretext că Dumnezeu ar putea prea bine să nu vrea a se deranja spre a face o minune în toți anii.

Pe când orgia încingea orașul, la a noua oră, eu împreună cu amicii mei, ne pregăteam să mergem la Berachah. Îl invitasem, a împărtăși serbarea mea și a fi martor al bucuriei mele, pe Hannah, care fusese mesagerul meu, pe fiii săi, pe Gamaliel, pe bătrânul său tată, Simeon, directorul marelui colegiu, pe Justus care se desfăta așteptând ora plecării, pe Lazăr, câțiva alți amici, și pe rabinul de la Nazareth pe care îl găsisem la Templu und predica și învăța de dimineață.

Traversarăm orașul în momentul când bucuria fierbea mai mult. În fiecare stradă, bețivi, în fiecare piață, muzică și dansatori, în fiecare loc public, desfrânare; casele împodobite cu flori sau cu ramuri de arbori: la fiecare fereastră, spectatorii, pe fiecare acoperiș, steaguri, felinare pregătite pentru noapte. Țipete în toate părțile, cântece în toate colțurile, vorbe vesele și lubrice în toate gurile, dorință în toate privirile, dar totodată milostenii în toate mâinile. Ne încrucișarăm cu Bar-Abbas care în mijlocul unei mulțimi imense vorbea:

— Nu vă speriați, june fete, eu sunt modest, veniți la mine, grave mame, sunt discret, apropiați-vă, bătrânilor, dacă punga voastră este grea, eu sunt un vesel cumătr; și voi ăia, mulțime de canaliei bătrâni libertini, preoți modești, gravi farisei, desfrânați, spurcați, fete de elefanți, înaintați deci, eu nu îmi încrunt sprânceana, sunt bun tată, cu sabia scoasă, dar tăcut și perseverent. Ce vă trebuie? Adorați-mă, eu sunt creator și distrugător!

Văzându-ne trecând, Bar-Abbas întrerupse alocuțiunea sa pe care am reprodus-o modest. I se aruncau portocale, mere, coceni de varză. Copiii puneau iască aprinsă sub coada asinului său și îl făceau să sară ca cincizeci de histrioni.

— Fii ai prostituției, striga el, lăsați-mă să mă apropii de acest grup de ștrengari care se duc nu știu unde, la o serbare fără mine. Fără mine! Așadar va fi o serbare la Ierusalim fără Isus Bar-Abbas? Ei!, îl văd și pe nepotul meu! Hei!, calicilor, lăsați-mă să trec!

Dar lumea se agăța de pulpele sale, de urechile și coada asinului său.

— Dă-mi o prăjitură, bărbier al reginei Saba, îl apostrofă o fată cu mitră persană galbenă.

— Du-te de te spânzură, cofetăreasă de baligă de vacă cu smântână, riposta Bar-Abbas.

— Lasă-mă să te sărut, iubite gitonă a dromaderilor lui Abraham, îi zicea o bătrână întinzându-și brațele.

— Sărută asinul meu fără dinți, vestală de crocodil, urla Bar-Abbas, lovind-o cu biciul peste mâini.

— Dacă ai bani, vino la mine, cârpaci al vulpilor lui Samson, murmura o donzelă trecând pe o cămilă.

— Bani! Sulemenitoare de balene, răspunse Bar-Abbas, m-ai luat drept un hoț?

— Profesor de limba măgarului lui Balaam, ai cinat tu? îl întrebă o prețioasă din litiera sa.

— Mănânci tu carne dintr-un negutător de la Tyr fără sos, sau dintr-un preot cu miere, moașă a câinilor lui Iezabel?

— Puah! strigă o voce în mulțime, vânzător de june fete, scuip asupra ta.

— Zău, dacă mi se fac complimente, nu mai pot, și dracu să vă ia pe toți, răspunse Bar-Abbas.

În același timp, aruncând infamul toc care făcea dintr-însul un monstruos falus, el se aruncă afară din mulțime în direcția în care dispărusem și începu a alerga după noi.

Când sosirăm la Berachah, ziua era pe sfârșite. Cerul era acoperit cu nori roșii, un vânt plângător scârția ramurile arborilor și făcea aerul simțit. Vulturii săreau din crăpăturile stâncilor la zgomotul pașilor noștri, și hiena lătra în depărtare. Mergeam tăcuți și preocupați: nimeni n-ar fi spus că mergem la o nuntă. Cel mai senin dintre noi era rabinul galilean, care nu știa nimic despre logodnică, căci îi spusesem numai că aveam să mă însor și că doream să-l am printre amicii mei. Cel mai îngrijorat era saganul. Servitorii care duceau darurile logodnicei ne urmau.

Poarta casei de la Berachah era închisă. Cea mai completă tăcere domnea în această locuință ce s-ar fi spus că este deșartă. Thorix ne deschise, și servitorii mei îl ajutară să ducă animalele noastre sub șopron. Acea curte așa de bine rânduită, acea fântână a cărei țâșnitoare de apă suna în vasul de marmură, acele oale cu flori, îngrijite ca și cum ar fi fost în luna lui mai, acei arbuști verzi contrastau cu această casă tăcută a cărei poartă ne-o deschise Phebe. Evident nu ne așteptau. Uitaseră ceremonia care trebuia să aibă loc și care sedimentează cu toate acestea epoca vieții unei femei:

— Este ceva nou? am întrebat-o eu pe Pbebe.

— Nimic, îmi răspunse bătrâna gală. Moab nu s-a arătat încă.

Astfel, evenimentul cel mai considerabil pentru această casă era absența misterioasă a fidelului păzitor.

— Dar Ida! zisei eu cu neastâmpăr.

— Ah! răspunse bătrâna, nu știu. Cred că plânge.

Intrarăm în *tablinum*, și fiindcă noaptea înainta, Phebe îl lumină. Noah pregătise mai multe lămpi. Această tânără, frumoasă și devotată sclavă era singura care se interesa de mine și care înțelesese dragostea mea. *Tablinum* a fost deci bine iluminat. Thorix îl îmbălsămase cu vase de flori, cărora le făcea în camerele sale o temperatură tropicală. Reuniți în această cameră, mai apropiați, convorbirea se animă puțin. Servitorii mei depuseră pe mese darurile pe care trebuia să le ofer logodnicii. Erau bucăți de pânză de in din Egipt, stofe cusute cu purpură și cu aur în insula Cos, tapete de Mesopotamia, parfumuri de India, stofe de mătase de Tyr și de Babilon, frumoase tunici siriene, două magnifice *insista* ornate cu purpură, stofe brodate, văluri albe cu dungi de aur și violet, brodechini de piele roșie legați cu aur, o vestă pentru festinuri, chlamyde albastre și de aur, câteva *amicola* de in fin ca o rază de soare. Apoi bijuterii, cercei, coliere, brățări, ace, fibule, agrafe. Apoi alte parfumuri alese de toate felurile: *nicerontina*, acest parfum minunat inventat de eunucul Nicerontas, nardul Persiei preparat de saga Folia spus *foliatum*, balsamul Mezilor, unsorile Ciprului, nardul Achaemeniului, uleiurile Arabiei și ale Siriei, malobathrumul Sidonului, uleiul arabic pentru păr și acela mirobolant pentru corp, balsamul de Ericho, amona Asiriei, mirtul Orontelui, magheran de Cipru, scorțișoara Indiei, pastile parfumate, inventate de Cosmos, pentru a parfuma și a curăți suflarea în orele de dragoste, unsoarea regală a Parthiei... În fine, tot ceea ce arta parfumătorului tuturor climatelor și a tuturor țărilor inventase mai plăcut, mai suav.

Toate acestea, în coșulețe, au fost așezate pe mese, scânteietoare de lumină, minunate la privire și la miros.

Saganul și eu intrarăm într-o cameră laterală unde veni Noah și ne spuse că Ida va fi gata peste câteva minute. Până atunci, Thorix, servitoriii mei și Phebe, purtau pe tăvi fructe zaharate, băuturi reci, vinuri din toate țările, parfumate și pure, hydromel, și o mulțime de dulcețuri pe care le trimisesem câteva ore mai înainte.

Nu avusei curajul de a o vedea pe Ida singură. M-am temut de vreo explozie de întristare, de vreun nou acces de căință. L-am lăsat pe sagan să o aștepte, căci ea neavând rude, el lua locul tatălui sau al fratelui.

Ida plânsese toată ziua. De douăzeci de ori ea îi ordonase lui Noah de a trimite să-mi zică că trebuia să renunț definitiv la ea. De zece ori ea o depărtase pe această jună sclavă, care voia să înceapă opera coafării și a îmbrăcării. Apoi, ea se resemnase cu membrele și cu inima sfărâmate.

Noah o consolase, secase lacrimile sale, înfrăgezise obrajii și ochii săi cu apă de trandafir, dar ea nu putuse să facă să dispară paloarea, nici să obțină o ameliorare prin anumite cosmetice. În fine, toaleta se terminase cum dispusese Noah, căci Ida nu consimțise a se uita o singură dată într-o oglindă, a da un sfat, a exprima o părere sau o dorință, a se ajuta întru nimic. Ea se lăsă a fi înveștmântată ca și cum s-ar fi înveștmântat cadavrul unei fete ce era să fie depus într-un mormânt. Întrebuința toată energia sufletului său pentru a-și stăpânii lacrimile, și a se menține în promisiunea ce i se smulsese. Când ea fu gata, Noah o dădu lui Hannah care trebuia să o aducă în *tablinum*, și se puse în spatele stăpânei sale, pentru a-i repeta neîncetat un cuvânt fantastic, fabricat înainte și convenit, care semnifica: curaj, fii atentă!

În acest moment, auzirăm în *atrium* vocea lui Isus Bar-Abbas.

— Cum, cum? Pe coarnele lui Moise! Este nuntă aici și nu mă înștiițează și pe mine? Ah!, ah!, asta-i frumos, se face nuntă fără mine.

Bar-Abbas se năpusti în *tablinum* și se găsi față în față cu rabinul de la Nazareth.

— Uite, strigă el, nepotul meu! Oh!, asta-i delicios. Ne vei face vreo mititică minune ca la Cana, nu e așa, gentile nepoate? Nu vă veți îndoi niciodată de ceea ce acest hoțoman de bonom a știut să facă a se crede de o mulțime de bețivi, la finele unei cine de nuntă? Că bea vin, numai atât, pe când li se servea apă înroșită cu sfeclă. Nu cumva o să o faci să dispară pe logodnică, nepoate? Pe cuvânt de Cezar! El ar fi foarte capabil de a o schimba în noră, ca îngerul care îi preceda pe israeliți.

Pe câud Bar-Abbas debita acest discurs, ținând pe rabin de tunica de purpură, acesta se trăgea îndărăt murmurând încet teribilul său cuvânt: „Infame! Infame!" În fine, rezemat de ușă, împins de nerușinatul de Bar-Abbas, Iisus strigă foarte tare: „Îndărăt infame!"

— Uite, se pare că mă recunoaște în sfârșit, ripostă Bar-Abbas fără a se tulbura.

În același moment, ușa tablinului, pe care se rezemase rabinul, se deschise de perete și saganul apăru cu Ida. Rabinul de la Nazareth se întoarse și toată lumea făcu cerc. Înaintai și luai mâna stângă a Idei care tremura ca o trestie.

Ea era îmbrăcată cu o lungă stolă de purpură – numai fetele neprihănite o purtau albă în această circumstanță – capul său era acoperit cu un văl alb și de argint. Părul, ridicat printr-un cerc de aur, îi cădea în bucle pe umerii săi cu bandeletele. Gâtul abia i se întrevedea și albeața sa umilea albeața inului.

O tăcere profundă urmă acestei apariții, a cărei turnură a corpului, ridicarea taliei, finețea, poza moale și suavă excita o curiozitate neastâmpărată. Simțeam că nu pot respira. În fine, după câteva cuvinte de prezentare pronunțate de sagan, el îmi făcu semn că puteam ridica vălul logodnicei, înainte de a face jurământul reciproc. Vai!, patruzeci de ani au trecut de la această zi fatală și tremur încă, scriind aceste fraze.

Fără a părăsi mâna Idei, am ridicat vălul cu mâna stângă. Două strigăte izbucniră în același timp în sală, dintre care unul îl înăbuși pe celălalt.

Un țipăt plin de mirare ieși din toate gurile la vederea acestei frumuseți cerești, al cărei aer copilăresc îl catifela strălucirea femeii. Acea piele diafană care părea îmbibată de razele zilei, acele buze roșii ca grăunțele rodiei, pe jumătate întredeschise pentru a lăsa să se întrevadă dinții albi ca marmura de la Paros, pentru a lăsa să treacă o suflare ca respirația violetei; acei mari ochi albaștri ascunși sub pleoape de lapte și având deasupra două arce de sprâncene castanii; acel nas drept, fin ca sideful, cu nările roz care trădau emoția, totul într-un cuvânt al acestei armonii vii smulse o exclamație de surpriză și de admirație. Dar, în același timp, un alt țipăt răsună deasupra tuturor vocilor, strigătul rabinului din Nazareth care se trase îndărăt ca speriat până în spatele tablinului zicând:

— Ce! Noi suntem aici la amanta lui Pliat? Se mărită amanta lui Pilat?

Numai saganul și cu mine știam că Ida fusese amanta lui Caiu Crispu care consimțea în fine a o recunoaște ca femeie pentru a o repudia. Nimeni nu bănuia că Ida fusese mai rău decât asta: amanta lui Pilat!

Să-și închipuie deci cineva efectul acestui țipăt al rabinului, greutatea acestei acuzații.

Toți acești evrei, care prin poziția lor trebuia să se arate evrei tari, se găseau într-o casă considerată ca impură, și prin caracterul femeii și prin amestecul străinului. Impură! Acesta e trăsnetul pe capul evreului.

Cuvântul Nazareanului fu într-adevăr ca trăsnetul.

Cu mâinile întinse în atitudinea blestemării, cu ochii dilatați, toți acești oameni începură a se retrage, neputând în același timp să-și dezlipească privirea de pe această figură magică.

La vocea lui Iisus, Ida ridică ochii, și, recunoscându-l pe rabin, căzu în genuchi, fixă privirea sa deschisă și arzătoare asupra lui. Întinse brațele și murmură:

— Frate! Frate! Ai milă de mine.

— Cutremur al Sinaiului! strigă Bar-Abbas, nu lipsea decât asta: iată nepoata mea! În sfârșit sunt în familie.

Mâna Idei căzuse dintr-a mea și eu îmi acopeream obrazul. Anatema căzuse peste capul meu.

După un astfel de zgomot, orice unire cu Ida devenea imposibilă. Gamaliel și Simeon mă luară de brațe și mă târâră cu ei. Eram zăpăcit, nu mă mai simțeam în viață. Noah îngenunchie la spatele stăpânei sale și o primi în brațe. Saganul singur rămase ca pietrificat, impasibil, cufundat într-un vârtej de cugetări. Noah deja o scosese afară pe Ida, zdrobită și leșinată, și Hannah era încă la locul său. În această sală adineauri plină, nu mai rămăsese decât el și Bar-Abbas, el la o extremitate și celălalt la alta. Saganul alergă la Bar-Abbas, care părea nehotărât între dorința de a-i urma pe ceilalți și cea de a rămâne, pentru a vorbi nepoatei sale. Hannah îl apucă de braț și îl scutură.

— Mă îndoiam, bombănea Bar-Abbas, că acest îndrăcit de nepot avea să ne joace un rol.

— Tu ai zis «nepoata mea», mârâi Hannah.

— Da, nepoata mea.

— Aceea pe care ai vândut-o lui Caiu Crispu?

— Din nenorocire, n-am decât o nepoată de vânzare.

— Am să-ți vorbesc.

— Vorbește!

— Vino la mine astă-seară, nu aici.

Cinci minute după aceea, Thorix închidea poarta curții și casa de la Berachab recădea, în lacrimi, în disperare și în tăcere.

Cine a spus că durerea ucide?

Nesocotitul!

Și cu toate acestea cupa era abia atinsă.

XXIII

Bar-Abbas se duse să cineze la sagan.

— Fiindcă acest onorabil funcționar, își zise el, vrea să se bucure de convorbirea mea, fiindcă mie nu îmi place deloc a sa, îmi datorează o compensare. Mă resemnez cu cea a mesei, care nu este faimoasă, se servește mâncare cu șofran! Dacă cel puțin era cu usturoi. Și apoi oțetul cu un fals aer de vin, sau un vin prost care nu stă trei minute în corp. Dar fie, tot sunt mai bune decât bucatele de la bătrâna Phlogis, care începe prin a își depune dinții pe o farfurie de frică să nu-i înghită. Apoi se vorbește bine când stomacul este confortabil mobilat. Cineva poate să își permită a căsca plăcut, dacă convorbirea displace. Spiritul vine singur dacă discursul te seduce. În fine totdeauna este bine a impieta asupra incertitudinii de a doua zi.

De obicei, Hannah îl făcea pe Bar-Abbas să cineze cu servitorii lui. În seara aceasta, el îl admise la propria sa masă, numai îl relegă la locul paraziților, care mănâncau ceea ce rămânea din bucatele servite celorlalți convivi. Între-adevăr, Bar-Abbas bombăni tot timpul cinei și se certa cu servul care turna de băut, pentru că el nu umplea niciodată cupa. Cina sfârșindu-se, saganul îi făcu semn de a îl urma și îl conduse într-un cabinet retras, unde intra când avea nevoie să mediteze. Bar-Abbas, care era nemulțumit de partea care îi căzuse la masă, își promisese de a juca strâns, pentru că Hannah avea trebuință de el, și de a se despăgubi. Hannah, din partea lui, știind cu ce om avea a face, nu își risipi timpul în preliminarii. Pe lângă asta, el părea foarte tulburat.

— Ida, zise el, este tocmai această nepoată pe care tu ai vândut-o odată lui Caiu Crispu sau lui Pilat?

— Tocmai aceiași, în afară de schimbările ocazionate de uz și de timp, răspunse cinicul.

— Cât ți-a dat Pilat, când i-ai dat-o?

— Mai întâi, el o luă, nu i-am dat-o eu, căci asta ar fi mărit prețul. Dar avarul nu se arătă în afacere, căci asta încă ar fi mărit târgul. El făcu să apară un ofițer al nu știu cărei legiuni, ceea ce m-a făcut mai ușor de împăcat. Eu știu că acești oameni de nimic nu sunt bogați nici chiar după o prădăciune.

— În fine.

— În fine... Trebuie să spui adevărul, hei!

— Fără îndoială, nu suntem în târg aici.

— Nici la Templu. Ei bine, el îmi dădu treizeci de mii de sesterțe și încă, acest hoț de Cneiu Priscu, sunt sigur, îmi fură din ele zece sau cincisprezece mii.

— Îți dau și eu atât: adu-mi-o pe nepoata ta aici.

— În public?

— Idiotule!

— Nu ne învoim atunci principe.

— La ce?

— La preț.

— Tu ești cel care l-ai făcut.

— Atunci, da, dar astăzi este altceva. Mai întâi tu nu socotești cu nimic îmbunătățirile: doi ani de educație și de experiență pe care mititica i-a avut de la unul dintre rafinații curții lui Tiberiu, pe care un poet îl cânta: *tergo foemina, pube vir est?* Asta se plătește. Tu ești un principe, celălalt era un calic. La aceavreme Ida locuia la mine, acum este la ea, liberă. Ba, poate să îmi închidă ușa în nas, dacă-i place.

— Cât vrei tu atunci?

— Ida acum s-a dezvoltat și este mai frumoasă decât oricând. Ai văzut tu ieri buzele sale? Dacă Dumnezeu le-ar vedea, el ar face să plouă sărutări.

— Cât atunci?

— De doi ani încoace articolul s-a scumpit pe piață. Cineva este obligat de a-l aduce din Campania, din Etruria, din Galia; Sparta dă puțin, Atena este secată, Tyrul expediază mărunțișuri, Babilonul secături.

— Cât atunci?

— Apoi, dacă tu ai vedea ce picior are mititica. Ea l-ar putea băga în gaura nasului tău fără a te face să strănuți. Și ce talie, tunet de tunet, ar aluneca în inelul arătătorului tău. Nu vorbesc despre...

— Cât, cât?

— Oh!, acest afemeiat de Iuda are gustul fin! Adulmecase o bucată de imperator. Asta ar da douăzeci și cinci de ani lui Matusalem.

— Cât, cât?

— De, fiindcă cinez adesea la tine, vezi, pot să fiu mai ușor de împăcat și să lucrz la această afacere pentru patruzeci de mii sesterțe.

— Canalie! Tu mă exploatezi?

— Ei bine, încearcă dacă poți pentru mai puțin cu altul. Ah!, l-am uitat pe rabin care acum, ar putea să își bage nasul în negocierea surorii sale. Și este un al dracului cumătru, rabinul, te asigur! El este singurul om de care mă tem la Ierusalim. Apoi, am cheltuieli de călătorie pentru a merge acolo. Trebuie să dau de băut oamenilor care o înconjoară, poate să fiu silit a cheltui în plus cu juna sa sclavă, ceea ce ar însemna o tunică nouă cel puțin... Totuna-mi face, este frumoasă această servitoare... voi adăuga și mantaua.

— Ultimul tău cuvânt atunci?

— Da... Ah! trebuie în urmă să ți-o aduc aici și pe ascuns încă. Câtă elocință îmi va trebui a o convinge, câte minciuni trebuie să țes! Asta mă umilește! Trebuie să o fac să creadă... ce? Că tu te-ai însurat cu mama și cu tatăl său poate! Nu vinde cineva așa de lesne sângele său, drace, când are conștiință.

— Fie patruzeci de mii de sesterțe (zece mii de franci). Când o aduci?

— Ah!, iată încă o dificultate! Nu iau nici o obligație până ce nu o voi vedea mâine. Din fericire eu știu cum se iau fortărețele: căci dacă eu nu am fost general, în armată, nu este vina mea, sagane. Va trebui să cumpăr elocință tuturor verigașilor și a tuturor poeților din Ierusalim.

— Destul, du-te și vino mâine să-mi spui ceea ce vei fi făcut.

— Nu te flata cu toate astea că vei ajunge fără a îți fărâma trăsura. Tu vezi că nu cer nici măcar arvună. Cu toate acestea dacă ai voi...

— Du-te și pe mâine!

A doua zi nu se luminase încă și Bar-Abbas se freca de poarta nepoatei sale, așteptând să se deschidă. El simțea că trebuia să se prezinte cu un pretext convenabil și nu îl găsea. El nu știa la ce coardă inima zdrobită a Idei răspundea acum, în ce nume să vorbească, ce speranță să facă să strălucească. El rumega încă asta, când Thorix deschise. Bar-Abbas se prefăcu că sosește atunci.

— Stăpâna ta s-a sculat? zise el.

— Nu știu dacă primește. Cine ești tu?

— Sunt un mesager al saganului Hannah și aduc știri grave.

— Din partea cui?

— Ei!, nu cumva tu ești însărcinată a asculta ceea ce cineva are să spună stăpânei tale? Dacă este așa, la revedere!

— Ai tu un nume în viața ta? Pe cine trebuie să anunț? Căci după înfățișarea ta, poți fi chiar un rege deghizat, nimic nu trădează incognitul tău. Așadar regele Persiei, sau un serv al saganului este acela care cere să vadă pe stăpâna mea, sau numai un simplu hoț?

— Dobitocule! Ai fi înțeles bine dacă aș fi rege, căci aș ordona să te spânzure de pragul acestei porți ca pe o bufniță. Du-te, spune stăpânei tale că un amic al saganului trebuie să-i vorbească despre rabinul din Nazareth.

Bar-Abbas găsise *eureka* sa. Cu aceste două nume, el era sigur că va deschide poarta, deși bătrânul gal nu părea tocmai fermecat. Trebui cu toate acestea să aștepte ca Ida, foarte ostenită, să se scoale.

Când Noah văzu chipul acestui mesager, ea făcu o strâmbătură care-l făcu pe Bar-Abbas să cugete.

— Cele paruzeci de mii de sesterțe ale mele sunt în pericol cu această mititică deșteaptă, gândi el.

Ida cu toate acestea îl primi.

Bar-Abbas își compuse un aer de siguranță, mai ca a unei rude care se ocupă de soarta rudei sale minore. Ida scoase un țipăt văzându-l și recunoscându-l. Ea îi ordonă lui Noah de a sta în casă.

— Ce vii tu să faci aici? exclamă ea.

— După scena de aseară, tu ar trebui să te miri mai mult că nu am stat aici, eu, bărbatul văduvei și neconsolat al surorii mamei tale.

— Nu invoca aceste nume, îi ordonă Ida. Tu, tu nu ești decât un infam vânzător al nepoatei tale. Vii tu ca să mă vinzi din nou?

— Începi rău, fata mea, și nu înjurându-mă mă vei încuraja la serviciul ce vin să-ți fac.

— Tu n-ai decât un serviciu să-mi faci, repetă Ida cu dispreț: acela de a ieși de aici.

— Aș putea să mă instalez aici, atât cât vei sta tu, sau să te duc la mine acasă până în momentul când frații tăi sau mama ta te-ar reclama. Dar nu vreau să te contrariez. Nu vin de bună voie aici, și nici pentru tine, nici pentru mine.

— Pentru cine deci? Pentru ce?

— Pentru fratele tău, rabinul.

— Dumnezeu să-i ierte, murmură Ida.

— El se dedă mereu la violențe. Dar, de astă dată, pare că este expus la teribile pericole.

— Ce pericol? Ce minciună vii să spui aici?

— Tu ești demna soră a acestui frate. Află dar că Iisus atacă la Ierusalim pe toată lumea. El acoperă cu injurii pe farisei, umple de imputări pe saducei, nu cruță pe essenieni, nici pe irodieni, el hărțuiește pe bogați, pe preoți, pe scribi, pe publicani... nu știu în fine pe cine cruță el. Nu vorbesc de mine care mă persecută mai mult decât pe oricare altul, ca și cum aș fi pus foc Templului, sau ca și cum i-aș fi furat pe Dumnezeul său.

— Ai făcut ceva mai grav decât asta, observă Ida cu dezgust, tu ai primit prețul sângelui nepoatei tale.

— Toate acestea sunt melancolii. Amintește-ți gaura întunecoasă, murdară, rece în care locuiam. Moise n-ar fi avut osteneală la mine de a scormoni pământul pentru a îndeplini minunea sa cu nașterea păduchilor. Ei bine, privește în jurul tău, unde ești tu acum. Tatăl tău, lemnarul, este acela care ți-a dat aceste perne de purpură pe care te odihnești, aceste scaune de fildeș, aceste mese de sidef și de baga, aceste vase de argint pline cu flori, aceste bogate tunici care te fac așa de frumoasă? Acesta nu ar fi fost un bărbat artizan, la care numai tu puteai pretinde, care ți-ar fi dat această casă, această grădină, acești servitori, această fumoasă fată sclavă care ar avea dreptul a fi regină... Tu nu înțelegi asta acum, tu ești tânără, nebună, satisfăcută. În ziua când îți va fi foame, sau când acoperită cu zdrențe vei merge să cerșești o bucată de pâine pentru nu știu ce, tu vei înțelege binele pe care unchiul tău, care cunoaște lumea, ți-a vrut. Acum insultă-l, disprețuiește-l, bănuiește-l. Lumea este rea.

— Tu vorbeai de fratele meu, zise Ida, termină!

— El a pus foc la cele patru colțuri ale Ierusalimului, însă, asta nu se face fără a provoca o temută reacție. El a provocat-o, și toți cei care au fost provocați, atacă la rândul lor. Ei s-au adresat către sagan, omul cel mai sus așezat, cel mai virtuos și cel mai generos din Iudeea. Ei l-au acuzat pe Iisus. Saganul a vorbit cu Iisus aici, și a fost cuprins de simpatie pentru el. El te-a văzut, el a fost martor al dezastrului în care te-a cufundat fratelele tău și a avut milă de tine. El știe că ultimul tău reazăm, de aici înainte, este acest rabin fanatic. El ar vrea să înlăture de pe capetele voastre trăsnetul care le amenință. Dar el nu poate să se adreseze direct la rabin; mai întâi pentru că acesta nu l-ar asculta poate, în urmă, pentru că saganul nu poate să atingă susceptibilitatea propriilor partizani.

— Să lase atunci să se împlinească voința lui Dumnezeu.

— Tocmai asta i-am cântat și eu, eu care iubesc să se împlinească mai bine voința mea. Cunosc caracterul familiei, și găsesc pe soră făcută după forma fratelui. Dar saganul n-a vrut să mă creadă. El m-a maltratat, zicând, că nu te iubesc deloc, că îl detest pe Iisus. Atunci am primit a face astfel opera de scăpare pentru nepot și nepoată, pentru care sunt așa de puțin făcut. Nu am vrut, cu toate acestea, să-l văd pe Iisus, care nu mă respectă deloc. Am promis să te văd, dar cu o condiție.

— Care, te rog, afectuosule unchi?

— Ca el, direct, saganul să fie acela care să-ți spună ceea ce mi-a zis, căci poate pe el îl vei crede mai mult decât pe mine.

— Într-adevăr, nu sunt plătită a te crede fără garanție, și încă...

— Încă ce?

— Am să-ți spun că tu minți chiar în acest moment, și că prin această poveste pe care mi-o narezi tu îmi întinzi o cursă.

— Tu ești naivă, fată, scumpa mea nepoată. Nu ți-am spus că eu sunt cât se poate mai indiferent la nenorocirile care vor cădea pe capul fratelui tău, pe care îl urăsc? Nu ți-am spus că te poți duce singură, când vei voi, să afli de la sagan care este omul cel mai înțelept, cel mai onest, cel mai stimat din toată Siria? Adaugă chiar aceasta: saganul mi-a spus că, peste câteva zile, va fi la el o reuniune de inamici ai fratelui tău. Ei bine, du-te și cere-i dacă nu mă crezi, să asiști ascunsă la această reuniune. Această cerere, te previn, va fi o insultă pentru omul care m-a înștiințat de pericolul fratelui tău, și care îți vestește să te păzești. Dar tu poți să-i spui saganului, că mesajul său venind printr-un calic ca unchiul tău, care deja te-a mai tratat rău, tu nu te încrezi, și că tu vrei să vezi și să auzi. Acest om așa de bun, care nu s-a dat înapoi în a merge să ducă un dar amantei lui Pilat pe care amicul lui voia să o ia de soție, va fi pătruns de argumentele tale și te va satisface, cu toate că după altele, el nu va lua doliu dacă fratele tău se va cufunda în abisul ce se găurește sub picioarele lui de către inamicii națiunii.

Era în discursul lui Bar-Abbas o astfel de amestecătură abominabilă de sentimente, de ură, de indiferență, de franchețe, de probabilitate, de evidență posibilă, de probe, de inversimilitate, încât Ida rămase amețită și uimită. Era așa imposibil ca nobilul caracter al fratelui ei să-l fi atins pe sagan și ca acesta să se fi interesat de soarta rabinului? Saganul oare nu arătase pentru ea un interes mișcător? Bar-Abbas nu vorbea în propriul nume căci el mărturisea că-l ura pe Iisus. Ida nu putea oare să meargă să-l întrebe direct pe sagan? Ce bănuială putea să deștepte un om care era cel mai mare, după Pilat, în toată Galileea și Iudeea? Ce era imposibil în faptul ca saganul să nu fi vrut a lucra direct cu Iisus care îl ataca, care ataca partidul său, pe ginerele său Caiafa? Ida stătu în tăcere.

Bar-Abbas continuă.

— Am făcut comisionul, fără voia mea, convins la asta, căci aș fi încântat să se dea fratelui tău o mică lecție de conveniență și de umilință. El se dă, nici mai mult nici mai puțin, drept fiu al lui Dumnezeu! Sărmana ta mamă este dar nu știu ce, și tu, tu nu ești nimic: ceea ce el ți-a dovedit, pe lângă asta, prin stupida sa faptă de aseară. Afară de asta n-am nimic să îmi imput, căci ori de câte ori am vrut să vă fac bine – să admitem că m-am înșelat asupra mijlocului – dar în fine, intenția mea era bună; și voi m-ați adăpat cu insulte și calomnii. Nu mai vreau să mă amestec în soarta voastră. Ar fi ridicol, la vârsta mea, eu bătrân soldat, să fiu mereu atacat... de tine gânganie care n-a ieșit încă din găoace. Astfel, mă rezum: iată despre ce este vorba. Fratele tău este expus la un pericol grav. Saganul te previne de asta. Du-te și te încredințează mai bine de la el, du-te de-i cere dacă vrei, să te asiguri tu însăți de conspirația ce se urzește contra rabinului, fă ceea ce vrei, nu mă crede: eu mă dau la o parte.

Ida era zguduită. În acest moment sosi Justus, care, după obiceiul său, venea în urma mea. El fusese atins, ca și ceilalți, de frumusețea trăsnitoare a Idei, mai mult decât ceilalți poate, fatal pentru el după cum vom vedea. El venea acum în calitate de amic al meu, să o întrebe pe tânăra femeie pe care trebuia să o iau de soție, dacă avea nevoie de vreun serviciu. Justus fu contrariat de prezența lui Bar-Abbas în acest loc; acesta, de sosirea lui Justus pe care o credea inoportună. Dar cu iuțeala sa normală de spirit, el voi să profite de intreruperea acestui inoportun. Se adresă către el și îl interpelă:

— *Aproposito*, Ida nu vrea să creadă că fratele ei care a rănit toate partidele de la Ierusalim, ridică contra lui o vie și periculoasă reacție.

— Este foarte adevărat, Ida, zise Justus, întrebând cu ochii pe Bar-Abbas pentru a înțelege ce semnifică întrebarea. Asta-i foarte adevărat, rabinul, ieri încă, a făcut scandal în Templu, unde el n-are nici un drept a se arăta ca dascăl și a provocat o mare mânie conducătorului.

Ida nu îl cunoștea deloc pe acest individ. Ea începea să îl creadă pe Bar-Abbas, dar mărturisirea pe care acesta o cerea de la un necunoscut îi produse efectul unui joc de cumătru și de șarlatan. Ea bănui și pe unul și pe celălalt. Asta-i tot ce voia Bar-Abbas pentru a o convinge a se adresa către sagan, pentru a avea inima curată. Într-adevăr, Ida îi zise:

— Îți mulțumesc pentru interesul ce-l acorzi fratelui meu. Eu sunt o sărmană femeie izolată și nu pot să fac nimic pentru el. Dumnezeu îl va proteja dacă merge pe calea sa. Adio!

Zicând acestea, Ida se ridică și ieși. Noah îi arătă ușa lui Justus și lui Bar-Abbas, care nu așteptară să li se repete. Dar pe drum Justus se opri, îl privi fix pe Bar-Abbas în ochi și îl întrebă.

— Pentru cine oare lucrezi tu?

— Dar tu? întrebă Bar-Abbas.

— De! eu lucrez pentru binele amicului meu Iuda.

— Nobilă inimă! exclamă Bar-Abbas, și eu lucrez pentru unchiul tău, Hannah.

Justus tăcu și-l lăsă pe Bar-Abbas să detalieze singur ciudățeniile peisajului în tot lungul drumului.

Ida, din parte-i, îndată ce intră în camera de culcare, după ce veni și Noah, nu se opri mult timp din a cugeta. Ea se înfășură într-o lungă stolă, care o acoperea din cap până la picioare, și făcând semn lui Noah de a o urma, ieși. Dar, mai înainte de a pleca, ea dădu ordin lui Thorix de a aduce la mine darurile pe care i le prezentasem cu o zi mai înainte, apoi a o aștepta pe drum, la picioarele muntelui Măslinilor.

Să apucăm înaintea ei.

XXIV

Rabinul din Nazareth se reîntorsese la Ierusalim într-o stare de spirit absolut contrarie cu cea în care îl lăsasem la Capernaum. Călătoria rapidă pe care o făcuse prin provinciile stăine îi deschisese ochii în ceea ce privea oroarea pentru romani, de care eu îl credeam animat pe poporul israelit. Misiunea sa pierdea baza politică peste care el nu s-ar fi înjosit a se ridica.

El recunoștea bine existența sentimentului evreiesc care dorea un eliberator, un mesia care să-l elibereze de străini. Dar văzuse că acest sentiment nu era destul de intens pentru a face din el o pârghie de subversie politică și de mărire personală. Trebuia deci a renunța la modul de a atrage poporul după sine. El atribuia răceala plebei la satisfacția saduceilor, la resemnarea interesată a fariseilor. În realitate, pentru unii, dominația romană era pacea, pentru alții, o pauză, în timpul căreia ei lucrau să micșoreze supremația rivalilor lor. Rabinul ura și pe unii și pe ceilalți ca trădători de Dumnezeu, al cărui fiu el se proclamase, și ca trădători de popor, din care el își făcea un piedestal. Marele său cuvânt final pronunțat, misiunea sa hotărâtă, doctrinele sale expuse, discipolii săi îngrijorați, dar la pândă, ce putea să facă acest rabin? Cerul provinciei sale chiar arunca trăsnete contra lui. Din insinuările mele el nu primise decât sfatul, rezemat pe evidența din toate zilele, de a schimba teatrul predicării sale și de a veni să desfășoare activitatea sa la Ierusalim. Capul fiind lovit, corpul ar cădea singur. El sosise așadar la Bethania, în ajunul sărbătoarei *purim*, cu acest plan decis: a îi învinge pe inamicii săi, a triumfa sau a cădea.

Rabinul nu-mi spuse nimic cu toate acestea despre schimbarea sa interioară, despre dispozițiile sale agresive. Nu am știut decât mai târziu, vai! când o mulțime de imprudențe făcuseră răul ireparabil și remediul imposibil. Apoi alte complicații veniră să precipite catastrofa.

Astfel, chiar a doua zi a sosirii sale, chiar în joia de *purim*, pe când Ierusalimul se cufunda în orgiile saturnalelor, rabinul Galileei începea marea sa bătălie sub porticul lui Solomon în Templu. Când sosii pentru a-l vedea și a-l invita la logodna mea, îl găsii, înconjurat de popor, de leviți, de scribi, discutând cu un fin rabin care îl întrebase:

— Ce trebuie să faci pentru a avea o părticică în moștenirea vieții eterne?

— Ceea ce este scris în lege, răspunse Iisus, ai citit-o tu?

— Asta-i meseria mea.

— Și ce ai citit tu în ea?

— Iubește pe Dumnezeu din toată inima ta, din tot sufletul tău, din tot spiritul tău, și pe apropele tău ca însuți pe tine.

— Ei bine, răspunse rabinul, fă asta și tu vei trăi.

— Asta-i lesne de spus și de ordonat, reluă rabinul, dar în practică lucrul se încurcă. Cine este aproapele meu?

— Ascultă, răspunse rabinul. Unu om oarecare, coborându-se de la Ierusalim la Ericho, căzu în mijlocul hoților care îl despuiară de toate veștmintele sale, îl răniră și, plecând, îl lăsară pe jumătate mort.

— Asta se întâmplă adesea, intrerupse rabinul. Greșeala este a stăpânilor noștri care ne iau grele impozite pentru a ne apăra și ne dă în mâinile asasinilor.

— Asta nu mă privește, zise Iisus. Însă, se întâmplă că un preot oarecare trecu pe același drum.

— Atât mai bine pentru rănit, exclamă rabinul.

— Crezi? Ei bine, nu, zise Iisus. Preotul privi, îl văzu pe om murind, și se trase de cealaltă parte a drumului.

— I-a fost frică, răspunse rabinul.

— Fie, continuă Iisus, dar un levit trecu tot pe acolo, câteva minute după aceea. Levitul se opri, privi la rândul său, se asigură bine de starea rănitului, și, ca și preotul, ridică din umeri și își urmă drumul.

— El s-a temut de aceași soartă, zise rabinul, și poate să nu fie luat drept ucigaș.

— Asta se poate. Dar un altul nu avu aceiași temere și nu se înspăimântă că o să fie confundat cu hoții. Știi cine era acest altul?

— Un scrib, un om al legii, fără îndoială, exclamă rabinul.

— Te înșeli: un samaritean, unul din acei oameni pe care-i disprețuiți, considerându-i ca impuri, și pe care-i condamnați la toate calamitățile, îi acoperiți cu toate blestemele. Da, un bun samariten călătorea tot pe acolo. Când sosi lângă rănit și îl văzu în acea stare, el coborî după asinul său. Apoi, atins de compasiune, el se apropie, legă rănile muribundului, vărsă pe ele vin și ulei, îl așeză pe asinul său, îl duse într-o ospetărie vecină și îl îngriji. A doua zi plecă, dar mai înainte, el luă două monede și dându-le ospătarului îi zise: Ai grijă de acest nenorocit și tot ceea ce vei cheltui mai mult decât aceasta, îți voi plăti când mă voi întoarce pe aici.

— Un samaritean? zise rabinul.

— Da, afirmă Iisus, un samaritean. Te întreb acum, pe tine om al legii, care din acești trei călători a fost aproapele victimei hoților?

— Hum! murmură rabinul, acela care a avut milă de el.

— Atunci, remarcă Iisus, du-te și fă ca el.[45]

— Ca samariteanul, nu ca hoții, strigă o voce din cercul spectatorilor. Manases ar fi capabil a se înșela!

Această glumă nu micșoră impresia frumoasei parabole care-i ofensa de moarte pe domnii Templului.

A pune pe preot și pe levit mai prejos decât acest excomunicat, de acest blestemat samaritean pe care evreii îl urăsc mai mult decât pe oricare alt păgân până la a zice că pâinea samaritenilor era precum carnea de porc, a glorifica pe acest lepros la suflet în socoteala miniștrilor lui Dumnezeu păru culmea cutezanței, impertinență și insultă: un blestem, o violare a legii. Dar Iisus nu se opri la jumătate de drum, și fiindcă avea în jurul lui un așa frumos auditoriu, el revărsă toată urgia sa contra fariseilor numindu-i rasă de vipere, ipocriți, morminte albite, mincinoși, impuri la suflet, spirite mărginite și false, vase de murdării oarbe. Un murmur surd circulă în mijlocul mulțimii, unii aplaudând, alții supărându-se. Atunci rabinul văzu la ușă un cerșetor orb care intra. El alergă la acest om și îl luă de mână.

— Învățătorule, ziseră atunci discipolii rabinului, omul acesta sau părinții săi au păcătuit? De aceea el este orb?

— Nici el, nici ceilalți, răspunse rabinul. Acest om este în această stare pentru ca eu să-mi pot manifesta puterea.

---

45) Luca Cap. X.

Atunci rabinul scuipă pe pământ, și făcu un fel de cocă, amestecând saliva sa cu pulberea. Îl văzui apoi deschizând pleoapele orbului, cu un vârf ascuțit de oțel, atingând ochiul bolnav și scoțând din el ca o mică piatră. Omul scoase un țipăt de durere care se schimbă în bucurie, căci exclamă:

— Dumnezeul meu, văd lumina!

Rabinul atinse în același mod celălalt ochi și scoase asemenea o pietricică. Cerșetorul scoțând un alt țipăt exclamă.

— Dumnezeul meu, văd oamenii și lucrurile!

Rabinul aplică atunci creta sa pe cei doi ochi, spre a îi opri să vadă, și zise orbului:

— Du-te! Peste trei sau patru zile, spală-te la izvoarele Siloamului și crede în trimisul lui Dumnezeu.[46]

Această vindecare fusese săvârșită de rabin într-un mod așa de rapid, așa de abil, încât discipolii săi strigară că e minune, asemenea și plebea. Dar fariseii, scribii, și ceilalți oameni instruiți își râseră ca de opera unui șarlatan. Cei mai conștiicioși dintre ei îl numiră nebun și drac, și începură a-l întreba pe cerșetor pe care îl bănuiau că este vreun discipol inițiat sau un cumătru.

Am văzut că vijelia se mărea și apropiindu-mă de rabin, îl târâi după mine. Ora plecării noastre la Berachah se apropia.

După ce aruncase teribila sa apostrofă care o sfărâmase pe sora sa, Iisus fugi din Berachah ca dintr-un cuptor ce l-ar fi ars.

Pasiuni, cugetări de toată natura îl tulburau. Evenimentele îl încercau din toate părțile; la disperările vieții publice se adaugau și spasmele inimii. Când el sosi în Bethania, noaptea era foarte înaintată, frigul intens, cerul pur și profund. El se puse pe o bancă de piatră în curte și se cufundă în abisul cugetărilor sale. Toată lumea dormea sub acest acoperiș liniștit, chiar cele două surori afectuoase care vegheau la soarta rabinului cu o îngrijire care schimba urâciunea lor în frumusețe. Rabinul nu trezi pe nimeni, se înfășură în mantia sa și aștepta ziua.

Îndată ce aurora apăru, el se puse pe drum către Ierusalim, la Templu. De aici înainte orice bucurie într-însul încetase; destinul îl împingea în mijlocul valurilor sale. Urmărit de suvenirul succesului zilei precedente, mai iute și mai atras către operă decât oricând, el intră în Templu de timpuriu și se instală sub porticul lui Solomon.

---

46) Marc. cap. VIII. Ioan. cap. XI.

Îndată ce îl zăriră, leneșii care veneau în acest loc pentru a vedea lume și a culege știri, evlavioșii, care veneau acolo pentru sacrificiu, oamenii cultului, îl înconjurară. Ei știau toți cât era de originală învățătura rabinului, și cât era de înaltă și de frumoasă. În această zi, a doua după catastrofa mea, rabinul se lăsă în umoarea sa mistică, adică la această parte din doctrina sa care atingea mai mult din cauza obscurității ce îi imprima sigiliul absurdului. În adevăr, rabinul asigură că el era: *poarta staului,* că el era *oaia cea bună, bunul păstor,* că el singur intra ca stăpân în acel loc, pe când ceilalți se furișau ca hoții, pentru *a ucide* și a *distruge.*

El afirma că «Tatăl său îl cunoștea și că el cunoștea pe Tatăl, el, și era gata a-și da viața pentru turma sa, și pentru asta Tatăl său îl iubea; că el avea puterea de a da și de a răspândi viața sa; că el alesese această misiune, dar că și Tatăl său i-o comandase...» și alte lucruri de felul acesta.

— Este oare nebun sau posedat? se întreba mulțimea.

Dar alții cărora li se ura cu această amestecătură de cuvinte îi adresară întrebarea pe față:

— Pentru cât timp încă ne vei lăsa tu să fim în îndoială? Dacă tu ești Hristos, declar-o fără întorsături.

— V-am spus-o, răspunse rabinul cu o voce fermă și nu fără iuțeală, v-am spus-o și n-ați vrut a mă crede. Lucrările, cu toate acestea, pe care le fac în numele Tatălui meu nu sunt de ajuns pentru a dovedi puterea mea? Dar voi nu credeți, pentru că nu sunteți oile mele, cărora numai eu le dau viață eternă, pentru că ele mi-au fost date de Tatăl meu, și Tatăl meu și eu nu facem decât unul.[47]

Un țipăt de oroare izbucni în mijlocul mulțimii. Câțiva voiau să îl lapideze, alții îl acuzară că hulește, fariseii răniți, fugiră către Lisheath-ha-Gazith (camera pavată) unde se instalase sanhedrinul, de dimineață, tocmai ca să-l judece pe rabin.

Rabinul de la Nazareth făcuse cunoscut războiul dogmei ebraice și tuturor partidelor Iudeei, fără a formula încă doctrina sa, sau înfășurând-o într-o frazeologie care lovea gustul și nu lumina intelectul. Saduceii care se preocupau mai mult a conserva pacea, dacă nu puteau să amelioreze situația lor politică, decât doctrinele ebraice, se arătaseră mai toleranți în fața atacurilor rabinului. Essenienii, care vedeau în învățământul lui Iisus un

[47] Ioan cap. X.

prim pas către realizarea ideilor lor, se resemnau la rănile pe care le făcea rabinul. Dar fariseii nu puteau să stea impasibili sub această ploaie neîncetată de batjocuri, de imputări, de mișelii, cu care se simțeau copleșiți din ce în ce. Ei ar fi primit să facă pace cu rabinul, dacă acesta ar consimți a se arăta ca un principe a casei lor regale machabene, susținător politic, separatist, admirator al legii revelate, restaurator al reglementului independent și al independenței: cu un cuvânt, rege al evreilor. Rabinul mă făcuse să o sper. Dusesem această speranță la Ierusalim. Acum, el mi se sfărâmă în mâini, insistând, cu o persistență plină de mânie, la necesitatea de a adopta o nouă lege, un nou comandament, o nouă formă de rugăciune, o nouă viață religioasă. El profană sabathul, el se învoi lesne cu acela pe care fariseii îl numeau impur; el abolea riturile lor și ataca sinceritatea lor. În ziua precedentă, rabinul ajunsese la culmea ocărilor sale, fariseii duseseră împotriva lui, înaintea sanhedrinului, această acuzație de care Bar-Abbas auzise vorbind la masă la sagan și pe care o narase Idei.

Sanhedrinul se adunase dimineață în sala de discuție, zisă Lishcath-ha-Gazith, pe marele bulevard din partea occidentală, în fața Sionului, lângă intrarea principală a Templului, dând în curtea israeliților și în curtea păgânilor spre a permite intrarea în ea evreilor și grecilor. Sanhedrinul se compunea de șaptezeci până la șaptezeci și doi de membri, aleși prin vot, dintre cei mai considerabili, cei mai în vârstă și cei mai bogați Evrei nu numai de la Ierusalim, dar și din Egipt, din Grecia, din Babilon. Înainte de Irod, acest consiliu avea o putere regală, temporală și spirituală, fiind în același timp curte de apel și curte de judecată, civilă și criminală, putând să numească și să detroneze regi, să numească consilieri provinciali, să decidă chestiuni de pace sau de război, să judece triburile, pe marele preot, pe falși profeți, să pună în mișcare armate. Pe scurt, acest consiliu avea dreptul absolut asupra averii, vieții, morții, conștiinței cetățenilor, dădea afară pe membrii săi, publica decretele de moarte, interpreta legea și cărțile sacre. Dumnezeu și sanhedrinul nu erau decât unul.[48] Irod condamna la moarte pe toți membri acestui corp în afară de doi: Hillel și Shammai și împuțina cu mult puterile sanhedrinului pe care el îl reuni în jurul acestor doi membri iluștri. Pilat mai scurtă încă puterile ce Irod le conservase, dar cu toate acestea, puterile acestui

48) Un sanhedrin care pronunța pedeapsa cu moartea o dată în șapte ani, merita de a trece drept sângeros. Rabinul Eliazar adăoga: ar merita această califica-

consiliu rămâneau tot considerabile. Guvernământul roman, cu toate acestea, își rezerva legalizarea sentințelor sanhedrinului mai înainte de execuție, în afară de acelea care priveau educația, liturgia, credința, cultul. După greșelile lui Gratus, Pilat înțelesese că acest corp putea să fie un excelent aliat sau un inamic amenințător.

Sanhedrinul se recruta printre preoți, leviți, și clasa laică a evreilor. Elementul preoților predomina în el. Marele preot îl prezida, sau în locul său rectorul marelui Colegiu, asistat de doi secretari.

Un act de acuzare contra rabinului din Nazareth fiind dat în ajun, Caiafa adunase sanhedrinul care era instalat în formă de lună în jurul lui. După ce actul a fost citit, fiindcă trebuia unanimitatea membrilor prezenți ai consiliului pentru a pronunța sentința de culpabilitate și apoi pedeapsa, Caiafa întrebă dacă este vreunul care vrea să aducă observații. Nicodim, un preot din familia lui Hillel, se ridică și zise:

— Părinți ai camerei judecății, legea noastră ne ordonă de a nu condamna pe nimeni fără a-l fi ascultat. Ni se adresează o acuzare contra acestui rabin, dar probele lipsesc. Putem noi să procedăm pe acest caiet de imputări? Putem noi să trimitem înaintea judecătorului roman o sentință care n-are bază?

Ceilalți membri ai sanhedrinului, gata a da un mandat de arestare contra rabinului, ținură cont de această remarcă, și adunarea era să se dizolve, când un mare număr de scribi, de leviți, de farisei intrară în sala consiliului, strigând: scandal, hulă! Ei narară atunci că au auzit pe rabin proclamându-se fiu a lui Dumnezeu, și ca el era încă acolo, sub porticul lui Solomon, pentru a o repeta oricu va voi să-l întrebe. De astă dată mărturisirile erau conchizătoare, irefragrabile. Ordinul de a-l aresta pe rabin a fost expediat îndată în câteva minute. Servitorii Templului primiră ordin de a-l pune în executare.

Iisus predica încă și insista, cu tenacitatea sa obișnuită, asupra atestării sale.

— Ziceți că blestem fiindcă am anunțat că sunt fiul lui Dumnezeu? Dacă eu nu săvârșesc faptele Tatălui meu, să nu mă

ție condamnând o dată în 70 ani. Rabinul Tarphon și rabinul Akiba zic: «Dacă noi am fi fost membri ai senatului, noi n-am fi condamnat niciodată pe nimeni la moarte.» Dar Simon, fiul lui Gamaliel, răspunse: «Acesta nu ar fi un abuz, n-aveți teamă a înmulți crimele în Israel?
Mischna, *Tratat de pedepse*, cap. I.

credeți. Dar dacă le fac, dacă nu vreți să credeți în mine, credeți în fapte, căci atunci veți putea cunoaște și să vă convingeți că Tatăl meu este în mine și eu în el.[49]

La aceste cuvinte servitorii Templului înaintară pentru a pune mâna pe el, dar, în același moment, intră sub portic Cneiu Priscu care, adresându-se lui Iisus îl întrebă:

— Nu ești tu rabinul din Nazareth?

— Eu sunt.

— Vino atunci cu mine. Claudia, soția procuratorului, te poftește să mergi la ea.

Servitorii Templului se retraseră, urmați de o privire ironică a rabinului, pe când Cneiu Priscu îl apucă de braț fără multă ceremonie și îl duse cu el.

Era a cincea oră.

Claudia se deșteptase la a patra oră (zece ore de dimineață), cu chipul asemenea unei maști de pământ, din cauza modului de pâine înmuiată cu lapte de măgăriță pe care ea îl punea noaptea pentru a conserva pielița fragedă și albă, și care se deseca noaptea și se învinețea. Ea lovi în un timbru de aur așezat pe măsuța ce era dinaintea patului său și Nomas, care stătea la ușă, cu urechia întinsă, intră. Claudia spuse că vrea să se scoale și Nomas, deschizând ferestrele, cinci sau șase sclave se precipitară în cameră pentru a o ajuta pe stăpâna lor a se coborî din pat și a merge în cabinetul vecin, unde marea operă a toaletei începea.[50]

Cabinetul în care intră Claudia era acela pe care Irod îl construise pentru regina Mariamna. Era un octogon destul de largă pentru a conține această armată de tinere și frumoase sclave, goale până la talie, care trebuia să îndeplinească savantele mistere ale transformării, câteodată ale creației cultului frumuseții. După pereții acestui cabinet atârnau stofe de mătase de culoarea de hiacint, ridicate cu purpură și brodate cu aur. Doi pereți ce veneau între ferestre erau acoperiți cu oglinzi de sus până jos. Plafonul, de cedru de Africa sculptat, părea o țesătură cu foi de aur și cu ciorchini de argint și pietre scumpe. Un minunat tapet de Smyrna acoperea mozaicul parchetului, mozaic de lazulită, agade și smaralde, căci anotimpul era rece, deși soarele intra în valuri prin cele două ferestre care se deschideau în grădini. Câteva picturi puțin modeste ornau poalele ferestrelor și câteva tablouri

49) Ioan cap. X.

50) Vezi Böttiger, *Toaleta unei dame romane.*

iarăşi puţin decente, ornau murii, în fine, câteva scaune acoperite cu perne brodate.

Sclava destinată a sta la uşă o întrebă pe Claudia, pe cine trebuia să introducă în timpul toaletei sale.

— Numai pe rabinul din Nazareth dacă se va prezenta, răspunse Claudia. Cu toate acestea l-am chemat de aseară.

Treaba sclavelor zise *cosmetes* nu se prelungea mult timp cu Claudia, care nu punea decât rar puţin roşu pe buze. Se ţinea minte ce funcţie exercita ea la Capri lângă Tiberiu. Un poet cântase despre ea, sub numele de Thais: *Tam casta est rogo Thais? Immofellat?:* Pentru ce Thais este atât de castă? Pentru că gura sa nu este.

Pe lângă asta, ea nu avea păr fals, tăiat de la o jună fată de dincolo de Rhin şi împletită de un artist de la Velabru; ea nu avea păr vopsit în blond, după ce-l spălase cu var, cu pomada Galului din circul Maxim, nici dinţi falşi, nici sprâncene false.

Cyntia aduse o cupă de aur plină cu lapte de măgăriţă, mulsă chiar atunci şi înmuia cu acest lapte coaja de pâine de noapte care căzu. Apoi, Quintia spălă pielea cu apă căldicică mai întâi, apoi cu apă rece sau cu nard de Etiopia stat noaptea în infusie. Chloe se prezentă cu o concă de aur, şi, după ce respirase pe oglindă, spre a arăta stăpânei sale că suflarea sa era pură şi parfumată cu pastilele lui Cosmos, udă cu salivă un prăfuleţ de roşu foarte înmuiată şi i-l întinse uşurel pe buze. Delia deja, cu un moale burete de Bretania, spălase dinţii Ciaudiei.

Echipa de costumatoare fiind expediată, pieptănătoarele intrară.

Claudia avea o bogăţie supărătoare de păr negru, moale, lung până la pulpe. Această parte din toaleta sa era deci cea mai supărătoare, i se întâmpla adesea, din impacienţă, să muşte, să înţepe cu acul, să ciupească sânul sclavelor sale. Neera ţinea oglinda mobilă pe care o prezenta stăpânei sale în toate poziţiile. Această oglindă era o lamă de argint lustruită, înconjurată cu un cadru de aur bogat dselată şi ornată cu mărgăritare. Phiala desfăcu pieptănătura de noapte şi aerisi aceste bucle splendide. Hostilia le parfuma cu pomade preţioase, Nape încreţi cu un fier cald micile bucle de pe frunte şi de la tâmple. Cypasis, o frumoasă negresă, împleti, înodă şi înfăşură în formă de turn pletele de la spate. Galla le traversă cu acest teribil ac pe care Claudia îl folosea în mânia sa ca armă de ucis.

Florista Egipteană Nemesis intră mai apoi, urmată de doi copii ettiopieni cu două coşuleţe pline de flori şi de ramuri luate din sere. Claudia alese o ramură de brebenel şi câteva narcise pe care Phlogis i le puse în bucle. Claudia nu purta bijuterii, am spus-o deja. Capul fiind aranjat, veni rândul mâinilor.

Fabula le spălă cu lapte căldicel, Lilla le netezi cu apă de trandafir. Vetustilla le şterse cu o pastă de migdale parfumată, apoi cu o pânză de Egipt fină ca o ţesătură de păianjen. Sabina, care scosese faimosul inel al lui Tiberiu, îl puse în anulariu. Polla taie unghiile şi le lustrui cu un cosmetic unsuros şi parfumat. În acest moment, pe când Chione, Clio, Calamide şi Eunoe îngrijeau picioarele Claudiei de o albeaţă uimitoare, aceste picioare care, atunci când treceau pe Calea Sacră, mişcau măruntaiele tânărului Alcinous de la Roma, pe când Glycera le încălţa cu brodechini roşii cu tocul aurit, şi Marcella îi lega cu cordoane de mătase şi de aur de călcâie şi de pulpele atât de cântate de poeţi, doi adolescenţi gali cu părul castaniu buclat şi cu tunici albe scurte, aduseră dejunul Claudiei.

Unul dintre ei ţinea pe o tavă o cupă de murhina, care preţuia cât o provincie, celălalt o tavă cu fructe. În cupă fumega mâncare aleasă de suc de vânătă cu cremă, cu vin şi cu câteva picături de vechi Pollis de Syracusa, inventat de Eumolp bucătarul sau mai bine medicul Claudiei. Cleopatra prezentă Claudiei o bucată de purpură pentru a-şi şterge mâinile; Claudia preferă a le băga printre părul celor doi juni sclavi.

În acest moment veni rândul ornatricelor. Dar în acelaşi timp Drusila, sclava de la uşă, îl anunţă pe Philocthet, pe Curculio şi pe rabinul de la Nazareth.

Claudia nu-l primi pe Curculio, sclavul care povestea în toate dimineţile ştirile din oraş, şi ordonă să intre rabinul şi Philocthet.

Acesta era filozoful Claudiei, a cărei meserie consista în a-i recita versuri greceşti său latine – cele mai licenţioase erau cele mai bine primite. Philocthet avea asemenea sarcina de a îngriji căţeluşele, de a învăţa papagalii se vorbească, a căuta pomade noi, a spăla căţeluşele când le era cald, a le pieptăna şi să ucidă insectele lor. Acest filozsof era pleşuv. El avea o barbă care-i cobora până la talie, o manta ruptă şi sordidă, o tunică de lână aspră galbenă care nu îi acoperea gambele goale şi păroase, şi sandale grosolane. El era mai mâncăcios decât o preţioasă şi fiindcă Claudia le hrănea cu ficat de gâscă și cu pastă de susan pe cățelele sale cu pui, filozoful le făcea să fete foarte des, prea adesea chiar, aceste mici animale pe care el le condamna la o dietă salutară, și a căror cină o devora el. Philocthet venea să o prezinte Claudiei pe favorita sa Phebe, mica malteză care lătra cu mai multă furie la Pilat, împreună cu șase căței abia născuți pe care filozsoful îi purta într-o poală a mantalei sale. Claudia dădu câteva mângâieri cățelei și o trimise înapoi cu guvernorul ei. Apoi întorcându-se către Iisus îl întrebă în grecește:

— Rabine în ce limbă trebuie să-ți vorbesc? Nu o știu pe cea ebraică; știi tu pe cea greacă sau latină?

— Vorbește limba care traduce mai bine vocea inimii tale, răspunse rabinul.

Claudia avea tot bustul gol. Albeața, frumusețea, eleganța acestui corp răspândeau fiori. Tiberiu se temuse de asta, și din gelozie el fusese fericit de a o îndepărta pe Claudia care vedea cum căpăta asupra lui o influență iresistibilă de care el se temea. Rabinul o privi ca și cum ochii săi ar fi fost de cristal. Marcia, îngrijitoarea veștmintelor, o întrebă pe Claudia, ce tunică vrea să pună.

— O tunică cu ciucuri albaștri, ordonă Claudia.

Pe când Marcia traversa un șir de camere pline de sclave: în prima, acelea care torceau și țeseau stofe, în a doua cusătoresele, în a treia brodătoarele; în altele călcătoresele, acelea care făceu ornamentele. Pe când Marcia cerea de la sclave tunica desemnată, Claudia zicea rabinului.

— E mult timp de când am dat ordinul de a te aduce. Nu teau înștiințat deci de dorința mea? Nu te-a găsit? Cu toate acestea, dacă aș fi cerut la Roma ca să mi se aducă histrionul Pylad, l-ar fi găsit la moment.

— Am sosit la Ierusalim abia alaltăieri seară, răspunse Iisus.

Privirea rabinului devenea severă. El nu știa că damele romane, chiar matroanele cele mai austere, nu aveau castitatea ochilor. Ele se scăldau goale în therme cu bărbații. Claudia cu toate acestea remarcă pudoarea Nazareanului, și ca și cum acestă privire fixă, ascuțită ca lama unui pumnal ar fi rănit-o sau ars-o, ea roși și o sili pe Paula a-i pune cămașa de bumbac cu mânici scurte. Pyralis îi susțin sânul, grija inutilă, cu o cingătoare.

— Ce timp e afară rabine? îl întrebă Claudia pentru a întoarce privirea.

— Când cineva vede ochii tăi, Claudia, răspunse rabinul cu simplitate, nu se mai îngrijește de a ști dacă soarele strălucește sau dacă se ascunde.

Claudia surâse. Ea nu știa că acest om, adineauri așa de dur, așa de brutal, așa de amar contra fariseilor, îndată ce vedea o floare, un copil, sau o femeie, se transfigura. Iisus îi disprețuia pe bărbați. Bărbatul rănea aleasa sa sensibilitate, tactul voluptuos al nervilor săi. Din contră, floarea îl încânt, copilul îl mișca, femeia umplea sufletul său de o suavitate nespusă. Profetul se schimba atunci în poet, vocea se schimba în cânt, omul care se târa pe pământ naviga în cer. Rabinul, prin forța voinței sale, sfărâmase aspra sa coajă, și, cioplind sufletul său, îi dăduse o lucire dulce și aleasă.

— Ești tu însurat, rabine?

— Nu, răspunse Iisus. Femeia este prea sus pentru mine, ca să pot ajunge până la ea.

— Rabine, zise Claudia, nu o așeza așa de sus cu toate acestea, încât să ajungă a sta în singurătate.

Marcia sosi cu tunica și o dădu Pollei. Ea luă haina de lână de Milet, țesută cu bumbac, cu mânicile închise deasupra, deschise de la cot până la pumn unde o brățară sau un cordon de mătase le oprea, și cu brodări albastre la gât, la piept și pe poale.

— Ai asistat tu vreodată la toaleta unei femei, rabine? întrebă Claudia râzând.

— Adesea.

— Adesea, rabine?

— Da: la toaleta tigreselor din deșert. Și te asigur, frumoasă doamnă, că ele nu sunt mai puțin trândave, mai puțin căutate, mai puțin dificile, deși mai puțin cochete decât femeia unui procurator al Iudeei.

— Au ele oglinzi și pomade?

— Cum nu? Ele au râulețele, saliva și labele lor teribile ca ale voastre, care pot fi un obiect de onoare și o armă totodată.

În acest moment Drosa prezentă *palla,* sau mantia care completă înveșmântarea. Aranjarea acestui veșmânt este partea cea mai dificilă din toaleta unei femei, este o știință întreagă, care cere cunoștință de architectură, de pictură, de jocul umbrei și a luminii ca una ce trebuie să rotunjească, să armonizeze, să înfrumusețeze, să arate toate membrele femeii, să nu ascundă nici o mișcare a corpului și să le îndulcească pe toate. Claudia luă *pall*a din mâinile sclavei și prezentând-o rabinului, îi zise zâmbind:

— Fiindcă ești așa de expert în cochetăria tigreselor, eu care sunt tot așa de cochetă aș fi fericită de a vedea cum te-au învățat ele a așeza asta.

Rabinul, cu o complezență aleasă și încântătoare, luă mantia, o puse pe umerul drept al Claudiei, făcu să treacă un colț sub brațul stâng, lăsând gol umărul și brațul, și pe când cele două extremități coborau la călcâie, el dădu corpului mantiei la spate un fel de îndoitură care provoca un țipăt de surpriză de la Claudia care se privea în oglindă. S-ar fi zis că e goală, astfel partea de jos a coapselor, șoldurile, bustul său, erau accentuate.

— Desigur, rabine, zise Claudia, râzând, tu a-i să-mi cumperi o tigresă pentru a-mi aranja stola. Am devenit dificilă.

Ea făcu apoi un semn cu mâna sclavelor sale și rămase singură cu rabinul.

Atunci scena se schimbă. Neci Claudia, nici Iisus, nu mai erau aceiași.

XXV

Claudia indică un scaun rabinului și începu a se umbla prin cameră cu un pas agitat.

— Știi tu pentru ce te-am chemat? strigă ea.

— Când cineva cheamă medicul, răspunse liniștit rabinul, atunci e bolnav.

— S-ar putea să ai dreptate. Dar unde mi-e boala?

— Unde o au toate femeile, la inimă.

— Când este inimă! Da, toate femeile acolo se bolnăvesc sau pentru că nu sunt iubite, sau pentru că le iubește cineva mai puțin sau prea mult, sau pentru că ele iubesc. Dar oare boala mea este boală de amor? În ce categorie mă pui tu?

— Când cineva e frumoasă ca tine, jună, bogată, puternică, rareori o femeie se plânge de iubirea altora. Fie iubită sau nu, toți se grăbesc a o înconjura cu o atmosferă de dragoste până la temperatura pe care ea o dorește. Atunci, Claudia, tu iubești.

— Iubesc. Ce vrei tu deci să facă o femeie la douăzeci și patru de ani?

— Tu iubești și ești geloasă.

Claudia se opri și luând mâinile rabinului, ea strigă:

— Da, sunt geloasă, geloasă de mor.

Rabinul apucă mâinile Claudiei și le strânse, deși ea, la acest contact arzător ar fi vrut să le retragă. În același timp, rabinul pironi asupra ei marii săi ochi arzători, penetranți ca două flăcări, și Claudia, încovoindu-se, căzu pe un scaun. Rabinul se apropie de fruntea ei, și plecându-se, o privi cu mai multă intensitate încă. Claudia închise ochii. După un moment rabinul se depărtă. Claudia se ridică. Această scenă nu dură decât câteva minute.

— Dar ce am eu oare? zise Claudia întinzându-și brațele. Sunt zdrobită, am crezut că o să mor.

— Aerul acestei camere este prea cald, zise rabinul deschizând fereastra. Emoția te-a învins.

— Ce îți spuneam mai devreme...? Ah! Mi s-a vorbit despre puterea ta. Lumea te crede un mesia, tu te dai drept fiu al lui Dumnezeu.

— Tu nu mă crezi?

— Fiu al lui Dumnezeu? De ce nu. Enea era, Alexandru era, Cesar era, nu știu câți alți regi, cuceritori, magi au fost. Fii și tu. Opera pe care tu vii să o îndeplinești o cere. Ți-au spus că-ți voi da ajutor?

— Opera la care lucrez eu Claudia, îmi este ordonată de Tatăl meu.

— Nu mă îngrijesc de acela care ordonă, ci de acela care trebuie să se supună. Tu vii pentru a răsturna Roma. În numele cui vii tu să încerci o faptă de bravură în care Alesandru și Cesar ar cădea? Care sunt faptele tale? Prin ce și prin cine vrei s-o înlocuiești tu?

— Claudia, rău ești informată despre mine. Împărăția mea nu este din lumea aceasta. Eu nu vin să răstorn Roma. Eu vin să dau lumii și Romei chiar ceea ce câtiva romani îi refuză: egalitatea înaintea lui Dumnezeu.[51] Alexandru, Cesar, Augustus, Tiberiu nu ar izbuti în această întreprindere, fiindcă ei ar vrea să o impună, pe când trebuie să o indice și să o lase să se îndeplinească singură. Teoriea mea este adevărul, acest popor din care s-a făcut până acum un lucru, eu vreau să facă un om. Eu înlocuiesc Roma prin Dumnezeu.

— Dacă asta-i tot ceea ce tu îți propui, poți să te întorci în

---

[51]) Ce viață ar fi îndestul de lungă pentru a nara toate binefacerile egalității? În univers, ea produce totul, în orașe, democrația bine regulată, așa de diferită de

Galileea: Pilat n-are nevoie să ceară ajutor de legiuni. Rabine știi tu că aici te afli cu o complice?

— Nu cunosc complici, eu îi cunosc pe propagatorii cuvântului meu, pe cei ce cred în misiunea mea.

— Rabine, tu vorbești deja ca stăpân. Asta nu este de ajuns. Ce ai făcut tu, ce poți tu să faci? Mi s-a spus că tu ai vindecat bolnavi și că ai dat pâine celor sărmani. Rabine, pentru a ridica pe poporul evreu ca o mare înspăimântătoare și a îneca acestă pumn de romani care-i zdrobesc, chiar Esculap ar fi neputincios. Trebuie un Gracus, un Marius, un Sylla, un Cesar sau un Dumnezeu: chiar un Catilina.

— Femeie, nu te grăbi a judeca pe lucrător înainte de a vedea opera. Tu credința nu o ai.

— Credința se încearcă, rabine, căci nu cunosc nimic așa de incredul cum e credința. Manifestă puterea ta, și atunci...

— Atunci Fiul lui Dumnezeu, se va coborî la nivelul lui Simon magul de la Sychem. Dar oare tu m-ai chemat ca să îmi ceri minuni ca plebea?

— N-ai spus tu însuți că eram bolnavă? Ei bine, toate acțiunile vieții mele nu țintesc decât la un scop. Dacă îți cer minuni, asta e din cauză că nu te consider ca pe sclavul meu, pe filozoful Philocthet.

— Tu ai nevoie de o explicație, Claudia, nu de o minune. Tu ascunzi un secret în străfundul sufletului tău. Tu îl iubești pe bărbatul tău, dar îl disprețuiești și te chinui și te torturezi pentru a-l face să nu te cunoască. Tu crezi că Pilat te-a luat de soție prin ambiție și nu prin dragoste. Tu nu poți să înțelegi el a putut să te iubească, știind care erau practicile tale la curtea lui Tiberiu, dar neștiind că tu te dezonorai pentru a obține libertatea mamei tale.

— Rabine, rabine, strigă Claudia. Cine ți-a spus toate acestea?

— Tu însăți.

— Niciodată nu ți-am încredințat un cuvânt ca acesta.

— Cuvântul nu spune nimic celor care citesc în inimă.

— Dacă tu ai această putere înspăimântătoare, rabine, tu ești mai mult decât Dumnezeu.

---

ochlocrația unde multitudinea ignorantă și pasionată vrea să comande, în corp, ea este sănătatea, în suflete onestitatea și virtutea. Inega litatea, din contră, este prima cauză a răului ce se face în lume." Philon - *Despre crearea principelui*, etc. Preceptul egalității nu fusese deci evocat și predicat de Iisus cel dintâi.

— Tatăl meu, care m-a trimis, mă luminează. Tu ești deci geloasă.

— Atunci, spune-mi, soțul meu mă iubește?

— Ai tu un amant, Claudia?

— Nu.

— Dacă ți-ai lua un amant, l-ai iubi tu pe bărbatul tău?

— Desigur, nu.

— Ei bine...

— Ei bine?

— Pilat are o amantă.

— Minți, strigă Claudia, sărind asupra rabinului ca o tigresă și scuturându-l de braț.

— Știi tu cine este amanta sa, Claudia?

— O voi afla și o voi ucide.

— Ți-o denunț eu: este sora mea.

— Ce?

— Pilat o cumperă de la o mizerabilă rudă, o răpi și o ascunse de privirea lumii. Ea l-a iubit.

— Ah! Vai lor! Este ea frumoasă?

— Nu știu. Dar nu există femei frumoase acolo unde ești tu.

— Atunci ea s-a servit cu un philtru. Cunoști tu philtre, rabine?

— Unul, care este irezistibil: candoarea.

— Rabine, exlamă Claudia cu anxietate, tu citești în sufletul meu, tu mi-l denunți pe Pilat, tu îmi denunți pe sora ta. Cine ești, ce vrei tu?

— Sunt trimisul Tatălui meu, acela care aduce lumina. Vreau să te învăț a ierta. Căci, dacă bărbatul tău te-ar iubi, ce ar face el? El ți-ar ierta greșelile tale. Unde erai tu? Ce făceai tu când barbatul tău găsea patul său gol și o visa pe femeia sa instalată într-un pat adulter?

— Cu toate acestea este adevărat!

— Ei bine, iată ce vin să învăț lumea. Roma îți zice: ucide-l pe bărbat, ucide-o pe amantă. Eu zic iartă, cum dorești ca să ți se ierte.

— Nu voi ierta niciodată.

— Ah! Tu mă întrebai care este forța care va îneca Roma? Iat-o: refuzul iertării. Popoarele o vor măsura cu cotul cu care ea le-a măsurat-o lor.

— Ce-mi pasă mie de Roma? Doar tu nu vii ca să zici acestui popor laș: scoală-te și zdrobește-i pe acești insolenți străini care te zdrobesc? Nu ți-i dau eu în mână oare? Renunți oare tu la mandatul ce ai primit, de a chema pe evrei la arme? Nu văd decât un lucru, eu nu vreau decât un lucru: această femeie. Pe bărbat îl știu.

— Nu renunț la nimic, răspunse rabinul, aștept ora mea.

— Rabine, unde este sora ta? Vreau să o văd.

— Claudia, eu nu ți-am revelat o crimă, ți-am indicat o nenorocire. Înăbușește-ți pofta de sânge. Dacă tu-l ucizi pe bărbatul tău, dragostea ta pentru el se va schimba în haină de foc care te va consuma toată viața. Dacă tu o faci să piară pe sărmana victimă, dragostea bărbatului tău pentru ea devine nemuritor. Vrei să îi pedepsești? Uită și iartă.

— Rabine, eu sunt romană, eu mă răzbun pentru nenorocirile ce mi se fac. Această religie a iertării este religia sclavilor, care nu au dreptul de a avea onoare. Rabine, tu care citești în spirite, trebuie să citești și în natură: indică-mi dar un philtru. Eu vreau ca el să mă iubească. Până acum am suferit în tăcere, gândind că el va suferi de disprețul meu, de solitudinea sa, de văduvia la care-l condamnam. Apoi speram, lucram a satisface ambiția sa, și a-l vedea la picioarele mele. Tu ai pus o viperă în inima mea. El o iubește pe alta. El se satisface la alta de disprețul meu. Victima sunt eu, condamnată la solitudine sunt eu, el râde de mine poate. El se înveselește în brațele alteia. Imposibil! Trebuie să mă iubească, trebuie ca această fată să dispară din lume.

— El va lua o alta, el are deja poate o alta.

— Taci, vrei deci să mă înebunești? Ce vrea el? Vrea să fie prefect al Siriei, sau al Galileei, sau al Spaniei, împărat poate, ce știu eu? Ei bine, rabine, la lucru. Pune foc la cele patru colțuri ale Ierusalimului, aprinde Iudeea, fii rege al evreilor și dă-mi cu ce să-l cumpăr chiar pe Cesar care se vinde. Du-te, predică, tună, fulgeră, ora este propice: Pilat lipsește. Îți dau tot: comandament, palate, fortărețe, turnuri, legiuni. Dă-mi pe sora ta. Eziți?

— Te plâng.

— Refuzi? Atunci voi ști să o găsesc eu singură. Cneiu Priscu face lucruri mai dificile decât asta. Indică-mi cel puțin un lucru liniștit pentru a adormi inima mea. Ce mesia ești tu deci? Canidia, saga de la muntele Esquilin, m-ar fi satisfăcut deja. Vrei tu aur?

— Pacea nu este în crimă, Claudia, ci în adevăr. L-ai întrebat tu vreodată pe bărbatul tău dacă te iubește?

— Acest mizerabil ar fi capabil de a-mi spune că mă adoră. Nu m-a luat el de soție luându-mă din baia lui Tiberiu? Aș roși să-i adresez o astfel de întrebare.

— I-ai spus tu vreodată că-l iubești?

— Mai curând mi-aș tăia limba cu dinții.

— Cum vrei deci tu să știi, dacă faci întuneric împrejurul tău?

— Rabine, ești un biet păcătos! Eu îți cer un philtru și tu îmi dai sfaturi, îți cer un *carmen*, și tu dai vorbe, îți zic ridică țara ta, și tu răspunzi că îți aștepți ora, cer să o văd pe sora ta, și tu mă sfătuiești să mă asigur dacă Pilat mă iubește... De unde vii tu, visătorule? Nu este de ajuns a descoperi, Dumnezeu știe cum, unul din secretele mele. Nu este de ajuns a te proclama fiul lui Dumnezeu: trebuie să o dovedești.

— Claudia, Dumnezeu nu face minuni pentru a satisface curiozitatea celor neocupați, după cum bucătarul tău face dulcețuri pentru a gâdila cerul gurii tale, ci pentru a manifesta pe aleșii săi și a indica popoarelor justiția și adevărul. Tu ai vrea să fiu complice al unei atrocități; eu aș vrea să te ridic la lumina carității. Tu m-ai chemat, am venit: deci pentru a te consola, pentru a te lumina, pentru ați aminti datoria ta de femeie care singură poate să te aducă lângă bărbatul tău și să te scoată din infamie. Tu ești surdă, și ceri minuni, și mă împingi la rebeliune. Eu nu lucrez pentru unii sau pentru alții, Claudia: eu mă devotez și mă sacrific pentru toți. Nici ajutorul tău, nici opoziția ta, nu poate să influențeze asupra mersului fiului omului: eu sunt chematul, eu sunt voința tatălui meu. Tu arzi a vedea Ierusalimul în sânge. Vai!, îl vei vedea.

— Rabine, vorbești ca o moară stricată. Un ultim cuvânt atunci, căci până acum, am bătut câmpii. Iată situația. Eu îl iubesc pe bărbatul meu. Sunt geloasă și mă îndoiesc. Conspir contra propriei mele țări pentru a sătura ambiția lui Pilat. Te-am chemat ca să te recunosc, după ce ai primit a deveni capul insurecției Iudeei, ca să-l văd pe cel care își zice fiu al lui Dumnezeu și face minuni, ca să aflu de la tine dacă gelozia și îndoielile mele sunt fondate ca să am de la tine, omul cu minunile, un lucru, pentru a mă face să fiu iubită sau a înceta să iubesc. Tu nu m-ai satisfăcut în nimic.

— Îmi pare rău.

— Ce folos. M-am tocit prin nenorocire în mijlocul sărbătorilor și a plăcerilor, la curtea împăratului lumii. Nu mă satur deci cu fraze pe care *lorariului*[52] meu le-ar face să intre cu lovituri de vergi în gâtlejul filozofului meu, dacă și-ar permite una din întâmplare. Vreau răspunsuri categorice la întrebări precise. Pilat mă iubește oare?

— Nu i-am vorbit niciodată: nu o știu.

— Pentru ce mi-ai spus atunci că sora ta este amanta lui?

— Pentru că, în această oră, tot Ierusalimul o știe, poate pentru că am enunțat asta aseară, înaintea unui mare număr de persoane, și pentru că eu nu mint niciodată.

— Pentru ce îmi refuzi tu, în această casă, opera ta pentru a sătura dragostea mea?

— Pentru că învăț cuvântul lui Dumnezeu și nu sunt o infamă parfumătoare, o saga, sau un comediant.

— Pentru ce mi-o ascunzi pe sora ta, dacă o cunoaște atâta lume?

— Pentru că tu ai ucide o victimă și nu o vinovată și pentru că Tatăl meu mi-a ordonat a biciui păcatul și a ierta pe păcătoși.

— Bine. Acum, primești tu rolul de mesia ce ți-a fost oferit?

— Eu nu primesc rolul de histrion, eu împlinesc voința Tatălui meu. Dacă alții cooperează cu mine, atât mai bine, eu nu sunt omul-instrument al nici unui partid. Sunt ceea ce vreau, și nu știu ceea ce vor ei.

— Destul, răspunse Claudia după câteva minute de tăcere. Voi ști ceea ce tu îmi ascunzi. Vei ști ceea ce se cere de la tine, și vei spune ce vreau eu. Dar, cugetă bine la asta, la capătul acestor lucruri este un abis.

— Am știut-o de la cea dintâi oră.

— Tu știi atunci asemenea că ai alunecat într-un complot ale cărui gheare te-au strâns, ai cărui dinți te-au apucat. Tu știi prea multe lucruri. Ai promis. Ai început. Ți s-a aplanat o parte din cale, tu nu mai ești acum al tău: ești al nostru, sau trebuie să pieri. Lasă-l încolo pe acel Tată a cărui misiune afirmi că o îndeplinești și a cărui voce zici că o asculți. Vocea pe care tu trebuie să o asculți este a noastră: este a mea. Tu ești o trâmbiță, nu o voce. Tu ai început a poza în mesia și în fiu al lui Dumnezeu pe socoteala ta;

52) Sclavul care-i făcea pe ceilalți să sufere pedepsele date de stăpâni.

trebuie în cele din urmă să pozezi astfel pentru socoteala noastră. Dacă minunile sunt necesare, ți se vor pregăti la vreme, și tu le vei face. Dacă se va crede convenabil de a te declara fiu al lui David sau a lui Jupiter, îți vei găsi genealogia gata. Hannah te va face să te cobori din cer pe un car de fulgere, dacă i se pare oportun. Nu te îngriji de nimic. Dacă în carnea ta tu ai un mesia, folosește-te de el: dacă nu noi îți vom da din al nostru. Dar ferește-te de apucături intempestive. A face lucruri cu nesocotință înseamnă a pieri. Adio.

— Claudia, Tatăl meu te va ierta, pentru că tu nu știi ce zici, ce tu înjosești. Dar tu ai atins totul, în afară de secretul tău.

— Care?

— Iată-l: Tu îi trădai pe trădători.

— Ce înțelegi tu?

— Tu împingi la revoltă pentru a îl sfărâma. Tu ai pregătit toate în acest scop, și îndată ce ea va fi domolită, tu vei zice lui Cesar: Pilat ți-a salvat o provincie a Imperiului, îi trebuie o recompensă, dă-i guvernământul Siriei. Sejan ți-a dat acest sfat, drept preț nu voi să spună ce, în ajunul plecării tale de la Roma.

— Tu știi toate acestea, strigă Claudia pălind.

— Mai mult încă, continuă rabinul. Tu dorești bogățiile Templului și ale mormântului lui David, pe care revolta îți dă ocazia să pui mâna, pentru a cumpăra învoirea lui Tiberiu dacă el rezistă, a corupe legiunile, dacă poți, și, în calitatea ta de nepoată a lui Augustus a răsturna pe infamul de la Capri.

— Rabine, zise Claudia cu răceală, după un moment de reflecție, tu știi prea mult, prea mult. Cu toate acestea sunt încântată de asta, căci trebuie să înțelegi asemenea că cel care a străbătut astfel de mistere trebuie, de vrea sau prin forță, să fie complice și să participe la beneficiu sau să moară. Adineaori, te credeam un șarlatan, te cred un mag acum. Tu m-ai ținut un moment în puterea ta, adineaori, când tu m-ai zdrobit sub privirea ta. Am simțit că îmi smulgeai ceva din suflet[53]. Fie. Dacă

[53] Herder: *Despre mântuitorul oamenilor după cele trei prime Evanghelii ale noastre; despre fiul lui Dumnezeu, salvatorul lumii după Evanghelia Sfântului Ioan.* Paulus: *Comentariul Evangheliilor; Viața lui Iisus.* Schleirmacher: *Dogmatica; Lecții asupra vieții lui Iisus* – citate de Strauss – Hase: *Viața lui Iisus*, și o mulțime de alți savanți teologi germani explică partea taumaturgică a vieții nazarenului prin metode naturale, Paulus mai cu deosebire, Hase invocă și magnetismul, «această forță misterioasă care se ridică din sânul naturii spre a lucra asupra vieții bolnave.» Iuda nu știa atât, el narează fără a explica.

ai cutezat asta este fiindcă cugetai că trebuie să mă servești și că puteam să te ajut. Pactul este făcut: tăcere și mergi. Îmi vei spune prețul după asta; este deja acordat. Ai înțeles?

— Prețul meu este în cer, Claudia, pământul n-are pentru mine decât o cruce. Adio.

Zicând acestea Iisus ieși.

El luă drumul Bethaniei.

O mulțime de cugetări de tot felul îl cuprinseră. S-ar fi putut zice că a fost imprudent în convorbirea sa cu Claudia. Cu toate acestea toate vorbele sale aveu un scop și o rațiune.

Rabinul băgase de seamă că ofițerul Claudiei îi oprise pe ofițerii Templului de a-l aresta. El știa că cu preoții, cu fariseii, cu sanhedrinul, orice reconciliere era imposibilă, și că nu mai era iertare pentru el. Nu-i mai rămânea de aici înainte decât o șansă de scăpare și de rezistență: a face un scut din femeia procuratorului. El o încerca. El atinse spiritul Claudiei smulgându-i și apoi revelându-i secretul. Dar nu domoli acest caracter călit în intrigile curții lui Tiberiu. Rabinul se găsi deci mai mult decât oricând prins în bitumul conspirației, și mai mult decât oricând amenințat. Această sarcină mare de greutate îl copleșea. El închisese toate ușile la spatele său, și înaintea sa: abisul îl absorbea.

Ziua era deja foarte înaintată când sosi în Bethania. El mergea cu spatele încovoiat, cu capul în jos, cu spiritul distras când pe pragul casei lui Lazăr, el simți genuchii săi înfășurați de două brațe și văzu la picioarele sale o femeie care striga:

— Pietate, frate! Pietate.

El o recunoscu pe Ida.

Această vedere îl zdrobi de tot, căci el știa ce pericol teribil plana asupra acestui tânăr cap nenorocit.

— Ce vrei? exclamă rabinul. Fugi, dispari după pământ, nenorocit-o, dacă mai este oare un colț unde să te adăpostești.

Ida nu înțelese sensul vorbelor fratelui ei care cugeta la amenințările Claudiei.

— Frate, răspunse ea, nu vin să cer o milostenie pe care tu nu poți să o ai pentru mine. Vin să-ți zic la rândul meu: fugi, frate, părăsește acest oraș blestemat unde se conspiră moartea ta.

— O știu, și rămân, răspunse rabinul. Ce mai vrei tu?

— Ce vreau eu? Dar sunt mai rea decât o străină pentru tine? Tu care ai avut un cuvânt de *gracia* pentru femeia adulteră, un cuvânt de tandrețe pentru femeia din Samaria, un cuvânt de iertare pentru păcătoasa de la Magdala, un cuvânt de pietate pentru fata păgână de la Tyr, tu n-ai deci nimic pentru fata mamei tale care a păcătuit fiindcă a iubit? Frate, dacă eu sunt în abis, cine e dator să mă scotă? Frate, în retragerea mea, am urmati toți pașii tăi, am tăcut să mi se zică toate cuvintele tale, cred în tine; mântuiește-mă. Toți m-au abandonat.

— Ce pot să fac pentru tine, fiică a durerii? Vulturul are spațiul său de zbor, vulpea culcușul său, șacalul gaura sa, tigrul caverna sa, fiul omului n-are unde să-și plece capul său. Pot eu să cer ospitalitate în casa de onoare pentru o fiică a păcatului?

— Trebuie dar să mă pierd sau să mă omori?

— Nu este în lume decât un loc de refugiu pentru tine: brațele mamei tale. Să te ierte ea și eu te absolv. Dar pericolul grăbește.

— Să vină atunci să cadă asupra mea, dar fugi, frate.

Rabinul o ridică pe sora sa, mereu îngenunchiată și sărutând-o pe frunte, îi zise cu o voce foarte mișcată.

— Du-te, sărmană copilă, du-te și nu mai păcătui. Dumnezeu va număra lacrimile tale, dacă plângi, și mult îți va fi iertat, căci ai iubit mult.

Ida își aruncă brațele în jurul gâtului rabinului și-i acoperi fața cu lacrimi și cu sărutări. O mare lacrimă curse din ochii acestui om sever, pe care nenorocirea îl încerca, și o lăsă să cadă pe acest tânăr și frumos cap condamnat ca mărgăritarul unei coroane.

— Ascunde-te, copilă, adăogă rabinul, mâine îți voi căuta un adăpost, și Dumnezeu să-ți dea pacea. Peste două săptămâni mama ta sosește pentru Paște.

Ida îl îmbrățișă din nou pe fratele ei și reveni la Berachah unde eu o asteptam de dimineață.

XXVI

Nu voi încerca a descrie soarta mea. Dacă nu devenii nebun, asta e din cauză poate că destinul meu știa că rațiunea mea trebuia încă să fie utilă cuiva. După ce rabinul o lovi pe sora sa cu injuria neștearsă de amantă a lui Pilat, Gamaliel mă târî de la Berachah și i-am urmat pe ceilalți ca târât de o vijelie. Mă găsii acasă, în patul meu fără să fi avut cunoștință de nimic, și lucru straniu, adormii cu un somn greu și stupid, ca și cum aș fi fost sfărâmat de oboseală. Dar a doua zi, primele raze ale aurorei, vărsară în camera mea toate spasmele care pot sfâșia o inimă zdruncinată de o sută de pasiuni diverse. Rușinea, remușcarea, iubirea, dorința, căința, părerea de rău, mândria, un infern, haosul, mă mușcau din toate părțile unde mă întorceam. Am luat și am aruncat douăzeci de hotărâri într-un moment: am vrut să o ucid pe Ida, să mă ucidă, să bravez lumea, să o iau de soție, să-l asasinez pe Pilat, să o violez pe Claudia pentru a mânji onoarea bărbatului, să mă arunc la picioarele Idei și să mă rog să mă ierte, să primească mâna mea. Iertam totul, uitam tot.

Rostogoliti în acest vârtej de idei, fără a voi, fără a o ști, mă găsii la Berachah. Tulburarea mea se mări când Phebe îmi spuse că Ida ieșise cu Noah, și că bărbatul ei se dusese la mine acasă spre a returna darurile mele. Poate ei trecuseră pe lângă mine, poate i-am lovit cu cotul fără a-i vedea. Mă lăsai să cad pe marginea fântânei în curte, și așteptai. Așteptai până seara, și toată ziua nu mi se păru decât o oră. Phebe îmi oferi să beau, îmi oferi să mănânc, nu o întrebam altceva decât: Ida s-a întors? Dar a opta oră trecu, a noua trecu. Phebe însăși începu a se îngriji. La a zecea oră, ea se urcă în turn. Nimeni pe drum, nici aproape, nici departe. La a unsprezecea oră, ea se urcă din nou, mă târî cu ea îndoindu-se de serenitatea vederii sale. Nimeni. Ea mă întrebă pe mine de ceea ce stăpâna sa, bărbatul ei, Noah, putea să fi devenit în această lungă, lungă zi după vijelia din ajun. Devenisem stupid. Nu știu dacă nu surâsei. În fine, la a douăsprezecea oră, soarele deja apusese, când Phebe îmi strigă din vârful turnului, că soseau. Ea abia îi zarea departe, departe, dar inima sa îi ghici. Și a mea îi simțea apropiindu-se, căci batea cu salturi ca un cal vicios. Noaptea era neagră, când Ida intră în curte. Noah o urma, Phebe o urma cu o lanternă. Thorix închidea poarta.

Ida trecu pe lângă mine. Lumina lanternei mă lumină peste tot. Ea mă privi, păli și tremură, dar nu voi să mă vadă. Am rămas țintuit la locul meu. Nici un sunet nu se putu articula în gâtlejul meu. O urmai cu ochii, o văzui dispărând în casă și am rămas în întuneric. Credeam că visez. Mă întrebam: nu cumva o viziune a traversat spiritul meu? Stătui astfel un sfert de ceas. În fine, am simțit o mână de femeie care mă conducea sub portic. Era Noah.

În vestibul era lumânare, o văzui în spate pe Ida traversându-l pentru a trece în camera sa de culcare.

— Iuda, îmi zise Noah, tu trebuie să o înțelegi: este imposibil a o revedea pe Ida. Fiecare din mișcările tale par acum insultătoare. Tu nu poți să îi spui nimic ce ea ar putea să asculte; ea nu poate să-ți spună nimic care ar trebui să o umilească.

— Este adevărat ceea ce spui, Noah, am spus eu. Este curios că nu am cugetat la asta.

— Retrage-te deci, Iuda, și încetează a te gândi la Ida.

— Cu toate acestea, îi spusei eu, veneam să îi spui că o iau de soție.

— Iuda! exclamă Noah, să dea Dumnezeu să spui adevărul! Dar dacă ceea ce tu asiguri acum este real, așteaptă să o spui Idei când te vei remite bine de uraganul de aseară... Ce serbare, aseară! O logodnică, invitați, lumini, daruri demne de o regină! Ce tăcere, ce răceală, ce întuneric acum! Cu toate acestea, Iuda, ascultă-mă: nu sunt decât două drumuri sigure pentru a ajunge la inima Idei. Dau la o parte pe unul, acela al lui Pilat...

— Oh!, mă voi răzbuna.

— Ți-l indic pe celălal: acela al fratelui său. Rabinul să zică surorii sale: Primește-l pe Iuda, și ea... sunt sigură, Iuda, ea te va iubi chiar. Dar Ida este în pericol.

— De ce? am strigat eu.

— Nu știți, rabinul i-a zis-o, și el caută chiar un adăpost pentru ea.

— Cât voi trăi eu, Ida nu va fi expusă la nici un pericol.

— Să dea Dumnezeu. Dar în fine, Iuda, în caz de pericol îmi vei permite a mă adresa ție? Suntem singure. Moab ne-a abandonat.

— Nu, această nobilă creatură a încercat să-l ucidă pe Pilat, nu știu pentru ce, deși mă îndoiesc, și înainte de a pleca la Sichem. Pilat l-a condamnat la moarte.

— Oh!, să ascundem asta Idei. Ea este deja foarte amărâtă, să nu o ucidem. Așadar contez pe tine.

— Mai mult decât pe fratele său chiar, dar voi veghea la rândul meu.

Nu știam ceea ce se petrecuse între rabin și Claudia. Noaptea era înaintată. Porțile orașului fuseseră închise. Mă îndreptai către Bethania ca să-l întreb pe Iisus și să petrec noaptea în acest orășel afară din Ierusalim. Sosii la casa lui Lazăr în momentul chiar când Ionathan, fiul lui Hannah , o părăsea. El dusese un mesaj de la tatăl său rabinului. Îl găsii pe acesta foarte agitat. Cercul se strângea din ce în ce. El îmi nară ceea ce se întâmplase în Templu dimineața, apoi scena dintre el și Claudia, afară de câteva detalii care trebuia să mi le spună mai târziu, și pe care le-am raportat.

După ce plecase rabinul, Claudia îl chemase pe Hannah și îi ordonase a grăbi evenimentele. Hannah îi spusese ceea ce rabinul zisese și făcuse în Templu dimineața, și decizia sanhedrinului. Afiliații la conspirație nu se opuseseră la ordinul de arestare, căci ei doreau, din contră, să-l aibă pe rabin sub puterea lor absolută pentru a-l înmuia, sa îl îndoiască după voința lor, să-l convingă a primi doctrinele lor și a lucra în interesul lor. Claudia sfătuise, atunci, a avea cu rabinul o întrevedere decisivă, de a hotărâ bine chestiunea, de a-i spune fără întorsături, ceea ce voiau, ceea ce îi cereau, și de a-l obliga la o profesie de credință finală și certă. Hannah îl trimise pe fiul său să ducă această invitație rabinului.

Îi cunoșteam pe oamenii mei. Știam că asta nu putea să ajungă decât la o ruptură pe față, în care rabinul ar fi fost sfărâmat fără milă și acuzat de toate nemulțumirile. Până atunci lucrasem pentru conspirație, îngrijindu-mă puțin dacă un rabin sau doi vor trebui să fie sfărâmați. Acum când soarta iubirii mele pentru Ida se rezema pe capul fratelui ei, rabinul îmi devenea prețios sub toate punctele. Iisus acceptase invitația lui Hannah, dar întârziind-o cu o săptămână său două.

Iisus voia să aștepte ca compatrioții săi din Galileea să fi venit la Ierusalim pentru sărbătoarea Paștelui, deși avea puțin să spere de la protecția lor. Dar provincialii, într-o capitală unde sunt mai mult străini, se înțeleg mai bine decât acasă la ei. Apoi, alți provinciali sosesc în același timp, și în acest timp de serbare, partidele în Ierusalim se simțeau mai puțin stăpâne. Ei n-ar fi cutezat poate o brutalitate contra rabinului în această epocă, dacă o aveau în vedere în acest moment. Mă unii cu opinia rabinului, și pentru a fi mai sigur îl sfătui a părăsi Ierusalimul în aceeași noapte și a se retrage la unul din amicii mei la Ephraim, un mare sat în partea deșertului Iudeei, la câteva ore – optă sau nouă mile – la nordul Ierusalimului, lângă Salem, la izvorul unde se separase de Botezetorul. I-am promis să aflu totul, să sondez sufletele, să aflu sau să ghicesc proiectele și să mă duc să le găsesc.

Rabinul primi sfatul meu. Cinarăm foarte bine, îngrijiți de aceste excelente surori ale lui Lazăr și de Lazăr însuși deși bolnav, fiindcă avusese mai înainte un acces al implacabilei sale boli: boala caducă. Două ore înainte de zori, rabinul părăsi Bethania, și l-am însoțit până în momentul când aurora albi cerul. Atunci îl părăsii și mă întorsei la Ierusalim. Mă culcasem, când un sclav al Claudiei veni să-mi anunțe că stăpâna sa mă chema la palatul lui Irod.

Mă îndoiam de cauza acestei chemări așa de grabnică și așa de matinală. Nu mă grăbii deci. Astfel că sosind la ea, la a patra oră, o văzui îmbrăcată, și văzui în curte o litieră pentru ea, înconjurată cu opt giganți capadoceeni, și un cal pentru mine.

— Iuda, îmi zise ea, o să fac o vizită logodnicei tale. O să mă întovărășesc sau mai bine o să mă urmezi pentru a mă anunța la ea.

Aceste cuvinte, zise cu surâsul pe buze, cu aerul liniștit și încântător, mă aruncară într-o înspăimântătoare consternare. Rabinul mă încunoștiințase în această privință. Ce să fac? Claudia mă văzu, cu toate acestea, pălind. Mi-am pus însă pe chip un surâs plin de recunoștință, și întrevăzând cu o privire pericolul diferitelor rezoluții pe care puteam să le iau, mă decisei a o întovărăși, sau mai bine a o conduce la Berachah. La ultima extremitate eram decis a o ucide, dacă ar fi încercat vreo violență contra Idei. Apoi, dacă trebuie să o spun, eram mulțumit în cazul în care Claudia afla infamia bărbatului ei și că el o trăda.

Pilat se dusese să se întâlnească cu Pomponiu Flaccus la Sichem, căci guvernatorului Siriei, fiind înștiințată de procuratorul Iudeei că evreii se pregăteau de o revoltă luase demesuri pentru a-i sfărâma imediat. După ce îi trimisese lui Pilat câteva ajutoare, el aducea altele. El vru să îl consulte pe procurator asupra naturii și întinderii conspirației. Pilat părăsise deci Ierusalimul două zile mai înainte, deși era rănit și a fost foarte bine pentru el, căci dacă s-arfi găsit la Ierusalim, Claudia l-ar fi ucis fără doar și poate. Neavând această victimă în mână, Claudia dorea să scape de cealaltă, pe care Cneiu Priscu o descoperise și cu rafinarea sau mai bine cu delirul răzbunării, ea dorea să mă aibă cu ea. Plecarăm.

O jumătate de cohortă de cavaleri ne urma.

O oră după aceea eram la Berachah.

Prezența noastră cauza acolo o profundă frică. Se înțelege. Ce venea să facă soția lui Pilat la amanta lui Pilat? Numele Claudiei era, pe lângă asta, înconjurată cu aceste zgomote misterioase și teribile care se răspândiseră asupra retragerii infame de la Capri.

Claudia merse drept la *tablinum*, ca și cum ar fi intrat în casa sa. Abia puteam s-o urmez, așa mergea de iute. Nici un cuvânt nu fusese schimbat între noi pe drum. Privirea sa distila ura.

Când Noah merse să o prevină pe stăpâna sa de această vizită. Ida tremura din cap până în picioare. Poate, dacă ar fi fost acasă la ea, Ida ar fi arătat mai multă siguranță. La Pilat, ea se simțea sub greutatea unei acuzații care o zdrobea. Astfel ea se opri la ușa din spatele tablinului și forța de a înainta îi lipsea. Ida stătu acolo imobilă, fără suflare, cu inima tresărind, cu figura albă ca varul când Claudia intrând pe ușa atriului o văzu. Aceste două femei schimbară o privire, iute ca fulgerul, minunată, luminoasă, puternică. Ida puse mâinile la ochi, apoi le uni pe piept, strigând involuntar, învinsă târâtă de un impuls neînvins.

— Dumnezeul meu, cât e de frumoasă!

Claudia auzi acest țipăt și își mai opri pasul. Ea se apropie cu toate acestea și o privi pe Ida de aproape.

Contrastul între aceste două femei era absolut. Claudia își târa simțurile ca un uragan și trecea; Ida pătrundea în suflet ca o rază de lumină și se cristaliza. Una era frumusețea care îți smulge sărutări din străfundul vieții, alta era frumusețea care te inițiază într-o viață nouă plină de beții necunoscute: iubirea prin creier. După ce Claudia examinând-o pe Ida cu această curiozitate teribilă, la culmea căreia era o chestiune de viață sau de moarte, ea întrebă cu o voce surdă și lentă.

— Spune ce ai făcut ca să te faci iubită de Pilat.

Nu știu ce răspuns aștepta această romană care fusese amestecată în toate operele tenebroase ale *sagelor*, ale magilor, ale gitonilor, ale curtezanelor, care puneau dragostea în puterea infernală a philtrelor și a veninurilor. Ida, care nu cunoștea nimic din aceste infamii, respinse cu naivitate:

— Am iubit, dar n-am fost iubită.

— Ce! N-ai fost iubită, strigă Claudia.

— Vai!, nu. N-am fost pentru el decât inima pe care el venea să își odihnească întristările sale, și nu inima alături de care venea să caute consolarea și bucuria.

Claudia scoase din pieptul ei un suspin care răsună în toată sala. Tigresa era dezarmată și își ascundea ghiarele.

— Tu nu minți, copilă?

— Oh!, cum aș vrea să mint! răspunse Ida. Dacă aș minți, tu n-ai fi aici, eu n-aș muri de durere.

Claudia se așeză jos și trăgând-o pe Ida lângă ea, continuă:

— Spune-mi cine ești. Povestește-mi cum l-ai cunoscut, ce s-a petrecut între voi. Spune-mi pentru ce te-a părăsit el, spune-mi tot, tot, cele mai mici detalii, cel mai mic cuvânt, tot ce te privește pe tine, tot ce-l privește pe el.

— Am puține lucruri să-ți spun, răspunse Ida. Nu știu, dar viața, când cineva iubește, este așa de variată, așa de furtunoasă și așa de simplă totodată!

— De unde vii tu?

— Sunt născută într-un sat din frumoasa Galilee, despre care visez totdeauna. Ai fost tu în ea? Flori în toate părțile, vițe cu ciorchini violeți, lămâiul cu fructele de aur, smochinul, grenadul, colo palmierul, ici măslinul, și împrejurul munților albaștri, cerului azurat, pământul surâzător. Dumnezeul meu! Să-mi fie permis să mai văd o dată acest colț de pământ al copilăriei mele și să mor în el?

— Să mori în el?

— Oh! da, să mor în el. Mă numesc Miriam, Ida este numele meu de durere. Părinții mamei mele, descendenți săraci din casa lui David, emigraseră, ca atâți alții, în timp de foamete, din sărmanul Bethleem în bogata Galileea, unde grecii și romanii îl fac pe popor să trăiască, dându-i de lucru. Mama mea avea o soră măritată, cu care trebuia să împartă sărmana moștenire ce o lăsase bătrânul său tată mort. Ea nu avea decât șaisprezece ani când ea se mărită după legile noastre, cu unchiul său, mai în vârstă decât ea, nu iubit și sărac ca și ea. Căci tatăl nostru ne hrănea din lucrul său de lemnar. Nașterea fratelui meu cel mai mare, cunoscut acum sub numele de rabinul din Galileea, ocaziona între tatăl meu și mama mea incriminări din gelozie și bănuieli injurioase; și din această cauză ceilalți frați ai mei nu-l iubiră niciodată pe Iisus, și care cu toate acestea îl iubi mai mult pe tatăl meu decât pe mama mea.[54]

---

[54] Evangheliile și autorii vieții lui Iisus au narat cauzele și rațiunea acestei bănuieli. Miriam repeta cu naivitate: Nonne repetita est in me historia Adami?... Munda sum, nullum virum cognovi. Dixit autem Ioseph: Et undenam est ergo quod habes in utero? Et respondit Maria. Vixit dominus meus quod non scio unde mihi est. Proto-evanghelia lui Iacob Fabric. I. pag. 23. Inspirată prin acest non

— Înțeleg asta, zise Claudia.

— M-am născut cea din urmă, continuă Ida, cea mai iubită de toți, singura iubită de Iisus. Tatăl meu, obligat de lucrul său, lipsea adesea din sat și mergea prin satele și fermele de prinprejur și chiar mai departe, la Sephoris, pe lacul Genezareth. Dar el muncea mult și câștiga puțin. Și familia era numeroasă, căci mama mea, foarte frumoasă, îi dăduse mai mulți copii. Tatăl meu spera să fiu ajutată de fiul său cel mai mare, pe care-l trimise să învețe propria sa meserie la Sephoris, nefăcând decât lucrul cel greu. El fu cu toate acestea înșelat în așteptarea sa. Iisus nu iubi meseria sa. El stătea ore întregi sub arbori, înaintea tejghelei, sau la ușa casei în mica noastră grădină, cu brațele încrucișate, cu ochii către cer și când tatăl meu se întorcea seara nu afla nici scânduri trase la rindea, nici cutii sau bănci construite. Atunci se întâmplau scene între frații mei care-l mâhneau mult pe tatăl meu care nu știa să-l certe pe Iisus, și mama mea care voia să facă pace. Rezultă din această ceartă că Iisus dispăru din casă a doua zi și stătea afară săptămâni, luni, un an întreg. În ultima oră, sunt de atunci opt ani, el a lipsit aproape trei ani.

— Dar unde se ducea? întrebă Claudia.

— Cine știe? În toate părțile, căci am auzit-o pe mama mea spunâd că fusese la Babilon, la Roma, în Grecia, în Indii, la Memphis, în toate părțile. Dar când el se întorcea, el nu avea decât câteva suluri de hărți, care a doua zi dispăreau din casă. Aceste călătorii, frecantarea continuă a partizanilor a lui mesia galilean, Iuda din Gamala, îl depărtară din ce în ce mai mult de meseria de lemnar, măriră discordia în familie, când el era la Nazareth. Cu toate acestea, Iisus, fie singur, fie cu tatăl meu, alerga cu instrumentele sale prin văile din Zebulon, Issachar și Nephtali, căutând de lucru, pe când eu conduceam caprele să

---

scio opinia lumea câştigă curând multă extensie, căci urma s-a conservat într-o scriere iudaică destul de renumită, deşi plină de copilării şi de flecării pamfletare, vreau să spun Sepher Toldos Jeschu sau Cartea actelor lui Iisus, tradusă în latineşce și combătută de Vagenseil în cartea intitulată Tela ignea Satani. Origen vorbeşte asemenea de acest fapt şi zice: Videamus an non coeci fuerint auctores hujus fabulae de virgine deprehensa cum juvenae Panthera inadulterio et a fabro repudiata. – Contra lui Celsu, cart. I. În Evanghelia lui Nicodim (Fabric. Apocriph t.1). Bătrânii evrei ziceau: Noi te ştim născut dintr-un comerciant ilicit. Alții răspundeau: Nos non dicimus natum esse ex fornicatione. Hic sermo vester non est verus, quoniam desponsatio facta est. Et responderunt. Omnis multitudo audienda est quae clamat fornicatione natus est.

pască pe colină, și mama mea, sculându-se dimineața odată cu soarele, mergea în târg să cumpere legume și fructe, se întorcea pentru a recita schema la a treia oră, prepara alimentele noastre – o supă de linte și o bucată de carne – torcea sau țesea pentru a ne îmbrăca, cântă psalmi la a noua oră, se ducea la fântână cu celelalte femei din sat, cu vasul pe umăr, și se întorcea ca să mături mica curte, să întindă pe pământ așternuturile noastre, și ne aștepta pentru a cina.

— Și pentru ce ai părăsit tu această viață așa de simplă și așa de dulce, al cărui exemplu ți-l arăta mama ta? întrebă Claudia.

— O să-ți spun. Trecură cinci ani, tatăl meu muri. Aveam atunci treisprezece ani. Iisus lipsea de câteva luni. Din cauză că Iisus mă iubea, ceilalți frați mă urau și mă băteau. Mama mea nu era de ajuns pentru a mă proteja; sora mea mă maltrata mai mult încă decât frații mei, numindu-mă netrebnică, leneșă. Cu toate astea, nu puteam în același timp, să merg să păzesc turma și să torc și să coș acasă. Ei spuneau că mâncam mai multă pâine decât câștigam. În fine Iisus reapăru intr-o seară în casă, mai posomorât, mai tăcut, mai straniu decât oricând. Moartea tatălui meu îl ridică la rangul de cap al familiei. El nu se îngriji deloc de acest drept. El stătu câteva luni la Nazareth. Dar Paștele sosi și mama mea manifestă dorința de a merge la Ierusalim, cu atât mai mult că sora sa, măritată în acest oraș cu un legionar, o ruga să meargă acolo. Frații mei și sora mea o întovărășiră. Am rămas cu Iisus acasă. El mă învățase a citi și a înțelege limba greacă ce se vorbea în jurul nostru. El mă acompania adesea în munți după caprele și oile nostre. La câmp, el nu mai era același om. El înțelegea limbajul florilor, ceea ce spuneau păsările, ceea ce căutau cerul și stelele. El mă trăgea atunci pe genunchii săi, îmi petrecea mâna prin păr, și simțeam o flacără circulând în vinele mele, și apoi adormeam pe pieptul său.

— Ah! zise Claudia aducându-și poate aminte.

— Când mă deșteptam, continuă Idă, găseam privirea sa catifelată și maternală înfășurând figura mea, ca un strat de nori; dar mă găseam așa de ostenită ca și cum aș fi făcut un lung drum și ea și cum aș fi lucrat mult. O afecțiune profundă mă lega de fratele meu. N-aveam altă voință decât a sa. Mi se părea că mă hrăneam cu lumină. Învățam tot ce voia el. Mi se părea că din ce în ce mă identificam cu el. Aveam paisprezece ani. Sufletul meu era pur ca nopțile noastre de primăvară. Cu toate acestea începeam a încerca o strângere de inimă necunoscută: mă simțeam atrasă de Iisus ca frunza uscată de flacără. I-am povestit strania senzație care mă tulbura, o spusesem chiar mamei mele. A doua zi Iisus nu mai era la Nazareth.

— Așadar tu îl iubeai, pe fratele tău? strigă Claudia.

— Da și nu. De atunci am iubit. Sentimentul ce îmi inspira rabinul era altceva: era mai mult ca iubirea pe care cineva o simte pentru mama sa, mai puțin aspru ca acela cu care ne arde un amant. Asta aruncă foc în vene, atunci simțeam că curge în ele razele aurorei. Dar asta încetă peste curând. Mătușa mea mă chemă la Ierusalim și mama mea a fost foarte veselă că mă depărtează. Mă unii cu caravana care mergea pentru Paște. Fu o bucurie pentru mine această mișcare nouă. Bătrânele femei și bătrânii pe asini și pe cămile, junii mergând lângă ei, copii alergând din grup în grup jucându-se cu câinii, culegând fructe sălbatice, certându-se, căpătândă ici o lovitură de picior, colo o *friandisă*. Pentru a nu trece prin Samaria cea impură, țară de păgâni, luarăm drumul din josul Iordanului, la est, prin Gilead și Ammo, oprindu-ne lângă un puț apoi la apusul sorelui, aprinzând un mic foc de ramuri pentru a fierbe o cină de legume, de grâu prăjit, în puțin ulei, și câteva felii de pepeni și de castraveți. Trecurăm Iordanul la Bathabara unde Botezătorul boteza, sub Erico, și merseserăm sub verzii curmali ai luncii până la oraș, și de acolo escaladând o colină după altă colină, câmpia superioară după cea inferioară, drumul stâncos al deșertului și munții goi, sosirăm la Sion, cu ramuri de mirt și de măslin în mâini, cu cântul *shemelor* în gură.

— Fericite suveniruri! am exclamat eu.

— Aprope de Bethania, continuă Ida, compania se despărți. Cei care aveau amici la Ierusalim coborâră muntele Măslinilor și trecură Cedronul, ceilalți se adăpostiră în cătunele de prin-prejur, sub corturi, în colibe din frunze numite *succoth* ca Iacob în țara Canaan, acoperind astfel munții Măslinilor, Mizpehul, Gibeonul, Rephaimul, amestecați, asini, capre, cămile, oi, bărbați, femei, copii, alergând de dimineața până seara la fântânile Siloam și En-rogel. Galileenii se opriră după obicei pe muntele Măslinului. Acolo un trimis al mătușii mele veni să mă caute. Ea era bolnavă.

— Ce vârstă aveai tu? o întrebă Claudia.

— Ți-am spus-o, paisprezece ani. Scurtez viața pe care am

petrecut-o cu mătușa mea, femeie supărăcioasă, îngrijorată, plină de venin, totdeauna nemulțumită. După optsprezece luni, ea muri. Șase luni după aceea, catastrofa mea se împlini.

— În ce mod? strigă Clandia. Nu ascunde nimic.

— Pentru ce să ascund? Mergeam în toate zilele să iau apă de la fântâna dragonului, cu vasul pe umeri ca celelalte fete. Se vede că l-am întâlnit pe Ponțiu de trei sau patru ori și îmi amintesc, în adevăr, că un roman călare mă urmărise câteodată de la fântână până acasă la mine. Dar sunt atâția romani la Ierusalim care se duc și vin încât abia băgai de seamă. Într-o noapte, dormeam cu un profund somn, visând munții Nazarethului, când simt că mă înfășoară cineva într-o învelitore astfel că nu mai puteam respira. Mă luară pe sus astfel, și mă puseră într-o litieră care pleca în fugă. M-am zbătut, am strigat. Muream, aerul îmi lipsea. În fine, am auzit deschizându-se o poartă a orașului, apoi închizându-se. Atunci învelitoarea care mă acoperea se desfășură, și mă găsii în brațele lui Noah. După o oră ne-au lăsat aici, la Berachah.

— Pilat te aștepta? întrebă Claudia.

— Oh!, nu. El nu veni pentru prima oară decât patru sau cinci zile după aceea. Nu înțelegeam nimic din ceea ce mi se întâmplase. Credeam că visez, văzându-mă înconjurată de atâta bogăție și lux. Noah se ferea de a îmi da vreo explicație. Ce vor de la mine, mă întrebam eu? Cine este fermecătorul care mă legăna în aceste splendori? Într-o seară magicul apăru.

Claudia tresări și păli. Ida continuă fără a băga de seamă, căci, absorbită în viața sa trecută, ea nara, sau mai bine desemna, uitând chiar că noi eram acolo și o ascultam.

— Făcuseră multă lumină în această cameră. Noah mă silise să pun niște veștminte foarte bogate pe care le disprețuiam fiind indecente. Ea îmi aranjase părul cu flori. Nu mă mai cunoșteam. Îmi era rușine de mine însămi. Eram deci în această cameră, admirând florile în frumoasele vaze ce sunt aici, când ușa se deschise, și văzui intrând un necunoscut care îmi zise că se numește Caius.

— Era Ponțiu?

— Da, el era foarte trist. Cred că nici se uită la mine. El mă întrebă dacă găsesc această locuință destul de convenabilă pentru mine, dacă aveam să mă plâng de ceva sau de cineva. I-am povestit răpirea mea și îi cerui să fie adusă la cunoștință părinților mei. Căci, încă o dată, nu înțelegeam pentru ce mă aruncaseră în mijlocul acestor bogății. El nu răspunse nimic și mă părăsi. El reveni două sau trei zile după aceea.

— Tot seara?

— Da, nu l-am văzut niciodată decât seara. El sosea noaptea și pleca înainte de ziuă. Numai de câteva ori el a plecat de aici către a șasea oră. De astă dată încă el părea prea tulburat. S-ar fi spus că își imputa ceea ce făcuse, că avea remușcare de ceea ce avea să facă. Convorbirea noastră nu fu mai lungă. Noah era acolo. Mă întrebam: cine este el? Ce vrea el? Pe scurt, timp de două luni, acest sistem de rezervă și de tăcere nu se altera deloc, dar rolurile aveau să se schimbe. Începeam a încerca pentru acest om, care îmi părea așa de bun și așa de nenorocit, un interes îngrijorat, o simpatie insinuantă, o compasiune care mă tulbura. Mă resemnam la o soartă ce nu o înțelegeam încă, dar îmi propuneam să cunosc durerea misterioasă care tortura pe acest nenorocit și să o ușurez.

— Și ai cunoscut tu această durere misterioasă?

— Neciodată. El s-a ferit de orice explicație, și chiar când îi puneam întrebări în această privință, el scurta vizita sa și punea un interval mai lung până la cea următoare. Nimic nu este mai trădător pentru o femeie decât compasiunea. Ea clocește, se transformă, sapă, roade, apoi într-o zi, ea izbucnește în dragoste. Asta mi se întâmplă mie. În șase luni eram nebună de pasiune.

— Și el?

— Același: trist, rece, visător, câteodată mânios, câteodată blând prin curtenire, dar înfățișarea sa liniștită, figura sa sumbră, aerul său morocănos, descurajarea sa de viață, disperarea sa sinistră și tenebroasă învingeau. În unul din aceste accese de pasiune teribile și necunoscute, care aveau toate formele de la disperare până la vârtejul beției mă pierdui.

Claudia sări în picioare și se aruncă asupra Idei. Am apucat-o de mâini și o făcui să se așeze, iar, jos. Ida se ridică asemenea și se trase înapoi.

— Continuă, murmură Claudia trecându-și mâna pe chipul ei învinețit, descompus într-un moment ca și cum nu i-ar fi mai rămas nici o picătură de sânge în vine.

— Ponțiu...

— Spune Caiu, strigă romana.

— A stat opt zile fără a veni să mă vadă. Dar...

— Dar?

— El era amantul meu.

— Și te iubea el?

— Nu m-a iubit niciodată, ți-am spus-o. S-ar fi crezut după mânia pe care o arăta, că fiecare din sărutările sale era o răzbunare contra cuiva. Eu, îl adoram. Aș fi dat viața mea pentru a-l vedea surâzând. Supărarea sa amoroasă mersese astfel prin sărituri în timp de un an. El trecea de la o frenezie de pasiune la o frenezie de căință, de melancolie. Adesea, el deschidea brațele spre a mă îmbrățișa, apoi mă arunca, mă călca sub picioarele sale, mă batea. În fine, începea a plânge, sau începea a mă săruta, sau fugea, rușinos, disprețuindu-se, disprețuindu-mă, urând cerul și lumea.

— Claudia, am rostit eu atunci, dar nu înțelegi tu cauza paroxismelor de nebunie ale bărbatului tău!

— O să îi explic eu, răspunse Ida întrerupând. De când ai sosit aici, Claudia, nu l-am văzut pe bărbatul tău decât de trei ori. Prima oară, în seara sosirii tale la Ierusalim, el a plâns pe sânul meu astfel încât s-ar fi sfărâmat pietrele, el s-a zvârcolit pe acast pavaj de marmură ca un șarpe rănit. A doua oară, el m-a devorat intr-o explozie frenetică de lascivitate, dar simțeam că aceste strânsori, aceste mușcături, aceste sărutări, aceste mângâieri, căzând pe mine, se inspirau din altă parte. Ultima oară, în fine, el a venit să îmi zică: Adio Ido, te părăsesc, o iubesc pe soția mea.

— Ce? strigă Claudia strângând-o în brațele sale pe Ida. El ți-a spus?

— De o sută de ori în acea seară. Iubesc pe soția mea. El m-a lăsat leșinată, murind pe parchetul camerei mele, și nu l-am mai văzut.

— Niciodată?

— Niciodată. N-am primit altă știre de la el decât scrisoarea ce mi-a adus-o Iuda și care iată-o.

Ida scoase dintr-un scrin scrisoarea de care am vorbit deja și o dădu Claudiei. Aceasta o devora cu ochii, apoi strângând-o la pieptul său, exclamă:

— Îți iert totul. Dar, ascultă, copila mea, vai ție dacă îl vei revedea vreodată. Mărită-te, fugi, ascunde-te. Te îmbogățesc, dacă vrei bani, îți dau o triremă, dacă vrei să treci marea, dar amintește-ți asta: vai ție, dacă îl vei revedea vreodată!

Și zicând asta, Claudia fugii de la Berachah, fără a se îngriji cătuși de puțin de mine. Sosind la palatul lui Irod, ordonă unei cohorte să încalece, sări pe cal, ea însăși, și plecă în galop la Sebasta, înaintea lui Pilat.

O priveam pe Ida. Ea părea pietrificată de explozia romanei, se găsea zdrobită în inima sa, de unde simțea smulgându-se acest amor pe care ea se forța să-l închidă în ea. Nu cutezam să-i zic nimic. I-am apucat mâna arzătoare de febră, și am lăsat să cadă pe ea o lacrimă, apoi am plecat la rândul meu, pentru a-l întâlni pe rabinul din Nazareth.

XXVII

Îl acompaniasem pe rabin de la Nazareth până la fântâna En-Schemesh, în această sălbatică vâlcea la câteva ore de Bethania. El continuase drumul său către Ericho, de atâtea ori parcurs de el în condiții de spirit mai surâzătoare. El dormise noaptea în ospetăria care se afla la jumătate de cale, de care am vorbit deja (ea se numește Khan-Hudjar) și a doua zi, de dimineață, traversând orașul Palmierilor, el continuase drumul său, trecuse vadul Iordanului la Bethabara, și căutase un refugiu relativ în Perea, statul lui Antipas.

Iordanul, în cursul său inferior, desparte provincia romană Iudeea, de provinicia semi-independentă a Pereei, după cum în cursul său superior, el desparte Galileea de Traconitida. Irodiada nu-l iubea mai mult pe rabinul din Nazareth decât pe Botezătorul, dar Antipas păstra supărare contra lui Pilat, din cauza uciderii galileenilor pe care acesta o făcuse în timpul revoluției pentru ofrandă, considerând autoritatea sa necunoscută prin supliciul supușilor săi. Rabinul urmărit într-o provincie romană, putea deci să spere o oarecare protecție pe domeniul acestui principe din cauza acestei supărări. Iisus nu se opri cu toate acestea în Perea și făcu o cursă repede prin Galileea și Samaria. Cu cât evenimentele se acumulau întunecându-se, rabinul voia să-și facă o idee din ce în ce mai clară de poziția sa. El aruncase pavăza sa ca retiarul înaintea mirmilonului. El se știa acum înfierat, urmărit, condamnat. Singura scăpare care-i rămânea era protecția poporului din aceste provincii, care-i urându-i pe romani și aristrocația de la Ierusalim, putea să ia o astfel de atitudine, încât să consilieze pe inamicii săi la o supunere sau la un armistițiu. În călătoria întreprinsă de rabin, înaintea sărbătorii *purim*, în același scop de explorare, el nu văzuse nici un simptom care ar fi putut să-l încurajeze sau să-i dea speranță. El vru cu toate acestea să viziteze din nou aceste țări, căci ora de a juca soarta sa părea că a sosit.

El era însetat de speranță și de încuragiări.

Când am mers după el la Bethabara, el nu se întorsese încă; discipolii săi îl așteptau sub colibele de lângă râu. Îl așteptam și eu, însă la Ericho, mergând în toate diminețile să mă informez dacă sosise.

Într-o dimineață îl găsii acolo. El îmi păru foarte abătut. Cu toate acestea nu manifesta nici o dorință de a se retrage sau de a-și lua seama. L-am rugat încă o dată de a lăsa, pentru un moment, acest rol de moralist și de umanitar ce-și alesese, și de a urma instinctul națiunii care cerea un lider politic. El îmi răspunse că mesiele care-l precedaseră: «erau hoți și tâlhari» și că el nu cunoștea altă scăpare și altă posibilitate de reușită decât absorbția poporului în Dumnezeu.

Văzându-l depărtat de Ierusalim, pentru a evita explicația la care-l invitau oamenii Templului și fariseii nu-l lăsară în pace cu toată fuga sa. Ei î-l adulmecară cu copoii lor, care îl găsiră aproape de Vad, călare între două state, putând, în câteva minute, să caute adăpost de o parte sau de alta a fluviului. Ei îl aveau în mână pe coasta țării romane. Trebuia dar să-l compromită în tetrarchie. Antipas, sau mai bine Irodiada nu era sensibilă decât într-o parte – acolo unde neabilul Botezător voise să pună mâna și pierise.

Agenții Templului întrebară, prin urmare, pe rabin: Dacă un bărbat putea să o gonească pe femeia sa pentru o cauză oarecare.

Școlile lui Hillel și ale lui Shammai puseseră deja această problemă: deci tetrarchul Galileei o rezolvase, și vai!, aceluia care ar fi vrut a-l contrazice.

Rabinul ghici cauza, și cu acest tact admirabil ce îl avea pentru a da la o parte o interpelare inoportună, cu finețea aleasă pe care el știa să o pună în răspunsurile sale, când nu brutaliza sau nu răspundea printr-o ironie el zise:

— Bărbatul și femeia nu formează decât un corp.

O circumstanță veni atunci să grăbească catastrofa.

Amiculă rabinului, Lazăr din Bethania, zăcea pe un pat greu bolnav, și surorile acestuia trimiseră să îl cheme pentru a îl însănătoși. Lazăr era epileptic. Dar, de astă dată, boala se complicase cu semne periculoase, căci, trecând accesul, Lazar rămăsese țeapăn și rece ca un drug de fier. Aceste simptome le alarmaseră pe cele două femei. Când mesagerul nară rabinului situația bolnavului, rabinul nu se arătă îngrijorat. Din contră, el văzu în această faptă o ocazie fericită pentru glorificarea sa.

— Boala lui Lazăr nu este o boală mortală, zise el, ci pentru gloria lui Dumnezeu, fiul lui Dumnezeu poate să scoată din ea gloria sa.

Mesagerul se întoarse cu acest răspuns.

Rabinul care în periculoasa poziție în care se afla se agăța de cel mai mic fir de speranță, cugeta asupra straniei boli a amicului său. O idee îi trecu prin minte. Căci, două zile după plecarea curierului, el anunță discipolilor săi că mergea să-l trezească pe amicul său care dormea.

Rabinul avea o influență dominantă asupra complexiunii maladive și nervoase a bolnavului său. Era de ajuns de a îl mângâia cu mâna sa prietenoasă sau numai a îl înfășura cu privirea sa profundă și veselă, pentru ca Lazăr să simtă ușurință la suferințele sale și să adoarmă în liniște. Astfel în această casă de la Bethania, rabinul era atotputernic. Când mesagerul celor două surori se întoarse cu răspunsul său de consolare, Lazăr mergea mai rău. Apoi, în ziua când noi părăseam Iordanul pentru a merge la Ierusalim, Lazăr avu o criză fulgerătoare, după care membrele sale se înțepeniră, respirația sa se stinse, pielea sa înghență, ochii săi deveniră sticloși.

Cele două surori îl declarară mort.

Evreul este poate singurul popor din lume care n-are cultul morții. Moartea, pentru evreu, este o spurcăciune. Abraham, care datora Sarei complezențele care atinseseră infamia, îndată ce o văzu moartă, strigă: «Înmormântați pe moarta mea departe de privirile mele.» Iacob abia avu timp de a pune o piatră pe mormântul Rachelei și continuă călătoria cu turmele sale. Tiberiada este un oraș impură pentru evrei, pentru că este zidită în parte pe morminte de generații dispărute din memoria oamenilor. Evreul îi gonește pe morți din locuința celor în viață, departe, în râpele sinistre, în voia sfâșierii hienelor și câinilor. Nici flori, nici arbori, nici bogate monumente ca la romani: nimic nu înfrumusețează un mormânt evreu. O gaură în stâncă este mormântul unui rege. Rabinul numea pe inamicii săi morminte.

Cele două surori ale lui Lazăr deci, văzându-se singure în fața acestui cadavru, ele care poate erau deja ostenite de acest om nesociabil, supărăcios, iritabil, egoist ca toți bolnavii, se grăbiră a goli casa de el.

Lazăr avea aproape de casă o pivniță, care putea să fie la nevoie o celulă, un staul sau un mormânt, apărată cu o piatră aplicată la intrare contra intrării câinilor și animalelor sălbatice. Martha și Maria îl înfășurară pe fratele lor într-un *sudariu*, îl înconjurară cu acoperitori și îl depuseră acolo.

— Dacă Lazăr este mort definitiv, își ziceau, el va rămâne în mormântul său, dacă este doar căzut în letargie, ca de o sută de ori altă dată, nu va avea decât să împingă piatra și să iasă.

Operațiunea depunerii corpului lui Lazăr fiind îndeplinită, vecinii, amicii, începură a veni să le viziteze pe cele două surori spre a le consola. Maria, visătoarea, vorbea cu ei, pe când menagera Martha îngrijea, în grădina dinaintea casei, de câini, de oi, de porumbei și de găini.

Către seara zilei a doua de când părăsiserăm Bethabara, Martha se ocupa în grădină cu această treabă, când ne zări de departe și-l recunoscu pe rabin. Ea se grăbi imediat înaintea sa și detalie rabinului toate incidentele morții fratelui ei. Rabinul se tulbură și suspină. Martha îl părăsi și se duse să o anunțe în secret pe sora sa că rabinul sosea. Maria nu știu să-și ascundă bucuria. Ea scoase un strigăt, și ea și vizitatorii care erau la ea înaintară către rabin care îmi păru foarte îngrijorat. Maria îi povesti atunci alte detalii ale bolii, alte simptome de moarte. Iisus voi să vadă și se îndreptă către pivniță. El întrevedea în această aventură – am zis-o, el o zisese – o ocazie de a se arăta într-un mod strălucit ca fiu al lui Dumnezeu «din cauza poporului car-l înconjura și care putea să îl creadă ca trimis al lui Dumnezeu.»[55] Piatra de la gura pivniței fiind îndepărtată, Lazăr se revela privirilor noastre, culcat, cu capul către ușă. Rabinul întinse mâna asupra lui, o ținu mult timp pe cap și pe piept, apoi se rugă, cu ochii întorși către cer.

Apoi zise:

— Îți mulțumesc, Tată! tu m-ai ascultat.

Atunci, adresându-se lui Lazăr, îi strigă cu o voce puternică:

— Lazăre, scoală-te și vino afară.

Lazăr se sculă din patul său, fără a da nici un semn de mirare

[55] Ioan. cap. XI vers. 42.

nici de recunoștință, și intră în casă liniștit. Amicii lui, care îl crezuseră mort, duseră știrea la Ierusalim că rabinul din Nazareth îl înviase.

Această știre nu putu să nu ajungă la urechile lui Hannah și lui Caiafa. Ei aflară astfel că rabinul se întorcea la Ierusalim și că revenea cu intenția cea mai determinată de a îi provoca. Hannah cugeta că rabinul venea totodată pentru a avea cu noi această conferință, pe care o evitase mai înainte plecând cu grabă. A doua zi, deși zi de sabath, Ionathan, fiul lui Hannah, veni la Bethania pentru a reaminti rabinului angajamentul ce-l luase de a se întâlni cu delegații partidelor.

Lazăr avend încă nevoie de odihnă, rabinul primise a cina la Simon leprosul, invitându-i și pe discipolii lui. Discipolii săi tot fricoși ar fi vrut să-l lase pe rabin a pleca din Perea, zicând: te vor lapida. Dar ca unul din acești discipoli, eu i-am făcut să roșească de această lașitate, ei îl întovărășiră, anticipând astfel cu o săptămână sosirea lor pentru sărbătoare. Ei îl urmară deci pe rabin la lepros.

Această cutezanță semăna cu nebunie, de sfidare pe care Nazareanul o dădea fariseilor.

Lepra era la evrei, și în toată Siria, o boală hidoasă, produsă adesea de vicii infame, și considerată, prin urmare, ca o pedeapsă a lui Dumnezeu. Ea era cu toate acestea mai adesea produsul relei îngrijiri, a necurățeniei, a ciudățeniei unui climat arzător și sec. Un lepros trecea deci ca om lovit de mânia lui Dumnezeu, și cărțile sacre și legea orală fuseseră relativ indulgente neclasându-i decât printre morți: mort înaintea legii, a drepturilor civile și a mângâierii Templului. Un lepros nu putea să intre nici într-o sinagogă, nici la un amic, nici la un ofițer public, nici într-un loc unde alți oameni se adunau. El era obligat de a avea capul gol, veștmintele tăiate într-un mod particular și de culoare galbenă ca prostituatele și de a striga, când mergea pe stradă: Păziți-vă! Un impur! Ca și un cadavru, el nu putea să petreacă o singură noapte între zidurile Ierusalimului, îi goneau în afara porților orașului la Hinnon și Jehoshaphat, în valea Gehenei și a cadavrelor, reducându-l a fura o văgăună câinilor si animalelor feroce. Iată pentru ce bogatul Simon avea locuința în orașul Bethania.

Un lepros nu era numai o creatură blestemată, dar vederea sa făcea oroare.

Rabinul primi să cineze la acest spurcat, mai întâi fiindcă rabinul nu simțea deloc dezgust pentru el, apoi fiindcă el brava legea lui Moise și nu împărtășea opiniile în ceea ce privește impuritatea. Discipolii îl acompaniară pe domnul lor fiindcă ei nu aveau voință, pentru că avea obiceiul de a se așeza la orice masă care le oferea a cina pentru nimic, și pentru că cina acestui bogat nenorocit promitea a fi somptuoasă, noroc care nu li se întâmpla adesea.

Rabinul nu știa niciodată ceea ce mânca. Pentru el, o rădăcină de iarbă sau un morun avea același preț. Dar discipolii săi gustau mâncarea bună, mai cu deosebire micul Ioan pe care îl numeau fiul tunetului, și pe care ar fi trebuit să-l numească fiul farfuriei. Rabinul nu cunoștea nici valoarea banilor nici distincția proprietății. El nu se uita la ceea ce avea, dar nici că se jena a se impune altora prin o ospitalitate adesea incomodă și costisitoare. El ne târî deci cu el la masa lui Simon.

Când văzui pe acest om, mă trăsei înapoi speriat. Crezui că mă găsesc în prezența unui leu deformat. Fața sa era lucitoare ca o oglindă. Suflarea sa infecta atmosfera. Corpul său acoperit cu bube groase și noduroase, crăpa în plesnituri ca pielea elefanților. Grosimea vinelor făcea pielea negoasă. Neci un păr pe fața sa. Câteva fire de păr rare care creșteau pe capul său albiseră. Pielea pleșuvită era împărțită în crăpături rigide și multiplicate. Fața sa se zbârlea de umflături dure și ascuțite, albe la vârf, verzui la rădăcină. Când respira el arăta o limbă plină de tubercule în formă de grăunțe de orz. Pecinegi îi acopereau degetele, genuchii și bărbia. Umerii obrazului, roșii și umflați, ochii întunecați de o culoare de cupru, vualat sub zbârciturile profunde produse de sprâncenile contractate, buzele tumefiate, nasul plin de cucuie negricioase, dinții negri, urechile moi, lungite ca acelea ale elefantului: peste tot corpul ulcere secretând o umoare neagră și fetidă, cea nouă rozând-o pe cea veche... astfel era Simon...

Când îl zării pe acest monstru înspăimântător, am spus că nu mi-e foame, că sunt bolnav, că am nevoie de aer, și am rămas în grădină. Mă plimbam prin ea, când îi văzui intrând, unul după altul, pe Maria din Magdala și pe Ionathan.

Maria neputândă tolera absența așa de lungă și așa de repetată a rabinului, luase o hotărâre singulară, urmând, însă, precepta rabinului. Ea vânduse mica sa casă din Magdala. Cu prețul pe care-l luase pe ea cumpărase de la un parfumător din Tiberiada o sticlă de esență de nard, și precedând compania galilenilor, ea venise la sărbătoarea Paștelui. Maria știa unde locuia rabinul și venise acolo să-l întâlnească. Sau că oribila putoare din acel loc îi înspirase această idee, sau că avea un plan preconceput, văzându-l pe rabin întins lângă lepros ea se apropie de el și-i vărsă sticla sa de parfumă pe păr.

Rabinului îi plăcea acest act de respect și de delicatețe. El iubea parfumurile, îi plăceau mult florile, dar mai cu deosebire, el se arăta foarte sensibil la abundențele ce se făceau pentru îngrijirea persoanei sale. Acesta avea ceva regal, și el se dădea drept fiu al lui David. Actul luxos al Mariei îl îmbăta. Și cu atât mai mult, fiindcă ea se puse a-i șterge picioarele cu splendidele sale plete, pe care ea le parfuma după moda romană. Această risipă de parfumuri nu întâlni la discipoli aceeași satisfacție ca la dascăl. Simon, care cunoștea valoarea banilor și care știa că de o săptămână eu umpleam o pungă ce mi se încredințase goală, mârâi, fără a se jena, căci el era franc în brutalitatea sa. Observațiile asupra acestei pierderi de parfumuri se multiplicau, când Ionathan înainta. El asistase, cu surâsul pe buze, la scena Mariei, și rabinul îl remarcase.

Ionathan expuse mesajul tatălui său. Discipolii rabinului părură încântați de acest procedeu al saganului, căci ei o crezură un act de respect, poate chiar de supunere, și ei se văzură mai pe primele trepte ale acestui tron în triburile lui Israel pe care rabinul îl promisese la fiecare dintre ei. Dacă mama lui Iacob și a lui Ioan, această mică și deșteaptă intrigantă care ceruse rabinului un loc mai considerabil pentru cei doi fii ai săi, ar fi fost acolo, ar fi plâns de bucurie. Rabinul din contră, se tulbură, eu pălii. Noi ghiceam care avea să fie concluzia acestei conferințe, dar aerul atins ce-l arăta Ionathan că se găsea într-un asemenea loc, deși el se oprise pe pragul curții interioare, conteninţa grăbitoare, ce o manifestară discipolii, lipsa de argumente pentru a evita o expunere de principii, ce aveam dreptul a i-o cere fiindcă el învăța în Templu, îl împedicară pe rabin de a refuza sau de a întârzia convorbirea. El primi deci, și reuniunea s-a fixat pentru a doua zi la sagan la a opta oră.

Ora fiind înaintată, și temându-mă de a găsi porțile orașului închise, mă întorsei la Ierusalim cu Ionathan.

A doua zi dimineață, rabinul se prezenta la Templu. Bar-Abbas se duse la Ida.

Rabinul de mai mulți ani, învăța sub porticele lui Solomon și niciodată poliția Templului sau doctorii marelui Colegiu nu îi opuseseră cea mai mică dificultate, deși întotdeauna preceptele rabinului contrariau legile lui Moise și învățământul succesorilor lui Hillel. Sanhedrinul cu toate acestea era singurul judecător al doctrinelor ce se profesau, și el singur avea dreptul de a acorda permisiunea să le predice. De astă dată, fiindcă lupta între partide și rabinul începuse, câțiva din cei bătrâni găsindu-l vorbind către public îl întrebă în virtutea cărei autorizații el expunea principiile sale.

O lungă experiență nu-i corijase de a-l întreba pe rabinul, care avea suprema adresă de a-i confunda printr-un argument, sau de a le scăpa printr-o ironie sau printr-o altă întrebare. Ca totdeauna rabinul îi luă în râs. El îi întrebă:

— Ce credeți voi despre Ioan Botezătorul? Era el un om, sau un trimis al cerului?

Un mare număr din discipolii Botezătorului îl înconjurau în acest moment pe rabin. La această întrebare, bătrânii tăcură mai întâi, apoi, siliți de rabin, răspunseră că nu știau nimic. Ei ghiciseră cursa. Dacă răspund că Botezătorul era un om, discipolii lui acolo prezenți puteau să-i brutalizeze și să le arunce pietre: dacă ei răspund că Botezătorul venea din cer, rabinul ar fi strigat: Atunci de ce nu l-ați primit?

Cu un teolog așa de perfect, discuția devenea îngrijorătoare. Cu toate acestea saduceii veniră să-l supere cu doctrina învierii, în care ei nu credeau, nefiind această doctrină în cărțile lui Moise. Saduceii îl întrebară deci, glumind, pe rabin:

— O femeie a avut șapte bărbați; căruia dintre ei va aparține ea în ziua învierii?

Rabinul le răspunse cu finețe:

— În ziua învierii nu vor mai fi nici bărbați, nici femei, dar veți fi toți îngeri ai lui Dumnezeu în cer.

Saduceii, ca și bătrânii plecară rușinați și mai înverșunați decât oricând.

Zeloții, sau pentru a zice mai bine discipolii lui Iuda din Gamala, voiră să-l sondeze la rândul lor. Întrebarea pe care o adresară era capitală.

Evreul are două feluri de tributuri de plătit: taxa lui Dumnezeu și taxa lui Cesar. Taxa Templului – o jumătate de siclu – fusese discutată într-un mare număr de ani între saducei și separatiști. Aceia făcuseră a se decide de sanhedrin, că ea era forțată și trebuia plătită în prima zi a lunii *nisan*. Acest fond servea a cumpăra lemne de ars, tămâie, pâine azimă, și a plăti servitorii Templului. Poporul aruncase plata acestei taxe asupra aristocrației avute. Taxa lui Cesar, din contră, era consimțită de saducei, contestată de separatiști. Aristocrația știa că guvernământul costă, că dacă poporul nu plătește, clasele bogate sunt responsabile înaintea legii. Marele preot Ioazar, ajutat de Hillel și de farisei moderați înduplecase poporul a plăti acest tribut pe cap (80 de bani) și poporul plătise – în afară de galileni, care considerau această taxă ca un semn de sclavagism, și ca o ofensă lui Dumnezeu, punând pe Dumnezeu și pe Cesar pe același nivel.

Din acest punct de vedere, zeloții puneau rabinului o întrebare înșelătoare întrebându-l dacă trebuia să se plătească taxa lui Cesar. Dacă el răspundea nu, trebuia să se socotească cu Pilat. Răspundea el da, îl înjosea pe Dumnezeu punându-l pe același nivel cu Tiberiu.

Rabinul, deși în aparență simplu și naiv, întrevăzu cursa. El ceru să i se arate o monedă pe care era efigia lui Cesar și răspunse fără a răspunde la întrebare:

— Da-ți deci Cesarului ceea ce este al Cesarului.

Și părăsi Templul.

Chiar în același moment, Bar-Abbas se prezenta la Ida.

— Ah! ah! strigă el intrând în *tablinum*, sunt eu, eu scumpul tău unchi , eu Isus Bar-Abbas, ex-legionar roman, tunete și trăsnete! Tu a trebuit să fii foarte mult alarmată de lunga mea absență, scumpă copilă, dar, ce vrei? Eu mă aflu în viața publică care mă absoarbe, mă devoră, mă consumă: că mă devotez patriei. Ierusalimul n-are decât două necesități și două minuni: Templul și eu. Liniștește-te deci, scumpă Miriam, iată-mă.

— Eram deja liniștită, răspunse Ida.

— Sunt încântat de asta, uimit. Așadar nu mai avem micile noastre nebunii în cap, așa! Am făcut o frumoasă leșie din marele noastre pasiuni, din disperările noastre? Ah!, atât mai bine, scumpă copilă, atât mai bine. Din această cauză pierdusem pacea, somnul și pofta de mâncare.

— Uite! și eu care era să-ți ofer să mănânci.

— Să mănânc! Acesta este cel mai plăcut verb ce există în

toate limbile umane. Dar oferă, îți permit. A mânca este totdeauna la timp, fie că asta vine ca o compensare a trecutului, fie că se ia ca o prevedere pentru viitor, fie că se prezintă ca o politețe de moment și asta cu atât mai mult, mica mea, că nu îmi aduc bine aminte dacă, ieri, am conjugat acest verb la prezent. Numai sunt desolat că nu te pot recompensa prin bune vești.

— Dar ce este? strigă Ida, nu tocmai mișcată cu toate acestea, căci ea cunoștea pe unchiul ei, în fond.

— Dar, este tot vorba despre el. Am eu oare alte griji în această lume! E fratele tău. Acest băiat mă roade la inimă. El mă va ucide prin întristare.

— Ce a făcut el? Nu cumva este expus la noi pericole? Nu cumva s-a reîntors la Ierusalim?

— Negreșit! S-a întors ieri, și deja a făcut încă una de ale lui. Imaginează-ți că s-a dus să cineze cu un lepros din sat, acompaniat de acești oameni de nimic care îl urmează pretutindeni cu o mulțime de femei curioase.

— Nu este adevărat.

— O să vezi. Nu-i numai atât. Pe lângă asta, chiar fiul saganului și Iuda din Kariot care erau acolo, care l-au văzut, mi-au povestit faptul. Mai întâi, fiindcă acești țărani au proscris uzul de a-și spăla mâinile înainte de a cina, pentru a râde de farisei, tu poți să-ți imaginezi ce fund de castron trebuia să rămână de la un lepros și de la vreo cincisprezece provinciali băgând mâinile în aceeași mâncare! Ei se ocupau cu bălăcitul în sos, și rabinul gusta o aripă de gâscă cu linte cu unt piperat – aceasta e de minune, știi tu, Miriam! Te voi face să mănânci din asta prima dată când îmi vei da să cinez – Rabinul gusta liniștit aripa sa visând la regatul cerului, când o oarecare persoană dintre cunoștințele mele particulare intră în sală. Ea sosea în linie dreaptă din țara sa – din Magdala, știi – purtând casa și grădina sa într-o sticlă de alabastru și, înăuntru, nu știu ce ulei. Ea nu zise nici bună ziua, nici bună seara; scoate oala de sub tunica sa și, pac! o sparge deasupra capului rabinului. Ah! mica mea varză, nu-ți poți închipui ce miros delicios – ce să-ți spun? De cotlet fript, sau de ciorbă cu ceapă, sau de rozmarin, nu știu în fine – umplu casa. Dar iată de îndată rabinul inundată de această grăsime care îi curge din toate părțile... Uite, îi curgea atât de mult pe picioare, încât

Maria – astfel se numește ea, mititica – începe a i le șterge cu părul său care este magnific.

— Minți, strigă Ida, rabinul n-ar fi permis asta.

— Tocmai asta și-au spus și acești proști de discipoli între ei, căci ei ar fi preferat să vândă uleiul și să-l mănânce la un bună prânz de Paște. Rabinul îi auzii murmurând și le zise: Tăceți, acolo nenorociților! Au fost până acum zile de Paște, va fi și de aici înainte, ați făcut și veți mai face pe cât timp nu veți fi spânzurați, cât pentru mine, acesta este ultimul...

— Minți, fratele meu n-ar fi zis niciodată una ca asta.

— Asta sau altceva, ce îmi pasă? Împărtășesc opinia savanților în ceea ce privesc traducerile libere. Faptul este că fiiul saganului se întoarse de la Bethania cu totul scandalizat de aceasta, și că a fost aseară la Hannah o reuniune pentru a-l chema pe rabin să își dea seama de purtarea sa. Înțelegi că eu apărai libertatea cinelor, a leproșilor, a mâinilor murdare, a mirosurilor și a parfumătoarelor, dar am fost în minoritate. Decizia a fost adoptată, cu toată elocința mea – singurul lucru pe care l-am hrănot totdeauna bine – de a adresa somație rabinului. Asta se făcu, și rabinul va apare astăzi chiar dinaintea delegaților partidului, reuniți la sagan.

— Așadar vor a-l pierde cu orice preț?

— Cu orice preț? Zi mai bine pentru nimic, căci ei nu pun nici un preț pentru a-l pierde. El se pierde singur, acest turbat. Azi de dimineață, în adevăr, el s-a prezentat la Templu și a început... L-am întâlnit pe treptele Moriahului. M-am apropiat cu politețe de el, căci am învățat unele maniere la curte, în legiuni și prin contactul cotidian cu marele personaje. Dar el, care sosește toatdeauna din provincia sa, m-a primit cu complimentul obișnuit: infam, cerșetor, miserabil, ce mai știu? Are un limbaj înflorit, rabinul. Fariseii și cărturarii știu ceva de asta, căci numele cele mai dulci ce le dă el sunt acestea: «Hoți, tâlhari, rasă coruptă, rasă adulteră, rasă de vipere, morminte albite, orbi, conductori de orbi, ignoranți, ipocriți, copii ai demonului, nebuni.»[56] Dar eu nu mă supăr, eu lucrez a-l crește mai bine. Răspund: Dar ascultă, nepoate, dar cugetă, rabine, dar ia seama, profetule, dar uită-te, mesio, dar fii bun de m-ascultă, fiule al lui Dumnezeu, Dumnezeule al lui Istrael... La acestea el se înmuie și vorbirăm despre tine.

[56] Salvador: *Iisus Hristos și doctrina sa*. Tom. II, pag. 146, ediția de la Paris din 1864.

— De mine?

— Și de cine vrei să vorbim? Eu nu cer nici un loc în regatul fratelui tău. El este prea sus în cer! Drace! Cât de cald său frig trebuie să fie acolo: nu știu tocmai bine ce. Atunci, el îmi zice: Omule... Da, om, pe lângă acesta, el zice femeia mamei tale. El îmi zice deci: Omule, du-te la Miriam și anunț-o că am nevoie a-i vorbi. Știu că întrevederea de astăzi soarta mea o să fie decisă. Am câteva cuvinte ce trebuie să fie comunicate mamei noastre, pe care numai Miriam ar putea să i le raporteze. Să vină la Hannah, o voi vedea înainte sau după întâlnirea mea cu principii Templului.

— Nu este adeverat ceea ce îmi spui tu, zise Ida.

— Proasto! Crezi tu că dacă ar fi adevărat ți-aș spune-o? Ei bine, da, sunt și plătit pentru asta. Vorbesc pentru a căpăta poftă de mâncare, și poți să pleci sau să rămâi, să vii cu mine sau să te prezinți singură, să mă crezi sau nu... Oricum tot te-am distras din posomorâtele tale cugetări. Am fost prea bine plătit pentru ca să nu mă mai crezi. Să mâncăm atunci.

Cu toate acestea Ida își amintea că în ultima oră Bar-Abbas îi anunțase că rabinul era expus la mari pericole, și acesta o confirmase. Ea își amintea că rabinul îi spusese, ultima oară când îl văzuse că numai pe pieptul mamei sale ea putea să găsească iertarea sa. Dacă rabinul o chema pentru a-i încredința cuvinte pentru această mamă? Ce interes putea să aibă Bar-Abbas a o face să meargă la Hannah, un mare personaj, care se bucura de o reputație excelentă.[57]

— Tu nu îmi întinzi o nouă cursă? îi zise ea. Ceea ce îmi spui nu cumva este adevărat?

— Adevărat? Așa! Nu mă mai prinzi cu această stângăcie. O singură dată în viața mea am vrut să spun adevărul și schiopăt de atunci. Văzusem, cu proprii mei ochi, pe tribunul legiunei mele fugind. Îi făcu observație, el îmi dă o lovitură cu călcâiul său potcovit și-mi fărâmă o tibie. De atunci, șchiopăt pentru voi insolenții din familia mea, deci merg cu *gracia* pentru toată

---

[57] Ananus era omul cel mai drept și cel mai venerabil; înalta sa naștere și demnitatea sa luau o nouă strălucire prin afabilitatea sa și prin grija ce lua a se face egalul celor inferiori. El iubea cu pasiune libertatea și regimul popular. Binele public învingea la el interesele private. El stima mult pacea și nu se îndoia că Iudeea va pieri afară numai de va veni cu dominatorii la vreo învoială onorabilă... Ioseph. Războiul iudaic. cart. IX, cap. V.

lumea. De atunci, nu mai spun adevărul. Așadar, nu te duce acolo. Deja nu prea țin să fac un serviciu rabinului.

— Este imposibil, fratele meu nu te-ar fi trimis niciodată la mine.

— Vezi! Asta-i drept, sora regelui cerului! Drace! Iartă-mă, principesă. Ce sunt eu? Un bătrân legionar, un companion de arme al lui Tiberiu, un vesel cumătru pe care toți răzvrătitorii și *cinacdii* din Ierusalim îl vor plânge, când voi muri, acoperindu-se cu cenușă – dacă vor avea cu ce să-și facă foc – pe care toți delicații orașului îl vor regreta, când voi înceta de a-i amuza, sfâșiindu-și veștmintele lor – dacă vor fi goi... – Ba! toate acestea nu sunt de ajuns pentru a face o comisiune pe lângă fiica lemnarului din Nazareth. Să nu mai vorbim de asta îți mulțumesc. Cred că tu mi-ai oferit să mănânc, dacă nu mă înșel.

— Vei avea tot ce vrei, dacă Noah are ceva, dar spune-mi dacă în adevăr fratele meu mă cheamă.

— El te cheamă, deci acesta nu este un argument pentru ca tu să mergi. Saganul a putut să vină la tine fără pericol, deci tu nu poți să mergi la el. Ce! Într-un palat de principe, în mijlocul orașului, în miezul zilei, ai merge, tu, tânără fată pură și inocentă să te expui la cursele unchiului tău, acest om de nimic care te-a vândut deja o dată? Nu, scumpă mititică, remâi, rămâi, fratele tău este un visător, el va avea destul de cugetat la el însuși, te asigur. Eu voi fi în consiliu și îl voi apăra, pentru că eu sunt un laș fără demnitate. Așa deci, spune că nu am zis nimic, și să mâncăm.

— Voi putea cel puțin să iau pe Noah cu mine?

— Ia și pe Noe, arca sa și toate bestiile sale. – Thorix și Phebe fiind înțeleși în asta, care sunt mai bătrâni ca piramidele. Te previn cu toate acestea că vor rămâne în curte, căci un om ca saganul n-are obiceiul a se găsi împreună cu sclavi. Vino deci cu mine, sau du-te singură cu sclavii tăi și eu te voi aștepta la poartă; nu veni deloc, și crede că vreau te înșel... Fă ce vei vrea. Eu nu văd decât un lucru în această lume: nobila mea persoană.

— La ce oră rabinul se va duce la Hannah?

— La a șaptea, cred.

— Voi merge acolo. Mă vei aștepta la poarta cea mare. Sunt situații care ne absorb ca abisul.

— Ce mai familie tragică am eu, care sunt așa de puțin! Folosesc cum pot, zău, dar trebuie să mă pui în cheltuiala de elocință atât încât ar face să asude un rabin din Colegiul cel mare.

— Dar unde este fratele meu? Pentru ce nu l-aș vedea eu la Templu?

— Pentru că fratele tău nu este la Templu, unde ofițerii l-ar aresta, ci la saganul care îi dă un azil până în momentul când el se va explica.

— De cine trebuie să întreb la poarta palatului saganului?

— Dacă te aștept eu?

— Dar dacă aș vrea să mă prezintă singură?

— Atunci întreabă de regele Solomon sau de profetul Elijah, și ciuma să te atingă.

La a șasea oră, Bar-Abbas se găsea le poarta lui Hannah visând la cele patruzeci de mii de sesterțe.

XXVIII

Ieșind din Templu, rabinul din Galileea veni la mine unde cină. Avurăm atunci o lungă convorbire împreună, și mă forțai de a-i arăta tabloul cel mai adevărat, cel mai viu al situației, de ceea ce voiau partidele, de ceea ce națiunea aștepta, de ceea ce speram noi, promotorii revoltei. El îmi răspunse prin câteva monosilabe vage, arătându-se chiar incredul că noi fusesem aceia care până atunci îi făcusem poporul favorabil și îl scosesem la lumină, înălțând actele și vorbele sale. El se îndoi de el însuși, se înfășură în tăcere și tristețe, cugetând. El simțea că mergea înaintea unui duel, la capătul căruia era moartea, căci rivalul său, Gamaliel, ful rectorului marelui Colegiu, căruia i se încredințase grija de a-l întreba și de a îi răspunde, nu era un om pe care l-ar confunda cineva cu o parabolă sau pe care l-ar uimi prin vreun cuvânt spiritual. Nu-l tulburai pe rabin din meditație până la a șaptea oră. La acest moment numai, ieșirăm împreună pentru a merge la saganul.

Îl întâlnirăm pe Hannah la poarta sa. El ieșea. Claudia îl chemase conjurându-l a alerga la ea imediat, având mari comunicări să-i facă. Ea și Pilat se întorseseră chiar în acea zi din călătoria lor. Hannah ne rugă să intrăm, căci eram așteptați, și el permisese de a începe conferința fără el.

În lipsa saganului, Caiafa, marele sacrificator, prezeda reuniunea. Ea nu era numeroasă, în afară de Caiafa, mai era de fața bătrânul Simeon, Gamaliei, Menahem care sosise în ajun, Eliseu, guvernatorul palatului lui Antipas, bătrânul Jeu pentru esseni eni, Ionathan fiul lui Hannah, Polus terapeutul, un membru al sinagogei din Alesandria trimis la marele Colegiu de Philon, și eu. Astfel că toate partidele erau reprezentate acolo.

Hannah ne adunase în marele cabinet de studiu, în partea cea mai retrasă a palatului său unde el se retrăgea pentru a medita, sau pentru a se dezbrăca de gravitatea funcțiilor sale. Căci acest cabinet era separat prin coridorul unui mic apartament, numit *ucide-grijă*, mobilat ca cel al unui suveran asirian unde el celebra alte mistere decât acelea a ***sfintei sfintelor.*** La un capăt al acestui coridor se deschidea o ușă în colțul cel mai lăturalnică al grădinii, în pereții căreia o altă ușă se deschidea într-o stradă goală a Ierusalimului. O numeau ***ușa intrigilor,*** prin care un serv mut lăsa să iasă, dar nu lăsa să intre pe nimeni decât după prezentarea unei scrisori recunoscute. La celălalt capăt al coridorului era un mic cabinet întunecos, având trei ieșiri, una care conducea la micul apartament, alta în cabinetul de meditații, a treia comunica cu coridorul, în fața ușii grădinei.

Rabinul nu aduse cu el pe nici unul din discipolii săi, ca să aibă mai multă franchețe în expunerea ideilor sale. Acești oaneni nu-l înțelegeau niciodată.[58] El îmi păruse, acasă la mine, într-o extremă indispoziție, din cauza acestei somații de a se explica. Dar, intrând în cabinetul comitetului, el regăsi cea mai completă seninătate de spirit, și figura sa așa de accentuată, privirea sa așa de puternic schimbătoare, luară un aer de dulceață infinită.

— M-ați chemat la această reuniune secretă, zise el. Nu-i înțeleg scopul. Eu am vorbit pe stradă, am învățat în sinagogă și în Templu mai mulți ani, aici și în toată Palestina, ar trebui ca voi să știți cea ce vreau eu și cine sunt.

— Da, răspunse Gamaliel, noi ți-am lăsat libertatea cea mai completă de a învăța și de a lucra mult timp, deși am fi avut dreptul și datoria de a-ți închide gura la cea dintâi oră, deși tu ne-ai umplut de injurii, condamnând doctrinele noastre. Asta trebuie să-ți dovedească că noi nu avem nici o ură contra ta, că noi profesăm toleranța tuturor opiniilor. Dar orice lucru are o limită: acea pe care forța majoră o impune voinței. «Măcinați între impaciența naționalilor și vigilența dominației străine, între

[58] Evanghelia într-adevăr este plină de această declarație.

seducțiile păgânismului și ceea ce noi credem că nu se cuvine decât celui Etern singur, noi suntem constrânși de datoria de a cere de la fiecare pretendent la titlul de mesia declarații formale, de a ne devota la misiunea sa superioară, dacă ea are în ochii noștri condițiile cerute de succes, în caz contrar, de a-i arunca avertismente și observații, și după aceea, fie că acest pretendent se dă drept căpetenie, ca pontif, ca mesia, ca fiu al lui Dumnezeu sau ca Dumnezeu, dacă el rezistă legii și autorității noastre încă suverane, de a-l pedepsi.»[59] Iată scopul explicației la care te invităm.

— Aș putea să refuz competință morală și poate politică – eu sunt supus al lui Antipas – a jurisdicției voastre de examen, dar nu o fac și mă supun ei fără rezistență. Numai vă întreb pentru ce, după o răbdare așa de prelungită, mă chemați la această oră pentru a vă da socoteală de cuvintele mele, de erorile mele, de misiunea mea? Ce voiți, voi chiar, saduceni, farisei, terapeuți, esseni, irodieni partizani ai lui Iuda din Gamala, antiocheni? Așadar sunteți de acord asupra unei doctrine comune pentru a vă erija ca judecători ai unei erezii? Eu nu refuz de a mă explica, din contră, dar la rândul meu doresc și eu explicații.

— Noi suntem aici pentru a-ți cere explicații, nu pentru a-ți da, noi avem titlurile noastre pentru a întreba, care sunt titlurile tale pentru a ne soma de a-ți spune ce vrem noi? Noi nu am înăbușit vocea ta de la cea dintâi oră, este adevărat: este oare o eroare? Pe cât tu te-ai dat drept fiu al unei neprihănite, din rasa lui David, ca mesia, noi n-am zis nimic. Tu ai vrut să pozezi în Osiris, în Adonis, în Budha, în Mythra, în Ormuz, în nu știu care din aceste divinități ale Feniciei, ale Egiptului. Noi nu ne-am temut de această importare de idoli în țara noastră. Fiii lui Irod și romanii trebuie să se îngrijoreze de descendentul David. Așteptam și noi un eliberator al țării noastre. Tu ai făcut minuni: Athalide, fiul lui Mercur, Esculap, Hercule, Gabien, Polycrat, Amphion, Heres, Orpheu, fiicele marelui preot Anius, preotesele Dianei, ale Feronei, ale lui Hirpicus, Simon din Samaria, Apoloniu din Thiana, Augustus, toți medicii, toți șarlatanii, toți preoții religiilor străine, calul Pegas, peștele Oannes care predică pe țărmurile Eufratului, au făcut minuni, tot așa de minunate ca și ale tale.[60] Noi te-am lăsat a-ți continua minunile.

59) Salvador - *Iisus Hristos și doctrina sa*, vol. II. cap. XXIX.

60) Vezi Voltaire: *Estractu din sentimentele lui Ion Meslier*, cap. II. *Dicționarul*

— Le-ați calomniat.

— Am râs de ele. Tu ai predicat învierea care n-are loc în cărțile lui Moise, dar tu ți-ai atribuit, ți-ai însușit maxima lui Hillel: «Fă altora ceea ce ai voi ca alții să-ți facă ție.» Tu ai îmbrățișat doctrina egalității stabilită de Platon, și înaintea lui de Isus fiul lui Sirach, de Aristobul, de Pitagora, tu ai acceptat și legea orală transmisă do Moise lui Ioshua și de acesta bătrânilor care o comunicam profeților, și aceștia doctorilor marelor sinagogi, precum și cele trei sentințe emise de aceștia: «Nu vă grăbiți la judecată, multiplică-ți discipolii; și fă-ți pavăză legii!» Atunci, dacă ai lovit ridicolul bigoților noștri și a zeloților noștri, dacă ai transgresat mai multe din practicile noastre, dacă ne-ai calomniat în interesul proselitismului tău, noi am închis ochii, căci tu respectai fondul legii.

— Oare am încălcat-o de atunci?

— Ai sfâșiat-o, ai hulit. Tu ne-ai întrebat într-o zi: «Pentru care din faptele tale cele bune te amenințăm?» Nu te amenințai nu pentru nici o faptă bună, pentru nici o preceptă de bună justiție și de bună morală; ci pentru că, fiind om, tu cutezi să te faci Dumnezeu.[61] Deci legea noastră este precisă. Domnul a zis: «Eu sunt Iehova, alesul, eternul, primul și ultimul; eu nu transmit altora nici numele meu, nici gloria mea. Nu a fost alt Dumnezeu înaintea mea... Nu va fi altul după mine... Nu există nici unul cu mine... Eu sunt alesul care crează lumina și întunericul, care dă pe rând pacea și răspândește nenorocirea... Numai mie îmi aparține viața eternă; numai eu sunt Dumnezeul puternic, Dumnezeul drept, Dumnezeu eliberator, rezemător, salvator...»[62] Legea zice asta?

— Legea.

— Deci, legea adaogă: «Dacă se ridică în mijlocul vostru un profet, sau visător, care să facă vreun semn sau minune, și că semnul sau minunea de care va fi vorbit el se împlinește; dacă va propune în același timp de a introduce vreun alt Dumnezeu pe care nu l-ați cunoscut deloc, și de al servi, voi nu veți asculta cuvintele acestui profet sau visător. Iehova, Dumnezeul vostru, care v-a scos din casa de sclavi, ve încearcă pentru a vedea dacă

---

philosophicu, articolul Minunilor.

61) Ioan, cap. X. vers. 33, *Sed cum homo sis, teipsum facis deum.*

62) Deuteronomul. cap. XXXII, vers. 39. Isaia, cap. XLIII, vers. 10. 11. cap. XLV, vers. 5-22.

îl iubiți din toată inima voastră, din toate puterile voastre... Dar acest profet sau visător va muri, și mâna întregului popor va fi asupra lui.» Așa zice legea?

— Așa zice legea.

— Ei bine, tu nu te-ai proclamat Dumnezeu numai în Galileea, numai în sinagogi, numai sub portice și în curțile Templului; tu ai venit să ne-o predici chiar în sălile tezaurului public.[63] Este adevărat?

— Da. Dar ce ați zis voi când regele Irod a ridicat temple lui Angustus, când Antipas Irod a ridicat temple lui Tiberiu, când s-a ridicat temple chiar acestui rege Irod la rândul său, și când i-ați admis pe toți ca Dumnezeu!

— Orașele în care aceste sacrilegii s-au făcut sunt orașe grecești sau romane: tu te-ai proclamat Dumnezeu chiar în Templul lui Iehova. Ca evrei, ca fideli la legile lui Moise, ca doctori ai legii, ca preoți ai Templului, ca bătrâni, ca membri ai sanhedrinului, putem noi să permitem astfel de profanații? Acum tu ne întrebi ce vrem noi și dacă suntem de acord a condamna doctrina ta.

— Vă întreb și acum.

— Îți răspundem. Noi suntem credincioși și cetățeni. Ca și credincioși, câteva rare principii ne separă, deși noi nu suntem de acord asupra unei mulțimi de detalii ale doctrinei. Dar, acestea sunt nuanțe de zel, sunt practici ale cultului, sunt interpretări ale legii, este progresul chiar al acestei legi în raport cu timpul și schimbările pe care nenorocirile noastre și succesele noastre le-au adus în ea, este importarea câtorva principii pe care frații noștri din Babilon, din Egipt și din Grecia le-au cerut pentru a face să concorde legea și silința, este rigoarea essenienilor sau excesul de toleranță al saduceilor... Cu toate acestea, toate acestea nu schimbă caracterul pactului și legilor organice ale credinței noastre. Tu ești essenian în fond, dar chiar de ai fi saducean ca Hannah, sau fariseu ca mine, noi am trăi mereu în pace în același oraș, ne-am ruga la același altar, am învăța la aceeași catedră. Templul și sinagoga sunt îndestul de largi pentru a îmbrățișa aceste gradații, și destul de luminați spre a tolera diferințele. Noi suntem deci de acord ca credincioși pentru a-ți zice cu o voce unanimă. Tu spui blasfemii.

---

63) *In gazophilario.* Ioan, cap. VIII. vers. 2-20

— O!, sunteți voi la fel și ca cetățeni?

— Mai mult încă.

— Credem cu toate acestea că saduceanul voia să se țină de testul legii lui Moise și de justiție, că el respingea formele exterioare ale cultului, credințele aduse din Orient și importate din Egipt și din Grecia – îngerii, spiritele, învierea – că el mărginea la mormânt pactul lui Dumnezeu cu poporul său, pe când fariseul admite legea orală în același grad ca și Pentateucul, dezvoltă legea lui Moise după timp și o adaptează cu circumstanțele, lasă spiritului o extremă libertate pentru a o interpreta, ordonă practici exterioare pentru a salva din naufragiu națiunea și legea, paradă de zel, se gătește cu filactere, pune la hainele sale o bandă roșie mai lată decât ceilalți pentru a se distinge de greci și de arabi, crede în înviere și în justiție după moarte conform faptelor.

— Fie. Dar acestea sunt tot neînțelegeri și nu blesteme.

— Legea care admite neînțelegeri nu mai este lege. Apoi, eu credeam că saduceanul recunoștea libertatea absolută a omului, mulțumit, de partea sa pe pământ și necerând nici temându-se de nimic după aceea, pe când fariseul învăța că Dumnezeu lucrează prin om, că libertatea umană are limite naturale. L-am văzut totdeauna pe saduceu puțin ambițios, resemnat la dominația romană, iubind științele și artele cultivate în Grecia și în Egipt, deși puțin interesat de a le vedea adoptate în țara sa, fără zel, disprețuind mulțimea, iubindu-l pe străin, inclinat la plăceri și a fi bine cu Dumnezeu și cu Cesar, conservator, tolerant, neîngrijitor, pe când fariseul folosește toate mijloacele pentru a rămâne partidă dominantă, așteaptă un mesia, cotește între idei și partide, satisface cererile străinului, mângâie opoziția națională, face să se respecte legea în același timp pe când întreține în inimi speranța unei mântuiri apropiate, și neînăbușind instinctele populare, nelăsându-se să fie debordat de impaciență, pregătește mijloacele de rezistență și previne o catastrofă prin Occident, asemenea cu cei care vin din Orient și îi pierd pe părinții noștri.

— Da, este adevărat. Dar apoi?

— Apoi? Sunteți deci de acord și cu antiochienii care lucrează a realiza un compromis între cultul lui Moise și cultul grecesc[64], cu irodienii care vor să se facă puntea de unire între Moriah și Capitoliu, găsind că mesia a venit și că acesta era Irod,

64) Cart. machab. cart. IV. vers. 9, 10, 14. 15.

opunându-se la insurecția națională și consiliindu-vă a plăti tribut lui Cesar?

— Asta nu este, dar chiar de ar fi, toate acestea nu sunt o denegare a legii.

— Cine se depărtează de la lege o neagă. Sunteți atunci de acord cu terapeutul care o adoră poate încă pe această *regina coeli*, care joacă un așa de mare rol în misterele templelor egiptene și feniciene[65] care se consideră mai mult ca un cetățean al cerului decât al pământului, care părăsește bunurile sale, care personifică opera lui Dumnezeu și creația, ca evreii orientali, într-un Adam oarecare, care lucrează a incarna în o manifestare reală preceptele cărților sacre, care trăiește în izolare, cumpătat ca greierul care se hrănește din cântecul său monoton, conservând tăcerea, cel mai stimat dintre ei fiind cel mai umilit, căci el consideră servitutea contrară legii naturii și voinței lui Dumnezeu.

— Dar care, dintre noi se numește fiul lui Dumnezeu? Iată întrebarea.

— Dar sunteți voi oare! Iată încă întrebarea. Dar spuneți, spuneți saducei, farisei, irodieni, antiochieni, sunteți de acord cu acești vindecători *(terapeuți)* și cu acești essenieni care au cărți, doctrine, dogme, mistere, o cabală proprie pe care o comunică numai adepților după gradele inițiațierii? Urâți voi și războiul și servitutea? Adorați voi pe Dumnezeu prin suflet și nu prin sacrificii, practicați voi comunitatea bunurilor, castitatea, retragerea, grija amărâților de corp și de spirit, studiați virtutea plantelor, a pământurilor, a frunzelor creației? Vă instruiți voi, ve îmbrăcați voi, hrăniți voi copii? Proclamați voi imortalitatea sufletului? Trimiteți voi ofrandele voastre la Templu fără a vă duce acolo cu persoanele voastre?

— Toate acestea sunt în doctrinele noastre.

— Da, știu că Hillel al vostru a spus: Iubiți pacea, iubiți pe oameni, iubiți studiul legii, dar doctrinele voastre au ele, ca essenismul, tripla bază a iubirii de Dumnezeu, a iubirii de om, a iubirii de virtute? Omul este oare și pentru voi sub absolută dominație a lui Dumnezeu? Credeți voi rugăciunea mai necesară decât sacrificiul, lupta și jurământul inutile? Spuneți, sunteți deci toți de acord, ca credincioși și ca cetățeni? Ați abandonat voi aceste principii care constituiau până acum neînțelegerile voastre?

---

65) Eremia, cap. XLIV.

Formați voi un singur corp pentru a respinge de printre voi o doctrină care nu acceptă pe toate ale voastre, și să judecați pe omul care o învață, după cum s-ar judeca un trădător de către Dumnezeu și de către natură?

— Rabine, încă o dată, nu strămuta felul acuzației pe care o aducem contra ta. Tu ai profesat, tu poți încă profesa doctrinele pe care le vei vrea. Nimeni nu-ți va pune obstacole. Dar totul ne ordonă de a secera din rădăcini răspândirea de noi Dumnezei. Diferințele ce ne separă nu ating inima legii. Ți-am zis-o: oarecare grad mai mult sau mai puțin de zel în practicile cultului, oarecare rigoare de principii, oarecare schimbare de forme, o insuflare de viață nou inspirată acolo de Zoroastru, aici de Pitagora, dincolo de Zenon, o resemnare mai mult sau mai puțin răbdătoare influienței străine, doctrina vieții după mormânt... toate acestea nu schimbă cu nimic unitatea poporului lui Dumnezeu, a cărui misiune a fost totdeauna reconstituirea unității umane. Tu vrei să ne separi.

— Vreau.

— O mărturisești! Într-adevăr știm că ai zis discipolilor tăi: «Dacă cineva nu vă primește sau nu ascultă cuvintele voastre, scuturați praful de pe picioarele vostre plecând din această casă sau din acest oraș, și vă afirm că ele vor a fi tratate cu mult mai multă severitate decât locuitorii Sodomei și ai Gomorei? Căci nu credeți că am venit ca să aduc pacea pe pământ. Am venit să aduc sabia, să pun foc pe pământ: și toată dorința mea este ca el să se aprindă. Eu aduc separarea, diviziunea între fiu și tată, între fiică și mamă, proprii servitori ai unui om vor fi inamicii săi, oricine iubește pe tatăl său și pe mama sa mai mult decât pe mine, pe fiul său sau pe fiica sa mai mult decât pe mine, care nu urăște pe tatăl său, pe mama sa, pe femeia sa, pe copii săi, pe frații săi, pe surorile sale, propria sa viață, acela nu va fi niciodată discipolul meu.»[66]

— Am spus aceasta.

— Tu ai predicat această sălbatică doctrină, pentru că tu te-ai ridicat în fața lui Iehova ca egal sau spre a da poporului său un nou pact. Ei bine, în prezența răsturnării lumii politice pe care o împlinește Roma , noi vrem să conservăm unitatea lumii morale, pentru a nu fi absorbiți de tot.

— Da, strigă rabinul cu forță, mă proclam Dumnezeu.[67]

66) Matei X., vers. 34-37. Luc. XII, vers. 49-53. Idem. cap. XIV. vers 31, 33, 25, 26.

67) Coincidență stranie! Ouang-mang jnca în China același rol ca și rabinul din

Da, aduc separarea pe pământ. Da, aduc un nou pact. Dacă genul uman s-ar compune din oameni de elită ca voi, rolul lui Dumnezeu în lume, Dumnezeu chiar ar fi inutil. Dar, eu vizez popoarele. Deci care este legea care s-a impus popoarelor și care a creat națiuni care n-au avut aerul unei inspirații a lui Dumnezeu? Moise nu zicea el că tablele i s-au dat chiar de către Dumnezeu? Numa care formă Roma, nu zicea el că legile sale i se insuflă de o putere supranaturală? Ca Moise și ca Numa eu dictez o nouă lege: trebuie ca Dumnezeu să intervină și ca Dumnezeu să vorbească. Aduc o separare în lume, dar lumea o despart de legea voastră. Moise vă comandase de a-l recunoaște pe străin ca frate, voi ați făcut din el un impur. Păgânul și evreul erau pentru Moise copiii aceluiași Dumnezeu, voi ați aruncat la o parte pe acest frate ca o ciumă și ca un blestem. Astăzi, Rachela, Zipporah, Ruth ar fi blestemate. Iosef care o luase de soție pe fiica unui preot egiptean, și Solomon pe fiica unui rege al Egiptului, ar fi alungat din sinagogele voastre. Legea voastră are două greutăți și două măsuri. Dacă Sirianul pierde cămila sa, el nu poate să o reclame de la evreul care a găsit-o, și evreul poate să ia înapoi pe a sa cu forța, dacă a pierdut-o. Dacă evreul ucide un grec, el poate să afle azil la Kedesch, la Sechem, la Hebron, dacă grecul ucide un evreu, el este considerat ca demn de moarte. O astfel de lege este nedreaptă: eu mă separ de ea. Eu vă aduc un nou pact...

— Dar tu nu ai predicat nici un principiu care să nu fi fost ordonat înainte de tine de către învățații noștrii. Moise, Antigon de la Soco, Iisus fiul lui Sidrah, profeții, Hillel, Schemaya, Abtalion, Ietzira Zobar, Botezătorul, essenienii, Iuda Bar-Betyra, Ionathan, bar-Uziel... rabinii noștri din Ierusalim și din Alexandria și în alte părți, Cakya-Mouni, Foe, Confucius... toți au proclamat, înainte de tine, legile de înfrățire și de egalitate. Care este punctul nou pe care tu ni-l aduci? Ce nou ne înveți tu?

— Nimic. Dar ceilalți au învățat, eu vreau să practic, ceilalți au spus: Asta e bună, eu zic: Asta e datoria, ceilalți au zis: Credeți, eu zic: Faceți.

Mai bine decât a zice: Faceți, ar trebui să faci. Tu a fost crescut, în copilăria ta, în școlile esseniene care practică și nu fac paradă de învățământ. Tu ai văzut în țara ta, Galileea, în copilăria ta, alți doctori care nu au risipit vocea lor a repeta doctrine, a injuria pe

---

Nazareth la Ierusalim, în aceeași epocă. Vezi cartea curioasă a Domnului Ioseph Ferrari, China și Europa, a treia parte, cap. I.

ceilalți, dar a lucrat: Iuda din Gamala și adepții săi, care, pentru iubirea de patrie, au pierit cu miile pe câmpul de bătaie și pe cruce! Iată doctorii pe care-i venerăm noi, iată mesiele ce-i admitem noi. Lumea se regenerează prin acțiune când vedem în Germania că dând Arminii, în Galia Sacrovir, în Africa Tacfarina, în Galileea Iuda din Gamala, toți pentru a smulge țara lor din această uriciosă Polyphem de Roma care înghite și digeră popoare și națiuni, noi nu avem nici o privire de pierdut pentru repetarea de vechi sentințe și de vechi parabole. Dacă tu ai făcut numai asta, nu ai fi avut onoarea de a ocupa atenția marelui Consiliu și partidelor Iudeei. Dar tu ai o altă ambiție, noi avem un alt scop.

— Dar nu ați trimis voi să mă cheme din Galileea? Nu m-ați invitat a veni să desfășor opera mea la Ierusalim?

— Noi am trimis să căutăm un Iuda din Gamala, nu o tristă parodie a lui Osiris. Noi văzusem că pleava poporului te ascultă cum ascultă totdeauna pe cei care atacă ordinul stabilit de idei, noi am crezut de datoria noastră a legaliza această forță care mișca poporul și de a o face să contribuie la salvarea națiunii. Dar tu te-ai silit a te izola, tu ai necunoscut sentimentele, pasiunile, nevoia timpului, instinctul națiunii. Pe altarul pe care noi l-am ridicat pentru un nou Iuda Machabeul, tu ai încercat de a te așeza în Moise postum; și când noi te-am întrebat: „Cine ești tu, ce vrei?”, tu ai răspuns prin injurii, prin ambiguități, sau prin tăcere. Trebuie să se pună capăt la asta. Roma ne spionează și nu se încrede în Thaumaturgii care se dau drept fii ai lui David și fii ai lui Dumnezeu, care mișcă mulțimea și înfășoară planurile lor în norii regatului lui Dumnezeu. Încă o dată, cine ești tu? Ce vrei?

Rabbinul din Nazareth se pregătea să răspundă, când Hanab intră în cameră, foarte tulburat și cu un aer speriat. El se apropie de Caiafa și-i zise să se ducă acasă, căci văzuse, la poarta palatului său, o mare mulțime, și bănuia că s-a întâmplat vreo nenorocire.

Caiafa ieși imediat. Atunci Hannah ne spuse că Bar-Abbas îl ucisese pe Justus, și că nu știe de ce.

Această știre produse un moment de diversiune în dezbateri. Dar Hannah luând locul lui Caiafa, atenția se raportă imediat asupra rabinului Galileei pe care Gamaliel îl împinsese la o revelație definitivă. Într-adevăr, rabinul după ce cugetă un moment răspunse.

— Eu sunt Fiul Omului, în sensul profeților voștri. Eu sunt

evreu. Tatăl meu lumesc, încărcat de copii și sărac, mă încredință, din copilărie, solicitudinii esseniene.[68] La vârsta de cinci ani, ca tot evreul, m-am supus legii. La zece, mă inițiase cu regulamentele și cu ordonanțele. La treisprezece, îndeplineam preceptele, ca și ceilalți copii ai poporului lui Moise. Aș fi putut să mă însor la optsprezece sau douăzeci de ani. Am fost circumcis, prezentat Templului și primit ca fiu alu legii. Am dus ofranda mea la Templu, am observat sărbătorile și mâncai mielul Paștelui ca orice alt individ din Iudeea. Am fecventat sinagoga unde am fost instruit, unde am fost luminat asupra legii, și ca oricare altul, după vârsta de treisprezece ani, am propus îndoielile mele în discuțiile publice de Kaal (adunării). Ca Daniel, observațiile mele la acea vârstă fură remarcate.[69] La treizeci de ani, începui, ca oricare altul dintre concetățenii mei, a mă ocupa de interpretarea legilor de tradiție, de Kabbala[70]. În copilărie, auzii vocea dascălilor mei și a lui Menahem, care zicea: Iubiți; și vocea lui Iuda Gaulonitul, care zicea: Nu trebuie stăpâni, distrugeți pe străini. Văzui mii de copii de-ai Galileei spânzurați pe cruce de romani. Când la vârsta cerută de lege începui învățătura mea, poporul care auzi cuvântul meu, cei care văzură operele mele, mă numiră fiul lui David, mesia, profet, fiul lui Dumnezeu, fiu unic al lui Dumnezeu... Ei o spuseseră.

— Și tu o repeți și o confirmi? zise Gamaliel.

— Fapta îl arată pe om, răspunse rabinul. Voi găsiți că doctrina mea a fost predicată înaintea mea? Adevărul este etern; agenții lui Dumnezeu au putut deci să o întrevadă. Dar acest cuvât al antemergetorilor mei a fost ca ploaia căzută pe piatră, el nu a dat rod. Eu sunt în mijlocul vostru ca piatra de încercare. Cerul mă separă de saducei, pământul de essenieni, noțiunea patriei, de gauloniți, înțelegerea legii de farisei. Voi toți, voi judecați actul; eu întreb sufletul. Dumnezeul vostru nu este și al meu. Iehova al vostru este mânios, gelos, sever și lung în pedepse; el merge în furtună; el se manifestă prin cutremure, el îl gonește pe Adam, el îneacă lumea; el distruge orașe și popoare. Al meu este un tată; el iartă acolo unde al vostru pedepsește.

---

68) Salvador, t.I, cap. III, pag. 270.

69) Iosef zice el însuși, în biografia sa că la paissprezece ani el era așa de înaintat în studiul cărților sacre, încât sacrificatorii și principalele personaje nu ezitau a-l consulta asupra înțelegerii legilor noastre.

70) Mischna - *Sentințele Părinților*. cap. V. Salvador, *Istoria instit. lui Moise*, cart. VII, cap. V.

— Rabine, Dumnezeu este același în toate părțile, sau nu mai este Dumnezeu.

— Voi vi-l faceți. Moise este legislatorul vostru. El a fost legislatorul actelor: eu sunt legislatorul sufletelor. Voi opriți omorul, eu opresc mai mult de atât: eu opresc mânia, ura. Voi opriți adulterul: eu opresc mai mult, dorința impură. Voi opriți sperjurul, eu opresc chiar jurământul. Voi puneți ca bază a dreptului talionul, eu pun iertarea.Eu vin să vă ordon caritatea, ridicarea celui căzut, indulgența. Voi aveți sclavi, eu vin să vă recit: Oamenii sunt frați. Eu predic solidaritatea umană; ajutorarea celui slab și celui mișel, supremația a ceea ce e înăuntru asupra a ceea ce e în exterior, recompensa operei după viață. Eu vă ordon comunitatea bunurilor prin caritate. Eu vreau să netezesc drumul cerului pe care voi l-ați semănat cu spini și l-ați împiedicat cu abisuri. Eu recunosc îmbunătățirea legii, pe care voi o cristalizați în duritate. Dacă Dumnezeu vede inima, pentru ce e nevoie de practici exterioare ale cultului? Dumnezeu îl absoarbe pe om! Voi opriți mersul crescând al operei și al doctrinei lui Moise, eu îi dau impulsiunea vieții, prin iubire, prin libertatea inimii și a sufletului. Eu la precept adaug credința, pasiunea la propagarea sa. Eu aduc libertatea morală.

— Este nevoie de un Dumnezeu pentru asta?

— Da, singur! Dumnezeu poate acestea. Dumnezeu purificat prin paternitatea sa, se mărește, se întinde, pătrunde tot. Eu sunt conștiința lui Dumnezeu, și v-o descoper vouă. Eu predic Împărăția lui Dumnezeu, domnirea iubirii, a paternității lui Dumnezeu, care aspiră lumea în suflarea sa de binecuvântare, de bunătate, de iertare. Cultul meu este intermediar între om și Dumnezeu. Cultul meu este acela al purității inimii, al fraternității, reciprocității umane, al dulceței. Eu aduc liniștea interioară. Voi vă îngrijiți de excepție, eu privesc universalitatea. Voi așezați piramida umanității în vârf, eu o stabilesc la bază, Voi considerați clasele, eu ridic poporul! Acum, dacă noua lege pe care eu o proclam nu numai pentru evrei ci pentru lume este o crimă: sunt vinovat.

Aceste cuvinte ale rabinului fură urmate de o profundă tăcere. El atinsese Comisia. Gamaliel, cu toate acestea, care părea mai îngrijorat, răspunse:

— Rabine, ar trebui mai întâi să te pui de acord cu tine însuți și să fixezi doctrina ta. Tu zici într-o zi că ești spada, focul, că tu ai adus diviziunea în lume, și a doua zi tu te proclami servul cel mai umil, mielul, purtătorul ramurei de măslin, și asiguri că jugul tău este suav. Într-o zi tu numești pe gentili și pe samariteni câini și porci, în altă zi, tu le deschizi ușile regatului cerului și binevoiești a face minuni mari pentru ei. Într-o zi tu mângâi pe străin ca pe Moise, a doua zi tu-l respingi ca și noi, tu fugi de el. Tu eviți orașul lor după ce ai băut apă din urciorul femeilor lor. Ce vrei? Această doctrină de circumstanță nu ne impune deloc. Israelul nu este lipsit de doctori. Dar oare asta ne trebuie nouă? Cum! Tu ai auzit cuvântul înfocat al lui Iuda din Gamala, tu ai văzut pe camarazii săi spânzurați de cruce în tot lungul drumurilor, tu vezi garnizoana romană la poarta Templului Dumnezeului tău, ce zic, Tatălui tău! Și tu vii să posezi ca mesia sufletelor, ca Hristos al iertării, și tu legi în aceași îmbrățișare pe victimă și pe carnefice? Cum! Când un popor întreg așteaptă cu fiorul nerăbdării pe omul care, în numele lui Dumnezeu, îi cheamă la libertate și la independență, tu cutezi să zici acestui popor: Faci rău, dă Cesarului ceea ce este al Cesarului, supune-te, taci; și tu îi ridiculizezi pe farisei și îi condamni pe zeloți? Și tu înlături de la patrie curentul sufletelor pentru a le împrăștia în aer? Cum! Când acești essenieni, a căror principii sunt contrare războiului; când acești saducei, ale căror interese invită la pace; când acești irodieni, a căror recunoștință și proprie mântuire cer continuarea dominației străine pe solul național; când toate partidele, în fine, se ridică, încing o spadă, proclamă ora revoltei, tu vii, chemat de noi, tu vii să ne zici: Eu sunt Dumnezeu și vă ordon de a-i iubi pe romani? Într-adevăr, rabine, tu ai dreptate, tu nu ești din această lume, tu nu ești din acest timp, tu nu ești din această țară. Și noi ar trebui să autorizăm apostolatul tău de lașitate, și să permitem asasinatul acestui popor? Da, Dumnezeul nostru este Dumnezeul lui Moise, răzbunătorul, pe cât nu vom avea o familie. El va fi Tatăl când vom putea să ne numim frați. Nu cumva Pilat este fratele tău, rabine? Bagă în tecă deci aceste doctrine, care sunt doctrinele popoarelor libere și independente. Ele nu pot fi pentru noi, noi suntem sclavii străinului. Tu predici despre om, noi căutăm cetățeni. Tu posezi în Hristos, noi căutăm un general. Tu te proclami Dumnezeu, noi avem nevoie de un tribun care să zică poporului: Ridică-te, Dumnezeu o vrea.

— Eu nu sunt nimic din toate acestea, strigă rabinul.

— Atunci, tu ești condamnat, răspunse Gamaliel.

— Vreți deci războiul?

— Noi vrem ca tu să fii ecoul vocii noastre, brațul voinței noastre, cuvântul gurii noastre: un om instrument și nu un om Dumnezeu.

— Cu toate acestea eu sunt omul Dumnezeu.

— Nu ne împinge la severitate, rabine.

— Tatăl meu ordonă, eu mă supun: sângele meu va cădea pe capul vostru.

— Fie.

Un țipăt și un zgomot de luptă răsună în acest moment în spatele ușii cabinetului care servea de comunicare între această odaie și apartamentul secret al lui Hannah. Acesta se grăbi pentru a merge să vadă ceea ce se petrecea acolo, pe când noi rămaserăm reuniți, foarte zguduiți de ultimele cuvinte ale rabinului.

Dar ce se petrecea în spatele ușii, în acest cabinet?

Ida, însoțită de Noah, se dusese la pretinsul apel al fratelui ei, pe care i-l vestise Bar-Abbas. Cele două tinere fete îl găsiseră pe Bar-Abbas la poartă. El o lăsase pe Noah în curte, și o conduse pe Ida pe o scară ascunsă în apartamentul numit *ucide grijă* unde Hannah îi aștepta, devorat de anxietate. Câteva minute după aceea, Justus venind la reuniune, traversând curtea, o zărise și o recunoscuse pe Noah. El alergă la ea. Noah îi povesti cum Iisus o chemase pe sora sa, și cum Bar-Abbas o dusese în apartamentele saganului unde rabinul trebuia să o întâlnească.

Justus cunoștea deja că saganul ardea de o pasiune frenetică pentru tânăra fată, și că Bar-Abbas i-o vându-se. Însă, și el o iubea nu mai cu puțină ardoare decât saganul, și avea douăzeci de ani. Un fulger îi ilumină spiritul. Saganul abia adresase câteva cuvinte fetei, când Justus, care știa unde să-l găsească, se prezentă gâfâind și îl anunță pe Hannah că Claudia îl chema în acel moment.

Dacă frumoasa și teribila romană i-ar fi cerut o bucată din carnea sa, Hannah i-ar fi acordat-o poate cu mai puțină întristare, decât să fi tăiat din viața sa din cauza ei această oră pe care o cerea. Era imposibil cu toate acestea, de a nu se supune la chemare sau de a o amâna. Claudia nu știa să aștepte. Ea sosise dimineață, ea putea să aibă pe lângă asta a-i face vreo comunicare gravă, utilă de aflat mai înainte de a decide conduita noastră către rabinul din

Nazareth. Pe de altă parte, acum Ida era la el acasă, în puterea sa, era mai bine de a se găsi în fața ei noaptea, scăpat de orice altă preocupare și de acești oameni care, la doi pași de el, decideau despre destinul țării lor.

El suspină și se hotărî a se supune.

Justus intră prin ușa cabinetului obscur în sala de reuniune. Hannah o rugă pe Ida să aștepte acolo până se va întoarce și până în momentul în care putea să-l vadă pe fratele ei. El ieși prin poarta grădinii. Bar-Abbas care o predase pe nepoata sa, aștepta recompensa în camera de alături, un vestibul care conducea la scara secretă.

Un sfert de oră cel puțin trecuse de la plecarea lui Hannah, când Bar-Abbas auzi în camera de culcare a saganului vocea nepoatei sale și un zgomot de luptă și de mobile răsturnate. Crezându-se furat de Hannah, el deschise ușa și intră, pentru a opri deteriorarea mărfii sale mai înainte de a lua banii. El rămase cu gura căscată. În locul lui Hannah, el îl văzu pe Justus pe cale de a îndeplini cea mai odioasă violență asupra tinerei fete, care se lupta eroic. Apucat de gât de Bar-Abbas, Justus îi dădu o lovitură de pumnal. Dar, văzând la rândul său cuțitul lui Bar-Abbas lucind deasupra capului său, el fugi. Bar-Abbas, atins numai în manta îl urmări prin vestibul, în lungul scării secrete, în curte, dincolo de poartă, și ajungându-l în stradă, îl opri deodată cu o lovitură de cuțit, care, intrând prin umer, îi străpunse plămânul. Justus căzu, fără a zice nici un cuvânt, dar niște soldați romani, care treceau, îl arestară pe Bar-Abbas și îl târâră la pretoriu.

Ida, rămasă singură, înspăimântată, sfâșiată, rușinoasă, nu se îndoia deloc de planurile saganului în care ea nu vedea, din contră, decât un protector, temându-se de a rămâne în această cameră, rătăcită, deschise ușa cabinetului. În acest moment, vocea fratelui ei din camera vecină îi izbi auzul. Orice bănuială se împrăștie. Ea se ghemui în cabinetul obscur și ascultă, așteptând finalul.

Între acestea, Hannah se prezentă la Claudia. Ea nu-l chemase deloc, dar se arătă încântată că îl vedea. Saganul îi povesti atunci ceea ce se petrecuse după plecarea sa, și îi zise că trebuia să o părăsească pentru a merge să asiste la interogatoriul rabinului.

— Merg cu tine, exclamă Claudia.

— Imposibil, răspunse saganul. Legile noastre se opun ca

o femeie și o străină să fie prezentă la deliberațiile consiliului delegat al sanhedrinului.

— De când, sagane, obiectă Claudia, legile sunt un obstacol la curiozitatea unei femei? Vreau să văd, să ascult, să știu să decid prin mine însămi. Era tocmai să provoc această deliberație și să dau dispozițiile mele. Sunt fericită că asta s-a făcut mai curând decât credeam eu.

Toate scuzele, toate îndoielile, toate dificultățile saganului nu izbutiră decât a înflăcăra dorința Claudiei, decât a deștepta bănuielile sale. Trebuia să cedeze. Numai, ea consimți a auzi fără a vedea, și Hannah, prin poarta secretă a grădinei și micul coridor, o conduse în cabinetul obscur ocupat de Ida.

Pe stradă el aflase despre soarta lui Justus.

Ida, auzind vocea saganului în coridor, îi fu rușine de a se lăsa a fi surprinsă ascultând pe la uși. Astfel ea părăsi imediat cabinetul în care Claudia se instală, și prin care Hannah intră la urmă în sala, unde ne aflam noi cu rabinul și cu Gamaliel, închizând ușa. Saganul nu traversase micul său apartament pentru a nu revela Claudiei prezența Idei. Aceasta așteptă un moment, ascultă, nu mai auzi nimic, cedă la interesul invincibil inspirat de dezbaterile mortale ale fratelui ei cu marele Consiliu și se furișă din nou în cabinet.

Claudia auzi intrând în obscuritate o altă persoană și nu se mișcă din loc. Dar când rabinul pronunță ultimul său cuvânt, când Gamaliel făcuse revelația sa despre conspirația contra Romei care ardea în mijlocul Palestinei, Claudia crezu că această persoană misterioasă venită acolo, lângă ea, știa deja prea mult. La ultimul cuvânt al rabinului, un țipăt sugrumat sau mai bine un suspin prelung ieși din peiptul tinerei fete. Claudia o apucă atunci de brațe și o întrebă:

— Cine ești tu?

— Au!, mă doare, strigă sora lui Iisus.

Claudia își aminti această voce și, deschizând ușa coridorului, o târî pe Ida cu ea, și o recunoscu.

— Tot tu! strigă teribila romană. Pentru cine ai venit aici? Pentru cine tremuri tu?

Ida își pierdu capul. Văzând această figură devenită palidă de emoție, aceste buze tremurătoare, acești ochi fulgerători fixați asupra ei, galileana se simți slăbind. Apoi, fără a ști ce spune, crezând poate că va îndulci mânia acestei femei a cărei mână îi ardea măduva oaselor, ea răspunse:

— Pentru Pilat.

— Mori atunci, strigă Claudia, trăgând din păr acul său formidabil.

Hannah opri brațul ucigaș. Ida scăpă din strânsoarea Claudiei, și văzând poarta grădinii deschisă înaintea ei, fugi. O explicație avu loc numaidecât între sagan și Claudia, scurtă, limpede, crudă, irevocabilă.

— Zdrobiți pe acest om, strigă Claudia, vorbind despre rabin.

— Dar noi l-am chemat, noi i-am pregătit calea, l-am înălțat în sufletul poporului.

— Aveam nevoie de el atunci, acum ne este inutil.

— Cu toate acestea trebuie oarecare cruțări.

— Niciuna.

— Consiliul nu l-a judecat încă, el nu a decis încă...

— Eu am judecat și am decis. Zdrobiți-l.

— Trebuie să-l ucidem deci...

— Să-l ucidă.

— Dar mișcarea pe care am provocat-o.

— Îmi este inutilă de aici înainte: înăbușiți-o sau Pilat o va înăbuși în sânge.

— Va trebui deci să stingem acest suflet al poporului pe care noi l-am deșteptat?

— Acum, dacă se poate.

— Este irevocabil?

— Este inexorabil.

— Tu renunți astfel la toate viziunile așa de dulce mângâiate?

— Am o viziune mai dulce încă: Ponțiu mă iubește și eu îl iubesc.

— Așadar pentru asta...

— Credeai că este pentru tine și pentru evreii tăi?

Hannah vedea clar în sfârșit. El intră grăbit în sala în care eram, ezitând încă asupra lucrului pe care trebuia să-l facem, asupra conduitei pe care trebuia să o avem în ceea ce-l privea pe rabin. Hannah abia ne ascultă, apoi exclamă.

— «O parte numeroasă din popor crede fără ezitare în toți cei care îi promit eliberarea și care se proclamă după pretinse senme sau miracole. Consiliul să se arate deci atent și ferm, căci dacă vom lăsa să meargă lucrurile, romanii, care pândesc ocazia, care sunt pregătiți, vor veni și vor distruge orașul, Templul, națiunea întreagă. Oricât de riguroasă ar fi această necesitate, este mai bine ca o căpetenie rezistentă, ca un singur om să piară, decât întregul popor al lui Israel.»[71]

XXIX

Părăsind casa lui Hannah, rabinul din Nazareth venise la mine. Un sentiment de delicatețe îl depărta de aici înainte de Bethania. Lazăr înspăimântat de consecințele unui interogatoriu la care îl invitau agenții sanhedrinului, spre a explica vindecarea sa, dispăruse, sfătuit poate de surorile lui care se temeau de scandal din cauza înmormântării precipitate a fratelui lor. Se forțau de a da aere miraculoase scenei cu Lazăr. Sanhedrinul se folosea de dreptul său mergând în miezul lucrurilor.

Avusesem o convorbire cu Hannah, după ce plecase toată lumea, și el îmi povesti ceea ce se petrecuse între el și Claudia. Noi făcurăm atunci planul de conduită definitivă, pe care ni-l impuneau circumstanțele.

Claudia, cu un cuvânt, răsturna proiectele noastre, sau mai bine le amâna. Ea schimbă într-o intrigă de palat mișcarea de regenerare pe care noi cu încetul o elaborasem, o pregătisem, a măturisisem, o adusesem în ajun de a se produce în ziua mare.

Rabinul, care trebuia să fie o forță impulsivă, devenea inevitabil o victimă, sau se retrăgea, sau înainta.

Seara m-am pus iar pe lângă el pentru a-l convinge să părăsească partida pentru un moment și a se depărta de Ierusalim. Am spus tot ceea ce mă împingea prietenia. I-am declarat fără întorsături tot ceea ce datoria mea de cetățean îmi impunea. Nu i-am ascuns că trupele romane ne înconjurau, că umpleau fortărețele Antonia, Mariamna, Phasaelus, David, că legiuni noi stau la mică distanță de oraș, că Pilat știa totul și pândea momentul pentru a ne zdrobi, că Pomponiu Flaccu dorea o revoluție în Palestina, pentru a-i stârpi pe evreii care se răsculau și a reduce pe toată lumea la cerșit. I-am spus că Hannah era gata să dea un contra-ordin cetățenilor din Sion, care în ziua de Paște trebuia să înceapă revolta; că Jehu

---

71) Ioan, Cap. XI.

avea să impună liniște essenienilor, că Menahem anunța deja la ai săi că afacerea era lăsată pentru o altă vreme; că și eu trebuia să mă duc la Antipas la sosirea sa, a doua zi, și să-l sfătuiesc de a păstra în teacă sabia galilenilor săi. Nu ascunsesem nimic rabinului și îi vorbi ca un frate, ca un om care cunoaște lumea către un om care o cunoștea rău, ca un om liniștit unui om exaltat. Nu am reușit nimic.

Totul contrar însă rolului de mesia răzbunător, singurul care, în acest timp, ar fi avut un sens și o șansă de succes, rabinul se îmbăta de credință în rolul său de regenerator al legii. El ne opunea mereu visul său de sfărâmare, de absorbție a poporului într-un delegat sau vicar al lui Dumnezeu nou, clasele nobile, clasele avute, clasele sacre, care voiam o republică oligarhică. El mângâia viziunea de a fi un fel de Faraon sacru sub imanența lui Dumnezeu. El voia să răstoarne ierarhia Templului și a ordinilor sociale. Noi voiam, din contră, să ridicăm toate acestea la starea de putere supremă – autoritate sus, libertate jos, și nici un roman, pe când rabinul nu se cobora a da Dumnezeului său umanizat garda lui Cesar. Rabinul mă asculta cu atenție. Dar sau nu mă crezu, sau i se părea oportun de a se emancipa față de noi cu totul. Poate se încredea în propriile sale forțe, sau i se păru că era prea târziu pentru a se trage înapoi, sau că poate conta pe un sprijin neprevezut și necunoscut de noi. Faptul este că, seara, el dădu ordinele sale dicipolilor de a lucra asupra maselor și de a-i întreține în ideile de revoltă pe străini și pe galileenii care veneau pentru sărbătoare, cât pentru el, el plecă în aceeași noapte, singur, spre a merge înaintea caravanelor din Galileea și din Perea care veneau la Ierusalim pe drumul Iordanului. Discipolii săi, care se considerau deja ca așezați pe cele douăsprezece tronuri ale triburilor lui Israel pe care rabinul le promisese, îi încurajară îndârjirea. Bunul meu simț li se păru o lașitate. Am adus toate argumentele pe care cunoașterea oamenilor și a lucrurilor mi le sugera, apoi i-am lăsat în soarta lor, preocupându-mă de aici înainte de a ușura căderea lor, fără a mă abate de la datoria mea de cetățean.

Trebuie să adaug, că întâlnindu-o pe Noah în curtea lui Hannah si aflând de la ea că Ida era la sagan, o căutasem, o regăsisem pe strada dosnică care mărginea grădina, și o sfătui să accepte un azil momentan la mine acasă, în casa locuită altădată de Maria și acum goală, pentru a o sustrage atentatelor și căutărilor Claudiei, care atunci când a văzut că i-a scăpat din mână strigase:

— Te voi găsi!

A doua zi seara, Antipas și curtea sa sosiră în frumosul palat din suburbia Bezetha. El păru încântat că mă vede, căci, cu mine, el se dezbrăca de regalitatea sa și devenea un vesel companion. El se grăbi de a îmi arăta papagalii săi, maimuțele, piticii, animalele pe care le căpătase de la ultima mea vizită la Tiberiada, și pe care le aducea cu el, una peste alta, certându-se neîncetat, și necăjindu-se reciproc.

— Cum voi adaoga Iudeea și Samaria la tetrarchia mea, zise el, voi îngrămădi toate aceste curiozități în fortăreața Antonia, și supușii mei vor merge să le vadă. Trebuie să facă cineva câte ceva pentru poporul său.

— Câteodată, nu totdeauna, zisei eu, asta i-ar da obiceiuri rele.

— Apoi, Iuda, continuă el, sunt nebun îndrăgostit de fiica soției mele. Din ziua când această mititică ridică piciorul la nivelul nasului meu, nu am mai văzut decât stele. Sărmana Irodiada face tot spre a mă distrage, nu-mi refuză nimic, s-ar lăsa pradă tuturor fanteziilor mele. Dar eu îi repet acest vers al unui poet latin pe care Iphicle, noul meu bufon, mi l-a recitat: *Teque duos putas, habero cunnos.*[72]

— Sper că Irodiada nu înțelege limba latină.

— Femeile înțeleg toate limbile, din instinct. Dar, să vedem, Iuda, copilul meu, să vorbim puțin de regatul lui David. Acest David mă umilește. A păzi capre, a arunca pietre, a face versuri, a cânta din harpă, a fura femei și a plânge apoi pe sărutările sale... este oare asta regal? Eu sunt succesorul lui Solomon. Nu voi zidi un alt Templu poporului meu, acela pe care îl avem ne încurcă deja destul. Dar îi voi înveseli pe supușii mei având un număr îndoit de femei și favorite decât poseda regele înțelepciunii. Îți voi arăta ce coroană mi-am aranjat și ce manta regală. Arăt în ea foarte ridicol. Dar voi ordona supușilor mei să mă găsească sublim și vom vedea. Ce dracu! Cineva are un popor pentru a-l obliga să facă tot ce vrea el. Ce cugeți tu despre asta?

— Tocmai ceea ce cugeți și tu, principe.

— Am anticipat cu trei zile sosirea mea aici, fiindcă doresc să

72) Acest vers infam fu adresat de Martial femeii sale.

mă arăt poporului meu. Am studiat mai multe poziții dintre cele mai favorabile persoanei mele, dar nu sunt încă decis în alegere. Gitonul meu Theseus ar vrea să mă arăt la masă. Ideea mă seduce. Sunt foarte bine așa. Apoi, asta indică abundanța, asta dă răbdare poporului înfometat. Trebuie negreșit să aștepte ca regele să-și termine prânzul, să termine de diferat... ce dracu!

— Și să se mulțumească cu rămășițele, dacă rămân. Vorba ți-e de aur, principe.

— Tocmai asta îmi zicea și libertul meu Pallas. Dar o idee! Aici, numai eu am idei. Și rabinul tău din Nazareth? El nu primi somarea mea de a veni la Casa Daurită. Acești flecari au totdeauna fantezii nepotrivite. Cu toate acestea, dacă a lucrat pentru mine, trebuie să-l încurajez. Ce pot face pentru el? Mă gândeam la asta pe drum. Îl voi numi facătorul meu de miracole, pentru a legăna cu veselie odihna mea.

— Nu e nevoie de a face nimic, principe. Acest ingrat, acest orb, a luat un drum greșit. El a refuzat să ne ajute.

— Acești rabini sunt toți la fel, ei sunt incorigibili. Iuda, copilul meu, îmi vei aminti să proclam într-o zi în regatul meu, că este interzis a cugeta. A cugeta, pentru un popor, este totdeauna nesănătos. Oamenii care visează și se hrănesc rău sunt imposibil de tratat. Îți aduci aminte de Ioan, care mânca rădăcini și lăcuste. Să se mai întoarcă în Galileea, rabinul tău, îl voi face să locuiască în colivia cu maimuțe.

— Până atunci, trebuie să faci ceva mai bun de atât, principe. Trebuie să ordoni supușilor tăi de a se astâmpăra, de a mânca cu sobrietate mielul lor, și de a se întoarce în Galileea. Dansul pe care îl știi este amânat pentru anul viitor. Pilat îi face pe muzicanții săi să cânte o arie care înțepenește gambele. Acestă romană știe tot.

— Drace! Cumva e oare un pericol pentru mine, aici? Cugetă, Iuda! La întoarcerea mea, histrionul meu Agesilaus o să joace o nouă tragedie a lui Eschil.

— Pilat nu va cuteza să întreprindă nimic, dacă nu i se oferă ocazia. Dar trebuie să ordoni oamenilor tăi, care veneau pregătiți pentru un festin de săbii, a se resemna să aștepte un timp mai propice. Orice s-ar întâmpla, să stea impasibili. Cred că rabinul din Nazareth o să facă să fie provocați.

— Să facă una ca asta, el, care nu s-a înjosit a veni să mă amuze la Casa Daurită.

— Așadar ne-am înțeles, toate proiectele noastre rămân pentru anul viitor. Pilat ne înconjoară cu legiunile sale ca țepii care înconjoară ariciul.

— Oricum, întârzierea aceasta mă supără. Proiectasem să o pun pe Salome să danseze înaintea sanhedrinului. Voiam să dau poporului din Ierusalim spectacolul unei balene mecanice care înghite un Iona bărbat și dă afară un Iona femeie, și înghite un Iona femeie și dă afară un Iona bărbat. Micii ștrengari, care cântau așa de bine acum un imn în onoarea mea, vor fi răgușiți anul viitor. Cumpărasem, pentru a face intrarea mea în Ierusalim chiar zaua pe care o purta Iuliu Cesar în triumful său, după bătălia de la Pharsale. Până anul viitor o să mă îngraș și nu o s-o mai pot pune, chiar acum mă strânge la piept. Ce dracu vor deveni cele cinci sute de vulpi pe care voiam să le eliberez în curtea gentililor Templului, pentru a duce în deșert știrea înălțării mele la tronul lui Solomon? Dar, dacă trebuie... Vei cina astă seară cu mine, Iuda. Vreau părerea ta asupra unei paste pe care bucătarul meu babilonian a inventat-o. Mult mă îndoiesc că acest savant îmi dă să mănânc piticii mei fără sos. Totdeauna îmi lipsește câte unul și mi se spune că a fost devorat de maimuțe.

Pentru a nu-l supăra pe Antipas am cinat cu el, ferindu-mă însă de a gusta din pasta sa așa de suspectă. Cu toate acestea plecând, mă asigurai că dăduse ordine pozitive impacienților săi juni, care după promisiunea lor, veneau pentru a se bate, de astă dată, și de a nu ceda la nici o seducție, din orice parte le-ar veni. Hannah, Jehu, Menahem trecură cuvântul de ordin, și făcură bine.

Sosirea străinilor pentru sărbătoare începu a doua zi.

Paștele fusese creat în amintirea plecării evreilor din Egipt. Noaptea în care îngerul Domnului trebuia să facă ocolul și să-i ucidă pe primii născuți ai oamenilor și ai animalelor la Memfis fiecare evreu primise permisiunea de a alege un ied sau un miel, de sex bărbătesc și fără pată, de a-l ucide, și de a înroși cu sânge pragul ușii sale de hyssopus, de a frige victima, și la căderea nopții, de a se reuni toți, bărbați și femei, cu hainele ridicate, cu sandalele legate, gata a se pune la drum, luând în grabă o bucată de carne friptă, de pâine azimă și ierburi amare. De la fuga din Egipt, tot evreul în oricare parte a pământului s-ar fi aflat, a observat această sărbătoare. Oricine putea, trebuia să se ducă la Templul de la Ierusalim pentru a ucide acolo mielul, a plăti o dijmă preoților.

Ierusalimul prin urmare, de la opt ale lunii *nizam* până la douăzeci și patru era plin de străini și de provinciali.

Nu veneau acolo numai pentru un act de pietate, dar și pentru a-și face acolo afacerile. Bâlciul îndoia serbarea. Se vindea în el lucruri din colonii, se împrumutau bani, se schimbau produse, se combinau căsătorii, se dădea înapoi sau se plătea ceea ce se împrumutase anul precedent; și cel care n-avea nici devotament de satisfăcut, nici marfă de exploatat, venea spre a se amuza. Mulțimea îi atrăgea din toate părțile pe comedieni, pe curtezane, pe histrioni, pe jucători, pe gură-cască: se oferea și se cumpăra plăcerea, luxul, petrecerea – muzică, dans și psalmi înțeleși de ea. Toate casele din Ierusalim se umpleau de oaspeți sau de mușterii.

Piețele publice semănau cu un lagăr. Înălțimile care înconjurau Ierusalimul se acopereau de corturi și de colibe din frunze: bărbați, femei, copii, fete, animele cornute și de tracțiune, se amestecau și fraternizau. Umbrele nopții ascundeau misterele cele mai stranii, cele mai dulci, cele mai neașteptate. Galilenii se îngrămădeau pe muntele Măslinilor. Călătorii din câmpia Sharonului se adunau pe muntele Gihon, pelerinii de la Hebron ocupau câmpia Rafaim. Alții ocupau alte puncte. Toată lumea evreiască se îngrămădea în jurul moriahului și aveau ochii asupra Templului – această inimă a acestei aspre rase ebraice care fusese ultima pe care Roma o zdrobi.

Păgânii greci sau latinii veneau de asemenea la Paște, dar pentru a se bucura de spectacolul tuturor acestor călători – fericită diversiune la monotonia obișnuită a orașelor noastre, unde sărbătorile și celelalte petreceeri erau așa de rare.

Discipolii rabinului lucraseră asupra poporului galilean. Acești provinciali se putea să-l necăjească pe rabin acasă la el, dar ei erau mândri cu toate acestea, de al vedea strălucind lka Ierusalim. Nu li se părea adevărat de a face să mintă zicătoarea: „ Ce poate să vină bun din Galileea." Rabinul mersese înaintea caravanei care plecând din Perea și Traconitida, țară populată de discipolii Botezătorului și din alte locuri, preferau drumul cel mai lung și mai puțin sigur, al Iordanului și al strâmtorilor de la Ericho, în locul celui al Samariei, țară de păgâni pe care o urau. Rabinul se amestecase cu companionii săi, mângâindu-i pe copii, spunând un cuvânt înțelept bătrânilor, un cuvânt dulce femeilor.

Bogații călătoreau pe catâri, săracii pe măgari, femeile pe

cămile, omul de război și guvernanții pe cal. El, după exemplul celor mai săraci călătorea pe jos. Dar curând rabinul se puse bine cu toată lumea, atrase către el toate simpatiile. Când a ajuns în seara de opt *nisan* (sâmbătă, 28 martie), pe vârful muntelui Măslinilor, discipolii săi, care deja pregătiseră cunoștințele lor din împrejurul Genezarethului, merseră în întâmpinarea sa cu strigăte și îi spuseră de rezultatul practicilor lor. Rabinul păru vesel și reasigurat. Era el într-adevăr? Mă îndoiesc de asta. Căci el nu poza ca ideea mamă a doctrinei sale, ridicarea plebei, o disprețuia foarte tare, sau mai bine-zis avea o pietate pentru ea care semăna cu disprețul. El nu conta așadar pe ea. Dar nu renunța la benoficiul neprevăzutului, a versalității maselor, al unei întâmplări fericite. Astfel se încăpățână mai mult decât oricând a încerca o lovitură, o lovitură de stat asupra *Statu- quo* al Ierusalimului[73]. Petrecură noaptea pregătind un entuziasm spontan, care trebuia să izbucnească la oră fixă, la punct fix, când noii sosiți se vor duce la Templu, a doua zi.

A doua zi în adevăr două sau trei ore după răsăritul soarelui, rabinul, în mijlocul unui grup de discipoli și de partizani ai Botezătorului se puse la drum.

Această companie avea ceva așa de solemn, așa de marcant, un aer așa de determinat și așa de misterios în același timp, încât izbi toate privirile. Indiferenții urmară zicând: „Haide să vedem!” Trecând peste vârful muntelui Măslinilor orașul Ierusalim se oferi privirilor. Soarele îl scălda peste tot. Un cer pur ca o picătură de apă din fântâna Siloam îl acoperea; un aer cald îl înfășură. Primăvara circula deja în natură. Păsările cântau și ciripeau. Floarea se deschidea. Arborul se îmbrăca cu o bogată găteală pentru dansul amorului: frunze și flori. Viorica risca umilința sa, ieșind cu timiditate afară din stufișul său. Insectele zburau în aer ca sfărâmăturile unui curcubeu pulverizat. Era ceva frumos, suav, bogat. Viața se dezvolta cu nebunie. În fața lor, Sionul și Moriahul tăiau albastrul cerului, înconjurau, mărginiți de râpele Gihon, Hinnom, Jehosaphat. Zgomotul confuz al vieții, ca murmurul unui roi de albine, sosea până la ei. În jurul orașului în sărbătoare, un lagăr improvizat, tot în sărbătoare, și plin de mișcare. La

[73]) Se știe că Reimarus, spune Strauss (pag. 362) a vrut să vadă în intrarea triumfală un atentat politic prin care Iisus, ajutat de popor, ar fi vrut să pună mâna pe putere. Alții au mers până a contesta realitatea episodului, deducându-l din profeția lui Zacharia. Se poate ca Iisus care nu pretindea a declina absolut rolul

picioarele lor, albia Cedronului, sec, pietros, târându-se pe un strat de nisip alb și roșu, printre grădini, morminte, stânci goale, pinteni de munți, tăind deșertul până la marea Aspaltit. Sorgintele nu mai murmura; râpa era posomorâtă, coastele stâncilor erau goale. La jumătate de drum de la muntele Măslinilor la Cedron, mica fermă Gethsemany. De vale, unde albia torentului se deschide și se cască, un tapet de verdeață, fântâna așa de populară Siloam și turnurile sale ruinate.

Dincolo de trista vale se înălța acoperit de Templu și cu povârnișul drept ca un perete, colina Moriah – zid de marmură ale cărui enorme blocuri se puteau contempla așa din depărtare, mișcate de voința lui Solomon, nivelate de geniul tyrian, înălțate în grabă de Nehemia, coloane de porfir și de serpentină, capiteluri de bronz totul încoronat de edificiul lui Irod cel Mare. În frunte, porticele lui Solomon, pe care, rânduri de marmură, pe rânduri de marmură, curtea Gentililor, curtea Israeliților, curtea femeilor și curtea preoților, și, ca frunte a acestor terase așezate, Templul, Sfântul sfinților, cu frontonul său și cu acoperișul placat de aur.

La dreapta Templului, unită cu curțile sale printr-o colonadă, fortăreața Antonia, centrul vieții și al forței romane, încrunta sprânceana pândind Templul și ținând sub mânia sa o jumătate din oraș. Mai departe, la dreapta de Antonia, pe același vârf al colinei cu sfintele monumente dar separată printr-un șanț natural și prin pereți încovoiați frumosul foburg Bezetha, populat cu grădini, cu palate, cu monumente, în mijlocul cărora strălucea palatul lui Antipas.

La margini, acest prim plan al orașului se apleca către valea neguțătorilor, care separă Moriahul de Sion, încălecată de puntea Zystus. Dincolo de acesta, palatul Machabeilor și pe Sion, mai sus încă decât Templulu pe care-l domina, orașul lui David cu bătrânii săi pereți, cu palatele sale, cu turnurile sale, cu marea sinagogă, cu palatul lui Irod, – astăzi pretoriul – cu palatele lui Caiafa și a lui Hannah, cu turnurele Hippicus, Pasaelus, Mariamna, și mai departe încă, fruntea înaltă a muntelui Garebu – o masă de grădini, de stufărișiuri și de morminte. Acestă panoramă încântătoare și formidabilă desfășurându-se deodată înaintea vederii rabinului care o considera acum cu alți ochi, îl mișcă, îl făcu să pălească.

mesianic, dar care ținea a combate concepția dominantă de mesia răzbunător și teribil, să se fi sprijinit în adevăr pe textul lui Zacharia spre a se prezenta poporului ca principele clement al păcii. Strauss Noua viață a lui Iisus t.1. Paris.

— Toate acestea, în câteva minute, vor fi ale mele sau mă vor sfărâma! cugeta el. Asta mă atrage ca abisul sau ca cerul.

Și grăbind pasul, el începu a coborî, precedând pe toată lumea. Aceeași vedere exaltă pe discipolii săi, care atingeau deja cu mâna partea lor. Câteva strigăte se auzeau ici și colo. Dorințele începeau a fierbe. Cei mai aprinși tăiau ramuri din copaci și intonau cântece. Sâmburele se îngroașă, contactul îndoiește speranța, dă încredere, cutezanță. Și înaintau mereu. Dar, la poala muntelui, mai la poarta orașului, când drama avea să ajungă la apogeul ei, i se păru rabinului că el nu se putea prezenta în capul acestei mulțimi ca lider, semănând cu un șef de tulburători, sau cu un purtător de drapel pe jos al unei trupe de țărani. Călare pe ceva efectul, senimficarea, poziția sa se va schimba.

— Mergeți de îmi căutați un cal, zise el discipolilor săi.

Îndată, Simon și Ioan se dezlipiră.

Lângă zona peretelui era o fermă și o grădină, ce se numeau Bethphage cu o casă și cultivatori. Orice persoană mai cu stare în Iudeea poseda cel puțin un asin. Simon nu găsi un cal, dar găsi ceva mai bun: o asină cu puiuții ei. El ceru cultivatorului de a i-o împrumuta, și acesta aflând prin exagerările lui Simon despre ce era vorba, împrumută asina și urmă cortegiul.

Rabinul purta de obicei tunica albă a essenienilor și o manta azurie ca valurile Asphalthitului. Rabinul era cochet, curat, îngrijit, având mare respect de persoana sa. Discipolii săi se îmbrăcau în culorile iubite de galileeni, tunica brună sau albastră, mantaua de culoarea cireșii, drojdiei de vin, sau garanței. Ioan, un frumos tânăr între optsprezece și douăzeci de ani, plin de pretenții, cochet, vanitos, se mândrea într-o manta garanță, Simon, într-o manta culoarea drojdiilor vinului. Amândoi își scoaseră hainele și împodobiră asina. Cu alți discipoli făcură din aceleași mantale un fel de scaun, pe care îl suiră pe rabin. Maria din Magdala și celelalte femei veneau mai în urmă. Când aceste pregătiri fură terminate, trecură poarta Apelor.

Atunci discipolii începură a striga:

— Osana fiul lui David!

— Binecuvântat fie acela care vine în numele Domnului!

— Osana regelui lui Israel![74] (1)

Ei erau deja în oraș.

---

[74]) Luca, Cap. XIX. Ioan cap. XII.

Soarele marca miezul zilei pe cer.

Ierusalimul avea o populație de optzeci de mii de locuitori. Era ora când afacerile se terminau, când poporul se încălzea la soare pe străzi, când se povesteau evenimentele zilei și ale zilei trecute, zgomotele Templului și ale palatului lui Irod. Străzile pline de mulțime, casele pline, piețele umplute peste măsură: totul părea propice întreprinderii. Cine n-ar fi mers împins de sentiment trebuia să urmeze împins de curiozitate, cine nu s-ar fi dus la fereastră ca să aplaude, trebuia să se ducă să vadă. Mulțimea crează opera. Rabinul și discipolii săi contau pe asta.

Vai!, decepția lor a fost teribilă.

Afară de câțiva ștrengari, mulțimea stătea rece, batjocoritoare, luându-l în râs. Le era frică oare amintindu-și de tulburarea ce se făcuse din cauza ofrandei? Și râdeau oare de întreprinderea particulară a acestor provinciali? Se supuneau oare la un cuvânt de ordin primit? Faptul este că nimeni nu se puse sau nu rămase la ferestre, nimeni nu se mișca din loc, nimeni nu striga, nimeni nu urma, nimeni nu întreba de ceea ce se petrecea în afară de câțiva străini din Sidon, din Tyr, niște egipteni, niște babilonieni, pe scurt niște păgâni.

— Dar ce-i asta?

— Ce!, strigau discipolii: este Iisus; este profetul din Nazareth, din Galileea.

Și strigau și mai tare.

— Osana fiul lui David! Osana regelui lui Israel!

Trecend pe Zystus, ei întâlniră câțiva oameni de bun simț care văzând această ridicolă amestecătură exclamară:

— Rabine, dar fă-i să tacă, flecarii aceștia.

— Dacă vor tăcea ei, răspunse rabinul viu supărat, pietrele vor striga.

Faptul este că nici pietrele, nici oamenii nu strigară, și cortegiul, micșorându-se din ce în ce, cu cât indiferența sau batjocura îl atingeau, ajunse foarte redus la Templu. Acolo, cultivatorul își luă înapoi asina, discipolii hainele lor, galilenii se puseră la lucrul lor, și rabinul se instală sub porticul lui Solomon, gata a începe o cuvântare.

Auditorii nu veniră.

Rabinul se găsi izolat. Discipolii săi se împrăștiară dezorientați, neîncântați. O tristețe imensă căzu pe sufletul dascălului. El părăsi Templul și se refugie sub un cort pe vârful Măslinilor, murmurând: Dumnezeul meu! Scapă-mă de ora aceasta!

Noaptea, o mare luptă se petrecu în sufletul rabinului. Descurajarea, ezitarea, slăbiciunea începură.[75] Mânia învinse.

Lovitura sa din ajun neizbutind, a doua zi el încercă o alta în Templu.

Templul, în timpul celor opt zile care precedau și a celor opt zile care veneau după sărbătoare, semăna cu un bâlci. Ici schimbători de monedă romană în monedă sacră – agenți ai preoților, colo, negutători de turturele și de porumbei; mai departe vânzători de iezi și de miei, în altă parte mici prăvălii de floare de făină și de ulei. Toate acestea însă, cuprinse în prima curte, zisă curtea Gentililor, în care cineva se urca pe paisprezece trepte. Pe acest teren neutru, a cumpăra și a vinde era permis. Curtea Gentililor era separată de aceea a Israeliților prin trei rânduri de trepte și rezemătoare pătrunsă de mai multe ieșiri. Negutătorii nu puteau să treacă acest separeu. Se întâmpla câteodată, ca în aceste zile de mulțime și de îngrămădeală, sergenții Templului, prin ordinul marelui preot și a căpitanului, închideau ochii.

Cu toate acestea, Templul, nefiind al preoților ci al națiunii, fiecare evreu avea în el dreptul de poliție și putea să facă a se respecta legea și regulamentele.

Săracii vânzători de turturele și câțiva schimbători, împinși de mulțimea mai mare decât spațiul, intraseră puțin câte puțin în curtea Israeliților. Sosind dimineața în Templu, cu spiritul aprins, cu inima supărată, rabinul îi remarcă pe acești profanatori. El alergă la ei și, lovindu-i aspru, îi împinse dincolo de poartă strigând:

— Ridicați acestea de aici și nu faceți din casa Tatălui meu un loc de târguială.

Acești săraci oameni care nu știau poate dacă rabinul avea sau nu autoritatea de a lucra astfel, sau, știind, își recunoșteau greșala, se retraseră. Dar surprinderea fu mare din partea preoților care se credeau singurii stăpâni ai locului. Ei alergară. Poate nu ar fi fost supărați de a vedea poporul rezistând și răspunzând la violență prin mânie. Atitudinea resemnată a acestor negutători îi mira

75) Renan se întrebă chiar dacă el nu-și aminti de limpezile fântâni ale Galileei, unde el ar fi putut să se răcorească; de vița și de smochinul sub care ar fi putut să se așeze; de junele fete care ar fi consimțit poate să îl iubească... și dacă nu plânse din cauză că nu rămăsese un simplu artizan în Nazaret. Pag. 378-379

mai mult decât actul rabinului. Atunci căpitanul Templului se mulțumi de a zice liniștit:

— Cu ce drept lucrezi tu astfel? Ești tu Hannah? Ești tu Caiafa? Ești tu Simeon? Cine ești tu? De la cine ai tu această misiune?

— De la Tatăl meu, răspunse rabinul din ce în ce mai iritat. Această casă este casa Tatălui meu și nu a voastră. Dați jos acest Templu, făcut cu mâna omului, și îl voi rezidi în trei zile.

Un hohot de râs de o parte, un strigat de furoare de alta întâmpinară vorba lui Iisus.

Căpitanul se mulțumi de a răspunde cu răceală și cu un ton batjocoritor.

— A fost nevoie de patruzeci și șase de ani a construi acest Templu. Ce de timp pierdut, fiindcă tu l-ai fi ridicat în trei zile!

Rabinul comisese actul cel mai impolitic din viața sa.

Până atunci, el supărase partidele, pe preoți, societatea bogată și puternică. El rănea acum poporul în sărmanii vânzători de marfă sacră. El medita cum să-i confunde pe preoți, ca cum ei i-ar fi exploatat pe profanatorii Templului. Poporul lua ofensa pe seama sa și nu l-au iertat niciodată pe rabinului cutezător. Și încă, el îndeplinise acolo un fapt și zisese un cuvânt care depășea măsura.

A doua zi, sanhedrinul se reuni la Caiafa pentru a lua o hotărâre definitivă.

Cu toate acestea, pe când marele Consiliu îl judeca fără apel, rabinul revenea în Templu spre a continua polemica sa contra fariseilor.

Desigur, profeții noștri sunt foarte avuți în imagini si în cuvinte insultătoare și injurioase, dar rabinul atinsese idealul, în predica sa de la 10, 11 și 12 *nisan*. Cu toate acestea degeaba tuna, injuria, batjocorea, mulțimea nu-l mai înconjura. Poporul nu se mai îngrămădea în preajma lui. Plafonul sculptat al porticelor lui Solomon absorbea cuvintele sale și nu mai producea un ecou.

Sanhedrinul deja dictase contra rabinului un alt mandat de arestare. I se stabili un termen, și conduita sa fu supusă la o nouă examinare.

Erau acum două fapte capitale care strigau contra lui: «1. Nu numai că nu respecta sabathul, dar se făcea egalul lui Dumnezeu[76];

[76)] *Aequalem se fecisse Deo*. Ioan. Cap. V, vers. 16-18.

2. La intrarea sa în Ierusalim, el se proclamase rege al evreilor, fiu al lui David.[77]

El era deci imp și rebel, îl ofensa pe Dumnezeu și pe Cesar.

Marele Consiliu era responsabil înaintea lui Dumnezeu de legea lui Moise, înaintea lui Pilat de menținerea ordinii publice.

Niciodată vinovatul nu se prezentase cu două crime așa de mari și așa de bine arătate și probate. Ordinul de arestare a fost dat. Dar fiindcă urmarea judecatei ducea inexorabil la o condamnare capitală, fiindcă primul articol al simbolului fariseu zicea: Fiți cugetători în sentință *(estote moram trahentes in judicio)* fiindcă se pronunțau totdeauna cu părere de rău aceste sentințe care obligau senatul a recurge la autoritatea romană pentru a le executa, se punea totdeauna un interval de douăzeci și patru de ore între pronunțarea sentinței și confirmarea sa, care o făcea definitivă. Sanhedrinul îl condamnă deci pe rabin în a treia zi, 11 *nisan* (marți 31 martie); deci el se reuni din nou a doua zi, 12, pentru a declara sentința executivă. Cu toate acestea, Consiliul dădu ordinul de a nu grăbi nimic, mai întâi fiindcă acești oameni erau oameni luminați și toleranți, apoi fiindcă voiau să se evite provocarea unui tumult, arestând un rabin atât de popular, în momentul când compatrioții săi ocupau orașul în așa de mare număr.

Am primit comunicarea sentinței prin sagan și mă dusei la rabin pentru a-l instrui de fapt și a-l conjura încă o dată a se depărta. El era încă liber de a se reîntoarce în Galileea sau în Perea, sau oriunde ar fi vrut.

Proponerea mea fu privită cu răceală, cu dispreț.

Rabinul mă credea autorul capital al nebiruinței sale la intrarea în Ierusalim. Nu eram eu. Dar dacă datoria mea de cetățean mi-ar fi ordonat-o, aș fi fost într-adevăr. Drept orice răspuns, rabinul mă invită a cina cu ai săi, a doua zi seară, 13 *nisan* (joi, 2 aprilie).

Peste zi, el nu apăru la Templu, nu se coborî nici la Ierusalim. Spionii Consiliului îl pândeau la toate porțile orașului.

Se decisese a nu-l aresta ziua, în mijlocul galilenilor. Toată ziua aceea, nu-i întâlnii pe nici unul dintre discipolii săi. Doar pe Maria din Magdala îmbrăcată bărbătește. Acest suflet nobil îi spiona pe spionii sanhedrinului, pentru a-l face pe rabin să se ferească.

---

[77]) Luca, cap. XIX, Ioan. cap. XII.

Cu toate acestea am mers să o văd pe Ida pentru a-i anunța supremul pericol la care era supus fratele ei.

Sărmana fată, vai!, nu putea nimic. Ea nu știa nici unde se ascundea fratele ei. În sfârșit, seara sosi.

XXX

Ziua fusese pentru rabin o altă zi de luptă. Amintiri și temeri, îndoieli și speranțe îl slăbiră, pe rând și deodată, o iubire imensă și un dispreț imens pentru om mișca sufletul său. Viața, care-i zicea adio, desfășura înaintea lui toate serbările sale, toate dulcele sale încântări; moartea, ca un punct de întrebare al infinitului care atingea pământul și cerul, se ridica înaintea ochilor săi. Îi fu frică; el fugi, slăbi, se ridică, se înfioră, se înțepeni, și seara, când se coborî la Ierusalim, febra îl zvârcolea încă. El ieși din coliba unde își petrecuse ziua cu mama sa și cu aceste femei care îl urmau în toate părțile și plăteau cheltuielile sale.[78]

Soarele apunea după Moriah. Sanhedrinul îi așezase pe agenții săi de supraveghere la cele douăsprezece porți pe cele patru fațade ale orașului, pentru a îl urmări oriunde ar merge și a îl prinde noaptea în culcușul său. Rabinul era foarte cunoscut de ofițerii Templului și de cei care îl frecventau. Astfel, îl văzură trecând prin poarta Daurită și îl acompaniară până la casa lui Nahum bar Lotan, în cartierul Ophel, unde cina fusese preparată de Simon și Ioan. Noptea începea.

In tot timpul cinei, rabinul se arătă foarte agitat. El divagă în discursurile sale, prin salturi când cucernice, când aspre. El nu mânca mai deloc, examinând cu o privire îngrijorată și scrutătoare cumpătarea discipolilor lui. Ochii i se opreau mai cu deosebire asupra mea, încărcat de o astfel de mânie, de o astfel de ură, încât am rămas mirat. Ce voia el cu mine? În fine, târât de aprinderea luptei sale interioare, el strigă:

— Unul dintre voi m-a trădat.

Acest cuvânt formidabil ne păru aproape nebun. Ne uitarăm toți unul la altul, nu pentru a surprinde pe figura trădătorului emoțiinile trădării, ci pentru a ne întreba dacă rabinul nu delira. L-m întrebat toți, după cum era natural, unul după altul:

„Eu sunt, rabine, trădătorul?"

[78] «Îl vedeau neîncetat înconjurat de bărbați și de femei nu prea recomandabili... În ochii bătrânilor poporului această circumstanță era agravată prin o anomalie,

El se înroși, dar nu răspunse. Cu toate acestea, observai că bănuieli nedemne îl ațâțau împotriva mea. Silințele pe care mi le-am dat pentru a îl salva, părerile salutare oferite pentru a îl pune în pază, și chiară pentru a îl convinge să părăsească Ierusalimul, fuseseră interpretate într-un mod sinistru. Mă simțeam profund rănit, ultragiat în onoarea și în loialitatea mea. Lăsai explicațiile ulteriore la un moment de liniște, căci discipolii săi nu înțelegeau nicidecum situația oamenilor și a lucrurilor.

Plecați din provincie, cu micile ambiții de sat și cu marile aviditâți ale poporului de jos, acești pescari și acești publicani n-ar fi putut să aprecieze atitudinea partidelor din Ierusalim, menținerea claselor înalte în fața romanilor, instinctul poporului evreu în fața străinului. Nu zisese chiar rabinul acest cuvânt monstruos, ultragiator, crud: «Dați Cesarului ceea ce este al Cesarului?»

Patrioții din Galia și din Germania foloseau un alt limbaj.

Am ieșit deci din încăpere, neascunzând disprețul meu rabinului și am aruncat o privire provocatoare. El o înțelese, dar tot pe dos căci îmi strigă în urmă.

— Fă iute ceea ce ai să faci.

Am surâs cu dispreț, dar m-am simți rănit cu o altă săgeată în inimă. Trecând poarta din uliță, o întâlnii pe Maria, îmbrăcată toată bărbătește. Erau două ore din noapte. Ea îmi arătă cu degetul doi dintre agenții Templului, ghemuiți după o casă, cu privirile axate pe poartă.

— Ei îl așteaptă, îmi zise ea.

— Atâta pagubă, răspunsei eu, nu mai pot nimic. El este amețit.

— Dar tu ce ai? Ești furios.

— Cel mai rău dintre toate supliciile, copila mea, este acela de a vedea în mijlocul orbilor care te cred orb.

Maria mă apucă de mâini și-mi zise, cu vocea înăbușită de lacrimi:

— Iuda, o silință încă, să-l salvăm, fără voia lui.

Acest accent a unei iubiri imense, al unei tandrețe infinite și naive, mă atinse și mă liniști deodată.

— Nimeni, îi zisei eu, nu poate să revoce mandatul de

---

că la trezeci de ani, dascălul din Nazareth nu era însurat. Ei nu aprobau nici sorgintele de unde scotea modalitățile sale de existență de toate zilele.» Salvador, tom II, pag. 146, a 7-a ediție din 1865, Paris.

arestare al sanhedrinului decât numai sanhedrinul. El nu o va face, nu ar putea după considerații care l-au făcut să-l emită. Știu cu toate acestea doi oameni care pot încă să-l scape, dacă rabinul vrea să motiveze indulgența lor: aceștia sunt Hannah și Pilat. Du-te în casa ta de altădată, la Bezetha, și anunță surorii rabinului, că fratele ei este pierdut, dacă ea nu-l convinge pe Pilat la clemență. Eu mă duc să lucrez pe lângă sagan. Sper puțin. Dar nu trebuie să am remușcări de neglijență.

Spuneam aceste cuvinte, când îl văzurăm pe rabin și pe discipolii săi ieșind din casă, și, în același timp, cei doi oameni ghemuiți în umbră înaintând și următindu-l de departe. Noi asemenea, îi urmarăm de departe până la poarta Văii. Maria se apropie de rabin și-i spuse că agenții Templului Îl pândesc. Rabinul nu răspunse, și-și continuă mersul. Maria îl însoți până la tescul muntelui Măslinilor, apoi, după învoiala noastră, ea se duse mai întâi la Ida și veni pe urmă să mă aștepte la poarta palatului saganului.

Saganul era dezolat de soarta rabinului. Partida noastră contra romanilor era amânată și nu abandonată; noi nu puteam vedea, prin urmare, un om ca Nazareanul, care putea să devină, cu toate acestea, o forță națională, pierzându-se într-un moment de halucinație. Hannah și eu, eram convinși că rabinul ar fi sfârșit prin a înțelege mai bine situația, și că ar fi schimbat rolul său de reformator moral în acela de agitator politic. El ar fi urmat curentul, îndată ce l-ar fi văzut bine determinat și înfrumusețat cu șanse fericite. Discutam deci încă asupra mijlocului de a-l scăpa fără a ultragia nici legea, nici marele Consiliu, nici sentința pronunțată, nici sentimentul poporului, vorbeam asupra bănuielilor pe care intrarea rabinului în Ierusalim și vorbele sale imprudente le deșteptase în Pilat, când un membru al sanhedrinului veni să ne spună de ceea ce se petrecuse.

Agenții Templului îl acompaniaseră pe rabin până la Gethsemani și se asiguraseră că el va sta noaptea acolo, căci discipolii se culcaseră în curte, și, înfășurați în mantalele lor, horcăiau liniștit. Unul din acești agenți dusese această veste la Caiafa care pornise îndată una sau două duzini de gărzi ale Templului, înarmate cu bastoane. Dar, sosind acolo, ofițerul care-i conducea observase mai multe semne îngrijorătoare. Mai întâi, câțiva discipoli aveau arme mai serioase decât bastoanele; apoi, erau acolo și vreo zece oameni valizi, din această provincie a Galileei așa de artăgoși, așa de pregătiți de bătaie, care nu trebuiau să lase a fi înhățat mesia lor, fiul lui Dumnezeu și Dumnezeu, fără a opune o rezistență acerbă; în fine Gethsemani era la o jumătate de oră de tabăra galilenilor, și se vedea, la lumina unei lune pline admirabile, că o mare mișcare domnea încă în el, că bărbații nu dormeau. Așadar, dacă un conflict începea, galilenii nu ar alerga probabil în ajutorul compatrioților lor? Nu ar considera ei poate ca fiind o rușine a permite arestarea profetului țării lor, concetățeanul lor, pe care oamenii din oraș, din gelozie poate, se grăbesc în a-l face să dispară? Din aceste considerații și din altele încă ofițerul care comanda brigada templului deduse necesitatea de a cere ajutorul forței romane militare, la care nimeni n-ar fi cutezat să reziste. Asta constituia o crimă de *lèse*-autoritate contra lui Cesar și era inexorabil pedepsită.

Caiafa apreciase aceste argumente și ceruse de la comandantul fortăreței Antonia un ajutor, care fusese acordat fără ezitare, și care avea să plece numaidecât. Această știre fixa demersurile noastre, Hannah îmi dădu un ordin pentru comandantul brigadei Templului prin care-i ordona de a-l aduce pe prizonier mai întâi înaintea lui. Apoi, eu trebuia să ajung până la rabin și să-l previn, în secret, de a oferi o negație absolută la toate întrebările pe care i le va adresa saganul, în cazul în care alți membri ai sanhedrinului s-ar găsi cu el.

Nu speram nici un rezultat bun de la acest demers, cunoscând reaua impresie pe care sfaturile mele o producea rabinului. Cu toate acestea, nu am ezitat a mă însărcina cu asta. Maria, care mă aștepta, îmi indică locul unde se culca rabinul în noaptea aceea, și ne duserăm acolo împreună.

Noaptea era frumoasă dar rece, și o vedeam pe această sărmană fată tremurând sub tunica ușoară și uzată pe care o putuse procura. Porțile Templului, care, în ajunul Paștelui, se deschideau la miezul nopții, aveau să se deschidă; o mare mișcare, prin urmare, începea pe stradă.

În timpul sărbătorilor, porțile orașului nu se închideau, cu toate acestea, dincolo din incintă totul era liniștit. Zgomotele misterioase ale nopții umpleau aerul, fiecare gard lua o formă și o atitudine. Zumzetul vieții depărtate deștepta ecouri stranii. Mergeam iute. Simțeam bătăile inimii Mariei înăbușind suflarea sa accelerată. Nici un nor pe cer, nici o stea lipsă, luna cânta lumina sa.

La vreo cincizeci de pași de fermă, al cărei gard îl vedeam, se arăta o tufă de măslin bătrân și des. Ramurele, plecându-se către pământ, făceau o boltă din drumul care, din acest loc, conducea la ușa tescului. Acolo, lumina lunii abia străbatea, și pământul roșiaticu devenea întunecos. Traversăm acest punct al drumului, când ne simțirăm apucați de brațe. Maria, rușinată de deghizarea sa, făcu un efort, și lăsând bucățile vestei sale în mâinile gărzilor Templului, fugi. Eu, rămasei prins. Dus înaintea șefului, îi prezentai ordinul saganului. Ofițerul luă la cunoștință și îmi zise: „Bine!”. Dar nu îmi permise de a îmi continua drumul. Îmi acordă numai a îl însoți.

În același moment, soldații romani sosiră.

Merserăm atunci drept la poarta tescului.

Garda Templului îl înconjură. Romanii se prezentară la intrare, armele lor făcuseră zgomot. Poarta fermei se deschise, și un cap se arătă pentru a vedea ceea ce se petrecea afară. Un moment de tăcere urmă. Eram la poartă. În același moment, niște oameni săriră gardul de la spate și fugiră, urcându-se pe poteca care conducea la câmpul galilenilor. Gard Templului îi urmări câtva, apoi ei fură chemați de șeful lor, care sună din corn.

Erau discipolii care-l abandonau iute pe rabin și fugeau. Rabinul, el, care nu dormea, care-i aștepta poate pe soldați, care ar fi putut să fugă ca și ceialți, rămase, deschise poarta de perete și întrebă:

— Nu-l căutați pe rabinul din Nazareth?

— Da.

— Eu sunt, iată-mă.

Soldații și garda, care se temeau de oarecare rezistență, se îndoiră mai întâi de vreo cursă. Mă apropiai de rabin și îi zisei în limba veche ebraică, încet mai la ureche:[79]

— Saganul vrea să te scape, neagă totul dacă el nu va fi singur.

Rabinul nu răspunse, și retrăgându-se departe de mine, se apropie de ofițerul roman și-i zise:

— Sunt gata, să mergem. Cu toate acestea pentru ce

[79] Iată poate ceea ce în istoria rău-voitoare a evangheliștilor se schimbă în sărutare, și devine sorgintea tuturor absurdităților așa de bine relevate de istoricii vieții lui Iisus, Strauss, Renan.

mă tratați ca pe un răufăcător și veniți să mă arestați cu mâna înarmată, pe când eu eram în fiecare zi în templu și vă era așa de ușor a pune mâna pe mine.

Această liniște, această spontaneitate îl seduse pe sutașul roman. El dătu ordinul de a pleca, vorbind cu rabinul care mergea lângă el, precedați de garda Templului și urmat de romani. Nicidecum surprins de primirea pe care mi-o făcuse rabinul, plecai înaintea lui, la sagan.

Era miezul nopții. Hannah ne aștepta și era singur. Puteam deci să-i vorbim liber.

— Rabine, îi zise saganul, depărtând pe gărzi în anticameră și făcându-l să stea jos, tu știi de ce te acuză sanhedrinul.

— Necidecum.

— Tu ai zis: «Eu sunt pâinea coborâtă din cer, nimeni nu s-a suit în cer în afară de acela care s-a coborât din el; acela care a venit de sus, deasupra tuturor. Eu m-am coborât din cer; sunt născut din Dumnezeu și o să mă întorc la Tatăl meu; tot ceea ce Tatăl face, fiul o face; ca și Tatăl, fiul are viață în el însul. Tatălu meu și eu suntem același lucru; acela care mă vede, vede și pe Tatăl meu.» Așadar tu te-ai făcut Dumnezeu?

— M-am făcut Dumnezeu.

— Tu ai spus unui bolnav la Capernaum, continuă Hannah, «Păcatele tale îți sunt iertate». Ai intervenit astfel în atribuțiile lui Dumnezeu care singur poate să ierte păcatele. Tu ești deci imp înaintea legii evreiești și ai merita moartea prin lapidare.

— Am iertat păcatele, răspunse rabinul.

— Tu ai zis pe lângă acestea, urmă saganul: «Lumea este judecată, principii acestei lumi vor fi goniți.» Tu te-ai proclamat rege, fiu al lui David, și ai încercat a face să se revolte Ierusalimul. Tu ești deci vinovat înaintea lui Cesar și condamnat să fii crucificat.

— Sunt gata.

— Noi vrem să te scăpăm, ajută-ne a găsi mijlocul pentru asta.

Rabinul fu mișcat de această propunere: el se înroși, păli, respirația sa deveni precipitată. Avea să se înmoaie și să ni se abandoneze. O bănuială traversă atunci spiritul său. El se îndoi de o cursă și păstră tăcerea. Saganul îl înțelese și adăugă:

— Noi am întreprins o operă care trebuie sau să salveze

patria noastră sau să o piardă cu totul, pierzându-ne și pe noi cu ea. Resemnarea pe care o arătăm dominației străine este prefăcută, noi vrem să o adormim. Satisfacția pe care noi, clasele înalte, o arătăm despre poziția noastră, ar fi o infamie dacă n-ar fi o minciună. Niciodată, în nici un caz, în nici un templu, noi nu am trădat țara noastră, nu am lipsit la chemarea sa, nu am negat nevoile sale. Noi conspirăm prin surâs. Găurim un abis sub pașii străinului acoperindu-l cu trandafiri. Cesar crede, poporul evreu gândește că noi dormim în palatele noastre, că ne îmbătăm la mesele noastre, că ducem o viață veselă în grădinile noastre cu femeile și favoritele noastre și, cu toate acestea noi dezbatem cum să împlinim pierderea romanilor. Dacă noi suntem primii servi suntem oare mai puțin servi? Și noi am fost stăpâni când poporul Iudeei era liber. Noi nu o uităm. Noi vrem să fim iar stăpâni, orice ar costa. Dominația străină este pentru noi incertitudine: stăpânul se schimbă; ce ne vom face mâine. Apoi, noi suntem evrei și nu latini. Am căzut când eram slabi; pentru ce am renunța de a deveni puternici și a ne lua revanșa? Iată opera pe care o urzim în tăcere, cu precauție, încet, adunând toate sfărămăturile forței naționale, fie sub orice formă vrea ea să se reveleze și să vină la noi. Rabine, noi nu te gonim. Este contrar intereselor noastre a te pierde. Tu poți să ne fii util într-o zi, când vei înțelege mai bine instinctul național, nevoia, voința țării. Acceptă rolul pe care ți-l dăm, așteaptă ora pe care ți-o fixăm, mărginește-te la teatrul de acțiune ce ți-l vom indica, și să ne silim împreună a te scoate din poziția supărătoare în care te-ai aruncat orbește.

Aceste cuvinte loiale fură o lumină pentru rabin, dar ele cauzară și disperarea sa. El cugetă, apoi răspunse:

— Este imposibil. Ceea ce tu îmi propui este tot moartea. Moartea naturală sau moartea morală, moartea de mâine sau cea de poimâine, este totuna! Tu îmi propui în orice caz de a pieri.

— Te înșeli.

— M-am revelat lumii ca trimisul tatălui meu; am anunțat pământului un cuvânt din cer. Îmi propuneți a declara că am mințit. Cine mă va crede în ziua când voi veni să aduc o altă știre? Voi vreți să mă salvați, adică, vreți să mă exilez de pe pământul Siriei. Căci, unde aș putea să trăiesc fără a întâlni o privire care să nu-mi impute, o conștiință care să nu mă acuze că am contat, prin minciună, a seduce poporul? Nu o să se zică în toate părțile că sunt un comediant? Voi invocați întâmpinarea patriei: eu nu cred în patrii. Oamenii, fii ai aceluiași Dumnezeu, sunt frați, și pământul aparține umanității. Ce-mi pasă mie că romanul sau grecul sau evreul, să fie acela care să ocupe acest colț al solului Palestinei. Dacă găsesc în el un amic, un apărător, un conductor, dacă se supune la aceeași lege morală, la același Dumnezeu? Eu nu înțeleg politica, libertatea, autoritatea omului asupra omului; eu înțeleg egalitatea tuturor, sub supremația lui Dumnezeu. Ce-mi pasă că stăpânul meu se numește Tiberiu sau Irod, sau Faraon, sau Solomon, dacă este un stăpân. Deci, stăpâni, nu cunnosc decât unul, pe acela care ia rolul lui Dumnezeu pe pământ și îl imită prin milostenie și adevăr. Romanul nu este inamicul meu: eu nu-l combat decât pe cel rău și pe acela care se impune conștiinței mele. Vanitățile voastre de clase și de rasă nu mă ating deloc: le ignor, ele scapă înțelegerii mele.

— Rabine, răspunse saganul liniștit, nu mai este acum momentul de a discuta. Musca nu-l întreabă pe paianjen: „Pentru ce mă mănânci?" Atât mai rău pentru muscă dacă ea nu se forțează a sfâșia pânza în care este prinsă și nu caută a scăpa. Îți oferim de a fi cu noi, de vom fi noi stăpâni sau martiri. Am fi niște dobitoci dacă ți-am permite a fi împotriva noastră, de a face diversiune la scopul nostru, prin un alt scop pe care nu ne obosim a-l analiza. Tu nu înțelegi patria, tu nu înțelegi națiunea, tu nu înțelegi libertatea, tu îi admiți pe sclavi. Cine ești tu deci? Tu ne propui monstruoasa autoritate a lui Dumnezeu, încarnată într-un om[80]. Asta-i delir? Tu nu ești demn de a trăi.

— Astfel nici nu cer eu asta, răspunse rabinul.

— Cu toate acestea, rabine, cugetă încă, în timpul acestor câteva minute pe care bună voința noastră ți le acordă. Tu ai o mamă, o soră, amici, ești tânăr încă, ai un spirit înalt, un mare tact, multă știință și o mare siguranță care ia toate demersurile credinței. Un viitor surâzător îți întinde brațele. Dacă tu cazi astăzi, te vei ridica mâine sub o altă formă: circumstanțele îl crează pe om. Nu vei mai fi fiul lui Dumnezeu, dar tu poți încă să fii tatăl Machabeilor, care răstoarnă altarul idolului și ucide pe primul infidel. Acest rol ți se pare deci mic? Te vom menaja. Nu îți vom cere seamă de divergența ideilor și a doctrinelor tale

[80] Inocențiu III l-a definit pe papă prin aceste cuvinte: *Vicarius Jesu Chriti, successor Petri, Christus Domini, Deus Pharaonis, citra Deum, ultra hominem, minor Deo, major homine.* – Serm. *despre consacr. Pontif.*

cu ale noastre, dacă cu toate acestea noi ne vom acorda, asupra acestor două puncte: respect legii fundamentale ale lui Moise, ură romanilor.

— Ură pentru nimeni, întrerupse rabinul, respect pentru nici o altă lege decât cea pe care timpurile noi o inspiră noului organ al lui Dumnezeu. Nu mă mai ispitiți. Situația mea n-are ieșire pe altă parte decât aceea a momentului. Voi mă ucideți om; cuvintele mele, dacă se vor mai aminti, mă vor confirma fiu al lui Dumnezeu. Mi-am creat, prin suflet, deșertul în jurul meu: deșertul în mijlocul vieții, a popoarelor, a marelor orașe, a amicilor, a rudelor, a creaturilor care mă iubesc și pe care îmi este interzis de a le iubi, acest deșert este un supliciu, în comparație cu care pietrele și crucile voastre sunt sărutări. Îți mulțumesc de acest curent franc și prietenesc pe care mi l-ai spus la această oră de luptă și de tulburare: m-ați decis în drumul meu și mi-ați dat liniștea resemnării.

— Rabine...

— Destul. Nu pot să mai aud alt lucru, nu pot să acord nimic. Soarta mea este mai mare decât mine, și ea mă absoarbe.

— Rabine....

— Să sfârșim. Cel mai scurt, va fi cel mai dulce.

— Atunci ești decis a mori?

— Trebuie.

— Fie, și sângele tău să cadă asupra capului tău.

Saganul luă o bucată de pergament și scrise pe ea câteva linii, în care el spunea în substanță că întrebase pe rabinul Iisus Bar Iosef din Nazareth și că îl găsi trădător contra legii lui Dumnezeu și în contra autorității Cesarului, și prin urmare demn de moarte. Chemă apoi pe oficiarul Templului – soldații romani se retrăseseră – și dându-i pe prizonier și sentința, îl trimise la Caiafa.

În zori, a doua zi, paisprezece *nisan* (vineri, 3 aprilie) sanhedrinul se reuni la marele preot. Mulțimea din Templu, în o asemenea zi, îl delegă pe Caiafa de a convoca adunarea în Lishcat-ha-Gazith, unde marele Consiliu ținea reuniunile sale obișnuite.

Interogatoriul nu fu lung. Rabinul nu negă nici una din propozițiile citate ca susținute de el. El nu contestă nici un fapt.[81] El fu recunoscut, după cum o scrisese saganul, trădător

[81] *Am vorbit pe față lumii, am predicat în sinagogi și în Templu unde se duc toți evreii, niciodată n-am zis nimic în secret; pentru ce te adresezi la mine? Întreabă pe aceia care au auzit cele ce am zis eu, ei o știu.* Ioan, cap. XVIII. vers. 20-21.

de Dumnezeu și de Tiberiu. Cu toate acestea, înainte de a pronuța sentința supremă, Caiafa, ca și cum ar fi vrut a-l angaja să retracteze pentru a cruța Consiliul de penibila necesitate a condamnării capitale, îl întrebă din nou pe rabin.

— Te conjur de a ne declara dacă tu ești Hristos, fiul lui Dumnezeu.

— Sunt, răspunse rabinul, și veți vedea pe fiul omului, așezat la drepta Dumnezeului Atotputernic, venind pe norii cerului.

Totul fusese spus. Pedeapsa de moarte se decretase.

Ieșind de la Hannah, unde nu deschisesem gura, rabinul avu rușine de bănuielile sale și îmi zise: Adio! I-am șoptit la ureche.

— Speră, eu nu părăsesc partida atât timp cât îmi rămân zaruri de jucat.

Nu am așteptat deci sfârșitul judecății sanhedrinului pe care îl prevedeam. Mă dusei la Claudia. Dar când am pus piciorul în palatul lui Irod, văzui la poarta pretorului o femeie înfășurată într-un văl des, întrebând de Pilat, trimițându-i o bucată de pergament. Cred că am recunoscut-o pe Ida.

XXXI

Erau opt ore de dimineață[82]. Claudia se trezise, și Nomas deschizând ferestrele permițând primelor raze ale soarelui de *nisan* (aprilie) a merge să se joace în sanctuariul acestei frumuseți. Nomas mă cunoștea, din cauză că mă văzuse adesea și într-o mare intimitate cu stăpâna sa. Cu toate acestea, avui multă osteneală a o face să trimită, la o oră așa de neobișnuită, un mic bilet prin care o rugam de a mă primi imediat, având a-i vorbi de lucruri grave.

Claudia, după realizarea căsătoriei sale cu Pilat în mijlocul lunii de miere, nu-și mai acoperea chipul cu pastă noaptea pentru a-și conserva pielea. Toaleta sa, prin urmare, era mai puțin complicată și ea putea să primească foarte de dimineață fără a-și ridica unsorile de noapte. Primind biletul meu, Claudia permise să fiu introdus imediat în cabinetul său de toaletă, unde ea veni câteva minute după aceea. N-aveam timp de pierdut în preliminarii. I-am explicat deci în două cuvinte cauza care mă aducea la ea, și serviciul imensă pe care i-l ceream. Claudia nu ezită un moment, căci rabinul o mișcase mult. Ea voia să fie scăpată de acest om, mai

[82] Pentru a fi mai lămurit, traduc pentru acest capitol, orele ebraice în ore cum le numerăm noi astăzi.

cu deosebire de sora sa pe care o ura, dar nu îi dorea nicidecum moartea. Ea voia chiar să-l trimită la Roma cu scrisori de la ea recomandându-i-l lui Tiberiu ca un abil divinator.

— Ce trebuie să fac? mă întrebă ea.

— Puțin lucru. Să îl faci pe Pilat să nu țină seamă de acuzarea de sacrilegii, și să-l exileze pe rabin în vreun oraș roman al Siriei, ca pedeapsă pentru crima sa politică.

— Pilat poate face asta?

— El poate totul, dacă Pomponiu Flaccu nu se opune.

— O să încerc.

— Dar trebuie să lucrăm iute, timpul ne grăbește. Ascultă! Auzi tu acest zgomot în aer? Duc prizonierul înaintea bărbatului tău.

— O să trimit să-l cheme.

— Ar fi mai bine să te duci la el, căci, aflându-se în fața delegaților sanhedrinului, care-i aduc un prizonier și-i prezintă sentința de moarte pronunțată de ei, este probabil că Pilat nu va veni imediat. Dacă el confirmă sentința, totul este pierdut.

— Poate să ai dreptate. Mă duc la el. Așteaptă-mă câteva minute afară, ca să mă îmbrac.

Ieșii pe o terasă care dădea spre piață, și văzui, într-adevăr, pe rabin precedat și acompaniat de o mulțime de gărzi ale Templului, de patru comisari ai marelui Consiliu și de un roi de curioși. Ei intrară în curtea descoperită a palatului, unde era *bima* pe *galbatha*, și oratorul sanhedrinului îl informă pe Pilat despre asta.

Pilat cunoștea deja ce semnifica acest zgomot, ceea ce dorea comisia sanhedrinului și cine era prizonierul pe care îl târau înaintea lui. Ida îl instruise de tot.

Ea îl ruga pe Pilat în același timp în care eu o rugam pe Claudia.

Femeia pe care o văzusem era chiar Ida.

Pilat, primind biletul ei, o introdusese imediat în pretoriu cu intenție – nevoind să dea acestei întrevederi altă semnificație decât cea a unei cereri de *gracia*, și Idei alt rol decât acela al unei suplicante. Îndată ce o văzu cu toate acestea, așa de palidă, inundată de lacrimi, zdrobită de durere si de emoție de orice natură, cu hainele și cu spiritul în dezordine, el se simți profund atins și toată această lume de iubire, de bucurie, de consolare, de dulceață ce o încercase în timpul legăturii sale cu Ida, se deșteptă în inima sa. Amintirile îl atacau din toate părțile. Și, cine știe? Acum când gustase din fructul contestat al Claudiei, cine știe, zic, dacă pura și iubitoarea fată pe care o lăsase nu-i apărea de o mie de ori mai preferabilă decât ardenta tigresă romană care îl îmbăta, îl ardea, dar îl și stăpânea. Pilat era soare lângă Ida, umbră lângă Claudia. El alergă deci înaintea Idei și îi dădu afară pe toți ceilalți.

Juna fată tremura așa de tare, șovăia astfel încât Pilat deschise deodată brațele spre a o opri a cădea leșinată pe parchet. Contactul pieptului amantului ei făcu asupra galilenei efectul contactului unei plăci de fier înroșit. Ea se depărtă cu o săritură și se trase înapoi mai până la ușă. Pilat o apucă de măini și cu accentul cel mai dulce ce putu să-l găsească, cu expresia cea mai tandră, sincer mișcat el însuși, o întrebă ce voia. Ida expuse atunci, în puține cuvinte rău articulate, poziția fratelui ei și pericolul la care era expus, astfel cum îi explicase Maria, și cum Pilat îl știa deja din raportul agenților săi.

Sunt poziții inexorabile care impun oarecare delicatețe, care par imposibil de remediat sau de uitat, astfel era acea a lui Pilat în fața Idei. El nu o iubise. Ea venea, ea care-l iubise și care fusese abandonată, să-l roage a salva un frate dezonorat de ea, dezonorat de el dar în pericol de moarte. Totul o oprea pe amantă și pe amantă de a avea cea mai mică amintire despre trecut, cea mai mică reminiscență de un amor dat la o parte, și care nu putea nicidecum, în această circumstanță, să fie rechemată în scenă pentru a juca în ea, el, focarul voluptății, rolul pietății. Cu toate acestea inima, care își râde totdeauna de rațiune, nu ținu seama de această conveniență nici la Pilat nici la Ida, și uitând, una pe fratele său, celălaltă pe femeia sa, ei se abandonară amintirilor. Pilat avea a se explica, Ida a se justifica. Moab aruncase în mijlocul lor o neclaritate, Claudia un pericol, eu un pretext. Toate acestea se luminaseră în sfârșit. Dar ei erau încă certați și se găseau față în față, cerând nu o reîntoarcere la iubire, care părea imposibilă, ci o restituire de stimă, care era o datorie. Niciodată n-am aflat detaliile acestei scene, scurtă, rapidă, tandră, pasionată, și care s-ar fi terminat poate cu o sărutare, dacă zgomotul agenților Templului nu i-ar fi rechemat la teribila situație a momentului.

— Cel puțină ești fericit acum? îl întrebă Ida cu un accent de sensibilitate și de tandrețe infinit.

Pilat ezită un moment a răspunde, chiar el mi-a spus-o, apoi exclamă:

— Ca un om care după ce gustase aurorile îmbălsămate ale primăverii sub cerul Campaniei, în golful Bahia, se găsește transportat la sud, sub soarele lui iulie din câmpiile Syrei. Soarele e frumos, splendid, dar el arde, el ucide.

— Iubirea mea, zise Ida, nu a avut decât un scop: de a te consola din întristarea ta misterioasă. Cunosc acum acest mister. Născută din pietate, această iubire nu putea să fie decât pură și sfântă. A fost. Nu am remușcări. Abandonul tău nu este decât o încetare de bucurie. Ei bine, cineva se obișnuiește cu tăcerea, cu solitudinea, cu durerea. Și acestea au încă farmec, când se poate zice: am făcut bine. Macula pe care o aruncasem peste familia mea este ștearsă: ea m-a repudiat. Mama mea, propria mea mamă, ea chiar, n-a vrut să mă mai vadă. Ea m-a iertat, asta este de ajuns. Nu mai țin deci la nimic în această lume. Pot să plec sau să rămân, să cad sau să mă ridic fără ca să fie un ochi prietenos care să mă urmeze, o cugetare care să se țină de mine. Sărmana muscă a zburat, ea aparține spațiului și naturii amăgitoare.

— Și dacă aș cuteza, Ida să-ți zic: Speră!, zise Pilat foarte mișcat.

— Ți-aș răspunde, spuse Ida, că nu mai am nevoie de asta. Cel care se îngrijorează de ziua de mâine are nevoie de speranță – această floare e înveninată. Eu nu am zi de mâine și sunt fericită de asta. Noaptea are toate voluptățile, dintre care acelea ale neantului sunt cele mai îmbătătoare. Ce-mi pasă cum se va sfârși? Soarele a apus, și eu nu mai aștept aurora.

În acest moment, zgomotul din curte îi făcu pe Ida și pe Pilat atenți la situația pe care făcuseră rău de o uitaseră. Tribunul gărzii pretoriului, veni să anunțe lui Pilat că marele Consiliu îi trimitea un condamnat. Procuratorul ieși, ca de obicei, și se așeză pe *bima*. Atunci Osea, fiul lui Elah, oratorul sanhedrinilor, îi prezentă sentința Consiliului și pe prizonier. Pilat citi sentința și strigă:

— Moartea?

— Da, răspunse Osea. Noi avem o lege, și după această lege, el trebuie să moară, căci el s-a făcut fiul lui Dumnezeu.

— Asta mă atinge puțin, exclamă Pilat cu impaciență, sabia lui Cesar nu răzbună pe zeii pe care Cesar nu-i cunoaște.

— Dar sabia lui Cesar, răspunse Osea, pedepsește pe cei

care se proclamă regi acolo unde el este imperator. Noi nu avem alt rege decât pe Tiberiu. Dacă tu cunoști un altul achită-l pe prizonieră.

— Atunci vreau să știu și să aflu eu însumi adevărul. Duce-ți pe acest om în pretoriu, ca să-l întreb.

Pilat intră în sala de judecată unde soldații romani îl introduseră pe rabin. La această priveliște, Ida scoase un țipăt și se apropie de fratele ei, dar acesta, văzând-o în prezența lui Pilat, roși și se trase înapoi. Ida înțelese și căzu la picioarele procuratorului. Chiar în acest moment, Claudia intră și o văzu pe Ida în genunchi, pe când Pilat se apleca să o ridice atingând astfel cu fața părul tinerei fete, respirând suflarea sa și zicându-i câteva cuvinte de consolare. Asta a căzut ca un fulger.

O urmam pe Claudia. La vederea Idei și a bărbatului său în acesta poziție, așa de apropiați unul de celălalt, Claudia scose un țipăt care ar fi înspăimântat o leoaică.

— Tu erai? strigă ea. Ah!, în fine am pus mâna pe tine!

Și luând-o de păr, ridicând-o în sus cu o singură săritură, Claudia trecu sala și dispăru pe ușa pe unde intraserăm, închizând-o după ea. Această apariție redutabilă nu dură decât un moment, dar teroarea ne apăsa pe toți. Am vrut să alerg după cele două femei. Ușa era închisă cu zăvorul. Am vrut să ies, rabinul îmi închise ușa curții, pe pragul căreia el stătea rece și imobil.

El mă legă de un alt dezastru.

Pilat, profund turburat de ceea ce se întâmplase, și prevăzând poate actul teribil ce era să se împlinească în apartamentele femeii sale, fără a putea să-l conjure, se preumblă câteva momente în sală. Ida, rabinul, Claudia se confundau în spiritul său voalate și dansau într-un nor de sânge. El se opri în fine în fața prizonierului și-l întrebă cu o mare iuțeală, aprope scos din fire.

— Cine ești tu?

— Iisus din Nazareth, din Galileea.

— Dar atunci tu ești supusul lui Antipas Irod și el este aici. Eu nu pot să te judec. Conduceți pe acest om la tetrarch.

Tribunul Popilius, căruia i se dăduse acest ordin, ieși în curte cu rabinul, și dându-l din nou comisiei sanhedrinului și gărzilor Templului, le comunică rezoluția lui Pilat.

Osea relua prizonierul și ieși, murmurând.

Mă prezentai atunci la Claudia spre a afla ceva de soarta

nenorocitei Ida. Nomas îmi răspunse, din partea Claudiei, că ea era în baie și că puteam să mă întorc mai târziu. Întrebai pe Nomas, ea exclamă mai speriată:

— Întrebă pe *lorarium.*

Cu inima plină de o nouă teroare la acest cuvânt sinistru de *lorarium* – gâdele – alergai la palatul lui Antipas pentru a mă gândi la soarta celeilalte victime.

Rabinul se găsea deja în prezența tetrarchlui.

Acestaa nu se sculase încă, dar foarte lingușit de onoarea pe care astă dată Pilat i-o arăta, îl primi pe prizonier stând în pat.

Antipas era culcat într-un pat de baga și de aur, pe mătase și puf, acoperit cu purpură brodată cu pietre scumpe. Înaintea patului său, se întindea lung leopardul. Pe pat chiar schimbau lovituri de ciocă și lovituri de dinți un roi de sapaj, de papagali și căței, necăjiți unii în contra altora, când de Antipas, când de piticii săi, și făcând un zgomot asurzitor. La piciorul patului, stătea o foarte frumoasă sclavă greacă care parfuma picioarele tetrarchului. La capăt, o sclavă siriană, mai frumoasă încă, îi smulgea părul alb. Și în fundul patului, o sclavă galã, mai frumoasă și mai puțin îmbrăcată decât celelalte două, vopsea sprâncenile, și vârfurile pleoapelor veselului cumătru, deja sulemenit ca o *lupă* din suburbiile Romei. O mulțime de alți sclavi de ambele sexe umblau prin cameră, unii pentru a prepara toaleta săriturii din pat, alții pentru a-i prezenta băutura de portocale cu lapte cald, cu miere și cu scorțișoară, prin care tetrarchul reînnoia relațiile sale zilnice cu stomacul său.

— Ah! ah! sirigă Antipas vădând pe prizonier, iată-te, rabine! Vii deci fără a fi invitat, de astă dată! Cât ești de amabil! Sosești la timp, zău! Am pe leopardul meu care este foarte trist de ieri, tu o să-l înveselești, sau să-l vindeci dacă este bolnav. Te asigur că în această dimineață sunt pregătit vedea niște frumușele minuni. Am dormit foarte bine noaptea trecută. Și tu, rabine? Acum, vezi tu, am o dorință nebună de a o vedea pe Salome. O să mi-o arăți într-un pahar de apă din puțul lui Iacob, pe care îl am aici, dar, bagă de seamă! Dar nu vreau haine, nici amestecătură! Nu vreau să mă înșeli și să-mi arăți în locul ei pe vrăjitoarea de la Endor. Vreau să o văd pe Salome așa cum este, așa cum este, auzi tu? Nasca, fata mea, bagă de seamă, mi-ai smuls un păr negru. Ah! ești aici, Iuda! Prânzești atunci cu mine, băiatul meu.

N-aveam dreptate când îți spuneam că rabinul tău îmi dădea impresia unui sălbatică. Îi vorbesc, îi cer o mică minune de nimic, pe care filozoful meu fenician ar executa-o cum înghiți o cireașă. Vei avea cireșe, astăzi, Iuda; am primit trufandale din Alexandria. Dar răspunde, rabine. Pentru ce dracu mi l-ați adus deci, dacă el nu găsește nimic pentru a mă înveseli și nu face nimic pentru a mă amuza?

O speranță îmi luci în suflet. Zisei:

— Acesta provine, principe, din cauză că regele evreilor este prost dispus fiindcă supușii săi nu l-au respectat. Repară greșeala, dă-i o manta de purpură și trimite-l acasă pe cea mai bună din cămilele tale; și el va merge să-ți arate, la întoarcerea ta în palatul Daurit de la Tiberiada, mai multe minuni decât au făcut vreodată magii lui Faraon.

— Vreau să dau o manta regelui meu, dar nu pot să-l trimit, căci micul procurator roman mi l-a trimis aici, nu știu pentru ce.

— Pentru ca asasinul Botezătorului, răspunse rabinul, să-l omoare și pe fiul omului.

— Uite, uite, cânți bine rabine. Este același ton, și psalimul este în același stil. Dar mie nu-mi plac plagiatorii, ți-aș ierta mai curând dacă ai cânta fals decât să repeți rău.

— Tetrarche, zise atunci Osea care înțelese viclenia mea și se temea de frivolitatea lui Antipas, procuratorul roman îți trimite pe acest prizonier, condamnat la moarte de marele Consiliu al Iudeei, pentru ca tu să confirmi sentința, căci acest om este supusul tău. Acest om a hulit pe Dumnezeu, a uzurpat drepturile lui Cesar el s-a proclamat rege și Dumnezeu.

— Ești modest, rabine! Dacă erai pe drum tot atât făcea să te proclami Cesar deodată și să mergi asupra Romei în capul legiunilor tale...

— De îngeri, întrerupse Osea, el a zis și asta.

— Dacă este așa, rabine, te iau numaidecât, liber, cu mine, dacă îmi împrumuți una sau două din legiunile tale pentru a bate pe acest hoțoman, de fost socru al meu, Aretas, care-mi face război pentru că fiica sa, culoare de șofran, nu îmi mai place. Ce zici? Accepți partida?

Rabinul tăcea. Asta îl descurajă pe Antipas căruia îi plăcea răspunsul, chiar când era contra lui. El adăogă:

— Rabine, mi s-au povestit atâtea lucruri și atâtea vorbe

despre tine încât te-aș face rege al evreilor fără ezitare, dacă aș fi împărat al romanilor. Până atunci, operează ceva pentru mine. Am un dinte care mi se mișcă, și o mulțime de peri albi. Irodiada nu se resemnează la asta și Salome dă cu tifla la cei cincizeci de ani ai mei. Să oprim toate acestea. Ce dracu! Dacă tu faci să intre demonul din corpul femeilor în ale porcilor – ce mai demoni comozi mai găsești tu! – ei bine, tu poți să consolidezi dintele meu și să-mi dai o capelură blondă. Ți-aș cere, când vom fi singuri, și altceva – și dacă tu faci ceea ce nici unu filtru n-a putut să împlinească, îți dau Perea.

Rabinul întoarse capul cu dezgust și murmură un cuvânt de dispreț pe care nu-l auzii bine. Antipas văzând atunci că n-avea nimic de scos de la acest obstinat strigă:

— Duceți-vă de-l spânzurați, dacă voiți, pe Regele evreilor, fie sau nu supusul meu. Îl vedeți? Nu'i bun nici să-mi vindece bătăturile. Scarpină, Calliope, scarpină, mica mea, gâdilă-mi minunat picioarele.

— Principe, zisei eu din nou, dar nu permite să se execute unul dintre supușii tăi în afara domeniilor tale. Dacă rabinul este vinovat judecă-l la Tiberiada.

— Nu! Ce vrei tu să făc cu acest posac în tot lungul drumului! Apoi trebuie să îi întorc lui Pilat politețea pentru a-i arăta, încă o dată, că cineva nu pierde niciodată când este convenabil cu principii. Luați, luați deci pe acest mișel care nu se obosește nici de a-mi răspunde, nici de a face un miracol de patru bani.

Osea nu cerea mai mult, căci el părea foarte mediocru asigurat asupra stăpânirii lejere a tetrarchului. El prefera asprimea lui Pilat.

Când Antipas zisese că va da o manta de purpură regelui evreilor, libertul său se grăbise de a scoate mantaua albastră a rabinului, pe care o găsea pe gustul său. Dar tetrarchul nerealizând la urmă vorba sa, rabinul se întoarse înapoi în tunică albă.

Miezul zilei trecuse când revenirăm la palatulu lui Irod.

Pe când rabinul reapărea înaintea lui Pilat, eu mă prezentam la Claudia.

Maria fu singura dintre amicii și discipolii lui Iisus care asistă la interogatoriu.

Pilat reapăru pe *bima* foarte prost dispus. El credea că se descărcase pe tetrarch de o sentință care îl apăsa din cauza Idei si din cauza Claudiei. Căci, oricare ar fi fost sentința, ea trebuia să lovească pe una din cele două femei pe care le iubea.

— Tetrarchul, zise Osea, nu vrea să confirme sentința noastră. Pe lângă asta, nici nu prea are dreptul. Crima a fost comisă pe pământul jurisdicției tale și jurisdicției noastre; noi singuri avem dreptul de a-l condamna.

Pilat ridică din umeri cu un simțământ de dispreț și de neliniște și adresându-se rabinului, îi zise brusc:

— Ia, auzi tu? Tu ești deci regele evreilor, tu?

— Acesta chestiune vine de la tine, obiectă rabinul, sau tu repeți ceea ce alții zic despre mine?

— Nu cumva eu sunt evreul? Compatrioții tăi și sanhedrinul tău te aduc la mine ca un vinovat. Ce ai făcut deci? Este adevărat că ai încercat a cuceri acest regat?

— Acest regat? Află deci, agent al Cesarului, că regatul meu nu este din această lume. Dacă ar fi fost, oamenii mei ar fi combătut pentru mine, m-ar fi eliberat din mâinile evreilor și te-ar fi redus în neputință. Dar, o repet, regatul meu nu este din această lume.

— Așadar ești într-adevăr rege?

— Tu ai zis-o, răspunse rabinul, sunt rege. Pentru acest scop m-am născut, pentru asta am venit în lume. Eu trebuie să atest adevărul. Și cel ce este în adevăr, ascultă vocea mea.

— Dar, ce este adevărul?

Rabinul nu mai răspunse. Osea exclamă:

— Nu cumva cauți încă adevărul, ofițer al Cezarului? N-a zis el destul de clar că era regele evreilor?

— Tocmai fiindcă a zis-o așa de clar mă îndoiesc. Dacă ar fi în adevăr criminal, ar fi negat. Așadar este nebun. Eu nu pot să condamn la cruce pe un om care și-a pierdut rațiunea.

— Bagă de seamă, procuratore, zise Osea, acest om nu este nici nebun, nici vizionar. El este revoluționar. Tu ne insulți, dacă nu răzbuni blasfemia contra Dumnezeului nostru. N-a zisă el că dacă vom dărâma Templul, îl va rezidi în trei zile?

— O să ordon să-l biciuiască atunci pentru a vă satisface, repetă Pilat, orice alte pedepse, mi se par enorme.

— Enorme! zise Osea; procuratore, bagă de seamă. Întreabă tot Ierusalimul care l-a văzut, sunt patru zile, intrând în oraș însoțit de compatrioții săi strigând: „Osana fiul lui David! Osana regele iudeilor! Dacă o astfel de faptă s-ar fi petrecut la Roma, Tiberiu ar fi tolerat-o? Orașul nostru fidel n-a cedat la tentație și a lăsat să treacă tulburarea. Noi nu vrem, noi care suntem responsabili de ordine în acest oraș, ca știrea să fie raportată lui Cesar, și ca el să găsească în ea un pretext pentru a ne îngreuna cu alte taxe. Noi am făcut datoria noastră. Noi am prins, am condamnat și am prezentat pe vinovat unei încercări de insurecție contra imperatorelui; ne vom descărca înaintea lui prin o ambasadă. Noi nu avem nici o sete de sânge, dar tu răspunzi de urmări.

— Nu mă tem de acuzațiile voastre. Cesar mă cunoaște. Dar nu vreau să creez pretexte de tulburări între noi. Vreți ca acest om, ca acest visător să fie condamnat la cruce? Îl condamn. Dar, fiindcă în toți anii grațiez un condamnat, la sărbătoarea pascală, vă propun *gracia* sa. Sunt în mâna mea în acest moment patru prizonieri condamnați la moarte: acesta, un tâlhar de la Emau, essenianul Moab care a încercat să mă ucidă, și Isus Bar-Abbas care a asasinat. Alegeți.

— Isus, Isus, strigară toți oamenii care umpleau curtea.

— Vi-l acord, zise Pilat surâzând. Pompilius, eliberează pe acest om.

— Nu pe acela, nu pe acela, răspunse mulțimea, pe Isus Bar-Abbas.

Pilat păli și-l privi pe rabin. Acesta surâse cu tristețe. Pilat intră în sala judecății și dictă sentința.

În acest moment, am intrat și eu.

Eram terifiat de ceea ce văzusem.

Maria aștepta afară.

XXXII

Zărindu-mă de departe, Claudia strigă cu o voce plină de bucurie:

— Ah!, tu vii să cauți știri despre mica evreică? O să ai. O iubești deci mult!

— Nu există în limbajul uman un cuvânt, Claudia, pentru a exprima cât o iubesc.

— Sunt fericită atunci.

Claudia o târâse pe Ida de păr până la locuința sa, după ce închisese cu zăvorul ușa sălii de judecată, care punea această odaie a palatului lui Irodu în comunicare cu celelalte apartamente. Sclavii săi, ofițerii ei de curte se trăseseră înapoi dinaintea leoicei care ducea prada sa în culcușul său și o lăsară să treacă, conservând a o tăcere înspăimântătoare. Claudia, sosind în una din sălile sale, chemase pe *lorariul* său și arătându-i ceva leșinat și zdrobit, îi zise: «Pentru copiii mei, la ora obișnuită.» Cuvântul era deja foarte cunoscut de acest executor al înaltelor și *basselor* fapte, care le spânzura sclavele goale de păr și le biciuia până ce mureau.

Lorariul era un Lucanian dintr-un orașel numit Grumentum, un om mic, numai mușchi; numai păr, cu figura atroce și cu sufletul înecat în sânge, de o forță herculană, curajos ca un lup flămând. Acest om luă de talie pe tânăra fată leșinată și o duse. Claudia intră în cabinetul său de toaletă.

Am sosit în momentul când misterele pomadelor și ale spălării erau terminate.

Claudia luase a doua sa cină. După această cină, ea avea obiceiul când timpul era frumos de a merge în grădinele palatului și de a căsca gura, culegând flori, asistând la cina copiilor săi.

Copii Claudiei erau murenele.

Într-un vas imens de marmură albă, cu nisip moale, ea hrănea mai multe sute de murene, pe care le adusese din golful Puteolis care le producea pe cele mai frumose.

Murena este un șarpe de mare, lung de doi, câteodată de trei coți, cu capul și cu coada ascuțite, corpul dezvoltat, acoperit cu o piele vâscoasă de culoare galben-castanie cu pete negre. Acest pește este foarte avid de sânge și de carne; romanii, pentru a-i hrăni și a le da un gust mai savuros le arunca din când în când câte un sclav.

Claudia, ca și compatrioții săi, avea un rezervor plin de acești pești, și ea simțea ca singură plăcere a merge să le vadă, mai în toate zilele, la ora prânzului, devorând o oaie, când ea nu avea pe vreuna din femeile sale să le dea. De astă dată, ea le pregătea o serbare imperială.

Ea mă aștepta pentru a împărtășii cu mine această plăcere.

Pe marginile bazinului deja fuseseră pregătite două scaune și patru sclavi liburni, patru giganți, stau în spatele acestor scaune pentru a ne face onoare.

Claudia nu voi se mă lase să aștept. Ea mă luă de mână, și fără a spune un cuvânt, mă duse în grădină. Când am văzut că mă conducea în partea vasului cu murene, un fior îmi străbătu corpul, tremurai, pălii. Nu cutezam să întreb nimic. Claudia se prefăcu că nu bagă de seamă.

— Când sosi lângă vas ea se puse jos și îmi făcu semn să mă așez și eu. Apoi, cu o mișcare din cap, ea dădu un ordin unui *lorarium*, care stătea în picioare la extremitatea opusă a reservorului.

Murenele care știau ora cinei lor, furnicau, se jucau în apă, alunecând în toate părțile, și alergau la o mică pocnire din limbă a Claudiei, apel la care ea le obișnuise.

— Nu e așa că sunt încântătoare, îmi zise atrocea romană. O să le vezi la lucru cât sunt de gentile.

Nu am răspuns nimic. Inima mea sălta. Atunci Claudia, întorcându-se către mine, cu figura sarcastică, cu vocea severă, adaugă:

— Iuda, în prima seară când m-ai văzut, la cină, ai cutezat să-ți pui buzele pe o buclă din părul meu. Am căutat mult timp cum să-ți exprim plăcerea ce mi-a făcut asta. Am găsit echivalentul sărutării tale. Veselie pentru veselie.

Lorariul apăru, purtând pe Ida în brațele sale. Am vrut să mă ridic. Cele opt mâini ale sclavilor liburni, care erau la spatele scaunului meu, mă țintuiră pe el. Am vrut să rostesc un șir de blesteme, de injurii, de cuvinte de dispreț, se precipitară pe limba mea: ea era paralizată. Viața părea că îmi iese prin ochii.

Lorariul o duse pe Ida aprope de rezervor și într-o clipă îi smulse toate hainele și o lăsă goală. Ea scoase un țipăt care ajunse la Dumnezeu în cer. Claudia o privi pălind și avea dreptate să pălească. Ea făcu un nou semn. Lorariul o apucă pe fată, îi legă picioarele, și o aruncă în rezervor.

Patruzeci de ani au trecut de la acest eveniment. Am asistat la toate dezastrele pe care le poate încerca un om, nimic nu mă mai mișcă. Și cu toate acestea, descriind această scenă, bătrânul meu sânge îngheață încă în venele mele.

Îndată ce corpul Idei căzu în bazin, aceste sute de șerpi, ca o singur grup, se aruncară pe el. Ida se scula și încerca a sta în picioare. Apa o acoperea până la piept. Ea începu atunci cu mâinele a smulge murenele care, ca niște enorme lipitori, o apucară cu gura lor căscată, formând un disc armat de sugători, și o mușcară. Mâinile îi alunecau pe aceste corpuri alunecoase, a căror contact și vedere îi cauzau mai multă oroare decât sângele său care curgea, decât carnea sa care era sfărâmată. Ida nu țipă. Un geamăt surd, profund, inarticulat, ieșea din gâtlejul ei, fără voie, cu respirația plină de sughițuri. Pentru o murenă pe care reușea a o dezlipi cu o bucată din carnea corpului său, zece se aruncau pe brațele sale, pe pieptul, pe gâtul ei. Ochii ei dilatați ieșeau din orbite. Mușchii feței sale se frământau ca la o isterică. Murenele băgau capetele lor ascuțite în corpul ei, și o lanțuiau cu spirele lor puțin flexibile, cum puteau.

Ida cădea și dispărea sub apă pentru un moment; apoi se ridica iarăși. Gâtul, obrajii săi fuseseră cuprinși și mușcați. S-ar fi spus că e un cap de Medusa. Mâinile, brațele, erau încărcate de acești teribili monștri. Ea era toată o rană, apa se înroșea. În acestă moment, o mrenă îi sări pe buze: Ida se îndoi. Altele îi săriră pe ochi. Ea scoase un țipăt, făcu un efort suprem a se scăpa de aceste arcane vii de aceste fiare devoratoare, ea reuși încă a scăpa frumoasa-i figură oribil sfâșiată, apoi șovăi și căzu.

O văzui tremurând sub apă, agățându-se de nisip, mușcând reptilele care o mușcau. Apoi, mișcările sale se împuținară, încetară. Ea înțepeni, și un moment după aceea corpul ei nu mai era decât un schelete. Mi se păru și mie obligatoriu a fugi.

Claudia dispăruse. Sclavii liburni nu mă mai reținură. Lorariul stătea tot în picioare și impasibil la celălalt capăt al bazinului. Și păsările cântau, albinele bâzâiau, fluturii zburau, aerul era îmbălsămat de primele sărutări ale primăverii. Flori în partere, tineri muguri pe arbori, și înaintea mea, singura femeie pe care o iubisem, devorată. Am fugit, și nu știu cum m-am trezit în sala judecății unde căzui zdrobit.

Cuvântul scribului, care îi citea lui Pilat sentința rabinului, me deșteptă. Alergai la el și îi zisei c-o voce surdă:

— Femeia ta a omorât-o pe soră; nu-l ucide și pe frate.

— Ce? Ce zici tu?

— Am văzut-o, vin de acolo, de la bazinul cu murene.

— Ah!, nenorocita! strigă Pilat acoperindu-și fața cu mâinile.

— Scapă pe acest om cel puțin, continuai eu.

— Nu pot, exclamă Pilat, cu un accent de disperare, acești tigri își așteaptă prada. Legea este inexorabilă.

— Dar oamenii știu s-o dejoace când vor.

— Ce pot să fac oare?

— Care este centurionul pe care îl însărcinezi cu execuția?

Pilat mă privi fix apoi zise:

— Bine, va fi Lentulus.

Și ieși pe *bima* și citi sentința prin care rabinul Galileei era condamnat a muri pe cruce.

Am ieșit cu Pilat și am băgat de seamă că unul dintre comisarii sanhedrinului era unul dintre amici mei, Iosephu din Ramatha. I-am spus:

— N-ai tu o grădină lângă Golgota?

— Am, pentru ce?

— Cere-i lui Pilat corpul condamnatului.

— Ce vrei să fac cu el?

— Îți voi spune: cere-l.

Dupe ce Pilat citi sentința și era aproape să intre în palat, Iosephu îi zise:

— Acest condamnat n-are rude. Îți cer corpul său pentru a-l înmormânta.

— Ia-l, răspunse Pilat, și fugi.

Comisarii sanhedrinului dădură pe prizonier în seama gărzilor romane.

L-am văzut atunci pe rabin, ferm până atunci, șovăind și mai slăbind. Nu era timp de pierdut. Mai erau două ore de așteptare, și la ora șase, oră la care începea sabatul, totul trebuia să fie sfârșit, supliciul terminat, supliciații îmormântați. Ceilalți prizonieri fură scoși din închisoare. Moab și Zabdi arătară o mare liniște. Bar-Abbas, grațiatul, începu a sări prin curte și a spune mii de bufonării evreiești care obținuseră *gracia* sa.

Trei cruci fură scose din magaziile pretoriului și fiecare condamnat o lua pe a sa. Rabinul protestând că nu avea forța de a o duce pe a sa, i se plăti unui țăran care se însărcină cu asta. Se ridică oarecare contestație între Osea și scribul pretoriului, despre sentința care trebuia să fie afișată pe crucea rabinului. Scribul trecu peste asta și cortegiul plecă. Mă apropiai de Iisus și i-am murmurat la ureche: „Speră!”

El surâse din nou cu tristețe.

Era uzața de a da condamnaților să bea, înainte de a îi lega pe cruce, un vin aromatic care-i amețea. Dacă condamnatul nu avea nici o rudă, nici un amic pentru a-i oferi această băutură, dacă nici o femeie pioasă din oraș nu împlinea acest act de caritate, fiscul procura vinul.

Prevăzând cum se va sfârși procesul rabinului, compusesem un vin foarte narcotizant din care ar fi fost de ajuns să guste câteva picături pentru a cădea în imobilitatea cadaverică a comei. Am trimis-o pe Maria să caute această băutură la mine, și cu inima sfâșiată de durere i-am urmat pe condamnați.

Acest sărman și devotat Moab mă făcea să compătimesc. El se interesă despre Ida. I-am răspuns, pentru a nu-i face ultimele sale ore mai amare că mama ei a dus-o la Capernaum.

Supliciul trebuia să aibă loc pe Golgota.

Plecând de la palatul lui Irod, drumul era scurt. Trecând sub turnul lui David, ieșirăm prin poarta Genath și traversarăm buchetele de migdali și grădinile care încoronează fântâna Ezechia. Pe gareb, în afara porții, era monumentul marelui sacrificator Ioan, la câțiva pași mai încolo, mica grădină a amicului meu Ioseph din Ramatha, puțin mai departe încă, mica movilă a Golgotei, goală, aridă, de piatră calcaroasă albă! Toate acestea la nord-vestul orașului. Pe această înălțătură a terenului, tâlharii, asasinii, pirații, impii, trădătorii, falșii profeți, falșii rabini, erau executați.

Rabinul galilean mergea să se piardă acolo ca un mesia fals și rebel.

Condamnarea sa cu toate acestea era mai cu seamă politică.

Ioseph mă prezentase centurionului ca cel căruia trebuia să îi se dea cadavrul obținut prin Pilat, și puse grădina sa, grădinarul său și propria sa persoană la dispoziția mea.

Probabil el ghicise planul meu.

Urcând măgura supliciilor, Maria mă ajunse, aducând flaconul cu vin narcotic. I-l arătai atunci pe Lentulus, un om de patruzeci și cinci de ani, cu figura plină de coșuri, cu nasul roșu, cu capul pleșuv, cu buzele atârnând, cu ochii aprinși și plini de lacrimi – într-un cuvânt, câmpul de bătaie unde toate viciile se amestecaseră și lăsaseră ruina lor.

Nu puteam să lucrez direct asupra acestui roman.

Procedurile mele ar fi avut aerul de o corupție grosieră și desigur nu ar fi reușit. Lăsând-o pe Maria să lucreze, tot ceea ce ea va obține, fie cu orice preț, fie cu orice mijloc, căpăta asemănarea unei tandre seducții, unui profund devotament către condamnat, unei afaceri de inimă care justifică în același timp și pe cel care o întreprinde și pe cel care cedează și avea o mare valore morală. Maria, pe lângă acesta, era așa de frumoasă încă, ea avea vocea așa de dulce, figura așa de blândă, cuvântul așa de pătrunzător, atracție absolută, încât nimeni n-ar fi avut curajul de a-l condamna pe voluptosul legionar dacă el s-ar fi supus unei fascinații, de la care austerul rabin din Nazareth chiar nu putuse să se sustragă.

Maria își înțelese rolul și îl acceptă cu acest fel de abnegație sublimă de persoana sa pe care o punea în toate acțiunile sale.

Această femeie era numai inimă.

Atunci m-am pus să consolez ultimele momente ale acestei alte nobile creaturi, Moab, îndreptând mereu pe Maria prin privirile mele și prin monosilabe în limba noastră, pe care nici centurionul nici soldații săi, toți sirieni și fenicieni, nu o înțelegeau.

Sosiți la locul execuției, condamnații își așezară crucea jos. Găurile pentru a le primi erau gata, căci, din nenorocire, supliciile la Ierusalim se făceau foarte des. Dar aceste suplicii erau mai toate ordonate de autoritățile romane, cauză pentru care poporul, care iubește aceste drame sângeroase și mișcătoare, le lăsa, la noi, să se îndeplinească mai adesea în singurătate.

Poporul protesta astfel contra apăsătorului străin.

Prea puțină lume, în adevăr, se afla prezentă la Golgota. Acesta și din cauză că erau aproape patru ore, că sabathul începea la șase și că trebuia să împlinească marile preparative ale sărbătorii cinei Paștelui și să îndeplinească datoriile sale către templu. Comisarii sanhedrinului îi părăsiseră pe condamnați, îndată ce Pilat confirmase sentința lor și acceptase executarea ei.

Cei trei condamnați fură dezbrăcați după obicei. Maria se apropie de rabin și îl făcu să bea vinul preparat. Rabinul rezistă, Maria, cu un semn din ochi îl decise, și el înghiți una sau două înghițituri. Nu era de ajuns atâta, dar nu era nici puțin. Moab și companionul său Zebdi băură fără remușcare.

Rabinul încerca o agitare extraordinară. Aspectul morții îl speria. Avu leșinuri care mă mirară. El se plânse de oameni și de Dumnezeu. Poate avea dreptate. Niciunul din discipolii săi nu-l înconjura. Câteva femei galilene, care îi manifestaseră atâta simpatie altă dată, îl priveau încă de departe, ascunse după migdali. Mă arătam mai îngrijorat pentru Moab. Maria fu eroică, și cu toate acestea ea simțea spasmele îndoite, căci ea suferea pentru ea și pentru rabin.

Maria obținu, după ce schimbă câteva cuvinte cu Lentulus, să nu străpungă cu cuie picioarele rabinului, ci numai mâinile. Ea obținu încă ca să-i pune sub picioare o tăblie solidă pentru a-l susține și între picioare o rezămătoare bine înțepenită în trunchiul crucii pentru a-l face să stea pe ea și să împuțineze astfel sfâșierea mâinilor.

Lentulus acordă totul, gungurind în jurul Mariei ca un bătrân porumbel sălbatic. În zece minute, ea făcuse din centurion un servitor.

Când totul fu gata, rabinul se culcă pe cruce. Îi legară tare picioarele la călcâie. El încălecă, cât putu mai comod, rezemătoarea și întinse mâinile. Rabinul scoase un țipăt ascuțit când cuiele le traversară. Fiind de o natură eminamente nervoasă, el simțea viu durerea, Maria îi inunda obrazul cu lacrimi spunându-i dulci cuvinte.

Rabinul nu răspunse cu toate acestea nici un cuvânt. Lupta sa interioară se desena pe chipul său, îi sbârcea fruntea, întuneca pe rând sau făcea să-i fulgere privirea. Îndată ce el fu pus binișor pe, altarul său de moarte, îl ridicară încet pentru a nu-l zdruncina tare; băgară partea inferioară a crucii în gaură, și o consolidă prin proptele. Luând poziția verticală, un val de sânge coloră obrazul rabinului. Dar acesta era mai mult un efect de emoție morală decât de durere materială. O febră intensă se aprinse imediat în sângele său. Peste puțin el ceru să bea. Îmbibai un burete în vinul narcotiznt și i-l dusei la buze. Rabinul bău, și zece minute după aceea, el căzu într-un fel de comă așa de completă, așa de puternică, încât Maria și eu ne temurăm un moment că forța dozei de narcotic care trebuia să-i ușureze durerea să nu îl fi înveninat.

Ora patru după amiază trecuse.

Curioșii care asistaseră la execuție se întorseseră în oraș. O duzină de soldați și șeful lor, Maria și eu rămăseserăm singuri pe Golgota împrejurul crucificaților. Maria îl silea pe Lentulus a scurta treaba, și Lentulua părea mult mai grăbit decât Maria. Dar, dacă rabinul arăta toate simtomele morții, ceilalți doi condamnați se păreau foarte vii. Îi făcură să înghită restul vinului aromatizat pentru a-i ameți și a-i ucide de tot. Timpul grăbea.

Erau cinci ore, și la șase, totul trebuia să fie terminat, crucile date jos, cadavrele îngropate, pentru a nu păta sabathul Domnului cel mai solemn de peste ani. Trebui să recurgă la *crurifragium* obișnuit. Din fericire ceilalți doi crucificați începeau asemenea, ca rabinul, să cadă în slăbiciunea morții. Lentulus dădu ordinul de a se sfărâma picioarele și mâinile lui Moab și lui Zabdi. Ordinul fu executat.

De o oră, rabinul nu mai dădea semn de viață. Soldații se puseră a da jos crucile. Nu se puse multă grijă la răsturnarea crucilor celor doi nenorociți, de care nimeni nu se interesa. Crucea rabinului, din contră, fu culcată încet, pe spate, și mă grăbii de a tăia frânghiile de la picioare, pe când doi soldați scoteau cuiele din mâini. Lentulus, deși era îmbătat de privirele Mariei, nu uită de tot responsabilitatea sa. El depărtă deci pe soldații săi și îi făcu să se ocupe de ceilalți doi supliciați. Transportară pe aceștia, morți sau nu, pe marginea movilei care domina valea hidoasă Hinnom și îi precipitară în ea. Vulturii de mare, câinii, lupii, hienele făcură din ei Paștele lor. Cadavrul rabinului îmi fu încredințat mie. Lentulus grăbi plecarea sa – șase ore se apropiau – promițând Mariei de a se întoarce îndată ce va termina raportul său la Pilat.

Pe când stergeam picăturile de sânge care pătau corpul lui Iisus, Maria și grădinarul lui Ioseph din Ramatha întindeau un giulgiu în care îl înfășurarăm spre a-l duce mai bine.

Era la un colț al grădinei o pivniță, în care deocamdată, grădinarul punea instrumentele sale și tot felul de lucruri. Curățirăm această mică cameră și depuserăm corpul în ea. Grădinarul fu alungat. Ceea ce era de făcut rămânea asupra Mariei.

Lentulus veni o oră după aceea aducând oarecare veștminte a căror necesitate o prevăzuse.

Maria fu sublimă până la capăt.

A doua zi, ea răspândi povestea printre discipolii rabinului că acesta înviase.

Asta era necesar pentru a asigura succesul la ceea ce făcusem noi, impunitatea lui Lentulus, uitarea lui Pilat, a liniști conștiințele timorate ale membrilor sanhedrinului, care crezuseră legea ultragiată și care trebuiau să o creadă răzbunată.

Pilat și Hannah cu toate acestea știură adevărul de la mine.

Discipolii, a căror rușinoasă frică nu avea zcusă, o mustrară pe

Maria, numind-o vizionară, când ea le anunţă că trupul rabinului «fusese furat din mormântul său şi nu se ştia unde-l pusese»[83].

Ei nu crezură niciodată – aceşti naivi! – în învierea învăţătorului lor.

Trei luni după aceea, sora mea, văduva Noah, amicul meu şi cu mine ne îmbarcam la Jopa pentru Tarent.

XXXIII

Trei ani au trecut de la ultimele evenimente pe care le-am descris.

Ne aflăm la Roma.

Într-o zi, mergând la Therme l-am întâlnit pe Pilat, care, după ce terminase cei zece ani ai săi de conducere, se reîntorcea la Roma.

Eu aveam atunci douăzeci şi şase sau douăzeci şi şapte de ani.

Adoptasem costumul grec şi treceam drept un cetăţean din Rhodos. Barba îmi crescuse, viaţa elegantă a tinereţei lui Alcinous pe care o duceam schimbase mult figura mea. Cu toate acestea, Pilat mă recunoscu şi se apropie de mine.

La cel dintâi cuvânt, el îmi vorbi despre amicul meu. Un dureros suspin îmi ieşi din piept. El îmi ceru să-i vadă. I-am răspuns să se grăbească, căci orele acestui nenorocit erau numărate.

Pilat nu făcu nici o aluzie la femeia lui. Numele de Claudia îmi dădea fiori. Pilat îmi zise că nu voia să trăiască la Roma unde se lovea la fiecare pas de amintiri care-l răneau, şi că avea să plece peste câteva zile în Spania, în frumoasa sa ţară, Hispalis, unde se ducea să-şi stabilească locuinţa cu cei doi copii ai săi.

A doua zi Pilat veni la noi.

Era şi timpul.

Noi aveam o mică casă pe muntele Esquilin, cu o frumoasă grădină în spate.

Era la începutul lui mai, la a patra oră. O zi splendidă, un soare de sărbătoare. Aerul plin de cântec şi de parfum, pământul de flori. Sub un mic portic, care acoperea treptele grădinii, pe perne, înfăşurat cu învelitori, zăcea un bolnav. Noah stătea la spatele sediului său, sora mea dinainte, având în mână o cupă cu băutură.

[83]) Ioan, cap. XX, vers. 2. Luca cap. XXIV, vers. 11. *Et visa sunt illis sicut deliramentum verba ista et non crediderunt illis.*

Amicul meu murea de consumpție.

El voise să vadă soarele o ultimă oară, și să expire privind cerul.

Este așa de trist a muri privind un plafon de tâmplărie!

De trei ani, amicul meu se topea. El era tot trist, adesea chiar posomorât. El nu mai surâdea niciodată. El vorbea rar, evitând orice amintire de trecut. Dintre cunoștințele sale de altădată el nu voi să vadă pe nimeni. Maria din Magdala nu-i mai scrisese de trei sau de patru ori, implorând de a veni la noi la Roma. Amicul meu îi răspunse, foarte mișcat, foarte atins, dar ordonându-i a sta în Siria. Un singur om cu toate acestea fu primit: un oarecare Saul, de la Tars, un om cu un spirit înalt, dar nebulos și entuziast. El văzu de două ori pe amicul meu și vorbi mult timp cu el unul lângă altul. Apoi, nimeni, nimic. Amicul meu trăia într-un mormânt în mijlocul lumii.

El nu se bucura de creație decât cu bucățica, când de-o auroră splendidă, când de un apus de soare melancolic, când de o lumină de lună îmbătătoare; câteodată de o floare, câteodată de o mângâiere a acestei bune Noah sau de un dulce cuvânt de la excelenta mea soră care îl iubea după cum mă iubea pe mine – adică ca zece mame! Acum momentul fatal sosise. Uleiul lămpii fusese consumat până la ultima picătură: viața era usată.

Chemasem medici greci și asiatici. Nici unul din ei nu găsiseră nimic pentru a fura o oră de la clepsidra timpului. Cumpărasem philtre de la *sagge,* băuturile lor poate grăbiseră catastrofa. Amicul meu se lăsase de toate pentru a nu-mi displace, dar îmi declarase, din cea dintâi zi că viața sa fusese stinsă și că decepția îl ucidea.

Decepția! Câte spirite mari n-au fost ucise de această boală incurabilă și îngrozitoare.

Sărmanul meu amic era de necunoscut. Din figura sa așa de accentuată, nu mai rămâneau decât ochii, deși strălucirea lor, așa de schimbătoare, așa de puternică, așa de diversă era stinsă. Mâinile sale erau înghețate, paloarea frunții sale începea a deveni lividă. Nu se mai auzea inima sa bătând. Suflarea sa se stingea, moartea îl cuprindea. El îl recunoscu cu toate acestea pe Pilat, când acesta, intrând, veni și se așeză înaintea lui. Amicul meu simți un fulger de viață traversând persoana sa. Ochii săi străluciră deschizându-se în toată mărimea lor. El putu să zică, ridicând puțin capul: „Mulțumesc!" Apoi, imaginea Idei înălțându-se poate în sufletul său, el se întunecă își cufundă fața pe pieptul lui Noah și stătu astfel absorbit, două minute. Pilat nu cuteza să deschidă gura.

Amicul meu știa ce făcuse acest om, brusc, dar bun.

În final amicul meu ridică capul și îl întoarse către soare.

— Dumnezeul meu! Cât e de frumoasă lumina! exclamă el. Și rămase cu ochii deschiși către cer.

Dar puțin câte puțin, văzurăm ochii săi întunecându-se, pupilele strângându-se, pleoapele căzând. O ușoară suflare ieși din gura sa care se lumină de un surâs, capul se înclină pe pieptul său.

Murise.

Sfârșit

Tipar: ARTPRINT
E-mail: office@artprint.ro
Tel.: 021 336 36 33